KB017513

내가
모르는 것이
참 많다

🐦 2014-2018
황현산의 트위터

내가

모르는 것이

참 많다

ㄴㄴ> <ㄷㄴ

서문을 대신하여

아버지가 세상을 떠난 지 1년이 되었다. 포천 지현리 작업실에는 올해도 아버지가 좋아하시던 산당화와 자귀나무 꽃이 만개했다. 어머니는 당신과 같이 몇 해를 기다렸던 능소화 봉오리가 올여름에 드디어 맺혔구나, 하신다. 가족들은 무슨 일이 생기면 '아버지는 뭐라고 하셨을까' 생각한다. 그런 순간들마다 아버지가 남기신 글들이 위안과 길잡이가 된다.

이 책은 아버지가 2014년 11월부터 2018월 6월까지 남긴 트윗의 모음이다(리트윗과 멘션은 제외했다). 조그만 스크린에서 당신이 방금 쓰신 트윗의 오타를 잡아내느라 집중하시던 아버지의 모습이 떠오른다. 아버지는 여행중에도 트위터를 도통 놓지 못하셔서 가족들이 조금 성화를 부리기도 했다. 하지만 아버지가 아프신 후에는 트윗이 많이 올라오는 것이 되레 안심이 되곤 하였다.

아버지의 트윗들은 당신의 평소 모습과 가장 닮아 있는 텍스트이다. 평소에 즐겨하던 농담들, '비상식적인 많은 것들'에 대한 한탄, 주변 사람들에게 전하는 애정 어린 인사, 그리고 어느 곳에서 건져올렸는지 가늠할 수 없는 은유와 이야기들이 아버지의 트위터에 모두 담겨 있다. 그 문장들은 적확하고 섬세하다. 아버지는 트윗을 올리실 때도 '찰칵' 소리가 날 때까지 문장을 공들여 다듬곤 하셨다.

아버지는 늘 당신이 모르는 것이 많다고 생각하셨고, 모든 사람에게 배울 준비가 되어 계셨다. 나이와 직위에 상관없이 '트친'으로 수평적 관계를 맺는 트위터 공간이 아버지에게는 더없이 자연스러웠다. 아버지는 열정적으로 자신의 의견을 전하면서도, 동시에 그에 대한 반론을 주의 깊게 듣고, 타당하다고 여겨지면 기존 생각을 수정하는 데 주저함이 없으셨다. 아버지의 트윗들에서 그 유연함이 엿보여서 기쁘다.

마지막으로 아버지가 번역하신 말라르메『시집』서문에 쓰신 말을 인용한다. 14년 전의 글이다. "지난 역사를 돌아보면 극도로 비정한 삶을 인간의 운명이라고 생각할 때도 있었다. 시는, 패배를 말하는 시까지도, 패배주의에 반대한다. 어떤 정황에서도 그 자리에 주저앉지 말라고 말할 수 있는 용기가 시의 행복이며 윤리이다. 네가 어떤 일을 하든 이 행복과 윤리가 너와 무관한 것은 아닐 것이다." 아버지가 지치지 않고 이야기하시던 더 나은 세상에 대한 믿음이 이 책을 통해 독자들에게 전해지기를 희망한다.

이 책이 나오는 데에 수고를 아끼지 않은 김민정 시인과 출판사 난다에 깊은 감사를 드린다.

2019년 8월

황현산의 아들

황일우 삼가 씀

차례

황현산

@septuor1 2014년 11월 27일 오후 1:58

잘못된 말을 지적하여 바로잡는 것도 중요
하지만, 문법 공부는 꼰대질을 하기 위한
것이 아니라 내 말이나 남의 말이나 말을
깊이 이해하기 위한 것이다.

💬 0 　　 ⟲ 169 　　 ♡ 109

@septuor1 2014년 11월 8일 오후 9:06
트윗을 시작합니다.

@septuor1 2014년 11월 8일 오후 9:07
이제 뭘 해야 할지?

@septuor1 2014년 11월 9일 오전 12:04
드디어 달걀에서 벗어났군.

@septuor1 2014년 11월 9일 오전 1:15
고종석 선생의 말을 들으니 여기가 바로 악의 소굴이구나. 벌써 발을 씻을 수 없을 것 같은 느낌.

@septuor1 2014년 11월 9일 오전 1:22
틀리다와 다르다는 물론 다른 말인데, 틀리다도 원래는 다르다에서 온 듯하다. 서로 짝이 안 맞을 때 틀린다고 했다. 뚜껑 같은 것, 칼집 같은 것. 다른 것이 곧 틀린 것이 되는 것은 단 하나의 표준만이 용납될 때이다.

@septuor1 2014년 11월 9일 오전 1:36
한국일보 칼럼에 정화진을 이야기하면서 20년 동안 소식이 없다고 썼는데, 누구 말을 들으니 근년에도 시를 발표했다고 한다. 그런데 찾을 수가 없다.

@septuor1 2014년 11월 9일 오전 1:46
나는 septuor라는 아이디를 오래 써왔다. 트윗에서도 그 아이디를 쓰려고 했더니 벌써 쓰고 있는 사람이 있다. 검색해보니 일본의 어느 여인이다. 그것참.

@septuor1 2014년 11월 9일 오후 1:02
내가 로또 당첨 번호 기사를 관심글로 지정했다면서 '툿의 악마적 기능'을 모르기 때문이라고 애도한 사람이 있다. 그건 아니고, 그게 내가 이 수렁에 들어온 후 타임라인에 뜬 첫 글이었다. 나름 시적 행위라고 생각했는데……

@septuor1 2014년 11월 9일 오후 1:12
대통령, 철학, 과학 같은 말이 일본어에서 온 말이라고들 하는데, 정확한 말일까. 한자 문화권에서 만든 말이라고 해야 하지 않을까.

@septuor1 2014년 11월 9일 오후 9:26
좀 있으면 홍어철이 되는데, 홍어는 배에 싣고 육지로 옮겨오는 동안 상해서…… 삭혀 먹게 되었다는 따위의 헛소리를 올해는 좀 안 들었으면 한다. 세상만사를 어떻게 그렇게 쉽게 설명할 수 있다고 믿고 사는지……

@septuor1 2014년 11월 9일 오후 9:38
콩은 어떤 배로 싣고 가다 된장이 되었을까. 발효는 인류의 탄생과 거의 함께 시작된 조리법이다.

@septuor1 2014년 11월 10일 오전 11:36
내가 초등학교 때 읽은 『에디슨전』에는 바퀴벌레를 빈대라고 쓰고 있었다. 그때도 바퀴벌레가 없지는 않았을 텐데.

@septuor1 2014년 11월 10일 오전 11:41
'시원하다'를 놓고 아버지와 아들의 목욕탕 농담이 있다. 그런데 '시원하다'는 원래 차다거나 온도가 낮다는 뜻이 아니라 상쾌하다는 뜻이었으리라. 우리에게 상쾌한 것은 더위에 바람 불어오는 것, 집 탈 때 빈대 타는 것밖에 없었던 듯.

@septuor1 2014년 11월 10일 오후 12:14
'연득없다'는 말이 있다. 국립국어원 사전에는 "갑자기 행동하는 면이 있다"로 풀이하고 있는데 내 보기엔 전혀 아니다. '계제 나쁘게, 도움이 되지 않게'

13

라는 뜻이다. '연득없이 나타나서'는 '하필이면 꼭 그때 나타나서'로 바꿔 써
도 된다.

@septuor1 2014년 11월 10일 오후 12:19
내 살던 동네에는 '연득없는 영천님'이라는 표현이 있다. 영천님은 영철이
네 엄마. 나설 때나 안 나설 때나 나서서, 일을 망치는 사람을 말한다. 나는
'연득'이 '연덕'(인연의 덕)이었을 것이라고 생각한다.

@septuor1 2014년 11월 10일 오후 12:27
내가 어렸을 때 들은 꾸중에는 '연득없는 소리 하지 마라'가 있다. '괜한 말썽
을 일으킬 소리'라는 뜻.

@septuor1 2014년 11월 10일 오후 1:59
누가 '베개/베게'가 늘 헷갈린다고 썼는데, 나는 이런 경우 우리 고향 사투리
발음으로 판단한다. 우리 고향에서 ㅔ를 ㅣ로 발음한다. 그래서 베개는 비
개나 비게로 발음한다. 결코 비기라고는 발음하지 않는다. 그러니 베개다.
불행하게도 한자어에는 불통 법칙.

@septuor1 2014년 11월 10일 오후 10:36
번역할 때 단음절어는 녹아버릴 얼음 비슷하다. '물' '밥' '흙'은 괜찮은데, '만'
'곶'처럼 잘 안 쓰는 말을 번역문에 쓸 때는 좀 불안하다. 특히 곶. 섭지코지,
꽃지해수욕장의 '코지' '꽃지'도 곶이라는 뜻인데.

@septuor1 2014년 11월 11일 오후 12:21
이렇게 수색을 끝내는구나. 옛날에는 혼이라도 건졌는데.

@septuor1 2014년 11월 11일 오후 2:22
'연득없다' 설명 계속. 생각이 짧고 앞뒤 사태 헤아리지 못하면 연득없다는
소리 듣기 쉽다. 짧은 글짓기 : 이명박의 독도 방문은 참 연득없는 짓이었다.

@septuor1 2014년 11월 11일 오후 2:25

하긴 나도 어렸을 때 이런 짧은 글을 잘(자주라는 뜻) 지어서 연득없다는 소리 들었다.

@septuor1 2014년 11월 12일 오전 12:28

플라톤 아카데미 강연을 마쳤다. 880명. 그렇게 많은 사람 앞에서 말해보기는 처음이다. 대부분 4, 50대. 나보다 더 연배가 높은 분도 계셨다. 이런 일을 어떻게 설명해야 하지.

@septuor1 2014년 11월 12일 오후 1:22

국립국어원이 '세꼬시'를 '뼈째회'로 순화했다는 말을 들었을 때 그것참밖에 할 말이 없었다. 국어원은 아무도 쓰지 않을 말을 잘도 만들어낸다. 이미 '막회'라는 말이 있는데. 또 그냥 세꼬시라고 하면 안 될 이유는 뭘까.

@septuor1 2014년 11월 12일 오후 1:27

세꼬시에 뼈가 들어가는 것은 사실 부차적 특징이다. 작은 고기를 쓰기에 칼질을 옆으로 하지 않고 수직으로 한다. 뼈가 발리지 않는다. 대신 고기를 짧게 썬다.

@septuor1 2014년 11월 12일 오후 4:44

세꼬시는 경상도에만 있고 전라도에는 없다고 하는데 맞기도 하고 틀리기도 한 말이다. 전라도에서는 보통 생선을 칼질해서 미나리, 무 등 채소와 함께 무쳐 먹는다. 경상도에서는 그대로 상 위에 올려놓고 막장 등에 비벼 먹기를 잘 한다.

@septuor1 2014년 11월 12일 오후 4:47

나로서는 아주 잔고기는 세꼬시가 좋고 좀 큰 고기는 무침이 좋다.

@septuor1 2014년 11월 12일 오후 10:49

내 강연이나 강의가 괜찮았다고 스스로 생각할 때는 준비하지 않은 말이 나왔을 때이다. 어제 강연이나 오늘 강의가 그랬다. 그런데 어제 강연에서는 준비했던 중요한 말을 하지 못한 것도 있다.

@septuor1 2014년 11월 12일 오후 11:31

내가 좋아하는 음식 가운데는 가죽나물장아찌가 있다. 짠맛에 가볍게 흙냄새가 나는 것이 절제된 관능을 느끼게 한다. 요즘은 구하기 어렵다. 우체국 택배로 그걸 산 적이 있는데, 후회했다. 고추장으로 범벅을 만들어놓았고 달기까지 했다.

@septuor1 2014년 11월 13일 오전 12:10

경향신문에 실었다가 다시 허핑턴포스트코리아에 실은 「인문학의 어제와 오늘」에는 오해될 여지가 많다. 옛날의 연구자들이 논문을 잘 썼다고 말하려던 것은 아니었다. 그러려는 노력이 많았는데, 지금의 논문 양산 체제에서는 그 노력조차 불가능해졌다는 말을 했어야 한다.

@septuor1 2014년 11월 13일 오전 2:38

어머니는 생선 요리를 잘하셨지만 당신은 들지 않으셨다. 목으로 넘어갈 때의 어떤 관능을 죄스럽게 여기셨기 때문이란 걸 내가 늙어갈 때야 알았다. 어머니는 오래전에 돌아가셨다.

@septuor1 2014년 11월 13일 오후 12:52

옛날에는 자식 자랑, 마누라 자랑 같은 것을 팔불출로 쳤다. 요즘은 마누라 자리에 고양이를 넣어야 마땅할 것이다.

@septuor1 2014년 11월 13일 오후 8:11

〈동사서독〉이 처음 상영될 때 감동받은 관객 중에는 대학원생이 많았다. 서독의 이런 대사 때문이었다. 네가 무술이랍시고 배웠는데, 이제 와서 농사를 짓겠냐 장사를 하겠냐. 그 대학원생들이 이제 중견 교수들이 되었다. 강사 문제는 해결되지 않았고.

@septuor1 2014년 11월 13일 오후 10:12
"개인적으로 저는 가족들은 성숙했고 정부는 무능했다는 답변을 드리고 싶습니다."—실종자 가족 법률 대리인 배의철 변호사.

@septuor1 2014년 11월 14일 오전 12:47
금성이 초저녁에 뜨면 거지별 또는 개밥바라기별이고 새벽에 뜨면 샛별이다. 좋은 시인들은 늘 거지별 노릇만 한다. 이렇게 길 열어놓으면 샛별 노릇하는 사람 따로 있다.

@septuor1 2014년 11월 14일 오전 10:55
복거일씨가 피케티의 『21세기 자본』만 읽으면 편향된 지식을 얻을 위험이 있다고 했다는데, 별걱정을 다 한다 싶다. 뭐는 안 그런가.

@septuor1 2014년 11월 15일 오전 6:46
젊은 시인들의 시는 어지럽고 소통이 안 된다고 말하면, 요즘 멋진 말처럼 들린다. '잘살아보세'나 '정의사회구현' 같은 말보다 더 소통이 잘된 말들이 어디 있던가. 시쓰기는 소통하기 어려운 것을 소통하려는 노력이다. 나중에라도 소통되도록 길을 여는 일.

@septuor1 2014년 11월 15일 오전 6:53
막장 드라마에도 시는 있다. 그러나 시는 말을 생산하지만 '막드'는 단지 소비한다. 시에도 말을 생산하는 시와 소비하는 시가 있다. 소통 운운하는 것은 대개 말을 소비하는 시인들이다.

@septuor1 2014년 11월 15일 오전 7:14
시체 장사 같은 말은 얼마나 소통하기 쉬운가. 유가족들의 진심은 얼마나 소통하기 어려운가.

@septuor1 2014년 11월 15일 오후 1:44

마누라 청소를 도와줬더니, 소파 밑 의자 밑 구석구석 먼지를 뽑아내라고 난리다. 뿌리 뽑기라는 게 얼마나 파시즘적 사고인데.

@septuor1 2014년 11월 15일 오후 10:48

과외는 교육 제도의 문제가 아닌 게 이미 증명되었다. 제도가 어떠하건 한국 사람이 있으면 과외가 있다. 제도를 들먹이는 건 정작 중요한 문제를 가리기 위한 술책이다.

@septuor1 2014년 11월 15일 오후 11:49

글쓰기 싫으면 번역을 하는데, 해놓은 게 제법 많아졌다. 글쓰기 싫은 적이 그만큼 많았다는 뜻. 번역하기가 글쓰기보다 쉽지는 않지만 제 손에 피를 묻히지는 않는다.

@septuor1 2014년 11월 16일 오후 1:11

김자옥, 우리 세대의 애인 가운데 하나였는데. 아버지가 이름이 뭐였더라. 시인이기도 했다.

@septuor1 2014년 11월 16일 오후 1:51

파리가 파리 끈끈이에 붙들렸을 때, 어떤 파리는 날개를 치며 발광하고 어떤 파리는 그냥 주저앉는다. 어떤 파리는 이 발 저 발 떼보고, 어떤 파리는 꼬리 쪽을 치켜올리고, 어떤 파리는 몸을 좌우로 흔들고…… 파리도 개성이 있다.

@septuor1 2014년 11월 16일 오후 3:29

프랑스어의 'fée'를 뭐라고 번역해야 하나. 선녀는 너무 동양스럽다고 하고, 요정하고는 급과 성질이 다르고, 마녀는 마녀사냥을 연상시키는데 이때 마

녀는 무녀sorcière다. 신데렐라에게 마차를 준 것도 숲속의 미녀를 잠들게 한
것도 모두 fée다.

@septuor1 2014년 11월 16일 오후 3:38
달에 사는 항아와 우리의 삼신할미가 모두 fée와 같은 부류다. 요정nymphe,
dryade 등은 늘 제 둥지와 처소를 지키지만, fée는 자주 속세에 내려와 인간사
에 간여한다.

@septuor1 2014년 11월 16일 오후 8:25
동양이나 서양이나 환상 세계의 기초는 비슷한데, 서양 문화를 받아들이는
과정에서 그걸 너무 벌려놓은 것 같다는 생각이 든다. 동양에서 '이매'는 산
과 숲과 냇물의 귀신인데 요정 같은 말보다 이매를 그대로 썼더라면 좋지
않았을까. 물이매, 나무이매, 산이매 등.

@septuor1 2014년 11월 16일 오후 11:16
내가 고종석의 '문장'을 극찬하는 것이 마땅하나 괘씸해서 안 한다. 나는 내
책을 보내주었는데 저는 안 보내줬다.

@septuor1 2014년 11월 17일 오전 1:45
글 한 꼭지를 끝냈다. 제목을 뭐라고 붙이나. 자고 나면 생각이 나겠지. 밤
이 선생이다.

@septuor1 2014년 11월 17일 오전 1:57
『현대시학』에 로트레아몽의 『말도로르의 노래』 번역을 연재하고 있다. 말
도로르는 온갖 괴물을 제 몸 하나로 구현한다. 트랜스포머. 문장도 혹에 혹
이 달린다. 로트레아몽의 문장은 꼭 변신 합체 로봇 같다.

@septuor1 2014년 11월 17일 오전 11:07
1. 영화 〈카운슬러〉에서 마약 밀매에 손댔다가 수렁에 빠진 변호사에게 중

개인이 마차도의 시 한 구절을 읊는다. "길은 없다, 네 발걸음밖에. 길은 걸으면서 만들어진다." 제 발걸음으로 들어간 수렁이니 편안하게 자빠져 있으라는 뜻. 무서운 말이다.

@septuor1 2014년 11월 17일 오전 11:12

2. 최근에 정재서 선생이 '종횡고금'에서 같은 구절을 인용했다. "걸으면 길되고, 행하면 도 된다"고 장자, 노신, 마차도를 한데 묶으면서. 극단적으로 다른 시 소비의 방식이다.

@septuor1 2014년 11월 17일 오전 11:14

3. 그런데 정재서 선생은 등산로 팻말에서 "길은 없다. 걷기가 길을 만든다" 이 구절만 읽었던 것 같다.

@septuor1 2014년 11월 17일 오후 11:56

백석의 『사슴』 초간본이 경매에 나왔다는데 시작가가 5천5백만 원, 나는 1979년에 복사본을 복사하고 그것을 다시 복사한 5대손 『사슴』 한 마리를 구했는데, 활자는 뭉개지고 제본이 잘못되어 페이지가 잘려나가고, 거기에 더하여 평북 사투리까지 나를 괴롭혔다.

@septuor1 2014년 11월 17일 오후 11:59

그래도 아무튼 읽었다. 두 줄짜리 시 「노루」에 대해서는 뒷부분이 잘려나간 것이 아닌가 의심했다. 현재 초간본 『사슴』은 일곱 부 정도 남아 있다는데, 내 복사본은 어느 것이 원본이었을까. 유신 시대의 복사본도 백만 원쯤 받아야 하는 것이 아닐까.

@septuor1 2014년 11월 18일 오후 12:25

김구는 독립을 반대한 사람, 박정희는 민주주의를 꽃피운 독재자, 이인호는 인문학의 소중함을 알게 해준 ○○○. 마지막 세 글자는 차마 쓸 수가 없네.

@septuor1 2014년 11월 18일 오후 12:39
우리집에는 아직도 모기가 있다.

@septuor1 2014년 11월 18일 오후 1:03
『이방인』번역 논쟁 때, 대형 서점들이 '지금까지의 이방인은 이방인이 아니다' 같은 말을 내걸고 책을 팔았다. 야만의 극치는 아니고, 끝이었다.

@septuor1 2014년 11월 18일 오후 1:14
김화영의『이방인』은 씹어 먹여주는 식의 번역에서 오는 몇 가지 오류가 있지만, 좋은 번역이다. 문체가 좋고, 불어의 이런 표현은 우리말의 이런 표현으로……를 자주 가르쳐준다. 그걸 인식하지 못하는 것이 바로 배은망덕한 것이다.

@septuor1 2014년 11월 18일 오후 11:11
보들레르의 산문시에 "가을에 사랑하듯 사랑한다"는 말이 있다. 젊은 육체의 욕망과 격정에서 해방되면서도 그 열기를 향기나 결실의 형식으로 간직하고 실천하는 사랑을 말하겠다. 보들레르도 요즘 같으면 겨울의 사랑을 말했을 텐데 그땐 겨울이 매우 추워서.

@septuor1 2014년 11월 19일 오후 12:05
1990년대에 'W이론'이라는 것을 서울대의 어느 교수가 주창했다. 신바람 어쩌고 했는데 우리는 잘났다고 집단 최면을 걸어놓고는 정신줄을 놓고 일하라고 독려하는 것이었다. 사람들이 열광했다. 그 흥분한 머리에 IMF가 찬물을 끼얹었다.

@septuor1 2014년 11월 19일 오후 12:09
그런데 요즘 이 방법을 그대로 쓴 자기계발서들이 많고, 기업들이 그 저자를 강사로 불러들인다.

나는 '사이코패스' 같은 말을 의심한다. 끔찍한 사건이 일어나면 그 말로 설명이 다 됐다고, 때로는 해결까지 됐다고 생각하는데, 뭐가 설명됐고 뭐가 해결됐다는 것인지. 이런 용어들은 문제를 가리는 데 주로 사용된다.

끔찍한 살인마를 유영철 같은 놈이라고 하는 것과 사이코패스라고 하는 것이 어떻게 다른가. 용어 만들기도 때로는 폭력이다. 우리 정신을 자동화시킨다는 점에서 그렇다.

유영철 같은 인간이 공감 능력이 없다는 말도 거짓말이다. 공감 능력이 없다면 왜 애써서 사람을 죽이겠는가. 공감 능력이 오히려 악을 부추긴다. 그런 인간들은 육체적으로건 정신적으로건 고통의 전문가들이다.

번역에서 원저자는 갑이고 역자는 을이라고 생각하기 쉬우나 원저자의 발언권은 이미 끝나고 횡포를 부리는 것은 역자다. 어느 교수가 그래봐야 부처님 손바닥이라 했는데, 부처님 살찌고 여위긴 석수장이 손에 달렸다는 말도 있다.

한국의 보수 패거리가 지금까지 팔아먹고 산 것은 박정희 이미지밖에 없었다. 박근혜까지 나왔을 때는 거의 떨이 수준이다. 떨이가 언제까지 가는지 지켜보는 것도 흥미롭다. 이민 갈 필요 없다.

백석의『사슴』에 관해 쓴 글. 한국일보 :「식민지 귀신의 상실된 영험을 시의 깊이로 채워」http://www.hankookilbo.com/v/56998298ff7d4063bc05c6c

6e4154512

@septuor1 2014년 11월 21일 오전 2:33
『말도로르의 노래』에서 문장 하나를 쓰여진 대로 번역하니 이렇게 된다. "내 생존이 그 연명을 한 시간의 경계 밖으로 밀고나가기는 불가능하다." 한 시간 안에 죽을 것이란 말인데, 풀어쓰고 싶지는 않고⋯⋯

@septuor1 2014년 11월 21일 오전 3:04
한국어로 이렇게 말하는 사람은 없다고들 할 텐데, 프랑스에서도 원문처럼 말하는 사람은 없다. 특히나 교수대에 매달린 처지에서.

@septuor1 2014년 11월 21일 오후 1:44
보수 세력이 역사를 이상하게 서술하려는 또하나의 이유를 오늘 알았다. 대통령이 무슨 개혁안 통과 못 시키면 '역사'에 죄짓는 것이라고 했다는데, 역사라는 말을 이렇게 아무데나 쓰기 위해서다.

@septuor1 2014년 11월 21일 오후 2:35
서화숙 기자가 충청도 학생들에게, "너희는 느리다, 너희가 일어났을 때는 이미 상황 끝"이라고 강연했다는데, 비슷한 이야기를 부마항쟁 때도 들었다. 우리는 둔해서 우리가 일어나면 세상이 다 일어난다고 마산 출신 교수가 자랑스럽게 말했다.

@septuor1 2014년 11월 21일 오후 3:35
나는 가끔 박원순 시장이 대통령 하기에는 좀 아깝다는 생각을 한다. 서울시장직은 전문가가 할 일이지만 대통령은 바보도 하지 않는가.

@septuor1 2014년 11월 21일 오후 8:13
트윗에 들어온 지 열흘이 지났다. 아직 적응중이지만, 여기서 내가 할 수 있는 일, 할일을 대충 정리해보니,

1. 문학의 전문가로 문인들에게 우정을 표현한다.
2. 한국어의 제1급 사용자로(이 점에선 겸손이 필요없다) 짧은 글짓기를 한다.

@septuor1 2014년 11월 21일 오후 8:18
3. 번역의 경험을 지닌 이론가로서 정보를 교환하고 짧은 토론을 한다.
4. 진보 성향의 독서인으로서 내 생각을 메모한다.
이 정도다. 잘할 것 같다.

@septuor1 2014년 11월 21일 오후 8:28
내가 '짧은 글짓기'라고 말한 것은 말 그대로의 짧은 글짓기로, 어떤 말, 어떤 표현의 적절한 사용법을 간명하게 예시한다는 것이다.

@septuor1 2014년 11월 22일 오전 4:06
젊어서는 번역은 했는데 무슨 소린지 모를 때 황당하고, 늙어서는 무슨 소린지는 아는데 번역이 안 될 때 괴롭다. 번역가의 일생이다.

@septuor1 2014년 11월 22일 오전 11:08
글은 말을 본으로 삼지만 말과 다르다. 수식을 생각하면 알 수 있다. 한쪽에 말이 있고 한쪽에 수식이 있다. 그 사이에 여러 종류의 글이 있다. 이걸 아는 것이 글쓰기의 기본이다.

@septuor1 2014년 11월 22일 오전 11:14
토마스 만의 『마의 산』에는 "말을 조각처럼 한다"는 표현이 있다. 요즘 말로 엣지 있게 말한다는 말과 비슷하려나. 말을 하거나 글을 쓸 때 이 조각의 선을 찾지 못하면 무조건 '쎄게' 나가게 된다. 그리고 싸운다.

@septuor1 2014년 11월 22일 오후 2:58
우리집 애들은 다래끼가 나면, 정약용의 처방에 따라, 반대편 발바닥에 天平 두 글자를 써서 그때마다 효과를 보았다. 미국에 간 애가 카톡을 보내왔다. 다래끼가 났는데 붓펜이 없다고.

@septuor1 2014년 11월 22일 오후 4:40

"한국어의 제1급 사용자로 짧은 글짓기를 한다"고 내가 썼던 문장을 '제1급 사용자답게……'로 썼으면 더 좋았을 것이라고 '빨간머리 존'님이 조언을 했다. 나는 '한국어 제1급 사용자로서 내가 할 일은'이라는 뜻을 거기 담으려 했던 것이다.

@septuor1 2014년 11월 23일 오전 12:32

오늘 작가회의 40주년 기념식이 있었다. 노래도 부르고 춤도 추고 글도 낭송했다. 이 어려운 시대에 글을 쓰려는 젊은이가 많다는 것이 신기하고 기쁘고, 또 고맙다.

@septuor1 2014년 11월 23일 오전 1:14

머리가 굳어진 순수주의자보다 더 끔찍한 것도 드물다. 종교 문제에서도 그렇지만, 언어와 관련해서도 그렇다. 어떤 시도를 해도 토론이 불가능하다.

@septuor1 2014년 11월 23일 오전 1:32

이수열 선생은 언어순수주의자지만 매우 유연한 사고를 지녔다. 내가 선생의 의견에 반대되는 의견을 제시했을 때, 내 의견을 받아들이지는 않았으나, 그 맥락을 이해하고 그 논리를 존중했다. 한국어의 용법에 선생보다 더 많은 지식을 가진 분을 본 적이 없다.

@septuor1 2014년 11월 23일 오전 1:50

내가 아는 부부 이야기. 남자는 전라돈데 보수고, 여자는 경상돈데 진보다. 남자가 상머리에서 뭐라고 떠든다. 여자가 말한다. 입 다물어! 계속 떠들고, 입 다물어! 그래도 떠들고, 입 다물어! 마침내 여자가 상을 엎는다. 그렇게 20년을 같이 산다.

다래끼의 진실. 우리 딸애는 고3까지 천평 지평의 처방을 썼다. 애가 고3 때 반 아이의 눈에 다래끼가 났다. 딸애가 글씨를 쓰자고 말하자 모든 아이들이 웃었다. 그후 딸애한테도 효험이 없어졌다. 붓펜 트윗은 가족들 간의 농담.

남을 할퀴고 뒤통수치는 식으로 농담하는 사람들이 있다. 본인은 재치라고 생각하겠지만, 재치 부족이고 병이다. 내 선배 중에 재능이 출중한 사람이 있었지만 이 때문에 망했다. 인간관계가 악화되기 전에 그 나쁜 재치가 상상력을 가로막았다.

젊은 사람들의 작업을 보고 '불통' '자폐' 같은 말을 하는 사람들은 그 작업이 한국 사람의 작업이기에 더 분노한다. 저나 나나 똑같은데, 왜 저만 저렇게 해, 이런 식이다. 저를 우습게 알면 제 이웃도 우습게 알기 마련이다.

유치원 첫날, 선생이 말했다. 화장실에 가고 싶은 사람은 오른손을 드세요. 한 아이가 물었다. 그럼 안 마려워져요? 순진성이 재능을 만든다.

나는 대학원 학생들에게 동네 깡패를 조심하라고 말한 적이 있다. 〈넘버3〉의 한석규도 동네 깡패한테 당하고, 〈첨밀밀〉의 증지위도 흑인 꼬마들의 총에 맞아 죽는다. 동네 깡패한테 당하지 않으려면 저도 동네 깡패처럼 구는 방법이 있는데, 실은 제일 어려운 방법이다.

세상에 더 논리적이거나 덜 논리적인 언어는 없다. 프랑스 문법학자들은 불어에서 비논리적인 표현이 통용될 때, 그것을 합리적으로 설명하고 불어는 논리적이라고 말한다. 한국에서는 비논리적인 표현이 통용되면 그 말을 못 쓰게 한다. 참 쉽다.

@septuor1 2014년 11월 23일 오후 10:16
문 닫고 나가요, 같은 말이 있다. 어떻게 문을 닫고 나가겠는가. 그런데 이 말은 당신이 나간 다음에 문이 닫힌 상태가 되게 하라는 말이다.

@septuor1 2014년 11월 24일 오전 10:14
삶은 유전자와 우연으로 결정되는 것이 아니냐고 누가 나에게 트윗으로 물었다. 그걸 무시할 수 없을 것이다. 그런데 자기에게 주어진 것을 어떻게 이용하느냐도 중요할 것이다. 아니 그것이 더 중요하다. 내가 MB는 아니지만 내가 살아봐서 안다.

@septuor1 2014년 11월 24일 오전 11:08
세월호 304 낭독회 때, 한 노인이 나한테 와서 시비를 걸었다. 여기 앉아 있음 돈 줘요? 풍선 날리면 돈 주는데. 내가 최대한 조폭 같은 목소리로, 안 줘요, 가세요. 갔다. 그래도 그 늙은이가 같은 늙은이라고 나한테 시비를 건 것이 가상하다.

@septuor1 2014년 11월 24일 오전 11:49
이왕 MB질을 했으니 한마디 더 하자면, 사람은 불행한 시기를 잘 보내야 하는 것 같다. 불행한 시기에 늘어져 있으면 기회가 와도 잡기 어렵고, 기회가 기회인지도 모르게 되더라.

@septuor1 2014년 11월 24일 오후 12:47
어느 트윗에 "왜 때문에 연락이 안 오지"라는 말이 있다. 한참 생각해보고 나서야 그것이 "뭣 때문에 연락이 안 오지"라는 말인 것을 알았다. 다들 쓰는 말인가?

@septuor1 2014년 11월 24일 오후 12:52
〈아빠 어디 가〉도 봐야겠군요.

@septuor1 2014년 11월 24일 오후 1:57
패트릭 리 퍼머의 여행기『그리스의 끝, 마니』를 보면, 그리스 오지 사람들이 나그네를 환대하는 이유 중의 하나는 오래된 농담만으로 즐기던 삶에 새로운 농담을 받아들이기 위함이란다. 새로운 농담을 가지고 오는 사람, 천사가 따로 없다.

@septuor1 2014년 11월 25일 오전 12:23
내 나이 또래 인간들은, 억압은 박정희한데서 받고, 분풀이는 젊은 애들한테 힌다. 그리고 박근혜를 찍는다. 생각해보면 불쌍하다.

@septuor1 2014년 11월 25일 오전 12:25
취해서 쓰니 오자가 많구나.

@septuor1 2014년 11월 25일 오전 11:25
성적순 급식. 눈앞에 있는 한 가지 일에만 충성하면 이런 일이 일어난다. 먼저 사람이 되라는 말은 그러지 말라는 뜻이다.

@septuor1 2014년 11월 25일 오전 11:38
사람과 관련된 일에서 어떤 목표에 몰두하다보면 잔인성이 생겨난다. 그 잔인성이 사람을 흥분 상태에 집어넣고 영웅심 같은 것을 부추긴다. 그때 사람은 못할 일이 없게 된다.

@septuor1 2014년 11월 25일 오전 11:53
사기를 당한 사람은 그 과정에서 그것이 사기라는 것을 알게 된다고 한다. 그러나 그를 달뜨게 만들었던 어마어마한 보상을 포기할 수 없어 계속 수렁으로 들어간다. 유사 종교도 그렇다. 찬란한 왕국을 포기하느니 차라리 수렁에서 죽는 게 낫다.

@septuor1 2014년 11월 25일 오전 11:56
황우석 사태 때 황빠들은 이 수렁 위에 애국심의 깃발까지 내걸었다. 어찌 보면 국가라는 것이 사기 조직의 원형인지도 모르겠다.

@septuor1 2014년 11월 25일 오후 12:56
사기당하던 사람이 사태를 파악했을 때, 거대한 보상을 포기하는 것도 어렵지만, 현실 직시가 더 어렵다. 그 찬란한 빛이 다 어디로 갔는가! 유사 종교 신도들도 그렇다. 약속 없는 팍팍한 현실로 돌아오기보다는 거짓 약속이라도 약속 있는 수렁이 더 낫다.

@septuor1 2014년 11월 25일 오후 4:07
자기를 바보로 만들 때 고급한 농담이 된다. 이런 자학 농담은 외국어로는 어렵다. 미국 대학의 어느 한국인 교수 이야기. 한국에서 사람들을 웃겼던 자학 농담을 미국에서 했더니 모두들 자기를 안됐다는 얼굴로 쳐다보더란다. 이것도 물론 농담이다.

@septuor1 2014년 11월 25일 오후 11:00
이러다 유신 시대로 돌아가는 거 아니냐고 어느 젊은 문인이 말했다. 애들이 자라는 것을 보면, 한번 일어선 아이는 무슨 일이 있어도 다시 기지 않는다. 무릎이 자주 다치긴 하지만.

@septuor1 2014년 11월 26일 오전 12:38
기어가다 일어서는 아이 이야기를 할 때, 내가 생명의 이치를 빌려 낙관적으로만 이야기하는 것은 아니다. 일어설 만큼 성장했다는 것은 무릎이 깨져도 두려워하지 않을 만큼 성장했다는 말도 된다.

@septuor1 2014년 11월 26일 오전 1:03

내가 섬에서 초등학교를 다닐 때, 지서장이 자전거를 타고 가다 거름 짐 진 사람을 만나, 옆으로 비껴가다 좀 비틀거렸다. 지서장은 좌측통행을 하지 않았다고 그 사람을 잡아갔다. 지금은 잡아가지 않는 것이 아니라 못 잡아 간다. 결정은 우리가 한다.

@septuor1 2014년 11월 26일 오전 2:46

박정희 동상에 흰옷 입고 절하는 사람들이 있는데 그건 사실 박정희 향수가 끝났다는 것을 의미한다. 한탄강에 가면 청나라에 망한 명나라 황제들에게 제사지내는 유림들이 있고, 서울대공원에 가면 흰옷 입고 호랑이 우리에 비 손하는 무당들이 있다.

@septuor1 2014년 11월 26일 오전 11:52

지금은 이름이 생각나지 않는 개그우먼. 두 가지 유행어를 만들었다. "어느 세월에"와 "내 손에 장을 지져라". 그 개그우먼을 좋아했는데, 이 두 마디가 한국 역사(최소한 현대사)에서 가장 심한 저주의 말이라고 생각했기 때문이다.

@septuor1 2014년 11월 26일 오후 12:34

단두대라. 역대 대통령들이 단두대라는 말을 입에 올린 적이 있던가, 박정 희, 전두환까지 포함해서.

@septuor1 2014년 11월 26일 오후 1:58

트윗을 시작하고 나서 나타나는 명백한 현상 : 아이폰과 아이패드의 배터리 가 빨리 닳는다.

@septuor1 2014년 11월 26일 오후 2:19

이것이 박정희 동상이다.

@septuor1 2014년 11월 26일 오후 2:21

한겨레신문에서 가져왔는데, 저작권 문제는 모르겠다.

@septuor1 2014년 11월 26일 오후 2:29

"배터리가 닳는다"는 부적절한 표현이라는 항의를 들었다. 앞으로 나는 이런 항의를 아주 많이 듣게 될 것이다. 모국어와 트윗이 동시에 지닌 미덕은 문법을 넘나들면서 쓸 수 있다는 것이고, 나는 그 미덕을 즐길 것이기에.

@septuor1 2014년 11월 26일 오후 2:43

옛날 어느 국어학자가 '뛰다'는 상하 운동을 뜻하기에 '뛰어가다'라고 말하면 틀리고 '달려가다'라고 말해야 한다고 주장했다. 그런 사람도 무슨 자리에 들어가면 법을 만든다. 내가 왜 그런 바보들의 법을 지켜야 할까.

@septuor1 2014년 11월 26일 오후 2:45

한마디 덧붙이자면, 달리기는 뛰기와 걷기 결합이다. '뛰어가다'는 일종의 제유적 어법이다. 이런 설명을 하려면 참 피곤하다.

@septuor1 2014년 11월 27일 오전 11:22

어제는 최인석의 소설 『강철 무지개』의 출판 기념회에서 자정을 넘기고 무사히 귀가했다. 최인석은 진솔하고 정직해서, 그의 소설은 늘 한국 사회의 현재다. 최인석이 여기까지 왔네 하면, 여기까지 온 것이다.

@septuor1 2014년 11월 27일 오전 11:47

"빈정 상한다"는 말이 있다. 사전에 없다. 대인 관계에서 감정에 은근히 상처를 입는다는 뜻이다. 카톡의 친구 찾기에서 누군지 모를 이름이 뜨면 상대가 빈정 상할까봐 함부로 지우기 어렵다. 상대가 알 리 없겠지만. 그런 이름이 30개다.

@septuor1 2014년 11월 27일 오후 1:46

"배터리가 닳는다"는 말 때문에 내가 왜 지적을 당했는지 의아해하는 사람들이 있어서 내가 대신 대답. 배터리는 옷처럼 해어지는 식으로 닳는 것도 아니고, 기름처럼 줄어들어 닳는 것도 아니고, 닳고 닳은 사람처럼 비유적으로 닳는 것도 아니기 때문이란다.

@septuor1 2014년 11월 27일 오후 1:52

사람들이 "배터리가 다 닳았다"고 말할 때, '배터리'는 '배터리의 전하'를 뜻하는 환유이다. 이때도 '전하'와 '기름'은 동일한 형태가 아니지만, 에너지라는 점에서 한쪽이 다른 쪽을 연상하게 한다. 그래서 "배터리가 닳는다"는 표현이 가능해진다.

@septuor1 2014년 11월 27일 오후 1:58

잘못된 말을 지적하여 바로잡는 것도 중요하지만, 문법 공부는 꼰대질을 하기 위한 것이 아니라 내 말이나 남의 말이나 말을 깊이 이해하기 위한 것이다.

@septuor1 2014년 11월 27일 오후 5:59

내가 한국어 제1급 사용자 운운하는 바람에 빈정 상한 사람이 많았던 것 같다. 때로는 빈정거리며, 때로는 정색하며 공격해오는 사람들이 있다. 이런 시비가 생산적이 아닌 것은 말할 것도 없다.

@septuor1 2014년 11월 27일 오후 8:14

우리 동네선 '꾀수'가 남자 이름을 대표했다. 옛이야기는 "옛날 어느 동네에

꾀수가 살았는데"로 시작하고, 어떤 사람이 나이배기라고 말할 때는 "그 사람도 산 너머 꾀수 동갑이네"라고 말한다. 옛이야기의 꾀수는 뭔가 하려던 사람인데, 산 너머 꾀수는 뭘까.

@septuor1 2014년 11월 27일 오후 10:25
길고 복잡하고 종잡을 수 없는 문장 하나를 번역해놓고 보니 아무 말도 아니다. 그런데 다음 문장이 "이런 시시한 이야기를 끝내기 위해서"라는 말로 시작한다. 로트레아몽은 22세에 이 글을 썼다. 내가 애한테 이런 조롱을 받고 여생을 보내야 하는가.

@septuor1 2014년 11월 27일 오후 11:06
손홍규, 「불혹의 작가들」, http://news.khan.co.kr/kh_news/khan_art_view.html?artid=201411172038325&code=990100 내가 이 좋은 글을 오늘에야 읽었다.

@septuor1 2014년 11월 28일 오전 11:38
대발견 : 내가 오타를 낼 때는 아이패드에서 글을 올릴 때다. 내 아이패드 자판 구조가 새끼손가락을 멍청하게 만들도록 설계돼 있다. 이 글도 아이패드에서 올리는데.

@septuor1 2014년 11월 28일 오전 11:52
DJ나 노대통령의 얼굴에는 진심이 있었다. 노통의 경우에는 그게 좀 지나치기도 했다. MB는 진심을 연출하려고 노력했으나 목소리도 얼굴도 받쳐주지 못했다. 지금은 화난 듯 멍한 듯하다가 갑자기 웃는 얼굴을 본다.

@septuor1 2014년 11월 28일 오후 12:50
설화 속 공주들은 대개 자동인형의 얼굴을 가지고 있다. 주인공 남자의 공훈이란 그걸 인간의 얼굴로 만들었다는 것이다. 주인공들은 운이 좋았다. 공주가 아직 어렸으니까.

@septuor1 2014년 11월 28일 오후 12:59

어느 책에 보니 옥스포드를 악스포드라고 표기해놓았다. 내가 '이런 어린지 랄'이라고 말했는데, 혼잣말이어서 유행되지는 않았다.

@septuor1 2014년 11월 28일 오후 1:07

외래어도 우리말이다. 영국말이나 미국말이 어떻게 바뀌든 우리말이 그것을 따를 필요는 없다. 현지음에 얽매이다보면 우리말로 말을 하다가 갑자기 조음 기관을 다르게 긴장시켜야 하는 사태가 벌어진다. 한국말을 쓰는 모든 사람이 희극배우가 되는 것이다.

@septuor1 2014년 11월 28일 오후 1:48

외래어 표기에서 '현지음에 충실하게'는 처음 표기를 결정할 때에 그쳐야 한다고 본다. '미친년 널뛰기'나 '전 국민 희극배우화'를 면하려면.

@septuor1 2014년 11월 28일 오후 2:10

『전파과학』 같은 잡지가 현지음에 목을 매달았던 것은 관계자들이 대개 외국어로 공부한 사람들이었기 때문이라고 말하면 지나친 말이 될지 모르겠다.

@septuor1 2014년 11월 28일 오후 2:26

방금 내 제자가 고자질을 했다. 어떤 사람이 나더러 '왜래어 타령이나 하고 있어서' 실망했다고 말했다고. 내가 어렸을 때 하고 싶었으나 할 수 없었던 것이 타령이다. 우선 소질이 없었고, 그걸 흉내내다가 어른들에게 된통 야단을 맞았기 때문이다.

@septuor1 2014년 11월 28일 오후 2:32

또 오타구나. 이건 컴에서 썼는데. 그러니까 큰소리쳐서는 안 돼!

@septuor1 2014년 11월 28일 오후 5:08

나무 주사위는 바깥에서만 묘사할 수 있다. 우리는 그러므로 영원히 그것의 핵심을 알지 못하게 될 저주를 받았다. 재빨리 둘로 갈라봤다. 그 즉시 그것의 내부가 벽이 되고, 번개처럼 빠르게 신비는 살갗으로 변형된다.

@septuor1 2014년 11월 28일 오후 5:11
그런 이유로 창설이 불가능하다 돌 공의, 쇠막대의, 나무 정육면체의 심리학은. ―「나무 주사위」, 『즈비그니에프 헤르베르트 시전집』, 김정환 옮김.

@septuor1 2014년 11월 28일 오후 5:37
아침부터 비 내린다. 장례식은 건너편에서부터일 것이다. 침모. 그 여자는 결혼반지를 꿈꾸었고, 죽었다. 손가락에 골무 끼고. 모두 그걸 비웃었다. 마음 착한 비가 짜깁는다 하늘부터 땅까지. 하지만 그래도 달라질 것 하나 없다.

@septuor1 2014년 11월 28일 오후 5:39
―「침모」, 『즈비그니에프 헤르베르트 시전집』, 김정환 옮김.

@septuor1 2014년 11월 28일 오후 11:21
대학 동기가 세상을 떠났다. 작은 고추가 맵다고 할 때 예로 들 만한 사람이었는데. 상가에 갔더니 동기들은 왔다가 갔다 하고, 아는 사람 하나 없이 상 끝에 혼자 앉아 자작으로 술 한 병 마시고 왔다. 20명 중 한국에 11명 남았다. 외국에 몇 명 있고.

@septuor1 2014년 11월 29일 오전 12:15
성매매에 대한 내 생각은 복잡하다. 한 가지 측면만 얘기한다면. 성은 늘 경제적인 문제와 결부되어 있다. 대개의 경우는 이 문제를 사랑 같은 이념이나 결혼 같은 제도를 통해 우아하게 해결한다. 그런데 우아한 해결이 불가능한 사람들은 어떻게 하나.

@septuor1 2014년 11월 29일 오후 1:05
오늘의 운세를 보니 언행을 조심하란다. 하루 동안 트윗을 쉬라는 말인 것 같기도 하고.

@septuor1 2014년 11월 29일 오후 1:25

동백에는 흰 동백도 있다고 내가 말했더니, "붉은 동백이 얼마나 아름다운데 동백이 희다고요" 하고 덤벼드는 사람이 있다. 붉은 동백이 없다는 게 아니라 흰 동백이 있단 말이라고 내가 대답했더니, 다시 "붉은 동백이 얼마나 아름다운데" 하며 나더러 벽창호란다.

@septuor1 2014년 11월 29일 오후 2:38

『밤이 선생이다』15쇄 견본 보내며, 김민정이 함께 보내준 엽서. 여기가 어디지.

@septuor1 2014년 11월 29일 오후 3:11

1960년대에 KBS에서 〈오성과 한음〉이라는 어린이용 연속극을 방영했다. 양반집 애들이 어른 하인에게 반말로 명령하는 장면을 매회 내보냈다. 대학생인 내가 방송국에 항의했더니, 담당자가 나한테 역사 강의를 하더라. 왜 그 일이 지금 생각나는지.

@septuor1 2014년 11월 29일 오후 3:25

계산해보니 지금 50대 후반이 그 연속극을 보고 자란 세대겠다.

@septuor1 2014년 11월 29일 오후 8:42

〈오성과 한음〉이 1979년에 방영되었다네요. 그러니까 내가 시간 강사 시절이었구나.

@septuor1 2014년 11월 29일 오후 7:08

나는 가톨릭의 교리에 관해 잘 알지 못하지만, 우리에게 원죄가 있다는 것은 우리가 고해를 해야 할 이유가 아니라 고해를 강요하지 말아야 할 이유처럼 생각될 때가 있다.

@septuor1 2014년 11월 29일 오후 7:40

지금 아내의 포천 도자기 공방에 있다. 아내는 허리가 아파 작업을 못하지만 관리 차원에서 주말에는 들어와야 한다. 고양이도 한 마리 있으니. 난로에 불을 지피는 정도가 그런대로 위안이 되는 작업이다. 글 한 꼭지를 쓰고 나가야 하는데.

@septuor1 2014년 11월 29일 오후 7:59

남의 이야기를 잘 들어준다는 것은 큰 미덕이다. 충고질하지 않고, 괜히 말했네 하는 생각이 들지 않게 이야기를 들어주려면 끈기도 필요하고 사람에 대한 사랑과 이해도 있어야 하는 것 같다.

@septuor1 2014년 11월 30일 오전 1:33

파스칼은 천재였지만, 인간이 선행으로도 기도로도 원죄에서 구원될 수 없다는 생각을 증명하고 설득하려고 그 재능의 대부분을 바쳤다. 우리 안에 자기가 어떻게 할 수 없는 덩어리가 있다는 생각은 끔찍한데, 초현실주의는 그걸 창조의 원천으로 삼기도 했다.

@septuor1 2014년 11월 30일 오전 1:40

초현실주의는 원죄라는 말을 사용하지 않았지만 그것은 원죄의 정치학과 같은 것이었다. 그 끔찍한 덩어리 속에 온갖 욕망이 들어 있지만 새로운 세계의 전망도 들어 있다고 생각했기 때문이다.

@septuor1 2014년 11월 30일 오전 1:49

나는 신문을 네 개나 보면서도 지금 국무총리가 누군지 정확히 모르겠다. 정홍원이 아직도 총리인가. 어디서 뭘 하는가. 십상시 어쩌고 하니 더 모르겠다. 무슨 망가책과 다름없는데 어느 나이가 되면 망가 보기가 어려워진다.

@septuor1 2014년 11월 30일 오전 11:09
어렸을 때 들은 "일천칠백 도 남쪽 바다 달무리만 고요한데"로 시작하는 노래. 일천칠백 도가 이해되지 않아 초등 고학년 때는 '일엽편주의 남쪽 바다' 일 거라고 지레짐작했다. 그게 '1700개 섬이 있는'의 뜻이라고 몇 년 전 알려 준 것은 문화평론가 이영미 선생.

@septuor1 2014년 11월 30일 오전 11:32
오늘 내 트윗과 리트윗이 모두 섬으로 시작하는구나. 섬이란 말만 써도 시가 되고 섬이란 말만 들어도 눈물 흘리는 사람이 있는 나라가 이 나라 아닌가. 탈출할 수 없을 때는 다른 사람을 다 내쫓는 방법, 그 방법을 섬이란 말에서 찾는 것 같다.

@septuor1 2014년 11월 30일 오전 11:56
홍길동의 마지막 소망이 '그 섬에 가기'였다. 좋은 동네 서점의 기획들도 대개 '그 섬에 가기'다. 내가 오늘 이 비 오는 휴일에 저 낡은 노래 '일천칠백 도 남쪽 바다'를 떠올린 게 그 때문인가.

@septuor1 2014년 11월 30일 오후 12:52
공산주의가 야만의 끝에 이르면 북한이요, 자본주의가 야만의 끝에 이르면 남한이라, 'Darth Sidious'님의 말씀. 세계관이나 인생관을 제 경험으로 만들지 못하고, 깊은 성찰도 없이 어디서 빌려오다보면 이런 야만적 극단에 빠지는 게 아닌지.

@septuor1 2014년 11월 30일 오후 1:57
팔레스타인 관련 영화가 뜨면 다운은 받아놓지만, 바로 보지 못하고 며칠을 기다린다. 김기덕 감독의 영화를 볼 때처럼.

@septuor1 2014년 11월 30일 오후 2:37

돌이켜보니 내가 할아버지 소리를 처음 들은 것은 50대 초다. 아파트 1층에 살 때, 애가 밖에서 길게 울어서 문을 열고 왜 그러느냐고 물었더니, "엄마가 어디 갔어요"라고 대답하고 나서 한참 나를 쳐다보더니 "할아버지"라고 덧붙였다. 어쩌겠어.

@septuor1 2014년 11월 30일 오후 6:37

애도 그 짧은 시간에 고민을 많이 했을 것이다.

@septuor1 2014년 11월 30일 오후 6:48

거리에 "싸게 현수막"이라고 쓰인 현수막 광고가 걸려 있다. 저 '싸게'라는 말은 아무래도 부사겠지. 말하는 솜씨들이 날마다 놀랍다.

@septuor1 2014년 11월 30일 오후 8:32

5공 때의 일. 지방 도시에서 대학 중고교 선생들을 모아놓고 웅변 학원 선생이 정의 사회 구현 강연. 질문 시간에 어느 늙은 교사가 일어나 일갈. "잘 알아들었으니 이제 사람 불러내지 마시오." 박수가 터져나오자 연사가 손을 흔들고 답례를 했다. 못 말린다.

황현산

@septuor1 2014년 12월 6일 오후 7:25

내가 예민한 정치 이야기를 꺼내는 걸 보고 우려하는 사람이 많다. 무엇보다도 내 위치에 어울리지 않는다는 것이다. 그러나 내가 체면을 지키려 했으면 트위터에 들어오지도 않았다. 염려하지 않아도 될 것이다. 나는 정치 이야기 외에도 할 이야기가 많다.

💬 7   🔁 180   ♡ 593

@septuor1 2014년 12월 1일 오전 11:31

고종석 선생이 같은 말도 외국어로 쓰면 덜 뻔뻔하고 덜 간지럽다고 썼는데, 실은 모국어도 외국어처럼 쓰면 그런 효과를 얻을 수 있다. 주부 술부 잘 갖추고, 주관적 감각과 감정의 언어 배제하고 낱말을 잘 배열하고……

@septuor1 2014년 12월 1일 오전 11:37

모국어는 말 그대로 엄마와 같아서, 그 앞에서는 자기도 모르게 칭얼거리게 되고 무람없이 굴게 된다.

@septuor1 2014년 12월 1일 오후 1:57

내가 다 해결되었다고 생각하는 일에 여전히 매달려 고뇌하는 사람들이 있으면, 그 사람들을 우습게 볼 것이 아니라, 자신이 빠뜨린 것이 없는지 되돌아보는 게 이롭다. 독창적인 생각은 대개 그럴 때 얻어진다.

@septuor1 2014년 12월 2일 오전 1:14

친환경 미술 활동을 하는 친구가 있다. 착한 대학생들이 자원봉사자로 참여하여 그를 돕는다. 그가 수세식이 아닌 친환경 화장실을 만들었다. 그런데 자원봉사 대학생들은 5백 미터 떨어진 초등학교 화장실을 찾아간단다. 안타깝지만 나도 그럴 것 같다.

@septuor1 2014년 12월 2일 오전 10:58

예술가의 직업은 창조지만 창조를 입에 올리는 예술가는 드물다. 창조는, 창조를 하고 나서만 그것이 창조인지 안다. 한 나라의 경제 정책에 창조 어쩌고 하는 것은 창조를 해본 적도 없고 그게 뭔지도 모르는 사람들의 협잡이다. 들은 것은 있고 겉멋은 들어서.

@septuor1 2014년 12월 2일 오후 12:15

이쯤에서 청와대 해체라는 말이 나와야 할 순서인데.

전공자가 번역을 더 잘할 것이라는 생각도 미신에 속한다. 전공자는 전공하는 작가나 작품에 대해 지식과 정보는 많다. 그러나 번역도 글쓰기인데 전공자가 글을 더 잘 쓰는 사람은 아니다. 좋은 번역을 위해 지식과 정보를 제공하는 것이 그의 임무다.

어쩌다 무엇을 전공한 사람은 자기가 전공한 것밖에는 모르는 수가 많다. 전공자들 가운데 고집불통이 많은 것은 그 때문이다. 유능한 출판사 편집원들은 얼마나 많은 것을 알고 있는가.

진지하고 훌륭한 전공자들도 의심해야 할 때가 있다. 그들은 전공 작가의 중요한 작품을 대개 석사과정에서 번역해둔다. 물론 나중에 고치지만 한번 번역해둔 글의 오류는 미꾸라지처럼 손가락 사이로 빠져나간다.

1952년 여름밤, 우리 마을 사람들은 대야 물에 거울을 담그고 달이 비치길 기다렸다. 거기 비친 달이 잠시 태극처럼 보였다. 이 기억이 진짜일까 가짜일까. 단순한 월식이었을까. 기상청에 물어보고 싶어도 미쳤다고 하지 않을까 겁난다.

이 글을 관심글로만 지정하지 말고 리트윗도 해주셨으면. 혹시 같은 기억을 지닌 사람이 있을지도.

글에 '……으로 다가온다'나 '자리매김한다'가 보이면 아마추어 냄새가 난다. 바둑에서 뻔하고 평범한 수를 속수라 하는데, 글에도 그런 속수 비슷한 것이 있다.

@septuor1 2014년 12월 3일 오후 12:30
번역에서 '빈'을 '텅 빈'이라고 쓰는 경우가 많다. '빈'이 단음절이어서 불안하기 때문이다. 그런데 이 '텅'이 '빈'의 적막감을 깨뜨린다. 불안해도 그대로 쓰고 독자를 믿는 편이 더 좋을 것이다.

@septuor1 2014년 12월 3일 오후 10:06
'찌라시'가 '낱장 광고'로 순화된 말이라는 걸 알았다. 낱말은 무얼 지시하기만 하는 것이 아니라 감각과 감정도 담고 있는데…… 말은 대학교수들 토론하는 데만 쓰는 것이 아니다.

@septuor1 2014년 12월 3일 오후 10:41
남양공업 직원채용 광고지 보니 '외국인× 전라도× 동반×'라고 했는데, '동반'은 뭐지요?

@septuor1 2014년 12월 3일 오후 11:09
박원순 시장은 피부를 깨끗하게 하는 데 신경 덜 쓰고 근육 운동 심폐 운동을 더 열심히 하는 것이 낫지 않을까.

@septuor1 2014년 12월 4일 오전 2:47
구슬치기로 트윗이 길어졌는데, 나는 구슬치기를 한 적이 없다. 구경만 하는 좀 바보 같은 아이. 정말이지 내 엄지손가락은 구슬을 밀어낼 힘이 없었다. 구슬을 한 말이나 따서 항아리에 넣어둔 아이가 나한테 한주먹 집어준 적은 있다.

@septuor1 2014년 12월 4일 오전 5:23
도움을 주신 분이 많아서, 1958년 여름밤에 제가 거울에서 보았던 것을 이제 완전히 이해하게 되었습니다. 그런데 물속의 거울을 통해 달을 보는 것이 월식 관찰의 일반적 방법인가요? 물에 잠긴 거울 때문에 그 일을 매우 환상적으로 기억하고 있습니다.

어떻게 52를 58로 쳤냐. 이건 단순 오타가 아니라 진단받아야 할 일이다. 52년 8월 때문에?

1952년 8월 6일의 추억 정리
1. 그날 밤 마을 사람들이 물에 넣은 거울에 달이 태극으로 비쳤다.
2. 그날 한반도에 부분 월식이 일어났다는 기록이 있다.
3. 달의 그림자 진 부분이 붉게 보였고 어린 나는 그것을 태극기라고 생각했다.

4. 거울을 물에 넣은 것은 달을 잡아먹는 오랑캐를 그 방식으로 물리칠 수 있다는 설화 때문이었다.
5. 이걸 밝히기까지 도움을 주신 분들께 고개 숙여 감사드린다.
6. 첨언 : 그날 밤 일은 책력을 보고 월식을 예견한 마을 어른의 지시였을 것이다.

내가 농담을 리트윗했을 때 누가 그걸 관심글로 지정하면 서운하다. 여기서 함께 웃지 않고 어디 가서 혼자 웃으려고.

나한테 '모애상' 주겠다는 사람들이 더러 있는데, 주면 받겠지만, 그게 무슨 상인지 모르겠다. 검색을 해봐도 안 뜨고……

@septuor1 2014년 12월 5일 오전 1:17

'모에상'으로 검색해도, '모베상'만 찾으라는데.

@septuor1 2014년 12월 5일 오전 1:20

아, 알았다. 내가 모에하구나.

@septuor1 2014년 12월 5일 오전 2:55

'노블레스 오블리주'를 대단한 것인 듯이 말들을 하지만 나는 왕자병과 연결되어 있는 것만 같은 이 말이 싫다. 인간이 마땅히 실천해야 할 의무를 귀족들이 폼 잡고 베풀어야 할 은혜로 생각하다니.

@septuor1 2014년 12월 5일 오전 3:15

우리는 비유적인 의미에서라도 귀족이라는 것을 인정해서는 안 된다고 생각한다. 그것은 우리 자신과 우리의 삶을 모욕하는 것이다.

@septuor1 2014년 12월 5일 오전 10:50

영어의 promontory 불어의 promontoire는 바다로 비쭉 나온 절벽, 즉 곶이자 벼랑인 곳. '곶벼랑'이라 옮기려는데 사전에 없다. 바닷가엔 화연, 곧 꽃벼루라 부르는 곳이 많은데, 실은 곶비리, 즉 곶벼랑이다. 역자들아 단결하여 살려 쓰자.

@septuor1 2014년 12월 5일 오전 10:57

운동성 트윗이니 동의하시면 리트윗 부탁.

@septuor1 2014년 12월 5일 오전 11:33

정윤회가 담배는 안 피우나.

@septuor1 2014년 12월 5일 오후 12:27

뭐 한 가지라도 도움이 돼야지.

@septuor1 2014년 12월 6일 오전 2:26

미당문학상 나희덕, 황순원문학상 은희경. 수상 소감이 어찌나들 멋진지. 상을 안 줬으면 큰일날 뻔했다.

@septuor1 2014년 12월 6일 오전 11:44

미당상 수상 소감에서 나희덕은 미당이 가난한 생활인으로 시에 전념하여 한국 시의 서정성을 깊게 하고 넓게 했음을 논문 수준으로 분석하여 '시인 미당'을 다시 안타깝게 돌아보게 했음.

@septuor1 2014년 12월 6일 오전 11:49

황순원문학상 은희경은 자신이 생활인으로서는 바보고, 글을 쓰는 데에도 여전히 더듬거리고 있는 처지를 말하여, 자신이 탔던 상 타고 있는 상이 어쩌다 얻어진 것이 아님을 은근히 시사. 나희덕은 비장하게, 은희경은 유머러스하게.

@septuor1 2014년 12월 6일 오후 12:02

정현종 시인이 미당상 축사를 하며, 젊은 시인들의 시에 서정성이 없다고 비난했다. 나로서는 정시인이 젊은 시인들의 시를 읽어보았는지 의심스럽다. 왜 누구를 칭찬하려면 다른 누구를 까야 한다고 생각하는지.

@septuor1 2014년 12월 6일 오후 1:29

젊은 시인들에 대한 비난자들 가운데는 진보적 지식인들도 있다. 성소수자들의 편에 서 있는 사람들이 왜 여자는 여자고 남자는 남자며, 귀족은 귀족이고 천민은 천민이라는 고전적 미학에서는 벗어나려 하지 않는지.

@septuor1 2014년 12월 6일 오후 3:06

편견은 무지에 잘난 체가 합쳐진 것이니 인간을 괴물로 만들기에 가장 적합한 정신 상태다. 그런데 대개는 똘마니 괴물이 만들어진다.

@septuor1 2014년 12월 6일 오후 3:20

친노들이 호남 사람 전체를 '난닝구'라고 하지는 않았다. 그러나 그 말에 상처를 받은 것은 호남 사람 전체였다.

@septuor1 2014년 12월 6일 오후 3:43

어느 재승박덕한 입에서 '난닝구'라는 말이 나왔을 때, 말을 다루는 것이 직업인 나는 땅을 치고 통탄했다. 나는 이 말이 결국 노대통령을 죽음으로 몰고 갔다고까지 생각한다. 친노들은 아직도 그 사실에 대한 아무런 자각이 없다.

@septuor1 2014년 12월 6일 오후 4:00

어느 댓글에 흥분해서 이 일련의 트윗을 쓰고 있지만, 하던 말이니 자 끝을 내자. 일베들과 보수 우익들이 '홍어'라는 말에 그리도 집착하는 것은 호남의 민주화 열망이나 의지에 상처를 주기 위함이다. 그런 돌이킬 수 없는 상처 입히기를 '난닝구'가 했던 것이다.

@septuor1 2014년 12월 6일 오후 4:19

친노들은 17대 대선 때 호남이 정동영을 압도적으로 지지한 것을 보고 상처를 입지 않았기 때문이라고 생각하다면 정말 바보 같은 생각이다. DJ나 노통이 대통령이 될 수 있었던 것은 지지자가 많았기 때문이 아니라 열정이 충천했기 때문이다.

@septuor1 2014년 12월 6일 오후 4:22

축구공에 구멍을 내도 공의 형태는 그대로 유지된다. 그러나 땅에 던져도 튀어오르지 않는다.

@septuor1 2014년 12월 6일 오후 4:30

'빽바지'는 영남 전체를 비하하는 말이 아닌데, '난닝구'는 왜 호남 전체를 비하하는 말이 되느냐고 누가 묻는다. 그걸 모르는가. 빽바지는 국회의원이 입었다. 난닝구는 누가 입었는가? 빽바지는 멋으로 입었다. 난닝구는 왜 입었는가?

@septuor1 2014년 12월 6일 오후 4:51

호남 운운하며 내게 싸움을 걸어온 것이 친노였기 때문에, 그 문제점을 지적하다보니 결과적으로 친노들을 비난한 셈이 되었지만, 나는 친노와 비노를 가르고 싶지 않다. 내가 염려하는 것은 민주화의 열정과 의지가 약화되는 것뿐이다.

@septuor1 2014년 12월 6일 오후 5:03

호남 사람들 전체가 상처를 입었다는 말들 두고 나더러 소설을 쓴다는 사람이 있기에 이 말만을 하고 이 일련의 트윗을 끝내겠다. '난닝구'라는 말이 나왔을 때, 정치와는 전혀 무관하고 대학교수를 아들로 둔 우리 어머니가 울었다.

@septuor1 2014년 12월 6일 오후 7:25

내가 예민한 정치 이야기를 꺼내는 걸 보고 우려하는 사람이 많다. 무엇보다도 내 위치에 어울리지 않는다는 것이다. 그러나 내가 체면을 지키려 했으면 트위터에 들어오지도 않았다. 염려하지 않아도 될 것이다. 나는 정치 이야기 외에도 할 이야기가 많다.

@septuor1 2014년 12월 6일 오후 8:57

문학 공부 : 세월호 참사로 슬퍼하는 한국인에 대한 글을 쓰라는 숙제에서 초등학생이 "오빠와 나는 울었다"고 썼다. 오빠와 네가 한국을 대표하냐고 묻는 바보도 있다. 대표는 무슨 대표, 표본이라면 모를까. 시에서는 이런 표현을 뭉뚱그려 옛날에는 상징이라

@septuor1 2014년 12월 6일 오후 9:04

했고, 오늘날에는 보통 환유라 한다. 부분으로 전체가 아니라, 단순한 사실

의 서술로 거대하거나 복잡한 현상의 징후를 드러내는 장치. 가장 이해시키기 어려운 것은 은유가 아니라 환유다. 누가 가르쳐주는 것이 아니라 남매와 함께 울어야 아는 것이라서……

@septuor1 2014년 12월 6일 오후 9:13
은유는 보통 자기에게는 확실하나 다른 사람은 아직 감지하기 어려운 것을 표현한다. 환유는 자기도 알지 못하는 것을 표현할 수 있다. 뭉크가 불안한 사람을 그릴 때 그 불안이 무엇인지 알았겠는가. 고로 모든 것을 다 알은체하는 사람들이 싫어한다.

@septuor1 2014년 12월 6일 오후 10:59
은유는 의미를 내포한다. 환유에는 의미가 들어 있지 않다. 좋은 환유는 사실상 아무것도 담지 않는다. 환유에서 의미에 해당하는 것을 찾는다면 그 환유를 둘러싸고 있는 현실 전체다. 그래서 환유를 읽기 위해서는 좋은 감각과 상상력이 필요하다.

@septuor1 2014년 12월 6일 오후 11:10
말할 필요조차 없는 일이긴 한데, 내가 공지영씨의 소설을 비난하지 않았다고 나에게 심하게 욕한 사람이 있다. 나는 여기서 누구의 소설에 대해서도 좋다 나쁘다 말한 적이 없으며, 그럴 의무도 나한테 없다. 그걸 누가 나에게 강요할 권리도 없다.

@septuor1 2014년 12월 7일 오후 12:03
문재인 의원과 호남의 관계는 나쁘지 않다. 그러나 뜨겁지도 않다. 양쪽 정서를 모두 알고 있는 안도현 시인 같은 분이 고민해야 할 대목인데, 해답은 어쩌면 쉬운 곳에, 그의 시 「연탄재」에 있을지도 모른다.

@septuor1 2014년 12월 7일 오후 12:15
박원순 시장은 감자를 한번 꿀꺽 삼켜, 성소수자 문제를 인권 차원으로 끌

어울리고, '튼튼 박원순'의 이미지를 재확인시킬 수 있는 기회를 놓쳤다. 보수우익의 덫에 말려들어간 것이다. 지금이라도 얼굴 걱정 말고 근육 운동 심폐 운동을 하는 것이 좋겠다.

@septuor1 2014년 12월 7일 오후 12:23
안철수 의원은 허공에 떠 있는 것 같기도 하고 땅에 너무 붙어 있는 것 같기도 하다. 위치를 바로잡으려면 시간을 길게 잡고, 인문사회학 포럼 같은 것을 오래 지속하는 방법도 있을 텐데, 누구 말을 듣는 성격이 아닌 것 같다.

@septuor1 2014년 12월 7일 오후 2:25
그 사람들이 박근혜 찍겠어? 그 사람들이 김무성 찍겠어? 지지자들은 포로가 되기 쉽다.

@septuor1 2014년 12월 7일 오후 2:35
누구 말대로 고심 끝에 오타 난다더니, 인질이라고 쓸 걸 포로라고 썼네. 포로나 인질이나.

@septuor1 2014년 12월 7일 오후 4:00
문학에서, 한 작가를 후대의 역사는 영향력으로 평가하고, 당대의 비평은 재능으로 평가한다. 박남철은 많은 사람에게 골치 아픈 인간이었으나, 재능은 있었다. 여러 사람이 그의 부고에 날 괴롭힐 일은 없겠구나 하는 생각과 안쓰러움이 교차했을 것이다.

@septuor1 2014년 12월 7일 오후 4:49
인격파탄자가 교육자가 되거나 언론인이 될 수는 없다. 그러나 인격파탄자도 문학은 할 수 있다. 인격파탄자가 문학을 한다는 것이 아니라 인격파탄자도 할 수 있다는 것이다. 문학은 어떤 사람에게 첫번째 구원처고 어떤 사람에게는 마지막 구원처다……

@septuor1 2014년 12월 7일 오후 8:39

나는 청와대에 관해 무슨 말을 쓰고 싶어도, 그 이름에 대통령이라는 말 붙이기 싫어서 안 쓴다.

@septuor1 2014년 12월 8일 오전 11:52

이제는 '견통령'이라는 말을 사전에 올려도 될 것 같다.

@septuor1 2014년 12월 8일 오후 12:56

손가락 하나만 움직여도 열 사람이 달려오곤 했으니 세상에 대한 균형과 감각이 없어지고 사람이 사람으로 느껴질 리가 없다. 애들을 그렇게 키우고 싶어하는 부모들은 좀 생각해볼 일이다.

@septuor1 2014년 12월 8일 오후 2:37

조부사장 사건 같은 것이 일어날 때는 내가 자라온 환경을 생각하며, 나는 얼마나 운이 좋았던가, 하는 과람한 생각까지 하게 된다.

@septuor1 2014년 12월 8일 오후 3:48

이시영 시인이 강권하니 쓰는 트윗. 시를 읽어야 사람이 되는데, 문제는 사람이 돼야 시를 읽는다는 것!

@septuor1 2014년 12월 9일 오전 1:00

글에 구두점을 많이 찍는 게 이롭다고 한다고 생각한다. 구두점을 잘 안 쓰는 데는 일본어의 영향도 있다고 보는데, 낱말들을 붙여 쓰는 일본어에서는 띄어쓰기로 구두점의 효과를 대신하는 것 같다. 구두점은 긴 문장을 명확하게 쓰는 데 도움을 준다.

@septuor1 2014년 12월 9일 오전 1:03

한국어에는 구두점이 필요 없다고 말하는 사람들도 있는데, 구두점이 필요 없는 언어는 없다. 서양에서도 옛날에는 구두점을 찍지 않았다.

@septuor1 2014년 12월 9일 오전 1:19

서양에서 의문부호를 처음 쓴 것은 4세기경, 감탄부호와 괄호를 쓴 것은 13세기. 현대의 구두점 체계가 완성된 것은 18세기였다.

@septuor1 2014년 12월 9일 오전 1:26

글을 써놓고 줄이다보니 이상하게 되었다. "이롭다고 한다고 생각한다"라니. "이롭다고 생각한다"가 맞습니다.

@septuor1 2014년 12월 9일 오전 1:31

글을 읽을 때, 사람마다 호흡과 리듬이 다르다. 구두점은 독자의 호흡을 글 쓴 사람의 호흡으로 유도하는 효과를 얻어주기도 한다.

@septuor1 2014년 12월 9일 오전 2:17

따옴표를 남발하던 시대가 있었다. 80년대까지도 소설에서 '쾅'이나 '따르릉'에 따옴표를 쓴 경우가 있었다. 논리적으로 불가능하기는 "……" 같은 것도 마찬가지다.

@septuor1 2014년 12월 9일 오전 10:28

선생이 학생을 식칼로 때렸다는 말은 상상력을 아무리 발동해도 이해가 되지 않는다. 왜 선생이 식칼을 가지고 있으며, 식칼의 어느 부분으로 어떻게 때렸다는 말인지.

@septuor1 2014년 12월 9일 오전 10:36

교사가 단감을 깎아 먹던 중이었고, 칼날로도 쳤구나. 잔인성과 유머 정신이 동시에 발동한 것인가. 군대 고참 중에도 그런 인간 있었다.

@septuor1 2014년 12월 9일 오전 11:08

개념어가 삶을 억압한다는 것은 맞는 말이다. 그런데 말은 그 자체가 추상적이고 개념적인 성격이 있다. 감나무에 비교하면 나무도 개념어다. 어디까지를 구체적이라고 생각하고 어디까지를 개념적이라고 생각하느냐를 정하는 것도 때로는 이데올로기에 속한다.

인간 육체의 허약함에 대한 불안 때문에 남을 육체적으로 괴롭히는 경우가 종종 있는 것 같다. 마음속으로는 헛된 중에 헛되도다 하고 있을지도 모른다.

혐오 표현은 어떤 사람들을 사회로부터 제외하고 변두리화한다. 인격적으로 살인을 저지르는 혐오 표현은 민주적 원칙에 어긋나는 말이며 따라서 표현의 자유라는 말로 옹호될 수 없다.

기장은 "그럴 수 없습니다"라고 말했어야 한다. 대한항공 사건은 전문가의 전문성까지 노예화했을 때 일어날 수 있는 비극에 대해서도 말해준다. 대한민국이 지금 그 지경에 있다.

문학에 대한 지원이 정명훈 모셔오면서 없어졌으면, '그거 몇 푼 안 되니까 너희들 참아라' 이렇게 말할 것인가. 정명훈 모셔올 만큼 문화적 역량이 커졌으면 다른 지원도 더 튼튼해져야 하는 것이 아닌가.

무슨 말을 좀 겸손하게 하면 나중에 꼭 설명해야 할 사태가 벌어진다.

나는 '붉은'과 악연이 있나보다. 내가 『알코올』을 번역했을 때, '붉은암마'라는 서평가가 평점으로 0점을 주었다. 그 이유는 소설인 줄 알았는데 시집이라는 것. 오늘은 '붉은떡'이라는 사람이 "황현산 재 ㄱㅈㅇ과야 엉뚱멍청해"라는 트윗을 날렸다.

@septuor1 2014년 12월 10일 오후 3:01
사람들은 의견이 다르면 다르다고 말하지 왜 욕을 퍼부을까. 무슨 권력 싸움도 아닌데.

@septuor1 2014년 12월 10일 오후 3:04
병원에 다녀왔다. 몸이 아프면 생명을 가장 생생하게 느끼게 하는 그 고통이 몸을 타자화하기도 한다. 쟤는 왜 아프고 그래.

@septuor1 2014년 12월 10일 오후 3:16
우리는 비평에 매우 서투르다. 이윤기는 죽기 전 오역 논쟁에 휘말렸다. 그때 이윤기가 말했다. 번역이 틀렸으면 틀렸다고 말하지 왜 나를 죽일 놈으로 만들어. 분노를 앞세우지 않고는 비평을 못하는 것은 비평 연습이 돼 있지 않기 때문일 것이다.

@septuor1 2014년 12월 10일 오후 4:17
보들레르가 사랑한 여자들 중에는 당시 사교계의 여왕인 사바티에 부인이 있다. 그는 익명으로 여러 편의 편지를 보냈다. 익명이라고 해서 모를 린 없고. 사바티에 부인이 호텔에서 만나자고 했다. 시인은 약속을 어기고 검은 잉크 한 병을 보냈다.

@septuor1 2014년 12월 10일 오후 4:23
이 사건으로 논문 백 편이 나왔다. 사실 보들레르는 핑계에 불과하고, 어떤 허접한 사건이라도 파고들면 그 밑에는 거대한 창고가 있다.

@septuor1 2014년 12월 10일 오후 9:38
우리말에는 구두점이 필요 없다는 말은 우리말로는 복잡하면서도 섬세하고 길면서도 명확한 문장을 쓸 필요가 없다는 말과 같다. 우리말은 어떻다는 말은 대개 미신이다.

@septuor1 2014년 12월 10일 오후 10:39
경복궁 옆 미대사관 땅은 시민들에 대한 모욕이었다. 수도 한복판에 높은 담장에 둘러싸인, 누가 뭘 하는지도 모르는, 접근할 수도 없는 땅이 반세기 이상 버티고 있었으니. 누구나 접근할 수 있는 공간으로 만드는 것이 그 모욕에서 벗어나는 유일한 길이다.

@septuor1 2014년 12월 11일 오전 10:23
내 정명훈 트윗에 사람들이 왜 그렇게 화를 냈는지 이제야 깨달았다. 박과 정의 갈등. 박은 자신의 개인적 윤리 문제를 정책 문제로 덮으려 하였다. 내가 연득없이 시의 문화 예술 정책에 대한 의구심을 말한다는 게 결과적으로 박의 책략을 도와주는 꼴이 되었다.

@septuor1 2014년 12월 11일 오전 11:37
누가 방금 나한테 클래식 좋아하는 좌파의 입장에 대해 문자 메시지를 보냈다. 나는 그 입장을 모르지 않는다. 내가 순수시, 난해시, 전위시를 좋아하는 좌파라서.

@septuor1 2014년 12월 11일 오후 12:10
경복궁 옆 미대사관 숙소 땅은 지금 대한항공 소유다. 대한항공은 조현아 사태의 사과 차원에서 그걸 서울시에 양도하여(공짜로 주라는 말은 아니고) 공공 목적에 사용하게 하면 어떨까. 아니면 시민들이 그때까지 무한 불매 운동을 하거나.

@septuor1 2014년 12월 11일 오후 1:21
고급문화에 대한 좌파의 의혹이 보통 편견에서 비롯하듯이, 좌파의 문화적 견해에 대한 그 반대편의 몰이해는 물론 오만에서 나오는데, 이 경우 몰이해는 의도적인 왜곡일 때도 있다.

@septuor1 2014년 12월 11일 오후 7:03

백낙청 선생이 창비를 붙들고 있는 것은 비단 문학 때문에만은 아니리라. 선생의 분단 체제론이 끝을 보지 못했고, 그와 관련해 아직 할 일이 많다. 그러나 선생이 창비를 붙들고 있는 한 그에 대해 선생보다 더 잘 생각할 사람이 나오기 힘든 것도 사실이다.

@septuor1 2014년 12월 11일 오후 7:38

진돗개 사건보다 땅콩 사건에 사람들이 더 들끓는 것은, 한쪽은 말해봐야 변할 리 없지만, 다른 쪽은 적어도 한번 욕을 보일 수는 있다는 생각 때문이기도 할 것이다.

@septuor1 2014년 12월 11일 오후 11:10

4대강에 관해서는 야당이 눈앞에 있는 괴물의 시체가 어디 가겠느냐고 느긋하게 생각했을 수도 있고.

@septuor1 2014년 12월 12일 오전 11:14

4대강이 눈앞에 있는데, 결국 문제가 된다 싶지만, 4대강에 밀린 야당 실력으로 방산 비리 자원 외교 비리인들 제대로 규명할지 염려스럽다.

@septuor1 2014년 12월 12일 오전 11:28

이승만 정권이 민주주의 교육엔 소홀하지 않았다. 민주와 자유 이념의 정론을 가르쳤다. 북한을 의식해서기도 하고 미국 교과서 영향도 있었겠지만, 아무튼 그 교육을 받은 세대가 4·19혁명을 일으켰다. 군국주의 교육을 받은 박정희 정권과는 그 점에서 달랐다.

@septuor1 2014년 12월 12일 오전 11:47

박정희는 문화적으로도 완전한 군국주의자였다. 그는 새로운 문화적 감수성이라면 모두 망국 정조로 여기고 탄압했다. 박근혜의 툭툭 끊어지는 이상한 말투도 그와 관계가 있을지 모른다.

@septuor1 2014년 12월 12일 오전 11:57

박정희 시대, 특히 유신 시대라면 지금의 한류 스타들은 모두 감옥에 들어가 있을 것이다.

@septuor1 2014년 12월 12일 오후 12:20

박정희 시대가 얼마나 무시무시하고 끔찍했는가를 알리는 것보다 한국 민주발전에 더 도움이 되는 일도 없을 것이다. 그 시대가 다시 온다면 어버이연합 회원들조차 견디지 못할 것이다.

@septuor1 2014년 12월 13일 오전 1:52

거의 한 페이지를 다 차지하는 문장을 여러 조각으로 나누어 번역하고, 그것을 짜집기해 이어 붙였다. 두 시간이 걸렸다. 그러고도 부사 두 개를 어디에 넣어야 할지 결정하지 못했다. 다시 들여다보기도 싫다.

@septuor1 2014년 12월 13일 오전 2:12

알림에 일베성 댓글 세 개가 들어와 있다. 오늘 처음으로 블락이라는 것을 했다.

@septuor1 2014년 12월 13일 오전 10:29

이승만 시대의 민주주의 교육은 남한의 헌법에 대한 선전 수단이기도 했다. 그러나 선생들은 거의 모두 일제의 전체주의 교육이 몸에 배어 있었다. 그런 사고로는 '공사 구별'이라는 말도 '대를 위해 소가 희생한다'는 말로 이해되었다.

@septuor1 2014년 12월 13일 오전 10:33

아마도 1974년. 친구와 함께 독립문 근처 카페에 들어갔다. 손님이 없고 앞으로도 없을 그 카페를 어느 무명의 코미디언이 운영하고 있었다. 그가 우리 두 사람 앞에서 장발 단속을 풍자하는 잘 만든 단편극을 시연했다. 나중에 보니 그가 전유성이었다.

@septuor1 2014년 12월 13일 오후 6:53

짜깁기를 짜집기라고 썼다는 어느 분의 지적이 있었다. 수정하기에는 이미 늦었다. 짜깁기가 맞는데, 약간 멸시가 섞인 비유적 의미에서 '이리저리 얽어맞추어서'라는 뜻으로 쓸 때는 나도 모르게 짜집기라고 쓰게 된다.

@septuor1 2014년 12월 13일 오후 7:30

5·16 직후 군인들은 거리에서 좌측통행을 하지 않는 사람들을 잡아갔다. 사람들은 제식 훈련 하듯이 길을 걸으면서, 사회의 질서가 잡혔다고 생각했다. 그런 식 통치의 결정판이 전두환의 삼청교육대였다.

@septuor1 2014년 12월 14일 오전 10:53

자고 나니 고종석의 은유가 이해되었다. 그에게 사제의 목적론은 없지만 성숙한 시민 사회라는 미래가 있다. 그 미래는 멀어서, 어쩔 수 없이 여기 머물러 있는 이 자유주의자에게 은유는 외국어로 글쓰기와 같다. 지금 여기의 말인 환유를 싫어할 수밖에 없다.

@septuor1 2014년 12월 14일 오후 12:21

어제 허지웅 작가의 트윗 하나를 관심글로 지정해두었는데, 어디서도 찾을 수가 없다. '이 사태를 신은 보고 있겠지' 이런 글인데. 내가 잘못 생각하고 있나.

@septuor1 2014년 12월 14일 오후 12:44

허지웅 작가가 지운 것 같습니다. 그 심정도 이해가 되고요. 은유에 대한 이해에 도움을 준 트윗이었는데.

@septuor1 2014년 12월 14일 오후 1:45

사람들이 잘 믿지 않는데, 나는 일베가 기획되어 있다고 생각한다. 일베나 그 근처의 논객이란 인간들은 누구를 설득하려는 게 아니라, 말도 안 되는 소리를 계속 늘어놓아 사람들을 지치고 무력하게 하는 책략을 쓰고 있다.

@septuor1 2014년 12월 14일 오후 2:45

갑을 관계가 없는 나라는 없지만 한국에서 유독 가혹한 것은 국가주의 때문이기도 하다. 기업이 잘되어야 나라가 잘되고 나라가 잘되면 무슨 짓을 해도 좋다는 생각. 그런데 이 국가주의는 왜곡된 애국심보다도 노동 착취의 가리개인 경우가 더 많다.

@septuor1 2014년 12월 14일 오후 3:27

아래 'NOMADE 뚝새'님의 글을 보고 든 생각 : 옛날 할머니들은 가난한 조카가 찾아오면 '나라도 뭣하면 뭣할 텐데 나도 뭣해서 뭣하고' 이렇게 말했다. 다 알아들었다. 우리도 지금 청와대가 무슨 말을 하든 다 알아듣는다. 신문들이 번역도 해주고.

@septuor1 2014년 12월 14일 오후 6:56

노무현 대통령의 말은 진정성이 넘쳐서 못 견디는 사람들이 많았다. 이제 완전히 넋이 빠져 있는 말을 듣는 심정은 어떤지 모르겠다. 혹시 모르겠다. 그동안 기계와 대화들을 많이 해서……

@septuor1 2014년 12월 15일 오전 12:31

나이 50에 비트라는 채소를 처음 먹었다. 한참 생각하고 나서, 그것이 어렸을 때 먹은 근대의 냄새, 근대의 맛과 똑같다는 것을 알았다. 근대의 잎과 뿌리를 넣고 끓인 된장국은 참 맛이 있었다. 죽기 전에 근댓국을 다시 먹을 일이 있을지 모르겠다.

@septuor1 2014년 12월 15일 오전 12:44

근대를 쉽게 구할 수 있다는 답글이 여럿 올라왔는데, 아내는 나와 고향이 달라서 그런지 한 번도 근대를 사온 적이 없다. 시장에도 따라다녀봐야지.

@septuor1 2014년 12월 15일 오전 1:15

곤반불레, 코딱지나물, 사랑부리. 이건 우리 고향에서만 듣는 나물 이름이다. 곤반불레는 별꽃, 코딱지나물은 광대나물, 사랑부리는 무슨 씀바귀라 할 텐데 모르겠다.

@septuor1 2014년 12월 15일 오전 1:21

나이가 들면 어렸을 때 먹던 음식이 자주 생각난다. 전라도 서남 해안 지방에 사랑부리라 부르는 나물이 있다. 씀바귀의 한 종일 텐데 보통 보리밭에서 자란다. 된장 간해서 나물로 무쳐 먹으면 입맛이 개운하다. 사랑부리에 얽힌 가족사도 있는데, 그만 쓰자.

@septuor1 2014년 12월 15일 오전 11:29

이 재밌는 글 왜 리튓이?

@septuor1 2014년 12월 15일 오전 11:43

오늘 한국일보의 권여선 기사. 사진이 선녀 같다. 밑에 진경산수화 기사에 그림까지 있어서 더욱.

@septuor1 2014년 12월 15일 오전 11:59

댄디의 기쁨 중의 하나는 군중 속에 익명으로 들어서 있는 것이라고 보들레르가 말했다. 왕후의 기쁨, 귀족의 기쁨. 비행기 탈 때 기장도 못 알아본 손님이었으면 그거야말로 대단한 권력이었을 텐데.

@septuor1 2014년 12월 15일 오후 12:42

지적 작업을 하고 있는 사람이 길을 하나 찾아서 몰두하고 있을 때, 다른 사람의 길이나 작업은 눈에 들어오지 않을 수 있다. 그러나 피카소가 큐비즘에 몰두할 때 들라크루아를 바보라고 생각했을까. 오히려 큐비즘은 들라크루아를 이해하는 방법이 아니었을까.

@septuor1 2014년 12월 15일 오후 1:38

내 타임라인에 리트윗이 너무 많다고 아들까지 충고를 한다. 사람들이 읽어주었으면 좋겠다 싶은 트윗을 만나면, 손가락이 참질 못한다. 이 글 읽으시오, 소리치고 다니는 것이 사실 내 직업 아닌가.

@septuor1 2014년 12월 15일 오후 2:19
군가산점 제도가 또 들썩이나본데, 그게 정책자 입장에선 눈 가리고 아웅이고, 예비역들 입장에선 죽으라고 무료 봉사하고 다른 사람 저녁 밥그릇 빼앗을 권리를 얻는 것과 같다. 밥그릇 몇 개 되지도 않는데. 좀 실제적인 것을 요구해라. 사병 월급 올리라든지.

@septuor1 2014년 12월 15일 오후 7:42
초등학교에서 비 오고 바람 불고 눈 내리는 이치를 배우며 위안을 받았다. 세계에 질서가 있구나. 인간에게 권리와 의무가 있고, 제도가 있다는 것을 배우며 행복했다. 세상이 살 만하구나. 그후 세월은 이 위안과 행복이 헛된 것이 아님을 증명하려는 나날이었다.

@septuor1 2014년 12월 16일 오전 9:40
청와대가 이 나라의 뇌라고 생각한다면, 이제 우리는 적어도 3년간 치매 상태로 살겠구나.

@septuor1 2014년 12월 16일 오후 9:05
정혜윤 PD의 『그의 슬픔과 기쁨』을 읽는 것도 쌍용차 해고 노동자들을 돕는 방법일 것입니다. 제가 추천사를 쓰기도 했습니다.

@septuor1 2014년 12월 16일 오후 9:16
해고 노동자들을 돕는 방법이라기보다 읽는 사람 자신을 돕는 방법이라고 해야 더 옳은 말일 것 같기도 합니다. 그 사람들이 투쟁중에 성장한 이야기를 읽으면서, 함께 성장하는 사람이 많을 것입니다.

@septuor1 2014년 12월 16일 오후 9:20

왜 트윗에서는 이렇게 오타가 많은지 모르겠네.

@septuor1 2014년 12월 17일 오전 11:44

파키스탄의 참극에 암담한 마음뿐이다. 세상을 설득하는 데 절망하면 필경 극단주의자가 될 것이다. 제가 상상한 작은 세계를 붙들고 그 밖의 세상을 파괴하려는 자들이 세상을 바꿀 순 없다. 먼 나라만 그런가. 한국의 정치적 빠들도 비슷한 정신 상태에 있다.

@septuor1 2014년 12월 17일 오후 9:18

내일 신안군의 신안문화원에서 강연하기로 했는데, 오지 말라고 전화가 왔다. 청중들이 섬에서 배를 타고 와야 하는데, 여러 가지 경보가 한꺼번에 내려 배가 뜰 수 없단다. 집에 와 책상 앞에 앉아 있으니 나도 섬에 있는 것 같다.

@septuor1 2014년 12월 17일 오후 9:46

옛날 목포 만호가 섬을 순시중에 풍랑을 만나 어느 섬에 정박했다. 풍랑이 길어져 쌀이 동났다. 수군들이 보리를 구해서 밥을 지어올리니 만호가 먹을 수 없단다. 만호가 사흘을 굶었는데, 풍랑이 가라앉지 않는다.

@septuor1 2014년 12월 17일 오후 9:48

이러다 큰일나겠다 싶어, 착한 수군들이 똑같은 보리밥을 양찰보리밥이라고 말하며 만호에게 올렸다. 만호 왈, 양찰보리밥은 먹을 만하구나. 내가 음식 투정 할 때마다 들었던 이야기다.

@septuor1 2014년 12월 18일 오전 10:44

박원순은 성소수자들이 소수라는 생각만 했지, 인권의 대원칙이 항상 소수와 만난다는 사실은 생각하지 않았다. 늘 중요한 것은 그 사람의 밑바닥에 깔린 생각이다.

@septuor1 2014년 12월 18일 오전 10:47

이 추운 날에 저 높은 굴뚝 위에 두 사람이 있다. 모든 권력은 그들이 거기 있다는 사실을 잊어버리려고 한다.

@septuor1 2014년 12월 18일 오후 4:38

근대를 사다 국을 끓였다. 기대했던 맛이 아니다. 뿌리도 함께 넣어야 하는데 마트에는 뿌리 있는 근대가 없다. 그래도 맛은 있다. 마침 광주에 사는 누이에게 전화가 와서 재래종 근대 얘기를 했다가 봉변만 당했다. 오빠는 무슨 고릿적 이야길 하고 있어.

@septuor1 2014년 12월 18일 오후 6:16

신안군 섬에서는 뻘게를 화랑게라고 부른다. 개펄에 화랑게가 지천으로 깔렸는데, 보리 벨 무렵이면, 수게는 없고 암게만 있다. 보리타작할 때 도리깨질하기 싫어서 수컷들이 모두 암컷으로 변했기 때문이란다.

@septuor1 2014년 12월 18일 오후 6:20

참고로 말하자면, 그곳 섬 지방에서는 모든 들일과 갯일을 여자가 하고, 쟁기질, 지게질, 도리깨질, 산판 일만 남자가 한다. 조상이 수군이어서 그렇다는데, 믿을 만한 이야기인지는 모르겠다.

@septuor1 2014년 12월 18일 오후 6:38

화랑게 이야기 부록 : 화랑게로 게장을 담가서 절구통에서 빻아 밥을 비벼 먹는다. 굴소스처럼 화랑게소스를 만들어도 괜찮을 것 같다고 얘기했더니, 옆 테이블에 앉은 신사가 그 얘길 수첩에 적어 갔다. 아직 화랑게소스가 없는 걸 보면 그게 안 되나보다.

@septuor1 2014년 12월 18일 오후 10:40

아큐는 일개 노무자였다. 그의 정신 승리는 그 개인의 문제로 끝날 수 있지만, 어마어마한 권력자가 사안마다 정신 승리를 하고 있다면 그 결과가 어찌될까.

@septuor1 2014년 12월 18일 오후 11:26
통진당이 해산되면 민주주의는 명백하게 후퇴할 것이다. 사태는 정당 해산으로 끝나지 않는다. 민주주의를 지키기 위해 반세기 이상의 세월에 걸쳐 힘들게 쌓아왔던 담장들이 하나하나 차례차례 무너질 것이다. 오늘밤 잠들 수 없는 이유다.

@septuor1 2014년 12월 19일 오후 8:58
헌재의 논리 부족은 저들의 불행이 아니라 민주 시민들의 불행이다. 이 논리 빈약한 말이 앞으로 모든 민주적, 진보적 의견에 종북 딱지를 붙일 수 있는 근거가 될 것이기 때문이다. 막무가내, 무논리와의 싸움, 그게 다시 시작되었다.

@septuor1 2014년 12월 19일 오후 10:36
헌재의 판관들은 통진당이 선거에 의해 사라질 정당임을 모르지 않았다. 그들은 말이 안 되는 소리로도 정당 하나를 해산시킬 기회를 포착하여 주저 없이 사용하였다. 권력이 논리도 도리도 두려워하지 않던 시대를 그리워하는 사람이 적지 않다. 그것이 두렵다.

@septuor1 2014년 12월 20일 오전 8:39
이창근씨가 이 혹한에 70미터 고공에서 보내온 트윗을 읽다보면 나 자신에게 묻게 되는 것이 있다. 내가 오타를 많이 내는 것은 절실하게 바라는 것이 내게 없기 때문이 아닐까?

@septuor1 2014년 12월 20일 오전 9:50
정신 승리가 이렇게 끔찍하게 전개된 적이 있을까. 그 여자는 자기가 이겼다고 생각하기 위해 무슨 짓이든 다 한다. 패배는 고스란히 시민과 역사가 떠맡고.

남쪽 해안 지방에 '싸묵싸묵'이라는 말이 있다. '쉬엄쉬엄'과 비슷한데 일에 더 중점을 둔 말. 싸묵싸묵 가자. 조갑제와 내가 동갑인데, 나 죽으면 조갑제 도 죽겠지.

'천천히'의 뜻을 지닌 말을 한데 모아보는 것도 재미있겠다. '싸묵싸묵'에는 달관한 태도가 있고, '사부작사부작'은 기교주의자의 능란한 솜씨를 말해주 는 듯. 전라도에서는 '추근추근'도 천천히라는 뜻으로 쓰는데, '추군거리다' 라는 말 때문에 스터커의 냄새가 난다.

오타 안 내려고 노력했건만.

외국어로 시를 느끼기는 거의 불가능하다. 외국어 시를 잘 읽는다는 것은 느낌을 이론으로 이해하는 것이며, 모국어 시를 읽을 때의 느낌을 거기에 잘 투사하는 것. 한국 시를 읽은 적 없는 사람이 어쩌다 외국 시를 전공하면 엉뚱한 소리를 하는 것도 이 때문.

창밖에서 바람 소리는 들리는데, 밤이 한없이 적막하다. 쓰던 글은 막히고, 번역을 하려니 문장이 조직되지 않는다. 무력한 중에 무력하다. 심신이 피 곤한데, 누워도 잠이 들 것 같지 않다.

글 한 꼭지를 끝낼 때마다 '내가 이렇게 쓰려던 것은 아니었는데'라고 생각 한다. 글이 글을 끌고 가며 생각을 막아버리는 듯하지만, 생각이 아니었던 생각을 날려버리고, 진짜 생각만 남겨놓는 것이겠지. 써놓은 것이 내 생각이라고, 그렇게 생각해야겠지.

@septuor1 2014년 12월 21일 오전 10:09

새정련을 보면 독창성은커녕 아예 생각이 없는 정당 같다. 좌고우면하며 주춤주춤 남이 한 말 모서리만 다듬어 따라 하고 있으니, 저 노랑 모가 언제 커서 영화 볼지, 걱정이다. 무슨 모험을 해야 의견도 생겨나지.

@septuor1 2014년 12월 21일 오전 10:43

박시장의 성소수자 관련 발언이나 새정련의 통진당 해체 관련 발언이 모두 제 방을 한 칸씩 내주는 꼴이 되었다. 그래서 누구 마음을 얻을 수 있겠는가. DJ와 노대통령이 대권을 잡을 수 있었던 것은 지지자의 수가 많아서가 아니라 열정이 컸기 때문이다.

@septuor1 2014년 12월 21일 오전 10:53

새정련이 비록 보수 정당이라 하더라도 그 역사를 생각하면 진보 정당이 해야 할 일의 상당 부분을 담당해야 한다. 종북 딱지를 두려워하고 있으면 바람 빠진 풍선이 될 수밖에. 종북 딱지는 눈치보며 피할 것이 아니라 새로운 담론 개발로 과감히 극복해야 할 것이다.

@septuor1 2014년 12월 21일 오전 11:36

베니스위원회가 통진당 해산심판결정문을 보내달라고 했다는데, 그 비논리적인 문서가 영어로 번역되면 어떤 꼴이 될지. 한국에는 한국어로만 얼버무릴 수 있는 말이 있고, 그런 말에 의지해서 사는 사람들이 있다.

@septuor1 2014년 12월 21일 오후 12:46

서구 인문학이 번역으로 시작하기도 했지만, 사실 번역에 인문학의 핵심이 걸려 있다. 인습적 사고의 상투적 표현, 인종적 감정에 의지해 사람들의 눈을 가리고 현혹하는 말에 번역은 일종의 시험대와 같다. 독재자들이 '한국적'을 애용하는 이유도 여기에 있다.

@septuor1 2014년 12월 21일 오후 12:57

외국어로 번역되지 않는 한국어를 한국어의 진수라고 선전하는 사람이 많은데, 그런 말은 한국어의 진수이기보다 함정이기 쉽다. 보편적 토론이 불가능한 막무가내와 맞붙어 이길 장사는 없다. 어제의 경험이 그걸 증명한다.

@septuor1 2014년 12월 21일 오후 3:14

우리집 애들이 어렸을 때 꽃 이름, 나무 이름을 가르치려 했으나 실패했다. 애들은 농촌에서 자란 나만큼 나무도 풀도 사랑하지 않았다. 내 사랑을 애들에게 강요할 수는 없었다.

@septuor1 2014년 12월 21일 오후 3:30

그런데 이게 좋을 때도 있다. 애들은 아빠가 무슨 식물도감인 줄 알고, 나는 그런 척할 수 있다.

@septuor1 2014년 12월 22일 오전 12:14

'무게를 달다'에 대한 토론으로 알게 된 것,
—대저울은, 대저울을 본 나에게는 현실의 저울이지만, 대저울을 본 적 없는 세대에게는 저울의 원형이라는 것.
—그래서 '무게를 달다'가 흠집 없는 좋은 용법으로 정착할 수 있다는 것.

@septuor1 2014년 12월 22일 오전 12:41

걸어다니는 식물도감 행세를 한 적이 있다. 동료들과 산에 갔을 때, 꽃 이름 몇 개를 말했더니 움직이는 식물도감이란다. 별명이 부담스러워, 식물도감을 놓고 외웠다. 이런 지식의 허점, 겨울이면 아무 소용이 없다. 늙으면 이름만 남고 그림은 사라진다.

@septuor1 2014년 12월 22일 오전 2:33

내가 대학생이던 1960년대까지만 해도, 동성애자가 아니더라도, 남자와 남자가, 여자가 여자와 손잡고 다니는 것이 이상하지 않았다. 남녀가 손잡고 다니는 것이 오히려 흉한 일이었지.

한국 남자들에겐 체면이 중요했다. 제대로 채면을 차리려면 적어도 하인 셋이 있어야 한다. 어머니와 아내가, 간혹 딸이 그 일을 대신했다. 체면 차리기의 마지막 단계는 그 여자들을 대범하고 무심하게 대하는 것이었다.

난생처음 MRI란 걸 찍었다. 통 속에 넣고 온갖 소리를 다 들려주고 나중엔 노래까지. 움직이지 않았다고 칭찬한다. 실은 얼어붙어 있어서.

나는 이 정권이 국민을 끊임없이 뺑뺑이 돌림으로써 유지된다고 생각한다. 언제 생각할 틈이 있어야지.

전라도 사람들이 삭힌 홍어 이야기 과장하는 것도 듣기 민망하다. 홍어는 삭히지 않아도 맛있다. 양념간장 발라 구워 먹어도 좋다. 서울의 식당에서는 다른 지방 사람들 겁먹이려고 지나치게 삭히는 듯도.

군가산점 제도는 여자들보다 남자들이 먼저 반대해야 한다. 그것은 반장에게만 반을 대표해서 급식을 하는 것이나 같다. 그런데 당신은 반장이 아니다. 내가 JS는 아니지만, 이해가 안 되면 외워라.

조현민의 물타기나 책임 전가보다도 나는 그 작문 수준에 더 화가 난다. 저 초등학생 두뇌가 한국의 거대 기업 하나를 좌지우지해도 되는 것인지. 그런데 그 말투가 어디서들 많이 들어본 것 같지 않으신지.

@septuor1 2014년 12월 22일 오후 11:39

한국 남자의 체면 차리기에 대한 트윗을 올리면서, 이상한 오타를 두 개나 냈는데, 그게 자꾸 RT되니 얼굴이 붉어져서 원······

@septuor1 2014년 12월 23일 오전 12:45

일곱 살 아이의 버릇을 고친다고 목검으로 100대를 때린다. 어떻게 그런 생각을 할 수 있지. 뿌리를 뽑는다, 이것도 어디서 들어본 말 같다.

@septuor1 2014년 12월 23일 오전 12:55

체육대학 같은 데서 선배가 후배에게 가혹한 기합을 준다면, 그것은 그 대학만의 일이 아니다. 폭력으로 길들여진 그 사람들이 우리와 같이 살 사람들이다. 그들이 우리에게 폭력을 행사하는 것보다 더 무서운 것은 폭력의 미신을 우리에게 전파한다는 것이다.

@septuor1 2014년 12월 23일 오전 11:29

모든 명사가 호칭이 되는 것은 아니다. 교수님도 가능하지만, 그 교수에게 강의를 듣는 학생은 선생님이라고 부르는 게 더 좋겠다. 대학에서 강사는 부교수라는 말처럼 호칭이 될 수 없다. 모두 선생이지. 고객이라는 말은 호칭이 될 수 없다. 손님이지.

@septuor1 2014년 12월 23일 오후 12:45

대학에서 교수, 부교수, 조교수, 강사 등은 호칭이 아니라 직급을 나타내는 말이지만, '교수'는 현재의 대학 제도가 생기기 전부터 써온 말이라서 호칭으로 가능하다.

@septuor1 2014년 12월 23일 오후 12:51

대학 밖에서 강사는 직급을 나타내는 말이 아닐 수 있다. 이 경우 강사님이란 호칭이 나쁠 것은 없다.

@septuor1 2014년 12월 23일 오후 1:33

나는 늙은 대학원생 제자들이 황쌤이라고 부를 때 제일 기분 좋았다.

@septuor1 2014년 12월 23일 오후 11:43

내가 팔로우하지 않은 사람인데, 그 사람 이름으로 내 타임라인에 10여 개의 일베성 댓글이 올라와 있다. 곧 블락을 했지만, 어떻게 이런 일이 가능하지.

@septuor1 2014년 12월 23일 오후 11:56

비행기에서, 백화점에서, 횡포를 부리는 고객들 이야기를 들으면, 한국의 부자들은 행복하지 않은 것 같다. 나는 부자다, 나는 발광할 권리가 있다, 고로 나는 행복하다, 이런 확인을 날마다 해야 하다니. 행복이 좀 가만히 내려 앉게 두질 못하고.

@septuor1 2014년 12월 24일 오전 12:24

백화점. 비행기 등등은 배타적 성격을 뽐내는 곳인데, 그 배타성 앞에서 자신이 타자가 아니란 것을 확인하고 싶기도 할 것이다. 그 확인은 백화점 전체, 비행기 전체가 제 앞에 꿇어야만 끝나고. 제 정체성을 돈의 권력으로 구매한다는 것.

@septuor1 2014년 12월 24일 오전 10:01

이윤기는 경북 산간 지방 말을 말의 원형으로 여겼고, 거기에 현대 소설의 문체를 섞어 자기 문체를 만들었다. 거의 독학으로 배운 외국어의 원서들을 그 문체 안에서 이해하려 했다. 그의 오역은 대개 거기서 생겨났다. 그것은 소설에서나 썼어야 할 문체였다.

@septuor1 2014년 12월 24일 오전 10:09

그러나 독자들이 이윤기 번역을 좋아한 것은 그 문체 때문이었다. 그 문체는 외국책에 대한 불안감을 없애줄 수 있었다. 옆에서 오류를 지적하는 사람들이 있었지만, 그는 스타덤에 오른 다음부터 지적하는 사람을 옹졸하게 여겼다.

@septuor1 2014년 12월 24일 오전 11:01

의사들 중에는 모교에서 '외래 교수' 증서를 얻어 환자 대기실 벽에 걸어놓는 사람이 있다. 명칭일 뿐 강의를 하는 일은 없다. 간호사들은 교수님이라고 불러야 한다. 그게 수입에 영향이 있다. 선생님이란 말에 그가 화낼 만도 하다.

@septuor1 2014년 12월 24일 오전 11:11

모든 외래 교수가 다 그런 것은 아닌 것 같다. 모든 외래 교수가 다 그렇다면 외래 교수 제도를 없앴겠지.

@septuor1 2014년 12월 24일 오후 12:28

주위에서 성희롱 문제를 일으킨 교수들을 살펴보면 거개가 질이 나쁜 교수들이었지만, 안타까운 경우도 없지 않았다. 모든 여자들이 자기를 좋아한다는, 또는 좋아해야 한다는 생각이 그를 그렇게 만든 것 같았다.

@septuor1 2014년 12월 24일 오후 2:08

내가 이렇게 말하는 것은 성희롱 교수를 옹호하기 위해서 하는 말이 아니다. 오히려 경고하는 말이다. 내가 처음 교수가 되었을 때, 우리 선생님은 나한테 연애편지 받으면 같이 읽자고 농담하셨다. 나는 그 엄숙한 표정을 보고 농담이 아닌 것을 알았다.

@septuor1 2014년 12월 24일 오후 12:44

남녀 간에 성적 호오의 감정이 끼어들지 않은 관계는 드물 것이다. 모자간 부녀간이라고 하더라도. 그러나 그 감정은 인간관계의 한 요소일 뿐이지 절대적인 요소는 아니다. 착각하기 쉬운 것 가운데 하나다.

@septuor1 2014년 12월 24일 오후 5:41

고종석 선생 같은 분이 번역하면 안 된다. 평생 책 한 권 가지고 씨름하다가 끝내지 못한다. 그런데 그 미완성 원고 때문에 후인들이 논문 백 개 써야 한다. 그리고 발자크의 『알려지지 않은 걸작』 같은 소설이 번역을 소재로 나오게 된다. 끔찍한 일이다.

@septuor1 2014년 12월 25일 오전 12:35

이시영 시인이 트위터에서 나가고 나니 마음이 많이 허전하다. 드는 자리는 몰라도 나간 자리는 안다. 들일하는 사람들의 속담이다. 그것도 상당히 큰 자리라서.

@septuor1 2014년 12월 25일 오전 1:02

어머니가 돌아가셨을 때, 제수씨가 "이제 고사리나물은 다 먹었네" 하고 울었다. 지금도 제사 때면 며느리들과 딸들이 고사리나물 무쳐놓고 그 맛이 나네 안 나네 하고 두런거린다.

@septuor1 2014년 12월 25일 오후 1:12

아내가 입원하고 나니, 데려온 자식들 돌보는 일이 다 내 차지가 되었다. 고양이 모래를 건사하는 일만 해도 보통 일이 아니다. 네 마리나 되니. 어제는 한 녀석이 내 니트 넥타이를 물어갔는데, 어디에 숨겼는지 모르겠다.

@septuor1 2014년 12월 25일 오후 1:25

결국 고양이 사진을 찍고 고양이 바보가 되는 수밖에 없구나.

@septuor1 2014년 12월 25일 오후 2:45

우선 한 녀석. 이게 몽몽이.

@septuor1 2014년 12월 25일 오후 4:19

성질 사나운 노랑이.

@septuor1 2014년 12월 25일 오후 4:21

단추.

@septuor1 2014년 12월 25일 오후 4:24

탄이.

@septuor1 2014년 12월 25일 오후 4:31

몽몽이만 오늘 찍은 사진이고 나머지는 아내 핸폰에 있는 옛날 사진입니다.

@septuor1 2014년 12월 25일 오후 4:37

노랑이가 제일 위고 몽몽이, 단추, 탄이 순.

@septuor1 2014년 12월 25일 오후 10:36

퍼머의『그리스의 끝, 마니』에 보면, 그리스의 오지 중의 오지인 마니 사람들은 외부인을 '블라크 사람'이라 부른다는데, 이게 우리 오랑캐와 어원이 같은 말일 듯도 싶다. 물론 근거 없는 헛생각이다.

@septuor1 2014년 12월 25일 오후 11:18

고양이 내력. 혼자 자취하다 미국으로 유학 간 학생의 고양이를 떠맡은 게 노랑이, 혼자 살아서 사회성 전무. 동무를 만들어준다고 분양받은 게 몽몽이. 그후 길냥이 세 마리를 데려왔다. 단추, 마코, 탄이. 마코는 이불에 오줌을 싸서 포천 작업실로 귀양.

@septuor1 2014년 12월 26일 오전 1:08

학생들에게 노력이 필요한 보고서를 쓰게 하면, 그걸 쓰느라고 읽고 싶은 책을 못 읽는다고 불평한다. 그러나 그 보고서를 끝내고 나서 그 책을 읽는 것은 아니다. 보고서 때문에 집중돼 있던 두뇌가 그 책을 읽고 싶은 욕망을 만든 것. 집중이 재능이다.

@septuor1 2014년 12월 26일 오후 4:20
구두가 크십니다, 불판이 뜨거우십니다, 서비스업체 직원들이 이렇게 말하는 것은 직원이 무식해서가 아니라, 그렇게 말하라고 시키고 가르치는 사람이 있기 때문이다. 말이 어찌되건 손님만 좋아하면, 나라가 어찌되건 돈만 벌면, 결국 같은 생각이다.

@septuor1 2014년 12월 27일 오전 2:29
연극배우 김의성, 사람들은 조폭이 남자인 줄 알지만 남자란 이런 것이지.

@septuor1 2014년 12월 27일 오후 12:54
홍어 철이 다가왔다. 홍어는 원래 겨울에 흑산도 인근에서 잡히는 노랑가오리의 한 종을 말한다. 이 무렵 흑산도 바다에는 발광 플랑크톤이 많아 이게 홍어의 특미를 만든다고 한다. 삭힌 홍어회는 막걸리 안주로, 삭힌 홍어찜은 맥주 안주로 좋다.

@septuor1 2014년 12월 27일 오후 1:07
전남 해안 지방에서는 겨울 잔치의 기본 음식으로 홍어 한 닢, 돼지 한 마리, 모두리 상어(표준어 모름) 한 마리를 준비했다. 홍어 세 닢이면 아주 큰 잔치. 잔치에 쓸 홍어는 많이 삭히지 않았다. 독하게 삭힌 홍어는 개인 취향에 따른 것이었다.

@septuor1 2014년 12월 27일 오후 1:18
서울에서 홍어무침을 보고 깜짝 놀랐다. 홍어 본고장인 우리 고향에선 못 본 것이었기 때문이다. 먹어보니 간재미무침이었다. 간재미는 무침뿐만 아니라 조림을 해도 좋은데 뼈가 좀 억세다. 홍어로 무침을 한다면 그건 바보 짓이다.

@septuor1 2014년 12월 27일 오후 1:38

전남 해안 지방에서는 겨울에 흑산도 근해에서 잡힌 것만을 홍어라고 하고, 나머지는 모두 가오리로 쳤다. 간재미도 하의도와 장산도 사이에서 잡힌 것은 특별히 맛이 있다고들 말했다. 우리 고향 사람들은 서울에서도 모임을 할 땐 반드시 간재미무침을 준비한다.

@septuor1 2014년 12월 27일 오후 2:02

가오리나 간재미도 삭힐 수 있다. 그러나 삭히면 맛이 떨어지니 삭히지 않는다. 비슷한 어종 중에서, 삭혀서 맛이 좋아지거나 특별한 맛으로 바뀌는 것은 홍어뿐이다. 홍어는 많이 잡히던 옛날에도 값이 만만치 않았다.

@septuor1 2014년 12월 27일 오후 2:35

우리나라 회에는 무침밖에 없었다고 말하는 사람들이 있는데, 자기 고장만을 생각하기에 그렇게 말한다. 옛날에도 민어, 농어, 숭어, 상어, 방어 등은 무치지 않고 회로 먹었다. 양념으로는 초장, 겨자, 기름소금, 된장 등을 쓰고, 재래종 배추 뿌리도 썼다고 한다.

@septuor1 2014년 12월 27일 오후 6:47

택시에서 사장님이라 부르는 말도 듣기 거북하다. 손님이라고 하면 충분히 대접해주는 말이 아닌가. 이런 호칭들부터 민주화해야 의식의 기반이 민주화될 것 같기도 하다.

@septuor1 2014년 12월 27일 오후 8:29

나는 홍어 본고장 사람이라는 것에 일종의 자부심을 지니고 있다. 그런데도 진짜 홍어 가짜 홍어를 잘 구분하지 못한다. 정확하게 구분하셨던 어머니는 돌아가셨다. 작년 겨울 한 신문에 홍어에 관한 글을 쓴 후 신안군수에게서 홍어 한 상자를 선물 받았다.

@septuor1 2014년 12월 27일 오후 8:30

그 홍어는 분명 진짜였을 것이다.

@septuor1 2014년 12월 28일 오전 12:21

내일은 신안문화원에 내려간다. 지난번 대설주의보와 풍랑 때문에 연기되었던 강연을 월요일 오전에 하게 되었다. 청중들이 모두 배를 타고 온다니 기차 타고 내려가는 내가 오히려 미안한 생각이 든다. 강연안 3개를 가지고 갈 텐데, 가서 선택해야겠다.

@septuor1 2014년 12월 28일 오전 9:19

새정련을 생각하면 괴로운 마음 가득하지만, 지금으로서는 누구도, 어느 편도 비난하고 싶지 않다. 당권이 요동하는 가운데 서로 상처를 주고받으면서, 민주화 세력이 급격히 약화되는 경험을 자주 했기 때문이다.

@septuor1 2014년 12월 28일 오전 10:14

루소는 어느 나이나 다 불행하다고 말했다. 그 나이에 채워지지 않는 욕망 때문에. 그러나 어느 나이에나 욕망이 있다는 것은 어느 나이에나 그 나름의 즐거움이 있다는 말. 늙어가며 제 나이의 즐거움을 발견하지 못하면 젊은 세대를 욕하게 되는 듯도.

@septuor1 2014년 12월 28일 오전 10:50

어떤 분이 나 같은 호남 지식인은 호남의 정치적 편향에 관해서도 말해야 하는 것 아니냐고 날 비난했다. 그래서 말한다. 호남인들은 명박이 대통령 하면 무슨 일이 일어나고, 박근혜가 대통령 하면 무슨 일이 일어날지 알았기 때문이다. 자, 이제 만족하신지?

@septuor1 2014년 12월 28일 오후 12:14

김진이라는 사람이 유신이 왜 나쁘냐고 물었다 한다. 나도 대답을 잘 못하겠다. 왜 사람을 죽이면 안 되느냐고 물으면 뭐라고 대답하겠는가.

지금 KTX, 철도방송에서 독도 광고가 나오는데, 마지막 멘트가 "독도는 우리에게 돌아옵니다". 독도가 언제 일본으로 갔나.

에밀 시오랑 봇에서 시오랑의 글을 토막토막 읽다보면 모든 염세적 사고는 곧 시적 사고고, 그 역도 가능할 것 같다는 생각이 든다.

신안 강연 마치고 서울 가는 KTX. 섬에서 청중이 150명 정도 왔다. 소통도 잘됐다. 감동. 그런데 축사하는 군수가 30분을 잡아먹었다. 내가 화를 내고 가방을 들고 나오려 하니 문화원 직원들이 말렸다. 고생한 그분들을 생각해 강단에 올랐다.

그 사람이 애국을 강조하는데, 어떻게 보면 책임 전가고('백성들이 나를 사랑하지 않아서 나라가 이 꼴이다'), 어떻게 보면 거지 근성의 발로다('내가 아무리 잘못해도 너희들이 한 푼씩 도와줘야지').

오늘 신안 강연에는 80이 넘은 유정자 선생님도 참석하셨습니다. 신안군 썻김굿, 바리데기굿인 오구물림, 비금의 뜀뛰기 강강술래 등을 모두 알고 계신 분이지요. 제 초등학교 선배이신 그분이 어릴 때의 저를 기억하고 계셔서 또한 감동했습니다.

왜 그 일이 생각나지. 가족계획이란 이름으로 사실상 산아 제한을 할 때, 어느 방송의 낱말 맞추기 게임에서 사회를 보던 모 탤런트가 산아 제한이란 낱말과 관련 "사람들이 좀 없어져야 해요"란 멘트를 날렸다. 그는 나중에 한 나라당에 붙어 요상한 짓을 했다.

@septuor1 2014년 12월 29일 오후 10:45
유신 시대에 대해, 경제 발전을 하려고 좀 고생했던 시댄가보다, 이런 식으로 생각지 마십시오. 정말 끔찍한 시대였죠. 식민지 통치에서 벗어난 지 얼마 안 된 시대의 정신 상태에서 가혹한 통치와 나라의 발전을 혼동하는 인간이 많았고, 박정희는 그걸 이용했지요.

@septuor1 2014년 12월 29일 오후 11:16
인간에게 어려운 일은 선택하고 결정하는 일이다. 독재 권력 아래에서는 선택과 결정의 고통이 면제된다. 어떤 가혹한 일이라도 시키는 대로 하면서 사람들은 자기가 옳은 일을 하고 있다고 믿게 된다. 자진해서 노예가 된 사람보다 더 행복한 사람도 드물다.

@septuor1 2014년 12월 30일 오전 6:34
『자살의 전설』은 소설이건 영화건 드라마건 서사 작업을 하는 사람들에게 추천하고 싶은 책이다. 번역이 만족스러운 것은 아닌데, 그래도 시중에 나와 있는 『호밀밭의 파수꾼』보다는 낫다.

@septuor1 2014년 12월 30일 오전 6:46
번역을 하고 싶어하는 사람들에게 외국어 독해력과 한국어 작문력, 성실성과 책임감, 주의력 등을 검증해주는 기관이 있었으면 좋겠다. 자격증을 발부하자는 말이 아니라, 스스로 깨닫게 해주자는 말.

@septuor1 2014년 12월 30일 오전 7:49
어제 신안 강연 끝나고 식사 때 한 노인이 "강연 참 아심찮소"라고 인사했다. 고맙고 미안하다는 말이다. 미안한 것은 군수 때문이었을 듯. '아심찮다'의 표준말은 '안심찮소'인데, 말의 느낌이 상당히 다르다. 전자는 고맙다에 후자는 미안하다에 강조점.

명저를 한국어 번역으로 망쳐놓은 경우가 참 많지만, 두 개만 들라 하면, 바타유의 『에로티즘』과 랑시에르의 『문학의 정치』를 꼽겠다. 이런 경우는 출판사의 데스크에서 걸러내기가 쉽지 않다.

자기가 바이올리니스트가 될 수 없다는 것, 프로 기사가 될 수 없다는 것, 모르는 사람 없다. 그러나 번역의 영역에서는, 좋은 번역자가 될 수 있다고 자신하는 사람이 많다. 첫 번역을 낸 사람에게 오역이 있다고 말하면 깜짝 놀라 믿으려 하지 않는다.

2012년 12월 19일, 그러니까 박근혜가 무언가에 당선된 다음날, 나는 '아름다운 작가상'을 받았다. 내 생애에 가장 명예로운 상을 받는 수상식장은 장례식장보다 더 음울했다. 연말까지 울며 축하해주는 전화를 받았다. 해가 바뀌자 울음이 그쳤다.

금년 연말이 그때만큼 음울한데, 해가 바뀌어도 그 음울함이 걷힐 것 같지 않다. 그래도 상은 안 받아서 다행이다.

"이제 나는 영원히 그를 만나지 못한다. 참으로 다행이다. 술집 계단을 내려가다가 그 안에 그의 그림자라도 보인다 싶으면 부리나케 도망치지 않아도 된다." 김이듬이 박남철에 관해 쓴 글의 한 대목, 『현대시학』 1월호. 그래도 시는 좋게 평가했구나.

'귀신 씻나락 까먹는 소리'는 요즘엔 이치에 닿지 않는 소리라는 뜻으로 쓰지만, 원래는 알아듣기 어려운 우물거림이나 수군거림을 뜻했다. 집안에 귀신이 깃들어 씻나락 까먹는 것은 이런 섣달그믐날 밤이었겠다. 그러나 이젠 그믐에 달도 뜨고 씻나락도 없고.

@septuor1 2014년 12월 31일 오후 9:28
양력설, 음력설이 있던 시절 우리집은 딱 한 번 양력설에 제사를 지낼 뻔했다. 배운 자식들 의견 따라 상을 차리던 어머니가 밖을 보니 달이 떠 있다. '상 치워라. 어찌 섣달그믐밤에 달이 뜬단 말이냐.' 상 치우고, 그후 양력설은 입에도 올리지 못했다.

@septuor1 2014년 12월 31일 오후 11:13
묵은해가 한 시간을 남겨두었네요. 짧게 사귄 트친 여러분, 새해에는 좋은 날도 있기를 기원합니다.

황현산

@septuor1 2015년 1월 29일 오전 11:22

내가 살면서 제일 황당한 것은 어른이 되었
다는 느낌을 가진 적이 없다는 것이다. 결
혼하고 직업을 갖고 애를 낳아 키우면서도,
옛날 보았던 어른들처럼 나는 우람하지도
단단하지도 못하고 늘 허약할 뿐이었다. 그
러다 갑자기 늙어버렸다. 준비만 하다가.

○ 29　⟲ 5,378　♡ 3,325

@septuor1 2015년 1월 1일 오전 11:33

소포클레스의『오이디푸스 왕』을 진짜로 읽은 사람이 있느냐고 묻는 트윗을 보고 좀 놀랐다. 문학개론 같은 것을 가르칠 때 꼭 읽게 했던 것이 그것인데. 동시대의 명저들이 하나의 생각을 전해준다면, 고전은 생각할 수 있는 힘을 길러준다. 높은 생산성.

@septuor1 2015년 1월 1일 오후 12:12

박정희는 1979년에 죽었다. 요즘 정황을 보면 공포영화의 상투적 패턴을 보는 것 같다. 악마는 막판에 다시 한번 되살아난다는 것.

@septuor1 2015년 1월 2일 오전 1:33

새해는 푸른 양의 해라니 믿기 어렵다. 푸른 양, 그런 농담이 어디 있는가. 그러나 농담은 늘 변화의 시작이다. 봉건시대에 양반 상놈이 없는 세상이란 말보다 더한 농담이 어디 있었을까. "중단과 연속과 해학이 일치하듯이" 꽃이 핀다. 김수영의 말이다.

@septuor1 2015년 1월 2일 오전 1:47

김수영은 닭도 치고 농사도 지었습니다. 여리고 푸른 줄기가 다른 것이 되는 것 같기도 하고 줄기 그대로인 것 같기도 한데, 거기서 농담하듯이 꽃이 피는 걸 보았을 때, 그 서울 촌놈 농사꾼의 눈에 그게 얼마나 신기하게 보였을까요.

@septuor1 2015년 1월 2일 오전 11:37

이치가 없는 세상은 불행감과 패배감을 부른다. 해도 하나 달도 하나 임금도 하나, 하나의 민족 하나의 국가 하나의 총통 같은 말은 강제 질서로 이치를 대신한다. 부부싸움중 국기 경례도 그런 것. 강제 질서는 부조리와 모순의 해결이 아니라 감추기일 뿐이다.

@septuor1 2015년 1월 3일 오전 12:54

80년대 초의 방송. 현대 정주영 회장과 주부들의 대담. 산업 전선에서 일하는 가장을 위해 가족들이 협조해야 한다는 정회장의 말에, 한 주부가 질문. 가장과 자식들이 얼굴도 못 보는 이런 삶에 돈이 무슨 의미가 있느냐. 정회장은 이 질문을 이해하지 못했다.

@septuor1 2015년 1월 3일 오전 11:38

우리 초등 때, 습자라는 붓글씨 연습 과목이 있었다. 보통 A4용지 크기 습자지를 6등분해서 여섯 글자를 쓴다. 습자 책에 '박애자 유평등'이라는 글씨가 있었다. 나는 그게 독립 열사들의 이름인 줄 알았다. 알고 보니, 박애 자유 평등.

@septuor1 2015년 1월 3일 오후 1:08

'박애'는 프랑스어 fraternité의 번역어다. 어떤 사학자가 fraternité는 frère(형제)에서 온 말이니 '형제애'로 번역해야 한다고 주장. 오해다. 여기서 fraternité는 형제간의 사랑이 아니라, 만인을 형제처럼 사랑하기라는 뜻.

@septuor1 2015년 1월 3일 오후 1:45

담배 끊기보다 더 쉬운 것은 없다. 나는 열여덟 번을 끊었다.

@septuor1 2015년 1월 3일 오후 1:48

마크 트웨인은 영어로 말했지만 나는 한국어로 했으니 그 창조 경제적 성과를 인정해야 한다.

@septuor1 2015년 1월 3일 오후 2:00

이 정부더러 누가 무능하다고 하는가. 담뱃세를 2000원이나 인상하고, 담배를 피우지 않을 수 없게 스트레스까지 줄 줄 아는데.

@septuor1 2015년 1월 3일 오후 2:15

오늘은 토요일, 반공일이다. 원래 공일보다 반공일이 더 한가한데, 근래에 반공일이 없어졌으니 좋은 일인지 나쁜 일인지 모르겠다.

@septuor1 2015년 1월 3일 오후 8:26

중학교 때 한문 선생이 연에 관한 한시를 써주었는데, "멀고 가까움은 실의 길고 짧음이요, 높고 낮음은 바람의 강하고 약함이라" 이런 말이었던 것 같다. 누구의 시인지 모르겠다. 갑자기 생각난다.

@septuor1 2015년 1월 3일 오후 10:36

허문영의 『보이지 않는 영화』가 참 좋다. 알려주는 것도 많고 견해도 독창적이지만, 그것들이 힘찬 문장과 잘 결합되어 있어서 좋다.

@septuor1 2015년 1월 4일 오전 8:39

송우석은 "국민이 국가입니다"라고 감동적으로 변호했지만, 그 '국민'이 노무현을 수의에 감금한 정파의 계승자들을 선택한 시대에 우리는 살고 있다. 노무현이라는 거대한 질문은 아직 위인전, 전설의 서사가 되어선 안 된다. —허문영, 『보이지 않는 영화』

@septuor1 2015년 1월 4일 오전 10:57

충성이 죽음과 연결되면 종종 시적일 때가 있다. 황매천, 최익현. 충성이 늙음과 연결되면 대부분 더러운 산문이 된다. 늙어서 갑자기 충성을 말하는 자는 세상이 멈춰 있기를 바라고, 그래서 하루라도 더 구차한 목숨을 연명하는 것밖에 더 바라는 게 없다.

@septuor1 2015년 1월 4일 오전 11:21

황매천을 읽으면, 그가 뛰어난 저널리스트였다는 것을 알게 된다. 그는 유교 체계 내에서 최고로 개명한 지식인이었다. 그는 체계의 끝에서, 더이상 세계의 이해가 불가능하게 된 지점에서 자기 목숨을 끊었다.

@septuor1 2015년 1월 4일 오후 12:51

박성우 시인이 딸의 손을 잡고 강가의 웅덩이를 보고 있는 사진을 보니 괜히 슬프다. 저 아이가 제 아버지의 나이가 되었을 때, 저 강가가 어찌되어 있을까, 그런 쓸데없는 생각도 하게 되고.

@septuor1 2015년 1월 4일 오후 6:31

뭘 찾으려다 보니 책장 하단에 이게 아직도 꽂혀 있다. 60년대 초에 나온 세계전후문학전집. 대부분 읽었지만 여전히 안 읽은 것 같은 느낌. 8포인트 2단 조판 세로쓰기이니, 이젠 읽으려야 읽을 수도 없다.

@septuor1 2015년 1월 4일 오후 8:05

80년대까지 통금이 있었다. 그게 아무 쓸모없는 제도였다는 것은 통금이 없어진 이후 금방 밝혀졌다. 그 쓸모는 권력의 과시에 있을 뿐이었다. 영화에서 담배 블러 처리 같은 것도 마찬가지다. 흐려진 화면에서 우리는 날마다 거역할 수 없는 권력을 느낀다.

@septuor1 2015년 1월 5일 오전 9:17

국립국어원이 '엔딩 크레딧'을 '끝 자막' 또는 '맺음 자막'으로 다듬었다는데, 무언지 모르게 어설프다. '끝 자막'이 아니라 '끝내기 자막', '맺음 자막'이 아니라 '마무리 자막'이 차라리 낫지 않을까. 딸가닥 소리가 나게 좀 말을 만들어보지.

@septuor1 2015년 1월 5일 오후 4:44

사태를 전체 속에서, 전체의 균형 속에서 파악하지 못하면 조선 칼럼이 되기 쉽다. 그 시절이 정말 그렇게 행복하고 정말 그렇게 로맨틱했던가. 다시 물어보면 저도 깜짝 놀랄 것이다.

@septuor1 2015년 1월 6일 오전 9:45
'파부침주'에 혹시 이런 뜻도 있는 것은 아닐까. 솥단지도 깨뜨려먹고, 배도 가라앉혀버렸으니 죽으나 사나 이대로 끝까지 버텨보자.

@septuor1 2015년 1월 6일 오후 11:45
성격도 권리일 때가 있다. 가난한 집 애들은 진취적 긍정적일 권리를 박탈 당할 때가 많다. 이 점은 윤리도 마찬가지. 유교 사회에서 일부종사는 양반 계급 여인들의 의무이자 권리였다. 춘향이는 자기에게 권리가 없는 그 윤리 를 지키려고 목숨을 내걸었다.

@septuor1 2015년 1월 7일 오전 9:28
김기춘이가 정초부터 '파'나 '침' 같은 불길한 글자를 넣어 문자를 쓰는 것은, 이 노회한 늙은이가 이 정권의 불길한 앞날을 본능적으로 직감했기 때문이 아닌가 싶다.

@septuor1 2015년 1월 7일 오후 12:30
나는 신창원도 이해가 되고, 심지어 유영철도 이해가 되려고 한다. 그런데 주차장의 모녀는 도무지 이해가 되지 않는다. 흉악범도 아니고 사이코패스도 아 니고, 아무튼 그보다 더 지독한 어떤 것이다.

@septuor1 2015년 1월 7일 오후 3:29
노랑이가 로트레아몽 전집에 먹은 것을 토했다. 털어내고 말렸어도 요 모양. 고양 이도 토하는 책을 번역하는 나는 또 뭐야.

@septuor1 2015년 1월 8일 오전 12:07

오늘 날이 참 춥다고 말하는 사람 앞에서, '겨울은 원래 추운 거야'라고 말하면 엄청 똑똑해 보이지요.

@septuor1 2015년 1월 8일 오전 11:38

온 세상이 자기 마을과 똑같다면 일단 편안하고 다른 세상을 알려고 애쓸 필요도 없을 텐데. 그래서 자기 마을 밖의 모든 세상을 파괴하려는 사람들도 있고, 아예 자기 마을을 파괴하려는 사람들도 있다. 종교는 자주 몽매함에 기초를 둔다.

@septuor1 2015년 1월 8일 오전 11:52

정치적 이념으로 볼 때, 자기 마을 밖의 모든 세상을 없애버리려는 것이 일본의 극우라면, 아예 자기 마을을 없애려는 것은 한국의 극우이다.

@septuor1 2015년 1월 8일 오후 12:14

박근혜의 창조 경제론이 나왔을 때, 그것이 한국의 현실과 조건에서 무얼 어떻게 하자는 말인지 이해하는 사람은 없었다. 그것은 아예 한국이 없는 것으로 치고, 아예 현실이 없는 것으로 치고 만들어진 객설이었을 뿐이기 때문이다. 허공 대통령.

@septuor1 2015년 1월 8일 오후 12:38

생각하기 싫어하는 사람들, 생각을 겁내는 사람들, 게을러서 생각하지 않는 사람들, 그래서 말도 안 되는 생각 하나를 붙들고 무슨 짓이든 다 하려는 사람들, 그걸 조장하는 사람들에 대한 분노를 지금 억누르기 힘들다.

@septuor1 2015년 1월 8일 오후 12:56

세월호 유가족들에게 돈 퍼주느라고 담뱃값을 올렸다, 어느 택시기사도 이렇게 말했다. 나는 이게 작은 일이 아니라고 생각한다. 세상을 몽매하게 만들어서 나라를 망치는 길로 지금 이 정부가 뛰어가고 있다.

@septuor1 2015년 1월 8일 오후 10:37

김인환 역해『고려 한시 삼백 수』 설명이 따로 필요 없는 직역의 아름다움. 자기가 번역하는 텍스트를 완벽하게 장악한 일급 고수만 이런 번역이 가능하다.

@septuor1 2015년 1월 8일 오후 11:36

원문을 제시하고, 음을 달고, 밑에 번역을 실으면서 글자 하나하나를 어떻게 새겼는지 알게 했다. 말미의 붉은 글씨는 간략하게 시의 주제와 눈을 설명하면서 새기기 어려운 곳을 짚어준다. 방법이 참 독창적이다.

@septuor1 2015년 1월 9일 오전 2:35

황우여가 했다는 말을 들으니 국사를 국정 교과서로 가르칠 모양이다. 그것도 뉴라이트 국정으로. 근대화는 일본의 덕, 해방은 미국의 덕, 경제 성장은 독재의 덕이다. 우리가 앞으로 할 일은 민주주의와 싸우는 일이다. 이게 그 교과서의 내용이 될 것이다.

@septuor1 2015년 1월 9일 오전 3:51

실제적인 권력을 지닌 집단이 종교적으로건 정치적으로건 극단적 순수주의를 지향하게 되면, 그것은 그 집단 내부의 문제로 그치지 않는다. 그것은 다른 세계를 멸시하고 저주하고 파괴하려는 열정을 내면화할 수밖에 없기 때문이다.

@septuor1 2015년 1월 9일 오전 5:17

이창근님이 지금 이 시간에 리트윗을 하셨네. 잠을 못 이루신 걸까, 일어나신 걸까.

@septuor1 2015년 1월 9일 오후 5:54

번역자에게 번역의 미진한 점을 지적하면 '그 말이 그 말'이라고 대답한다. 그 말이 그 말이면 왜 꼭 그렇게 썼겠는가.

@septuor1 2015년 1월 9일 오후 6:52

김인환 선생이 『고려 한시 삼백 수』 서문에서 다음과 같이 썼다. 시를 번역하려는 사람이 책상 앞에 서서 붙여둘 만한 말이다.

> 글자 한 자 한 자를 어떻게 번역했는지 명확하게 밝혀야 오역인지 아닌지를 독자가 분명하게 판단할 수 있다. 좋은 시와 나쁜 시가 한 자나 반 자 사이에서 결정되므로 글자 하나하나를 무시하고 대충 두루뭉수리로 옮기는 것은 시의 번역이라고 할 수 없다. 나는 이 책에서 한문과 국문의 글자 하나하나가 어떻게 대응되는지를 분명하게 해명함으로써 한시 번역을 논쟁의 대상이 될 수 있도록 하였다.

@septuor1 2015년 1월 9일 오후 8:58

일베 같은 왜곡된 반항아들은 자기 정체성과 관련, 심각한 신경증을 앓는 경우가 많다. 그들은 떼거리 속에서만 자기를 자기처럼 느낀다. 서로서로 '나 잘했지'라는 시선을 던지며 어떤 패악질도 두려워하지 않지만, 혼자 남으면 불안에 떨고 자괴감에 빠진다.

@septuor1 2015년 1월 9일 오후 9:07

그들은 본질적으로 자신감이 없고 비열하기 때문에 엄마와 누이와 다른 여자들을, 약자들을 학대하는 데서 가장 손쉬운 패악질을 발견한다. 패거리 의식은 이 약자 괴롭히기를 이데올로기로 만들고, 옆에서 부추겨주는 사람이 있으면 급기야 애국질을 시작한다.

@septuor1 2015년 1월 9일 오후 9:36

사람에게 가장 어려운 일은 선택과 결정인데, 일베에게는 그 노력이 면제된다. 어떤 이념 속으로 들어가기만 하면 된다. 그것이 엉성한 이념일수록 더 매혹적이다. 섬세한 이념은, 우둔한 이념과 달리, 여전히 선택과 결정의 숙제를 제시하기 때문이다.

@septuor1 2015년 1월 9일 오후 9:46

일베는 젊은 날의 덫이 되기 쉽다. 우리의 일베가 우악스럽기 그지없어서 그렇지, 그게 좀 세련되고 사회에 허무주의적 분위기가 깔리면 우왕좌왕하는 젊은이 하나를 반신으로 만들기에 충분하다. 일베가 폭발물을 사용하는 것은 상징적이다. 괴력난신이 된 것이다.

@septuor1 2015년 1월 10일 오전 11:07

세상에는 레슬링 선수나 육상 선수의 근육은 잘 알지만, 리듬체조 선수의 근육은 모르는 사람이 많다.

@septuor1 2015년 1월 10일 오전 11:36

한 비평가가 "역사에 가정은 없지만"이란 단서를 달고, 김수영이 박인환처럼 30세에 죽었다면 두 사람의 평가가 어떠했을지 물었다. 30세에 김수영은 시 몇 편을 쓴 것밖에 없었다. 그러나 묻는 김에 박이 김처럼 47세에 죽었다면 어떠했을지도 묻는다면?

@septuor1 2015년 1월 10일 오전 11:47

30세에 김수영은 다크호스였지만, 박인환은 이미 바닥을 드러냈다. 30세에 「아메리카 타임지」를 쓴 김수영은 47세에 우리 현대 시사의 일급 시인이 되었지만, 30세에 「세월이 가면」을 쓴 박인환은 세월이 가도 「목마와 숙녀」를 벗어나기 어려웠을 것이다.

@septuor1 2015년 1월 10일 오후 12:00

나는「목마와 숙녀」가 무슨 말을 하는지 모른다. 나는 여러 종류의 난해시를 읽고 해설했지만, 이 시는 이해되지 않는다. 이에 대해 조리 있게 설명한 글을 발견하지도 못했다. 현대적 감수성, 모더니즘의 감각, 도시적 서정, 이런 말 말고 착실한 설명.

@septuor1 2015년 1월 10일 오후 1:49

시의 설명은 우선 시어 하나하나가 무슨 뜻이며, 그것이 어떻게 일상어와 연결되고 어떻게 일상어를 뛰어넘는지를 모두 말하는 것으로 시작한다. 시의 분위기 파악이나 시와 연결될 것 같은 인문학적 이론의 제시 따위로 시에 대한 이해를 대신할 수는 없다.

@septuor1 2015년 1월 10일 오후 2:24

시를 상세하게 분석하면 시의 기가 죽어버릴 염려가 없지 않다. 하나 그것은 시의 기가 약하거나, 시가 거짓말을 하고 있기 때문이다. 애를 키울 때 기를 살린다고 애쓰는 사람들이 있는데, 정직하게 생각하고 말하는 습관을 들이면 기는 저절로 살아난다.

@septuor1 2015년 1월 10일 오후 8:56

세계 4대성인 이야기가 나온 것은 초6 국어책이거나 사회책이었다. 학교에서 접한 첫번째 종교 교육. 교과서는 종교와 미신을 구별했는데, 명확히 이해되지 않았다. 어디 물어볼 데도 없이 오래 고민했다. 이젠 고민하지 않는데 의문이 풀렸기 때문이 아니다.

@septuor1 2015년 1월 11일 오전 10:50

그런데 한국 일부 기독교도들의 땅 밟기나 시골 마을 장승 무너뜨리기, 사찰 훼손 행위 등은 용서받을 수 있는 폭력인가.

종교는 근본적으로, 자연뿐만 아니라 인간 세상까지 하나의 원리가 지배하고 있으며, 모든 인간이 그 원리를 숭상해야 한다고 생각한다. 이런 생각은 그 자체가 폭력이다.

사람들이 원시적이라고 생각하는 다신교를 나는 개인적으로 고도로 발달된 종교라고 생각한다. 다신교는 자연과 인간에 나타난, 또는 그 안에서 이루어진 특별한 계기를 신성화하는 것이다. 시에는 다신교적 미덕이 있다.

오래된 종교들은 천동설 시대의 지식으로 세계를 모두 설명하려 했다. 문제는 그 설명에 윤리적 성격을 부여해야만 그것이 새로운 과학적 지식을 이기고 살아남을 수 있다는 것이다.

프로필 사진을 바꾸었다. 늘 웃고 있는 사진이 식상해서, 지극히 중립적인 데스마스크로 바꾸었더니 역시 음울하다. 그래서 다시 흑백사진으로 바꾸었다. 흑백의 계절이고, 흑백의 시대이니.

그리스는 기독교 정교회가 들어선 뒤에도 옛 신들이 사라지지 않았다. 신들은 디오니소스신이 성디오니시오스로 바뀌는 식으로 성자가 되었다. 저승의 뱃사공 카론까지 성카론이 되고. 다신교의 신들은 평화롭다. 그들이 요구하는 것은 나라가 아니라 집이기 때문.

사흘째 담배를 안 피우고 있다. 대신 커피를 홀짝거리고. 견딜 만하다. 그런데 일이 손에 잡히지 않는다. 트윗조차 올리기 어렵다. 증오가 사랑보다 더 위대하다는 것을 증명해야 한다.

@septuor1 2015년 1월 13일 오전 9:35
새해를 맞아 새로 산 일기장, 지금이 고비. 오늘 꼭 쓰세요. 벌써 잊고 있는 것은 아니겠지요. 오늘을 넘기면 백지로 남은 일기장이 1년 동안 스트레스가 됩니다.

@septuor1 2015년 1월 13일 오전 10:57
업주측에서건 손님측에서건 사람을 강제로 무릎 꿇리거나 90도 절을 하게 하는 등, 인간성 자체를 비굴하게 하는 일체의 행위를 금지하도록 법을 만들어야 한다. 법의 이름이 뭐가 되든.

@septuor1 2015년 1월 13일 오전 11:23
인간이 어떤 경우에도 그 위엄을 잃지 않고 살 수 있게 하는 일, 그것도 국가가 먼저 해야 할 일 가운데 하나다. 왕조 시대에, 선비를 욕보여선 안 된다는 말이 있었다. 민주 시대에는 모든 시민이 그 선비에 해당한다.

@septuor1 2015년 1월 13일 오후 12:56
새해에는 훌륭한 사람이 되겠다고 결심했다가 그 새해를 설날로 미루는 사람은 결심씩이나 하지 말고 그냥 이대로 사는 게 좋다.

@septuor1 2015년 1월 13일 오후 10:24
자벌레들이 작은 나뭇가지로 위장해도 새들에게 잡아먹히기는 마찬가지라는 말을 어느 책에서 읽었다. 자벌레가 새를 너무 높이 평가한 것 같다. 새들은 자벌레들이 제 몸으로 만든 나뭇가지를 나뭇가지로 감상할 줄은 모르고 거기서 먹을 것만 발견하는 것이다.

@septuor1 2015년 1월 14일 오전 3:19
평생 처음으로 담배를 피우지 않고 글 한 꼭지를 썼다. 200자 원고지 20매니 길지 않은 글이지만, 힘들었다. 이 나이에 중오에서 원기를 얻어 일을 해야 하니, 서글프다.

@septuor1 2015년 1월 14일 오후 1:09

앙드레 브르통의 『초현실주의 선언』을 번역한 게 몇 년 전이다. 고종석 선생이 3월 강의에서 번역된 『초현실주의 선언』은 브르통의 텍스트냐 황현산의 텍스트냐를 묻는 강의를 한다는데, 그 답이 나도 매우 궁금하다.

@septuor1 2015년 1월 15일 오전 11:10

'문전배달'이라고 써 붙인 차가 지나갔다. 데이트하던 여자가 남자에게 : "전문배달을 잘못 썼나봐." 남자의 대답 : "그러게." 익숙하게 쓰던 단어들이 갑자기 사라지는 것도 비극적인 일이다. 문전박대, 문전걸식의 박대와 걸식은 사라지지 않았는데.

@septuor1 2015년 1월 15일 오후 2:26

내가 모신 선생님 중 한 분은 젊었을 때 권투 선수였다. 수업중 학생에게 뭘 시켰는데 입을 다물고 있으면, "죽기 전에 해!"라고 말했다. "안 하면 너 죽는 수가 있다"는 뜻과 "너 그러고 있으면 죽을 때까지 못한다"는 또다른 뜻이 있었던 것 같다.

@septuor1 2015년 1월 16일 오전 11:00

금연 나흘째, 내가 담배 피우는 상이 자주 어른거린다. 아무때나 졸음이 온다. 아직은 견딜 만하다.

@septuor1 2015년 1월 16일 오후 2:17
다신교를 이해하는 방식도 여러 가지다. 조상 제사를 다신교라고 보는 사람들이 있는데, 집집마다 다른 조상을 섬긴다고 해도 유일신 숭배와 다를 게 없다. 조상들의 차이는 없다. 동일한 신 하나를 분리해 조상의 이름으로 각 집안에 분배하고 하고 있을 뿐.

@septuor1 2015년 1월 16일 오후 2:24
내가 생각하는 다신교는 그리스 로마의 다신교와도 형식에서 매우 다르다. 신전도 사당도 없고, 사제도 경전도 없는 다신교. 삼라만상과 인간사 앞에서 늘 경건하고, 거기에 어떤 정신이 있다고 믿고, 가끔 할머니들처럼 별에 샘물에 축수도 하는 다신교.

@septuor1 2015년 1월 16일 오후 2:25
그것은 세상 만물과 만사에 대한 시적 태도 이상의 것이 아니다.

@septuor1 2015년 1월 16일 오후 2:27
샘물에 무슨 신이나 정령 같은 것은 없다고 생각하는 사람들도 샘물에 축수는 할 수 있다.

@septuor1 2015년 1월 16일 오후 11:19
'빛 좋은 개살구'라는 말을 좀 흥취 있게 '이름 좋은 하늘타리 빛 좋은 개살구'라고도 한다. 하늘타리는 맛없는 야생 수박, 개수박이라고도 한다. 요즘 생약 같은 것을 파는 사람들이 이를 하늘수박이라 부르는데, 하늘타리와 개수박을 조합한 말일 게다.

@septuor1 2015년 1월 17일 오전 3:30
백년 전의 삶, 천년 전의 삶을 우리 시대의 주관성으로 재단할 수는 없다. 거꾸로 백년 전, 천년 전에 그 시대의 요구에 부응했던 어떤 사고가 우리 시대의 삶을 가로막을 수도 없다. 제 나라의 옛날이라도 옛날은 다른 나라와 같다.

청나라에 사신으로 간 조선 양반이 그곳 천주회당에서 하인이 치켜든 요강에 오줌을 누다가 서양인 신부에게 제지를 당했다는 기록이 있다. 그걸 문화적 다양성이란 말로 옹호할 수는 없다. '문화'는 제 땅을 벗어나는 순간 보편성의 시험을 거치기 마련이다.

A사회의 문화가 B사회와 대면하여 그 보편성을 시험 받을 때, A사회 내부에서도 그 시험이 시작된다. 그러나 또한 그 시험은 마침내 B사회 내부에서도 자기 문화를 시험대에 올리게 한다. 몽테스키외의 『페르시아인의 편지』가 알려주는 바가 그것이다,

몽테스키외는 또한 『법의 정신』을 쓰고, 최초로 삼권분립을 주장한 사람이다. 풍토와 문화적 특수성을 토대로 성립된 법들을 이성의 보편성으로 다시 점검하는 것이 법이 구현해야 할 정신 가운데 하나. 어떤 문화를 내세워도 노예 제도를 옹호할 수는 없는 것.

우리가 아랍 문화와 대면할 때, 우리의 시각이 알게 모르게 서구화되어 있다는 자의식이 우리를 주저하게 하고 당황하게 한다. 그러나 적어도 내가 믿을 수 있는 것은 아랍 문화 내부에서 만든 여러 편의 영화이다. 나는 그 서사의 성찰을 믿는다.

책을 손에 들기는 했지만 읽으려면 용기가 필요하다. 아이들이 우리에게 그

용기를 숙제로 내주고 갔을 것이다.

@septuor1 2015년 1월 18일 오전 8:50

젊은 날에 다른 사람은 모두 단단하고 투명한데 자기만 불투명하고 뒤죽박죽인 것처럼 보일 때가 있다. 인간은 살아 움직이고 생각하고 실천하거나 못하며 애쓰는 존재들인데 누가 투명할 수 있겠는가. 나를 고정해서 바라보려는 시선을 오히려 경계해야 하지 않을까.

@septuor1 2015년 1월 18일 오후 12:23

대한항공 승객들이 요즘 승무원들에게 땅콩 안 가져다주느냐는 등 바보 같은 농담을 그치지 않는다고 한다. 이는 무엇보다도 새로운 농담 하나를 만든다는 게 얼마나 어려운 일인가를 말해준다. 돈 주고 살 수도 없고, 수첩에 적는다고 되는 일도 아니고.

@septuor1 2015년 1월 18일 오후 12:35

'그리고 아무도 안 웃었다'라는 제목으로 누가 책을 한 권 써야 한다.

@septuor1 2015년 1월 19일 오전 12:56

자학 광고 3건
1. 팥 병에 큰 글씨로 '100% 중국산'
2. 신문 전면 패딩 광고에 '질이 안 좋음, 그 이유로 반품 불가'
3. 세일 광고, '가게 정리, 70% 할인, 안 사가면 더 좋고'

@septuor1 2015년 1월 19일 오전 1:56

팀 아이텔의 그림에는 뒷모습이 많다. 뒷모습은 서부의 총잡이들에게만 무방비 상태인 것은 아니다. 얼굴로는 온갖 표정을 써서 나를 표현하거나 감출 수 있지만, 내 뒷모습은 나를 감추지도 표현하지도 못한다. 뒷모습으로 내가 타인처럼 드러난다.

@septuor1 2015년 1월 19일 오후 12:49

80년대 초까지 덕수궁 앞에는 가족계획협회가 세운 지구의 탑이 있었다. 수많은 사람이 지구에 엉겨붙어 있고, 어떤 사람들은 떨어지고. 사람들이 어찌 서로 증오하지 않겠는가. 곧 산아 제한 정책이 출산 장려 정책으로 바뀌었지만, 이 증오심은 변하지 않았다.

@septuor1 2015년 1월 19일 오후 12:53

그 광고를 기획한 사람들은 세상이 그렇게 빨리 바뀔지 몰랐다고 말할 것이다. 어느 친일파 시인도 일제가 그렇게 빨리 망할지 몰랐다고 말했다. 그러나 이것은 예측의 문제가 아니라 인간이 지켜야 할 도리의 문제다.

@septuor1 2015년 1월 20일 오전 4:28

해방 전에 한국인이 미국행 여객선을 탔다. 승객 식탁마다 출신국 국기를 꽂는데, 선장이 한국인 앞에서 머뭇거리다가 백기를 꽂아주었다. 어릴 때 이런 글을 읽고 울었다. 이 생각만 하면 눈물이 났다. 그래서 나라가 있다는 것만으로 행복한 때도 있었다.

@septuor1 2015년 1월 20일 오전 11:50

어렸을 때 이 세상이 살 만한 곳이라는 생각을 단 한 번도 해보지 않았더라면 나도 IS 같은 데를 찾아가고 싶었을 것이다.

@septuor1 2015년 1월 20일 오후 6:37

IS를 찾아간 김군이 페미니스트들을 싫어한다고 했다는데, 그건 여자들이 자기를 좋아해주지 않는다는 개인적 원한을 이데올로기 형태로 바꾼 것일 뿐이다. 성폭행 앞에 '거룩한'이란 말을 덧붙이고 싶은 것. 좌절된 에로스는 자주 파괴의 욕망이 된다.

@septuor1 2015년 1월 21일 오전 3:10
오늘 금연 열하루째, 원고지 10매짜리 글 한 꼭지를 썼다. 잠자리에 들어간다만 내일은 또 어찌하리.

@septuor1 2015년 1월 21일 오전 10:52
조선일보 김대중 칼럼을 읽고 기분이 나쁜 것은 나와 의견이 다르기 때문이 아니라 엉성하고 못 쓴 글이기 때문이다. 나쁜 나라에서는 젊은이들이 나쁜 일에 동원된다. 나쁜 글쟁이에게서는 우리말이 나쁜 글에 동원된다.

@septuor1 2015년 1월 21일 오후 1:27
한자 혼용 문제가 나오면 영어는 라틴어를 혼용하지 않는다는 식의 말을 당당하게 하는 사람들이 있다. 한자는 글자고 라틴어는 언어가 아닌가. 글자 그 자체로만 말하자면 영어 알파벳이 바로 라틴 문자다. 한자를 라틴 문자와 비교하자면 영어는 한자 전용과 같다.

@septuor1 2015년 1월 21일 오후 2:09
알제리 독립운동을 다룬 어느 책에서 읽은 이야기. 탄약을 나르고 진지구축을 돕던 여자들이 불편한 히잡을 벗기 시작했다. 그걸 나무라는 무슬림은 아무도 없었다. 진정한 해방 전쟁은 인간을 해방한다. 내가 탈레반이나 IS를 불신하는 이유가 그것이다.

@septuor1 2015년 1월 21일 오후 2:29
막말로 대한 독립을 해서 조선 시대로 돌아갔다면 그게 무슨 소용이 있었겠는가.

아내가 좌린의 『멈춰버린 세월』을 읽다가 세월호 때문에 못 읽겠다고 하더니 다시 집어든다. 읽어도 읽지 않아도 우린 다시 행복해질 수 없을 것만 같다.

여성 혐오는 어머니 증오로부터 시작하는 경우도 많다. 어머니는 아들을 사회로부터 보호해주는 사람이지만, 사회의 요청을 아들에게 전달하는 사람이기도 하다. 아들은 사회는 보지 못하고 어머니만 본다. 더구나 심약한 아들은 사회보다 어머니가 더 만만하다.

이 아들이 나중에 폭력 가장이 되는 것은 말할 것도 없지만, 또한 인종주의자가 되고 차별주의자가 된다. 그에게는 늘 복수해야 할 사회를 대신해줄 만만한 상대가 필요하기 때문이다. 성차별이건 지역 차별이건 비열하지 않은 차별주의자는 없다.

아내가 딸과 대화중에, "남자는 아무리 커도 애다." 그런데 그 애가 바로 나 아닌가. 남자는 제 어머니에게 기대했던 애정을 다른 여자에게도 기대한다. 끝내 애일 수밖에 없다. 이 유아적 사랑 투정이 이데올로기와 결합하면 대개 근본주의로 치닫는다.

@septuor1 2015년 1월 22일 오후 4:43

아이는 모방하고 그 모방에 의미를 부여하면서 성장한다. 농담 기능이 억압되거나 봉쇄되면 모방과 의미 부여가 단순하고 거칠어질 수밖에 없다. 근본주의와 극단주의가 하나의 길을 제시한다. 농담하는 극단주의자를 본 적이 있는가. (농담 기능은 내가 만든 말.)

@septuor1 2015년 1월 22일 오후 6:03

내가 "남자는 아무리 커도 애"라고 썼던 말을 '그러니까 여자들이 돌봐줘야 한다'는 칭얼거림으로 이해한 분도 있군요. 나는 오히려 '네가 거대한 명분을 내걸고 실은 애처럼 떼쓰고 있는 것은 아닌지 돌아보라'는 뜻으로 한 말인데.

@septuor1 2015년 1월 23일 오전 8:56

현재 고2부터 대입 면접에서 인성 평가를 한단다. 이게 황우여 아이디언가 본데 곧 인성 학원이 생길 듯하다. 한 가지 더, 인성 깨알수첩도 나올 것이다.

@septuor1 2015년 1월 23일 오전 9:10

퇴임 전에 오랫동안 논술 고사 출제위원으로 일했다. 학원 과외가 아무 소용없는 문제를 내는 게 늘 목표였지만, 어떤 방법으로도 학원을 이길 수는 없었다. 학원은 수많은 젊은 두뇌가 1년 열두 달 생각하고, 출제위원들은 열 명이 한 달 정도 생각한다.

@septuor1 2015년 1월 23일 오전 10:25

90년대던가. 초등학교에서 아이들에게 족보를 베껴오라고 하고, 가훈을 적어오라고 했다. 가훈이 없는 집은 가훈을 만들어주겠다는 오지랖도 나왔다. 그런 생각을 했던 녀석들이 지금 늙은 뉴라이트들이다.

@septuor1 2015년 1월 23일 오후 1:03

친정으로 시가로 울며 애 맡기러 다니며 대학원 수업에 들어오던 내 제자들은 전업주부인지 아닌지 모르겠다.

@septuor1 2015년 1월 23일 오후 2:19
사물을 객관적으로 파악하여, 개인의 감상을 버리고, 객관적으로, 자유롭고 엄정하게 기술하려는 태도를 흔히 산문 정신이라고 부른다. 피천득의 「수필」은 그런 정신을 전혀 염두에 두지 않을뿐더러, 오히려 엄정함을 피해 달아나려는 감상 취향을 찬양한다.

@septuor1 2015년 1월 23일 오후 2:33
"수필은 청자연적이다. 수필은 난이요, 학이요, 청순하고 몸맵시 날렵한 여인이다." 「수필」은 이런 소리뿐인데, 어떤 문체를 묘사하는 말일 수는 있지만, 수필 전체를 규정할 순 없는 말. 우리 수필이 이런 소리를 따르려다 그 모양 그 꼴이 된 것이다.

@septuor1 2015년 1월 23일 오후 2:39
"수필의 빛은 비둘깃빛이나 진줏빛이다." 이게 귀신 씻나락 까먹는 소리가 아니라면 무슨 소린가.

@septuor1 2015년 1월 23일 오후 7:00
대입 인성 평가에 대한 질문. 1) 정부가 인성 평가를 하라고 하면 대학이 해야 하는가. 2) 인성이 나쁜 사람은 왜 대학에 가면 안 되는가. 3) 인성이라는 게 도대체 무엇을 의미하는가. 4) 인성 나쁜 사람이 대학에 안 가면 국민 인성이 양호해지는가.

@septuor1 2015년 1월 24일 오전 12:08
우리 중학교 때 음악당이 없어서 운동장에서 음악 수업을 했다. 포스터의 〈켄터키 옛집〉, "옥수수는 벌써 익었다" 그 대목을 부르자마자 운동장 담 밖에서 뻥튀기가 펑하고 터졌다. 그후부턴 "옥수수는 벌써 익었다, 펑"으로 불렀다. 실화인데 아무도 믿지 않는다.

내가 이 생각이 갑자기 난 것은 아침에 박근혜가 "짠 하고 대한민국이" 어쩌고 했다는 이야기를 들었을 때였다. 아무 관계도 없는데, 그 노래에 "마루를 구르며 노는 어린것 세상을 모르고" 어쩌고 하는 대목이 있어선 것 같기도 하다. 연상이란 묘해서.

@septuor1 2015년 1월 24일 오전 9:49

피천득의「수필」에 대해 좀 심하게 말한 것 같기도. 그게 그냥 개인 수필집에나 들어 있었으면 미적 취향이 약간 후지긴 하지만 그런대로 깔끔한 한 편의 수필이었을 텐데, 교과서에 실려 수필 문학을 규정하고 그 예시가 됨으로써 한국 수필을 망친 것이다.

@septuor1 2015년 1월 24일 오후 12:07

〈케세라세라〉는 히치콕의 〈The man who knew too much〉의 주제가라고 한다. 50년대말 고교에 케세라라는 폭력 조직이 많았다. 데스페라도 코스프레. 지금이면 IS에 가입할 친구들이 있었을 텐데, 당시는 IS가 있다 해도 국력이 어디 받쳐줬겠나.

@septuor1 2015년 1월 24일 오후 2:44

크건 작건 무슨 경륜을 펼쳐야 할 총리가 '쓴소리'를 하겠다고 했다는 말을 신문들이 대서특필하는 것은 아무도 이 정부에 기대를 걸지 않는다는 것을 반증하는 것일 터.

@septuor1 2015년 1월 24일 오후 9:14

잘 알다시피 옛날 왕들에게 쓴소리를 하는 것은 바보 광대였다. 우리가 낸 세금으로 총리 월급 줘서 이제 바보 광대 하나를 고용하는 것은 아닌지 모르겠다.

@septuor1 2015년 1월 25일 오전 12:42

잠시 먹방을 봤는데 50년 후의 한국 음식은 세계에서 가장 조악한 음식이
될 것 같다. 그러거나 말거나. 그때 나는 이 세상에 없을 텐데.

@septuor1 2015년 1월 25일 오전 12:58

난 소박한 음식을 좋아한다. 장국밥, 고등어찌개, 만두, 좀 비싼 걸로는 생선
국. 많이 먹는 편은 아니고. 내가 먹는 것보다도 같이 간 사람이 맛있어 하는
걸 좋아한다. 국물에 고춧가루 확 집어넣으면 정말 질색.

@septuor1 2015년 1월 25일 오전 1:10

한번은 어쩌다 포항 물회집에 갔는데, 김치, 초장, 심지어 미역국까지 모든
음식에 설탕을 집어넣어 먹을 수가 없다. 왜 이렇게 다냐고 항의했더니, 주
모가 "달지 않으면 무슨 맛으로 먹어요"라고 대답했다. 미국 같으면 총기 사
고 났을 것이다.

@septuor1 2015년 1월 25일 오전 9:58

IS의 샤를리 에브도 테러가 서방의 신자유주의에 대한 저항이라는 글을 읽
었다. 그럴지도 모르겠다. 그런데 정신 나간 박근혜 정부에 저항한다고 조
폭들이 은행과 상점을 털고 다니면 어떻게 될까.

@septuor1 2015년 1월 25일 오전 11:04

늙은 비평가나 시인들 가운데는 요즘 젊은 시인들의 시가 옛날의 시, 다시
말해서 자기들이 젊었을 때 감동적으로 읽었던 시와 다르다고 마구 화를 내
는 사람들이 있다. 왜 우리는 도스를 썼는데 너희들은 윈도를 쓰느냐고 화
를 내는 사람을 뭐라고 불러야 할까.

@septuor1 2015년 1월 25일 오전 11:50

그런 비평가들 중의 한 사람은 박근혜를 괴테의 '영원한 여성'의 반열에 올
렸다.

@septuor1 2015년 1월 25일 오후 12:18

'의상 자폐아'는 참 잘 만든 말이다. 그러나 너무 봐준 감이 있다. 오히려 수식어 없는 '자폐아'가 더 마땅할 것이다.

@septuor1 2015년 1월 25일 오후 3:07

나는 이성애자 남자고 늙은 남자지만 택시에서 항상 평화로운 것은 아니다. DJ, 노무현, 세월호 유가족 욕이 나오면 보통 조용히 가자고 하지만, 당신 처지를 생각해보란 말도 가끔 한다. 그런데 세월호 유가족 비난은 늙은 기사들보다 젊은 기사들이 더 한다.

@septuor1 2015년 1월 25일 오후 5:25

보육교사나 택시기사의 처우 개선 중요하다. 돈이 무섭다. 나만 해도 원고료 많이 주는 잡지는 더 힘들여 글 쓴다. 묵은 원고라도 좋은 원고 내주고. 트윗에서 오타 많이 내는 것도 원고료가 없기 때문이다.

@septuor1 2015년 1월 26일 오전 8:43

과외 수업 아르바이트를 하다 만난 최악의 학생. 재수생 여학생. 모든 걸 자기 엄마한테 물었다. 내가 숙제를 내주면 숙제를 해야 되는지까지도. 엄마의 판에 박은 대답 : 지 일은 지가 결정해야지 누구한테 묻냐? 학생의 대답 : 엄마가 이렇게 키웠잖아요.

@septuor1 2015년 1월 26일 오전 9:45

아내가 뒤늦게 『삼국지』를 읽고 있다.
아내 : 관우 장비, 이 사람들 다 어떻게 되는 거야?
나 : 다 죽었어.
아내 : 그런데 왜 현재형이야?

@septuor1 2015년 1월 26일 오전 11:58

대통령이 뭐라고 했다는데, 뭐라고 했다는 거야.

@septuor1 2015년 1월 26일 오후 4:39

지하철 시는 없애는 게 최상책이다. 바꾸어도 결국 그런 수준의 시가 들어온다. 지하철 기다리면서까지 시를 읽어야 할 필요는 없다. 사람이 혼자 생각할 시간도 있어야지. 1분 1초도 쉬지 말아야 한다는 끔찍한 생각이 거기까지 시를 끌어들였을 것이다.

@septuor1 2015년 1월 26일 오후 4:55

충무로역에서던가, 너무나 기가 막힌 '시'가 있어, 사진을 찍어두려고 폰을 들이댔더니, 옆에서 어떤 학생이 "저건 시도 아닌데"라고 내 귀에 들리게 말했다. 그래서 그게 시가 아닌 것을 확실히 알았다.

@septuor1 2015년 1월 26일 오후 5:25

공공장소에 시를 적어두면 그게 거의 교과서의 역할을 한다. '이런 시도 있다'가 아니라 '시란 이런 것이다'가 되는 것이다. 조악한 시가 토론의 장소에서 발언을 독점하는 꼴. 그래서 스크린 도어는 차라리 낙서판으로 활용하는 게 더 낫다고 본다.

@septuor1 2015년 1월 26일 오후 5:28

낙서판은 좀 아니겠다. 그러잖아도 혼란스러운 장소가 더 혼란해지겠지.

@septuor1 2015년 1월 27일 오전 11:42

지하철 시나 등산로 명언들의 또다른 문제는 사람들이 저마다 수행해야 할 명상과 성찰을 거의 강제적으로 대신해주려는 그 오지랖에도 있다. 그게 자기계발서의 문화로 이어지기도 하는 듯.

@septuor1 2015년 1월 27일 오후 1:54

거리 곳곳의 '바르게 살자' 돌덩어리는 꼰대질의 마지막 금석문이라고 해야 할 것이다. 이 돌덩어리의 폭력이 다른 모든 폭력에 우리를 둔감하게 만들었다.

@septuor1 2015년 1월 27일 오후 9:08

의정부 초입. 한쪽엔 도봉산 한쪽엔 수락산, 그 사이로 중랑천, 망쳐지기 전엔 얼마나 아름다웠을까. 나는 인류의 멸망 후 그 아름다움이 회복되리라고 가끔 생각한다. 내가 바로 인류의 멸망 따위 신경도 안 쓰는 녹색주의자인 듯. 사실 녹색주의자는 아닌데.

@septuor1 2015년 1월 28일 오전 2:29

이 아무개 선생의 번역에 관한 트윗을 알티한 후 열 명 정도의 팔로워가 언팔을 했다. 비슷한 일을 이미 여러 번 겪은 뒤라 그러려니 하지만, 같은 의견을 가진 사람들끼리만 모여 앉아 목소리를 드높여서 얻게 되는 이익이 무엇일까.

@septuor1 2015년 1월 28일 오전 9:39

중앙일보에 내 나이 또래 사람들이 줄줄이 나와 한마디씩 한다. 한 월남전 참전자가 '전쟁터 안 가면 나라 망한다'고 생각했다고. 제 자식 군대 안 보내려고 기를 쓴 것은 이 세대 사람들도 마찬가지였는데.

@septuor1 2015년 1월 28일 오전 10:05

양선희 칼럼을 그 단단한 사실주의 때문에 좋아한다. 그런데, 페미니즘이 반페미니즘에 의해 지양되는 시기에 왔다는 말은 좀. 민주가 반민주에 의해, 자유가 부자유에 의해 지양될 수 있을까.

@septuor1 2015년 1월 28일 오전 10:34

에밀 시오랑의 글을 읽다보면, 서구인들이 알고 있는 불교는 우리가 아는 불교보다 훨씬 더 염세적이라는 것이다. 그것은 서구어로 번역된 불경과 한역 불경의 차이이기도 할 것 같다.

@septuor1 2015년 1월 28일 오후 5:13

오늘 금연 17일째, 시도 때도 없이 졸음이 오고, 식욕이 떨어지고, 배변 습관이 바뀌고, 눈이 침침한 것만 같고, 모든 것이 엉망이다. 그런데 담배 생각은 많이 줄어들었다.

@septuor1 2015년 1월 29일 오전 9:23
"미국의 한 고등학교 교실에서 학생이 60대 교사를 무차별 폭행했습니다. 휴대전화를 빼앗겼다는 것이 그 이유였습니다." SBS뉴스가 이런 트윗을 올렸다. 이때 '무차별'이란 말이 무슨 말인지 모르겠다. 어떤 단어를 옮긴 것일까.

@septuor1 2015년 1월 29일 오전 11:22
내가 살면서 제일 황당한 것은 어른이 되었다는 느낌을 가진 적이 없다는 것이다. 결혼하고 직업을 갖고 애를 낳아 키우면서도, 옛날 보았던 어른들처럼 나는 우람하지도 단단하지도 못하고 늘 허약할 뿐이었다. 그러다 갑자기 늙어버렸다. 준비만 하다가.

@septuor1 2015년 1월 31일 오후 12:21
지성이 곧 인간성이란 것을 명박 정부를 보내고 근혜 정부를 보내면서 뼈저리게 느낀다. 문제를 앞에 놓고 자유롭게 검토할 지성이 없으면, 제가 잘났다고 뽐내는 일밖에는 다른 일이 불가능하다.

황현산

@septuor1 2015년 2월 13일 오전 7:09

─────────────

로트레아몽을 같이 읽는 학생들이 나더러
짝사랑을 한 적이 있느냐 물었다. 왜 없겠는
가. 젊은 날 내가 짝사랑한 사람도 있었고,
나를 짝사랑한 사람도 있었다. 인간의 일 가
운데 짝사랑만큼 훌륭한 일도 드물다. 짝사
랑은 아름다운 것이 항상 거기 있게 한다.

─────────────

@septuor1 2015년 2월 1일 오전 11:50

제주도로 신혼여행을 갔을 때, 바닷가 사람들인 아내와 나는 구럼비 바위에서 세 시간을 지체했다. 뭐랄까, 이상적인 바닷가를 만난 것 같았다. 인간은 어리석고 기계의 힘은 무섭다. 다섯 살 아이가 권총으로 제 동생을 쏴 죽인 것과 무엇이 다를까.

@septuor1 2015년 2월 1일 오후 12:38

독일 소녀의 트윗에 영감을 얻어 생활 교육을 주장하는 사람들이 있는데, 뭘 모르는 소리. 수리, 언어, 자연은 누구에게나 같지만, 재벌집 자녀와 쪽방촌 아이에게 같은 생활이 존재할까. 학교가 모든 걸 다 가르칠 수는 없는데 모든 시간을 다 뺏는 것이 문제.

@septuor1 2015년 2월 2일 오전 9:54

IS 무장 군인들이 모술 도서관에서 이슬람 신앙 서적 이외의 책을 모두 수거해갔다는 이야기는 고토 겐지의 참수 소식만큼 가슴 아프다. 이런 폭거는 이슬람 세계에 대한 서방의 침탈로 합리화될 수 없다. 세상을 몽매 속에 끌고들어가는 투쟁에 미래가 있겠는가.

@septuor1 2015년 2월 2일 오전 11:38

한국의 진보 이론가들은 왜 미국을 싫어하면서 자식은 미국에 유학 보내느냐는 비난을 종종 듣는다. 미국은 미제국주의의 주체이지만, 인류의 공동 자산인 현대 지식의 유력한 관리자 가운데 하나이기도 하다. 미국도 중국도 일본도 하나가 아니다. 물론 한국도.

@septuor1 2015년 2월 2일 오후 12:56

모든 지식은 그 지식이 산출되는 과정이 중요하다. 그 과정을 알면 1의 노력으로 익힐 수 있는 지식이 그 결과만 이해하려면 10의 노력으로도 익히기 어렵다. 결과로만 알려진 지식은 발전이 멈추고 교조화되기 쉽다. 그 지식으로 농담하는 곳을 찾아가라.

@septuor1 2015년 2월 2일 오후 8:32

토론 수업을 주장하는 사람이 많은데, 중요 저작들이 모두 외국어로 되어 있는 상태에선 연목구어나 다름없다. 열쇠만 있으면 이용할 수 있는 곡식 창고가 옆에 있는데, 토론을 한답시고 마당에서 낟알을 줍겠는가. 토론은 지식 생산의 의지 아래서만 가능하다.

@septuor1 2015년 2월 3일 오전 9:12

내가 트위터에 들어오자마자 나를 블락하는 사람이 여럿이었다. 묘하게도 내 여자 제자들이었다. 이유를 알 만하다. 이런 예를 들어도 괜찮을지 모르 겠는데, '안좌동의 쵸림이'씨나 '매기'씨가 내 제자였으면 당연히 나를 블락 했을 터. 그럴 필요 없는데.

@septuor1 2015년 2월 3일 오후 2:47

이것은 고양이가 아니다. 이것은 자루다. 우리집 몽이.

@septuor1 2015년 2월 3일 오후 7:08

JS가 번역에서의 '부정한 미녀들'에 관해 여러 차례 말했다. 번역자가 실력 이 부족하면 의성어 의태어 많이 넣어 아름답게 번역하는 일이 잦다. 그런 데 그 아름다움이 대개는 올드 패션.

@septuor1 2015년 2월 4일 오전 1:40

누가 혜민 스님의 책을 집에 갖다놔서 몇 페이지 읽었다. 이런 말이 계속 입에서 나온다는 것도 확실히 타고난 재주다.

@septuor1 2015년 2월 4일 오전 8:30

스님이란 직함은 신기하다. 그 직함만 이름 앞에 붙이면 꼰대질이 꼰대질로 느껴지지 않는다. 그걸 허락받은 꼰대질이라고 불러야 하나.

@septuor1 2015년 2월 4일 오전 10:42

대학교수와 교육부 장관이 앞장서서 국회에서 풍수학과 명리학 콘서트를 연다. 이게 정말 나라인가 싶다.

@septuor1 2015년 2월 4일 오전 11:52

나는 충분히 설명했다고 생각했는데, 슬프다.

@septuor1 오후 12:14 2015년 2월 4일

허은실의 『나는 당신에게만 열리는 책』, '이동진의 빨간책방' 오프닝 에세이다. 나는 사실 시적인 산문을 좋아하지 않는데, 잘 쓴 글은 취향을 넘어선다. 이 책에는 내 이름도 나온다.

@septuor1 2015년 2월 4일 오후 1:07

JS가 그 나이 38세에 펴낸 책. 풍부한 지식, 세련된 문체, 홍건한 에로스, 이 재미있는 책이 절판됐을 것 같다. 그런데 표지가 참 촌스럽구나. 20년 전이니.

@septuor1 2015년 2월 4일 오후 1:24

JS의 『사랑의 말, 말들의 사랑』 신판이 나왔다기에 알라딘에 들어가는 수고를 무릅썼다. 저자는 늙고 표지만 젊어졌구나.

@septuor1 2015년 2월 4일 오후 3:13

1980년대 서정윤의 『홀로서기』는 100부가 팔렸다. 세상의 풍파를 바람에 비유하며 비장한 목소리로 "나는 바람 속에 서 있다" 이런 소리를 했던 시집. 독립하기 위해서는 비장한 각오가 필요하지만, 비장하다고 독립하는가. 이런 게 사기가 아니고 뭔가.

@septuor1 2015년 2월 4일 오후 3:16

글자를 줄인다고 '만'자를 줄이다니. 이건 거의……

@septuor1 2015년 2월 4일 오후 3:33

100만 부가 100부가 된 사연. 글자 한 자가 넘쳤다. 그래서 100을 백으로 고치면 2자 여유를 얻을 수 있다고 생각했다. 그런데 그 계획을 '만'자 지우는 것으로 끝냈다. 이건 다이몬의 장난이다.

@septuor1 2015년 2월 4일 오후 9:38

황금시대는 존재한 적이 없다. 순결한 과거의 회복을 명분으로 내세운 투쟁이 종종 극악한 범죄로 치닫게 되는 까닭. 황금시대의 미신은 보통 미래 설계의 서투름이나 절망적 실패에서 오기 쉽다. 절망자는 내부 파괴건 외부

115

파괴건 파괴를 구원으로 생각한다.

@septuor1 2015년 2월 5일 오전 12:16
우리말의 '년' '놈'은 여자와 남자를 비하해서 말할 때만 사용한다. 원래는 남녀를 중립적으로 가리키는 말이었을 텐데. 안타깝다. '년' '놈'이 비칭이 되어버린 것은 우리말이 오랫동안 구어로만 사용된 데도 그 원인이 있을 듯. 구어에는 중립적 언어가 드물다.

@septuor1 2015년 2월 5일 오전 1:49
금연 25일째. 이른바 마의 3주를 넘기고도 나흘이 지났다. 담배는 안 피우지만 일을 제대로 못한다. 처리해야 할 일들이 태산 같은데(이 비유는 내 평생 처음 쓰는 것 같다). 이제 와서 무슨 영화를 본다고 금연이냐 싶지만, 2천 원은 못 준다.

@septuor1 2015년 2월 5일 오후 9:13
DJ와 노무현의 대통령 당선은 민주화 여정의 큰 자산이다. 이 자산이 밖으로 야비한 공격을 받아 상처를 입고 안으로는 정파 다툼으로 깨져나갔다. 완전히 박살난 것은 JTBC 3인 토론에서다. 무슨 꼴이냐. 그러든 말든 나는 담배나 끊자.

@septuor1 2015년 2월 6일 오전 6:21
'남도인문주간'의 강사로 초청을 받아 해남에 내려와 있다. 대흥사에서 잠을 잤다. 절방의 새벽이 고요하다. 강의 원고를 고친다. 해남은 김남주와 고정희의 고향. 어제 두 고인의 생가에도 다녀왔다. 윤리는 곧 정치라는 말을 시를 예로 들어 말하겠다.

@septuor1 2015년 2월 8일 오전 9:03
〈호남가〉는 호남 52 고을의 이름을 엮어 만든 단가. '함평천지'로 사작한다. 지명 함평을 문자로만 풀자면 '모두 고르게'의 뜻이니 '함평천지'는 평등 세상이라는 말. 서해안고속도로에 함평천지라는 휴게소가 있다. 어느 평론가는 그 이름에서 동학을 연상했다.

@septuor1 2015년 2월 8일 오전 9:16
나 원 참! 오타를 수정하는 글에서 오타를 두 개나 냈네. 조리돌림감이다.

@septuor1 2015년 2월 8일 오후 7:20
대웅전보다 산신각을 더 높은 곳에 모신 절이 많다. 그러나 어떤 경우에도 산신각을 대웅전보다 더 크게 짓지는 않는다. 이박 묘소 참배하겠다는 문재인 새 당대표에게 훈수조로 하는 말이다. 이 씻나락 까먹는 소리를 알아들었으면 좋겠다.

@septuor1 2015년 2월 8일 오후 10:22
새정련 인사들 가운데, 조선일보가 맘에 든다고 기사 써주면 그게 국민 통합이라고 생각하는 인사들이 있는 것은 아닐까. 이번 문재인 참배 발언뿐만 아니라, 지난번 박시장의 성소수자들에 관한 견해 표명에서도 느꼈던 것.

@septuor1 2015년 2월 9일 오전 9:52
이케아 연필 때문에 연필 거지라는 말이 생긴 것 같다. 연필을 한 주먹씩 집어간 사람들. 평소에 글 한 줄 쓰지 않고 사는 삶을 반성하는 차원에서 그랬을 것이라고 긍정적으로 해석한다.

@septuor1 2015년 2월 9일 오후 1:51
누이가 고구마 자루를 들고 왔다. 아파트 앞집 아주머니가 시엄마를 싫어해서, 시골에서 보내온 배추, 무에 참기름까지 모두 문밖에 내놓아 자기가 가져다 먹는다고. 오늘도 나오는 길에 고구마가 있어서 가져왔단다. 나 같으면 먹을 것은 먹고 미워하겠다.

@septuor1 2015년 2월 9일 오후 4:26

누이동생에게 며느리가 시부모를 싫어하는 이유를 물어봤더니 시부모가
농촌 무지렁이로 무식하기 때문이라네요.

@septuor1 2015년 2월 9일 오후 11:05

『금요일엔 돌아오렴』이 책엔 세월호 유가족들의 육성 기록이 들어 있어서,
독자들이 쉽게 다가가지 못합니다. 유가족들은 독자들이 자기들을 잊었다
고 생각하기도 한답니다. 책상 위에 놓아두고 손이라도 올려보세요.

@septuor1 2015년 2월 10일 오후 1:26

방금 어느 종편 뉴스에서 "아토피성 환자가 꾸준히 늘고 있다"고 말한다. '꾸
준히'가 그렇게 쓰는 말이 아니란 것은 꼭 배우지 않더라도 모국어 감각으로
도 아는 것인데.

@septuor1 2015년 2월 10일 오후 2:33

나는 제자들에게 글을 쓰거나 번역을 할 때, 단어 하나하나를 엄격하고 자
유롭게 쓰라고 말한다. '엄격하게'는 그 뜻과 용법에 맞게라는 뜻, '자유롭게'
는 인습적 문맥을 벗어나 새로운 문맥, 새로운 문장 환경에서 그 뜻이 완벽
하게 발휘되게라는 뜻.

@septuor1 2015년 2월 11일 오전 8:08

"아토피성 환자가 꾸준히 늘고 있다"에 관한 트윗 이후, 그럼 '꾸준히' 대신

어떤 낱말을 써야 하느냐는 항의성 질문이 많다. '꾸준히'가 한 단어라고 해서 꼭 한 단어만 써야 하는 것은 아니다. '줄어들지 않고 서서히' 등 쓸 수 있는 말은 많다.

@septuor1 2015년 2월 11일 오후 6:34
진도 팽목항 근처에 남도석성이 있다. 성내의 만호부를 둘러싸고 민가들이 자연 마을을 형성하고 있었다. 좀 무질서하지만 보기 좋았다. 이번 팽목항 다녀오는 길에 들렀더니 민가를 모두 철거해버렸다. 정비를 한답시고 평범한 읍성을 만들려는 것. 애석하다.

@septuor1 2015년 2월 11일 오후 11:15
나는 내가 영락없는 유슬림이라고 느낄 때가 있다. 기막히게 머리 좋은 여제자들이 애를 낳지 않기로 결정하는 것을 보고 안타까운 마음이 들 때이다.

@septuor1 2015년 2월 12일 오전 7:22
국어사전의 '페미니스트' 항에 '여자를 숭배하는 사람'이란 풀이가 있다고들 놀라는데, 실제로 1960년대까지 이 말을 그렇게 쓴 소설도 있었으니 그 풀이를 지울 순 없다. 다만 '옛날'이라는 표시는 해야 한다. 프랑스에서도 19세기에 그렇게 쓰인 예가 있다.

@septuor1 2015년 2월 12일 오전 8:39
이 중세의 암흑은 언제 걷힐까.

@septuor1 2015년 2월 12일 오후 10:00
금연 한 달. 금단 현상이 여전히 심하지만, 성공할 수 있을 것 같다는 자신감도 생긴다. 나라도 무언가 달라진 게 있어야지.

@septuor1 2015년 2월 12일 오후 11:11
제 금연을 응원해주신 모든 분들께 감사합니다.

@septuor1 2015년 2월 13일 오전 7:09

로트레아몽을 같이 읽는 학생들이 나더러 짝사랑을 한 적이 있느냐 물었다. 왜 없겠는가. 젊은 날 내가 짝사랑한 사람도 있었고, 나를 짝사랑한 사람도 있었다. 인간의 일 가운데 짝사랑만큼 훌륭한 일도 드물다. 짝사랑은 아름다운 것이 항상 거기 있게 한다.

@septuor1 2015년 2월 13일 오전 7:48

동양철학자 이상은 선생이 쓴 '사업에 성공하기 전에 인간으로서 성공하라'는 내용의 글이 있다. 좋은 글이지만 감동적이지는 않았다. 최근에야 그 이유를 알았다. 인간으로서 성공하려는 의지를 세상이 어떻게 착취하는가를 젊은이들의 삶을 통해 알게 된 것.

@septuor1 2015년 2월 13일 오전 9:40

글을 많이 쓰지만 잘 쓰지는 못하는 사람들은 자기가 글을 못 쓴다는 자각이 없다. 습관에 젖어 있기 때문이다. 누가 그 습관을 지적하면 화를 내며 온갖 논리를 다 동원한다. 하기야 다른 습관도 마찬가지다. '꾸준히' 트윗 이후 생각난 일.

@septuor1 2015년 2월 13일 오전 11:26

나는 내 제자들이 공부를 하기 위해 결혼을 하지 않겠다고 말하면 그 의견을 존중했다. 그러나 애정 생활을 같이할 사람은 있어야 한다는 말을 명시적으로건 암시적으로건 꼭 덧붙였다.

@septuor1 2015년 2월 14일 오전 10:09

현직 부장판사라는 인간의 악플을 읽어보니, 그는 결코 반성하지 않을 것 같다. 이 판사 나리는 자기가 똑똑하고 예리한 판단력이 있고 날렵한 감각이 있다고 내내 뽐내고 싶어한다. 법조계에 이런 인간들이 꽤 많은 것 같다.

이완구가 총리가 되면 젊은이들이 얼마나 절망할까. 나는 젊은 날 분노할
일이 많았지만 나라의 미래가 이러리라고는 생각하지 않았다.

발자크의 소설『골짜기의 백합』이『은방울꽃』의 오역이라고 주장하는 사람
들이 있는데 그건 오해다. 원제는 Le Lys dans la vallée, '골짜기의 백합'이다.
이걸 어떤 역자가 Lily of the Valley라고 영역, 오해의 시작이다.

팽목항 행진하는 사람들을 위해 해남 미황사가 2000인분의 절밥을 준비했
다는 이야기를 들었다. 사실이라면 이건 보통 뉴스가 아니다. 미황사 절밥
정말 맛있다. 2000 사람이 눈물에 싸여 그 맛있는 밥을 먹겠구나.

정치가들도 펜글씨 연습 좀 했으면 좋겠다. 김무성의 글씨는 옹졸하기 그지
없고 문재인은 잘 쓴 것은 아니나 활달하다. 정치인들이 글씨 잘 쓴다고 세
상 좋아지는 것은 아니겠으나, 그것도 문화의 한 귀퉁이다. 뭘 좀 본받을 것
이 있어야지.

목사는 성경을 싫어한다는데, 요즘 유림이라고 자처하는 사람들도 논어를
싫어할 것이다. 공자는 참 시적인 사람이었다. 공자는 규칙을 주입시키기
보다 제자들의 판단력을 기르려 했다.

언젠가 '시인들의 육필' 전시회를 관람했는데, '글씨 못 쓰게 된 역사' 전시회
같았다. 이제는 손으로 글씨를 쓸 일이 거의 없으니. 그렇더라도 공적인 일
을 할 사람은 글씨에도 신경써야 한다. 그것으로나마 사람들을 즐겁게 해주

어야지.

@septuor1 2015년 2월 15일 오후 12:39
좋은 글씨를 보면 기분이 좋은 것은 중력에서 떠난 어떤 자유를 보는 것 같고, 좋은 세상 하나가 거기 구현되는 것 같기도 하기 때문이다. 좋은 풍경화가 그렇듯이.

@septuor1 2015년 2월 15일 오후 12:48
좋은 글씨가 좋은 세상을 그 순간 구현하는 것 같다고 말했더니, 그럼 나쁜 글씨는 나쁜 세상을 구현한다는 말이냐고 따지는 사람이 있다. 맞다. 적어도 그 글씨 쓰는 순간은. 그래서 나는 가능한 한 손으로 글씨를 쓰지 않고 기계로 쓴다.

@septuor1 2015년 2월 15일 오후 1:16
오늘 툿트한다.

@septuor1 2015년 2월 15일 오후 7:04
사람이 하는 일엔 항상 그 사람의 성격이 드러나기 마련이다. 글도 그렇고, 운전도 그렇고, 요리도 그렇고. 내 오랜 친구 김인환 교수는 글씨를 못 쓴다. 초등생 글씨. 그런데 글씨가 매우 고결하다. 뭐랄까, 사무사하다고 해야 할까. 명쾌하고 고졸하다.

@septuor1 2015년 2월 15일 오후 7:51
젠가가 선생이다? 이렇게 쓰면 눈치보이겠지.

@septuor1 2015년 2월 16일 오전 7:49
'좌린'님의 사진을 깐 바탕화면.

@septuor1 2015년 2월 16일 오전 8:10

홍상수 감독의 영화 〈여자는 남자의 미래다〉는 장 페라의 샹송 제목 'La femme est l'avenir de l'homme'를 번역한 것, 이 제목은 루이 아라공의 시구 "L'avenir de l'homme est la femme"의 어순을 바꾼 것.

@septuor1 2015년 2월 16일 오전 8:17

아라공의 시구를 정확히 번역하면 '인간의 미래는 여자다'의 뜻으로 초현실주의 페미니즘을 단면적으로 드러낸다. 이념 관념에 의해 파악된 남성적 세계관에 맞서 사실적으로 파악된 여성적 세계관에 인간의 미래가 있다는 말. 따라서 여성 해방은 곧 인간 해방이다.

@septuor1 2015년 2월 16일 오전 8:25

문학에서 여성 숭배와 여성 해방의 차이는 매우 미묘하다. 핍박받는 자들의 삶에 중점을 두면 여성 해방이 되고, 핍박받는 자들만이 지니는 사랑의 힘에 중점이 놓이면 여성 숭배가 된다. 초현실주의 페미니즘은 그 갈림길이기도 하고 그 종합이기도 하다.

@septuor1 2015년 2월 16일 오후 1:06

여성 숭배의 신화가 무너진 결정적 계기는 시몬 드 보부아르의 『제2의 성』 (1949)의 출간이지만, 문학 상상력의 미학적 근거가 되는 타자의 힘이라는 형식으로 남아 있다. 이 타자의 힘은 페미니즘의 실천에 무의미한 것일 수도 있지만, 환경주의의 예를 따른다면, 진보의 제반 주제를 페미니즘 안에 재배치할 수 있는 이론적 근거를 거기서 발견할 수도 있다.

박완주 새정련 원내 대변인은 "국민의 뜻에 따라 국무총리 후보자 임명 동의안이 처리되기 기대한다"고 덧붙였다는데, 이 말이 '국무총리 후보자 임명 동의안이 국민이 뜻애 따라 처리되기 기대한다'는 말과 같은 말이었을까.

'국민의 뜻에 따라' 처리됐구나.

아들과 딸이 이케아에서 산 소파와 티 탁자가 오늘 배달되었다. 아들이 소파를 조립해놓고 외출했다. 딸이 저녁에 들어와 티 탁자를 조립했다. 전동 드릴까지 휘두르며, 내가 붙잡아주었더니 딸이 말했다. "역시 붙잡아줄 사람이 있어야겠네."

군대 있을 때 우리 부대 옆에 군 인쇄소가 있었다. 내게 불어를 배웠던 인쇄소 상병이 두툼한 공책을 만들어 제대하는 내게 선물했다. 40년 넘게 간직했던 걸 오늘 버렸다. 흔한 게 빈 공책인데 어디 쓰겠는가. '풍요'를 감당할 수 없는 것도 슬픔이다.

'이완구도 총리 한다'를 새해 덕담으로 쓸 수도 있을 것 같다.

'새해 복 많이 받으세요'가 명령이어서 윗사람에게 쓰면 안 된다는 말이 있는데, 내 생각은 다르다. 어떤 언어건 명령법에는 기원의 뜻이 있다. '만수무강하소서'가 어찌 명령이겠는가.

@septuor1 2015년 2월 18일 오후 11:12
제게 새해 복을 빌어주신 분들 감사합니다. 새해 복 많이 받으세요.

@septuor1 2015년 2월 19일 오후 10:34
우리 세대 다음 세대가 386, 486세대인데, 만나보면 오래전에 손에서 책을 놓은 사람이 많다. 그러면서 여전히 지식인 행세를 한다. 지금 야권이 힘을 못 쓰는 원인의 하나도 거기 있는 것은 아닌지 모르겠다.

@septuor1 2015년 2월 19일 오후 10:54
그림엽서 뒷면의 메모 : "육체적 관능의 기쁨, 조용하지만 열정적인 연애 시집. 행복한 삶의 체험에 의해 글자의 세계를 갱신하고 활성화하며, 억압과 권력이 되어버린 언어에 다시 생명의 형식을 부여한다." 누구의 어느 시집에 대한 메모였는지 모르겠다.

@septuor1 2015년 2월 20일 오전 8:53
제사상의 과일 순서에 아무도 신경쓰지 않는다. 아들딸도, 동생도 제수도, 조카들도. 매년 설명해도 귀담아듣지 않는 것은 난센스라고 여기기 때문. 대추씨 1, 밤쪽 2, 배씨 4, 감씨 8, 자손창생의 배수. 나는 이걸 오래된 농담이라고 생각하는데.

@septuor1 2015년 2월 20일 오후 5:21
한 성균관 유생이 '홍동백서 의미 없고 정성이 중요'하단다. 헌데 거의 같은 사람이 장소가 바뀌면 주자를 들먹이고 율곡, 서애를 말한다. '너희에겐 의미 없다'로 이해함이 좋을 듯. 나야 물론 그런 의례가 늘 되풀이해도 좋을 농담이라고 생각한다.

@septuor1 2015년 2월 21일 오전 9:33

정지용의 「향수」가 트럼블 스티크니의 표절이라는 주장은 90년대에 이미 제기되었다. 정이 미국 시인에게서 착상을 얻었을진 모르지만 표절은 아니다. 19세기 후반~20세기 전반, 문학에서 고향 상실의 주제는 세계적 추세, 정도 트도 그 추세의 일부일 뿐.

@septuor1 2015년 2월 21일 오전 10:20

사전이 하는 일은 보통 두 가지. 1)모든 낱말을 모으고 그 뜻과 용법을 모두 적는 것. 2)옳은 말과 옳은 용법, 옳은 뜻을 밝히는 것. 1과 2는 상치되기 쉽다. 국어연구원 사전은 2에 치중할뿐더러 2로 1의 일까지 하려 한다. 희극적 효과.

@septuor1 2015년 2월 21일 오전 11:03

정지용의 「향수」는 모방작이나 표절작이 아니라 상투적인 작품이다. 정지용에게 좋은 시도 많은데, 이 시가 특히 애송되는 것도 상투적인 작품이기 때문이다.

@septuor1 2015년 2월 21일 오후 10:04

명랑하기는 성격만으로 되는 일이 아닌 것 같다. 명랑하기는 윤리이기도 할 것이다. 늘 희망을 가지려고 애쓰고 다른 사람들을 사랑해야만 명랑할 수 있지 않을까.

@septuor1 2015년 2월 22일 오전 1:56

『내 귀에 바벨 피시』이 책을 오래전에 받고 이제 읽었다. 명쾌한 번역론. 번역론이 번역 현장에서 도움되는 경우는 거의 없다. 그러나 제 번역 태도에 확신을 갖거나 반성하게 한다. 번역가에게 늘 아쉬운 것.

@septuor1 2015년 2월 22일 오전 2:04

나는 번역하는 사람들보다 오히려 언어학자나 문법학자들이 번역론을 읽어야 한다고 생각한다. 언어가 몸부림치면서 전쟁을 벌이고 있는 가장 긴박한 현장이 바로 번역이기 때문이다. 번역에 관해 전혀 아는 것이 없다면 그건 언어학자도 문법학자도 아니다.

@septuor1 2015년 2월 22일 오전 11:03

개항 이후 한국어의 변화에 가장 큰 영향을 준 것은 번역이다. 한국어의 어떤 단어는 번역서에만 나타난 경우도 있다. 그런데도 국어학자들은 사전, 문법서 등에서 번역문은 예문으로 쓰지 않는다. 나는 이런 현상을 '국학'의 위선이라고 생각한다.

@septuor1 2015년 2월 22일 오전 11:30

번역은 외국어에 서툰 사람을 위해 대체 텍스트 만들기로 끝나지 않는다. 한국어로 셰익스피어를 번역한다는 것은 한국어로 셰익스피어를 읽게 하는 일이기 전에 한국어 '안'에 셰익스피어가 있게 하는 일이다. 셰익스피어를 번역하기 전과 후의 한국어는 다르다.

@septuor1 2015년 2월 22일 오후 8:29

내 트친들 중에는 만화가들이 많고, 내가 그들에게 배우는 것도 많은데, 나는 만화를 읽지 못한다. 나이들면 인지도 행동도 단순해진다. 그래서 그림과 글씨를 함께 보는 일이 너무 복잡하다. 만화에 관한 한 늦었다고 생각할 때는 정말 늦은 때다.

@septuor1 2015년 2월 23일 오전 12:39

『발레리 선집』(박은수 역, 1971) 중 「젊은 파르크」의 한 구절
내 달콤한 명에들 속에서, 내 멋은 핏줄에서,
나는 구불구불한 나를 보는 나를 보고 있었고, 또
내 깊숙한 숲들을 샅샅이 금빛으로 칠하고 있었다.

40년 전 번역인데 읽을 만하다.

@septuor1 2015년 2월 23일 오전 12:44

'샅샅이'(Des regards en regards)는 오역은 아닐 것 같은데 너무 고지식하다. '눈길 닿는 대로 족족'? 그런데 눈길이 금빛 칠을 하는 붓이기도 한 것 같다. '눈길 닿는 자리마다 눈길로'?

@septuor1 2015년 2월 23일 오전 7:58

나라 사랑 정신을 기르기 위해 태극기 게양을 강제한단다. 사랑받는 나라를 만들면 사랑할 텐데…… 진절머리 칠 나라를 만들 생각이구나.

@septuor1 2015년 2월 23일 오전 10:01

황인숙 시인의 어떤 글에 무궁화는 꽃이 아니라 배지나 휘장으로 보인다는 말이 있다. 쥐어짜는 애국심은 풀 한 포기, 꽃 한 송이까지 천박하게 만든다. 성장하다 만 처녀의 태극기 꽃동산 놀이에 온 나라가 포로로 잡혀 있는 꼴이다.

@septuor1 2015년 2월 23일 오후 5:17

민주화 운동 한 사람들은 애국심이 없는가? 세월호 학부모들, 강정에서 시위하는 사람들은 비국민들인가? 굴뚝에 올라간 사람들과 페미니스트들은 인성이 나쁜 사람들인가? 문제는 이들 질문에 '그렇다'고 말하고 싶은 자들이 태극기 강제 게양법을 추진한다는 것.

@septuor1 2015년 2월 23일 오후 8:16

그런데 구알티가 뭐예요? 그게 왜 나쁜 거예요?

@septuor1 2015년 2월 23일 오후 8:21

알았습니다. 구알티에 대해 충분히 이해했으며, 그걸 나쁘게 사용할 수 있다는 것도 알았습니다. 그런데 트위터 참 빠르네요. (그런데 이런 질문을 왜 리트윗들 하시지.)

@septuor1 2015년 2월 24일 오전 9:32

컴 역사에서 광드라이브의 시기는 의외로 짧았던 듯. 언젠가 사두었던 CD 케이스 백여 개를 며칠 전에 버렸다. 이른바 얼리 어답터 노릇 하면서 헛짓도 참 많이 했다. 2.5인치 플로피 디스켓을 분류해 넣을 수 있는 상자를 주문 제작한 적도 있었으니.

@septuor1 2015년 2월 24일 오전 11:50

누가 나더러 홍어 어쩌고 해도 불쾌하게 여기기보다는 우습게 여기고 만다. 그렇다고 그 발언을 차별적 발언이 아니라고 할 수는 없다. 차별적 발언은 내 기분과는 관계없이 차별적 발언인 것이다.

@septuor1 2015년 2월 24일 오후 12:32

'기업들이 모든 근로자를 비정규직화해야 경제가 살아난다'고 서울대학교 교수께서 말씀하셨단다. 모든 근로자가 임금을 받지 않으면 경제가 더욱더 살아나는 거 아닐까. 그런데 그 경제가 살아나면 우리를 다 죽이겠구나. 킹콩이 따로 없겠구나.

@septuor1 2015년 2월 25일 오전 12:13

신문이 초를 친 것 같습니다. 경제과 교수가 그렇게 말했을 리는 없지요. 「'아'를 '어'로 바꾸는 언론」 http://blog.newstapa.org/kychoi/1430

@septuor1 2015년 2월 24일 오후 12:45

지금 탐라에서 '호의'를 두고 말들이 많은데, 호의는 영어의 어떤 단어에 대응할까. 영어로 토론하면 좀 달라지지 않을까. 그냥 그렇다는 말이니 질문하지 마시고.

@septuor1 2015년 2월 25일 오전 2:36

지극히 불편한 자리에서 담배도 피우지 않고, 한국일보에 연재 칼럼의 마지막 원고를 썼다. 마지만 문장은 이렇다 : "시가 아름답다는 것은 무정하다는 것이다." (실수로 지워져서 다시 올림.)

@septuor1 2015년 2월 25일 오전 10:09

한반도에 사드가 배치되면 당장 중국 요우커들부터 끊길 텐데, 책임져야 할 인간은 자기가 무슨 짓을 하는지도, 자기가 무슨 말을 하는지도 모르고 있으니, 언제 무슨 연득없는 짓을 벌일지.

@septuor1 2015년 2월 25일 오전 10:28

기도에 낀 먼지를 제거한다고 처음 삼겹살을 먹었던 것은 탄광촌의 광부들이었다. 광부들이 멍청해서 그런 것은 아니다. 진폐증에 대비하는 길이 그것밖에 없었고, 자기를 위안할 길이 그것밖에 없었기 때문이다.

@septuor1 2015년 2월 26일 오후 12:47

우리는 개항 이후 일제 시대에 들어와 습관이 된 것을 '전통'이라고 부르는 경우가 있다. 뽕짝을 전통 가요라고 부르는 게 대표적인 예인데, 전통 서정시라는 것도 그 부류에 속할 때가 많다.

@septuor1 2015년 2월 27일 오후 5:29

옛날엔 탕수육보다 소고기 덴푸라가 우세했다. 설탕물 없는 탕수육인데, 다만 고기를 좋은 걸 쓰고 튀기는 솜씨가 훌륭해야 했다. 초등생들이 중국집 단골이 된 이후 덴푸라가 사라지고 탕수육 전성시대가 됐다. 그 덴푸라를 기억하는 나는 쩍먹주의.

@septuor1 2015년 2월 28일 오전 9:04

오늘 아침 한겨레를 보니 정희진 선생이 평화학연구자로 직함을 바꾸었다. 여러 번 눈여겨보게 된다. 그런데 고공 농성 노동자들 이야기를 하면서 '이기지 않으면 죽는 것'이라고 썼다. 평화학이 시학과 다르지 않구나.

@septuor1 2015년 2월 28일 오전 9:31
어젯밤에는 몽이가 자판을 짓밟아 파일 하나를 날려버리더니, 오늘은 탄이가 모니터의 커서를 계속 후벼판다. 무냥이가 상팔자다.

@septuor1 2015년 2월 28일 오전 10:17
조폭이 아니더라도 의리를 중요하게 여겨야 할 때가 많다. 한화갑, 한광옥, 김경제 이런 사람들은 민주화 열망자들로부터 상당한 지지를 받고 있었다. 자신의 정치적 운명이 어떻게 되건 그 열망을 배반할 수는 없는 것이다.

@septuor1 2015년 2월 28일 오후 4:54
10년 전쯤 연구실에 어떤 청년이 찾아왔다. 자신의 시를 불어로 번역해서 프랑스에서 출판키로 했는데, 전문가에게 맡겨 번역한 시를 출판사에 보냈더니 대답이 없다고, 번역이 잘못된 것 같다고. 시를 보니 신춘문에 예심 통과도 어려운 수준.

@septuor1 2015년 2월 28일 오후 4:57
그대로 말해줬더니, 시는 감정을 솔직히 표현하면 되는 거 아니냐고 따진다. 반드시 솔직하게 표현하지 않으면 큰일날 감정이 있느냐고 했더니, 대답하지 않고 갔다. 물론 내 질문이 성실한 것은 아니었다. 그 청년은 지금 뭐하는지 모르겠다.

@septuor1 2015년 2월 28일 오후 5:11
'최애캐'가 '최고로 애정하는 캐릭터'라는 것을 나 혼자 생각해서 알아냈다. 나 대단한 것 같다.

황현산

@septuor1 2015년 3월 2일 오전 10:34

글을 쓰는 데 가장 도움이 되는 말은 "말하
는 것처럼 써라"일 터인데, 글을 쓰는 데 가
장 해로운 것도 그 말이다. 글의 중요한 기
능 가운데 하나는 말을 성찰한다는 것이다.

♡ 7   ⇄ 250   ♡ 293

유관순 열사를 우리 세대는 누나나 언니라고 불렀다. 조국과 민족에 대한 파토스를 그보다 더 깊이 새겨준 사람도 없다. 윤관순에 관해 말할 때는 그 행적도 중요하겠지만, 후세대의 이런 감정도 고려해야 할 것이다. 이것도 엄연한 팩트이기 때문이다.

오타의 진실 : 유관순 열사의 트윗을 쓸 때, 처음 "유관순 열사"라고 쓰고 다시 "유관순"을 쓸 때 '열사'를 붙이냐 마냐 고민하다가 바로 '유관순'이라고만 썼다. 잠깐 동안의 이 거리낌이 '윤관순' 오타로 이어진 것 같다.

딸이 지금 〈미생〉을 보고 있다. 나도 마루에 나갔다 들어오는 참에 흘끔거리면서 본다. 사람들이 저렇게 살고 있는데 책이 어떻고 시가 어떻고 하는 내가 나쁜 놈인 것 같다.

한국의 인터넷 보안 체계처럼 불가사의한 게 없다. 삼중 사중 보안프로그램을 깔고 핸폰으로 본인 확인하고, 공인인증서까지 쓰면서 사고는 사고대로 일어난다. 보안업체가 무식한 은행원들, 공무원들을 속이고 사기를 치거나 서로 짝짜꿍을 하고 있지 않다면 이해 불가다.

오늘밤에 원고 하나를 막아야 한다. 금연 후 다섯번째 막는 원고다. 이걸 성공하면 담배 끊었다고 말할 수 있겠다. 미리 광고한다. 트위터는 내게 배수진이나 같다.

트위터리안 가운데 여덟 번 나를 팔로우한 사람이 있다. 일곱 번 언팔했다는 뜻. 칠언팔팔이라는 사자성어를 만들었다. 칠전팔기의 트윗 버전이다.

'휘발성고양이'님의 독서 메모를 읽고 있으면 한 사람이 그렇게 책을 많이 읽고도 생명에 별 지장이 없다는 것이 오직 신기할 따름이다.

보안에 대한 투자가 부족하고 IT업계가 열악한 조건에서 일한다는 게 사실일 것이다. 한데 왜 우리는 간단한 은행 업무만 보려 해도 코미디 같은 절차를 밟으며 그 많은 액티브엑스를 깔아야 하고, 왜 다른 운영 체계로는 불가능한지 IT업계는 설명한 적이 없다.

글을 쓰는 데 가장 도움이 되는 말은 '말하는 것처럼 써라'일 터인데, 글을 쓰는 데 가장 해로운 것도 그 말이다. 글의 중요한 기능 가운데 하나는 말을 성찰한다는 것이다.

글을 쓸 때 부사나 수동태를 쓰지 말라는 등의 말에 구애될 필요가 없다. 뭐든 써도 됨. 그러나 왜 그렇게 썼는지 설명할 수 있어야 한다. 노트에 적힌 문장을 보고 '이건 내 문장 아님, 난 이렇게 쓰지 않음'이라 말할 수 있으면 글을 잘 쓰는 것이다.

'그 어떤'은 운동권에서 쓰기 시작한 말인데, 이상한 말이다. '남들은 모르지만 우린 알아요'라는 오만이 이 말에 들어 있다. 이게 말버릇이 되어 '어떤'만 쓰면 허전할 수도 있는데, 30초만 입으로 되뇌면 그게 훨씬 우아하다는 것을 알 수 있다.

@septuor1 2015년 3월 3일 오후 1:01

번역서를 읽으면서 가장 화가 나는 것은 오역이 아니라 틀린 것도 맞은 것도 아닌 번역이다. 오역은 한 번으로 끝날 수 있지만 틀린 것도 맞은 것도 아닌 번역은 처음부터 끝까지 계속된다.

@septuor1 2015년 3월 4일 오후 3:41

어렸을 때 들었던 야사. 이여송이 조선에 와보니 선조의 위인이 너무 형편없어 돌아가려 했다. 유성룡이 꾀를 내어 선조더러 항아리 안에 들어가 울라 했다. 선조가 항아리에 들어가 대성통곡하니 이여송이 목소리 하나는 크다면서 회군을 중단했다. 슬픈 야사.

@septuor1 2015년 3월 4일 오후 5:37

국어원의 소식지에는 '소리가 좋은 우리말'이 연재된다. 거의 언제나 첩어로 된 의성어 의태어. 이런 말은 글에 생기를 돋운다. 허나 자주 쓰면 글이 늘지 않는다. 어떤 바람을 '살랑살랑'으로 넘겨버리면 단 하나뿐일 그 바람을 개별화할 수 없게 된다.

@septuor1 2015년 3월 5일 오전 6:12

번역자들 중에 기본 문법을 모르는 사람들이 의외로 많다. 해당 외국에서 10년을 살아도 고쳐지지 않는다. 텍스트는 계속 오독을 한다. 번역자는 강독회 같은 데 참여할 필요가 있다. 한국에서 오역이 현저하게 줄어든 것은 인문학 그룹들이 생겨난 이후다.

@septuor1 2015년 3월 5일 오전 6:20

시는 짧기 때문에 번역하기 쉽다. 그러나 시에는 말을 시로 만드는 만국 공통 문법이 있다. 평생 동안 이를 파악하지 못하는 사람들도 있다.

@septuor1 2015년 3월 5일 오후 7:06

초등학교 교사들이 옛날에는 부자 동네 학교로 발령받길 원했으나 요즘은 가난한 동네 학교를 원한다고 한다. 가난한 동네 아이들이 심성이 착하기 때문이라고. 이 이야기가 왜 슬프게 들리는지 모르겠다.

@septuor1 2015년 3월 6일 오전 3:38
꿈을 현실 언어로 바꾸고 나면 꿈은 사라지고 꿈 이야기만 남는다. 어렸을 때 독서 감상문도 마찬가지다, 책은 사라지고 감상문만 남는다. 어렸을 때 읽은 책은 내용을 비록 이해하지 못해도 우리와 함께 성장하는데, 독후감을 써버리면 책의 성장은 거기서 멈춘다.

@septuor1 2015년 3월 7일 오후 9:29
우리에게 '전통'이라는 말이 붙은 것 가운데 가장 황당한 것이 부채춤이라고 늘 생각해왔다. 부채를 가지고 너풀거리다가 나중에 무슨 꽃 같은 것을 만드는데, 나는 우리 선조들의 상상력이 그렇게 저급하고 유아적이었을 것이라고는 생각지 않는다.

@septuor1 2015년 3월 8일 오전 8:40
정말 심각하게 묻는 말인데, 개고기에 부채춤 같은 이런 이상한 생각은 언제 생긴 국민의식일까.

@septuor1 2015년 3월 8일 오후 12:28
노래방이 생기기 전, 군 장교들은 트럼프 크기 카드 앞면에 유행가 가사를 적고 뒷면에 물동이 인 처녀를 그려 셔츠 주머니에 넣고 다녔다. 그들이 요정에 가면 기생들이 부채춤을 췄다. 이를 보고 촌스럽다고 하는데, 농민들의 미의식은 이보다 훨씬 높다.

@septuor1 2015년 3월 9일 오전 9:49
개인 사정으로 잠시 트윗을 중단합니다. 두세 주 후에 돌아올 수 있을 것입니다.

황현산

@septuor1 2015년 4월 16일 오전 9:14

오늘은 세월호 참사 1주기다. 1년 중에 애
국가를 부르지 않고 태극기를 달지 않고,
나라가 무엇인지에 대해 생각하는 날이 하
루쯤 있어야 한다. 오늘을 그날로 정하는
것이 옳겠다.

@septuor1 2015년 4월 4일 오전 5:07

@septuor1 2015년 4월 4일 오전 5:07

일이 예상했던 것보다 더더 느리게 진행되네요. 일주일쯤 후에 트위터에 복귀할 수 있을 듯합니다.

@septuor1 2015년 4월 16일 오전 12:37

지루하고 고통스러운 일이 일단 끝났습니다. 그동안 저를 염려하며 기다려주신 분들께 감사드립니다. 게다가 여러 트잉여들이 공석중인 저를 팔해주셨군요. 사랑이 물이라면 강물이 되어 굽이치고 싶습니다.

@septuor1 2015년 4월 16일 오전 9:14

오늘은 세월호 참사 1주기다. 1년 중에 애국가를 부르지 않고 태극기를 달지 않고, 나라가 무엇인지에 대해 생각하는 날이 하루쯤 있어야 한다. 오늘을 그날로 정하는 것이 옳겠다.

@septuor1 2015년 4월 17일 오전 11:21

내가 다른 두 문인과 함께 팽목항에 갔을 때, 바다는 호수처럼 잔잔했다. 한 어부에게 맹골수로가 어디냐고 물었더니, 먼 섬을 가리켰다. 그 너머가 맹골수로. 함께 간 문인들은 분향을 했지만, 나는 분향소에 들어갈 용기가 없어, 그 섬만 바라보았다.

@septuor1 2015년 4월 17일 오후 3:05

4·19묘지 옆 만둣집에서 점심을 먹었다. 예전과 같지 않다. 만두소는 거칠어졌고, 겉절이 김치엔 설탕을 부었고, 칼국수 국물은 평범하다. 원조 할머니 때는 사람을 위해서도 만들던 음식을 이제는 돈을 위해서만 만든다. 본디 그대로 남아 있는 게 없다.

@septuor1 2015년 4월 18일 오후 12:57

오래전 메모에 "어른들은 아이들의 추억이 되기 위해 ○○ 추억이 된다"고 적혀 있다. 인용인지 내 말인지 모르겠는데, 더구나 ○○ 두 글자가 물에 번져 읽을 수 없다. 이런 재변이.

@septuor1 2015년 4월 18일 오후 1:05
박근혜의 말을 우리말로 번역하려던 시도들이 모두 좌절된 것 같다. 남의 말, 남의 글을 듣지도 읽지도 않고 자기 말만 하는 사람의 전형적인 증상이 그 알아들을 수 없는 말 속에 있는 듯하다.

@septuor1 2015년 4월 18일 오후 1:45
세월호 이야기가 지겹다고 말한 사람이 60대 이상에서 65%였다고 한다. 늙으면 모든 것이 지겨워지는 법이지. 이어서 치매가 오고 저 자신이 지겨운 인간이 되게 마련이지. 좀 다르게 사는 법을 배우지 못하면.

@septuor1 2015년 4월 18일 오후 5:21
사실 60대 이상은 우리 사회에서 가장 불행했던 사람들이다. 어린 날을 전후의 굶주림 속에서, 젊은 날을 군사 독재의 억압 속에서 보냈다. 사는 것이 곧 상처였다. 우리에게서 노인층의 보수화는 이 상처에 대한 자기 치유법인지도. '사는 게 다 그렇지'라는.

@septuor1 2015년 4월 19일 오후 1:30
봄비의 경제적 가치가 몇조 원이라는 기사를 읽었다. 썩 유쾌하게 들리지는 않는다. 어느 인디언 추장의 말을 흉내내자면, 봄비의 가치를 돈으로 환산하는 것은 어머니 아버지를 돈으로 환산하는 것과 무엇이 다를까.

@septuor1 2015년 4월 20일 오후 10:22
오늘 맥북에 카톡을 깔았다. 편리하게 산다는 것이 결국 복잡하게 사는 것임을 다시 확인하면서.

@septuor1 2015년 4월 21일 오전 8:10
"목 쳐달라는데…… 안 쳐주면 예의가 아니다." 대단하다. 그런데 이 사람은 무슨 깊은 뜻이 있어서 대학을 운영하겠다고 이 난리지?

@septuor1 2015년 4월 21일 오후 7:45

집에 HP 잉크젯 복합기와 포토스마트 d5160이 있었다. 내내 복합기만 썼
다. 복합기가 망가져서 버리고 포토스마트를 쓰려니 파워서플라이 코드가
없다. 복합기 버릴 때 함께 버린 건가. 아무튼 코드를 다시 사려니 쉽지 않
다. 결국 미국에 주문.

@septuor1 2015년 4월 22일 오전 4:59

과거의 문제로 일본의 사과를 요구할 필요가 없다는 게 내 생각이다. 사실
을 인정하기만 하면 된다. 국가와 민족을 떠나, 순전하게 사람의 입장에서
그 죄를 객관화하는 것이 중요하다. 이 죄악의 객관화에 한국보다도 오히려
일본 미래의 행불행이 달려 있다.

@septuor1 2015년 4월 22일 오전 9:39

내 친척 하나는 초교 1학년부터 고교 3학년까지 출석부를 모두 외운다. 그
기억력이 무슨 창조적 힘을 발휘하진 못했다. 그저 기억력이 좋을 뿐. 신동
옥 시인의 책 『서정적 게으름』에서 "좋은 기억력은 향기가 없다"는 말을 읽
다가 문득 그가 생각났다.

@septuor1 2015년 4월 22일 오후 2:55

조재룡의 새 책 『번역하는 문장들』. 한국의 번역 비
평은 이 책 덕분에 오역 비평의 단계를 벗어났다.
번역에 관한 이야기가 이렇게 드라마틱하다는 것
도 알게 해준다.

@septuor1 2015년 4월 22일 오후 3:14

김진태의 황희 간통설을 듣자 하니, 그 인간이 세월호 희생자 가족들을 대하던 무례하고 잔인한 행티는 그의 무식에서 비롯되었다는 것이 확실해졌다. 아주 오래된 농담 : 입 다물고 있으면 중간은 간다.

@septuor1 2015년 4월 22일 오후 8:22

임경선 작가의 『태도에 관하여』. 모든 것이 확실한 글들. 내용에서나 표현에서나 두루뭉술한 것이 없다. 아는 만큼, 체험한 만큼, 생각한 만큼만 허세없이 말하는데, 알고 체험한 것은 많고 생각하는 것은 깊다.

@septuor1 2015년 4월 23일 오전 8:23

권력자는 가장 저열한 한국어를 뱉어놓고 의기양양 고개를 쳐들고, 김진태무리는 어디서 얻어들은 조각 지식으로 선생질을 하려 든다. 이럴 때 사람들은 최고도로 불행해진다. 그러나 저 인간들은 자기들의 권력이 자기네 말의 진실성을 보장해준다고 믿는다.

@septuor1 2015년 4월 24일 오전 8:31

보들레르의 산문시에 「구름과 수프」라는 게 있다. 수프는 안 먹고 구름만 쳐다보다 봉변당하는 남자의 이야기. 누가 박근혜의 어법을 구름어법이라고했다. 구름도 좋다. 문제는 수프를 끓인답시고 구름만 피웠다는 것이지.

@septuor1 2015년 4월 27일 오전 6:20

재일 교포 지식인 강상중의 『마음의 힘』을 읽었다. 나쓰메 소세키의 『마음』과 토마스 만의 『마의 산』을 바탕에 깔고 이들 소설을 해설도 하고 그 속편을 쓰기도 하는 독특한 형식으로 시대의 아픔을 공유하는 가운데 어떻게 자아의 확보가 가능한지를 말한다.

@septuor1 2015년 4월 27일 오전 6:28

강상중의 『마음의 힘』은 반-자기 계발서라고 부를 만하다. 이 말은 우리의 자기계발서들이 반-성장, 반-교양을 성장과 교양으로 위장한 책들이라는 뜻이기도 하다. '방황 속에서 길을 찾아라'와 '앞만 보고 전진해라'의 차이라고 해야 하나.

@septuor1 2015년 4월 27일 오전 7:54

이스라엘 작가 에프라임 키숀의 『닭장 속의 여우』는 매우 유쾌한 정치 우화 소설이다. 정치가 늘 혼란스러운 것은 정치처럼 촌스러운 것이 없기 때문이다. 표지부터 참 촌스러운데 그건 정치의 촌스러움에 대한 알레고리.

@septuor1 2015년 4월 28일 오후 5:19

외할머니는 황금심, 백설희 노래가 나오지 않으면 라디오가 고장난 것이라고 생각했다. 돌아가실 때까지 두 가수의 노래가 나오지 않았다. "라디오는 누가 고칠 것이냐?" 이것이 마지막 말씀이었다.

@septuor1 2015년 4월 29일 오전 2:59

세상 시끄러운데 집에 있으니 별생각이 다 난다. 옛날 고대에 메뚜기 아저씨라고, 학교를 배경으로 사진 찍어주던 사진사가 있었다. 70년대에 아저씨 죽고 그 딸이 한동안 긴 치마 입고 카메라 들고 이리저리 뛰어다녔는데, 그후 어찌되었는지 모르겠다.

@septuor1 2015년 4월 29일 오전 8:04

늙으면 모든 게 지겨워지고 치매가 오고 저 자신이 지겨운 인간이 된다고 말했더니, 나이는 숫자에 불과한데 무슨 소리냐고 화내는 사람들이 있다. 그 말은 거기 쓰는 말이 아니다. 나이가 들더라도 배우기를 그치지 말고 참신하게 생각하도록 노력하라는 뜻.

@septuor1 2015년 4월 30일 오전 7:47

은유의『글쓰기의 최전선』. 읽기와 생각하기와 글쓰기에 대해 매우 깊은 성찰을 담고 있다. 삶의 최전선에서 글쓰기를 가르쳐온 경험 집약. 책 뒤 '글쓰기 수업 시간에 읽은 책들'은 아주 잘 짜인 추천 도서 목록이다.

@septuor1 2015년 4월 30일 오후 3:09

내가 은유의『글쓰기의 최전선』을 추천했더니, '구체적 현실과 괴리되어 있는 사람들의 글쓰기가 무슨 의미가 있느냐'고 나를 타박하는 사람이 있다. 책이나 읽어보고 그런 말을 하면 엄청 똑똑한 사람이라고 했을 텐데……

황현산

@septuor1 2015년 5월 1일 오후 7:57

―――――――――――――――

안 읽어도 다 안다는 사람, 나 같은 먹물들
의 모든 것을 알파부터 오메가까지 간파했
다는 사람을 마침내 블락했다. 나한테 토
론을 제안했는데, 알파부터 오메가까지 알
고 있는 사람과 어떻게 토론하겠는가. 그
런 사람은 유령인데, 유령과 토론이 가능
하겠는가.

―――――――――――――――

💬 6   🔁 55   ♡ 38

@septuor1 2015년 5월 1일 오후 2:39

'안 읽어도 다 안다.' 이게 노망의 시작인 듯. 남 말은 안 듣고 자기 말만 하겠다는 것. 박완서 선생이 했던 말 : "책은 안 읽고 글만 쓰는 것은 토론회에서 자기 말만 하는 것과 같다. 말을 듣는 사람이 점점 사라지니, 나중엔 광인처럼 혼자 말한다."

@septuor1 2015년 5월 1일 오후 7:57

안 읽어도 다 안다는 사람, 나 같은 먹물들의 모든 것을 알파부터 오메가까지 간파했다는 사람을 마침내 블락했다. 나한테 토론을 제안했는데, 알파부터 오메가까지 알고 있는 사람과 어떻게 토론하겠는가. 그런 사람은 유령인데, 유령과 토론이 가능하겠는가.

@septuor1 2015년 5월 2일 오전 8:39

'예수나 석가가 남보다 책을 많이 읽어 주절주절 떠들었느냐'고 말하는 사람이 있다. 우리는 예수나 석가가 아니다. 예수나 석가는 진리를 '설파'하는 사람들이었지만, 우리는 우리 앞의 문제를 토론해야 하는 평범한 민주 시민들이다.

@septuor1 2015년 5월 2일 오후 8:53

문재인, 천정배, 정동영에 대해 할말이 많지만 참는다. DJ, 노무현이 대통령에 당선된 건 지지자의 수가 많아서가 아니라, 민주화 세력의 열기가 강해서였다. 그 열기는 민주화 세력이 분열되면서 식었다. 이젠 인물 중심으로 그 열기를 복원하기는 어려울 것이다.

@septuor1 2015년 5월 3일 오전 7:09

옛 가요를 보면, 우리에게서 약자나 사회적 타자를 희화하는 일이 적지 않았던 듯. 〈빈대떡 신사〉 〈비단이 장사 왕서방〉 〈시골 영감〉 〈냉면〉 같은 노래, 군대 가요 〈인천의 성냥공장 아가씨〉 등. 억압 아래서 자기보다 못난 사람 찾기가 억압에의 저항보다 더 쉽다.

@septuor1 2015년 5월 3일 오후 2:15

나이들어 책 읽기 어려운 이유 가운데 하나는 거의 모든 저자가 자기보다 젊은 사람이라는 것. 고전 작가라 하더라도 그가 젊었을 때 쓴 글이다. 그러나 어떤 아름다움, 어떤 진실이 늙건 젊건 한 지성을 통해 생성되고 나타난 것이라고 생각해야 한다.

@septuor1 2015년 5월 3일 오후 2:25

또한 글은 세월과 함께 나이가 들기도. 내가 브르통의『초현실주의 선언』을 번역했을 때, 육순 노인이 왜 20대 젊은 애의 글을 번역했느냐는 질문을 받았다. 허나 브르통이 살아 있다면 지금 100살도 넘었다. 그의 글도 역사 속에서 함께 나이를 먹었다.

@septuor1 2015년 5월 3일 오후 2:35

2, 30년 전만 하더라도 연구자들이 논문을 쓰면서 자기보다 젊은 연구자들의 글을 인용하기를 꺼리는 경우가 있었다. 사회적 위계에 대한 관념이 지성의 객관화를 방해한 것이다.

@septuor1 2015년 5월 4일 오전 9:28

'경로'나 '어르신'이란 말 좀 쓰지 말고 그냥 '노인'이라고 했으면 좋겠다. 사실 '늙은이'란 말만 해도 높여 부르는 말이었는데.

@septuor1 2015년 5월 5일 오전 8:04

오찬호,『진격의 대학교』. 우리의 대학들이 어떤 처지에 있는지 좋은 문장으로 명료하게 정리해놓았다. 우리가 왜 사는지 생각하는 사람들이 없으니 우리의 미래가 또한 암담하다.

번역은 표절이라는 JS의 번역론은 매우 독창적인 견해인 것이 사실이지만, 생산적이라고 하기는 어렵다. 그것은 번역과 관련된 해묵은 난제들을 해결하기보다는 교묘하게 피해 가는 언설이기 때문이다. 문제를 풀기 싫어 시험 치는 날 조퇴하는 학생과 비슷.

JS의 '번역표절론'은 언어 간의 불연속성이 얼마나 큰 것인가를 말해주기도 한다. 이미 프랑스어로 한번 만들어진 카뮈의 텍스트를 한국어로 다시 만들 수는 없다. 표절만이 가능하다는 생각은 자연스럽다. 번역이라는 개념은 종교와 문학을 전제한다.

개화기에 서양의 여러 텍스트를 한국어로 번안했다. 대개 원저자를 밝히지 않았는데, 번역한다거나 표절한다는 생각보다 사실(事實, 史實)을 한국어로 기술한다는 생각이 더 컸으리라. 번안물의 '저자들'은 말은 불통해도 진실은 만국 공통이라고 믿었을 테고.

잔혹 동시와 관련해서. 중2 여학생이 뭐든 솔직하게 쓰라는 담임의 말을 믿고 자신의 성적 욕망을 일기에 고백했다. 그후 담임의 특별 관리 대상이 되었고 학년이 바뀌자 새 담임에게 문제 학생으로 인계되었다. 그 여학생은 지금 이름을 말하면 알 만한 시인이 되었다.

제가 말하는 시인은 최씨가 아닙니다. 최씨 중에도 그런 분이 있는지는 모르겠으나…… 오해를 없애기 위해 적어둡니다.

@septuor1 2015년 5월 8일 오전 5:35

산후조리에 대해. 옛 어른들은 산모가 산후조리를 잘하면 처녀 때 병통이 치유되고 새로운 몸을 갖는다고 했다. 반면 조리를 제대로 안 하면 골병이 든다고. 의학적 근거가 있건 없건 나는 이 말을 믿고 주위 사람들에게 전통 방식의 산후조리를 적극 권장한다.

@septuor1 2015년 5월 8일 오후 10:41

문학은 착한 시민을 목표로 삼지 않는다. 문학의 세계는 다른 존재들의 세계와 같다. 그렇더라도 공익적인 차원에서 문학을 말한다면, 문학은 1)주체가 타자와 어떤 관계를 가져야 할지, 2)주체가 타자에게서 끌어낼 수 있는 힘이 무엇인지를 가르친다.

@septuor1 2015년 5월 8일 오후 10:57

문학이 착한 시민을 목표로 삼지는 않지만, 나쁜 시민을 상투적으로 등장시키는 것도 결코 칭찬할 일이 아니다. 주체가 상투적인 것과 진정한 관계를 맺기는 어렵다. 잔혹 동시는 사실 문학의 관점에서 보면 매우 상투적이다.

@septuor1 2015년 5월 9일 오전 8:49

비평은 그 대상이 허용될 만한가 아닌가를 판별하는 것보다 상투적인가 아닌가를 판별하는 것이 더 생산적이다.

@septuor1 2015년 5월 9일 오전 10:31

영화 〈흐르는 강물처럼〉에는 목사가 어린 두 아들에게 작문 공부를 시키는 장면이 있다. 애들이 글을 써 오면 반으로 줄이게 하고, 그걸 다시 반으로 줄이게 한다. 그러고는 쓰레기통에 버리라 한다. 제가 쓴 글을 대단하게 여기거나 거기 집착하지 말라는 뜻.

@septuor1 2015년 5월 10일 오후 8:22

담배를 끊은 지 4개월이 넘었다. 여전히 책을 읽다 신기한 구절을 만나면 무언가를 찾게 되는데, 정신을 차려보면 그게 담배인 것을 알게 된다.

@septuor1 2015년 5월 11일 오전 10:15

벌써 여러 사람이 소개한 정혜신, 진은영의『천사들은 우리 옆집에 산다』. 대담은 읽는 데 시간이 걸린다. 대화가 바뀔 때마다 주제가 발전하며 다른 주제를 물고 오기 때문. 사람들이 이 대담에 시간을 바쳤으면.

@septuor1 2015년 5월 12일 오후 12:32

누가 호남신당을 만든다고? 기가 막힌다.

@septuor1 2015년 5월 12일 오후 8:25

호남은 쌓인 한이 많고, 거대한 역사적 전기가 올 때까지 그 한은 풀리지 않을 것이다. 그러나 그걸 이용하여 호남을 정치적 볼모로 삼으려 해서는 벌받는다.

@septuor1 2015년 5월 12일 오후 10:06

카프카의『성』을 나는 불어 번역본으로 처음 읽었다. K가 눈 속에서 찾는 성이나, 내가 서툰 외국어 속에서 찾던 성이나. 창비에서 나온 새 역본을 보고, 불어 역자 알렉상드르 비알라트를 위키에서 찾아보니, 서지에 시, 소설은 다 나오는데, 번역은 없다.

@septuor1 2015년 5월 14일 오전 10:57

공부하는 사람들은 단기 계획 중기 계획 장기 계획을 세운다. 스트레스를 가장 많이 주는 것은 단기 계획. 그 스트레스가 중기·장기 계획을 실현 불가능하게 할 뿐만 아니라 잊어버리게 한다. 그렇더라도 단기 계획을 포기할 순 없다. 내공을 기른다는 게 그렇게 어렵다.

@septuor1 2015년 5월 15일 오전 12:49

일반화의 악덕은 우리가 모르는 것을 아는 것으로 덮어버린다는 데 있다. 명박이의 4대강 사업도 이와 비슷하다. 강이 있던 자리에 강에 대한 그의 천박한 개념만 남아 있다.

@septuor1 2015년 5월 15일 오전 8:04

김정은이 누구를 고사총으로 쏴 죽이게 했다는 이야기는 사실이건 아니건 슬프다. 우리의 얼굴을 한 꺼풀 벗기면 그 얼굴이 나타날 것만 같다.

@septuor1 2015년 5월 15일 오전 8:27

한강의 소설『소년이 온다』에는 그해 5월, 광주의 도청에서 손들고 나오는 소년 셋을 총으로 쏴 죽이며 '영화 같지 않냐'라며 으쓱거리는 장교가 나온다. 나는 군대 생활 3년 동안 그럴 만한 장교나 부사관들을 한두 명 만난 것이 아니다.

@septuor1 2015년 5월 16일 오전 7:01

젊었을 때 꿈속에서 외계인을 만났다. 그는 내게 구슬 하나를 주며 인류가 30만 년 동안 쓸 수 있는 에너지를 그 안에 모두 압축해 넣었다고 했다. 그 외계인을 꿈에서 만났기에 망정이지 현실에서 만났더라면 나는 지금도 정신 병원에 있겠지.

@septuor1 2015년 5월 16일 오전 9:59

"또 불법 이민자와 여성 등 수백 장에 달하는 누드 사진도 마이애미시 계정이메일로 보내고 받아 눈살을 찌푸리게 했다." 미국 기사를 번역한 연합신문의 기사. '눈살을 찌푸리게 하다'가 가당한 말인가. 이런 식의 상투적 번역을 하이퍼 번역이라고 한다.

@septuor1 2015년 5월 17일 오전 8:49
민주화 세력 가운데서도 호남의 민주 의지를 내심 지역감정으로 여기는 사람들이 없지 않다. 민주당의 내부 문제를 해결하기 위해서는 이 점을 솔직히 인정해야 한다.

@septuor1 2015년 5월 17일 오전 11:11
호남 투표를 묻지 마 투표라고 하는 사람들에게 묻건대, 노무현 찍은 호남 사람들이 묻고 찍었으면 이회창 찍었을까.

@septuor1 2015년 5월 17일 오후 12:04
꺼페이의 장편소설『복사꽃 피는 날들』은 10년쯤 전에 나온 책. 무릉도원 건설, 곧 사회주의 세계 건설의 실패사. 여주인공 슈미는 온갖 고생 끝에, 자기 집 하녀였던 여자 시췌에와 함께 두 사람이 몸담을 아주 작은 파라다이스 하나를 만든다.

@septuor1 2015년 5월 17일 오후 9:31
눈앞이 천리 밖이라더니.

@septuor1 2015년 5월 18일 오전 9:34

새민련 내에서라면, 친문이건 반문이건 최소한 상식선에는 서 있다고 나는 생각한다. 상대편을 없애버리려고 안달하는 방법밖에 다른 방법이 없다고는 생각하지 않는다. 새민련이 망하면 한국 민주주의도 망한다.

@septuor1 2015년 5월 18일 오후 12:30

정부 여당이 〈임을 위한 행진곡〉을 부르지 못하게 하는 것은 이 정권이 군사 독재의 유산을 그대로 물러받았음을 증명하는 것이다. 새누리가 계속 정권을 잡아서는 안 되는 이유를 다른 데서 찾을 필요가 없다.

@septuor1 2015년 5월 18일 오후 2:49

새민련은 아무리 무능해도 현실적으로 정치적 민주화의 중심 세력이다. 민주 의지가 이만한 정치 세력을 구축하는 데도 50년이 걸렸다. 지금 우리가 유신 시대로 돌아가지 않는 것은 그나마 새민련이라도 있기 때문이다. 새민련 자체에 그 자각이 없다는 게 문제지만.

@septuor1 2015년 5월 19일 오전 9:11

젊은 사람들을 괴롭히는 것 가운데 하나가 결혼이다. 결혼을 둘러싼 문화가 바뀌어야 한다. 예단, 폐백 따위는 조선 시대의 유물인데, 정작 결혼식 자체는 얼렁뚱땅 만들어진 것이다. 동사무소나 구청에 결혼식을 위한 작은 홀이나 뜰이 있으면 어떨까.

@septuor1 2015년 5월 19일 오전 11:07

정당은 그 소속 정치가가 누구냐도 중요하지만, 그에 못지않게 중요한 것은 어떤 사람들이 그 정당을 지지해왔느냐이다. 새민련이 〈임을 위한 행진곡〉 편에 서 있는 것은 소속 정치가들이 민주 정신에 투철해서가 아니다. 먼저 지지자들이 있다.

비평가가 신인을 발굴하고 젊은 작가에게 시선을 돌리기 위해서는 자신감이 있어야 한다. 그렇지 않으면 이미 유명해진 사람의 등에 붙어산다. 들리는 말로는 신정아가 성곡미술관에 있을 때, 젊은 작가들이 포트폴리오를 가져가면 거들떠보지도 않았다고 한다.

박근혜의 어법을 놓고 말이 많은데, 본질적으로 성격 나쁜 마나님이 하인들에게 하는 말투. 무슨 소린지 모를 말을 우물거리곤 결과가 좋으면 '내가 그렇게 말하지 않았느냐'고 하고, 반대의 경우는 '내가 뭐라고 했느냐'고 타박하는, 제 잘못은 1도 없는.

고은 선생이 한 중견 시인더러 '네 시는 광업'이라고 했다. 광맥을 찾듯 영감의 새로운 맥을 찾아 시를 쓴다는 뜻. 같은 세대의 다른 시인에 관해서는 '걔 시는 수산업'이라 했다. 물에 그물을 던져 시를 건져올린다는 뜻. 광업도 수산업도 다 좋다.

다만 타고난 업과 명이 다를 뿐. 최근에 한 잡지가 어느 수산업 시인, 정확히 말하면 양어장 시인에게 상을 주면서 광업 시인들을 엄청 씹었다. 누구를 씹지 않으면 성립될 수 없는 칭찬이란?

한국은 대학에서 도덕경이나 가르치고 국가론이나 가르쳐서 스티브 잡스가 나올 수 없다는 트윗이 있는데, 스티브 잡스는 교육을 잘 받아 스티브 잡스가 된 게 아니다. 만일 그랬더라면 스티브 잡스 선생이 스티브 잡스 됐겠지.

@septuor1 2015년 5월 22일 오전 5:47

프랑스 소설을 한국어로 번역할 때의 한국어는 엄격히 말하면 한국어가 아니다. 소렐이나 뫼르소가 미쳤다고 한국어로 말하겠는가. 이때 한국어는 프랑스어와 한국어를 넘어서는 일종의 보편 언어다. 번역에서 모든 것을 한국화하려 해서는 안 되는 이유.

@septuor1 2015년 5월 22일 오후 4:31

구한말에 나온 잔 다르크 평전의 제목이 '란란부인전'. 로렌의 여자 이야기라는 뜻. 이 로컬 백 프로 번역은 무슨 주체성 때문이 아니라 당시의 언어 역량과 멘털리티가 그 정도였기 때문. 언어의 표현 역량이 넓어지고 정신이 개방되는 게 바로 국력이지 싶다.

@septuor1 2015년 5월 23일 오후 1:14

함돈균의『사물의 철학』. 인문학의 간이 잘 배인 사람이란 어떤 사람일까. 사물을 어떤 감수성으로 받아들여 어떻게 분석하고, 그걸 어떤 말로 바꾸어 어떤 지혜에 도달할 것인가. 그 예시가 되는 책 가운데 하나.

@septuor1 2015년 5월 23일 오후 3:22

요즘 글쓰기 책이 여러 권 나왔다. 좋은 책이 많은데, '저나 잘 쓰지'라고 말해 주고 싶은 책도 없지 않다. 불량 식품 비슷한데 이름을 거론할 수가 없구나.

@septuor1 2015년 5월 23일 오후 3:28

좋은 책을 추천해달라는 부탁이 많군요. 꼭 글쓰기에 관한 책은 아니지만, 일주일에 한 권씩은 추천하고 있습니다. 이미 추천한 은유의 『글쓰기의 최전선』은 여러 면에서 좋은 책입니다.

@septuor1 2015년 5월 24일 오후 6:15

한국과 전혀 다른 환경에서 한국어와 전혀 다른 언어로 쓰인 소설을 처음부터 한국어로 쓴 것처럼 번역한다면 그것은 예술이다. 그러나 그것을 지극히 낯선 한국어로 번역하면서도 그 통일성을 느끼게 할 수 있다면, 그것은 가장 높은 경지에 도달한 예술이다.

@septuor1 2015년 5월 25일 오전 7:20

중국은 워낙 커서 중국은 어떻다고 함부로 말했다간 바보 되기 쉽다. 누가 '창작의 고통이란 거짓말'이라고 한 것 같은데, 이런 말도 그렇다. 세상에는 자기와 같은 것보다 다른 것이 더 많다.

@septuor1 2015년 5월 25일 오전 7:38

어느 원로 시인이 '젊은 시인들의 시는 시가 아니다'라고 말했다. 이런 막말 대신 '나는 젊은 시인들의 시에 좀처럼 익숙해지지 않는다' 정도로 말할 수도 있었을 텐데.

@septuor1 2015년 5월 25일 오전 10:15

작업실 마당의 백당나무와 다래 넝쿨.

@septuor1 2015년 5월 25일 오전 10:48

작업실은 내 작업실이 아니고, 아내의 도자기 공방이다. 나는 그 귀퉁이를 빌려 책상 하나를 놓았다. 포천 일동 근처 산속.

@septuor1 2015년 5월 26일 오전 8:04

층층나무, 때죽나무, 이팝나무를 구별할 줄 안다는 것. 이 세상에서 배운 것이 이 정도인 것 같다. 봄날이 간다.

@septuor1 2015년 5월 27일 오전 9:01

마지막 문장의 팁. 현명한 태도랍시고 애매모호한 말을 덧붙여 기껏 해놓은 말의 김을 빼지 말라. 스님들이 자리를 뜰 때처럼 인사말 비슷한 것으로 꼬리를 달지 말고 문득 끝내라.

@septuor1 2015년 5월 27일 오후 12:24

여호와의 증인들은 착하다. 세상 모든 사람들이 독실한 여호와의 증인이 되면 그들이 말하는 지상 천국이 실현될 것이다. 안타깝게도 그런 날은 오지 않는다. 그런데 세상 사람들이 자기와 똑같은 생각을 하면 진보가 완성될 것이라고 생각하는 진보주의자들은?

@septuor1 2015년 5월 27일 오후 1:58

모든 사람들이 똑같이 생각해야 이루어질 수 있는 세계는 근본주의자들의 세계이지 진보주의자들의 세계가 아니다. 숙청으로만 그 세계에 도달할 수 있는데, 숙청 끝에 남는 것은 늘 가장 나쁜 것이다.

@septuor1 2015년 5월 27일 오후 2:11

근본주의는 사실상 지극히 비겁한 의식의 소산이다. 인간은 인간에게 늘 위험하니 우리 모두가 지금 이 순간부터 생각하기를 멈추자고 말하는 것이나 같다. 동성애자 반대자들이 구약의 시대에 생각을 멈추어버린 것처럼.

@septuor1 2015년 5월 27일 오후 6:37

고형진의『백석 시의 물명고』. 간단히 말해서 '백석 시어 사전'. 백석을 읽다가 평북 방언 때문에 포기한 사람에겐 이 책이 선생이다. 이런 책을 쓰려면 머리도 좋고 연구도 많이 하고 근기도 있어야 할 것이다.

@septuor1 2015년 5월 28일 오전 7:54

논리적 글쓰기에서 가끔 의문문을 쓰라고 말하는 글쓰기 책이 있다. 물론 자기 자신이 대답한다. 수사적 의문문과 다르다. 허나 이런 글쓰기는 긴장 감을 떨어뜨리기 쉽다. 글쓰기도 격투기와 비슷한 구석이 있는데, 어디를 때리겠다고 미리 알려주고 싸우겠는가.

@septuor1 2015년 5월 28일 오후 12:29

청미래덩굴의 열매를 시골에서 맹감이라고 한다. 맛없다. 옛날이야기가 있다. 친정에 갔던 며느리가 빈손으로 왔다. 시엄마가 미운 소리를 했다. '너오는 길에는 맹감도 없더냐.' 며느리 대답. '갈 때 없던 맹감이 올 때라고 있겠소.'

@septuor1 2015년 5월 29일 오전 9:12

어느 (자칭) 진보 논객이 자기도 여건만 허락됐으면 병역 비리를 저질렀을 것이니 부정한 방법으로 군대 안 간 사람들을 용서한다고 말했다. 삶 자체가 열등감에 절어 있으니 정의감이 설 자리가 없다고 해야 하나.

@septuor1 2015년 5월 29일 오전 9:25

부자 증세가 어려운 이유를 어제 알았다. 동네 꼬칫집에 앉아 있는데, 옆자리의 중년이 로또가 당첨된 공상을 하며 행복해하다가 30프로 세금을 내야 한다는 사실을 생각하면 너무도 억울하다고 말했다.

@septuor1 2015년 5월 29일 오전 10:39

한국 군대가 갈 만한 곳이 아니기 때문에 병역 비리를 용납해야 한다는 생각이 옳은 생각인가. 병역 비리를 저지르는 사람들 때문에 다른 젊은이들이 더 고생해야 한다는 생각은 왜 하지 않는가. 또한 힘있는 자들이 빠져나갈수록 군대의 개선은 더욱 멀어진다.

@septuor1 2015년 5월 29일 오후 7:56

이번 메르스 사태를 보면, 한국 남자들은 겁은 많으면서 배짱만 두둑하다는 것을 증명해주는 것만 같다.

@septuor1 2015년 5월 30일 오전 12:17

메르스와 관련, 회사에 병가를 내면 눈칫밥을 먹어야 하기 때문에 개인의 책임으로 돌릴 수 없다는 트윗이 올라왔는데, 저 눈칫밥 먹지 않으려고 나돌아다니면서 다른 사람 피해 보게 한다면 개인의 책임도 적다고 할 수 없다. 비겁하다는 것이 그런 것이다.

@septuor1 2015년 5월 30일 오전 2:56

어떤 사람이 "병역 비리를 저지르는 사람과 메르스에 걸린 사람의 계층적 지위를 등치시키고 똑같은 잣대의 비판을 가한다는 점에서" 내 트윗이 여러 가지로 비겁하다고 썼다. 이런 말은 낮은 계층을 편드는 것이 아니라 낮은 계층을 윤리적으로 모욕하는 말이다.

@septuor1 2015년 5월 30일 오전 3:22

여전히 목구멍이 포도청이구나.

@septuor1 2015년 5월 30일 오전 11:39

판단의 최종 심급을 밥그릇에 두는 것은 전통적으로 보수우익의 사고방식이다. 그런데 우리에게서는 자칭 진보들이 그런 주장을 한다. 현실이 중요하다는 것은 현실에 붙잡혀 있으라는 말이 아니다.

@septuor1 2015년 5월 30일 오후 12:02

예의는 굴종이 아니다. 인간이 인간에게 존경과 사랑을 표현하는 예술 능력일뿐더러, 더 좋은 세계를 위한 연습일 것 같기도 하다.

@septuor1 2015년 5월 30일 오후 12:50

구조 이야기까지는 좋은데, 노예는 선택권이 없다고 말하면 논의가 진전될 수 없다. 정말로 한국의 직장인들은 모두 노예이며 노예의 윤리 의식밖에 없는가. 그렇게 생각해야 나이브한 것이 아닌가.

@septuor1 2015년 5월 30일 오후 3:19

트윗에서의 토론이란 두더지 잡기와 비슷하구나.

@septuor1 2015년 5월 30일 오후 4:01

내가 교수로만 살았기에 세상 물정을 모른다고 말하는 사람들이 있다. 나도 회사 생활을 할 만큼 했으며, 회사보다 더한 지방 사립 대학에도 있었다. 교수생활도 만만한 것은 아니다. 논문에 몰리면 데이터 조작하고 텍스트 왜곡하고 싶은 유혹 앞에 자주 선다.

@septuor1 2015년 5월 30일 오후 9:18

내가 부정한 방법으로 병역 기피한 자들을 용납할 수 없다고 말했더니, 모순 많은 한국의 징병제를 옹호하는 수꼴이라고 비난하는 사람이 있다. 병역 거부자는 불이익을 감수하고 당당하게 징병제에 반대하는 사람들이지 불법적인 병역 기피자가 아니다.

@septuor1 2015년 5월 30일 오후 9:22

불법적 병역 기피자들을 징병제 반대자라고 말한다면, 도둑을 사유 재산 반대자라고 말하는 것이나 같다.

@septuor1 2015년 5월 30일 오후 10:00

순수문학주의자들이 영원한 생명을 뽑낸다는 것은 틀린 말이 아니다. 사르트르가 순수 문학을 비난할 때 그 논거 가운데 하나가 그것이었다. 한국의 문인들은 문학사에 남는다는 말을 쓴다.

@septuor1 2015년 5월 30일 오후 10:08

트위터에 비문해자가 많다고 말하려다보니 내가 오히려 비문해자가 된 느낌.

@septuor1 2015년 5월 30일 오후 10:34

『어린 왕자』 번역 원고를 넘겼다. 번역이 100개도 넘는데 또하나를 보태다니. 허나 이미 출간했던 것, 출판사를 바꿔 다시 번역하기로 했다. 결정본 『어린 왕자』를 낸다는 생각도 한 적이 있지만, 그게 허영에 가까운 우스운 생각인 걸 오늘 알았다.

@septuor1 2015년 5월 31일 오전 8:04

성희롱이 얼마나 비열한 의식에서 비롯하는지. 며칠 전에 들은 이야기. 오래전 일인데 은행 여직원이 오래 성희롱에 시달렸다. 그런데 그 집안이 갑자기 돈을 벌어 궁궐 같은 아파트를 샀다. 그 아파트로 은행 사람들을 초대했다. 그후 일절 성희롱이 없었다.

@septuor1 2015년 5월 31일 오전 11:18

'찻집'이 '카페'를 낮춰 부르는 것처럼 느끼는 감성은 어디서 나오는 것일까.

@septuor1 2015년 5월 31일 오후 2:11

어떤 경우에 개인이 져야 할 책임을 모두 구조의 탓으로 돌리는 것은 성추행이나 성희롱의 책임을 성욕의 불가피성으로 돌리는 것과 거의 같다는 생각이 든다.

@septuor1 2015년 5월 31일 오후 5:30
누가 이른바 미래파 시를 일러 잔혹하다고 한 것 같은데, 그 예를 들어주었으면 좋겠다.

@septuor1 2015년 5월 31일 오후 8:37
일군의 시인들이 미래파라는 이름으로 처음 등장했을 때, 그들은 나이든 문인들에게 공동의 적이었다. 미래파는 혼란스럽다, 잔혹하다, 신경병이다, 이렇게 말하는 게 미학적으로 멋짐이고 정치적으로 올바름이었다. 물론 오독의 결과였다.

@septuor1 2015년 5월 31일 오후 8:40
그들의 시에 대한 독서법이 알려지고, 사태가 바뀌자 눈치 빠른 자들은 재빨리 빠져나갔다. 둔하고 게으른 자들만 뒤에 남아 같은 말을 반복하고, 그 말로 다른 사람들을 헐뜯기까지 한다.

@septuor1 2015년 5월 31일 오후 8:47
시의 독해는 문해의 마지막 단계에 해당한다. 그 때문에 시를 사랑하는 사람과 증오하는 사람이 동시에 생기고, 시를 왜곡하려는 사람과 시를 턱없이 신비화하는 사람이 생긴다. 시는 잘난 체하는 데도 이용되고 자기 편견을 공고히 하는 도구로도 사용된다.

황현산

@septuor1 2015년 6월 9일 오전 9:32

한국 남자들은 어느 모임에서나 상대의 나
이를 묻는다. 갑을 관계를 정리하기 위해서
다. '동등한 관계'는 양쪽이 모두 불편하게
여긴다. 이럴 때 강력한 독재 권력처럼 편리
한 것도 없다. 동등함에 익숙해지는 감수성
이 민주주의를 만든다.

♡ 12   ↻ 1,028   ♡ 441

@septuor1 2015년 6월 1일 오전 7:59

시에서건 다른 장르에서건 낯선 것이 나타나면 그게 무엇인지 이해하려 하기 전에 '그건 시가 아니다' 식으로 말하는 풍토는 자기 생각과 다른 것을 말살하려 드는 한국의 정치 풍토와 비슷하다. 자기에게 이해가 안 되는 것은 없어져야 할 것으로 생각하는.

@septuor1 2015년 6월 1일 오전 8:06

특히 문학에서 일본에 없는 현상이 한국에 나타나면 그것은 가짜라고 생각하는 풍조가 늙은 사람들뿐만 아니라 젊은 사람들에게도 있다.

@septuor1 2015년 6월 1일 오전 10:46

리베카 솔닛의 『남자들은 나를 가르치려 든다』를 읽었다. 전작 『걷기의 역사』엔 다소 실망했지만, 이 책은 재미있고 유익하다. 특히 동성 결혼 이야기. 문체가 활달한데, 이 활달함이 원저자의 것인지, 번역자 김명남의 것인지.

@septuor1 2015년 6월 1일 오후 8:01

책꽂이 하나를 정리하다보니 볼마우스 시절에 쓰던 마우스 받침이 몇 장 있다. 여름 화로는 겨울에 쓰고, 겨울 부채는 여름에 쓰지만, 마우스 받침은 언제 쓰나.

@septuor1 2015년 6월 2일 오전 8:54

군대에서는 고문관이 제일 편하다는 이야기가 있는데.

@septuor1 2015년 6월 2일 오전 9:04

요란한 결혼식일수록 신랑 신부는 수동적이 된다. 거대 호화 결혼식, 그것을 흉내내는 결혼식은 젊은이들의 진을 빼서 사회에 복속시키려는 기성세대의 음모라고 봐도 된다.

@septuor1 2015년 6월 2일 오후 12:14

시가 우리를 돕는 방식은 우회적이다. 쓰던 논문이 풀리지 않는 사람이 낯선 도시에서 길을 잃고 헤매는 식의 꿈을 꾸고 나면 막혔던 길이 풀리는 수가 있다. 가끔 "낯선 사람을 만났다, 아내였다" 같은 시가 그런 꿈을 대신해줄 수도 있다.

@septuor1 2015년 6월 2일 오후 8:41

소세키가 'I love you'를 '달이 참 좋네요'로 옮겼다는데, 결코 좋은 번역이 아니다. 본질적으로 한쪽은 자기를 고백하는 말이지만 한쪽은 유혹하는 말. 한쪽엔 용기와 결단이, 한쪽엔 탐색과 빠져나갈 구멍이 있다. 써진 대로 번역할 일이다.

@septuor1 2015년 6월 3일 오전 12:57

소세키의 번역은 그의 시대를 생각하고 문화적 차이를 감안한다 하더라도 과도한 일본화일 뿐이다. 번역이 자기 문화에 젖어 있는 독자들의 입맛에 매달리게 되면 제 나라 소설을 읽을 일이지 외국 소설을 번역해서 읽을 필요가 없다. 소세키 미신.

@septuor1 2015년 6월 3일 오전 10:29

소세키가 '달이 참 좋네요' 따위의 번역을 한 적도 없고 수업중에 그런 말을 했다는 증거도 없다고 항의하는 사람들이 있다. 문제는 이런 괴담이 소세키의 명성을 업고 일종의 번역론으로 행세한다는 데 있고, 소세키가 그 빌미를 제공했다는 데 있다.

@septuor1 2015년 6월 3일 오전 11:59

문화의 차이가 늘 강조되지만 기본 생활이나 인간 감정이 문제될 때 그 차이는 그렇게 크지 않다. 사람들이 말하는 동서양의 차이라는 것도 양 세계의 차이라기보다 농경 사회와 산업 사회의 차이일 때가 더 많다. 기껏해야 한 세기 내지 반세기 차이.

@septuor1 2015년 6월 3일 오후 3:30

어젯밤 '메갤' 이야기를 얼핏 들으면, 김민정 시인의 『날으는 고슴도치 아가씨』가 너무 일찍 발간되었던 것은 아닌가 싶다. 남험 전사들이 사용했다는 실탄의 원형이 모두 거기 있는데.

@septuor1 2015년 6월 4일 오전 8:49

이상한 미개함들 : 안전벨트 하라고 하면 안 하고, 정원 지키라고 하면 안 지키고, 외부 사람 접촉하지 말라는데도 골프 치러 가고……

@septuor1 2015년 6월 4일 오전 8:56

그러고는 박근혜 찍는다.

@septuor1 2015년 6월 4일 오전 9:26

사람들이 시스템을 탓하면서 가장 나쁜 시스템을 선택하는 것은 그런 시스템에서만 자신이 구속을 피할 수 있을 것이라고 생각하기 때문이다. 미개한 정신에는 복불복이 유일한 시스템이다.

@septuor1 2015년 6월 4일 오후 4:05

『어린 왕자』에 대한 의문. 지구에서 어린 왕자에게 지혜를 가르친 것은 여우인데, 어린 왕자가 더 매혹을 느낀 것은 뱀이었던 것 같다. 무엇 때문일까. 어린 왕자는 철새들의 이동을 이용해 지구에 왔는데, 왜 갈 때는 같은 방법으로 가지 않았을까.

@septuor1 2015년 6월 4일 오후 4:32

자기 별로 가기 위해 어린 왕자가 선택한 방법은 과격하고 극단적이다. 어쩌면 방법보다 결단이 중요했을지도.

@septuor1 2015년 6월 4일 오후 4:49

그러고 보면 『인어 공주』의 결말과도 비슷하다는 생각이 든다. 돌아갈 별이 있고 없고의 차이뿐. 아무튼 동화는 다 위험하다.

@septuor1 2015년 6월 4일 오후 5:59
『나의 라임 오렌지나무』에서 제제를 도와주는 백인 남자가 실재하는 인물이라고 생각하는 사람들이 의외로 많은 것 같다.

@septuor1 2015년 6월 4일 오후 6:35
제제의 삶에 들어와 아버지 노릇을 하다가 교통사고로 갑자기 사라져버리는 뽀르뚜가는 제제의 생활에 어떤 물리적 변화도 불러오지 않는다. 저자는 그가 환상의 인물이란 말을 끝까지 하지 않지만, 오렌지나무를 제거했을 때에야 아이는 그 환상에서 완전히 벗어난다.

@septuor1 2015년 6월 4일 오후 6:44
저자 바스콘셀로스가 환상을 현실에 이음매 없이 접목시켜놓아서 읽는 사람도 다섯 살 아이의 환상을 그대로 사실로 믿게 된다. 환상으로 들어가는 문과 나가는 문이 없이 설계되었다는 것이 그 소설이 성공한 비결이었으리라.

@septuor1 2015년 6월 4일 오후 7:09
『재크와 콩나무』는 이건 환상이라고 예고하지 않아도 그게 환상이라는 것을 알게 되어 있다. 거기에는 세부가 없다. 그러나 『나의 라임 오렌지나무』는 세련된 현대 소설의 면모를 갖추고 세부를 묘사한다. 사람을 옭아매는 것은 세부다.

@septuor1 2015년 6월 5일 오전 9:25
나는 『인어 공주』를 고1 때 처음 읽었다. 책이 귀하던 시절이라. 책 뒤에 '부모님 말을 듣지 않으면 인어 공주처럼 불행해진다'는 이야기라는 해설이 붙어 있었다. 당시는 분개했는데, 지금은 해설자의 글쓰기가 서툴렀을 뿐이라고 생각한다.

@septuor1 2015년 6월 5일 오전 10:37

'아몰랑'보다 더 치명적인 것은 '아됐어!'가 아닌가.

@septuor1 2015년 6월 6일 오전 9:02

함박꽃 또는 산목련.

@septuor1 2015년 6월 6일 오전 10:29

아침에 함박꽃을 보러 가다 넘어졌다. 직립 보행은 사실 부자연스러운 걸음 걸이다. 임어당은 특히 임신부들에 관해 말하며, 수직으로 된 빨랫줄에 빨래를 너는 것과 같다고 했다. 심술궂은 표현이지만, 인간이 자랑삼는 것에 대해 자연에 치러야 할 대가가 그렇다.

@septuor1 2015년 6월 6일 오후 9:32

메르스 같은 게 문제가 됐을 때, 초기 대응에 실패한 관리들이나 책임자들이 '빨갱이들이 괜히 떠드는 겁니다'라고 말하면 자기 판단 능력이 없는 윗대가리는 그 말을 그대로 믿게 되어 있다. 그러면 지금과 같은 사태가 벌어진다.

@septuor1 2015년 6월 7일 오전 6:42

문학적 재능을 타고났으나 삶의 곡절로 실현시키지 못한 사람들이 많다. 40이 넘어 등단을 시도하지만 성공하기 어렵고, 성공하더라도 몇몇 예외적인 경우를 제외하면 문단 변두리에 머문다. 그중에는 문학이 아닌 다른 글쓰기를 하면 성공할 사람들이 많다.

김지하의 「타는 목마름으로」가 발표되었을 때, 사람들은 그게 엘뤼아르의 표절인 걸 알았지만 말하지 않았다. 민주화의 대의가 중요했기 때문. 지금 생각하면 그게 잘한 일이었는지 묻게 된다. 「타는 목마름으로」를 온전하게 살린 것은 이성현의 작곡이다.

아내의 작업실이 있는 마을의 한 집에 커다란 팥배나무가 있었다. 봄이면 흰꽃이 만발하고 가을이면 새들이 몰려들어 팥배를 찍고 있었다. 주인이 팥배나무를 자르고 마당을 넓혔다. 옛날엔 자기 땅의 나무라도 그 정도 나무가 되면 세상의 나무라고 생각했는데.

문인들이 모인 자리에서 '나도 옛날에 시를 쓰려고 했죠' 등의 언설보다 더 경멸받는 말도 없다. 시인이나 소설가는 재능만 있다고 해서, 한번 해볼까 해서 되는 일이 아니다. 짧게든 길게든 악전고투의 기간이 있고. 문인이 되기 위해 포기한 것도 많다.

인도 영화고 아이가 주인공인 영화가 탐라에 소개되었다. 다운로드 사이트에서 찾아보니 그 영화가 있다. 내려받으려다, 데스크톱에서 받기로 하고 잠시 다른 일을 하고 나니 영화 제목이 생각나지 않는다. 탐라는 이미 다른 글로 가득차 있고.

여러분의 도움으로 〈지상의 별처럼〉을 보았습니다. 좋은 스토리인데 전형적인 장면이 많다는 생각도 듭니다. 한국도 교육 영화를 많이 만들었으면 어떨까 생각되네요. 교육의 이데올로기보다, 수학이건 음악이건 과목의 신비(라고 해야 하나)를 알려주는 영화.

@septuor1 2015년 6월 9일 오전 9:17
한국의 경제 건설은 소수의 희생 위에 이룩됐다. 경부고속도로가 건설될 때 헐값에 땅을 빼앗긴 사람들, 살던 마을이 두 조각 난 사람들은 대를 위해 소가 희생돼야 한다는 권력자의 말에 꼼짝할 수 없었다. 그 권력자를 그리워하는 사람이 의외로 많다.

@septuor1 2015년 6월 9일 오전 9:23
이명박이 청계천을 다시 열 때도 주변 상인들은 쫓겨나다시피 했다. 사람들은 자신이 아닌 다른 사람들의 희생에 무관심하며 거기서 얻을 이익 때문에 차라리 모른 척한다. 모든 사태가 명령에 의해 정리된다. 한국에서 갑을 관계가 극심한 이유도 거기 있다.

@septuor1 2015년 6월 9일 오전 9:32
한국 남자들은 어느 모임에서나 상대의 나이를 묻는다. 갑을 관계를 정리하기 위해서다. '동등한 관계'는 양쪽이 모두 불편하게 여긴다. 이럴 때 강력한 독재 권력처럼 편리한 것도 없다. 동등함에 익숙해지는 감수성이 민주주의를 만든다.

@septuor1 2015년 6월 9일 오전 10:18
한국 사회에서 공감 능력이 떨어진 것이 가장 큰 재난이라고 생각한다. 공감 능력이 없는 곳에 정치적 정의가 있을 수 없고, 건강한 삶을 위한 사회적 연대가 가능할 수 없다. 밀양과 강정의 패배, 세월호 학부모들에 대한 외면은 한국 사회의 패배와 같다.

@septuor1 2015년 6월 10일 오전 1:27
'다음'이 '다음 클라우드'를 종료한다고 계속 메시지를 보낸다. 사용한 지 2년이 넘은 것 같은데. 이제 어디로 옮겨가나. 이것까지 구글에 의지해야 하나.

@septuor1 2015년 6월 10일 오전 3:27

다른 사람의 고통을 외면하면서 늘 하는 말은 '나 하나 살기도 바쁜데'이다. 우리는 늘 지쳐 있고 생각할 여유가 없다. 생각은 늘 다음으로 미뤄진다. 이 악순환의 고리를 누가 밖에서 끊어주지는 않는다. 결국 우리가 책임져야 할 일이다.

@septuor1 2015년 6월 10일 오전 7:08

『나의 라임 오렌지나무』에서 뽀르뚜가가 망상 속의 인물이라는 점을 다른 분들도 결국 인정을 하게 되었지만 그 과정에서 상처를 받은 분도 많은 것 같다. 그건 제제 자신에게도 그만큼 어려운 일이었다. 식구들은 제제가 대화를 나누며 환상을 키운

@septuor1 2015년 6월 10일 오전 7:10

라임 오렌지나무를 뽑아 불태우고, 제제는 사흘 동안 그 나무를 타고 하늘을 나는 꿈을 꾼다. (옛날의 독서 기억으로 쓰는 글이라 오류가 있을지도 모름.)

@septuor1 2015년 6월 10일 오전 7:21

천재 한국 소녀 하버드대, 스탠퍼드대 동시 합격 운운이 허위였단다. 어떻게 그런 거짓말을 할 수 있을까. 뒷감당은 어떻게 하려고. 우리 사회는 대학 입시 때문에 미쳐버린 것이 아닌가 생각된다.

@septuor1 2015년 6월 10일 오전 10:23

내 수업에 들어온 가짜 학생들의 경우를 보면, 먼저 자신이 그 학교에 합격했다고 믿는다. 그러면서도 이를 자신과 주변 사람들에게 설득시키기 위해 서류를 위조하기도 하고 과대표 등에 출마하기도 한다. 망상과 허위 조작이 동시에 일어난다는 것.

@septuor1 2015년 6월 10일 오전 10:56

오늘 병원 오는 길에 택시기사가 메르스 확산과 청와대는 아무 관계가 없음을 간단히 증명했다. 환자 가까이 있어도 전염되는 사람과 안 되는 사람이 있다. 이는 그 사람의 체질 및 이력과 관계있다. 대통령이 어떻게 모든 국민의 체질과 이력을 관리하겠나. 끝.

@septuor1 2015년 6월 10일 오후 4:05

80년대에 동성동본의 결혼 문제가 제기됐을 때, 유림이 극렬하게 반대를 하여 자기들이 아무 생각도 안 하고 사는 집단인 것을 만천하에 알렸다. 그후 유림은 족보 자랑밖에 할 일이 없었다. 지금 동성애자들 앞에서 기독교인들이 하는 꼴이 꼭 그 모양이다.

@septuor1 2015년 6월 11일 오전 12:41

희망과 현실의 혼동은 성장기 아이들에게 드문 일이 아니다. 그러다 곧 현실인식이 승리를 하지만, 망상의 마약 효과에서 헤어나지 못하는 경우도. 부모까지 그 망상을 공유하게 되면 사태는 돌이킬 수 없게 된다. 솔직하기의 문화가 제일 필요한 것은 가정이다.

@septuor1 2015년 6월 11일 오후 5:17

속담만한 폭력도 없는 것 같다. 속담은 갑을 관계에서 늘 갑이 쓰게 되어 있는데, 자기 의견을 세상 모든 사람의 의견으로 확대시켜 한 사람을 병신 만들기에 안성맞춤이다.

@septuor1 2015년 6월 12일 오전 7:09

전근대적 사회란 여러 가지로 정의되겠으나, 속담 같은 관용어들이 분석과 성찰을 거치지 않고 내내 세력을 떨치는 사회가 전근대적일 것은 틀림없다.

@septuor1 2015년 6월 12일 오전 10:30

난초를 키운 적이 있다. 잘해준다고 한 일이 자주 난초를 죽이곤 했다. 잘해주는 것이 항상 잘해주는 것이 아니다. 자기가 공부한 방식을 아이들에게 강요하는 선생, 자신들의 희망을 자녀들의 희망이라고 생각하는 부모들이 자주 아이들을 병들게 한다.

@septuor1 2015년 6월 12일 오후 12:19
우리는 오랫동안 정치적 투쟁을 해온 탓에 자기편(즉 옳은 편)이라면 사고방식은 말할 것도 없고 문화적 감수성과 취향이 자기와 같아야 한다는 생각에 은연중 젖어 있다. 그런 생각은 남만 억압하는 것이 아니라 자기 자신도 옥죄기 마련이다.

@septuor1 2015년 6월 14일 오전 8:52
동서양엔 아버지를 찾아 방랑하는 서사들이 있다. 주인공은 끝내 아버지를 만나지 못하지만 그 탐색의 과정에서 어떤 변화를 겪는다. 저 자신이 아버지가 되는 것이다. 이 변화 체험이 없는 자들이 내내 독재자를 그리워하며 동시에 과도한 아버지 노릇을 한다.

@septuor1 2015년 6월 14일 오전 11:51
옛날에 〈호메스〉라는 프랑스 영화가 있었다는 사실을 기억들 하고 있을까. 원제는 Les trois HOMMES à battre(쳐부숴야 할 세 사람). HOMMES(옴)을 '호메스'라고 쓴 건데, 이건 음차라고 할 수도 없고 그냥 초현실주의다.

@septuor1 2015년 6월 14일 오후 1:15

영화 〈호메스〉의 포스터를 찾았다. 원제는 Trois Hommes à battre. 정관사 les가 없다. 기억이란. 원제를 다시 번역하면 '죽일 놈 셋' 정도 되겠는데, 내가 이 영화를 보지 않아서.

@septuor1 2015년 6월 14일 오후 7:27

구조 속에서의 개인의 책임을 이야기하는데, 구조도 중요하고 개인도 중요해요, 구조와 개인은 떨어질 수 없어요, 이렇게 말하면 엄청 똑똑해 보이지요.

@septuor1 2015년 6월 14일 오후 10:45

금연 6개월. 내가 아직도 담배를 끊지 못했구나. 일의 매듭에서마다 느끼는 이 외로움, 이 허전함.

@septuor1 2015년 6월 14일 오후 11:05

용역이라 특별 관리 대상에서 제외하고, 비정규직이라 마스크도 안 줬다는데, 미개한 메르스는 정규직과 비정규직도 구분하지 못하는 것 같구나.

@septuor1 2015년 6월 15일 오전 5:05

우리글에서 직접화법 간접화법의 개념을 다시 정리하고 용법을 다시 다듬어야 한다. 1930년대에 영어 문장 번역하던 방식을 그대로 쓰고 있으니. '말했다' '덧붙였다' 같은 전달 동사도 대화에서 어떻게 처리해야 할지 고민도 좀 하고.

@septuor1 2015년 6월 15일 오전 6:01

"구름이 몰려들고 비가 내렸소. 나는 피할 곳을 찾았지요. 작은 오두막이 보였소"라고 그는 말했다. ―이런 식의 문장 구성이 세상에 어디 있단 말인가.

@septuor1 2015년 6월 15일 오전 8:35

함박꽃 봉오리, 이 봉오리가 피는 걸 보지 못하고 서울로 가야 하는구나.

@septuor1 2015년 6월 15일 오전 11:30

글을 쓰거나, 특히 번역할 때, 늘 빠지기 쉬운 함정은 자연스럽게의 이데올로기다. 자연스러운 것은 자연이어서가 아니라 습관이어서 자연스럽다. 그것은 아무 생각 없이 한나라당 찍는 것이나 같다.

@septuor1 2015년 6월 16일 오전 1:19

번역이 한국어 문장을 다 망쳤다고 생각하는 사람이 많은데, 그게 사실이 아니란 것은 구한말의 한국어 문장이 어떠했는지 30초만 생각해보면 알 수 있다. 현재의 한국어 문체가 형성되기까지 일어와 서양어의 도움이 매우 컸음을 싫어도 인정해야 한다.

@septuor1 2015년 6월 16일 오전 11:28

도라지꽃에 개미를 넣고 입구를 오므리면 개미가 꽃을 물어뜯어 꽃잎이 빨간색으로 변한다. 우리는 어렸을 때 그걸 보고 개미가 어두워 불을 켰다고 말했다. 그게 개미산 때문임을 알게 된 것은 고등학교 때다.

@septuor1 2015년 6월 16일 오후 7:26

내가 트위터를 하지 않았으면 결코 알지 못했을 사실은 화장실에서 나오면서 손을 안 씻는 남자들이 그렇게 많다는 것이다.

@septuor1 2015년 6월 16일 오후 11:34

나는 사실 손을 자주 씻는다. 직업상 책에 손을 자주 대야 하는데, 처음에는 책을 더럽히지 않으려고 손을 씻었지만, 근년에 와서는 책이 더러워 손을 씻는다.

@septuor1 2015년 6월 17일 오전 7:11

'성폭행은 몹쓸 짓'이라는 말을 놓고 성폭행을 너무 가볍게 본 것이라고 말들 하는데, '몹쓸'은 그렇게 가벼운 말이 아니다. '몹쓸'은 '못된' 정도가 아니라 '몹시 악독하다'는 뜻. 치가 떨리고 피가 거꾸로 솟는 그런 악행에 쓰이는 말이다.

@septuor1 2015년 6월 17일 오전 11:55

유약한 남자, 더구나 자존감이 낮은 남자일수록 '여자'를 현실의 접촉면으로 생각한다. 이때 남자는 여자 구타를 현실에 대한 복수라고도 생각하고, 현실에 대한 승리라고도 생각한다. 상남자라는 말도 좀 우습지만, 그런 남자가 있다면 왜 여자를 패겠는가.

@septuor1 2015년 6월 18일 오후 9:09

문학에서의 영향이라고 할 때, 사상의 기조, 세계관, 탐구의 방향, 미적 감수성 등을 따른다는 뜻이지, 말이나 말의 형식을 그대로 옮겨오는 것을 영향이라고 할 수 없다. 그것은 표절이다. 물론 표절을 영향이라는 말로 봐줄 수는 있다.

@septuor1 2015년 6월 19일 오전 4:09

사안이 중대할수록 팩트에 치중해야 할 텐데, 자신의 격앙된 감정을 가득 뱉어놓고 마지막에는 인신공격으로 치닫는 것도 고질병이다. 어떤 트위터리안은 김지하가 표절을 한 게 아니라 영향을 받았다고 말하기 위해 내 이력서까지 상세하게 적고 있다.

@septuor1 2015년 6월 19일 오전 5:44

김지하 표절론을 말했을 때, 격렬하게 반발한 사람들은 모두 일본 문학을 공부했거나 일본에 거주하는 사람들이다. 그런데 그들은 신경숙-미시마 관계에는 가차가 없다. 비교 문학적으로 흥미로운 주제가 될 것 같다.

@septuor1 2015년 6월 19일 오후 12:05

정우영 작가가 크게 실수를 한 것 같다. 우리나라가 지금 고난중에 들어 있긴 하지만 그렇게 형편없는 나라는 아니다.

내 트윗이 가끔 논란을 일으키는 이유 중의 하나는 어떤 복잡한 생각도 140자 안에서 해결하겠다는 방침 때문이기도 하겠다. 그러나 이 방침을 포기할 생각은 없다.

@septuor1 2015년 6월 19일 오후 3:32
내가 참 둔하다. '오늘이 19금'이란 말을 이제 겨우 알아들었네.

@septuor1 2015년 6월 19일 오후 4:06
언제부턴가 지방 국도가 반듯하게 펴지기 시작했다. 어렸을 때 산모롱이로 넘어가는 길을 보면 '저 길은 어디로 이어질까' 생각했는데, 그 모든 길이 서울로 가는 길임을 알려주려고 그러는 것 같다.

@septuor1 2015년 6월 20일 오전 12:09
김지하의 「타는 목마름으로」가 표절이 아니라는 것을 말하려고 엘뤼아르의 「자유」를 깎아내리는 글을 보았다. 엘뤼아르의 「자유」가 그렇게 쉽게 말할 수 있는 작품도 아닐뿐더러, 작품의 우열이 표절 여부를 결정짓는 것도 아니다. 창비의 실수도 거기 있다.

@septuor1 2015년 6월 20일 오전 12:30
한마디 덧붙인다면, 김지하의 '타목'은 절규에 가까운데, 엘뤼아르의 「자유」는 바로 그 자유에 대해 모든 사물 앞에서 수행하는 느리고 반복적인 성찰이다. 지하는 민주주의를 호소하지만, 엘은 자유를 내면화한다. 감동은 내공에 따라 다를 것이다.

@septuor1 2015년 6월 20일 오전 2:14
그동안 트윗에서 몇 차례 '싸움'을 했다. 돌이켜보면 그 가운데 8할은 비문 해자들과의 싸움이었다. 어떤 인간은 내가 신경숙과 유키오를 비교 문학적으로 접근해야 한다고 말했단다. 무슨 글을 그렇게 읽었는지는 짐작이 간다. 이 피곤한 일을 계속해야 하나.

@septuor1 2015년 6월 20일 오전 9:05
내가 '블락'이나 '뮤트'를 모르는 것은 아니다. 30여 명을 블락한 것 같기도 한데, 나와 생각이 다르거나 나를 비난한다고 해서 블락한 것은 아니다. 비난하는 글도 잘 쓴 글은 귀엽다. (나는 직업이 선생이다.) 그러나 악의적이며 멍청한 글은 블락한다.

@septuor1 2015년 6월 20일 오전 10:17
누구에게나 자기가 쓴 글은 무언가 어설프고 단단하지 못한 것 같다. 다른 사람의 글은 견고하고 각이 서 있는 것 같은데 그런 느낌이 표절을 하게 만들기도 한다. 글쓰기의 함정. 내 약점은 내가 알지만 다른 사람의 약점을 모르는 이치와 같다.

@septuor1 2015년 6월 20일 오후 12:05
중1 때의 경험. 수학 교과서에 '두 선이 사귄다'는 말이 나왔는데, 수업 준비도 해오지 않은 선생이나 학생들이나 그 말이 무슨 말인지 아무도 몰랐다. 교차한다고 썼으면 알아들었을 것이다. 토박이말이라고 쉬운 것이 아니고 한자어라고 어려운 것이 아니다.

@septuor1 2015년 6월 20일 오후 12:29
순우리말과 한자어를 구분하려는 생각부터 문제라고 본다. 순우리말도 한자어도 모두 우리말이다. 다른 점이 있다면 한자어는 한자라는 분명한 어원이 있고, 이른바 순우리말은 어원이 확실치 않다는 것뿐. 따지고 보면 '순수 우리말'이란 개념 자체가 환상이다.

@septuor1 2015년 6월 20일 오후 5:43
한때 학계에서 우리말 학술 용어 제정이 유행이었는데, 나는 기본적으로 한중일의 학술 용어가 통일되는 게 바람직하다고 생각한다. 서양 각국의 말은 달라도 학술 용어는 서로 통하며, 이게 서양의 보편성을 만든다. 학술 용어가 고립되어 있어서 좋을 까닭이 없다.

@septuor1 2015년 6월 20일 오후 9:18

콩국수에 설탕 넣어 먹는 이야기가 나와서 하는 말인데, 목포와 인근 도시에는 국수를 삶아서 차게 식힌 설탕물에 적셔 먹는 요리가 있다. 나는 서울 오기 전까지 대한민국 사람이 국수를 다 그렇게 먹는 줄 알았다.

@septuor1 2015년 6월 20일 오후 11:36

내가 살던 섬에 '하누넘'이라는 해수욕장이 있다. 내가 '하뉘넝'을 한윤형으로 읽기까지 다른 사람들보다 절차 하나를 더 거쳐야 하는 것은 그 때문이다.

@septuor1 2015년 6월 21일 오전 9:00

신경숙을 검찰에 고발한 현택수씨를 나는 좀 안다. 그는 학창 시절에 시를 쓰려고 했으며, 한때 짧게나마 문인들과 어울리며 문단 행사에도 참석했다. 그가 정년이 한참 먼 나이에 왜 고려대학교를 그만두어야 했는지는…… 잘 모르겠다.

@septuor1 2015년 6월 21일 오전 11:33

인간의 다양성은 그 자체로 종의 유지에 도움이 된다고 말한다. 인류의 먼 미래에는, 사회 정의를 입에 달고 살며 저 자신은 온갖 비리를 저지르고도 법망을 피해 잘도 달아나며, 남을 그 법망 속에 밀어넣는 그런 인간들만 살아남는 건 아닌지 모르겠다.

@septuor1 2015년 6월 21일 오후 6:31

좋은 작품을 썼는데 인맥이 없어 출판을 못했다, 이런 말은 거짓말이다. 출판사들은 좋은 원고 찾기에 혈안이 되어 있다. 작품이 너무 훌륭해서 편집자들이 알아보지 못한다, 이런 말은 사실일 수 있다. 한 세기에 한 번 정도 이런 일이 일어나기 때문이다.

신인 선발 심사를 해보면, 심사위원들 입장에선 안타깝고 본인 입장에선 조금 억울하게 생각할 작품이 한 편 내지 두 편 정도 있다. 그러나 심사에 불만을 품는 것은 그 외의 작품을 보낸 사람들이다.

사실 B급 작품도 인맥이 좋으면 출판될 수 있다. 어떤 출판사에서 A급 작품이 거절을 당했다면, 그건 대개 출판 경향이 다르기 때문이다. 그 작품은 다른 출판사에서 조만간 출판된다. 출판의 공정성 문제가 나타나는 것은 늘 B급군 작품에서다.

1. 작품이 상품성이 있다. 2. 작품의 질이 좋아 출판한 출판사의 신뢰를 높일 수 있다. 작품이 출간되려면 이 두 가지 조건 중 한 가지 조건은 만족시켜야 한다. A급 작품은 일단 2의 조건을 만족시키고 장기적으로 1의 조건에도 부응한다.

모든 사람들이 신경숙의 입이 열리기만 기다리는데, 신경숙은 나타나지도 않는구나. 문학계 전체가 궁지에 몰리고 있는 판에 버티면 이긴다고 생각하는 것은 설마 아니겠지.

신경숙 표절 문제를 해결할 수 있는 사람은 결국 신경숙이다. 표절은 공적 범죄가 아니지만 작가 의식과 긴밀하게 연결되어 있는 윤리적 사안이다. 이 위기 상황에서 작가가 침묵하게 되면 그의 작가 의식 자체를 의심하게 된다.

신경숙씨가 드디어 심경을 고백했군요. http://linkis.com/www.edaily.co.kr/

@septuor1 2015년 6월 23일 오전 8:43

나주 출신 시인 윤희상? '나주 출신'이라는 말이 여기에 왜 필요한가?

@septuor1 2015년 6월 23일 오전 9:41

한 작가를 몰락하게 하는 것은 범죄보다 작가 의식의 마비나 작가 윤리를
저버리는 일이다. 거꾸로 생각하는 사람이 많은 것 같다.

@septuor1 2015년 6월 23일 오후 12:43

변명의 말이 일단 만들어지면, 어떤 잘못도 잘못으로 자각되지 않는 수가
있다. 변명은 다른 사람의 눈을 가리려고만 늘어놓는 게 아니라 자기를 설
득하는 데도 이용된다. 그래서 성숙한다는 것은 변명의 세계에서 사실의 세
계로 나오는 것이기도 하겠다.

@septuor1 2015년 6월 24일 오전 8:25

메르스 사태나 표절 사태나 모두 문제를 유야무야하게 만들려다 일을 키우
고 말았다. 어떤 정보가 극단적 방법으로 제시되지 않으면 소통이 되지 않
는 이 현상에도 무슨 이름을 붙여야 할 것 같다.

@septuor1 2015년 6월 25일 오전 12:04

무협 소설은 100개 정도 소주제들을 이리저리 꿰맞춰 만든다. 무협의 재미
는 낯익다는 데도 있다. 무협이 아닌 소설은? 역시 동일한 소주제들을 순열
조합 한다. 서사학에서 가르치는 게 그것. 독창적 작품이란 그 순열 조합에
서 벗어났다는 뜻인데 매우 희귀하다.

@septuor1 2015년 6월 25일 오전 12:14

표절 방지책을 묻는 기자들의 전화를 몇 통 받았다. 그런 대책 같은 것은 있
을 수 없다. 작가가 알아서 표절하지 않는 것이 유일한 대책이다. 그런데 소

설은 독창성이 없을수록 잘 팔린다. 낯익기 때문. 독자에게 영합한다는 말은 낯익은 것을 만든다는 뜻.

@septuor1 2015년 6월 25일 오전 8:26
표절 사태를 계기로 유수 출판사들의 출판 정책이 바뀌면 자기 책을 출간하기가 더 쉬워질 것이라고 생각하는 신인 작가들이 많은데, 나는 그 반대일 것이라고 생각한다. 이를테면 그들 출판사가 문지처럼 반상업주의의 기치를 내건다면 그 진입 장벽은 더 높아진다.

@septuor1 2015년 6월 25일 오후 12:16
소설이 제한된 수의 소주제들을 순열 조합 한다고 말했더니 설마! 하는 사람이 많다. 사람들은 늘 새롭게 쓰려고 했으나, 삶이 겉만 새로워졌듯이 글도 마찬가지였다. 그걸 이쪽 업계에서는 상호 텍스트성이라고 한다. 같은 들판에서 꺾는 들꽃이 다를 수 있겠는가.

@septuor1 2015년 6월 25일 오후 12:24
물론 같은 들판의 들꽃으로 꽃꽂이를 해도 잘하는 꽃꽂이 못하는 꽃꽂이가 있다. 독창성이 있는 꽃꽂이 없는 꽃꽂이가 있다. 그 정도. 그러나 그 정도에도 어떤 혁명의 수준이 있는 것은 사실이다.

@septuor1 2015년 6월 25일 오후 12:34
저자의 죽음이라는 말도, 문학의 몰락이란 말도 문학이 이 들판에서 벗어나기 어렵다는 말과 같은 말이다. 알랭은 모든 배는 다른 배를 모방해 만든다고 했다. 가장 복잡한 호화 유람선이나 항공모함에서 작은 보트까지를 접어 만든 종이배로 모방할 수 있다.

@septuor1 2015년 6월 25일 오후 12:41
그러나 인간이 짐승의 다리를 모방하다가 마침내 바퀴를 만들었다고 아폴리네르는 말했다. 배를 모방해 배를 만들어온 역사가 없으면 비행기를 만들

수 없었을 것이라고 말할 수 있겠다. (이 일련의 트윗은 표절이 용서된다는 말이 아니라 그 반대라는 말이다.)

@septuor1 2015년 6월 25일 오후 7:38

장 주네 『사형을 언도받은 자/외줄타기 곡예사』. 인간 말종, 곧 임계선 타자의 경험과 언어로 쓴 거룩한 시. 그 이상하고 아름다운 언어를 다른 언어로 번역한다는 것은 벽면 수행과 같다. 조재룡 번역 잘했다.

@septuor1 2015년 6월 25일 오후 7:58

벽면 수행이 아니라 면벽 수행. 이런 재변이 있냐.

@septuor1 2015년 6월 26일 오전 4:06

가장 한국적인 것이 세계적인 것이라는 말이 있다. 이는 자기 동네의 생각을 세계 모든 사람이 이해할 수 있게 하라는 말이지, 세계 모든 사람이 자기 동네 사람처럼 생각하게 하라는 말이 아니다.

@septuor1 2015년 6월 26일 오전 6:45

세미나 같은 데서 발표를 하고 나서 누가 질문을 하면 대답이 되건 안 되건 무슨 말을 한다. 또 질문을 하면 아무 소리나 또 말을 한다. 계속 반복. 그래 놓고 대답을 했다고 생각하는 사람이 있다. 이번의 어떤 사태도 15년 전부터 그러다가……

@septuor1 2015년 6월 26일 오후 6:59

"산지기 외딴집 눈먼 처녀사 문설주에 귀대고 엿듣고 있다" 목월의 시 「윤사월」의 결구. 나는 이 시구에 무척 감동했지만 내 딸에게는 씻나락 까먹는 소리. 미당의 어떤 시는 호남 방언을 표준어로만 바꿔도 시가 깨진다. 헌데 영어나 불어로 번역을 하면?

@septuor1 2015년 6월 26일 오후 7:10

시가 모국어의 우연성과 토속 정서에 매달리면 시공을 건널 수 없다. 물론 꼭 건너갈 필요는 없다. 그런데 이런 경우에 번역자를 탓하거나, 시는 번역될 수 없다고 말해서는 안 된다. 번역의 벽을 뚫고도 여전히 시적 감동을 지닌 시들이 많다.

@septuor1 2015년 6월 27일 오전 5:21

국립국어원 사전에 '어처구니'를 '상상 밖의 엄청나게 큰 사람이나 사물'이라고 풀이하고 있는데, 이게 맞는 풀이인가. '네가 그런 말을 하다니 어처구니가 없다'에 한번 이 풀이를 대입해보시면.

@septuor1 2015년 6월 27일 오전 5:28

내 고향에서는 '어처구니'를 '얼터구니'라고 하는데, '얼터구니'는 '얼턱'을 얕잡아 부르는 말. '얼턱'은 맷돌에서 손잡이를 박는 곳. 그래서 '얼터구니가 없다'는 말을 '근거가 없다'는 말로 어렸을 때 이해했다. '비빌 언덕이 없다'와 비슷한 말.

@septuor1 2015년 6월 27일 오전 5:32

'엉터리'도 원래는 '엉터리도 없다'로 쓰던 말이다. '엉터리'도 역시 '비빌 언덕'처럼 근거가 되는 자리를 말하는 것이리라.

@septuor1 2015년 6월 27일 오전 5:54

'턱도 없다' 할 때의 턱도 같은 뜻의 말.

@septuor1 2015년 6월 27일 오전 6:07

지금 생각하니 '얼터구가 있어야 손잡이를 박지' 이런 말도 있었다.

@septuor1 2015년 6월 27일 오전 7:56

신문을 보다 말고 아내가 말한다. "나보다 더 무식한 아줌마도 있구나." 당신이 어때서.

@septuor1 2015년 6월 27일 오전 9:52

철학자들이 김수영에 관해 쓴 글을 읽으면 내가 보기엔 거의 사기 수준이다. 이런 토대 위에서는 영어나 불어로 백날 번역해보아야 소용이 없다. 김인환이 고려 한시 번역하고 설명한 것 같은 그런 착실한 해설서가 김수영에게도 있어야 한다.

@septuor1 2015년 6월 27일 오전 10:47

우리가 꼴통이라는 말을 자주 쓰는데, 나는 이걸 정확한 병명으로 불러야 한다고 생각한다. 초등학생들에게 족보 베껴오라는 인간들, 공부 열심히 해서 동성애 물리치자는 인간들, 이건 약간 성격이 이상한 인간들이 아니라 환자들이다.

@septuor1 2015년 6월 28일 오후 12:47

한국어로 목가, 목가적 같은 말로 번역할 수 있는 불어는 7, 8개 정도. églogue는 도시 삶과 농촌 삶에 대한 목자들의 토론이 주제다. 일본은 뭐라고 번역하나 알아보니 '상문목가' 즉 서로 들어주는 목가란다. 역시 일본이고, 참 일본식이다.

@septuor1 2015년 6월 28일 오후 11:13

김누리 교수가 헤세와 카프카를 비교하며, 미문주의 비판문을 한겨레에 기고했다. 내가 보기엔 헤세의 문장은 아름답고 카프카의 문장은 아름답지 않다고 생각하는 어설픈 심미감들이 더 문제인 듯. 장르가 다르긴 하지만, 김수영이 김춘수보다 덜 아름다운가.

@septuor1 2015년 6월 28일 오후 11:33
트위터를 하면서 확실하게 알게 된 것은 비문해자들은 싸가지도 없다는 것이다.

@septuor1 2015년 6월 29일 오전 7:00
강연회 때마다 느끼는 것 : 진지하고 열성적이고 선의를 지닌 사람들이 어디에나 많구나. 그런데 나라는 왜 요 모양으로 굴러갈까.

@septuor1 2015년 6월 29일 오전 9:07
만 권 책을 읽었다 한들, 그 앎이 낡은 책 한 권의 옳음을 증명하고 그걸 떠받드는 데만 오로지 사용된다면 낡은 책 한 권을 읽은 것과 뭐가 다를까. 더구나 낡은 책 한 권을 떠받들며 만 권의 책을 읽었다고 착각하는 자는 다른 사람을 얼마나 괴롭힐까.

@septuor1 2015년 6월 29일 오후 6:11
한국에만 표절이 있다 생각하신다면, 김화영 역 『새들은 페루에 가서 죽다』에서 로제 그르니에의 「약간 시들은 금발의 여자」와 을유세계문학전집 『현대영미단편선』의 존 치버의 「짝사랑의 노래」를 읽어보시라. 근데 하나는 옛날 책이고 하나는 고릿적 책이어서.

@septuor1 2015년 6월 29일 오후 6:13
쓸데없는 '예'는 그만들 퍼 나르시고, 이 트윗이나 널리 전파하시길.

@septuor1 2015년 6월 30일 오전 8:40
한기호씨가 표절 사태와 관련 경향에 '문체가 아니라 이야기여야'라는 칼럼을 기고. 근데 그게 분리될 수 있는 건가. 옛얘기를 하는 할머니에게도 입담이라는 게 있고, 그 입담이 문체다. 문제는 한국의 모든 음식이 달달해지고 있듯 달달한 문체만 팔린다는.

@septuor1 2015년 6월 30일 오후 5:01
문체는 말의 장식일 뿐이라고 오해하기 쉬운데, 문학적인 글의 거의 모든 힘은 문체에 있다. 논문 같은 글은 논증 장치로 설득하지만, 시나 소설은 문체로 마음을 움직인다. 가령 『어린 왕자』에서 여우가 "자기가 길들인 것만 알 수 있는 거야"라고 말할 때,

@septuor1 2015년 6월 30일 오후 5:05
이 말이 옳다는 증거는 어디에도 없다. 오직 저자 생텍쥐페리의 진솔하고 열정적인 문체만이 이 말의 진실성을 믿게 하고 우리를 감동하게 한다. 문학에서 생각과 문체는 동시에 만들어진다.

황현산

@septuor1 2015년 7월 7일 오후 2:33

___

정말이지 인문학은 무슨 말을 하기 위해서
하는 것이 아니라 해서는 안 될 말이 무엇
인지 알기 위해 하는 것이다.

___

💬 7   🔁 2,427   ♡ 1,269

@septuor1 2015년 7월 1일 오전 6:53

한국은 당분간 대작 서사가 나오기 힘들 것이다. 청년들이 긴 대기 상태의 감옥에 빠져 있어서 현실에 안주할 수 없는 건 말할 것도 없고 현실을 타파하기도 어렵다. 이럴 때 서사는 소일거리의 형태를 갖기 쉽다. 서정적이거나 짜릿한 문체 추구가 유일한 길.

@septuor1 2015년 7월 1일 오전 9:28

나를 온갖 쌍소리로 욕한 사람이 있어서 블락하려고 찾아가봤더니 그 트윗이 유일한 트윗이었다.

@septuor1 2015년 7월 1일 오전 11:35

내가 몰라서도 그렇지만, 한국과 일본 사이의 바다를 동해라고 불러야 한다는 주장은 미래가 없을 듯. 세계인이 그렇게 부르려면 한일이 그렇게 불러야 하는데 일본은 서쪽 바다를 동해라 부르고 싶겠는가. 일본해에 맞서 차라리 한국해를 내세우는 게 나을 듯.

@septuor1 2015년 7월 2일 오전 5:36

어제 동해 이야기 끝에, 영국의 북해 사례를 말하는 사람들이 있다. 북해는 영국 중심의 이름이 아니라 로마 시대의 Septentrionalis Oceanus를 유럽 각국이 현대어로 번역한 이름이라고 한다. 유럽에는 로마의 보편성이 있지만 우리에게는.

@septuor1 2015년 7월 2일 오전 9:06

발전이 빠른 사람과 느린 사람이 있다. 발전이 느린 사람에게는 대개 한 가지 특징이 있다. 승부심이 매우 강하고 무얼 알게 되든 자신이 옛날에 했던 생각이 옳다는 것을 증명하는 데 그걸 사용한다.

@septuor1 2015년 7월 2일 오전 11:35

'뇌섹남'이 국립국어원의 신조어로 벌써 3월에 등록되었다는데, 이런 일에 국립국어원이 너무 빠른 것도 어쩐지 불안해 보인다. 정작 고쳐야 할 사안에는 미륵불 같으면서.

@septuor1 2015년 7월 2일 오후 2:30
국립국어원의 편에서는 억울하기도 할 것 같습니다. 몇 분이 댓글에서 말씀하신 것처럼 지난해의 유행어들을 모아 해설한 것일 뿐인 듯합니다. 그런데 그 대부분이 줄임말이어서 그걸 신조어라고 해야 하나 의문이기도 합니다.

@septuor1 2015년 7월 2일 오후 8:10
기억 안 해도 좋을 것이 기억난다. 옛날에 학교에서 체호프, 오 헨리, 모파상을 세계 3대 단편 작가라고 가르쳤다. 누가 그런 바보 같은 생각을 하고, 그게 교과서적 정설이 되었을까.

@septuor1 2015년 7월 2일 오후 8:20
60년대에 체호프 단편 전집이 나왔는데, 앞부분에 서툴게 쓴 초기작을 실었다. 내 친구 하나는(훌륭한 비평가다) 그 앞부분만 읽고 책을 집어던진 후 체호프를 다시 읽지 않았다. 그게 아니라고 내가 설득했지만 소용없었다. 그 초기 단편이 오 헨리풍이다.

@septuor1 2015년 7월 3일 오전 8:18
도시 우등생은 자기가 배운 것을 반만 믿는다. 말이 그렇다고 생각한다. 시골 우등생은 곧이곧대로 믿는다. 그러다가 '빡치는' 수가 있다. 온갖 생난리를 치게 마련. 랭보, 로트레아몽이 그런 아이였다. 문학에선 이걸 두고 촌놈이 세상을 바꾼다고 말한다.

@septuor1 2015년 7월 3일 오전 11:51
랭보, 로트레아몽, 아폴리네르, 초현실주의 봇을 운영하고 싶은데, 무엇부터 해야 할지 모르겠다.

당분간 아폴리네르 봇을 프로그램에 의지하지 않고 수동으로 운영할까 하는데 그게 가능할지 모르겠네요.

아폴레네르 봇 @PoetApollinalre에 『동물시집』의 시 3편을 우선 올려보았다. 라울 뒤피의 판화와 함께. 중요한 것은 판화다. 동물시들을 짧아서 먼저 올려보았지만, 「변두리」처럼 긴 시들은 어떻게 하나. 앞에서부터 차근차근? 여기저기?

아폴리네르 봇 계정의 아이디를 수정했습니다. @PoetApollinaire. 알려주신 분들께 감사합니다.

아폴리네르 봇을 운영하려니 헷갈리는 일이 많다. 여기 올릴 글 저기 올리고, 저기 올릴 글 여기 올리고. 내가 아폴리네르인지 아폴리네르가 난지 모르겠다.

요시카와 나기의 『경성의 다다, 동경의 다다』를 한달음에 읽었다. 다다이스트로서 고한용의 행적은 그렇다 치고 우리의 지난날도 잘 들여다보면 쓸 만한 이야기가 참 많다는 걸 새삼 느낀다. 삶이 갑자기 윤택해진다.

하루키의 『노르웨이의 숲』 뒤에는 3인의 서양 소설가가 있다. 그 줄거리는 네르발의 『실비』에서, 격리된 유토피아의 이미지는 토마스 만의 『마의 산』에서, 문체의 미학은 피츠제럴드에게서 가져왔다. 그러고 보니 프랑스, 독일, 미국이다.

옛날 영화 〈화양연화〉에서 장만옥과 양조위의 밀회 장소가 양조위의 무협소설 집필실이라는 점에 주목한 비평이 있었는지 모르겠다. 그 장소는 무협으로 세속적이고 소설로 순결하다. 시간이 그 세속성을 씻어내고 순결함만을 남긴다.

누가 서사물 속의 작은 유토피아에 관한 책을 써주었으면. 쿤데라의 소설 여기저기 나오는 덧없는 휴식처들, 꺼페이의 『복사꽃 피는 날들』의 마지막 장면, 피츠제럴드의 『밤은 부드러워』에서 정신병 그 자체인 유토피아, 〈화양연화〉의 무협 집필실 등등등……

태교를 한답시고 『수학의 정석』을 공부하는 것은 아이가 할 일을 어머니가 다 해주고 싶은 마음의 반영일 텐데, 그게 아이를 위해 좋은 일일까. 하늘의 일은 하늘에 돌리고 아이의 삶은 아이에게 돌려야.

아무튼 수학 공부는 권할 만한 일이다.

같은 시도 나이에 따라 달리 읽힌다. 「사랑에 목숨을 걸다」는 아폴리네르가 늦은 나이에 결혼하기 전에 쓴 시. 옛날엔 옛사랑을 잊고 새로운 사랑을 맞아들이는 시라고 읽었는데, 오늘 다시 읽으니 잊어버려야 할 옛사랑만 있고 새로운 사랑은 없구나.

알림창이 일베로 가득하다. 내가 십알단의 한 사람이라는 댓글도 있다. 블락해도 다시 나타나는. 두더지 잡기가 이 모양일 것이다.

동물들은 안 하는 것도 많아요. 지난번에는 동성애를 하지 않는다고 빡빡 우기는 사람들이 있더니.

새벽 꿈에 어떤 시인이 트윗에 자기를 언급하지 말라며 화를 냈다. 언급한 적이 없다고 했더니 앞으로 그럴 가능성이 있다는 것이다. 아직 하지 않는 일로도 질책을 받는구나, 이 나이에.

인문학은 애국가 4절, 태극기의 건곤감리, 국기에 대한 맹세 따위를 배우기 위한 것이 아니다. 면접에서 그런 것을 묻는 몰상식한 인간이 되지 말라고 배우는 것이다.

무슨 일로 공작새에 관해 찾아보는데, 공작의 꼬리는 진화론으로 설명할 수 없다는 창조론자들의 글이 나온다. 따라서 신이 창조했다는 말인데, 그럼 설명이 되는 걸까. 비는 왜 오는가, 하나님이 오게 해서 온다는 설명보다 더 나은 설명일까.

한국 사람은 늘 횡재할 생각만 하고 산다는 생각이 든다. 고로쇠물 그거 단

풍나무 시럽일 뿐인데 무슨 만병통치약처럼 여기고.

@septuor1 2015년 7월 7일 오후 12:35
생각이라니!

@septuor1 2015년 7월 7일 오후 2:33
정말이지 인문학은 무슨 말을 하기 위해서 하는 것이 아니라 해서는 안 될 말이 무엇인지 알기 위해 하는 것이다.

@septuor1 2015년 7월 8일 오전 6:14
순수 문학의 기능이 있다고 한들, 한국의 순수 문학이 무엇을 했는가? 라고 질문한 사람이 있다. 이런 질문은 무의미하다. 이런 질문이 가능하다면 한국의 수학은? 물리학은? 라는 질문도 가능하게 된다.

@septuor1 2015년 7월 8일 오후 8:59
한국 소설 같은 프랑스 소설로는 아니 에르노가 자기 아버지에 관해 쓴 소설을 꼽을 수 있겠다. 원제는 La Place. '아버지의 자리'란 제목으로 출간됐는데, 얼마 전 열린책들이 『남자의 자리』로 출간. 내가 역자나 편집자라면 '그 자리'로 옮겼을 듯.

@septuor1 2015년 7월 8일 오후 9:04
학생들에게 이 소설을 읽게 했더니 한 학생이 발표중에 이런 말을 했다. "저는 그저 잘 쓴 소설이라고 생각했는데, 저희 어머니가 읽고 우셨어요." 그 어머니보다 열 살쯤 더 먹은 내 경우도 마찬가지다.

@septuor1 2015년 7월 8일 오후 9:17
앞으로는 나라의 차이보다 세대의 차이가 더 커질 것 같다는 생각이다.

노숙자라도 엄청난 권력과 부를 지닌 자기를 상상하긴 어렵잖다. 인간이 상상할 수 있는 것 가운데 가장 쉽게 상상할 수 있는 것. 그런데 문제는 현실의 나보다 상상 속의 나를 위해 투표 같은 정치적 선택을 하는 경우가 매우 많다는 것이다.

기차 같은 데서 우연히 옆에 앉은 사람과 이야기를 나눠보면 민주주의가 자기에게 불리한 제도라고, 또는 부족한 제도라고 생각하는 사람이 의외로 많다. 지금 불편한 것이 상상 속의 권력자가 된 다음에 불편한 것보다 더 낫기 때문이다.

국립국어원이 유행어에 너무 휘둘리고 있다는 지적은 얼마 전에도 했다. 그런 태도가 진보적이라고 생각하는지도 모르겠다. 이러다 '불판이 뜨거우십니다'가 정상 어법이 될지도 모르겠다.

'내 말이 들리십니까' '이 글자가 보이십니까'가 옳은 어법이라면 '불판이 뜨거우십니다'도 옳은 어법이라는 주장. '들리시다, 보이시다'의 주체는 듣고 보는 자이지만, '뜨거우십니다'의 주체는 불판일 뿐이다. 이 미묘한 차이를 설명하는 것이 문법이다.

국립국어원은 '웰빙'을 '참살이'로 다듬더니, 이번에는 '착한 몸매'를 표준어법으로 인정하려 한다. 참살이는 웰빙 상인들의 선전을 그대로 받아들인 것이고, 착한 몸매 역시 광고의 말투에 휘둘린 것이다.

@septuor1 2015년 7월 9일 오전 9:51

사실 '착한 몸매' 정도의 언어적 일탈은 시 쓰는 사람들에게서는 날마다 일어나는 일이다. 이걸 표준어법으로 인정하느니 마느니 하다보면, 국립국어원은 도시락 싸들고 시인들을 쫓아다녀야 할 것이다.

@septuor1 2015년 7월 9일 오전 10:37

국립국어원의 말다듬기는 강제력이 없는 하나의 제안일 뿐이라고 말한다. 그러나 국립국어원이라는 권위가 벌써 강제성을 지니게 마련이다. 특히 '참살이' 같은 말의 '참'은 가치 판단의 성격이 들어 있다. 국어원의 신중치 못함을 말해주는 것이다.

@septuor1 2015년 7월 9일 오후 3:08

집밥이 순식간에 악마의 밥이 돼버리는 걸 보니 슬프다. 내가 집밥을 말한다면 무슨 대단한 음식을 기대하는 것은 아니고, 불특정 다수를 위해 만드는 음식이 아니라 내가 나를 위해, 또는 내가 사랑하는 사람들을 위해 만드는 음식을 말한다.

@septuor1 2015년 7월 9일 오후 3:15

어떤 역사가는 집밥은 존재한 적도 없다고 하는데, 나는 역사는 모르지만 경험은 있다. 농촌 주부들이 집에 갑자기 손님이라도 오면 밭에서 소채를 다듬어와 순식간에 만들어내는 요리도 있다. 물론 밭도 있고 된장, 고추장 등 밑반찬도 구비돼 있어야 하지만.

@septuor1 2015년 7월 9일 오후 3:45

한국의 음식은 거의 대부분 대가족 제도 아래서 개발된 음식이라서 손이 많이 간다. 그 손을 가볍게 여기는 것이 문제다. 밖에서 사 먹는 음식이 조악하다면 우리가 그 노동에 대한 가격을 낮게 치고 있기 때문이다. 집밥이나 매식이나 문제는 똑같다.

@septuor1 2015년 7월 9일 오후 7:56

부모가 자식을 낳아서 기를 때는 자신의 유전자뿐만 아니라 문화도, 문화 그 자체는 아니더라도 거기 담긴 희망도 전해지길 바란다. 물론 아이야 뭘 잇기 위해 태어나는 것이 아니라 제가 행복하려고 태어나는 것이지만, 자신의 문화와 아이의 행복이 연결될 수

@septuor1 2015년 7월 9일 오후 8:00

있기를, 그런 세상이기를 꿈꾼다. 지금 우리 삶에 남아 있는 문화적 전통이라고 해보아야 한국어와 음식 정도다. 한국 음식이 대단한 것은 아니지만 몇 가지 독특한 것은 있다. 집밥을 통해서건 무엇을 통해서건 나는 그게 이어질 수 있기를 바란다.

@septuor1 2015년 7월 10일 오전 7:53

어디에서건 틈나는 자리가 있으면 모두들 폰을 들여다보고 있는데, 이 역시 몰려다니는 한국 사람 '사회성'의 변형된 모습이 아닌가 싶다.

@septuor1 2015년 7월 10일 오전 10:06

'착한 몸매'의 표준어화 논란에서 정작 문제가 되는 것은 모든 언어적 표현의 일탈에 권위 기관이 표준, 비표준의 잣대를 들이대겠다는 것이리라.

@septuor1 2015년 7월 10일 오전 11:44

나를 블락한 사람들. 초기에 여자 제자들 몇이 블락했다. 아줌마가 된 모습을 보여주기 싫어서? 블락의 왕이 물론 블락했다. 이유는 알 수 없고. 어떤 여자분은 Jason park, JS와 내가 타임라인에 함께 올라오는 게 싫어서 블락했단다.

@septuor1 2015년 7월 10일 오전 11:47

최근에 어떤 분은 내가 옳은 말만 하는 게 꼴 보기 싫어서라고 했다. 더 조사해보면 더 재미있는 사례가 많을 것이다.

200

@septuor1 2015년 7월 10일 오후 2:17
'반도'는 우리가 본래 쓰던 말이 아니니 쓰지 말라고 하는데, 본래 쓰던 말만으로 이 세상을 어떻게 살아갈 것인가. '반도'는 일본이 어쩌고 하는데 그거 peninsula의 번역어 아닌가.

@septuor1 2015년 7월 10일 오후 2:23
'반도' 대신 '곶'이 있었다고 하는데, 장산곶, 섭지코지의 곶과 코지가 그것이다. 그게 한국 영토 전체에 어울리는가. 이베리아곶, 이탈리아곶, 괜찮게 들리는가.

@septuor1 2015년 7월 11일 오전 12:05
〈바위섬〉이라는 노래, 가사에 어려운 말 하나도 없는데 무슨 말인지 모르겠다. 난해시도 그런 난해시가 없고 초현실주의도 그런 초현실주의가 없다.

@septuor1 2015년 7월 11일 오전 12:24
〈바위섬〉이 5·18 때의 광주를 의미한다는 '줄라이July'님의 맨션이 있었습니다. 김원중씨의 프로필을 찾아 읽어보니 그 말이 맞는 것 같습니다.

@septuor1 2015년 7월 11일 오전 12:36
결국 한국 현대사의 현실주의가 초현실주의라고 할 수밖에 없네요. 비아냥거렸던 말, 용서를 빌어야겠습니다.

@septuor1 2015년 7월 11일 오전 1:22
지리멸렬하게 보이던 텍스트가 '5·18 광주'라는 말 한마디에 우뚝 일어선다는 것이 참 신기하다. 말의 힘, 사실의 힘이라는 게 그런……

@septuor1 2015년 7월 11일 오전 8:42
〈바위섬〉의 '5·18 광주'의 은유는 하룻밤 자고 일어나서 생각해도 충격이다. 금지곡까지 되었다는데 그런 사연을 내내 모르고 있었다는 것도 개인적으로 충격이고, 말이 안 되던 말이 어떤 사연에 의지해서만 말이 된다는 것도 충격이다.

@septuor1 2015년 7월 11일 오후 12:07
법적으로 표준어 사용이 강제되는 것은 아니라지만, 표준어와 맞춤법으로 지성의 정도를 사회적으로 평가받으며, 거의 모든 출판물이 표준어 맞춤법 규정을 따르기에 그에 따르지 않는 글쓰기는 변두리로 몰리기 마련이다. 법만 강제성을 갖는 것은 아니다.

@septuor1 2015년 7월 11일 오후 1:14
내가 일반 트윗에서 하는 말과 댓글에 답할 때의 어조가 같지 않다고 나무라는 사람이 있다. 당연하지 않은가. 형식상 만인을 향해서 하는 말과 비록 누군지 모른다 하더라도 한 개인에게 하는 말이 같을 수 있는가.

@septuor1 2015년 7월 11일 오후 1:37
내 수업을 들은 학생 중에 한국어가 서툰 재일 교포가 한 사람 있었다. 대개의 경우 내 말을 잘 알아듣는데, '이를테면'이라는 말이 나오면 그다음부턴 알아듣기 어려웠다고 말했다. 일반 설명과 구체적 예증 사이에서 어조가 나도 모르게 달라졌던 것.

@septuor1 2015년 7월 11일 오후 10:23
'미증유'라는 말로 말장난을 하는 트윗들이 있다. 나는 이 단어를 볼 때마다 (들을 때는 없고) '주증녀'라는 옛날 배우가 생각난다. 이름에 '증' 자가 들어가 있는 여자는 많지 않다. 내가 아는 두 사람 가운데 한 사람.

@septuor1 2015년 7월 11일 오후 11:41
트위터에서 진행되는 논란과는 상관없이, 예술 행위에서 여자가 남자에게 영감을 주는 것이 아니라, 여자에게건 남자에게건 여성성이 특별한 영감을 주는 게 사실이다. 한국에 뛰어난 여자 시인이 많은데 자기 내부의 여성성에서 영감을 받고 있다고 파악된다.

@septuor1 2015년 7월 12일 오전 12:16
내가 말하는 여성성은 아니마와는 좀 다르다. 남성적 세계상에 억압되어 있거나 거기 저항하는 모든 정신적 힘이라는 말 정도로 설명될 어떤 것이다. 아니무스, 아니마가 인류학적 관점이라면 내가 말하는 여성성은 오히려 역사적 관점에 있다.

@septuor1 2015년 7월 12일 오전 12:18
초현실주의자들이 인간의 미래는 여자다 할 때의 그 여자.

@septuor1 2015년 7월 12일 오후 12:06
영감이란 신이 아담에게 넣어준 숨결 같은 것만은 아니다. 마감이 곧 재능인 작가가 많지만 그런 재능에도 영감이 없는 것은 아니다. 아폴리네르는 정신이 메말랐을 땐 아무 단어나 써놓고 앞으로 나가라고 했다. 그런 억지 글쓰기에도 영감은 있다.

@septuor1 2015년 7월 12일 오후 12:38
만해가 식민지 시대에 최대한의 정의와 순수와 사랑을 여자의 목소리로 말할 때도, 최승자가 한국적인 불행의 밑바닥을 여성적 직관으로 파악했을 때도 창작의 주체는 여성이다. 창조의 힘이 자주 여성성을 띠는 것은 세상의 지배 이념 자체가 남성적이기 때문이다.

@septuor1 2015년 7월 12일 오후 11:05
예술이니 뭐니 하는 낯익고도 모호한 개념 앞에서 '개뿔 그런 것은 없어'라고 말하면 멋있고 깨우친 사람처럼 보이지만, 그게 말버릇이 되다보면 눈에 보이는 것만 보게 될 위험이 있다. 순진성의 카드를 끝까지 쥐고 있는 것이 오래가는 길이다.

@septuor1 2015년 7월 13일 오전 11:25

나이든 사람 옷 입기와 어린애 이름 짓기는 같은 법칙을 따른다. —산뜻하게 그러나 튀지 않게.

@septuor1 2015년 7월 13일 오후 12:17

옛날 농촌에서 이런 날은 콩이나 보리를 볶아 먹었다. 삶에는 원형이 없지만 행복에는 원형이 있다.

@septuor1 2015년 7월 13일 오후 7:19

한국 문학이 일문학에 종속돼 있다고 오늘 누가 말했다. 한국어 현대 문체가 일본어를 따라 발전했고 현대 문학에 대한 지식과 미감이 일본에 영향을 크게 입었으니, 이 말은 상당 부분 사실일 것이다. 극복 방법? 세계 문학에 대한 공부 열심히 하자는 말밖에.

@septuor1 2015년 7월 13일 오후 7:46

돌이켜보면 우리 세대의 잘못이 제일 크다. 스승의 세대는 그 나름대로 최선을 다했다. 우리 세대는 바탕만 탓하다가 세월을 다 보냈다.

@septuor1 2015년 7월 13일 오후 8:35

일본은 무엇보다도 현대 문학에 대해 수많은 상투 어구를 발명했다. 그 말들이 한국에서 교과서가 되었다. 확인돼야 할 사안이지만, 해방 후 일본으로부터의 새로운 정보 유입이 단절된 기간에, 일본에선 거품이었던 것이 한국에선 진리로 굳어지기도 한 것 같다.

@septuor1 2015년 7월 13일 오후 11:29

불문학에 국한해서 말한다면, 일본에는 발자크, 보들레르, 말라르메, 랭보, 플로베르, 졸라, 그 밖에도 여러 작가의 전집이 번역되어 있다. 우리에게는 카뮈 전집이 유일하다. 전집까지는 아니더라도 보들레르의 『악의 꽃』이라도 제대로 번역돼야 하는데.

@septuor1 2015년 7월 14일 오전 7:31

누가 중2병보다 더 무서운 것이 석2병이라고 했다. 석사 2년 차. 이 병은 석사 논문을 쓰고 나면 대개 치료된다. 그러나 평생 고질병이 되는 사람들도 있다. 이론과 현상 사이를, 관념과 구체적 현실 사이를 재빠르게 옮겨다닐 수 없을 때 고질이 된다.

@septuor1 2015년 7월 14일 오후 9:04

비평가인 내가 고인인 만해 또는 생존 시인인 김정환에 관해 글을 쓸 때, 내가 만해나 김정환을 독자들에게 연결시키는 것은 아니다. 독자들은 내 글이 없어도 만해나 김정환을 잘 읽을 수 있다. 나는 만해나 김정환을 소재로 그저 내 글을 쓰는 것이다.

@septuor1 2015년 7월 14일 오후 9:07

물론 나무를 본 사람이 나무를 소재로 한 시를 더 잘 이해할 수 있듯이, 만해나 김정환의 시를 읽었거나 읽으려고 노력하는 사람이 만해나 김정환을 소재로 쓴 글을 더 잘 이해할 수는 있을 것이다. 이것은 비평의 권력이 아니다.

@septuor1 2015년 7월 15일 오전 10:42

이가림 시인의 부고를 받았다. 슬프다. 장 모 교수의 악질 범죄를 내내 생각하다가 부고를 받아서 더 슬프다.

@septuor1 2015년 7월 15일 오전 11:07

이가림 시인은 온유한 사람이었다. 교수였지만 이론이나 분석을 싫어했다. 그 나이 전후의 전주 지방 출신 시인들처럼 잘 다듬어진 언어로 관능적인 시를 많이 썼다. 좋은 곳이 있다면 좋은 곳으로 가셨기를.

@septuor1 2015년 7월 15일 오후 4:03

이번 수원 여대생 납치 살인 사건은 다른 관점에서도 관심을 끈다. 사형은 범죄자의 수고 하나를 덜어줄 뿐이라는 것.

@septuor1 2015년 7월 15일 오후 4:20

사형으로 강력 범죄를 막을 수 있다는 생각은 너무 순진하다. 절망자들과 극악한 범죄자들은 죽음을 일종의 리셋 같은 것으로 생각한다. 강력범들에게 죽음보다 더 강한 빽은 없다. 무서운 것은 죽으면 그만인 그런 죽음이 아니라 끝까지 견디어야 할 삶이다.

@septuor1 2015년 7월 15일 오후 11:14

바보는 흉내내고 영리한 자는 훔친다는 엘리엇의 말을 빌려 표절을 합리화하려는 사람들이 있는데, 그건 엘리엇의 레토릭일 뿐이고, 그 내용은 표절하지 말라는 것이다.

@septuor1 2015년 7월 16일 오전 8:02

내가 요리에 대해 확신하는 것은 상상력이 풍부한 인간이 요리도 잘한다는 것이다. 이 말을 내가 교사인 제수씨에게 했더니 돌아온 대답 : "맞아요. 미술 선생치고 요리 못하는 사람 없어요."

@septuor1 2015년 7월 16일 오전 10:39

타클라마칸 사막 여행 때, 한 오아시스 마을에 들어가니 마을민들이 떼로 몰려나온다. 가이드의 설명. 전날 '고구려의 아들들'이 나체로 사막을 뛰었다는 것. 그래서 한국인들이 온다니 동일한 퍼포먼스를 기대한다고.

@septuor1 2015년 7월 16일 오후 5:44

유승민 의원을 비판하는 복거일 작가의 '배신의 경제학'이 무슨 소린지 모르겠다고들 하시는데, 어렵게 생각할 것 없다. 조폭의 의리에 대해 말하고 있다. http://news.joins.com/article/18250039

@septuor1 2015년 7월 17일 오전 9:44

복거일 작가의 글이 난해하기는 하다. 그 조직 바깥에는 나라도 세상도 없다고 말하고 있으니.

'읍니다'를 버리고 '습니다'를 쓰게 된 게 1988년 1월. 한글을 깨친 이후 내 인생의 반은 '읍니다'를, 반은 '습니다'를 썼다. 이제는 '읍니다'를 썼던 기억조차 희미한데, 가만히 돌이켜보면 '읍니다'가 보기에는 훨씬 더 좋았다는 생각이 든다.

어떤 나이에나 그 나이의 욕망과 희망, 그 나이의 아름다움이 있다. 그걸 알고 그에 대한 감수성을 갖는 게 성숙이라고 할 수도 있다. 20대 초의 여자만 좋아하는 남자가 있다면 그의 성장이, 적어도 그 일부가, 20대 초에 멈춰 있다고 말해도 된다.

제 시비를 다섯 개 세운 사람이 있다. 그 시의 수준은 지하철 스크린 도어의 수준에도 못 미친다. 이런 시비는 외국의 명승지나 기념물에 자기 이름을 낙서해놓은 것이나 다름없다.

국가 안위에 필요하면 민간인을 해킹해도 된다고 김무성이 말했다 한다. 기초 수학을 배운 사람이면, 국가 안위를 위해서는 민간인을 죽여도 된다는 말과 이 말이 같은 말이라는 것을 알 텐데.

실제로 6·25가 발발했을 때, 국가 안위를 위해 무슨 일이라도 할 수 있다고 생각하는 사람들이 수만 명 무고한 사람을 죽여 구덩이에 묻었다.

남녀 사이에 성적인 것이 끼어들지 않는 관계는 없다. 친밀한 사이일수록 더 조심해야 하는 이유.

@septuor1 2015년 7월 20일 오전 9:38
기계 같은 것을 조립할 때 잘 맞으면 딸깍! 소리가 난다. 소리가 없어도 대충 돌아가기는 한다. 물론 불안하다. 그러나 그게 여러 번 쌓이면 불안이 공포가 된다. 이 나라의 정부는 이명박 이래 한 번도 딸깍! 소리가 난 적이 없다.

@septuor1 2015년 7월 20일 오후 12:01
속담의 폭력성에 관해 말했더니, 폭력적인 사람이 죄지 속담이 무슨 죄냐고 말하는 사람들이 있다. 속담 중에는 애초에 갑을 위해 만들어진 것이 많다. —절이 싫으면 중이 떠나라. —암탉이 울면 집안 망한다. —모난 돌이 정 맞는다. 등등등.

@septuor1 2015년 7월 21일 오전 9:25
아침에 작업실의 말벌집을 제거했다. 비가 오는 기회를 이용해서. 결정한다는 것은 적절한 때에 잔인해지는 기술이라고 (아래 리트윗에서) 앙리 베크가 말했다는데, 마음을 굳게 먹고 일을 벌여 마침내 말벌집을 빗속으로 내던졌으니 이중으로 잔인했던 셈이다.

@septuor1 2015년 7월 21일 오전 9:27
두 번이나 오자를 수정했습니다. 그사이에 리트윗한 분들께 사과합니다. (사과문에는 오자 없나.)

@septuor1 2015년 7월 21일 오전 11:55
가부장제를 결혼 제도와 떼놓고 생각하긴 어렵다. 인간이 결혼 제도로부터 전면적으로 해방되거나 결혼의 개념이 바뀌기 전까지는 여러 층위의 평등과 자유가 갈등에 직면할 수밖에 없다. 결혼이 신성하다는 말에 담긴 종교적 국가적 기획 또는 음모를 생각해봐야.

@septuor1 2015년 7월 21일 오후 12:22
내가 늘 하는 이야기지만, 비문으로 설치고 다니는 인간들이 남아 있는 한,

절대로 30%가 무너지지 않는다.

비문으로 설쳐대는 사람들이 문장을 길게 쓰는 것은 발언권을 독점하려는 무의식적인 욕망 때문이 아닐까.

낡은 파일 속에서 발견한 사진. 2002년 소설가 이지훈 선배의 담양 집을 방문했을 때, 고양이가 개의 젖을 빨고 있었다. 13년 전이니 개도 고양이도 이젠 세상을 떠났겠지. 젖을 먹이고 빨았다는 기억만 남기고.

인성 교육 진흥법이 이제 시행에 들어간다는데, 유교랜드 지은 사람들이 유교랜드 장사하려고 이 법을 만든 것은 아닌지 모르겠다.

나는 수업중에 강독을 하다 졸았던 적이 있다. 한 5초쯤 되려나. 입에서 헛소리가 나가는 순간 깜짝 놀라 정신을 차렸다. 교실을 둘러보니 학생들은 눈치를 채지 못한 것 같았다.

한국에서 가장 흉측한 건물 가운데 하나가 결혼식 전용 건물이다. 시골집 마당에서 식을 올리던 사람들이 그게 불가능해지자 그 대신 서양 귀족의 가짜 성을 만들어놓고 결혼을 하는 것일까. 아무튼 현재의 결혼 문화는 우리의 빈약한 상상력을 고스란히 드러낸다.

@septuor1 2015년 7월 23일 오전 11:46

변영로의 「논개」 중 "강낭콩 꽃보다 더 푸른 그 물결 위"라고 말하는 그 강낭콩은 지금 시중에서 파는 그 강낭콩이 아니다. 담장 위로 넝쿨이 올라가던 그 강낭콩. 지금 강낭콩보다 더 납작하고 맛은 더 달다. 초등 동창들과 식당에서 강낭콩밥이란 걸

@septuor1 2015년 7월 23일 오전 11:49

먹다가, 내가 "강낭콩은 이게 아니잖아" 하면서 옛날 강낭콩 이야기를 했더니 그때에야 모두들 "맞아, 그게 강낭콩이지" 한다. 바보들! 그런데 나는 왜 옛날 일만 기억하고 어제오늘 일은 다 잊어먹는가.

@septuor1 2015년 7월 24일 오전 9:53

'인성 교육'이라는 말을 영어로 번역해보라. 그다음에 '위선자 만들기'라는 말을 영어로 번역해보라. 같은 내용을 가진 말이라면 영어로 번역하기 쉬운 쪽을 택하는 것이 낫지 않을까. 이 세계화 시대에.

@septuor1 2015년 7월 24일 오전 11:46

윤구병 선생의 칼럼을 3번 되풀이해 읽어보았다. 저 오래된 비분강개형 언설의 블랙코미디판이라고 이해하면 별 무리가 없을 듯.

@septuor1 2015년 7월 24일 오후 12:26

만일 학생이 이런 글 발표하면 선생은 이런 말로 강평을 시작한다 : '일단 크게 놀아서 좋다.'

@septuor1 2015년 7월 25일 오전 6:15

유교 기독교 반공 보수 국가주의가 연합하여 거의 주기적으로 이상한 교육을 들고 나온다. 국민 교육 헌장과 국민 윤리가 있었고, 한 대학은 총장 독단

으로 명심보감을 가르치기도. 이제 인성 교육을 한다는데, 민주 시민 교육을 왜곡하거나 지연시키기 위한 수작들이다.

@septuor1 2015년 7월 25일 오전 6:38

언어를 어법에 맞게 쓸 줄 알고, 매사에 과학적으로 생각하고, 공공 윤리에 대한 감각을 기르면 민주 시민 교육으로 충분하다 생각한다. 이게 국민 윤리니 인성 교육이니 하는 말로 바뀌면 이상한 이데올로기가 끼어들기 마련이다. 벌써 효와 충이 강조되기 시작한다.

@septuor1 2015년 7월 25일 오전 7:24

인간적 매력은 자기를 드러낼 때도 나오지만 감출 때도 나온다. 드러내도 거짓으로 드러내는 사람이 있고, 감추어도 정직하게 감추는 사람이 있다. 정직하게 감추는 게 가장 매혹적인데 쉬운 일이 아니다. 정직하게 드러내면 된다. 매력은 정직한 데서 온다.

@septuor1 2015년 7월 25일 오후 4:17

시는 독해력을 기르는 데 도움이 안 되니 산문을 읽으라는 트윗이 있다. 맞는 말 같기도 하다. 그러나 독해력을 기르기 위해 시를 읽는 것이 아니라 독해력이 있어야 시를 읽을 수 있는 게 아닐까. 시는 그 자체가 목적이라는 말이 이 경우에도 해당한다.

@septuor1 2015년 7월 26일 오전 7:35

내가 좋아하는 한국어 중 하나는 '워낭'이다. 소나 말의 목에 다는 방울. 이충렬 감독의 〈워낭소리〉에서 말하는 그 워낭. 워낭은 아마도 요령(손에 들고 흔드는 방울)에서 왔으리라. 이청준의 소설 「조율사」에는 '황소의 요령 소리'라는 말이 나온다.

@septuor1 2015년 7월 26일 오전 7:56

내가 트위터에 올린 글을 다시 보면 어법에 안 맞는 글이 자못 많다. 원인은 두 가지. 트윗 글은 다른 글과 달리 흥분해서 쓰게 되는 것이 첫째고, 다른 이유는 140자의 한계에 있다. 보통 200자쯤 되는 글을 줄이다보면 자주 뒤틀어진 글이 된다.

@septuor1 2015년 7월 26일 오전 7:58
이 글도 30자 정도를 지우고 남은 글이다.

@septuor1 2015년 7월 26일 오후 6:51
준위가 여하사의 턱을 잡고 술을 부어넣었단다. 이런 짓을 남자답다고 생각하는 녀석들이 많은데, 남자건 여자건 이런 인간들은 속이 좁아터졌기 때문에 자기 부하가 '술을 안 마시는 꼴'을 못 보는 것이다.

@septuor1 2015년 7월 26일 오후 7:41
남자답다는 말 좋아하지 않지만, 만일 남자다움이란 것이 있다면, 그것은 용기와 아량이어야 할 터인데, 폭력을 쓰는 인간들은 세상을 직시할 용기도, 그것을 받아들일 아량도 없기 때문에 폭력을 쓰는 것이다.

@septuor1 2015년 7월 26일 오후 8:41
독일어로 철학책이 나오면 독일 학생들은 불어 번역판이 나오길 기다렸다 읽는다는 말이 있다. 이 농담은 불어가 독어보다 더 논리적이란 뜻이 아니라 누구나 모국어는 감정적으로 읽지만 외국어는 논리적으로 읽는다는 뜻이다. 한국인들은 이 특징이 더 강하다.

@septuor1 2015년 7월 27일 오전 6:53
자니리의 〈뜨거운 안녕〉에는 '남자답게 말하리라'가 들어 있다. 그후 임희숙은 그대로, 김상희는 '여자답게'로 바꿔 불렀다. 비장해야 할 노래가 코믹하게 들렸다. 김윤아는 '나가수'에서 남자도 여자도 없이 '웃으면서'라고 고쳐 불렀다. 역시 김윤아다.

@septuor1 2015년 7월 27일 오전 10:26

김영사 사장이었던 박은주씨의 인터뷰에 황당한 내용이 가득하다. 그거야 그 사람들의 일이지만, 김영사의 그 많은 밀리언셀러를 다시 톺아보니, 우리에게 도움이 될 만한 책이 한 권도 없었다는 것도 황당한 일이다. 황당함 중의 황당함이라고 해야 하나.

@septuor1 2015년 7월 27일 오후 12:26

적어도 문학에서라면 과거의 작품이 현재의 도덕 기준에 완전하게 맞는 경우는 거의 없다. 그러나 그 작품을 쓴 사람들의 노심초사로 현재의 도덕 기준이 만들어진 것이다. 중요한 것은 과거를 객관화하고 그 현재성을 이해할 수 있는 능력을 기르는 것이다.

@septuor1 2015년 7월 27일 오후 1:53

한국어로 창작된 작품, 특히 개항 이후 '근대 문학 작품'은 질도 양도 빈약하기 그지없다. 그러나 그 초라한 작품들을 통해 '현대 문학'을 연습하고, 근대적 문체를 만들고, 문학의 윤리를 배우고, 심미감과 감수성을 연마했다. 가난한 집의 사정이 그렇다.

@septuor1 2015년 7월 27일 오후 2:13

김내성의 『청춘극장』은 서양 낭만주의에서 보는 순수한 사랑과 자유와 정의가 넘치는 장편소설이다. 그런데 어느 분이 그와 똑같은 일본 소설을 알려주었다. 식민지에서 사랑과 자유와 정의에 대한 상상이 가능하겠느냐는 말과 함께. 전망이 없는 시대도 있다.

@septuor1 2015년 7월 27일 오후 3:34

한국 문학에 여혐이 많다고 하지만 서양은 더하다. 이 나라에서야 강간, 구타 등으로 여자 학대가 노골적이지만, 서양 문학에서는 여성들의 지지까지 받아가며 악랄하게 혐오한다. 늘 혐오거나 숭배거나 둘 중 하난데 어느 쪽도 현재의 윤리 기준엔 맞지 않는다.

@septuor1 2015년 7월 27일 오후 4:03

서양 고전에 여자 구타의 장면은 없다. 구타는 고전주의에서 엄격히 금지했다. 심지어 무대에 올릴 칼의 길이까지 정했다. 구타가 나오는 건 사실주의, 그것도 자연주의 이후의 일이다. 구타 금지는 윤리적 이유에서가 아니라 미학적으로 흉하다고 봤기 때문.

@septuor1 2015년 7월 27일 오후 5:33

「운수 좋은 날」은 사실 여자 구타의 난폭한 장면이 문제지 여험은 아니다. 그 비천함과 비참함이 여험을 따질 수준조차 아니다. 그 시대 대표적인 여험 소설은 김동인의 「김연실전」이다. 평온하지만 악랄한 소설이다.

@septuor1 2015년 7월 27일 오후 5:44

서양 문학에서 여성 학대는 19세기 말에서 1930년대까지의 소설에 자주 나타난다. 주로 B급 소설들이지만 같은 시기 우리 소설에 비교하면 특A급일 것이다. 우리에겐 선택의 여지가 그만큼 좁다. 그래서 한참 활동중인 작가의 글이 교과서에 올라가는 것이다.

@septuor1 2015년 7월 27일 오후 6:51

서양 고전주의에서 여자는 한 문화적 이상에서 타자의 역할을 맡아, 억압된 모든 욕망을 대표했다. 작가들은 자신의 억제할 수 없는 욕망을 미워하듯 여자를 미워했다. 그러나 작품을 추동하는 힘은 모두 여자에게서 나왔다. 그 힘을 요즘 '끼'라고 부른다.

@septuor1 2015년 7월 27일 오후 6:57

서구 근대 문학에서 여험은 자본주의의 대두와 무관하지 않다. 여자를 뮤즈로 여기던 작가들은 그 뮤즈가 권력 야수의 애인이나 아내가 된 것을 보고 분노했다. 문학에서 부르주아 혐오와 여자 혐오는 늘 같이 간다. 플로베르의 『마담 보바리』가 대표적인 경우.

@septuor1 2015년 7월 27일 오후 7:04

자연주의에서는 여자에 대한 환상이 없다. 그러나 현실이 난폭한 것처럼 여자도 난폭하게 다뤄진다. 여자들은 폭력을 당하거나 폭력을 행사한다. 한국의 소설은 이 자연주의 영향을 깊이 받았다. 그러나 철저하지 못한 이 자연주의는 여자를 학대할 뿐이었다.

@septuor1 2015년 7월 27일 오후 7:28

서양 문학 사조사를 너무 대충 말해놓고 나니 갑자기 죄의식이 몰려든다. 아무튼 학교가 작품을 가르칠 때 그 위치를 잡아줘야 하는데, 우리의 식민지 시대 문학은 지도에도 없는 외딴섬과 같다. 그런데도 극히 확고한 목소리로 말해야 하는 것이 우리의 비극이다.

@septuor1 2015년 7월 27일 오후 8:02

식민지 시대의 한국 문학은 일본 문학과 함께 이야기해야 설명이 가능한데, 그게 없는 것으로 치고 이야길 하니 설명을 얼버무리게 된다. 게다가 월북한 작가들의 작품이 서자 취급을 받으니 더욱더 외딴섬이 된다. 국문학의 위선이라고 부를 만하다.

@septuor1 2015년 7월 27일 오후 8:54

프랑스에서는 문학 교육의 교과서가 없다. 교과서판으로 나온 명작들 가운데 교사가 골라서 읽힐 뿐이다. 교과서 내에서 사지선다형 출제를 해야 하는 한국에서는 불가능한 일이다.

@septuor1 2015년 7월 28일 오전 8:27

내 고등 때 교과서에 실린 단편은 알퐁스 도데의 「별」이 유일했던 듯. 운수, 소나기, 치숙 등은 당시 대학연합 국어 교재에 실려 있어서 입시생들이 읽었다. 「별」은 80년대에 운동권 비평가들에게서 주인공 목동이 노예적이라는 상당히 억울한 비판을 받았다.

@septuor1 2015년 7월 28일 오전 8:51

강경애는 식민지 시대의 제1급 소설가고 훌륭한 논설가였지만, 사회주의자들과 연결되어 있어서 (아마도) 고교 교과서에도, 대학 교재에도 실리지 못했다. 강경애도 박화성도 초기에 모두 남자 문인들의 조롱을 받았지만, 실력으로 이를 버텨냈다.

@septuor1 2015년 7월 28일 오전 8:57

도데의 「별」이 한국의 국어 교과서에 실렸다는 것은 매우 엉뚱하다. 아마도 김붕구 선생이 번역한 문장이 좋아서이기도 하고, 그 내용이 청소년들의 순결 교육에 알맞다고 생각되었기 때문이기도 할 것이다.

@septuor1 2015년 7월 28일 오전 9:18

식민지 시대의 소설을 보면 괜찮은 작품은 거의 모두 자연주의의 영향을 입은 작품이다. 자연주의로 역사적 전망은 확보하지 못했어도 그 기법이 현실을 천착하는 데는 상당한 도움이 되었기 때문일 것이다.

@septuor1 2015년 7월 28일 오전 9:48

알퐁스 도데의 「별」을 강독한 적이 있다. 한 학생이 운동권 비평가들을 흉내 내어 주인공이 노예적인데 내 의견은 어떠냐고 물었다. 나는 그에게 주인공 목동이 주인집 처녀에게 어떻게 했기를 바라느냐고 되려 물었던 기억이 있다. 도데도 실은 자연주의자다.

@septuor1 2015년 7월 28일 오전 10:24

식민지 시대의 문학과 교과서를 함께 이야기하자면 할말이 너무 많다. 작품성과 윤리성, 일본 내지 일문학과의 관계, 당대 현실과 이 시대의 감각 간의 균형, 여전히 해결되지 않은 정치적 문제들이 있는데, 작품의 질이 별로 높지 않아 문제 해결이 더 어렵다.

@septuor1 2015년 7월 28일 오후 12:14

한 작가의 작품이 내적 생산력을 지니지 않았다면 제도의 힘만으로 내내 훌륭한 작가로 남거나 부풀려지기는 어렵다. 쉴리 프뤼돔은 제1회 노벨문학상 수상자였지만 이제는 잊힌 작가가 되었다.

@septuor1 2015년 7월 28일 오후 2:52

천일염에 관한 황교익씨의 말 중에, 다는 모르겠지만, 게랑드 소금을 관광용으로만 판다는데 사실이 아닌 것 같고, 장판이 찢어진단 얘길 하는데 현재 신안군에선 장판 걷어내는 추세. 공장 정제염을 말하는데, 그건 일반 음식에 넣으면 써서 먹을 수 없다.

@septuor1 2015년 7월 28일 오후 2:56

식품 공장에서 국산 천일염 쓰지 않는단 얘길 하는데, 그건 다른 이유보다도 비싸서 사용할 수 없다. 개흙을 가지고 난리치는데, 염전에서 천일염에 개흙이 적당히 섞이는 것이 맛있는 소금을 만든다고 생각한다. 개펄이 오염되고 있는 것은 사실이다.

@septuor1 2015년 7월 29일 오전 9:30

비꼬는 농담을 하면 창의력이 강해진다는 점을 미국 대학 공동 연구로 밝혔다는데, 인간성 버리지 않고도 창의력 강해지는 방법은 많이 있다. 말을 이리저리 둘러쓰다보면 창의력이 강해지기 마련. 시를 읽는 것도 좋은 방법이다.

@septuor1 2015년 7월 29일 오전 11:09

「운수 좋은 날」 관련 이야기 중에 '가난한 집안 사정'이라는 말을 내가 썼던 것이 사실이다. 그러나 그 말은 인력거꾼 김첨지의 집안 사정이라는 말이 아니라, 좋은 단편소설 몇 편도 골라내기 어려운 그 시절의 문학사적 사정이라는 뜻이었다.

@septuor1 2015년 7월 29일 오전 11:52

내 선배 한 분은 명민하고 매사가 바른 신사였는데, 모든 말을 뒤엎어 이해하고 모든 사람을 비꼬았다. 본인은 그걸 에스프리라고 생각했지만 내가 보기엔 에스프리의 결핍인 것 같았다. 그 선배는 그 자질에 비해 큰 성공을 거두지 못하고 일찍 세상을 떴다.

@septuor1 2015년 7월 29일 오후 4:16

서구에서 사실주의나 자연주의 문학이 유행할 때, 작가들은 자본주의에 반대하건 찬성하건 자본주의적 욕망과 환상에 부풀어 있었다. 우리에게 자연주의가 이식되었을 때 작가들은 몰락하는 계급의 눈으로 바닥에 떨어진 서민들을 그리고 있었다. 그렇다는 이야기.

@septuor1 2015년 7월 29일 오후 4:27

이론에 따르면 자연주의는 오직 자연과학적인 눈으로 세상을 바라보게 되어 있다. 그러나 과학적 보고서만으로는 결코 소설을 쓸 수 없다. 소설을 만드는 것은 작가의 욕망이고 세계관이고 온갖 종류의 콤플렉스다.

@septuor1 2015년 7월 29일 오후 6:15

우리 어렸을 때는 '말이 많으면 빨갱이'라는 말이 모든 사람의 입을 틀어막았다. '여자들은 말이 많다'는 말도 같은 논리에서 나왔으리라고 생각된다. 논리 말고 다른 말을 써야 하는데 생각나지 않는다.

@septuor1 2015년 7월 29일 오후 6:56

한국과 서양을 비교할 때 저지르기 쉬운 세 가지 오류.
1. 한국의 중세와 서양의 현대를 비교한다.
2. 한국의 창자와 서양의 얼굴을 비교한다.
3. 한국의 현실과 서양의 이상을 비교한다.

@septuor1 2015년 7월 29일 오후 9:47

문학 교육에서 비판적 독서가 이뤄지지 않는 이유는 어쩌면 잘못 받아들인 뉴크리티시즘에 있을지도. 작품은 그 내적 구조만 따져야 한다는 미신이 문학 교육의 기초를 만들고 그걸 주도해온 세력을 사로잡았다. 우리가 60년대에 들었던 말들이 지금도 되풀이된다.

@septuor1 2015년 7월 30일 오전 8:51

농담은 자주 한 사람을 병신으로 만든다. 자기를 병신으로 만드는 것이 최고급의 농담인데, 자기를 굳건히 지키는 dandy들은 그게 어려워 빈정거리기 농담을 한다. 그러나 일단 자학 농담을 시작하면 그 포커페이스가 오히려 농담의 효과를 극대화한다.

@septuor1 2015년 7월 30일 오전 9:14

농담은 무심하게 기계적으로 행동하다가 악의 허방을 딛는 식의 구성이 많다. 함정에 빠지는 것이 농담하는 사람 자신일 때만 사람들을 긴장에서 풀어줄 수 있다.

@septuor1 2015년 7월 30일 오전 10:01

바보가 아닌데 바보를 만나고 싶겠는가. 존 케리 이야기다.

@septuor1 2015년 7월 30일 오후 1:25

우리 동네에서는 아주머니를 친근하면서도 공손하게 부를 때 '아짐'이라고 한다. 남자 어른이 예의를 갖춰 여자 어른을 부를 때 '아짐씨'라고 한다. '아주머니'는 낯선 사람에게 쓰는 말이고 '아줌마'라는 말은 없었다.

@septuor1 2015년 7월 30일 오후 1:41

'아짐'의 상대어가 '아재'다. 그래서 '아짐씨'의 상대어는 '아재씨'일 텐데, 그 말은 들어본 적이 없다. '아저씨'라는 말을 나중에 책에서 배웠다.

@septuor1 2015년 7월 30일 오후 8:16

하이쿠 봇을 팔로우했는데, 별 재미가 없다. 가끔 신기한 것도 있지만 늘 그
소리가 그 소리다. 오래된 농담들이라고 해야 하나.

@septuor1 2015년 7월 30일 오후 9:30

〈왕좌의 게임〉 시즌 5를 모두 보았다. 소설도 읽을 만큼 읽었고, 영화도 웬
만큼 보았지만, 이렇게 예상에서 빗나가는 서사는 처음이다. 이게 진실일
지 모르겠다. 생각해보면 예상대로 진행되었던 역사란 게 어디 있었던가.

@septuor1 2015년 7월 31일 오전 11:00

인성 교육을 주장하는 사람을 만날 때마다 나는 그 말을 한자 문화권 밖의
외국어로 번역해보라고 말한다. 번역이 껄끄럽다는 것은 그 말이 보편적 개
념어가 아니라는 뜻이며, 정치적 의도에 따라 그 내용이 수시로 바뀔 수 있
다는 것을 뜻한다.

황현산

@septuor1 2015년 8월 5일 오후 8:23

케이블카를 타고 산에 오른 사람들은 산을
훼손하는 일이 많다. 힘들여 산에 오른 사
람은 산을 경외하는 마음이 생기지만 쉽게
오른 사람은 산을 가볍게 보기 때문이다.
기계의 힘을 빌린 사람들은 기계의 힘과 자
신의 힘을 자주 혼동한다.

♡ 2   ⟲ 117   ♡ 71

@septuor1 2015년 8월 1일 오전 3:45

〈왕좌의 게임〉 같은 거작을 만들기 위해서는 역시 나라가 커야 한다는 생각을 하게 된다. 크다는 것은 규모에만 해당하는 것이 아니다. 소규모의 틀에 매어 있는 사람들은 가차 없는 죽임의 결단, 윤리도 법칙도 없이 전개되는 서사에 운명을 맡기기 어렵다.

@septuor1 2015년 8월 1일 오전 9:44

황현산은 1945년생이고 〈왕좌의 게임〉 원작자인 조지 마틴은 1948년생이라는 트윗이 있다. 나더러 한 살이라도 적은 사람의 글에 비판 의식을 가지라는 충고인 듯. 헌데 나는 그럴 생각이 전혀 없다. 그 이야기가 하늘에서 떨어진 것처럼 여기며 몰입하고 싶다.

@septuor1 2015년 8월 1일 오후 8:25

서천석의 『그림책으로 읽는 아이들 마음』. 아이를 기르건 가르치건 아이들과 관계있는 사람들이 읽어야 할 책이지만, 읽는 데 상당한 정성이 필요한 책. 아이 마음뿐만 아니라 자기 마음도 읽게 되지 않을까.

@septuor1 2015년 8월 2일 오전 9:32

보들레르의 명성은 20세기에 확립됐다. 아폴리네르는 19세기 말에 바칼로레아의 필기시험에 합격했으나 면접시험에서 보들레르와 랭보를 최고 시인으로 꼽는 바람에 떨어졌다. 1930년대의 문학사에서까지도 보들레르는 라마르틴느나 비니보다 낮게 평가되었다.

@septuor1 2015년 8월 2일 오전 9:58

홍어는 배로 운반하는 동안 썩는 바람에 삭혀서 먹게 되었다, 같은 말을 내가 극도로 혐오하는 것은 이런 종류의 말들이 대부분 맨스플레인 용으로 만들어진 것이기 때문이다.

@septuor1 2015년 8월 2일 오후 12:20

비에 꽃대가 꺾여서 내가 이렇게 치료를 했다.

@septuor1 2015년 8월 2일 오후 10:57

이미 했던 말인데, 인성 교육은 내용도 모호하고 범위도 한정되지 않아 정규 교육의 대상이 될 수 없다. 우리는 이미 민주 시민 교육을 실시중인데, 이런 모호한 교육을 주장하는 것은 시민 교육에 어용적 내용을 끼워넣기 위한 수작이라고 생각할 수밖에 없다.

@septuor1 2015년 8월 3일 오전 7:30

내 책 제목 '밤이 선생이다'는 프랑스의 속담 "La nuit porte conseil"를 자유번역한 말이다. 직역하면 "밤이 좋은 생각을 가져오지"라는 말로 어떤 고민에 빠진 사람에게 '한 밤 자고 나면 해결책이 떠오를 것'이라는 위로의 인사다.

@septuor1 2015년 8월 3일 오전 7:33

책에는 이에 대한 설명이 없다. 서문에 약간의 암시가 있고, 밤의 예찬에 해당하는 글이 한 편 들어 있을 뿐이다. 그러나 강연에서는 자주 이 이야기를 했다. 밤은 내게 읽고 생각하고 글을 쓸 수 있는 시간뿐만 아니라 공간을 만들어준 선생이다.

인성 교육에 관해 쪽지로까지 시비를 거는 사람이 있다. 인성 교육은 '요즘 젊은것들'에서 '영감'을 받았을 텐데, 나는 요즘 젊은것들이 요즘 늙은것들보다 인성이 불량하다고 생각한 적은 한 번도 없다.

『밤이 선생이다』에는 "천년 전부터 당신에게"라는 헌사가 있다. 네르발의 어느 소설에서 읽은 "천년 전부터 당신에게 할말이 있었죠"를 늘 써먹고 싶었는데 겨우 기회를 얻은 것이다. 이 헌사는 서문의 "천년 전에도, 수수만년 전에도……"와 조응한다.

나는 네르발의 『실비』에 그 구절이 있다고 30년도 넘게 생각해왔는데, 다시 읽어보니 그런 구절이 없었다. 주인공과 오렐리아의 관계를 생각하다가 내가 가공해낸 말 같다.

책을 사면 띠지도 버리기 어렵다. 책의 일부인 것 같아서. 그런데 책을 한꺼번에 무더기로 버려야 할 시간이 온다. 정년퇴임을 앞둔 교수들은 책을 어떻게 상처받지 않고 버릴 것인지 서로 아이디어를 교환한다. 집에도 대학 도서관에도 자리가 없고.

한국에서 일어나는 거의 모든 인간관계의 비극은 어떤 사람이건 사람은 다른 사람의 의지로 처분할 수 있는 물건이 아니라는 사실을 이해하지 못하거나 이해하지 않으려는 데서 오는 게 아닌가 싶다.

오늘 아침 한겨레에 '19c'라는 표기가 보인다. 영미의 문헌에서도 '세기'를

C로 줄여 쓰는 예는 매우 드물다. 쓰더라도 19th c.로 써야 할 것이다. 한국어가 모어인 사람의 머릿속에서 세기가 century로, 그게 다시 c가 된다는 게 괴이하다.

@septuor1 2015년 8월 5일 오전 10:22
국문과의 박사학위 논문 제목에서도 '19c'를 본 적이 있다.

@septuor1 2015년 8월 5일 오후 12:40
'무신경하다'라는 말을 쓰려다가 멈췄다. '신경하다'란 말은 왜 없지. 이런 말은 누가 언제 처음 썼는지 사전이 알려줘야 하는데.

@septuor1 2015년 8월 5일 오후 6:25
박근영이 실제로 과거사에 대한 사과를 요구하는 건 "바람피우는 남편의 나쁜 소문을 내는 것과 마찬가지"라는 말을 했구나. 국가 대사를 가정사에 비유하는 것, 밥상머리 교육의 해묵은 형식이 아닐까. 이성을 마비시키고 모든 일을 감정으로 받아들이게 하는.

@septuor1 2015년 8월 5일 오후 7:08
최문순이 설악산 케이블을 빨랫줄이라고 말했다 한다. 왜 빨래를 산에다 널려고.

@septuor1 2015년 8월 5일 오후 8:23
케이블카를 타고 산에 오른 사람들은 산을 훼손하는 일이 많다. 힘들여 산에 오른 사람은 산을 경외하는 마음이 생기지만 쉽게 오른 사람은 산을 가볍게 보기 때문이다. 기계의 힘을 빌린 사람들은 기계의 힘과 자신의 힘을 자주 혼동한다.

@septuor1 2015년 8월 5일 오후 10:27
월간 『현대시』와 월간 『현대시학』이 공동 명의로 이 성명서를 발표했다. 나

도 개인적으로 지지한다. 지방에 가면 문화 감각이 둔한 공무원들을 꼬드겨
이런 일을 벌이는 사람이 많다.

@septuor1 2015년 8월 5일 오후 10:48

한 작가가 세상을 뜬 지 10년이 된 뒤에도 거론이 된다면 그는 역사에 남을
작가로 평가된다. 그의 전집이 발간되거나, 그의 이름을 딴 문학상이 제정
되고 문학관이 건립되는 것은 그 이후의 일이다. 문학상도 문학관도 실은
무덤이다.

@septuor1 2015년 8월 6일 오전 6:28

당위를 표현할 때 '해야 한다'라고 쓰면 좋은데, 구태여 '하지 않으면 안 된다'
라고 쓰는 사람들이 있다. 고집스럽다고 해야 할 때도 있다. '일주일에 하루
는 쉬지 않으면 안 된다' 같은 문장. '일주일에 하루는 쉬어야 한다' 정도로
홀륭한데.

@septuor1 2015년 8월 6일 오전 10:48

나이든 사람들의 일자리를 빼앗아 너희들 줄 테니까 너희들은 안심하고 애
를 낳아라. 대충 이렇게 요약되는가.

@septuor1 2015년 8월 6일 오후 1:35

총각김치에도 설탕을 퍼붓는구나. 노인을 위한 나라는 없다.

대체 역사를 쓰게 하는 것은 상상력이 아니라 상상력의 부족인 것 같다. 환빠들은 대체 역사 쓰기의 오래된 전문가이다. 그들은 두 조국을 섬긴다. 현실의 조국에서 구걸을 하여 공상 속의 조국을 먹여 살린다. 더 세련된 대체 역사라고 해서 다를 바가 없다.

말에는 사실 전달 요소와 그 사실을 일정한 방향으로 끌고 가려는 논쟁 요소가 있다. 논쟁 요소를 가능한 한 배제하면 글이 매끄러울 뿐만 아니라 시적 효과를 거둘 수 있다. 사안에 따라서는 유머의 효과도 있다.

사실 전달 요소와 논쟁 요소의 균형을 번역으로 익힐 수 있는데, 어떤 사람들은 번역문에 논쟁 요소를 많이 집어넣으면 좋은 번역이라고 생각한다.

내가 치료했던 장미가 일주일 후에 와보니 꽃이 졌다.

지나가다보니 '큰엄마 밥상'이 있다. 고모 밥상, 이모 밥상, 외할머니 밥상, 며느리 밥상, 식당 이름을 위해 친척 여자들, 가족 여자들이 다 불러나오는데, '시엄마 밥상'만 없는 것 같다.

@septuor1 2015년 8월 8일 오후 6:17

시어머니 밥상은 없어도 시어머니 청국장은 있다는 소식.

@septuor1 2015년 8월 8일 오후 7:17

다음 클라우드가 서비스를 전면 중단하고, 올레 유클라우드가 pc에서의 서비스를 중단했으니 사실상 전면 중단한 것과 마찬가지다. 드랍박스나 구글 드라이브를 이용해야 하는데, 한국에서는 업로드나 다운로드 속도가 너무 느리다. 갑자기 고아의 신세가 된 듯.

@septuor1 2015년 8월 8일 오후 7:45

N드라이브가 이용 가능한데, 무료로 제공하는 용량이 30G로 적은 용량은 아니다. 그러나 싱크 기능이 없는 것 같고, 용량을 추가로 이용하려면 가격이 비교적 비싸다. 구글드라이브가 100G에 월 1달러인데, N드라이브는 130G에 월 5000원이다.

@septuor1 2015년 8월 8일 오후 8:53

방금 N드라이브를 설치해서 파일 싱크중에 있습니다. 내일은 바이두를 실험해보겠습니다. 여러 가지 정보를 알려주신 분들께 감사합니다.

@septuor1 2015년 8월 9일 오전 6:18

다음 클라우드는 업다운 속도가 빠르고 싱크가 깔끔해서, 일주일의 반을 서울 집에서, 나머지 반을 포천 작업실에서 일하는 내게 많은 도움을 주었다. 다음 클라우드 때문에 다음을 첫 화면으로 쓰고 인터넷 이용의 기지로 삼아 왔는데, 이제 그럴 이유가 없어졌다.

@septuor1 2015년 8월 9일 오전 6:27

올레 유클라우드는 싱크가 불안정했다. 한번은 옛 파일로 새 파일을 덮어씌워서 하룻밤 작업을 날리게 했다. 그러나 무료 50G는 매혹적이어서 주로 작업이 끝난 파일들의 보관용으로 사용했다. 늘 KT 번호로 폰을 썼는데 이

제 그럴 이유가 없어졌다.

@septuor1 2015년 8월 9일 오전 7:18
뿌리깊은 보수층들이 진보 세력을 무력화하는 데는 박근혜의 무능만큼 유력한 무기가 없다. '박근혜가 역시 정치 잘해' 이 말만큼 사람들의 기를 꺾고 절망하게 하는 말이 어디 있겠는가.

@septuor1 2015년 8월 9일 오전 7:30
우리말에서 '년'과 '놈'이 비속어가 되어버린 것이 매우 안타깝다. 대명사가 발달하지 않은 우리말에서 활용도가 매우 높은 말인데. 치과 의사가 이를 이애 저애라고 부른다. 이년 저년. 이놈 저놈이면 더 좋을 텐데. 늙은이도 있으니.

@septuor1 2015년 8월 10일 오전 6:45
남산 케이블카는 잘 타던 사람들이 왜 설악산 케이블카는 반대하느냐고? 이걸 말이라고 하는가. 남산은 도시 안의 작은 산으로 그 자연까지 도시처럼 관리할 수 있다. 게다가 남산 케이블카는 1960년대 초 자연 보호의 개념이 우리에게 낯설 때 만든 것이다.

@septuor1 2015년 8월 10일 오전 7:08
머슴새 전설은 한국 서사의 약점을 말하는 것 같기도. 머슴이 주인의 성화에 밤에도 밭을 갈다 죽어 새가 되었다. 이 새는 밤이 되면 밭 가는 소리를 내며 운다. 살아서 밭을 갈면 죽어서도 밭을 갈아야 하는가. 죽음까지도 한 인간을 해방시키지 못하는가.

@septuor1 2015년 8월 10일 오전 8:56
모파상이 정리한 바 독자가 원하는 여덟 가지 사항은 매우 정확하다. 그런데 문제는 훌륭한 작가들의 상당수가 독자를 염두에 두지 않고 글을 쓴다는 것이다. 아마도 그렇게 쓴 글이 오래오래 감동스럽고 깊은 생각을 유도하기도 할 것이다.

@septuor1 2015년 8월 10일 오전 9:55
현대 한국어에서 많이 쓰게 된 '것'은 절을 유도하는 영어의 that, 불어의 que
에 해당하는 경우가 많다. 논리적인 글에서 '것'은 한 단위 생각을 한 덩어리
로 묶는 기능을 하기에 쓰지 않기가 어렵다. 그렇다고 '것'과 논리가 비례하
는 건 아니고.

@septuor1 2015년 8월 10일 오전 11:48
현행 외래어 표기법과 언중의 발음 사이에 괴리가 있는 것이 사실이다. 외
국어 공부에 목을 매다는 한국 사회에서는 외래어를 외국어처럼 발음하는
것이 멋진 일이자 옳은 일로 생각된다. 추세야 어떻든 외래어는 한국어라는
인식을 정착시켜야 혼란을 피할 수 있다.

@septuor1 2015년 8월 11일 오전 7:59
손홍규 작가가 오늘 아침 한국일보에 기고한 글 「문체와 민주주의」는 아주
좋은 글인데, '그 무엇'이라는 말이 세 번이나 나온다. '그 무엇'이나 '그 어떤'
은 운동권에서 쓰기 시작한 말투다. '그'는 특정한 것을 지시하는데, '무엇'이
나 '어떤'은

@septuor1 2015년 8월 11일 오전 8:03
아직 특정할 수 없는 것을 말한다. 어떻게 특정과 불특정을 연결할 수 있는
가. 그 이면에는, 세상 사람들은 모르지만 우리는 알고 있다는 운동권의 오만
이 있다. '그 무엇'이나 '그 어떤'을 내가 극도로 싫어하는 이유가 그것이다.

@septuor1 2015년 8월 11일 오전 8:07
한국일보가 아니라 경향신문. 이런 실수를 하다니.

@septuor1 2015년 8월 11일 오전 8:51

그런 이야기를 들었다. 고급 미용실에서 미용사들이 머리 손질을 하고 나면 고참이 나와서 두세 번 가위질을 한다. 그러면 머리가 완전히 달라진다고. 글도 그렇다. 조사 몇 개, 단어 위치 몇 개 바꾸면.

@septuor1 2015년 8월 11일 오후 7:46

글을 잘 쓰는 능력은 말의 어떤 세부나 그 물질성에 들리는 능력일 때도 있다. 『레미제라블』을 읽고 위고의 인도주의나 민중주의를 말하는 아이는 작가가 되지 않는다. 그러나 퐁텐블로 숲길의 묘사에 매혹되는 아이는 작가가 되거나 되려고 한다.

@septuor1 2015년 8월 12일 오전 7:58

제 손으로 만들건 옆 사람이 만들어주건 일주일 이상 해독주스를 마셔본 사람이 있을까.

@septuor1 2015년 8월 12일 오전 8:19

오늘은 하루에 시 150편을 읽기로 작정한 날이다. 신의 가호가 있기를.

@septuor1 2015년 8월 12일 오전 11:30

진이정의 시 「거꾸로 선 꿈을 위하여 4」. 진이정이 국내성에 갔더니 고구려 병사가 어디서 왔느냐고 물었다. '허망한 나라에서 왔습니다.' 그가 대답했다. '나도 허망한 나라에 살고 있어.' 고구려 병사가 말했다. 진이정은 울며 국내성을 향해 절했다.

@septuor1 2015년 8월 12일 오전 11:37

새로 낼 책의 제목을 진이정의 시 제목에서 가져오며 이 시를 생각했다. 독립운동한 선열들에게는 죄송하지만, 우리는 모두 허망한 나라에 살고 있다. 나라는 차라리 허망할수록 좋은 것, 진이정에게 슬퍼하지 말라고 말하고 싶다.

@septuor1 2015년 8월 12일 오후 3:56

밋밋한 글에 '그' 같은 것을 넣으면 강세가 생겨 무슨 느낌을 주는 것 같다. 베를렌식으로 말하면 맛없는 요리에 마늘 넣기다. '그 어떤 신비'가 있는 것만 같은 이 자극제를 뺏기게 되면 불같이 화를 낼 것이 당연하다.

@septuor1 2015년 8월 12일 오후 5:51

'ㄴ 것 같다'는 영어 seem, 불어 sembler의 대응어인 경우가 많다. 글 쓰는 사람의 망설임이나 책임 회피라고만 말할 수는 없다. '그렇게 생각되거나 느껴지는 바가 있다'는 뜻으로 쓰는 이 말은 자기 사고가 실험적, 첨단적임을 나타낼 수도 있다.

@septuor1 2015년 8월 12일 오후 8:58

문학 작품을 비평할 때 고결한 것과 천한 것을 구별하기는 어렵지 않다. 그러나 고결한 것의 고결함을 설득하기는 쉽지만 천한 것을 천하다고 말하긴 쉽지 않다. 제 안에 있는 천한 것을 사랑하는 사람들이 의외로 많기 때문이다. 그들은 이해하기를 거부한다.

@septuor1 2015년 8월 13일 오전 8:46

나는 한자 병기를 찬성한다. 매우 과학적인 소리문자 한글과 의미 온축이 최고도인 한자의 결합은 가장 편리하고 가장 강력한 문자 생활을 가능하게 하리라고 생각한다. (댓글 사절)

@septuor1 2015년 8월 13일 오전 9:18

서양 사람들이 쓴 상형시나 구체시를 볼 때는 '저것들이 한자를 몰라서, 또는 못 써서 저 지랄을 하지' 싶을 때가 많다.

@septuor1 2015년 8월 13일 오전 10:39

한자 쓰기를 주장하는 분들이 늘 과거만 이야기하는데, 미래지향적 관점에서 한자 쓰기를 상상해보면 훨씬 더 생산적인 의견에 닿을 수 있다고 본다.

수학을 몰라도 국문학, 영문학, 국사학, 철학을 할 수 있다. 그런데 수학을 알면 더 잘할 수 있다.

육체적이건 정신적이건 무엇을 익히는 일은 고통스럽다. 그러나 익히기의 희열도 그 고통과 함께 온다. 좋은 선생은 이 고통과 희열의 변증법을 잘 아는 사람일 것이다.

영화 〈암살〉을 재미있게 보았다. 몇 개의 클리셰가 있지만 잘 만든 이야기다. 무엇보다도 1930년대의 경성을 승리의 공간으로 만들었다는 것이 대견하다. 그 승리가 허구에서까지도 암살에 의지해야 했다는 것이 슬프지만.

암살을 꿈꾸는 세계는 역사가 멈춘 부조리한 세계다. 그런데 현대 한국인들 가운데 김재규 이후 암살을 꿈꾸어본 사람이 한두 사람에 그칠까.

한글 전용이 민중적이라는 생각은 민중을 우습게 본 것이며, 진보적이라는 생각은 진보의 방향을 막연하게만 꿈꾼 것이다. 한글 전용과 민족의 긍지를 연결시키려는 생각도 옳지 않다. 한자는 중국에서만 써온 글자가 아니다.

지하철 임신부석에 "내일의 주인공을 위한 자리"라고 써놓았다는데, 우선 중요한 것은 임신부이지 내일의 주인공이 아니지 않은가. 여기서도 불편한 사람을 배려한다는 생각보다 국가주의가 우선이니.

트윗을 쓰고 나니 더 화가 난다. 이건 임신부를 도구로만 생각한 것이 아닌가.

포천 작업실에 왔다. 바람 끝에 가을 기운이 느껴진다. 계절은 속일 수 없다고 말했더니, '속일 수 있는 것은 아무것도 없어요'라고 옆집 화가가 현명하게 말한다.

제주도 신혼여행에서, 바닷가 작은 호텔의 방에 '益月種濤(익월종도)'라 쓴 액자가 걸려 있었다. 보름달로 커지는 달이 물결에 씨를 뿌린다는 뜻일 테니, 초파일 달이 뜬 바다의 풍경이고, 미래 풍요의 기원이다. 허니문에 이보다 더 적절한 말이 있을까.

여자가 데이트 비용을 안 내 성폭행당한다는 교육부 성교육 자료도 어떤 교수의 조언을 받고 작성되었을 텐데, 그 교수의 전공이 무언지 나는 그것이 제일 알고 싶다.

한글 전용과 한자 병용의 효율성에 관해서는 입력의 측면에서만 말해왔지 입출력을 종합해서 말한 경우는 거의 없다. 백 원을 투자해서 천 원을 얻는 경우와 이백 원을 투자해서 만 원을 얻는 경우 중에 어느 쪽이 더 효율적일까.

한국에서, 각종 지적 활동에서 한자 지식은 매우 효과적인 무기다. 모든 사람이 한자를 쓰지 않으면 이 효과가 사라진다고들 말하는데, 사실이 아니다. 그때 이 무기는 등뒤에 감추고 있는 무기가 될 뿐이다.

@septuor1 2015년 8월 15일 오후 6:23

한국어 속의 한자어는 다른 외래어와 언어학적 가치가 다르다. '가옥'의 '가'는 가계, 가구, 가산, 가세, 가신, 가운, 가족, 가풍, 가훈, 대가, 일가와 연결되지만 '가솔린'의 '가'는 한국어 속에서 무엇인가?

@septuor1 2015년 8월 16일 오전 8:44

상사화는 잎도 뿌리도 죽어 없어져버렸나 싶을 때 꽃대가 올라와 꽃이 핀다.

@septuor1 2015년 8월 16일 오후 12:49

한자 관련 트윗을 끝내려 했더니 오해가 난무해 몇 개만 더 올려야겠다. 한문도 아닌 한자에 무슨 심오한 의미가 있어서 한자를 쓰자는 것이 아니다. 한자는 컬러를 가진 글자와 비슷하다. 파란 가는 집, 노란 가 가짜, 빨간 가는 거리, 이런 식으로.

@septuor1 2015년 8월 16일 오후 12:53

내가 학교 다닐 때도 교육 정책이 변덕스러워 어느 학년은 한자를 배우고 어느 학년은 배우지 않았다. 학교에서는 학번끼리 경쟁하지만 밖에 나가면 모든 학번이 함께 경쟁한다. 한자를 배운 학번이 우세할 때가 많았다. 한자는 숨어 있는 무기와 같기 때문이다.

@septuor1 2015년 8월 16일 오후 1:07

한자를 병기해도 중국이 간자를 쓰기 때문에 소용없다는 사람도 있다. 한자를 쓰는 것은 우리가 필요해서지 중국을 위해서가 아니다. 또한 간자냐 번자냐가 중요한 것이 아니다. 어떤 글자를 쓰건 그 글자가 담고 있는 뜻을 이해하고 연결하는 것이 중요하다.

@septuor1 2015년 8월 16일 오후 4:54

한자 병기를 주장하면서도 사실 걱정이 크다. 이 정권에서 그게 시행되면 인성 교육 따위와 어울려 한자로 가훈이나 적어오라고 할 가능성이 십중팔구다.

@septuor1 2015년 8월 16일 오후 6:13

『말도로르의 노래』다섯번째 노래를 옮기고 있다. 긴 관계절 하나를 관형절로 만들어 구겨 넣느냐, 뒤에다 풀어놓아 또하나의 문장을 만드느냐 그걸 결정하지 못해 사흘째 이러고 있다.

@septuor1 2015년 8월 16일 오후 6:37

'고요'는 명사로 쓸 수 있는 말인데도, '한밤의 고요'처럼 쓰면 무언지 모르게 불안한 느낌이 든다.

@septuor1 2015년 8월 17일 오전 6:36

시니피앙과 시니피에는 처음 '능기' '소기'라고 옮겼으나 90년대부터 '기표' '기의'라고 옮겼다. 한자를 쓰지 않으면서 '능'과 '소'의 조어 원리를 사람들이 모르게 되었기 때문이다. 어떻게 쓰건 이 말들은 설명이 뒤따라야 알아들을 수 있다.

@septuor1 2015년 8월 17일 오전 6:42

그래서 처음부터 '시니피앙' '시니피에'로 쓰자는 주장에 설득력이 실린다. 그러나 '시니피에' '시니피앙'은 우리말 속에서 고립된 말이 되지만 '능기' '소기' 또는 '기표' '기의' 등은 어떤 방식으로건 한국어 속에서 그물망을 갖는다.

@septuor1 2015년 8월 17일 오전 6:45

이 그물망은 그 말들을 설명하는 데 도움을 주기도 하지만, 더 나아가서는 한국어 자체를 풍요롭게 한다. 하나의 낱말은 언제나 다른 낱말을 통해서 이해된다.

@septuor1 2015년 8월 17일 오전 6:57

고향 섬에 이 나무가 많았는데 육지 사람들이 분재 용으로 많이 캐 갔다. 쌀알만한 흰 꽃이 핀다. 누가 고향에서 한 뿌리를 가져다주었다. 죽었다가 싹이 난다. 구등뿌리라 불러왔는데 식물학자들은 뭐라고 부를까.

@septuor1 2015년 8월 17일 오후 1:33

한자로 쓰는 網과 한글로만 쓰는 '망'은 다른 물건입니다. 뒤의 망은 망태기 같은 것인데, 그게 한자에서 온 말인지는 불분명합니다. 그물망이라고 하면 그물 구조를 가진 말이라는 뜻입니다. 모든 망이 그물 구조를 가지지는 않습니다.

@septuor1 2015년 8월 17일 오후 2:31

앵숫이 angst구나.

@septuor1 2015년 8월 17일 오후 7:08

다섯 시간 만에 들어오니 앵숫 리트윗이 200이 넘었구나. 리트윗할 게 따로 있지, 꼭 영양가 없는 것들만 골라서.

@septuor1 2015년 8월 17일 오후 7:25

무궁화는 아름답다. 특히 비 맞고 있는 무궁화는. 꽃으로 이쁜 꽃인데, 우리 애국지사들께서 무궁화 무궁화 하는 바람에 꽃이 아니라 무슨 휘장이나 배지처럼 되어버렸다.

@septuor1 2015년 8월 17일 오후 7:32

참 불경한 말이지만 우리 고향에서는 무궁화를 '눈에피꽃'이라고도 한다. '눈에피'는 아폴로눈병 같은 전염성 눈병. 무궁화꽃이 필 무렵 이 눈병이 나돌기 때문이다. 보통은 무강나무꽃이라고 부른다.

@septuor1 2015년 8월 17일 오후 8:27
어느 트윗에 '평소 황현산님에게 멘션하는 머글'이라는 말이 나오는데, 머글은 아마도 해리 포터에서 온 말이겠지. 내 호를 지어준다고 난리치기도 하는데 머글 황현산도 괜찮겠다.

@septuor1 2015년 8월 17일 오후 8:56
내가 벌집을 잘못 건드렸구나 원고 하나 마감해야 하는데.

@septuor1 2015년 8월 18일 오전 8:29
국내 대학원 국어국문학과 입학에 실패한 학생들이 미국에 유학 가서 어쭙잖은 국어국문학 논문을 쓰고 박사학위를 받아오면, 그런 박사를 국내 박사보다 더 우대하는 대학들이 적지 않다. 국어국문학 영어 강의가 원활하기 때문이다.

@septuor1 2015년 8월 18일 오전 9:28
근대 서구 문화를 받아들이면서 만든 한자어들을 나는 일본 사람들이 만든 말이라고만 생각하지 않는다. 한자 문화권에서 만든 말이다. 정신 승리와는 다른 것이다. 말을 받아들여 쓰는 사람도 언어의 주체다. 우리에게는 그 필요성과 그럴 능력이 있었다.

@septuor1 2015년 8월 19일 오전 8:23
날벌레 한 마리 때문에 세 녀석이 밤새 저러고 있었다.

@septuor1 2015년 8월 19일 오전 10:05

지인이 이 커피 로스터를 만들어 보내주었다. 톱니바퀴까지 완전 수제다.

@septuor1 2015년 8월 19일 오전 11:54

농담을 잘하려면 재능이 있어야 한다. 재능이 있다 해도, 친구에게 하는 농담과 낯모르는 사람에게 하는 농담, 지인들 앞에서 하는 농담과 대중 앞에서 하는 농담을 구별할 줄 알아야 한다. 실은 그 구별의 능력이 농담의 재능이기도 하다.

@septuor1 2015년 8월 19일 오후 9:38

까다로운 것이야 어쩔 수 없지만 말 그대로 비논리적으로 까다로운 사람들이 있다. 자기는 돼지고기는 절대로 먹지 않는단다. 그런데 돈까스는 먹는단다. 보쌈도 먹는단다. 족발도 먹는단다. 정말 이건 뭐야.

@septuor1 2015년 8월 20일 오전 6:18

오늘이 칠석. 견우와 직녀가 이때 만나는 것은 농사일이 얼추 끝나고 벼가 배동바지를 할 때여서인가. 두 별이 다시 헤어질 때 흘리는 눈물이 비가 되어 내린다면서, 농부들은 여름 가뭄이 들면 그 비에 기대를 걸기도 했는데, 눈물이 많지는 않았던 것 같다.

@septuor1 2015년 8월 20일 오전 10:09

내가 어렸을 때 들은 '배동바지'가 들어간 말.
—지금 배동바지하기 시작하네. 민어나 잡으러 가세.
—그 사람은 지난여름 배동바지에 만나고 감감 소식이네.

이중섭, 박수근 위작 시비와 관련 명백한 과학적 증거가 없다는 것은 알겠는데, 화면에 나온 그림들은 나 같은 문외한에게도 확실히 서툴어 보인다. 아무렇게나 그린 습작들도 있다지만 대가들의 습작은 습작도 다르다. 2천여 점이 다 그렇게 엉성할 수는 없다.

어느 나이가 되면 독서도 근면성이나 학구열 외에 용기가 필요할 것 같다. 현실의 가혹함을 받아들이고, 자기를 무너뜨리고 개조할 준비가 필요하기에.

영어를 몰라도 우리말을 읽고 쓰는 일에 지장이 없다. 그러나 영어를 좀 배우고 나면 어휘의 개념을 이해하고 문장 구조를 파악하는 수준이 가히 혁명적으로 달라진다. 한자도 배우고 나면 동음이의어 구별에만 도움이 되는 것은 아니다. 강요할 생각은 없고.

서양 책은 서툴어도 성실하게만 번역했다면, 이해가 가능하다. 그러나 일본책을 서툴게 번역하면 완전 이해 불가다. 일본어와 한국어 체계는 비슷한 듯 다르기 때문이다. 옛날 한자투성이 책들은 서툴게 번역된 일본 책과 같다. 진저리를 치는 사람이 많다.

사람들이 별일도 아닌데 한쪽으로 우우 몰려간다고 했더니 그걸 군중 심리라고 해요라고 친절하게 가르쳐주는 사람이 있다. 아 그게 군중심리구나.

어떤 현상을 말할 때 논문이나 강의에서는 용어로 그 현상을 지칭하고 결론으로 치달을 수 있다. 그러나 대중 상대의 글쓰기에선 그 현상을 서술하고 묘사할 필요가 있다. 그 기억을 일깨우고 그 지지를 확보하기 위해서다. 교수들의 글이 종종 재미없는 이유.

@septuor1 2015년 8월 22일 오전 4:28
이제 잔다. 내가 꿔야 할 꿈의 시나리오를 짜놓고 잔다. 꿈은 아마 그걸 모르겠지. 알아도 괜한 간섭이라고 하겠지.

@septuor1 2015년 8월 22일 오전 9:09
'태양초'라는 말은 참 잘 만든 말이다. 어떻게 말렸느냐로 고추를 분류하다니.

@septuor1 2015년 8월 22일 오전 9:13
내가 싫어하는 말은 '먹거리'다. 우리 고향에서도 쓰던 말인데, 식품을 말하는 것이 아니라, 먹는 행위, 그것도 좀 과도하게 먹는 행위를 뜻했다. '그 집안은 먹거리로 망했다' 이런 식으로 썼다. 소나 돼지가 먹는 것도 아닌데 먹거리라니.

@septuor1 2015년 8월 22일 오전 9:38
이오덕 선생도 '먹거리'라는 말을 싫어했다. 민중이 만든 말이 아니라 지식인들이 어거지로 만든 말이어서 민중적 세련됨이 없다는 이유였다.

@septuor1 2015년 8월 22일 오전 10:14
비슷한 말이지만 '먹을거리'는 부엌에서 조리하는 사람을 생각나게 하지만, '먹거리'는 밥그릇에 코를 처박고 있는 사람을 떠올리게 한다.

@septuor1 2015년 8월 22일 오전 10:34
보훈처가 교육부와 짜고 애국교육법을 추진중이란다. 인성 교육이란 말 나올 때부터 내 이럴 줄 알았지.

@septuor1 2015년 8월 22일 오후 3:43

이번 사태가 어떻게 끝나든 박근혜의 지지율은 올라갈 것이다. 이 점은 남은 임기 동안 이런 일이 종종 일어날 것을 예고하기도 한다.

@septuor1 2015년 8월 22일 오후 7:31

입양한 지 5년 된 몽이가 "이리 와" 하니 딸의 무릎 위로 올라갔다. 아내와 딸이 "우리집 천재 고양이"라며 난리다.

@septuor1 2015년 8월 23일 오전 8:33

'소녀시대의 팔방미인'이라는 광고. '方'을 '放'으로 바꿔놓았다. 여덟 미인이 여덟 번 방송한다나 어쩐다나. 이런 식의 재롱이 좀 그렇다. 한자 문화의 이삭줍기 같다고 할까.

@septuor1 2015년 8월 23일 오전 8:44

원래 '팔방미인'은 어느 방향에서 봐도 아름다운 사람을 가리켰는데, 이제는 이것저것 여러 가지를 잘하는 사람을 좋게도 나쁘게도 말할 때 쓴다. 경멸조로 말할 때 더 많이 써서 진짜 팔방미인에게는 쓰기 어렵게 되었다.

@septuor1 2015년 8월 23일 오전 9:33

국가는 정의를 확보해주고 우리를 온갖 위험에서 보호해주는 데 목적이 있을 텐데, 위험을 국가가 조장하고 정의 확보를 국가가 방해한다면, 국가는 거대 조폭과 다를 게 없다. 실제로 남북회담 기사에 달린 댓글을 보면 조폭 영화에 나오던 말들이 그대로 나온다.

@septuor1 2015년 8월 24일 오전 9:03

다니엘 페나크의 『몸의 일기』에는 "글 읽는 법을 배우기도 전에 이미 난 수많은 우화를 외고 있었다"는 말이 나온다. 이 우화는 물론 라 퐁텐의 우화다. 우리에게는 어린이들에게 외우게 할 우화가 없다. 애들에게 너무 착한 것만 가르치려니 그렇다.

@septuor1 2015년 8월 24일 오전 9:08

라 퐁텐의 우화는 착하지 않다. 「개미와 매미」에서 개미처럼 부지런하라고
가르치지 않는다. 개미는 매정하니 동정 같은 것 기대하지 말라고 가르친
다. 우리 교과서는 이걸 견디지 못하고 그 매정한 개미를 착한 개미로 만들
었다. 거짓말을 외워서 뭐하겠나.

@septuor1 2015년 8월 25일 오전 7:40

「미라보 다리」의 시인 아폴리네르가 1880년 오늘 또는 내일' 태어났다. 세례
명부엔 8월 25일, 출생 신고서엔 26일로 기록됐고, 그의 시엔 "처녀좌의 첫
날"이란 구절이 있다. 처녀좌 첫날은 8월 23일. 폴란드계 처녀와 이탈리아
장교 사이의 사생아.

@septuor1 2015년 8월 25일 오전 8:12

마리 로랑생이 1908년에 그린 〈초대받은 사람들〉. 중앙에 아폴리네르와 마
리 로랑생, 좌우에 피카소와 그의 첫애인 올리비에. 장소는 피카소의 몽마
르트르 하숙집, 마루가 삐걱거려 '세탁선'이라 불리던.

@septuor1 2015년 8월 25일 오전 9:21

마리 로랑생의 〈초대받은 사람들〉은 미국 작가 거트루드 스타인이 다른 그
림 〈아폴리네르와 그의 친구들〉과 함께 매입했습니다. 마리 로랑생의 첫 판
매작인 이 그림은 현재 볼티모어 미술관의 소장품입니다. 거투르드는 당시
파리에 살롱을 열고 있었습니다.

볼티모어? 트위터에 귀신이 있다는 새로운 증거.

북한의 말 한마디에 일희일비하는 거, 그게 바로 종북 아닌가?

나는 식민지 근대화론을 부정하지 않는다. 그런데 식민 정책의 가장 큰 해악은 바로 그 근대화에 있다. 식민지 근대화는 식민지의 자연, 사회에서 그 깊이를 삭제, 납작한 땅과 정신을 만든다. 식민지 체험은 일차원적 사고를 계몽된 정신으로 여기게 한다.

책은 나이든 사람들도 읽는다. 편집자들은 제발 획이 너무 가는 폰트 좀 쓰지 말았으면.

아침에 물뚝 선생이 코끼리-냉장고 트윗을 올렸다. 이 농담은 80년대에 대학에서 만들어졌던, 고전적 풍자 개그. 현재 그 대답은 200개도 넘는다. 그 가운데 하나.
1. 조교를 부른다.
2. 조교에게 시킨다.
3. 조교가 넣는다.

양자역학을 이용한 방법이라는데, 무슨 말인지 모르겠다.
1. 코끼리가 들어가지 않는 이유는 Δx가 크기 때문이다.
2. p-space에서 fourier transform하면 Δp가 작아진다.
2. p-space에서의 wave packet을 넣는다.

고대 중국에서 사용하던 방법.

1. 어전에서 토끼를 코끼리라고 부른다.

2. 모든 대신들이 토끼를 코끼리라고 말한다.

3. 토끼를 냉장고에 넣는다.

창조 경제적 방법.

1. 코끼리를 냉장고에 넣었다고 휴전선에서 방송한다.

2. 화를 내는 북한과 판문점에서 장시간 회담한다.

3. 코끼리가 냉장고에 들어갔다면 시원했겠다고 마침내 북한이 말한다.

물론 기독교적 방법이 있다.

1. 코끼리가 냉장고에 들어갔다고 만인이 믿을 때까지, 열심히 기도한다.

2. 더 열심히 기도한다.

3. 하루종일 기도한다.

불교적 방법이 역시 아름답다.

1. 코끼리는 코끼리가 아니요, 냉장고는 냉장고가 아니라고 설파한다.

2. 코끼리는 크기가 없고 냉장고는 경계가 없다고 설파한다.

3. 들어감도 들어가지 않음도 없으니, 들어가지 않음이 들어감이라 설파한다.

코끼리 냉장고 드립은 원래 대학에서 생산되는 엉터리 이론과 논문들을 풍자하는 농담이었다. BK 때부터 그 해답들이 폭발적으로 늘어났다. 이제는 거기서 논문이 나올 정도.

오늘은 7월 보름 백중이다. 여름일을 끝낸 농부들이 호미를 씻는 농촌 축일, 천상 선인들이 인간의 선악을 살피는 도교의 중원, 망혼들을 극락으로 인도하는 불교의 우란분회가 합쳐진 날. 오정희 소설 「별사」에서 백중은 죽음과 삶의 시간이 착종된 날이다.

옛 농촌에 일요일은 없었지만 무슨 핑계로라도 한 달에 두 번 정도는 쉬는 날을 만들었다. 월수와 일수가 겹치는 3.3 5.5 7.7 9.9가 이름 붙은 날이었고 만월이 뜨는 유두 백중 추석이 모두 명절. 이런 날 머슴이 일을 하면 주인의 명예가 손상되었다.

나는 내 탐라의 저 긴다 난다 하는 여자들이 소싯적에 모두 『빨간머리 앤』의 애독자였다는 사실이 도저히 믿어지지 않는다.

하긴 나처럼 무협 소설을 키높이로 쌓아놓고 읽은 것보다는 낫겠다.

박근혜 지지율 급등. 한국이 예측 가능한 사회가 된 것인가, 내가 쪽집게가 된 것인가.

요즘 번역문에서 '부정의'라는 말을 가끔 본다. 사전에도 올라 있는 말이긴 하지만 늘 낯설다. 불의라고 쓰면 안 되나. 아마도 injustice를 옮긴 말일 텐데.

뜬금없이 중학교 때 받았던 카드가 생각난다. 눈 내리는 산골, 작은 오막집 앞에 지게가 놓여 있는 그림. 내가 감동한 것은 그 평화로움 때문이었으리라. 가난 같은 건 생각지 않았다. 현실 감각이 없어선 아니고 그땐 가난을 별로 두려워하지 않았기 때문이다.

OECD 국가별 사법부 신뢰 순위에서 한국이 맨 밑바닥에서 네번째란다. 전관예우라는 게 있는 나라의 사법부에 무얼 기대하겠는가.

홍성원의『먼동』을 정승옥 선생에게 추천하고 나도 다시 읽으려니 난감하다. 정년퇴임 때 연구실 책 대부분을 박스에 담아 포천 작업실 한구석에 쌓아두었다.『먼동』도 그 속에 들어 있다. 박스를 푸느니 사는 게 더 나은데, 지금은 절판이다.

작업실 한구석 작은 창고 같은 곳에, 책을 박스에 넣어 쌓아둔 지 5년이 된다. 박스에 먼지가 쌓이고 어떤 박스는 터져나와 책이 바닥에 쏟아져 있다. 손을 대려고 생각하면 아득해서 얼른 돌아나온다. 나는 벌받을 것이다.

지난 5월에 트윗 없는 알계정들이 무더기로 팔을 했다. 오늘 오후에 약 4백 명이 언팔을 했다. 어디서 무슨 일이 벌어지고 있는 것 같다.

방금 90명이 한꺼번에 언팔을 했다.

어느 초교에 장학사가 와서 주로 한국 꽃을 심은 화단에서 봉숭아를 뽑게 했다. 봉숭아가 고려 충선왕 때 들어왔다 해도 이 땅에 온 지 7백 년이 되는데, 아직도 한국 꽃이 되지 못한 건가. 한국인들과 인연도 만만찮은데. 국수주의도 이런 국수주의가 없겠다.

@septuor1 2015년 8월 30일 오후 10:51

"여자는 안 됩니다. 의사가 환자에게 말했다. 여자도, 커피도, 술도 안 됩니다. 그러면 좀더 오래 살 수 있을까요? 의사의 대답. 그건 모르겠습니다만, 아무튼 시간이 좀더 길게 느껴지긴 하겠지요." ─다니엘 페나크, 『몸의 일기』에서.

@septuor1 2015년 8월 31일 오후 12:23
풀꽃이란 바로 이런 꽃이겠지.

@septuor1 2015년 8월 31일 오후 12:33

왜 사람들은 남이 명품 백을 들고 다니거나 담배를 피우는 일에 그렇게 관심이 많을까. 혹시 정작 관심을 가져야 할 일을 외면한 데 대한 속죄를 그런 식으로 하는 것은 아닐까. 쓸 만한 일은 하지 않으면서 제가 쓸 만한 사람인 걸 확인하고 싶어설까.

@septuor1 2015년 8월 31일 오후 7:00

무협 소설이 저열한 소설이라 하더라도 무협 소설을 읽는 한 개인을 비난할 권리는 당신에게 없다. 명품 백을 들고 다니는 풍조가 명백하게 나쁜 풍조라면, 당신은 그 풍조를 비판할 수 있다. 그러나 명품 백을 들고 다니는 한 개인을 비난할 권리는 당신에게 없다.

황현산

@septuor1 2015년 9월 14일 오전 5:37

나 죽은 후에 미래가 어찌되건 무슨 상관인
가. 그러나 그 미래를 말하는 나는 살아 있
지 않은가. 좋은 미래가 나 죽은 다음에야
온다고 해도 좋은 미래에 관해 꿈꾸고 말하
는 것은 지금 나의 일이다. 그것은 좋은 책
을 한 권 쓰고 있는 것과 같다.

💬 3　　🔁 185　　♡ 171

@septuor1 2015년 9월 1일 오전 4:24

보들레르의 『파리의 우울』이 내일 서점에 깔린다고 한다. 이 책은 한국어로 여러 번 번역되었지만, 기존의 번역과는 조금 다를 것이라고 자부한다. 이제 『악의 꽃』을 번역할 차례다.

@septuor1 2015년 9월 1일 오전 8:54

제가 자는 동안 번역 시집 『파리의 우울』의 출간을 축하해주신 분들께 감사합니다.

@septuor1 2015년 9월 1일 오후 4:13

여야 국회의원 몇이 이구동성으로 '군대를 갔다 와야 사람이 된다'고 말했다 한다. 군대에서의 온갖 억압과 부조리한 명령들을 인성 교육이라고 생각하는 것이다. 이런 말에 분노해야 하는 것은 군대를 안 간 사람들이 아니라 갔다 온 사람들이어야 하지 않을까.

@septuor1 2015년 9월 2일 오전 6:42

김의성 같은 좋은 배우가 어엿한 주인공으로 나오는 영화를 보고 싶다. 이왕 내친김이니 친일파도 괜찮겠다. 최남선(특히 추천), 윤치호, 김성수, 이광수를 추천한다. 그들의 친일 행적은 명백하지만 친일파냐 아니냐로만 단순하게 정리될 사람들이 아니다.

@septuor1 2015년 9월 2일 오전 10:24

이문열의 어느 글에 보면 '시와 서와 화는 창기본색'이라고 특필하면서 수학을 잘했던 어느 조선 여인은 찬양해 마지않는다. 남녀를 막론하고 시서화의 열정도 수학에의 열정도 에로스의 발현인 것은 마찬가지다. 표현 방식과 그 세련됨에 차이가 있을 뿐.

@septuor1 2015년 9월 2일 오전 11:54

왜 한국 신문들은 구두점을 싫어하는지 모르겠다. 쉼표 몇 개만 찍으면 문장이 명료해질 텐데, 그걸 찍지 않고 문장을 다시 읽게 만든다. 신문이 그러니 모두들 따라서 그런다.

@septuor1 2015년 9월 2일 오후 12:11

말라르메 같은 사람에게 문법이란 곧 구두점이다. 더듬거리듯 하면서 또박또박 목적지에 이르는 말. 물 흐르듯이 말해야만 반드시 말을 잘하는 것은 아니다. 군대에 있을 때 정치 깡패였던 내 고참은 얼마나 청산유수였던가.

@septuor1 2015년 9월 2일 오후 4:21

GOOGLE이 로고에서 SERIF체를 포기했나보다. 구글에 들어갔더니 손하나가 나와 SERIF 로고를 지우고 ARIEL체 같은 고딕으로 다시 로고를 쓴다. 나는 개인적으로 그 SERIF체 로고가 좋았는데. 역시 내가 늙었기 때문인 것 같다.

@septuor1 2015년 9월 3일 오전 7:02

글에 구두점을 가능한 한 적게 써야 한다는 생각 뒤에는 '자연스럽게'의 이데올로기가 있다. 그러나 잘 쓴 글치고 자연스럽게 써진 글은 별로 없다. 박완서 선생의 산문처럼 자연스러워 보이는 글에도 실은 만들어진 자연스러움이 있을 뿐이다.

@septuor1 2015년 9월 3일 오전 7:09

말하듯이 글을 쓰면 구두점이 필요 없다고 주장하는 글도 읽은 적이 있다. 글은 말에서 나왔지만 말과 글은 매우 다르다. 게다가 정말로 말하듯이 쓰려면 구절구절 구두점을 찍어야 한다. 말하듯이 글을 쓴다는 것은 사실 더듬거리면서 글을 쓰는 것이다.

@septuor1 2015년 9월 3일 오전 9:59

보들레르는『파리의 우울』에서 시적인 것을 '혼의 서정적 약동, 몽상의 파동, 의식의 소스라침'을 일으키는 어떤 힘으로 규정한다. 윤리적 성찰도 그런 힘을 줄 수 있다. 그러나 '착하라'라는 말로 그런 힘을 얻기는 어렵다.

@septuor1 2015년 9월 3일 오전 10:12

'착하다'는 말을 가장 시적으로 쓴 것은 아마도 '차카게 살자'일 것이다.

@septuor1 2015년 9월 4일 오전 8:16

한 매체가 전화 인터뷰에서 이번『파리의 우울』번역에서 어디에 주안점을 뒀냐고. 대답 : 원문에 대한 충실. 직역이 가장 읽기 좋고 힘있고 리듬 좋은 문장을 만들어내는 방법임을 증명하고 싶었다. 보들레르를 번역할 때는 보들레르에게 힘을 빌리는 것이.

@septuor1 2015년 9월 4일 오전 10:17

번역 연습 시간에 학생이 그럴듯한 번역을 하면, 선생이 직역을 해보라고 말한다. 정직한 학생은 대답한다. '직역으로는 내공이 부족해서……'

@septuor1 2015년 9월 5일 오전 12:08

고양이는 축적하지 않는다. 그래서 고양이는 서열이 없다.

@septuor1 2015년 9월 5일 오전 7:50

영어로는 〈반지의 제왕〉〈왕좌의 게임〉 같은 거대 판타지물이 있는데, 왜 프랑스어로는? 영어는 켈트어, 게르만어, 라틴어 등 여러 유럽어가 어울려 있지만, 프랑스어는 라틴어 기반의 로망어로만 형성된 데도 원인이 있지 않을까. 순수의 족쇄. 위험한 가설.

@septuor1 2015년 9월 5일 오전 9:19

경제적으로 낙후한 지역은 그 보상으로 자연이 보존된다. 보존된 자연이 그 자체로 경제적 가치를 얻을 만하면 갑자기 싸구려로 판매되고 만다. 설악산, 서남해안 개펄이 모두 그렇다.

오래전 졸업한 제자가 빡빡머리에 구멍 뚫린 밀짚모자를 쓰고 학교에 왔다. 더워서 머리를 밀었고 햇볕이 따가워서 밀짚모자를 썼는데, 공기가 통하지 않아 꼭지 부분을 잘랐단다. 부분부분은 맞다. 그런데 전체는? 토론을 하다 보면 이런 논리를 가끔 만난다.

프랑스어는 근원이 거의 단일한데다 어휘와 문법이 일찍 정비되어 몽상 세계를 그리기에 적합지 않다. 프랑스의 판타지만큼 얼개가 빤한 판타지도 드물다. 차라리 뻔타지라고 해야. 오히려 『파리의 비밀』 같은 낭만과 사실이 어울린 대중 소설이 더 판타지한 편.

랭보는 『지옥에서 보낸 한철』에서 "문틀 장식, 곡마단의 천막 그림, 민속 판화, 주문 같은 교회의 라틴어, 민담 소설, 마녀 설화, 낡아빠진 오페라, 바보 같은 후렴구, 소박한 노래"에 열광했다고 쓴다. 나름대로 프랑스어의 논리성에서 벗어나려는 시도였다.

보르헤스를 읽다보면, 이 사람은 어쩌면 다른 별에서 온 사람이 아닐까 하는 의심이 들기도 한다.

'Time is money'는 프랭클린의 말이라고 한다. 프랑스식 문법 감각으로는 '침대는 과학이다'처럼 불편한 말. 불역은 Le temps, c'est de l'argent. '침대, 그거 과학이야' 식인데, '침대는 과학이다'와는 확실히 다른 말이다.

@septuor1 2015년 9월 6일 오후 3:25

게다가 불어 번역은 '돈(argent)'에 양감을 표시하는 부분 관사를 붙여 시간이 일정한 양의 돈으로 환산된다는 뜻을 분명히 했다. 참 논리적이다. 그런데 나는 이게 참고 사항은 되어도 꼭 본받을 일은 아니라고 생각한다. 말에서 논리는 감춰지기도 한다.

@septuor1 2015년 9월 6일 오후 11:49

"그녀는 그렇게 나아간다. 발걸음도 조화롭게. 사는 것이 행복해서 순백의 미소를 지으며, 마치 공간 저멀리 제 걸음걸이와 제 아름다움을 비춰주는 거울이라도 보는 듯이."—보들레르,「도로테」,『파리의 우울』에서.

@septuor1 2015년 9월 7일 오전 8:11

작업실이 있는 산촌의 아침은 참 정갈하다. 장미가 말 그대로 장미색이다.

@septuor1 2015년 9월 7일 오전 8:18

국방의 의무를 이행하다가 중상을 입었는데, 대통령이 찾아가지 않으면 제 돈으로 치료를 해야 하고, 대통령이 찾아가면 나랏돈으로 치료를 하게 되는 나라가 있다면, 그걸 나라라고 불러야 할 것인가.

@septuor1 2015년 9월 7일 오전 11:38

흡연을 옹호했다고 나를 심하게 비난하는 사람이 있다. 나도 담배를 피웠었지만, 특히 여자 제자들이 밤새워 작업을 하며 줄담배를 피울 땐 마음이 쓰리다. 그러나 누가 내 앞에서 '여자들이 어쩌고'라고 비난하면 나는 정말 걷잡을 수 없이 화를 낼 것 같다.

@septuor1 2015년 9월 7일 오후 3:47

국제 무대 진출을 위해 영어나 중어를 공용어로 써야 한다는 주장. 국제무대 진출이라는 생각도 강박증이 되면 미국에 편입하자는 식의 주장과 다를 것이 없어진다. 중요한 것은 국제적 진출이 아니라 한국인으로서 언어적, 환경적 조건을 지니고 진출한다는 것이리라.

@septuor1 2015년 9월 7일 오후 11:18

작업실 근처에 양사언 선생의 사당 길명사가 있다. 겨울이 다가오면 우리 부부는 사당 앞 공터에 차를 세우고, 주변 산에서 난로 불쏘시개로 쓸 삭정이를 모은다. 고인의 은혜가 크다.

@septuor1 2015년 9월 8일 오전 10:42

양사언의 사당 길명사(어제 트윗에 사진도 올렸다)는 포천시의 문화재로도 등록된 걸 보면 지은 지 오래된 듯한데, 근래에 세웠을 사당 앞 두 석비는 호사스러우나 조잡하기 이를 데 없다. 이런저런 교양이 높아질 때까진 건드리지 말고 놔두기라도 했으면.

@septuor1 2015년 9월 8일 오전 11:02

지자체나 문중에서 관리하는 지방문화재나 사적을 보면 본래 건물은 아담하고 기품이 있는데 나중에 세운 부속물들은 대부분 조잡하고 흉악하다. 안목도 안목이려니와 행정의 부패도 한몫을 거든다. 몇십 년 후면 흉측한 돌비들이 한국을 덮을 것이다.

@septuor1 2015년 9월 8일 오후 5:00

경성대 도서관의 장서 수집을 주도한 사람은 야마자키[山岐] 교수라고 들었다. 야마자키 교수는 도서관 책과 함께 자기 책도 모았는데, 전후에 못 가져간 책이 6·25동란중 흩어졌다. 60년대까지만 해도 동대문 헌책방에는 山岐藏書라고 찍힌 책이 나돌았다.

@septuor1 2015년 9월 8일 오후 5:42

어느 분이 댓글로 알려주신 바에 따르면 山崎일지 모르겠습니다.

@septuor1 2015년 9월 8일 오후 6:35

황교익씨의 말을 듣거나 글을 읽고 있으면, 식민지 모더니스트라는 말이 생각난다. 별 이유도 없이.

@septuor1 2015년 9월 8일 오후 9:45

"오 밤이여! 오 상쾌한 어둠이여! 그대는 내심의 축제를 알리는 신호, 고뇌에서 풀려나는 해방이다! 광야의 고독 속에서, 수도의 석조 미궁 속에서, 별들의 반짝임이여, 등불들의 쏟아짐이여, 그대는 자유의 여신이 울리는 꽃불이다!"—『파리의 우울』에서.

@septuor1 2015년 9월 9일 오전 6:44

문학사회학 쪽 비평가들은 문학성을 의심한다. 마르크스 예술론에 터를 두고 문학성을 고급 취향이나 훈련된 취향을 위한 배제의 원리로 이해한다. 그러나 문학사를 추동해온 온갖 사조는 원칙적으로 문학성을 넓히기 위한 시도였다. 문학은 무슨 짓이든 다 한다.

@septuor1 2015년 9월 9일 오전 7:21

대통령이 규제를 원수라고 말했을 때, 가장 만만한 자연을 원수로 삼을 것이라고 짐작했다. 이제는 민간 업자에게 토지 강제 수용권까지 줄 것이라고 한다. 이 정권에서는 별 재능 없이도 족집게가 될 수 있다.

@septuor1 2015년 9월 10일 오전 12:59

『파리의 우울』이 출간 일주일 만에 2쇄를 찍는다는 연락을 받았습니다. 트친 여러분의 덕택입니다. 덧붙여 은밀하게 알려드릴 것이 있습니다. 1쇄에서 해설에 '방학동 서재에서'라고 썼는데 방학동은 제가 옛날에 살던 곳입니다. '정릉 서재에서'로 고칩니다.

@septuor1 2015년 9월 10일 오전 8:59

문재인 대표가 '당을 깨려는 시도가 금도를 넘었다'고 말했다는데, 금도는 그렇게 쓰는 말이 아니다. 정치인들이, 야당 정치인들만이라도, 책 좀 읽었으면 좋겠다. 책의 이상이 지금 이 자리에서 실현될 리는 없지만 미래에 대한 전망이 거기 달려 있잖은가.

@septuor1 2015년 9월 10일 오전 10:41

김무성의 사진을 처음 보았을 때 어쩐지 낯이 익은 것 같았다. 사람마다 어떤 정황에서 떠오르는 얼굴이 있다. 김무성의 얼굴을 놓고 곰곰 생각해보니, 『적과 흑』을 읽으면서 내 나름대로 레날 시장의 얼굴로 떠올렸던 얼굴이 바로 김무성의 얼굴이었다.

@septuor1 2015년 9월 10일 오후 5:29

동네 골목에 '꿈에 환경'이라는 간판이 있다. 저거 말이 안 되는데라고 생각하다가, 끝에 '을'을 붙이니 말이 된다. 꿈에 환경을 마련해준다는 것, 그게 원래 시가 하던 일이다. 요즘은 창조 경제가 하겠지만.

@septuor1 2015년 9월 10일 오후 8:21

『파리의 우울』은 책 절반 정도가 주해이지만, 참고 문헌이 달려 있지 않다고 지적한 독자가 있다. 다음은 이에 대한 해명이다.

1. 한국에서 시집 번역에 긴 주해를 달고 여러 페이지에 걸친 참고 문헌을 제시한 것은 내가 번역한 말라르메의 『시집』과

아폴리네르의『알코올』이외의 다른 책은 없는 것으로 알고 있다.

2.『파리의 우울』도 앞의 두 책과 거의 같은 분량의 주해를 달고 있지만, 주해의 방향이 다르다. 앞의 두 책의 주해는 연구자들의 의견을 제시하고 역자의 의견을 덧붙이는 방식으로 이루

어졌지만,『파리의 우울』의 주해는 내 의견과 해설로 이루어졌으며, 필요한 경우에 다른 의견들을 끼워넣는 방식을 취했다.

3. 따라서 상세한 참고 문헌 목록이 필요 없으며, 다른 사람의 의견을 소개할 때는 이를 주해 속에 적어두었다.

4.『파리의 우울』은 보들레르 전집 출간의 일환으로 번역되었다. 전집이 번역될 때는 물론 그에 맞춰 체계를 바꾸게 될 것이다.

『파리의 우울』은 "의역이 아닌 직역을 원칙으로 작업을 했다고 밝혔는데, 그럼에도 번역이라는 장벽이 거의 느껴지지 않을 만큼 자연스럽게 읽힌다." 한겨레신문 기사다. 번역자가 하고 싶은 말을 해주어서 기쁘다.

정부가 문화예술위원회의 문학 창작 심사에 개입해 이윤택씨의 작품을 제외시켰다고 한다. 민주주의도 공정성도 다른 것을 받아들일 줄 아는 '능력', 곧 관용으로부터 시작한다.

문학의 관점에서 본다면, 한 사회의 서사 능력은 관용의 능력과 비례한다.

@septuor1 2015년 9월 11일 오후 6:31

위키백과를 이용하면서 늘 생각하는 것이지만 한국어판(이라고 해야 하나)은 내용도 항목도 너무 빈약하다. 어느 기관에서 지원을 해서라도 전문가들을 동원하여 좀 충실하게 만들었으면 좋겠다. 사기업 지원이 되어버릴 염려가 없지 않지만.

@septuor1 2015년 9월 11일 오후 6:54

언어는 그 자체로 우열이 없다. 그러나 힘있는 언어와 약한 언어는 있다. 힘있는 언어는 1. 새로운 문화의 수용이 가능하고 그것을 기억하는 언어, 2. 그 언어로 된 문화유산이 많은 언어, 3. 온갖 정보에의 접근이 수월한 언어일 것이다.

@septuor1 2015년 9월 11일 오후 8:55

코카인의 한국말은 코카인이다.

@septuor1 2015년 9월 11일 오후 10:26

대구 50사단 수류탄 사고. 훈련병일 때 수류탄 투척하면서 벌벌 떠는 애들이 있었다. 나는 수류탄은 무섭지 않고 내부반장이 무서웠다. 수류탄은 시키는 대로만 하면 터지지 않지만 내무반장은 언제 터질지 모르기 때문이다. 그런데 그 수류탄이 불량품이라면.

@septuor1 2015년 9월 12일 오전 7:25

비만인 사람이 삼겹살을 먹건 말건 그건 다른 사람이 상관할 바가 아니다. 그러나 아이가 식당에서 자전거를 타서 안전사고를 일으킬 위험이 있다면 우리 모두가 상관해야 할 일이다. 이게 자주 혼동될 뿐만 아니라 거꾸로 이해되고 있다.

@septuor1 2015년 9월 12일 오전 7:52

아이를 나무라면 아이의 기가 죽는다고 말하는 부모들이 있다. 받들어주어야만 살아 있는 기를 기라고 할 수 있을까. 지속 가능한 기는 떳떳함에서 온다.

오랜만에 만년필을 쓰려고 하니, 펌프를 어느 쪽으로 돌려야 잉크가 들어가고 어느 쪽으로 돌려야 잉크가 나가는지 모르겠다. 지난번에도 이러다 포기했던 것 같다.

의견이 다르면 다르다고 말하고, 어떻게 다른지 설명하면 될 텐데, 인신공격부터 하고 나오는 경우가 많다. 다른 의견을 만날 때마다 분노를 하는 습관. 이게 촌스러운 게 아닌가.

트윗에 '잔뜩'이란 말을 쓰고 사전을 찾아보니 '한도에 이를 때까지 가득'이라고 설명하고 있다. 번역에서도 이 말을 쓸 만한 데가 많은데, 왜 번역할 때는 생각나지 않는지 모르겠다.

김무성의 글씨에 관한 트윗이 인신공격성 발언인 것 같아서 지웠다.

나 죽은 후에 미래가 어찌되건 무슨 상관인가. 그러나 그 미래를 말하는 나는 살아 있지 않은가. 좋은 미래가 나 죽은 다음에야 온다고 해도 좋은 미래에 관해 꿈꾸고 말하는 것은 지금 나의 일이다. 그것은 좋은 책을 한 권 쓰고 있는 것과 같다.

이게 〈The Godfather〉의 대사라는데, 이런 경우에 왜 '절대'를 집어넣어 번역을 할까. 말의 인플레. "I'm going to make him an offer he can't refuse. 그

가 절대 거절하지 못할 제안을 할 거야."

@septuor1 2015년 9월 14일 오후 12:41

괭이밥도 세이지와 함께 피니 예쁘구나.

@septuor1 2015년 9월 14일 오후 1:12

어제 지속 가능한 기는 떳떳함에서 나온다고 썼는데, 다산이 벌써 이렇게 말했다 한다. "무릇 하늘이나 사람에게 부끄러운 짓을 아예 저지르지 않는다면 자연히 마음이 넓어지고 몸이 안정되어 호연지기浩然之氣가 저절로 우러나올 것이다." 본의 아닌 표절.

@septuor1 2015년 9월 15일 오전 4:24

어렸을 때는 망초가 가난의 상징 같았다. 나이가 들어서인지, 이제는 망초도 그 나름대로 예쁘다.

@septuor1 2015년 9월 15일 오전 8:43

자고 나니 망초 트윗에 관해 질문이 몇 개 올라와 있다. 내가 어렸을 때 본 망초는 실망초로 사실 우리 마을에선 이름조차 없는 풀이었다. 꽃이 초라했을 뿐더러, 묵정밭이나 폐가에서 많이 자랐다. 험한 자리에서 빈약하게 피는 이 꽃은 가난 그 자체였다.

소설이나 영화에서의 악은 그 자체가 악에 대한 성찰이거나 그런 성찰을 촉구할 때 정당한 것이 될 수 있다. 어떤 성찰과도 연결되지 않는 지저분한 악의 진열은 자주 우리의 힘을 별 필요도 없이 낭비하게 한다. 아무튼 나쁜 서사는 그 자체가 낭비다.

이어령 선생이 젓가락의 날을 만든다는데, 괜찮은 아이디어라고는 생각하지만, 젓가락을 신비화하지는 말았으면 좋겠다. 포크는 본래 막대기 하나지만, 젓가락은 막대기 두 개다. 당연히 더 편리하다. 그 정도다.

종교적 근본주의는 좀 끔찍한 점이 있다. 그건 제가 다른 누구도 아닌 저인 것을 알고, 제가 갑자기 이 세상에 까닭 모르게 온 것을 알고, 의문과 기쁨과 공포로 온몸을 떠는 사춘기 소년에게 이 세상을 맡기자고 말하는 것과 같다.

인터넷 서점에서는 별표로 평점을 준다. 책에 오자가 하나 보인다고, 표지의 붉은색이 맘에 들지 않는다고, 책이 두껍다고 별표 하나를 준 사람이 있다. 인간의 균형을 잃게 만드는 이런 분노는 어디서 올까. 긍지와 자신감의 부족에서 오는 것은 아닐까.

역사 교과서 국정화는 역사가 지향해야 할 방향에 관해서는 아무 생각이 없고, 세상을 내 편과 다른 사람 편으로 가르는 원시적 세계관이 전부인 어떤 사상 또는 사상 없음의 소산이다. 한 나라는 이렇게 지옥이 되는 것이다.

르클레지오가 "한글이 영어, 스페인어, 아랍어보다 훨씬 논리적"이라고 말했다는데, 어떻게 글자와 언어를 비교한다는 말인지. '세계 한글 작가대회'라는 것도 이상하다. 한국어 작가라면 말이 되겠지만, 나랏돈을 가져다 누가 이런 이상한 사업을 하는지.

@septuor1 2015년 9월 18일 오전 7:26
번역이 망쳐버린 명저들이 있다. 바타유의 『에로티즘』이 대표적인데, 몇 년 전까진 저작권 때문에 다른 사람이 새로 번역을 할 수 없었다. 이제는 저작권도 풀렸으니 누가 다시 도전해도 좋겠다. 조이스의 『율리시스』는 누가 다시 번역한단 소식이 있다.

@septuor1 2015년 9월 18일 오전 8:51
'문학에 표절은 없다'는 장정일씨 주장은 개념을 혼동하고 있는 듯. '순수 창작은 없다'와 '표절은 없다'는 같은 말이 아님. 내가 어느 부자에게 '당신의 재산은 이 세상의 재산'이라고 말할 순 있어도, 내가 그의 재물을 들고 오면 나는 도둑이 된다.

@septuor1 2015년 9월 18일 오전 10:08
번역에 관해 한국의 뿌리깊은 미신의 하나는 전공자가 번역을 더 잘할 것이라는 생각이다. 전공자가 주석을 더 잘할 수는 있다. 누구를 20년 전공했다는 사람 중에 문학 일반에 대한 지식이 거의 없고 한국어 소설을 한 권도 읽지 않은 사람도 있다.

@septuor1 2015년 9월 19일 오전 3:59
커피 두 잔 값 운운하는 구호가 후진 것은 사실이다. 커피 두 잔의 가격을 제시하는 편이 차라리 낫다고 본다. 그러나 누가 무슨 말을 할 때마다 너의 무의식을 들여다보자고 한다면 역시 커피 두 잔 값과 다를 것이 없을 것 같다.

@septuor1 2015년 9월 19일 오전 4:28
생각해보면 내게도 쓸데없는 소비가 많다. 기호품들은 그렇다 치고, 아이패드만 해도 두 개나 된다. 큰 것, 작은 것. 그러나 이런 낭비가 다른 '건전한' 삶을 위로하고 지탱해주기도 할 것이다. 애들한테 '아빠는……' 소릴 듣긴 하지만.

@septuor1 2015년 9월 19일 오전 4:39
지금 트위터에서의 토론과는 관계없이 하는 말이지만, 나는 특별히 윤리적인 사람이 아니어서 커피를 마실 때마다 우간다 어린이를 생각하지는 않는다. 그러나 '커피 두 잔'의 카피에 아주 적은 돈을 기부한 적은 있다. 죄책감 때문은 아니고.

@septuor1 2015년 9월 19일 오전 6:31
passion이라는 말이 감정의 수난이라는 뜻으로 쓰일 때, 늘 '정념' 대신 '정염(情炎)'을 써왔는데, 국어대사전이 '정염'을 욕정의 뜻으로만 설명하고 있음을 오늘 알았다. '객기'가 있으니 '객정(客情)'이란 말을 쓰고 싶지만, 통하지 않겠지.

@septuor1 2015년 9월 19일 오전 6:35
다시 사전을 찾아보니 '객정'은 나그네의 외로운 감정이라는 뜻으로 설명되고 있다. 아깝다.

@septuor1 2015년 9월 19일 오전 9:32
문학 번역자인데 자기는 한국 문학은 읽지 않는다고 자랑처럼 이야기하는 사람을 만났다. 문학은 문학이란 이름으로 사고방식, 감정 처리법, 감수성의 향방 등에서 만국 공통 문법을 가르친다. 그게 번역 역량의 8할을 차지한다. 그 사람이 번역을 잘할 리 없다.

@septuor1 2015년 9월 19일 오전 10:40
"비싼 커피 사 마실 돈으로……" 서양말을 한국어로 번역하고 나면 감정 과잉의 말이 되는 경우가 많다. 이런 식의 번역을 좋은 번역이라고 생각하는 사람이 또한 많다.

발자크의 소설『골짜기의 백합』은 원제가 Le Lys dans la Vallée. 이게 은방울꽃인데, 불문학자들의 오해로 백합이 되었다는 주장이 있다. 영어 The Lily of the Valley는 은방울꽃일지 몰라도 저 원제는 골짜기의 백합 맞다.

트윗은 140자로 제한되어 있지만, 모아쓰기 하는 한글로는 알파벳보다 두세 배 정도 더 긴 글을 쓸 수 있다. 트위터 본부에서도 아마 이 사실을 알고 있겠지.

최상도님이 올려주신 〈쿵푸 팬더〉의 대사, "과거는 역사요 미래는 신비다"에 해당하는 사학계의 격언은 '과거는 필연이요 미래는 우연이다'. 오늘이 선물인 것은 과거의 믿음을 딛고 열린 가능성 앞에 서 있기 때문. 그 가능성을 넓히려는 노력을 진보라 한다.

역사 교과서 국정화를 주장하고 주도하는 사람들은 현재의 역사 기술 방식을 자학 사관이라고 말하지만, 미래를 과거에 묶어놓자고 말하는 사람들은 바로 그 사람들이다. 이렇게 살아왔으니 앞으로도 이렇게 살 수밖에 없어요. 이런 소리.

한 나라를 통치할 수 있는 권력으로서의 절대 권력이란 늘 한 인간의 역량을 넘어서는 권력이다.

@septuor1 2015년 9월 21일 오후 4:47

당신은 착하고 현명한 사람이다. 당신이 갑자기 전 세계를 통치할 수 있는 능력을 얻게 되었다면, 당신은 현명한 제왕이 될 것이다. 그런데 세상은 여전히 지옥이거나 더 지옥이 될 것이다.

@septuor1 2015년 9월 22일 오전 2:48

중국에 처음 갔던 1992년, 남경대 출신 조선족 안내원이 중국은 선천적 장애인들을 모두 불임 수술시켰다고 자랑스럽게 말했다. 좋은 나라는 장애인이 없는 나라가 아니라 장애인이 다른 사람과 더불어 잘사는 나라라고 했더니 그 안내원이 알아듣지 못했다.

@septuor1 2015년 9월 22일 오전 10:57

이 글 쓴 사람은 참 훌륭한 사람 같다. 나 같은 사람은 따라갈 길이 없다. [태평로] 늙는다는 건 罰이 아니다 http://media.daum.net/v/201509220 30305324

@septuor1 2015년 9월 22일 오후 1:13

『파리의 우울』의 번역 저본인 코프Kopp판 『산문시집』. 오른쪽은 그 보급본인 포에지/갈리마르판 『파리의 우울』.

@septuor1 2015년 9월 22일 오후 1:53

'하사한다'는 말 대신 '선물한다' '보낸다' 같은 말을 쓰면 될 텐데, 그렇게 쓰지 못하는 이유는 남의 돈으로 생색내는 것을 감추어줄 말, 사실상 폭력적인 말이 필요했기 때문이기도 할 것이다.

@septuor1 2015년 9월 22일 오후 11:32

『파리의 우울』낭독회와 뒤풀이를 끝내고 이제 집에 돌아왔다. 낭독회는 유
튜브에서 생중계도 됐다고 한다. 미리 알았더라면 예행연습이라도 하고 가
는 건데, 나를 격려하느라고 청중들이 박수도 많이 보내주셨고 질문도 많이
해주셨다. 감사인사 드린다.

@septuor1 2015년 9월 23일 오전 9:49

어제 낭독회에서 서서 낭독하고 설명했던 게 좀 무리였던 것 같다. 오른쪽
허리가 아프다. 오늘 넘기면 괜찮아지겠지. 시를 낭독하다가 흥분하는 버
릇은 세월이 가도 여전하구나.

@septuor1 2015년 9월 23일 오후 8:10

요즘은 한국이 지방 소읍 변두리의 작은 동네 같다는 생각이 든다. 어쩌다
권력을 휘어잡은 조폭이 법도 관례도 제멋대로 뜯어고치는, 그러다 옆 동네
더 큰 조폭한테 당하고 끝나는.

@septuor1 2015년 9월 24일 오전 5:22

중요하지만 난삽한 텍스트를 번역할 때, 특히『초현실주의 선언』같은 책을
번역할 때, 이게 50년 전에만 번역됐더라도…… 하는 생각을 하곤 했다. 50
년 전이면 내가 스무 살 때다. 좋은 번역으로 그 책들을 읽었더라면 아마 내
삶이 달라졌으리라.

@septuor1 2015년 9월 24일 오전 9:10

낭독회에서 보들레르의 여성 혐오에 관해 질문을 받았는데, 길게 대답하지
못한 게 아쉽다. 그는 '영원한 여성' 같은 걸 운위하는 후기낭만주의 예술관
에 익숙했다. 그는 여성이 영원한 미를 구현하지 못한다고 한탄했지만, 그
걸 구현할 것은 저 자신이 아닌가.

@septuor1 2015년 9월 24일 오전 9:14

여성은 오랫동안 문학과 예술의 굳건한 동맹자였다. 산업사회 이후 예술가들은 여성이 부르주아지의 장식품이 되었다고 배신감을 토로한다. 그러나 이 한탄은 문예의 세속화와 상업화에 대한 자신들의 책임을 만만한 여성들에게 전가한 것이라고 말할 수도 있다.

@septuor1 2015년 9월 25일 오전 5:02

체납 재산세 납부. 돈이 없어 체납했던 건 아니다. 그 ETAX! 카드 납부하려고 번호 기입하고 나면 액티브엑스를 허용하란다. 허용 클릭하면 뜬금없이 안내 페이지가 뜨고 거기서 납부 페이지로 다시 돌아갈 수 없다. 처음부터 다시 시작. 또 그 모양.

@septuor1 2015년 9월 25일 오전 8:09

한국 사람들이 성급하다고 하지만 이렇게 참을성 많은 사람들도 없다. 그 불편한 액티브엑스를 쓴 것이 몇 년인가. 그걸 개선해야 할 사람들이 짬짜미를 하고 있으니 바뀔 리가 없다. 국민 저항 운동이라도 일어나야 한다.

@septuor1 2015년 9월 25일 오후 7:42

옛날이야기. 6·25 후 미국이 한국 낙도 어린이 한 명당 선물 한 박스씩을 보냈다. 낙도 어린이인 나도 그 선물을 받게 돼 있었다. 그런데 도착한 선물은 한 학급에 박스 하나. 박스 속 물건이 학생 수보다 적어 제비뽑길 했고 나는 바늘 하나를 받았다.

@septuor1 2015년 9월 25일 오후 9:58

소설가 심상대가 추석을 맞아 고향으로 가는 길에 갓길로 가다 순찰대에 붙잡혔다. 소설가는 항의했다. '남이 가지 않는 길로 가는 것이 예술가다.' 그래서 어찌되었느냐고 내가 물었다. 경찰이 무식해서 결국 딱지를 떼지 않을 수 없었단다.

@septuor1 2015년 9월 26일 오전 3:38

중학생 때 신석정 시와 소월 시를 읽고 황홀경에 빠진 적이 있다. 우리가 지금부터 영어를 공용화한다면, 내 손자나 중손자는 어느 언어의 시를 읽고 황홀경에 빠질까. 사르트르는 유대인들이 정확한 불어'만' 사용하는 것은 모국어가 아니기 때문이라고 했다.

@septuor1 2015년 9월 26일 오전 8:36

고향에서 기우제를 지낼 땐 모든 제기와 제사상 준비를 남자들이 했다. 여자들 일은 음식을 나르는 정도. 집안 제사에서도 안 될 거 없다. 우리집은 우선 내가 무능하지만. 제사는 죽은 사람을 위한 게 아니다. 귀신은 산 사람들 먹는 거 도와주는 정도.

@septuor1 2015년 9월 26일 오전 9:39

엄청 욕먹을 이야기. 장남이 교회 다니거나 미국에 살면, 다른 아들들 가운데 한 사람이 제사를 맡는다. 그런데 그 집 아이들이 대개 공부를 잘한다.

@septuor1 2015년 9월 26일 오전 10:12

그 집이란 제사를 맡은 집.

@septuor1 2015년 9월 26일 오전 11:29

제사상에 과일 진설할 때 대추는 왕을, 밤은 삼정승을, 배는 육조판서를, 감은 팔도감사를 나타낸다는 말은 바보 같지만, 이런 알레고리가 얼마나 엉터리인가를 평가하는 재미도 적지 않다. 홍동백서나 어동육서나 세상을 너무 간단하게 요약하려는 그 욕망.

@septuor1 2015년 9월 26일 오후 12:05

공부를 잘하는 것은 간단하다. 세상에 어떤 이치가 있다고 믿고 이치에 따라 움직이기를 바라면 공부 잘한다.

@septuor1 2015년 9월 26일 오후 12:24

우리 부부는 철저한 무신론자다. 그러나 제사는 정성스럽게 지내려고 한다. 어머니가 제사를 정성스럽게 지냈기 때문이고, 그 경건했던 태도 하나가 없어져버리는 게 싫기 때문이다. 애들도 철저한 유물론자들이지만 열심히 절한다.

@septuor1 2015년 9월 26일 오후 2:25

멘션 창에 올라오는 댓글들을 보면서 개념 적용을 이렇게 간단하게 할 수 있다면 공부하기 참 쉽겠다는 생각이 든다. 같은 생각을 계속 반복할 위험이 문제지만.

@septuor1 2015년 9월 26일 오후 5:24

나는 사람과 사람의 관계가 평등해야 한다고 생각한다. 그러나 삶의 경건함과 깊이를 유지하지 않고는 그 평등함이 유지될 수 없다고 생각한다.

@septuor1 2015년 9월 26일 오후 11:33

노정태씨가 한 글에서 "누군가가 호남 출신이라는 것은 평생토록 따라다니는 차별과 모멸의 딱지입니다만"이라고 썼는데, 차별은 가당하겠으나 모멸의 딱지란 위험한 말이다. 차별은 늘 부당한 것이나 모멸은 다르다. 호남인들이 사과를 요구할 수도 있는 말이다.

@septuor1 2015년 9월 27일 오전 12:54

나는 노정태씨가 호남인에게 붙은 "차별과 모멸의 딱지"를 말했을 때, 물론 '차별과 무시' 정도로 이해했다. 그러나 출신 지역이 "모멸의 딱지"가 될 수 없다는 점은 밝혀두고 싶은 것이다. 그 글을 읽고 바로 넘어갈 수는 없는 일이다.

@septuor1 2015년 9월 27일 오전 1:43

쇠똥구리가 쇠똥을 뭉쳐 굴리고 가는데, 프랑스어에서는 쇠똥덩어리를 '공

(boule)'이라고 쓰고 있다. '공' 말고 다른 말 없을까요.

바타유는 1962년에 사망했다. 62년 이전 사망한 작가는 한국에서 사후 저작권 50년 적용. 포크너, 해세, 헤밍웨이가 모두 여기 해당한다. 바타유의 저작권도 풀렸으니『에로티즘』이 다시 번역됐으면 좋겠다. 현번역본은 가히 번역의 수치라 부를 만하다.

백종원씨가 출연하는 프로를 몇 개 보았다. 백선생은 우선 사람이 참 매력적이고 유쾌하다. 전문 주부들이나 아는, 중요하면서도 하찮게 여기는 팁을 많이 알고 잘 표현하는 것도 장점. 맛있는 것을 좋아하기보다 먹기 좋아하는 사람들이 좋아할 것 같다.

"한 마리 개가 제 주인의 뒤를 따라 달려가며 그리는 곡선에 대한 논문처럼 아름다운 버지니아 수리부엉이" "성장 경향이 인체에 동화되는 분자의 양과 비례하지 않는 성인의 가슴 발육 정지의 법칙처럼 아름다운 양독수리" 출처는? 물론『말도로르의 노래』.

『말도로르의 노래』에는 '……처럼 아름답다'는 말이 심심하면 한 번씩 나온다. 그중에 가장 유명한 것은 "그리고 특히, 해부대 위에서의 재봉틀과 우산의 우연한 만남처럼 아름답다!" —아름다운 것은 사실 말들의 이 갑작스럽고 우연한 결합이다.

누가 무슨 말을 하면, 저 말의 전제는 무엇일까. 저 사람은 어디까지 생각하고 저 말을 할까, 한 번쯤 생각해보는 것은 그 사람을 위해서가 아니라 자기 자신의 발전을 위해서일 터이다. 창의적인 생각도 대개 그런 절차를 통해 나왔던 것 같다.

@septuor1 2015년 9월 29일 오후 1:35
누가 어떤 의견을 개진했건 '알코올중독 대머리 아저씨' 이런 말을 해서는 안 되는 것 아닌가. 정치적 올바름이라는 관점에서는 더욱 그렇지 않는가.

@septuor1 2015년 9월 29일 오후 2:27
덕성도 재능의 일부분이다. 어쩌면 가장 중요한 요소다.

@septuor1 2015년 9월 29일 오후 7:01
누가 페미니즘에 대한 입장을 밝히라고 거의 심문하듯이 물었다. 나는 해시태그를 달지 않았다. 몇몇 이유로 호감을 갖는 정도에서 벗어나기 어렵다는 걸 알았기 때문. 다만 내 인권 감수성과 이성에 따른 판단이 페미니즘의 원칙과 만날 수 있기를 바랄 뿐이다.

@septuor1 2015년 9월 30일 오전 12:28
방송에서 막걸리쌍화탕을 만들어 시음하고 있다. 옛날에는 의원을 찾아가서도 쌍화탕이란 말을 쉽게 꺼내지 못했다. 쌍화라는 게 좀 외설스러운 말이기 때문이었다. 말은 묘해서 때로는 한자가 가림막 노릇을 하지만, 한자를 안 쓰기에 뜻이 숨겨지기도 한다.

@septuor1 2015년 9월 30일 오전 8:43
이성복의 『남해 금산』을 잘 읽으려면 가슴이 돌이 될 정도로 아팠던 사랑의 기억에서 도움을 받아야 할 텐데, 시와 기억을 연결시키지 못하는 사람이 의외로 많다. 이 시를 설명한답시고 『삼국유사』에 나오는 달달박박 이야기까지 거론하는 비평도 있었다.

@septuor1 2015년 9월 30일 오전 10:09

시는 누가 교육해도 잘하기 어렵다. 교육은 제도의 틀 안에서 이루어지고 시도 예외는 아니다. 무엇보다도 시험 치고 대답하는 형식의 틀을 벗어날 수 없다. 그런데 좋은 시이면서 시험에 잘 적응하는 시는 바늘구멍을 통과하는 낙타만큼이나 희귀하다.

@septuor1 2015년 9월 30일 오후 3:13

시 교육은 시를 가르쳐야지, 시를 통해 다른 것을 가르친다고 하면 빗나간 교육 같기도. 그러나 시를 통해 다른 것을 가르치기도 가르치는 사람에 따라 천차만별이다. 공자가 시로 풀이름, 나무 이름을 알 수 있다고 했는데, 풀이름, 나무 이름만 염두에 두었겠는가.

@septuor1 2015년 9월 30일 오후 8:12

출판사에서 근무할 때, 어느 국문과 교수가 김춘수의 시 한 편을 해석할 수 없다고 말했다. 내 해석을 듣더니 '보편성이 없는 해석'이라 했다. 나중에 그가 쓴 비평을 읽으니 내 해석이 그대로 실려 있었다. 나한테 들었다는 기억 자체가 사라졌을 것이다.

@septuor1 2015년 9월 30일 오후 8:14

나는 그 일로 상처를 입지는 않았다. 당시 그런 정도의 '해석 자산'은 나한테 아주 많았기 때문이다. 오히려 일종의 자신감 같은 것을 얻었다.

황현산

@septuor1 2015년 10월 12일 오전 10:10

일상의 삶에도 기적이 많다. 동시대를 같이 사는 누구의 시를 읽게 되었다는 것도 기적이고, 멋진 사람이 나에게 길을 물었다는 것도 기적이다. 그러나 식민지와 독재 국가에는 기적이 없다. 제 삶을 제 의지로 살고 있을 때만 기적이 기적이다.

목포에 70년대 초까지 '새마을'이라는 다방이 있었다. 괜찮은 문화 공간. 박화성, 차범석, 범대순, 권일송 등이 여기서 만났고, 당시 젊은층으로 김현, 최하림, 강호무 등을 여기서 볼 수 있었다. 이 다방은 '새마을' 운동이 시작되면서 망했다.

저자가 죽었다는 말은 표절하라는 말이 아니라 쓰던 도구의 사용법을 바꾸거나 다시 찾으라는 뜻. 누가 낭만을 말하면 낭만을 찾던 제 국어 선생이나 생각하고, 덕성을 말하면 덕성 찾다 망한 제 선배나 들먹이지 말고. 새로운 것은 없어도 새로운 의문은 있다.

작업실 뒤에 대추나무가 두 그루 있는데, 어느 해에 대추나무미친병에 걸려 열매가 열리지 않는다. 베어버리는 못하는 이유는 혹시 벼락을 맞아 벼력 맞은 대추나무가 되면 한몫 잡을 수 있을 것 같아서.

또 오타. 벼력 맞은은 벼락 맞은으로 교정.

오타가 하나 더 있네. 베어버리는은 베어버리지. 안경 끼고 써야지.

퇴계던가 율곡이던가, 한쪽 눈을 감고 책을 읽다가, 누가 물으니 눈을 쉬게 하는 것이라고 대답했다는데, '과학자들'이 비과학적인 이야기라고 난리를 쳤었다. 짝눈인 사람이 늙으면 그 말이 거짓이 아닌 것을 알게 된다. 함부로 '과학'거리지 말아야지.

골드 미스는 올드 미스를 비틀어서 만든 말인데, 말하자면 처음부터 온전한 말도, 온전하게 쓰이는 말도 아닌데, 그걸 콩글리시니 뭐니 하는 것도 우습지만, 그걸 순화한답시고 황금 어쩌고 하는 것은 하수도와 상수도를 구분하지 못하는 것이나 같다.

남녀 인연도 의식과 의식, 마음과 마음의 관계인데, 그 관계 속에서 자기를 중심에 놓고 '저 마음만 바꾸면' 식의 망상을 품기 시작하면 불행이 따르기 마련. 여성을 생각이 부족한 존재라고 여기는 또하나의 망상이 덧붙여지면 돌이킬 수 없는 비극이 온다.

남녀 관계에서 상대방의 마음은 엄연한 현실이다. 이 현실을 폭력으로 바꾸거나 부정할 수 없다. 제 엄마에게 떼쓰는 게 버릇이 된 아들이라면 달래서 될 일이 아니고 더 엄격하게 다뤄야 하는 것이 맞다.

전화기가 꺼져 있다는데, 계속 전화를 걸다가 세상을 박살 내겠다고 작정하는 것도 '하면 된다'는 말을 잘못 이해한 탓은 아닌지 모르겠다. 성숙한 사람이 되는 일은 간단하다. 그때 전화기를 호주머니에 넣으면 된다.

내가 알기로 세상에서 가장 맛있는 고구마는 해남 물고구마다. 굽거나 쪄놓으면 엿물처럼 단 노란 물이 흐르는 고구마. 이 고구마는 이제 씨가 없어지고 맛없는 개량종 고구마가 그 자리를 차지했다. 우리 시대에 일어난 애석한 일 가운데 하나다.

'눈에 고패를 지른다'는 지금은 잊힌 말이 생각났다. 고패는 쇠코뚜레 같은 걸 만들려고 생나무 때 열을 가해 서서히 구부린 원형이나 반원형 나뭇가지. 위아래 눈시울에 작은 반원형 고패를 질러 눈만 뜨게 한다고 잠을 막을 수 있을까.

KFC 광고는 제 딴에 재치 있다고 생각하는 인간이 일베가 되는 과정을 예시하는 것만 같다.

강용석을 보고 있으면 절망을 장사하는 것이 바로 저런 것이 아닐까 싶다. 거지 노릇 사흘만 하면 다른 직업을 갖기 어렵다는데, 강용석 노릇 사흘만 해도 마찬가지일 것이다.

말라르메『시집』을 번역할 때, '겹살이꾼'이라는 낱말을 썼다. 사전에 없는 말. 실은 '꼽사리꾼'이라고 쓰고 싶었는데, 당시 사전에 이 말이 등재되어 있지 않았다. 최근에 찾아보니 국립국어원의 표준국어대사전, 고려대 한국어 사전에 모두 나와 있다.

원문의 단어는 partageur, '나누기 좋아하는 사람'의 뜻. 원래는 상속 재산 분배 담당자를 말했으나, 사회주의 사상의 대두와 함께 재산의 분배를 주장하는 사람을 뜻하게 됐다. 다음 쇄를 내게 되면 '꼽사리꾼'으로 고치고 싶은데, 다음 쇄가 나올지.

트윗을 쓰다보니 '노느매기'라는 말이 생각났다. '노느매기꾼'이라는 말은 없지만, 쓸 수는 있을 것 같다. 원래 노느매기는 좋은 뜻의 말이지만 노느매기를 빙자해서 제 몫을 거머쥐는 녀석…… 저 노느매기꾼!

@septuor1 2015년 10월 7일 오전 1:23
어제 오후에 택시를 타고 서울과기대에 가는데, 뉴스에서 아현동 재개발 이야기가 나왔다. 목적지에 거의 다 왔을 때, 기사가 하는 말. "내가 아현동에 살았는데, 한국은 어딜 가나 이제는 난민촌 같아요." 택시에서 내려야 해서 다음 이야길 못 들었다.

@septuor1 2015년 10월 7일 오전 6:36
어제 '노느매기꾼'과 관련해 내게 화를 낸 사람이 있었다. 까닭을 이제 알았다. 나는 말라르메 『불운』 번역에서 '겹살이꾼 그놈'을 '저 노느매기꾼'으로 바꾸겠단 말이었는데, 그는 그걸 한국 사회에 대입하고 누구에게 일갈하느냐고 화를 냈던 것. 오호라!

@septuor1 2015년 10월 7일 오후 6:40
카페에 앉아 있는데 중년 남자 둘이 서울의 풍경이 혼란스럽기 그지없다면서, 도시 새마을 운동을 해서 프랑스의 파리나 일본의 어떤 도시처럼 만들어야 한다고 역설한다. 그런데 놀랍게도 그 결론은 옛날 동네를 모두 재개발해서 아파트를 지어야 한다는 것이다.

@septuor1 2015년 10월 8일 오전 5:09
문학 계간지 『세계의 문학』이 40년 역사를 접고 폐간한다는 소식. 한국 문학에 기여한 바가 많고 품격도 있었다. 그러나 초기 편집위원들의 교양주의가 내내 이 잡지를 지배하여 발전을 가로막기도 했다. 이 폐간은 문학이 다른 단계에 진입했다는 뜻도 된다.

@septuor1 2015년 10월 8일 오전 5:39
'한국 문학은 어떻게 되어야 하는가' 이런 질문을 하는 사람들이 있다. 조금

만 생각해보면 말이 안 되는 질문이다. 이 질문은 '한국 문학에 지금 필요한 것은 무엇인가' 같은 질문으로 바꾸어야 한다. 문학은 어디로 몰고 갈 수 있는 것이 아니다.

@septuor1 2015년 10월 8일 오전 8:38
역사 교과서는 국정화되고, '공산주의자 감별사' 고영주가 의인 칭호를 받고, 문예인들에 대한 국가 지원 기관이 공공연하게 검열을 실시한다. 이런 일의 추진자들은 말이 안 되는 소리를 고래고래 질러대서 토론을 무력하게 만든다. 남은 것은 시민저항밖에 없다.

@septuor1 2015년 10월 9일 오전 10:07
토론하지 않는 방식의 토론 봉쇄는 프랑스의 왕정복고 시대에 귀족들이 쓰던 방식이었다. 그들은 자기들이 권력은 잡고 있지만 끝내 몰락하리라는 것을 마음속 깊은 곳에서 느끼고 있었다. 박근혜 정부의 행태에도 저 몰락 앞에서의 서두름 같은 게 있는 건 아닌지.

@septuor1 2015년 10월 9일 오전 11:27
어제 간절기 재킷 하나를 샀다. 블랙 프라이데이 어쩌고 해서 20%를 할인받았는데, 할인받고도 괜히 속은 느낌이 드는 것은 어인 일인지 모르겠다.

@septuor1 2015년 10월 10일 오전 4:51
내 얼굴에 맞아 즐겨 쓰는 모자가 있는데, 그 모자의 이름이 뉴스보이 캡이라는 것을 어제 알았다. 신문 배달하던 소년들이 쓰던 모자여서 그런 이름이 붙었다고 한다. 이제 모자를 찾으러 다닐 때 모자 형태를 애써 설명하지 않아도 되겠다. 어제의 소득.

@septuor1 2015년 10월 10일 오전 11:30
한국인이 노벨 문학상을 타려면 지금 한국에 유학하고 있는 외국인 학생들에게 한국어를 철저하게 가르치는 일도 해야 한다. 한국 사람이 한국어로 쓴 것을 한국 사람이 외국어로 번역해봐야 백년하청이다.

@septuor1 2015년 10월 10일 오후 8:02

오늘 〈마션〉을 보았다. 다들 재미있어 할 것 같다. 제목을 '화성인'이라고 반듯하게 번역했더라면 좋았을 텐데. 화성인은 촌스럽고 마션은 날씬한 것처럼 느끼는 언어 감각이 내가 보기엔 여간 촌스러운 게 아니다.

@septuor1 2015년 10월 11일 오전 7:08

한국의 모든 사람들이, 특히 젊은 사람들이 '아 대한민국'을 외치던 게 2002년이었다. 십수 년이 지난 지금 한국 사람들은, 특히 젊은 사람들은 '헬조선'이라고 말한다. 그사이에서 일어났던 일들이 그 차이를 설명한다. 무엇보다도 민주화의 후퇴가 있다.

@septuor1 2015년 10월 11일 오후 1:08

또다른 『파리의 우울』들. 왼쪽은 1926년 코나르 출판사에서 발간된 그 유명한 크레페版 『산문시집』. 오른쪽은 지금은 없어진 '클래식 가르니에' 총서로 발간된 『파리의 우울』.

@septuor1 2015년 10월 11일 오후 11:51

어제 올린 〈마션〉의 제목에 관한 트윗에 4백을 훨씬 넘는 리트윗과 공감의 댓글이 많았지만, 그럴 수밖에 없었던 이유를 말해준 댓글도 있었다. 트윗의 마지막 부분을 다시 고칠 수 있다면 이렇게 쓰겠다. ―'마션'은 '화성인'만큼 떳떳하지 못하다.

일상의 삶에도 기적이 많다. 동시대를 같이 사는 누구의 시를 읽게 되었다는 것도 기적이고, 멋진 사람이 나에게 길을 물었다는 것도 기적이다. 그러나 식민지와 독재 국가에는 기적이 없다. 제 삶을 제 의지로 살고 있을 때만 기적이 기적이다.

"좋은 대통령은 역사를 만들고 저열한 대통령은 역사책을 바꾼다"는 전우용 선생의 말은 명언집에 올라가야 할 말이기에 표절하는 사람들이 많을 수밖에 없다. 우리 시대의 구호로 삼을 만하다.

"블랙커피처럼 쓴맛을 좋아하는 사람일수록 사이코패스, 자아도취, 마키아벨리즘, 사디즘 성향이 더 높다"는 연구 결과가 나왔단다. 나는 오래전부터 인간을 단순화하는 이런 식의 연구를 믿지 않지만, 박근혜가 어떤 커피를 좋아하는지는 알아보고 싶다.

'자학 사관'은 항상 덜떨어진 자의 말이다. 서구는 잔혹한 식민지의 역사, 미국은 인디언 학살과 노예 제도의 억사, 독일은 아우슈비츠의 역사가 있지만, 이를 정확하게 기술할 수 있는 역량이 그 국력을 드러내고, 그 나라가 도달한 지성의 정도를 드러낸다.

'억사'는 물론 '역사'. 왜 이러냐.

최근에 나온 소설들을 읽다보면 전체적으로 어휘가 너무 한정되어 있다는 느낌이 든다. 각급 학교의 국어 교과서에 나온 낱말들, 영어 교과서를 한국

어로 옮길 때 사용하게 될 낱말들로 한정된 듯. 한국말이 고사하고 있다는
위기감마저 든다.

@septuor1 2015년 10월 16일 오후 2:13
책 한 권 사려고 인터넷 서점에 들어가 결제를 하려 했더니 네이버 결제를
이용하란다. 시키는 대로 했더니 결제 창이 뜨긴 했는데, 결제 단추를 눌러
도 화면이 꼼짝을 않는다. 어휴, 왜 이러냐. 이런 스트레스를 언제까지 받고
살아야 하냐.

@septuor1 2015년 10월 16일 오후 6:57
현행 한국사 교과서에 관해 여당 의원들에게 주체사상 교육 같은 엉터리 정
보를 주고 저는 뒤로 빠져버린 인간이 누구일까.

@septuor1 2015년 10월 17일 오전 5:51
메밀로는 강원도 평창이 잘 알려져 있지만, 메밀은 제주도와 경북에서 가장
많이 생산되고, 제일 큰 메밀밭은 전북에 있다 한다. 이효석의 소설이 없었
다면 도시인들이 메밀꽃 따위는 알지도 못했을 것이다. 말의 임팩트를 만드
는 것이 문학의 기능이기도 하다.

@septuor1 2015년 10월 17일 오전 7:59
조선일보가 중국 노총각들 때문에 한국 노총각들이 국제결혼에 위협을 맞
게 되었다는 기사를 올리며, '진검승부'라는 말까지 쓰고 있다. 시대의 속악
함이 정점에 닿은 듯하다.

@septuor1 2015년 10월 17일 오전 8:13
1988년 이맘때. 나는 춘천에 살았다. 김현 선생을 만났더니 춘천이 아름답
더라고 했다. 나는 '내가 춘천에 처음 갔을 때 사람들이 5년만 일찍 오지'라
고 말하더라고 대꾸했다. '사라질 것들은 아름답다'는 말을 덧붙여. 선생은
2년 후 세상을 떠났다.

@septuor1 2015년 10월 17일 오전 8:16

따옴표를 잘못 찍었구나. 글을 줄이다보니.

@septuor1 2015년 10월 17일 오후 9:46

'하나의 국가 하나의 역사'라고? '하나의 총통'은 왜 빼먹고? 바보들 같으니.

@septuor1 2015년 10월 18일 오후 3:30

창경궁에 동물원이 있던 60년대에 한 사내가 담을 넘어가 사슴의 목을 잘랐다. 그 녹용을 달여 먹고 코끼리를 타고 휴전선을 넘어가 남북통일을 할 계획이었다고. 그는 남의 박정희 북의 김일성 같은 강고한 국가민족주의자들의 민화적 캐리커처였다.

@septuor1 2015년 10월 18일 오후 4:49

한국 국사학자들 90%가 좌파라는 김무성의 말은 근거가 없지 않다. 군사독재와 맞서 민주화 투쟁을 했거나 그에 동조하거나 공감한 사람들을 모두 좌파라고 생각하면 그렇다. 김무성의 말은 국정교과서가 독재 회귀를 목표로 삼는다는 것을 스스로 증명한다.

@septuor1 2015년 10월 19일 오전 9:33

자정을 넘긴 시간에 '소라소리'에서 『파리의 우울』 낭독을 들었다. 글에는 글 쓴 사람이 상정한 리듬이 있다. 『파리의 우울』의 번역에도 물론 내가 상정했던 리듬이 있다. 성우 윤소라님이 그 리듬을 그대로 재현해주셨다. 번역자로서 행복하다.

@septuor1 2015년 10월 19일 오후 4:09

육사총동문회가 역사 교과서 국정화 지지 선언을 했다는데, 그 사람들에게도 해병전우회나 고엽제전우회 정도의 자격은 있겠다.

@septuor1 2015년 10월 19일 오후 6:00

김무성은 좌파 역사학자들이 한국 현대사를 "정의가 패배한 기회주의, 굴욕의 역사"로 기술하여 패배주의를 가르치고 있다고 말했다. 그러나 역사책은 '그럼에도 불구하고 경제 성장을 했고 민주화를 이루었다'고 쓰고 있다. 이게 긍지의 역사이지 굴욕의 역사인가.

@septuor1 2015년 10월 20일 오전 4:37

새누리당이 김을동을 역사교과서개선특별위원장에 앉혔다는 것은 까다로운 논의 같은 것은 필요 없고 밀어붙이면 된다고 생각하기 때문일 터다. 지극히 섬세하지만 명백한 문제를 놓고, 반지성주의와 싸운다는 것은 얼마나 사람을 맥빠지게 하는가.

@septuor1 2015년 10월 20일 오후 7:51

한국사 교과서 국정화 반대 릴레이 캠페인의 바통을 안도현 시인에게서 받았습니다. 이 바통을 강원대학교 불문과 명예교수 정승옥 선생에게 넘깁니다.

@septuor1 2015년 10월 20일 오후 9:38

릴레이의 규칙에 따라 바통을 받을 사람을 한 분 더 지정합니다. 제 트친이며 자칭 60대 젊은이이신 번역가 최상도 선생께서 남은 바통 하나를 받아주시면 감사하겠습니다.

@septuor1 2015년 10월 21일 오전 5:47

고종석 선생은 한 트윗에서 외국어로 말을 하면 뻔뻔한 것이 덜 뻔뻔하고 오글거리는 것이 덜 오글거린다고 한 적이 있다. 아무리 능숙하더라도 외국어는 혼의 밑바닥에 물질적으로 닿아 있지 않기 때문이다. 그가 영어 공용을 주장하는 것이 의아하고 안타깝다.

@septuor1 2015년 10월 21일 오전 6:03

카프카, 베케트, 이미륵, 시오랑, 아고타 크리스토프 등은 모두 외국어로 글을 쓴 사람들이다. 그들 글쓰기의 공통된 특징은 초중등 국어책처럼 글을 쓴다는 것. 그들의 글은 투명하고 깨끗하다. 그들이 말하는 태도는 초대받은 손님의 태도와 같다.

@septuor1 2015년 10월 21일 오전 11:21

황우여라는 사람이 "과거 학생들의 데모가 많았기 때문에 정부의 투자가 적어 중요한 역사학이 제대로 되지 않았다"고 말했단다. 사학자들이 모두 실력이 없다는 말인데, 한편으로는 한국사 국정화 시도가 민주화 운동에 대한 혐오에서 시작되었다는 고백이기도 하다.

@septuor1 2015년 10월 21일 오후 4:22

『어린 왕자』가 열린책들에서 출간되었다. 다섯 번을 재번역하여 출간하면서 한국어판『어린 왕자』결정본을 만들려 했으나, 번역에 결정본이란 없다. 유익한 한국어 텍스트 하나가 나왔다는 정도로 평가를 받았으면.

@septuor1 2015년 10월 23일 오전 8:26

오늘의 운세. '흉함 중에 길함이 있고 길함 중에 흉함이 있다.' 뭔 말인지.

@septuor1 2015년 10월 23일 오전 9:14

『어린 왕자』를 한국어로 처음 번역한 것은 안응렬 선생이다. 1960년에 발간된 동아출판사 세계문학전집 생텍쥐페리 편에 실려 있다. 또하나의 그림은 플레이아드판 생텍쥐페리 전집에 실린『어린 왕자』.

@septuor1 2015년 10월 23일 오전 10:35

갈리마르에서 츨간한『어린 왕자』의 다른 판본들.

@septuor1 2015년 10월 23일 오전 10:46

'츨간'은 '출간'. 정말 자판 바꾼다.

@septuor1 2015년 10월 23일 오후 3:45

국민일보에서 이런 기사를 써주었네요. [책과 길] 황현산, 하나의 현상이 되다…… "그의 번역이라면 특별하다" http://bit.ly/1KsVDAW

@septuor1 2015년 10월 23일 오후 4:00

오늘 박근혜 말을 들으니 온몸의 기맥이 다 막힌다. 제 생각도 아니고 누구 말을 듣고 이거다 한번 정하면 죽을 때까지 안 바뀌는 사람들이 있지. 가까운 사람들 괴롭히고, 권력을 잡으면 온 나라를 절망하게 하는 그런 사람들.

@septuor1 2015년 10월 23일 오후 9:51

"북한은 교과서 하나인데 우리는 왜 열 개씩이냐?" 이건 몰라서 묻는 말 아닌가. 죄라면 무식이 죄지 이명수가 무슨 죄인가.

@septuor1 2015년 10월 23일 오후 10:16

가난하다고 해서 사랑을 모르겠는가(신경림). —무식하다고 해서 아첨을 못 하겠는가……

@septuor1 2015년 10월 24일 오전 7:16

단 하나의 국사, 단 하나의 국어책밖에 없는 나라는 모든 교과서가 국민 윤리 교과서가 된다. 비판 의식 없는 머리 나쁜 학생이 그 책으로 공부하면 어쩔 수도 없는 괴물이 생산되는데, 지금 그 괴물들이 우리를 통치한다고 난리를 치고 있다. 헬조선의 비극.

@septuor1 2015년 10월 25일 오전 8:48

이명박 박근혜가 대통령이 되면서 새누리당 일파들은 박정희, 전두환의 시대를 다시 탈환했다고 생각하고 있다. 약자와 서민들에 대한 탄압, 지역 차별, 반농어촌 정책 등이 탈환한 권력을 과시하는 방법이며, 한국사 교과서 국정화가 그 철학이다.

@septuor1 2015년 10월 25일 오후 12:18

한국만큼 극성스럽게 도시가 농촌을 식민지로 삼고 있는 나라도 드물 것이다. 마을 한가운데 흉물스럽게 서 있는 모텔, 산중턱에 마을을 내려다보게 지은 공장들을 보면 이것이 정말 내 나라인가 싶을 때가 있다.

@septuor1 2015년 10월 25일 오후 5:21

프린터를 새로 샀다. 그런데 이상하게 '중앙신문명조'와 '조선일보명조'로 입력한 문서는 인쇄가 안 된다. 화면으로만 사용할 수 있는 폰트인가. 옛날 프린터에서는 됐던 것 같은데.

@septuor1 2015년 10월 26일 오전 1:13

'국정 교과서 TF 비밀 사무실' 이야기를 들으니, 이 정권이 아무래도 중증 편집증 정권이라는 생각이 든다. 환자 옆에는 환자가 있게 마련이다……

@septuor1 2015년 10월 27일 오전 4:02

영화 〈마션〉의 제목에 대해 트윗을 올린 적이 있는데 뒤늦게 그와 관련해 댓글을 단 사람이 있다. 〈마션〉에서는 유머 코드가 상당히 중요한 역할을 하며 그 핵심에 제목이 있다. 그 코드가 미국에서는 '마션'으로 한국에선 '화성인'으로 살아난다.

@septuor1 2015년 10월 27일 오전 4:09

화성인도 마션과 마찬가지로 외래어라고 말한 사람이 있는데, 한자어를 외래어라고 할 수는 없다. 한국어는 토착 언어(적절한 낱말이 생각나지 않아서)와 한자어로 이루어진 언어다. 한자는 한국어의 중요한 뿌리다.

@septuor1 2015년 10월 28일 오전 9:00

화쟁문화아카데미의 정기 통신문에서 '불교인은 불교인이면서 동시에 기독교나 다른 종교를 믿을 수 있다'는 내용의 유정길 선생의 칼럼을 읽었다. 기독교도이면서 불교적 세계관을 믿는 사람들도 가끔 있다. 세계를 깊이 있게 이해하는 사고법에 대한 한 암시.

@septuor1 2015년 10월 28일 오후 10:00

고려대학교가 입시에서 논술을 폐지하고 수능 선발 비율을 축소한다고 한다. 오랫동안 논술 출제위원을 맡았던 사람으로 서운한 마음이 크다. 논술과 수능이 학생들을 성적순으로 줄 세운다곤 하지만, 그래도 현재로서는 가장 공평한 선발 방식이다.

@septuor1 2015년 10월 29일 오전 5:52

박근혜와 김무성이 일으키려는 사화는 사실상 조선 시대의 사회보다 훨씬 더 끔찍하다. 그들이 말하는 역사의 균형은 사학자의 90%와 국민 절반을 역적으로 처단해야 이루어질 수 있기 때문이다. 그들은 역사가 승리라고 기술한 모든 것을 패배라고 믿고 있다.

@septuor1 2015년 10월 29일 오전 7:20
나는 '닭그네' 같은 말을 좋아하지 않지만, 그게 여성 비하의 뿌리를 가지고 있다는 루머는 오해일 뿐이라고 생각한다. 그건 김영삼 옹의 '팔푼이'와 같은 말이며, 거기에 이미지를 입힌 회화적 버전이다.

@septuor1 2015년 10월 29일 오전 9:15
이 세상에서 가장 슬픈 음반. 세월호를 잊지 않으려는 뮤지션들의 노래와 시인들의 낭송, 그리고 그 끝에 제 낭송도 들어 있습니다.

@septuor1 2015년 10월 29일 오후 8:53
우리집 큰애는 네 살 때 백화점에서 마네킹을 보고는 얼굴이 하얗게 질려 울음을 터뜨렸다. 대통령이 최근에 대국민 담화를 하는 모양을 보면서 우리집 애가 그때 무얼 보고 공포에 질렸는지 비로소 알게 되었다.

@septuor1 2015년 10월 30일 오전 9:38
사학자들은 북한의 지령을 받아서 국정 교과서를 반대하고 갈릴레오는 악마의 지령을 받아서 지구가 태양의 둘레를 돈다고 말했다.

요즘 택배 회사는 물건을 배달할 때 보안을 위해 수신인의 이름에서 글자 하나를 별표로 가린다. 오늘 배달된 택배 포장에는 내 이름이 '황현산 선생 ○'이라고 찍혀 있었다.

고대에 〈막걸리 찬가〉라는 게 있었다. 조지훈 작사 〈승전가〉를 개사한 것. 트윗에 소개된, 고대 80년대 학번이 썼다는 어느 글에 '이대생은 우리 것 숙대생도 양보 못한다'는 가사가 군대에 갔다 오니 '만주 땅은 우리 것 태평양도 양보 못한다'로 바뀌었

더라고 하는데, 이는 사실이 아니다. 두 가사는 내가 입학한 65년에 이미 공존했다. 아마도 50년대에 만주 땅 버전이 나왔다가 이대생 버전으로 변전했을 것이다. 어느 버전이건 내가 고대에서 가장 싫어하는 게 이 노래였다. 당시 나는 술을 못 마셨다.

무리하거나 무례한 사고는 늘 농담의 형식으로, 다시 말해서 토론을 피해서 발설된다. 그것은 구렁이가 담을 넘어가듯 모르는 사이에 사람들의 마음속에 똬리를 튼다. 이정현의 막말로 표현되는 사고방식도 처음에는 그런 형식으로 시작됐을 것이다.

공부를 잘하고 못하는 걸로 인격을 따지면 안 되지만, 공부를 잘못해 민폐를 끼치는 사람들도 있다. 김무성이 "학문도 너무 자율로 가면 안 된다"고 했다는데, 사람이 얼마나 공부를 못했으면 저런 말이 입에서 나올 수 있을까.

황현산

@septuor1 2015년 11월 7일 오전 12:08

───────────────

트위터를 시작한 지 꼭 1년이 되었다. 그동
안 4,500여 개의 트윗을 올렸으며, 네 차례
에 걸친 위기를 극복하였다. 트윗 친구들도
많이 사귀었다. 그리고 무엇보다도 간절한
기도를 통해 관글을 맘글로 바꾼 공적은 트
위터의 역사에 길이 남을 것이다.

───────────────

💬 20   🔁 213   ♡ 158

변희재가 누구지요? 변희재 패러디 트위터 만들어 조롱한 30대 벌금형 http ://media.daum.net/v/20151101080203896 …

11월이다. 내가 가장 좋아하는 달. 금색 마른 잎사귀들이 떨어지고 나면 감춰져 있던 나무들의 깨끗한 등허리가 드러난다. 거기에는 생명과 생명 아닌 것의 어떤 대결이 있다. 11월은 아름답고 모질다.

지금 역사 교과서 국정화를 획책하는 자들은 카의 『역사란 무엇인가』도 금서로 묶어두었던 사람들이다. 그 사람들이 만든 교과서 아래서 어떤 교육 방법론이 가능하겠는가. 게다가 수능이라는 제도의 호위를 받는 교과서는 그 방법까지 규정하고 제한하기 마련이다.

흙수저를 물고 태어났어도 제 하기 나름이다. 그걸로 이것저것 많이 먹으면 된다. 누가 이런 소리를 하면 뺨을 맞아야 되는 거 아닌가.

(포천 작업실로 이동하느라 뒷부분을 못 써서) 그런데 역사나 교육이 문제되면 둔감해지기 쉽다. 이와 똑같은 말을 해놓고 지식인 소리를 듣는 사람들이 많다.

학술 발표회에서 바보 같은 발표에 아무도 지적하지 않으면 거기 모인 사람들 모두 바보가 된다. 한중일 정상회담에서 "위안부 문제는 조기 타결을 목표로 협의를 가속화"하기로 했다는데, 아무 의미도 없는 이 말을 성과인 양 말하면 국민 전체가 바보가 된다.

@septuor1 2015년 11월 3일 오전 8:55

민주 국가란 국민 한 사람 한 사람이 바보 같은 정부 때문에 바보가 되지 않는 국가란 뜻도 된다.

@septuor1 2015년 11월 3일 오후 8:57

역사책이 박정희를 훌륭한 사람이라고 말한다고 국민이 자긍심을 갖게 되는 것이 아님을 박근혜에게 어떻게 말해야 알아들을까. 노예가 족보를 사면 자긍심을 갖게 되나. '우리 집안은 세조 때부터 관노였다'라고 말하면서 자긍심 가득한 장인을 본 적이 있다.

@septuor1 2015년 11월 4일 오전 3:52

갑자기 관글이 맘글이 됐네.

@septuor1 2015년 11월 4일 오전 5:40

양장한 책의 실밥이 터지면 책장이 흩어져 불편하고 안타깝다. 내가 서툰 바느질로 책 한 권을 수선했다. 보기는 흉해도 책은 단단해졌다.

@septuor1 2015년 11월 5일 오전 4:02

누가 나더러 관글당 살아온 이야기를 쓰라고 해서 심각한 고민에 빠졌다. 관글이 없어지기를 하늘에 기도했더니 결국 없어졌다. 간절하게 바라면 우주가 도와준다더니 이런 일 정도는 도와주는구나.

@septuor1 2015년 11월 5일 오전 6:45

새삼스러운 말이지만 역사 교과서 국정화는 매우 심각한 사안이다. 유신 독재의 암굴로 들어가는 입구다. 동굴의 어둠을 견디며 살든지 필사적으로 저항하든지, 어느 쪽이든 마음을 단단히 가져야 한다.

@septuor1 2015년 11월 5일 오후 4:31

반지성주의가 지배하는 독재 국가에서 가장 일상적인 고통은 말이 안 되는 소리를 지당한 소리처럼 날마다 듣고 있어야 한다는 것이다. 그 고통은 생각하는 것보다 훨씬 크다. 누가 2+3=7이라고 날마다 말하는데, 당신은 입 다물고 있어야 한다고 생각해보라.

@septuor1 2015년 11월 6일 오전 6:20

대한민국에는 지금 유일한 사상가가 있는데 그 사람이 바로 대통령이다. 이게 지옥이 아니고 무엇인가.

@septuor1 2015년 11월 6일 오전 11:05

전두환 시절에 한 교수가 '학생놈들이 공부는 안 하고 데모나 하고'라고 투덜거렸다. 옆에 있던 교수가 '학생들이 데모 안 하면 당신 자리에 육사 졸업생이 앉아 있을 거요'라고 말했다. 그런데 지금 군인들이 역사 교과서를 쓰겠다고 한다. 많이 발전했다.

@septuor1 2015년 11월 7일 오전 12:08

트위터를 시작한 지 꼭 1년이 되었다. 그동안 4,500여 개의 트윗을 올렸으며, 네 차례에 걸친 위기를 극복하였다. 트윗 친구들도 많이 사귀었다. 그리고 무엇보다도 간절한 기도를 통해 관글을 맘글로 바꾼 공적은 트위터의 역사에 길이 남을 것이다.

@septuor1 2015년 11월 7일 오전 6:59

아침에 일어나보니 많은 분이 제 트생일을 축하해주셨군요. 감사드립니다.

아몰랑은 남자들이 더 심각하다. 옛날 박정희는 미국 가서 국빈 만찬 식탁에 포크 나이프가 여럿 놓여 있자 큰 거 하나씩만 집어들고 나머진 치워달라 했다. 박빠들은 박의 군인 정신 운운하는데, 이 아몰랑은 복잡한 것을 간단히 만들어버리겠다는 것이니 더 위험하다.

어제 급하게 이 트윗을 올리고 춘천에 갔다. 원래 '남자들과 권력자들의 아몰랑은 폭력과 연결된다'고 썼는데, 글자가 넘쳐 지웠다.

내가 공부 잘하는 학생을 높이 평가하는 투로 말을 한 적이 있나보다. 공부를 잘한다는 것은 순응주의자라는 것일 뿐이라면서 아침부터 내게 욕을 퍼부은 사람이 있다. 이 말만 해두자. 누가 훌륭한 학자가 되었다면 그건 그가 순응주의자였기 때문은 아니다.

강원대 불문과 창설 30주년 행사에 다녀왔다. 나도 창설 멤버 중 한 사람. 졸업생이 많이 왔다. 모두들 자기 자리에서 건강하게 살고 있다는 것을 얼굴만 봐도 알겠다. 선생으로서 마음이 가득 차오르는 느낌이다. 강원대 불문과, 영원하라!

춘천 다녀와서 낮에 잠시 졸았더니 꿈에 이 책이 나타났다. 상징주의 이후 초현실주의까지의 전위 예술 운동의 역사. 흥미진진하지만 낡은 책이어서 번역할 일도 없는데. 오른쪽은 프랑스어 번역본.

@septuor1 2015년 11월 8일 오후 10:44

고종석 선생의 편지를 읽고서야 오늘이 아폴리네르 97주기인 것을 깨달았다. 낮에 이상한 꿈을 꾼 게 그 때문이었나.

@septuor1 2015년 11월 9일 오전 9:25

오늘 아침 중앙일보의 '시가 있는 아침'에 오 모라는 사람이 옛날에 잘못 번역된 「미라보 다리」를 그대로 실어놓았다. 새로운 번역도 나오고 그게 어떻게 잘못된 번역인지 밝힌 글도 많았지만 아무 소용이 없구나. 이런 난 맡는 사람이라도 뭘 좀 읽었으면.

@septuor1 2015년 11월 10일 오전 12:27

〈나의 청춘 마리안느〉라는 영화. 원제 Marianne de ma jeunesse를 직역하면 '내 청춘의 마리안느'. '내 청춘의'에서 '의'를 뺐다는 아쉬움이 '내 청춘'보다 '나의 청춘'을 쓰게 했을 듯. 내용보다 제목이 청춘을 설레게 했던 영화다.

@septuor1 2015년 11월 10일 오전 12:48

『나의 라임 오렌지나무』는 이상한 소설이다. 내가 예전에 뽀르뚜가가 실제 인물이 아니라 제제의 상상 속 인물이라는 트윗을 올렸더니 깜짝 놀라는 사람이 많았지만, 나를 저주하는 사람도 있었다. 제제에게 과도하게 감정을 이입하는 사람들이 있다는 얘기.

@septuor1 2015년 11월 10일 오전 1:32

두 제제 중 하나가 재제가 되었네.

@septuor1 2015년 11월 10일 오후 12:35

해석의 자유라는 말로 모든 해석에 동등한 가치를 부여할 수는 없다. 음양오행론도 현대 물리학과 마찬가지로 세계에 대한 해석이며, 어느 쪽을 믿느냐도 개인의 선택이지만, 물리학이 음양론보다 더 많은 것을 더 체계적으로 더 섬세하게 설명한다.

@septuor1 2015년 11월 11일 오전 4:30

〈나의 청춘 마리안느〉 현행 외래어 표기법에 따르면 마리안으로 써야 한다. 〈내 청춘 마리안느〉는 외래어 표기법이 유동적일 때 만들어진 말. 국가의 언어적 의지가 추상같은데, 〈내 청춘 마리안느〉는 마리안을 마리안느로 쓰도록 잠시 허락해주는 해방구와 같다.

@septuor1 2015년 11월 11일 오전 9:48

말이 안 되는 소리를 자기 의사와 관계없이 계속 듣고 있어야 하는 고통보다 더 큰 고통도 드물다. 단테는『신곡』에서 온갖 지옥을 상상했지만, 지금의 한국 같은 지옥을 상상하지는 못했다. 무식하고 편협한 인간이 권력을 쥐고 있는 것은 죄악이다.

@septuor1 2015년 11월 11일 오후 9:24

한번 박힌 생각이 죽을 때까지 바뀌지 않는 사람들은 좀비와 같다. 걸음걸이나 말하는 투도 좀비와 같다. 몸은 움직이는데 혼은 없다. 같은 생각 같은 소리를 반복하면서 그것을 생각이라고 생각한다. 주변의 바보들은 그것을 확고한 신념이라고 생각한다.

@septuor1 2015년 11월 12일 오전 7:27

10년도 더 전의 일. 태양을 마주보고 선 남자의 나체를 등뒤에서 찍은 장면으로 끝나는 외국 영화가 있었죠. 심의위원들이 가랑이 사이로 남자의 성기 끝이 보인다고 이 장면에 삭제 지시를 내렸지요. 아시는 분이 많을 텐데 제목을 알려주시면 감사하겠습니다.

@septuor1 2015년 11월 12일 오전 7:34

태양은 물론 태양입니다. (이런 정정 트윗에 또 오자가 발생하면 어쩌나 전전긍긍.)

@septuor1 2015년 11월 13일 오후 2:37

『우물에서 하늘 보기—황현산의 시 이야기』가 출간되었다. 시에 관한 수필이다. 옛날 사람들은 이런 글을 시화라고 불렀는데…… 올해에 세번째 내는 책이다. 아프기 전과 후에 걸쳐서 쓴 글.

@septuor1 2015년 11월 14일 오전 8:26

파리에 테러가 일어났다니 거기 가 있는 제자들이 걱정이다. 나만 안전하고 우리만 안전한 세계는 없다.

@septuor1 2015년 11월 15일 오전 7:33

언론들이 과격 시위에 과잉 진압이라 말하면서, 차벽을 세우는 것부터 위헌이라는 말은 쏙 빼놓고 있다.

@septuor1 2015년 11월 16일 오전 9:06

애도를 위해 꼭 검은 옷을 입어야 하는 것은 아니다. 그런데 박근혜는 명색이 대통령이다. 대통령이란 모든 범절을 정식으로 갖춰야 하는 사람이란 뜻도 된다. 매사에 중요한 것은 마음인데, 대통령은 우리의 마음을 통합해서 표현하는 기호이기도 한 것이다.

@septuor1 2015년 11월 16일 오전 10:57

한국에서는 조의를 나타낼 때 흰색 옷을 입는다는 것도 정확한 말이 아니다. 가족은 삼베옷을 입었고, 다른 사람들은 무색 무명베옷, 다시 말해서 색

깔 처리를 전혀 하지 않은 (흰색이 아니다) 베옷을 입었다.

@septuor1 2015년 11월 16일 오후 11:44
윈도 10으로 업그레이드하라고 해서 했는데, 업그레이드하는 데 10분도 걸리지 않아 진짜로 업그레이드된 건지 안 된 건지 모르겠다.

@septuor1 2015년 11월 17일 오전 8:56
이번 파리 테러에서 시민들이 프랑스 국가를 부르며 질서정연하게 피신했다는데, 그 국가가 매우 사나운 군가인 것을 기억해야 한다. 극우 정당인 국민당 지지가 50%로 올랐다 한다. 이게 더 큰 비극이 아닐까 싶다.

@septuor1 2015년 11월 17일 오전 11:01
20세기의 30년대에, 그것도 서구에서 어떻게 나치즘이 발호할 수 있었는지, 온갖 설명을 다 들으면서도 납득하기 어려웠다. 그런데 요즘은 그게 언제 어디서나 가능하다는 것을 알 수 있을 것 같다.

@septuor1 2015년 11월 18일 오전 11:30
다초점 안경을 쓰고 생활하는데, 모니터 두 개를 놓고 작업을 하다가 특히 밤에 마우스 커서가 사라져버리곤 한다. 늙은 제자들한테 그 말을 했더니 컴용 돋보기를 사용하라는데, 모니터, 책, 사전을 번갈아보는 작업에 불편하지 않을지 모르겠다.

@septuor1 2015년 11월 18일 오후 12:00
강동원과 거창고 동기인 울집 큰애한테 들은 이야기. 거창고 체육복이 볼품이 없는데 강동원을 기준으로 만들었기 때문이라는 전설이 있단다.

@septuor1 2015년 11월 19일 오전 12:21
오늘의 일기. 오늘도 비가 왔다. 애니 프사 일베 셋과 군복 프사 일베 둘이 내 옛날의 트윗에 답글을 달며 나에게 욕을 퍼부었다. 그 다섯 명을 블락했다.

@septuor1 2015년 11월 19일 오후 12:22

정부의 재정 지원을 받는 기관에서 강의한 후 강의료 수령에 필요한 서류에 서명을 하고 왔다. 그런데 주민증과 통장 사본을 보내라고. 주민증이나 주민번호는 요구할 수 없게 되어 있고 통장도 벌써 무통장 계좌가 많지 않은가. 우리 사회는 변하는 것이 없다.

@septuor1 2015년 11월 19일 오후 8:44

김무성이나 서청원의 말을 들어보면 정부 여당의 생각이란 게 이런 것이다. '요상한 시대를 만나 민주화라는 게 돼가지고 나라에 말썽이 많다. 정신 바짝 차리고 민주주의 같은 것을 어떻게든 몰아내야 한다.' 이런 생각을 하면서 자기들이 애국자라고 뽐낸다.

@septuor1 2015년 11월 20일 오전 8:33

무접종 아이가 전염병에 걸리지 않은 건 다른 아이가 모두 접종을 하기 때문, 도시에서 불 켜지 않은 차가 운행할 수 있는 건 다른 차들이 모두 불을 켰기 때문, 어버이연합이 그 정도라도 숨쉬고 사는 건 다른 사람들이 민주 발전을 위해 노력하기 때문이다.

@septuor1 2015년 11월 20일 오전 9:32

전철에서건 민주 사회에서건 무임승차자들이 제일 큰소리를 친다.

@septuor1 2015년 11월 21일 오전 5:55

김동춘, 『대한민국은 왜? 1945-2015』. 대한민국의 뿌리를 말하는 이 책을 읽다보면 이 나라의 사회적 불행에 관해 상당 부분 설명을 얻게 된다. 표지가 좀. 까칠하면서도 매혹적인 표지가 있을 텐데.

@septuor1 2015년 11월 21일 오전 11:40

어제 만난 택시기사. 서울 근교 농촌에 산단다. 마을 사람들이 분류만 하면 수거해갈 비닐 깡통 등을 들판에서 태우고, 타지 않은 것들은 개울에 처박는단다. 그러지 말라고 하면 "당신 일이나 잘해" 하면서 면박을 준다고. 습관이란 무섭다.

@septuor1 2015년 11월 21일 오후 6:17

포천시 일동면 어느 온천탕의 맥반석 사우나실. 장교로 퇴역했다는 50대 남자가 현역 장교인 듯싶은 청년에게 큰 소리로 설교중. "옛날 장교들은 군인정신이 충만했는데, 지금 장교들은 성추행이나 하고…… 내가 이런 입바른 말을 해서 진급도 못했지만."

@septuor1 2015년 11월 21일 오후 6:21

옆에 있던 백발 남자가 한마디했다. "선생같이 훌륭한 분을 입바른 소리 좀 했다고 진급시키지 않은 것을 보면 그때도 군인 정신이 개판이었던 것 같소." 끊임없이 떠들던 퇴역이 마침내 입을 다물었다.

@septuor1 2015년 11월 21일 오후 9:41

중국이 학생들에게 미세먼지를 모두 마시게 해 공기를 정화한다고, 학생들을 거리로 내몰았단다. 과학적 사고와 민주주의는 늘 함께 간다.

@septuor1 2015년 11월 22일 오전 12:40

나는 이제까지 '메타몽'이라는 말이 트잉여의 아이디에 들어 있으면, 그게 'meta夢'일 거라고 혼자 짐작하고 꽤 철학적인 개념어라고 평가했다. 포켓몬스터가 뭔지를 몰랐으니.

@septuor1 2015년 11월 22일 오전 1:22

김영삼 대통령의 명복을 빕니다.

@septuor1 2015년 11월 22일 오후 8:13

네이버와 다음이 모두 흑백 국화를 배너에 올려 조의를 표했다. MB가 죽었을 때도 저러겠지.

@septuor1 2015년 11월 22일 오후 11:04

말이 안 되는 드라마를 놓고 드라마는 드라마일 뿐이라고 말한다. 〈송곳〉을 보다보면 가슴을 송곳으로 찌르는 듯이 아프다. 그런데 여기서는 드라마는 드라마일 뿐이라고 말할 수도 없다. 거짓과 진실이 갈리는 지점이다.

@septuor1 2015년 11월 23일 오전 9:07

"협박을 당한 것도 억울한 일인데, 협박당할 만한 이유가 있었을 것이라는 피해자를 가해자로 만드는 의심은 보는 이들의 눈살을 찌푸리게 하고 있다." 어느 인터넷 신문에 이런 기사가 있다. "눈살을 찌푸리게" 이런 말 말고 다른 말 좀 개발해라.

@septuor1 2015년 11월 24일 오전 3:29

자식의 머리에 능력 제일주의를 심어놓은 부모가 '돈만 있으면 능력 같은 것은 문제가 되지 않는다'는 생각을 동시에 심는 경우가 많다. 모순이라고 부를 수도 없는 이 혼란이 극우의 정신 상태를 만들기 십상이다.

@septuor1 2015년 11월 24일 오전 3:52

'절벽에서 붙잡고 있던 나뭇가지를 놓아버린다'는 말과 '백척 장대 꼭데기에서 한 걸음 앞으로 나간다'는 같은 말 같지만 다른 말이다. 앞이 필사적이라면 뒤는 창조적, 식민지 체제와 독재 체제에서는 창조는 없고 필사만 남는다.

@septuor1 2015년 11월 24일 오전 8:34

'꼭데기'는 '꼭대기'. 이러다가 오타당 무얼 연재하라는 주문이 나올 것 같다.

304

@septuor1 2015년 11월 24일 오전 8:30

이 정권은 박유하 교수를 희생양으로 삼기 쉽다. 두 가지 이득이 있기 때문이다. 자기들이 친일 문제에 엄격하다는 간판으로 삼을 수 있고, 이승만, 박정희의 비판에 사법 처리의 교두보를 마련할 수 있다. 학술 연구를 정치에 예속시키려는 사전 작업이다.

@septuor1 2015년 11월 24일 오후 12:15

시위할 때는 복면을 금지해야 한다면서 역사책을 쓸 때는 복면이 필수 조건인 나라가 있다. 그 나라가 어느 나라인지 아실 것이다.

@septuor1 2015년 11월 25일 오전 8:15

어떤 사람에게서, 지나치게 딱딱한 표정과 끊어 읽는 듯한 말투, 늘 갈아입으면서도 로봇 같은 옷차림, 과격하고 단호한 말투 등등은 자신의 음란함에 대한 죄책감의 결과일 수 있다.

@septuor1 2015년 11월 26일 오전 7:29

민주 사회는 효율을 내세우지 않기에 배가 산으로 갈 수도 있다. 그런데 그게 비효율적이라는 뜻이 아니라 창조적이라는 뜻이다. 이 정부의 노동 정책을 생각해보라. 그걸 효율적이라 생각할지도 모르겠다. 그런데 그게 헬조선을 만들었다.

@septuor1 2015년 11월 26일 오전 8:36

송유근의 표절 사건을 자세히 들여다보면 이건 표절이 아니라 절차상의 하자다. 괜히 서두르며 사회적 이목을 끌려다가 아까운 재능에 깊은 상처를 안겨주게 된 꼴이다. 말단을 치장하려다 본을 잃어버리게 된 대표적 사례.

@septuor1 2015년 11월 26일 오전 11:05

젊은 시인들의 시는 어지럽고 난삽해 보인다. 그런데 재기발랄한 젊은이들은 금방 이해한다. 그게 난삽하다고 생각하는 것은 우리가 국가주의, 봉건주의, 하면 된다 시대의 언어에 너무 오래 갇혀 있었기 때문인지도 모른다. 한경의 헬조선 칼럼을 읽고 드는 생각.

@septuor1 2015년 11월 26일 오후 12:18

이 나라가 헬조선인 것은 젊은이들의 사고방식이 안이하기 때문이 아니라, 이 나라가 살기 어렵고 희망이 보이지 않기 때문에 헬조선인 것이고 국정 역사 교과서나 만들고 있기 때문에 헬조선인 것이다. 몇 번을 말해야 알아 들을까.

@septuor1 2015년 11월 27일 오전 9:19

박성우 시인의 『창문 엽서』. 시 그 자체인 박성우 시인의 사진과 시 그 자체 인 박성우 시인의 삶을 동시에 보고 읽을 수 있는 책이다.

@septuor1 2015년 11월 27일 오전 10:41

수많은 시민에게는 헬조선인 나라가 몇몇 사람에게는 '당신들의 천국'이다. 역사 교과서 국정화는 그 몇몇 사람이 '당신의 천국사'를 쓰려는 것이다.

@septuor1 2015년 11월 28일 오전 3:19

임신중인 젊은 여인이 노약자석에 앉아 있었다. 남자 노인이 그 앞에 서서 자신이 월남전까지 참전하며 고생한 사람인데 자리를 양보하지 않는다고 5분간 호통을 쳤다. 여자가 조용히 일어나 말했다. "앉으세요. 이 자리에 앉 으려고 전쟁까지 치르셨는데."

'그 앞애'는 '그 앞에'. 이제는 누가 지적도 안 하네.

JS의 트윗에서 "빼박캔트"라는 말을 읽었다. 1분 생각해보니 '빼도 박도 못한다'는 말이다. 이런 순! 그렇더라도 새로운 사자성어로 받아들이자.

법은 멀고 주먹은 가깝다고 지금 청와대가 말하고 있다. 헌법이 무슨 말을 하고 있건 집회를 불허한다.

JustCoud에서 무료로 무제한 저장과 다운로드를 할 수 있다는데, 믿기지 않는다. 사용해보신 분들의 이야기를 듣고 싶다.

사람들은 자신이 지닌 힘의 크기를 잘 모를 때가 많다. 모르면 남용하게 되는데, 알고 나서 악용하는 사람들도 있다. 조선일보 같은 거대매체에 글을 쓸 수 있다는 것은 얼마나 큰 무기일까. 주말 뉴스 부장의 칼럼은 남용일까 악용일까. 아무튼 선용은 아니고.

살다보면 억울했던 일이 갑자기 떠오른다. 옛날 출판사에 잠시 몸담았을 때, Alan Paton의 소설 『Cry, the Beloved Country』를 최승자 번역으로 출판했다(최승자의 첫 번역). 제목을 그대로 번역했으면 '울어라 사랑하는 나라여'가

됐을 텐데, 사장부터 전 편집진이 이 제목이 신파적이라고 거부했다. 그 신

파의 어조에 절실함이 있다고 내가 말해도 아무도 들어주지 않아, 책은 '울어라 조국이여'라는 어정쩡한 제목으로 출간되었고, 팔리지 않았다.

@septuor1 2015년 11월 30일 오전 10:30
오늘은 꼭 오늘 써야 할 원고가 없다. 포천에 있다. 난로에 장작을 넣고 있으니 마음이 저절로 한가하다.

@septuor1 2015년 11월 30일 오후 12:22
안철수는 고비고비에서마다 뜸을 들이다가 가장 나쁜 선택을 한다. 논리 그 자체를 상대하는 일은 해보았지만 사람을 상대로 일한 경험이 없기 때문일까.

@septuor1 2015년 11월 30일 오후 8:01
안철수가 고비고비에서 늘 나쁜 선택을 한다는 내 트윗에 서운한 사람이 많은 것 같다. 알계까지 만들어서 내게 욕을 퍼붓는다. 나는 문, 안, 박, 천, 이, 누구의 편도 아니다. 나는 반새누리라면 누구든 큰마음으로 힘을 얻어 융성하길 바랄 뿐이다.

@septuor1 2015년 11월 30일 오후 11:22
나는 언젠가 말한 적이 있다. 대한민국의 정통성은 민주화의 역사에 있다고. 정치하는 사람들의 엉뚱한 발언과 나쁜 처신 뒤에는 늘 그 역사에 대한 이해 부족이 있다. 결정적인 순간에 내보이는 모호한 태도도 그 역사를 부인하는 데서 비롯할 것이다.

황현산

@septuor1 2015년 12월 22일 오전 8:48

노년에 들어 외워야 할 숫자가 바뀐다는 것
도 인생의 불행 가운데 하나다. 새 우편번
호는 끝내 외우지 못하고 말 것 같다.

💬 5   ⟲ 92   ♡ 35

아폴리네르의 「알코올」이 새겨진 비취반지가 사라졌다. 습득한 사람의 전화를 받고 찾아갔더니 어디 두었는지 모른다고. 하릴없이 울며 돌아오다가 잠이 깼다. 안도의 한숨을 쉬었다. 나는 그런 반지를 가진 적이 없고, 아마 세상에 존재하지도 않을 것이다.

박정희는 법을 제 맘대로 고쳤다. 박근혜는 법이 어떻게 돼 있건 제 마음대로 처리한다. 지금은 평상시가 아니다. 파시즘이 문밖에 와 있다. 정부 여당은 파시즘의 책동을 위해 야당의 분열, 국민의 분열을 이용할 것이다. 늘 그래 왔듯이.

옛날에 올렸던 트윗이 리트윗되어 뒤늦게 나돌아다니면 기묘할 때도 있고 민망할 때도 있다. 내 말 같지 않아서 기묘하고, 이런 소릴 다 하다니 싶어서 민망하다. 아무튼 지난 시간은 기묘하고 민망하다.

박대통령, "창조 경제 노하우 개도국에 전수"—이런 기사가 동아일보에 떴나 보다. 유네스코에서 그런 연설을 했다고. 이런 기사는 기사보다 댓글이 더 재미있다는 걸 대한민국 사람은 대개 안다.

지금 새민련이 정의의 세력, 불의의 세력을 가르고 있으면 또다시 총선 필패한다. 문재인 쪽에서는 이른바 호남 구세력이 마음에 들지 않겠지만 그 지분까지 무시하게 되면 결과가 뻔하다. 싸울 자리가 따로 있고 협상해야 할 자리가 따로 있는 법인데.

'아기가 타고 있어요' 이런 스티커도 다른 차의 운전자나 사고시 구조원들에게 부탁하는 말에 해당한다. 왕자님, 공주님이 타고 있어요, 이런 말은 듣기에 민망하지 않은가. 물론 가장 민망한 말은 '어르신이 운전하고 있어요'지만.

트위터에 처음 들어왔을 때는 어떤 사안에 험한 말로 댓글을 다는 사람이 있어도 내 뜻을 설명하려고 애썼다. 이제는 그런 헛수고를 하지 않는다. 말없이 블락한다. 어제와 오늘 33개의 블락을 했다. 별로 많은 수도 아니다.

문학과 예술이 인간의 미개한 지혜로 하늘의 순결함과 전쟁을 벌이는 일이라면, 정치는 인간의 허약한 선의가 땅의 욕망과 협상하는 일인 것 같다.

인성 쓰레기 수술 천재란 말이 나오는데, 그건 어떤 쓰레기도 필요한 경우에는 자기 관리를 할 수 있다는 뜻이기도 하다. 쓰레기는 평시에 마땅히 해야 하고 할 수 있는 일을 하지 않는 인간이다. 그래서 더 문제다. 또한 까칠한 인성이 인성 쓰레기는 아니다.

황씨 이야기가 나와서 하는 말인데, 황순원, 황동규, 황석영, 황광수, 황지우, 황종연, 황인숙, 황병승, 황정산, 황정은, 황인찬이 모두 황인데, 황우여 황교안도 황이다.

오늘 이런 책을 샀다.

@septuor1 2015년 12월 6일 오전 2:42

한국어에서 쌍점(:)이나 쌍반점(;)은 앞말과 붙여 쓰고 뒷말과 띄어 쓴다. 그러나 모아쓰기 하는 한글에서 쌍점, 쌍반점을 붙여 쓰면 그 존재감이 약해진다. 영어 용법을 따른 것인데, 같은 로마자라도 철자 부호가 많은 프랑스어에서는 양쪽을 모두 띄어 쓴다.

@septuor1 2015년 12월 6일 오전 11:55

지난번 트윗에서도 썼지만, 새민련의 현당권파는 호남의 지분을 인정해야 한다. 분당 때도 그랬지만 그후로도 내내 그들은 호남 정치인들을 배제하려 했을 뿐만 아니라 모욕을 주기까지 했다. 그게 민주세력의 분열과 약화에 주요 원인이 된 것은 말할 것도 없다.

@septuor1 2015년 12월 6일 오후 1:02

한상진 선생의 칼럼 원문을 읽으니 말이 전해진 것과는 다르군요. 한선생, 그리고 이와 관련된 분들께 사과하며, 해당 트윗도 지웁니다. 다만 새민련이 무너져야 한다는 생각에는 전혀 동의하지 않습니다.

@septuor1 2015년 12월 6일 오후 2:38

당신은 자신이 착하고 순결한 사람이라고 생각한다. 당신이 막강한 권력을 누리면 세상이 완전히 달라지리라고 생각하는가. 그렇게 생각하는 것이 돌쇠 철학이다. 세상은 그렇게 단순하지 않으며 게다가 당신은 그렇게 착하지도 순수하지도 않다.

@septuor1 2015년 12월 6일 오후 5:21

정치는 선과의 싸움도, 악과의 싸움도 아니다. 어디서나 단세포들과의 싸움이다.

@septuor1 2015년 12월 7일 오전 7:59

한국에서 상대방을 부르는 말인 '이녁'은 지금 여기 있는 존재라는 뜻이다. '이녁'과 '저녁'의 '녁'은 같은 말. '이'는 지시사이고 '저'는 '저물다'에서 온 말일 텐데 '저'를 지시사로 새기면 아득한 느낌이 하나 온다.

@septuor1 2015년 12월 7일 오전 8:02

이경림 시인은 '이녁'과 '저녁'에 대한 명상으로 시집 한 권을 써서 출간했다 : 『내 몸에 푸른 호랑이가 있다』.

@septuor1 2015년 12월 7일 오전 11:40

스페인의 레스칼라에 설치된 〈돌담 위에 앉은 어린 왕자〉.

@septuor1 2015년 12월 8일 오전 6:17

새민련과 관련된 트윗을 쓴 후 50여 개의 블락을 해야 했다. 나와 의견이 다르다고 블락을 한 것은 아니다. 오직 상대방에게 모욕을 주려는 의도밖에 다른 아무것도 없는 댓글을 쓴 사람들이 블락의 대상이었다. 스스로 우둔함을 드러낼 뿐인 빈정거림들.

@septuor1 2015년 12월 9일 오전 2:35

번역에 관해 칼럼을 하나 쓰고 있자니, 얼마 전에 '우리가 읽은 이방인은 이방인이 아니다' 같은 말을 대형 서점에 내걸고 책을 팔려고 했던 사람들이 생각난다. 성실한 번역자라면 그의 번역에 오류가 있건 없건 그의 선택을 일단 이해하려고 애써야 한다.

@septuor1 2015년 12월 9일 오후 1:04
이 트윗을 거꾸로 읽는 사람들도 있구나.

@septuor1 2015년 12월 9일 오전 10:46
고양이 배변 배뇨용 깔개를 모래에서 펠릿으로 바꾸었더니 과연 냄새가 나지 않는다. 그런데 네 녀석 중 두 녀석이 아직 적응을 못한다. 배뇨는 모두 안에서 하는데 배변은 밖에서 한다. 뭐가 불편하지?

@septuor1 2015년 12월 9일 오후 4:42
한동안 종적이 묘연하던 김이듬 시인과 연락이 닿았다. 프랑스 거쳐서 슬로베니아에 들어가 그곳 대학에서 한국 시를 강의하고 있단다. 여기서는 강사 자리 하나라도 누굴 밀어내고 들어가야 하기에, 헬조선을 피해 자진 망명중이라고. 춥고 외롭다고 한다.

@septuor1 2015년 12월 9일 오후 4:47
최승자, 김혜순, 최정례, 김소월, 윤동주, 마당 등의 시를 영어로 번역하고 그걸 슬로베니아 학생이 슬로베니아어로 번역하는 식으로 번역도 하고 있단다. 슬로베니아에 한국 시가 이렇게 처음으로 알려지게 되는 듯.

@septuor1 2015년 12월 9일 오후 4:52
'마당'이 됐구나.

@septuor1 2015년 12월 9일 오후 5:39
이럴 수가! 『어린 왕자』 번역이 또하나 나온 것 같아 인터넷으로 주문해서 지금 받아보니 필사 다이어리 북이다.

@septuor1 2015년 12월 11일 오전 7:16

네 편이냐 내 편이냐보다 천하냐 아니냐가 더 쓸모 있는 기준이다.

@septuor1 2015년 12월 11일 오전 7:19

자학의 역사? 우리가 지금 민주 국가에 살고 있으면 박정희의 독재는 민주 사회를 위한 무슨 변증법적 과정 같은 것이 된다. 그러나 우리가 지금 독재를 체험해야 한다면 박정희는 나라를 독재의 나락에 빠뜨린 인물이 된다.

@septuor1 2015년 12월 13일 오전 4:59

통영과 순천을 다녀왔다. 순천의 숙소에서 바라본 온유 바다.

@septuor1 2015년 12월 13일 오전 11:26

온유 바다가 아니라 와온(臥溫) 바다.

@septuor1 2015년 12월 13일 오전 5:26

무슨 테스트를 하라고 해서 했더니 나더러 킬러 타입이란다. 살다 살다 별소리를 다 듣는다. [당신은 킬러 타입입니다!] http://kr.vonvon.me/quiz/r/757/8289/v_13sefo533ayh58zgd?utm_source=twitter&utm_medium=organic&utm_campaign=share … #vonvon #소름_돋는_인간본성_테스트

@septuor1 2015년 12월 13일 오전 11:12

밀월이 오래가지 못할 것은 알았지만.

@septuor1 2015년 12월 13일 오후 1:40

장기에 외통수라는 게 있다. 상대에게 유일한 선택만을 허용하다가 마침내 궁이 피할 수 없게 몰고 가는 수. 그런데 유일한 선택밖에는 할 수 없는 외골수에 스스로 빠진다면. 학문이나 예술에서는 그 길이 위대한 길이 될 수도 있지만, 정치에서는?

@septuor1 2015년 12월 13일 오후 7:00

한국어에서 '시원하다'는 말은 원래 온도가 낮다는 뜻이 아니라 상쾌하다는 뜻이다. 불쾌감을 날려버리고 훤하게 트인 느낌. '시원하다'가 특히 음식에 적용될 때는 그 내용을 짐작하기가 매우 어려워서 한국 사람만 그 감을 잡을 수 있다.

@septuor1 2015년 12월 15일 오전 10:38

두 녀석이 책상을 차지하고……

@septuor1 2015년 12월 15일 오후 9:28

고교를 졸업하고 대학에 입학할 무렵 나는 내 또래의 젊은이들을 많이 만났다. 가끔 고향 도시에 내려가면 그들을 거기서 다시 만날 수 있지 않을까 사람들의 얼굴을 흘끔거린다. 젊은 사람들의 얼굴을. 그들도 나만큼 늙었고, 거기 살지도 않을 텐데.

@septuor1 2015년 12월 16일 오후 6:29

'얄짤없다'라는 경상도 말이 있다. '인정사정 고려하지 않는다'는 뜻인 듯하다. 그에 해당하는 전라도 해안 말에 '여찰없다'가 있다. 나는 어렸을 때 '여찰'을 '연습 게임' 정도의 말로 이해했다. 두 말이 모두 사전에 사투리로도 등 재되지 않았다.

지금 대통령과 국회의장이 의안의 직권 상정을 놓고 대립하고 있다. 1952 년 부산 정치 파동 때 자유당은 경찰과 군인으로 국회를 둘러싸고 이승만의 연임에 길을 튼 발췌 개헌을 하였다. 지금 한국에서 친위 쿠데타가 일어난 다면 그 결과가 어떻게 될까.

『엄마. 나야.』 단원고 아이들이 저마다 생일에 그리운 목소리로 남은 사람들 에게 말하고 시인들이 미안한 마음으로 받아 적은 생일시 모음. 엄마. 나야.

가뭄엔 거대 인공 호수가 수위를 낮추어 옛날 작은 산이었던 것의 등성이가 드러난다. 이 모래 언덕을 보면 이 땅이 사막이 되는 것도 어려운 일이 아니 란 생각. 권력이 민주적 미래 사회의 개념과 비전이 없으면 이 나라가 독재 후진국이 되는 것도 시간문제다.

시에 골필(骨筆)이라는 말이 나온다. 골필은 먹지를 이용해 같은 글을 여러 장 쓸 때 사용하던 뼈로 만든 펜. 볼펜이 나온 이후 없어졌고 컴 나오고 완전히 사라졌다. 이 시는 무덤의 뼈가 땅 위에 풀꽃을 피워 세상에 소식 전하는 상황을 뼈펜에 비유한다.

@septuor1 2015년 12월 19일 오전 10:06

춘천의 a4동인이 동인지 12집을 진이정 특집호로 꾸몄다. 진이정은 1993년 젊은 나이로 세상을 뜨기 전 애절하면서도 철학적인 시를 많이 썼다. 동인들은 그의 고향 춘천에 진이정거리가 조성되길 바란다. 그의 미발표 시를 찾아냈던 나도 그러길 바란다.

@septuor1 2015년 12월 20일 오후 1:52

서구어로 된 시를 번역하는 중에 호격 명사 뒤에 수식이기도 하고 서술이기도 한 관계절이 두세 개 붙어 있을 때, 물론 번역가에게는 여러 가지 처방이 있지만, 어떤 처방도 그의 막힌 숨통을 터주지 못하고, 제 직업에 대한 그의 혐오감을 막아주지 못한다.

@septuor1 2015년 12월 20일 오후 8:44

난 〈스타워즈〉 볼 때마다 광선 검이 형광등처럼 보여서, 저게 언제 깨지나 걱정하느라고 몰입을 못한다.

@septuor1 2015년 12월 21일 오전 10:13

상징주의와 관련된 텍스트에서 영어의 beauty나 불어의 beaut? 같은 말은 고유 명사나 다름없다. 한자를 쓸 때는 '美', 최소한 '미(美)'라고 옮겼는데, 이제 '아름다움'이라고 쓰려니 허전한 마음이 없지 않다.

@septuor1 2015년 12월 21일 오후 7:06

옛날 제자 하나가 불우한 처지에서 시를 쓴다고 해서 내가 주관하던 잡지에 발표 기회를 주었지만 시가 더 좋아지지 않았다. 이제는 잡지 편집인도 아닌 내게 발표를 하게 해주지 않는다고 원망과 협박의 전화를 내내 걸어와서 차단했다. 마음이 좋지 않다.

@septuor1 2015년 12월 21일 오후 8:19

문단에서 어느 문인이 잘나가면 그건 누가 뒤를 봐줬기 때문이 아니다. 그렇게 생각하는 문인은 원망으로 평생을 보내지 않으려면, 문인 생활을 접어야 한다. 문학에서도 행운은 물론 중요하다. 그러나 더 중요한 것은 행운이 올 때 잡을 수 있는 능력이다.

@septuor1 2015년 12월 22일 오전 8:48

노년에 들어 외워야 할 숫자가 바뀐다는 것도 인생의 불행 가운데 하나다. 새 우편번호는 끝내 외우지 못하고 말 것 같다.

@septuor1 2015년 12월 22일 오후 9:34

민주와 독재의 싸움은 과학과 무속의 싸움과 다르지 않다. 세상이 이치에 맞지 않아야만 편안한 사람들이 있다.

@septuor1 2015년 12월 23일 오전 6:35

말의 재주꾼들이 참 많다. 조용필씨의 노래에 "허공 속에 묻힐 그 약속"이라는 말이 있다. 사라질 것도 아니고 묻힐. 그래서 자꾸 곱씹히기도 하겠다.

@septuor1 2015년 12월 23일 오전 9:32

"예절과 환상, 미학에 대한 고려가 없이 글을 쓰는 방식, 이 방식이 곧 인간관이 된다." 이런 메모가 수첩에 있는데, 누굴 두고 한 말인지 모르겠다. 카드는 남을 위해 쓰는 것이다, 30분만 지나면 나도 남이다. 대학원에 입학했을 때 이렇게 배웠지.

@septuor1 2015년 12월 24일 오전 6:28

말하지 않은 생각은 이 세상에서 사라진다. 지극히 하찮은 생각이라도 그래서 생각에는 늘 의무가 따르고 그 의무는 귀찮거나 버겁다. 평행 우주에 관해서들 말하는데, 이 세상 사람들 사이에 평행 두뇌도 있겠지. 그러나 그 두뇌도 평행하기 귀찮고 버겁겠다.

@septuor1 2015년 12월 26일 오전 8:08

게임을 몰라서 질문. 호빗 1편 끝부분에서 오크 대장의 울부짖음을 '저글링 밖에 없는데 레이스 끌고 오냐, 개색들아'라고 자막 번역자가 '번역'해놓았 죠. 거대 독수리떼가 일종의 데우스 엑스 마키나라는 뜻인 줄은 알겠는데, 구체적으로 저글링 레이스가 뭐죠?

@septuor1 2015년 12월 26일 오전 9:37

문화란 결국 '기계에서 나온 신'과의 싸움이라는 생각도 든다. 반지의 제왕 에선 좋은 편 나쁜 편이 모두 크고 작은 기계신들을 들이대는데, 가장 강력 한 기계신인 절대 반지를 파괴하는 것으로 상황이 끝난다. 현재는 매스컴과 시장보다 더 큰 기계신은 없다.

@septuor1 2015년 12월 26일 오후 7:51

트윗에 수정 기능이 추가됐다는데 사실인가요. 어디서 어떻게 수정하는가요.

@septuor1 2015년 12월 26일 오후 7:58

내가 헛소문을 들은 것 같군요.

@septuor1 2015년 12월 26일 오후 10:04

밤 열시. 내가 수술받기 전에는 잠자리에 눕는 것이 불가능한 시간이다. 그 런데 요즘은 이 시간에도 잠자리에 누울 수 있다. 나는 불가능한 것을 극복 해낸 사람이다. 허어.

@septuor1 2015년 12월 26일 오후 10:52

그 수정이 그 수정이 아니라고 친절하게 알려주는 사람도 있는데, 저도 '봐 저씨'를 전혀 모르지는 않습니다.

@septuor1 2015년 12월 27일 오전 11:12

지금쯤 신춘문예 당선작이 모두 결정되고 당선자들에게 통보도 끝났겠다.

이젠 신문이 문학 작품의 발표지가 아니고 다른 등단 문도 넓어져 빛이 퇴색했지만, 신춘문예는 여전히 문학을 국민적 행사로 만들고 문청들의 존재를 매년 확인시킨다는 점에서 위엄이 여전하다.

@septuor1 2015년 12월 27일 오후 12:48
'이철수의 집'에서 날마다 보내주는 이메일 엽서, 오늘은 잎 떨어져 앙상한 대추나무 그림인데, 그게 꼭 낡은 집 벽의 균열처럼 보인다. 생명은 우주에 난 균열인지도 모르겠다.

@septuor1 2015년 12월 27일 오후 4:40
소라넷에 관한 인터넷 글들을 살펴보았다. 성이 억압된 사회일수록 남자의 성범죄를 여자의 책임으로 돌리기 쉽다. 소라넷 폐쇄에 저항하는 사람들이 많은 것은 성을 상품화하고 폭력 대상으로 삼는 일을 성의 해방으로 착각하는 사람이 그만큼 많기 때문이다.

@septuor1 2015년 12월 27일 오후 10:38
굴떡국을 몬도가네 음식인 것처럼 말하는 사람들이 있구나. 그러건 말건 나와 상관없는 일이지만, 이 사람들은 떡라면이 굴떡국보다 더 훌륭한 음식이라고 생각하겠지.

@septuor1 2015년 12월 28일 오전 6:36
어머니는 생선 요리를 잘했지만 입에 대지 않으셨다. 비린내를 탓했지만, 실은 그게 기분좋은 비린내와 함께 목을 넘어갈 때의 쾌감, 그 쾌감이 불러오는, 섹스를 포함한 온갖 육체적 관능에 대한 죄책감 때문이었다는 것을 나는 50이 다 되어서야 깨달았다.

@septuor1 2015년 12월 28일 오전 6:37
성에 대한 억압은 젠더 권력을 내면화한다.

프랑스에서 어느 정통 가톨릭 이탈리아인이 쓴 두 권의 책 『결혼하고 순종하라』와 『그녀를 아내로 삼고 그녀를 위해 죽어라』에 대한 판매 금지 청원이 법원에 제출되었단다. 우리나라의 몇몇 계발서도 판매 금지 청원을 해야 할 듯.

10억 엔. 좀 오래된 농담에, 트럭 뒤에 숨어서 용변을 보고 있는데, 트럭이 후진하는 경우를 '당황스럽다'고 하고, 전진해서 빠져나가버린 경우를 '황당하다'고 한다는 말이 있다. 이건 트럭이 후진하는 척하다가 앞으로 달려가버린 경우와 같다.

전쟁 위안부 문제와 관련해 우리에게 지지를 보냈던 외국의 언론인들과 정치인들은 지금 이렇게 말할 것이다. 저것들 뭐 하는 거야.

일제의 전쟁 위안부 징집은 일본이 한국에 저지른 범죄를 넘어서서 인류에게 저지른 범죄라는 사실을 이 멍청한 정부가 이해했길 바랐다는 것이 잘못이다. 독일이 이스라엘에 돈 주면 아우슈비츠 밀어버려도 괜찮다고 할까.

쉽게 설명하면 소승은 택시나 자가용으로 혼자 가는 것이고 대승은 기차나 버스로 함께 가는 것이다. 어디를? 깨달음의 길을. 위안부 문제에 소승 대승이 왜 나와. 한 나라 외교부가 쓰는 말이라면 대충 그럴듯한 말이 아니라 경우에 딱 맞는 말이어야 한다.

5·16쿠데타를 일으킨 세력에서는 독도 폭파론이 나왔었다. 이번에 외교부가 저지른 일을 보면 이 정부는 전쟁 위안부 문제조차도 한일 사이에 놓인

골칫거리 정도로밖에는 생각하지 않았던 것이다.

@septuor1 2015년 12월 30일 오전 7:37

내 어머니의 생선 요리와 육체적 관능에 대한 트윗을 올렸더니, 그게 '주작'이라고 생각하는 사람과 농담이 아니냐고 묻는 사람이 있다. 자신의 육체적 관능에 대한 성찰과 자각이 예술적 감수성 함양의 시작이다.

@septuor1 2015년 12월 30일 오후 9:56

파시즘이 문앞에 와 있다고 두어 달 전에 썼다. 지금도 나는 그렇게 믿는다. 파시즘이 안방을 차지하고 나면 그 결과는 최악일 것이다. 그것은 반민주적일 뿐만 아니라 반지성적이고 반과학적이며, 미신이 그 철학이 될 것이다.

@septuor1 2015년 12월 31일 오전 8:54

'더불어민주당'의 외국어 번역에 관해 고민하는 사람들이 있는데, '더불어'는 한자어로 쓰면 '함여(咸與)'나 '대동'이 된다. 이 말을 서양말로 번역하기는 어렵지 않다. 실은 '참여'나 다를 것이 없는 말이다.

@septuor1 2015년 12월 31일 오전 10:04

누가 안동소주를 택배로 보냈는데……

@septuor1 2015년 12월 31일 오후 11:00

트윗을 하다보니 별걱정을 다 하게 된다. '롸저씨' 다음에 씨를 하나 더 붙여야 하나 말아야 하나. 씨씨도 그렇고 씨님도 그렇고……

황현산

@septuor1 2016년 1월 1일 오전 1:18

트친들의 여망을 받아들여 새해애도 오타
를 간간이 흘리겠습니다. 새해 행복하세요.
행복이 없는 시대일수록 행복해야 할 의무
가 있답니다.

💬 11　　🔁 274　　♡ 160

@septuor1 2016년 1월 1일 오전 12:19
謹賀新年!

@septuor1 2016년 1월 1일 오전 1:18
트친들의 여망을 받아들여 새해에도 오타를 간간이 흘리겠습니다. 새해 행복하세요. 행복이 없는 시대일수록 행복해야 할 의무가 있답니다.

@septuor1 2016년 1월 1일 오전 9:52
제게 건네주신 새해의 인사와 격려의 말씀에 일일이 답하지 못했습니다. 모두들 행복하시길 빕니다. 했던 말 또 하자면, 불행한 시대일수록 행복해야 할 의무가 있답니다.

@septuor1 2016년 1월 1일 오후 3:58
얼마 전 트윗에서 황씨 문인들을 열거하고, 자랑스럽게 이게 모두 황인데, "황교안 황우여도 황이다"라고 쓴 적이 있다. 어떤 분이 새벽에 그 트윗을 인용 알티하며, 같은 황씨라고 황교안을 두둔한다며 마구 욕을 퍼부었다. 비문해가 호환마마보다 더 무섭다.

@septuor1 2016년 1월 2일 오전 8:14
신년맞이 멘트 같은 데서 국토의 동쪽 끝 섬 독도와 남쪽 끝 섬 마라도와 달리 서쪽 끝 섬 격렬비열도는 자주 언급되지 않는 것이 좀 이상하다. 사진만 보면 섬도 이쁘고 이름도 좋은데.

@septuor1 2016년 1월 2일 오전 8:17
서쪽 끝 섬 격렬비열도의 이름이 들어간 가장 아름다운 말은 박정대 시집 제목『내 청춘의 격렬비열도엔 아직도 음악 같은 눈이 내리지』. 시집에 그 제목의 시는 없지만, 격렬하고 비열했던 청춘의 회한은 많고, 「음악」이라는 시에 바로 그 말이 들어 있다.

무언가 켕겨서 시집을 찾아 열어보니 시의 제목이 '음악'이 아니라 '음악들'이다.

우리가 일본에게 사과를 요구한 게 일본을 너무 높게 대접한 것이고, 그래서 외교적으로 늘 엇박자를 초래했다고 본다. 먼저 할 일은 우리의 학예술 역량을 동원하여 일본이 36년간 무슨 일을 저질렀는지 만인에게 인식시키는 일이다. 소녀상이 그 첫걸음이다.

올해 신춘문예에 시 부문 당선작들을 모두 훑어보니 당선자들 가운데 두 사람 정도가 살아남을 수 있을 것 같다. 그것도 운이 좋으면. 전형적인 신춘문예 풍을 벗어난 당선작의 숫자가 그 정도라는 것이다. 전체적으로 기가 좀 빠져 있는 듯한 느낌이다.

친구와 함께 신학 대학에 들어가 사제복을 들고 나오다가 신부들에게 쫓겼다. 붙잡히기 직전에 꿈에서 깨어났다. 꿈이 끔찍하기도 하고 아쉽기도 하다. 꿈에서 나는 20대 청년이었다.

한 사상에 대한 긍정적 연구는 그 사상을 접근 가능 토론 가능한 것으로 만들기 위해서지 '성안의 사랑'으로 만들기 위해서가 아니다. 한 사상이 책으로 명박산성을 쌓는다면 그건 그 사상의 견고함과 치밀함을 말하는 것이 아니라 그 몰락이 임박했음을 말한다.

아래 알티한 동영상은 찌르레기떼의 비행일 듯. 로트레아몽의『말도로르의 노래』엔 이 새들의 비행에 관한 매우 길고 복잡한 문장이 있다. "본능이 줄 곧 새들을 무리의 중심으로 다가가도록 떠밀고, 비행 속도는 끊임없이 새들을 바깥쪽으로……"로 시작하는.

음력과 양력에 관한 짧은 글을 쓰다가 박목월의 「윤사월」에 생각이 멈추었다. 옛날엔 윤달을 공달, 즉 빈 달이라고 불렀다. 송홧가루 날리는 그 나른하고 화사한 계절이 비어 있는 시간이라니. 그래서 문설주에 기대선 눈먼 처녀가 더 슬픈 꿈속 같다.

박목월의 「윤사월」에 관해 트윗을 올리자 표절 트윗이 아니냐고 묻는 사람이 있었다. 황당하다 생각했는데 그럴 수도 있을 것 같다. 내 나이를 생각하니.

택배 회사에서 물건 하나를 배송한다는 문자를 보냈는데, 내가 "그래라"라고 답글을 보냈다. 출판사에 있는 제자가 내 글 한 대목을 이용해도 좋으냐고 문의를 했는데 거기 보낸 답글이 잘못 간 것이다. 곧 사과 문자를 보냈지만 택배 직원은 얼마나 황당했을까.

꿈에서, 군대 생활을 잠시 함께했던 만화가를 만났다. 입대 전 자기 선생 이름으로 그린 만화가 두 권 정도 있다면서 나가면 독립할 거라고 했다. 전역 후 그의 이름으로 발표된 만화를 찾았지만 보지 못했다. 군대가 그의 재능과 기회를 함께 망친 것 같다.

미국에서 야구찜을 할 때 watercress를 미나리 대신 넣는단 트윗 보니, 랭보의 「골짜기에 잠든 사람」에 나오는 cresson이 생각난다. 두 사전을 찾아보니 모두 '물냉이'다. 그런데 물냉이는 국어사전에 없다. 요즘 한국에서 재배도 한다는데.

@septuor1 2016년 1월 5일 오전 10:09

화살로 바위를 뚫는 사람을 반신(反神)이라고 하는데, 편집증 환자라는 뜻이다.

@septuor1 2016년 1월 5일 오후 12:06

엄마부대라는 애국 단체에서 "한국 강한 나라 되게 위안부 할머니들 희생해 달라"고 말했단다. 국가주의는 일본 제국주의건 한국의 개발주의건 전혀 다를 것이 없다는 뜻이 된다.

@septuor1 2016년 1월 6일 오전 4:56

새벽에 일어나서 컴에서 뭘 찾다보니 옛날 저장해놓은 2001도판 〈소오강호〉가 나온다. 클릭을 하니 닳고 닳은 이야기가 화면에 뜬다. 보는 둥 마는 둥 몇 회를 보고 있다. 시간을 그저 버린다는 게 이런 거구나.

@septuor1 2016년 1월 6일 오전 10:34

허핑턴에 결혼 생활 36년 36 깨달음이라는 내용의 글에 그 항목 가운데 하나로 이혼하자 대신에 '짜증난다'라 말하라고 하는데, 나더러 선생질을 한 번 더 하라고 하면 짜증난다 대신에 '속상하다'라고 말하라고 하겠다.

@septuor1 2016년 1월 6일 오전 11:13

서랍을 정리하다보니 이런 게 다 나온다. 무언지들 아시겠는가. 옛날에 쓰던 플로피 디스켓을 해체하여 북마크로 쓴다고 놔뒀던 것. 5.25인치짜리는 책에 꽂기 좋게 한 면을 잘랐군.

@septuor1 2016년 1월 7일 오전 7:39

어제야 비로소 새로 정리된 교보문고 광화문 매장을 가보았다. 한없이 넓은 느낌. 시내 한복판에 이런 책방을 가지고 있고, 서적에 전문 지식을 지닌 직원들이 거기서 일하고 있고, 책을 찾는 사람이 그렇게 많이 모여 있다는 것은 확실히 서울의 자랑거리다.

@septuor1 2016년 1월 7일 오전 11:04

한국어는 짧은 시간에 많은 변화를 겪었다. 개항기에만 그런 게 아니라 한글세대가 등장한 60년대 이후도 마찬가지. 김현의 초기 글과 후기 글을 비교해보면 이 점을 절감할 것이다. 4, 50대 세대가 문해력이 낮다면 이 변화를 따라잡지 못했기 때문일 것이다.

@septuor1 2016년 1월 7일 오전 11:36

이 글의 필자인 김신식씨는 감정사회학도라는 직함을 달고 있는데, 이 젊은 연구자의 글을 많이 읽어봐야겠다. 한국일보 : [2030 세상보기] 연구자와 폭로자 http://www.hankookilbo.com/m/v/5ead902fc17342f4b3a79eb4874a34dd

@septuor1 2016년 1월 7일 오후 5:31

탐라에 손 씻는 이야기가 계속 나오는데 어떻게 된 이야긴지 모르겠다. 누가 손 안 씻었나?

@septuor1 2016년 1월 7일 오후 5:54

「문명인이 됩시다 2」까지 읽으니 사태가 어떻게 전개됐는지 이해가 되었습니다. 일단 손은 자주 씻는 게 좋습니다.

@septuor1 2016년 1월 7일 오후 11:23

이 트윗은 성의 억압이 내면화된 상태에서 내 어머니가 어떻게 모든 육체적 쾌락을 거부하고 수녀나 비구니처럼 살았는가를 말하려는 것이었으나 자

330

주 거꾸로 이해된 데는 내가 글을 잘못 쓴 탓도 있겠다.

황현산 @septuor1 · 2015년 12월 28일
어머니는 생선요리를 잘 했지만 입에 대지 않으셨다. 비린내를 탓했지
만, 실은 그게 기분좋은 비린내와 함께 목을 넘어갈 때의 쾌감, 그 쾌감
이 불러오는, 섹스를 포함한 온갖 육체적 관능에 대한 직책감 때문이었
다는 것을 나는 오십이 다 되어서야 깨달았다.

@septuor1 2016년 1월 8일 오전 12:26

학생들과 문학적 성질이 있는 텍스트를 같이 읽어보면, 상징이나 은유는 비
교적 잘 이해하는데 환유나 제유는 잘 이해하지 못한다. 이 점은 모범생들
일수록 더 심하다.

@septuor1 2016년 1월 8일 오전 7:28

빈약하고 저열한 상상력은 늘 악의를 동반한다. 세상에 대한 배려와 선의
자체가 상상력에서 나오기 때문이다. 모진 소리를 상상력이라고 생각하는
사람들이 있는데 그건 사실 재능의 부족을 말할 뿐이다.

@septuor1 2016년 1월 8일 오전 9:15

역서에 "그는 성공적으로 옷을 벗었다"는 문장이 있다. '차례차례'겠지 하고
원문을 찾아보니 아니나 다를까 successivement이다. 번역에도 훈련이 필요
하다. 첫째, 말이 안 되면 안 된다고 생각하기. 둘째, 사전 찾아보기.

@septuor1 2016년 1월 8일 오후 3:41

오늘이 금연한 지 1년이 되는 날이다. 금연 보조제도 다른 기호품도 없이 독
한 마음만으로 결국 성공했다. 중간의 큰 수술이 사실상 도움을 주었고, 트
위터의 공고가 퇴로를 차단했으며, 이 정부에 담뱃세 내지 않겠다는 결심이
백배의 용기를 주었다.

@septuor1 2016년 1월 9일 오전 10:16

내용은 내 책『우물에서 하늘 보기』를 소개한 기사지만 '응8'의 그 1988년
이 바로 시인 박정만이 죽은 해임을 일깨워준다. 드라마에 박정만 이야기

도 나오려나. [1988년, 전설이 된 어느 시인] http://v.media.daum.net/v/20160106103141814

@septuor1 2016년 1월 9일 오전 10:41
한겨레 토요판이 '2016년을 시로 물들이자'라는 모토를 내걸고 한가운데 양쪽 지면을 통으로 바쳐 시 읽기를 한다. 안희연 시인의 시와 산문이 한 면을 차지하고, 김훈 선생, 신형철 선생이 다른 면을 채웠다. 나는 이 기획에 대한 소개글을 짧게 썼다.

@septuor1 2016년 1월 9일 오전 11:48
어떤 비평가가 잡지에 좋은 시의 기준에 관해 길게 썼다. 요약하자면 지가 이해하면 좋은 시고 저한테 이해 안 되거나 낯설면 나쁜 시다. 그는 분명 동성애는 지 취미에 안 맞으니 나쁜 거고 페미니스트들은 지 엄마와 다르니 나쁜 여자들이라고 생각하리라.

@septuor1 2016년 1월 9일 오후 7:40
내가 손은 자주 씻는 게 좋다고 했다고 나를 꼰대라고 부르고 블락을 통고한 사람이 있다. 블락이야 자기 맘이고 통고할 일도 아니지만, 이런 경우 꼰대라는 말은 명백한 혐오 발언이다.

@septuor1 2016년 1월 10일 오전 8:14
자신은 민주주의자인데, 호남과 좌빨이 싫다고 말하는 사람들이 있다. 그들은 심지어 그게 자신의 균형 감각을 뜻한다고까지 생각하지만, 명백한 허위의식일 뿐이다. 아무것도 하지 않은 것을 변명하는 것이고 아무것도 하지 않을 것을 미리 변명하는 것이다.

@septuor1 2016년 1월 10일 오후 2:58
어떻게 어떻게 해서 윈도우10이 깔렸는데, MS Edge라는 게 참 불편하다. Safari나 Chrome 흉내낸 건가.

@septuor1 2016년 1월 10일 오후 11:49

나는 시 비평가이고 그게 직업인 사람인데 왜 '시 쓴다는 사람들'을 별로 신뢰하지 않는지 모르겠다. 다들 아시겠지만 시인들을 말하는 게 아니다.

@septuor1 2016년 1월 11일 오전 1:40

'응8'이 시청자를 우롱했다고 아내와 딸이 난리다. 여자들은 결코 포기하지 않는 열정이 있구나.

@septuor1 2016년 1월 11일 오전 9:56

『말도로르의 노래』에 거미가 사람 피 빠는 장면이 나온다. 불어로 거미 araignée는 여성, 그래서 여성 대명사 elle로 쓴다. 이 elle을 뭐라고 번역하지. 줄곧 거미라고 할 수도 없고. 남성 같으면 놈, 녀석 정도면 될 텐데.

@septuor1 2016년 1월 12일 오전 7:13

제주 문학 캠프에 와 있다. 일찍 잔 것도 아닌데 일찍 잠이 깼다. 창밖에서 바람이 씽씽(써본 적 없는 부사) 분다.『말도로르의 노래』에선 말도로르가 지나갈 때 그런 바람이 분다. '거미'는 '그것'이라고 옮길 수밖에 없겠다. 어쩔 수 없는 손실.

@septuor1 2016년 1월 12일 오전 8:19

좋은 시의 기준을 세운 비평가가 시에서 섹스를 팔지 말라고 질타했다. 그런 시가 있나, 잠시 생각해보니 어떤 시를 말하는지 알겠다. 섹스라는 말만 나오면 '나는 섹스를 했다'나 '나는 섹스를 하고 싶다'로 이해한다면, 그런 말이 나올 만도 하다.

@septuor1 2016년 1월 13일 오전 8:50

어제 제주도민일보와 인터뷰를 했다. 다른 이야기와 함께 인류가 수만 년 역사에서 얻은 것은 어쩌면 이야기와 노래뿐일 거라는 말도 했다. 그런데 한 가지 잊고 말하지 못한 것 : 옛날 제주도민일보가 내 이름을 황현상이라고 쓴 적이 있다는 것.

@septuor1 2016년 1월 13일 오전 11:54
정부의 공익 광고를 보고 있으면 인간에게는 가정과 휴식이 중요해서 직장에서 쫓아낸다는 말이 되는데 실수로 하는 말이 아니라 일단 국민의 억장을 무너지게 하는 게 이 정부의 전술인 것 같다.

@septuor1 2016년 1월 13일 오후 4:00
우리가 누구를 대통령으로 뽑는다는 것은 그가 무슨 소릴 하건 날마다 그 사람 말을 들어야 한다는 것이다.

@septuor1 2016년 1월 14일 오전 7:03
제주 문학 캠프에서 강연을 하고 왔다. 강연을 할 때까지 행사를 주최하는 기관이 어디인지 알지 못했다. 나중에야 한림도서관이 기획하고 제주 작가들과 서울 작가들이 연합해서 행사를 이끌어간 것을 알았다. 어디에나 몸이 닳도록 열심히 일하는 사람들이 있다.

@septuor1 2016년 1월 14일 오후 9:55
"너영 나영 둘이둥실 넘고요"로 시작하는 제주 민요가 있다. 나는 이번 제주 여행 전까지 그게 우리 고향 민요인 줄로만 알았다. 우리 고향에서는 같은 노래를 "너냥 나냥 둘이둥실"로 부른다. 제주 문화권 진도 문화권 신안 문화권이 어떻게 연결돼 있을까.

@septuor1 2016년 1월 15일 오전 8:59
오늘 아침 한국일보에 나온 김호기 교수의 글에 "문화사회학적 까닭"이라는 말이 있다. '까닭'을 사전적 설명으로만 보자면 그렇게 못 쓸 까닭이 없는데, 매우 낯설게 읽힌다.

@septuor1 2016년 1월 15일 오전 9:57

내 어릴 때 파시의 여자들이 부르던 노래에 "꽃 속에서 산다이 하면 얼마나 좋을까"라는 말이 있었다. 남녀가 어울려 춤추고 노래하며, 특히 장구 치며 노는 것을 산다이라고 했다. 산대놀음의 산대와 같은 말인지 일본말인지, 아니면 전혀 다른 말인지 모르겠다.

@septuor1 2016년 1월 15일 오후 8:48

아내와 딸이 잠잠하다. 결혼이 기대하던 대로 이루어졌나보다.

@septuor1 2016년 1월 16일 오전 12:01

그들은 신영복 선생을 빨갱이라고 부르고 감옥에 가두었다. 선생의 명복을 빈다.

@septuor1 2016년 1월 16일 오전 7:48

한상진 교수는 이승만이 이 나라에 민주주의를 도입하고 정착시켰다는데, 국부라는 말은 얼마나 반민주적인가. 국민 통합의 관점에서 나온 말이라지만, 지금 우리가 이승만 앞으로 헤쳐 모여를 해야 한다는 사고는 옹색하고 무력하다.

@septuor1 2016년 1월 16일 오전 11:16

순문학은 허세도, 루저의 작업도 아니다. [삶과 문화] 작가는 무엇으로 사는가 http://hankookilbo.com/v/3ff221f6da6f4509b4b9605207941773

@septuor1 2016년 1월 16일 오후 2:41

문학이건 다른 예술 장르건 어떻게 되어야 한다는 것도, 어느 길로 가야 한다는 것도 없다. 중요한 것은 개개의 작업이 무슨 일을 했는지, 그게 왜 필요한지를 묻는 것이다.

@septuor1 2016년 1월 17일 오전 7:36

어떤 번역본들을 보면 핵심 문장을 잘못 파악해서 그 이후는 오직 혼란이다. 번역한 사람은 얼마나 괴로웠을까. 어두운 저승길을 헤매면서도 본인은 아마 내용을 파악하고 있다고 생각했을 텐데, 어떤 위선적 정신 구조가 이런 레버넌트를 만드는 것 같다.

@septuor1 2016년 1월 17일 오전 7:39

헤메다는 헤매다의 상형 문자.

@septuor1 2016년 1월 17일 오전 7:59

중국 무협에서는 주인공이 동굴에 들어가 새로운 힘을 얻고 나온다. 아메리카 사람은 말 뱃속에 들어가 새로운 힘을 얻는다. 말 뱃속은 동굴의 디지털 버전 같은 느낌이다.

@septuor1 2016년 1월 17일 오전 10:19

한상진의 말에 떠오른 생각. 이승만 정권이 민주주의 교육에는 철저했다. 그러나 가르치는 것과 행동이 달랐던 이 교육은 신념의 표출이 아니라 정권의 홍보 전단지와 같았다고 봐야 한다. 제 전단지에 제가 당한 꼴. 이것도 역사의 간계라고 해야 하나.

@septuor1 2016년 1월 17일 오후 10:27

서랍을 여니 금연 전에 피우다 둔 담배가 아직 그대로 있다.

@septuor1 2016년 1월 18일 오전 8:32

어쩌다보니 토요판 한겨레 시 기획을 오늘 아침에야 읽게 된다. 선정위원씩이나 되면서. 「거기 나지막한 돌 하나라도 있다면」 심보선의 70행 넘는 시를 생략 없이 전재했다. 소리 내어 읽으면 좋은 시. 산울림의 노랫말 "아마 늦은 여름이었을 거야"도.

@septuor1 2016년 1월 19일 오전 3:03

'나가수'가 벌써 5년 전. 2011년 8월 7일 메모 : 자니리의 〈뜨거운 안녕〉에서 "남자답게 말하리라"를 옛날 김상희는 "여자답게"로 억지 개사. 그런데 '남자답게'는 말이 되는 소린가? 김윤아가 "웃으면서"로 바꿔 불러 국민적 스트레스 하나를 해결했다.

@septuor1 2016년 1월 19일 오전 10:45

익명은 예술적 재능과 연결될 때 현실에서 벗어난 조건들을 만든다. 그러나 트윗에서는 무슨 권력과 같다. 익명이라도 자기가 받은 모욕엔 불같이 화를 내고 남에게 상처를 주었을 땐 명백한 잘못을 알고도 사과조차 하지 않는다. 누구나 다 예술가는 아니니까.

@septuor1 2016년 1월 19일 오후 4:07

맥북에 있는 자료들을 다른 데로 옮기고 싶은데, 내가 가진 외장 하드들을 맥북에 연결하면 읽기만 되고 쓰기는 불가능하네요. 어떤 저장 매체가 맥북에서 쓰기 가능한지 알려주시면 감사하겠습니다.

@septuor1 2016년 1월 19일 오후 7:39

낭만주의니 사실주의니 귀에 못이 박히게 들었을 것이다. 엄마는 모름지기 이렇게 해야 한다, 이게 낭만주의고, 이런 경우에 엄마에겐 이런 방법이 있다, 또는 아무 방법도 없다, 이게 사실주의다.

@septuor1 2016년 1월 19일 오후 8:47

트위터가 어쩐지 좀 불안하다. 죽을병이 든 것일까.

@septuor1 2016년 1월 20일 오전 8:24

글을 쓰다보면 자기가 뭘 쓰는지 잊어버릴 때가 있다. 정치하는 사람들도 아마 그러겠지.

@septuor1 2016년 1월 20일 오전 8:41

글이야 지우고 다시 쓰면 되지만.

@septuor1 2016년 1월 20일 오전 10:22

한국 음식이 너무 달고 짜고 매워졌다. 방송이 추천하는 음식에도 그런 음식이 많다. 음식물 섭취는 인간이 사물과 가장 직접적으로 만나는 일인데, 몇 가지 맛이 다른 맛을 눌러버리면 물성에 대한 파악이 그만큼 제한되고 상상력이 그만큼 좁아질 수밖에 없다.

@septuor1 2016년 1월 20일 오전 10:34

지금 교육에 가장 시급한 것은 초등학교 때부터 집안 살림하고 조리하는 법을 가르치는 것이다. 전시회 같은 것도 해야 한다. 물론 남녀 구분 없이.

@septuor1 2016년 1월 20일 오후 6:36

이제 대답할 시간이 된 것 같다. 내가 〈쓰르라미 울 적에〉를 좋아한 것은 치유 기능과는 관계가 없다. 이야기 하나를 여러 가닥으로 펼쳐가는 서사의 복수성 때문에 관심을 가졌고, 거기서 비평 아이디어를 얻기도 했고…… 한두 번 글에 쓰기도 했다.

@septuor1 2016년 1월 20일 오후 9:58

부천 아동 시신 훼손 사건. 아들을 때려죽인 아버지는 일종의 자살을 한 것 같다. 그러나 저 자신을 죽이지 못하고 아들을 대신 희생으로 삼은 것이다.

나 어릴 적에 이런 종류의 부모들 많이 보았다. 부모들이 애들한테 죽어버리린다는 소리를 일상사로 했으니.

자살도 용기가 필요하다. 증오감과 절망감으로 저를 파괴시키려 하나 용기가 없으면 아내와 자식을 패고 살림을 작살내고 집에 불을 지른다. 이런 일을 저지르고도 마음속으로는 저 자신을 죽였다고 생각하기에 죄책감도 없다. 용서를 빈다는 말은 빈말일 뿐이다.

분노하라고 말한다. 그러나 분노하기 위해서는 분노의 사용법도 알아야 한다. 분노에 먹혀버린 나머지, 누가 무슨 말을 하건 이해하려고 하기도 전에 화부터 낸다면, 분노를 창조의 에너지로 전환하기 어렵다.

방금 M지에서 청탁이 왔는데 곧바로 거절을 했다. 아마도 전화한 분은 모르는 일이겠지만, 그 잡지가 오래전에 나한테 크게 실례를 했다. 그러고는 주간이라는 사람이 이상한 부심을 부렸다. 글 쓰는 모든 사람은 마치 자신의 적이라고 생각하는 듯한 태도로.

단순하게 생각할 줄도 알아야 한다. 이 정부가 기를 쓰고 하려는 일이 서민들에게 이로운 일일 수 없다.

듀나씨는 듀나라는 이름으로 얼굴 없는 인격체 하나를 완성했다. 이 성공은 그가 지닌 재능과 지식의 뒷받침도 뒷받침이었으려니와 얼굴 없음을 일종의 권력으로 사용하지 않고, 그 이름에 책임을 지고 여러 방식으로 그 이름을 영예롭게 했기 때문이다.

@septuor1 2016년 1월 22일 오후 1:26

어느 가장이 가족을 학대하다 죽였다. 이때 그 가장이 자기가 자살하려다 비겁해서 하지 못하고 가족을 대신 죽였다는 말과 그 가장이 사이코패스라는 말 가운데 어느 쪽이 그 가장을 더 편들어준 것일까.

@septuor1 2016년 1월 22일 오후 2:53

제가 저를 죽이려다 비겁해서 못 죽이고 대신 남을 죽였다는 말이 어떻게 낭만적으로 들릴 수 있을까.

@septuor1 2016년 1월 22일 오후 3:15

술 마시는 것이 부끄럽고 부끄러워서 술 마신다는 『어린 왕자』의 술꾼을 기억할 것이다. 그러나 그 술꾼은 조용하다. 그러나 현실에서는, 길고 긴 자살을 하고 있는 이런 인간들은 그 부끄러움과 공포심에 주변을 차례차례 끝까지 파괴한다.

@septuor1 2016년 1월 23일 오전 11:22

『우리 모두 페미니스트가 되어야 합니다』에 '베갯머리송사'라는 말이 나온다. 미국 사람이 쓴 책에서 이 말을 읽으니 신기하다. 번역자 김명남씨가 어떤 단어를 이렇게 옮겼을까. PILLOW TALK?

@septuor1 2016년 1월 23일 오전 11:48

팀 매킨토시 스미스의 『아랍』. 700년 전의 여행기에 따라 현대의 아랍을 여행한다. 나는 수많은 지식을 한꺼번에 전해주는 이런 책이 좋다. 그러나 내내 깊은 슬픔을 안고 읽어야 한다.

@septuor1 2016년 1월 23일 오후 4:40

내용은 어리석은데 용어만 고급인 글들이 있다. 그런 글들이 대개 공격적인데, 그 용어에 겁을 먹고 있거나 거기에 과도한 오마주를 바치려다 그렇게 된 게 아닌가 싶기도 하다.

@septuor1 2016년 1월 23일 오후 10:25

누가 자기를 우주 미인이라고 하면 우주가 모두 알아주는 미인이라기보다 지구의 기준으론 미인이 아니라는 뜻이겠다. 우주의 기준은 지구의 기준처럼 협소하지 않을 것이다. 거대 단위는 모든 면에서 우리를 구제한다. 별 소용도 없이.

@septuor1 2016년 1월 24일 오전 8:03

사람이 겸손해야 알아듣는 말이 있다. '내 말이 짧았나보다'는 '네가 바보라서 알아듣지 못했다'는, '관념적으로 들릴 수 있겠다'는 '네 경험과 상상력이 부족하다'는, '날카로우십니다'는 '별 이상한 트집을 다 잡는다'는 뜻일 수 있다.

@septuor1 2016년 1월 24일 오전 8:52

그나저나 저 지랄 맞은 시는 언제 번역한다? 날도 추운데 오늘 트윗은 여기서 끝!

@septuor1 2016년 1월 24일 오후 7:50

시 번역에서 행갈이의 문제. 원문 순서 따라 구문 도치하기보다 우리말로 잘 읽히게 순치하는 편이지만, 무엇보다 정보 제공의 순서가 문제다. 그때 그때 다르고 그때마다 불안하다. 옛날엔 담배를 피웠는데 이젠 트윗에 들어온다. 오늘은 한 번만 들어왔다. 힘들다.

@septuor1 2016년 1월 24일 오후 9:10

2002년 여름 타클라마칸의 어느 오아시스 마을 주민들과 함께 찍은 사진. 동행했던 분이 사진을 찍어 보내주며, 떠나올 때 마을 사람들이 울었다고.

두 시간 남짓 머물렀을 뿐인데. 나는 지금 눈물이 난다.

@septuor1 2016년 1월 24일 오후 11:19
알려지지 않은 피해, 의식되지 않은 피해를 말할 때는 피해자의 관점이 필요불가결하다. 그러나 잘 알려진 피해, 누구나 의식하는 피해는 서술이나 관찰에 피해자의 관점은 사실상 불필요할 때가 많다. 가해의 양태는 다양한데 피해의 양태는 동일하기 때문이다.

@septuor1 2016년 1월 25일 오전 10:54
또 이간질에 넘어간 건지, 이간질을 이용하자는 건지.

@septuor1 2016년 1월 25일 오전 11:16
중3 딸을 둔 아버지 이야기. 딸이 아빠더러 현관문 밖에 큰 비닐봉지가 있을 테니 가져다달라더란다. 네가 가져오지 했더니, 아직 화장하기 전인데 봉지를 놓고 간 남자친구가 숨어서 볼지도 모르기 때문이라고. 봉지에는 그 집 개 간식도 들어 있었단다.

@septuor1 2016년 1월 25일 오전 11:37
모든 범죄에는 권력관계가 있다. 국가 권력 젠더 권력 같은 상시 권력도 있지만, 무기와 빈손, 노리는 자와 방심한 자 간의 일시 권력도 있다. 가족 내 권력, 젠더 권력 범죄는 은폐 용인되기 쉽지만, 권력이 폭력으로 변질되는 계기의 고찰이 은폐를 돕는 건 아니다.

@septuor1 2016년 1월 25일 오후 12:28

지난 20년 동안 가난한 동네를 그린 화가의 말, 가난한 동네에서 새누리당 찍은 사람은 자기가 더 높은 사람이라고 생각해서 민주당 찍은 사람을 무시한단다.

@septuor1 2016년 1월 25일 오후 12:45

용어를 겉핥기로 배운 사람일수록 그 용어를 물신화하기 쉽다. 모든 사안이 그 용어로 통해야 한다고 생각하기에 다른 사람의 말에서 그 말이 나오지 않으면 화를 낸다. 교회를 다니는 사람이 안 다니는 사람에게 화를 내듯이.

@septuor1 2016년 1월 26일 오전 9:49

다들 핵가족으로 살면서도 풍속 의식은 여전히 대가족 제도에 매어 있다. 그래서 핵가족으로는 해결할 수 없는 것이 저절로 해결되는 것으로 착각하기 쉽다. 가장 심각한 것이 육아 문제. 애를 맡기려 시가 친정 헤매고 다니던 제자들 중 여럿이 공부를 포기했다.

@septuor1 2016년 1월 26일 오전 10:00

애를 최소한 반은 공공으로 키운다는 생각을 하지 않는 한, 나라는 현재의 농촌처럼 노인만 남을 것이다.

@septuor1 2016년 1월 26일 오전 11:33

공부 잘하는 학생이 일베에 잘 끌린다는 기사. '피도 눈물도 없는'의 이미지로 무장하고 싶어하는 젊은 날의 자의식이 한몫할 텐데, 간단히 말해서 조폭 흉내. 여당을 지지해야 세게 보인다는 가난한 동네 노인들의 의식과 일치한다는 점에서 흥미롭고.

@septuor1 2016년 1월 27일 오전 9:33

이론서의 복잡한 문장이 이상하게 번역되는 것은 '은는이가'의 쓰임이 서툴기 때문이다. 그런데 이걸 잘 쓴다고 말할 수 있는 사람은 아무도 없다. 한국어에 관계절이 생기기 전까지는.

@septuor1 2016년 1월 28일 오후 4:22
보들레르나 말라르메에 비해 랭보의 시가 어떻게 중요한지 설명하긴 참 어렵다. 감각의 전면적, 장기적, 합리적 착란이라는 말은 어떤 체험에 대한 묘사이지 시법은 아니다. 사람들은 랭보가 애로서 시를 썼기에 깔보기도 한다. 한국에서만이 아니라 프랑스에서도.

@septuor1 2016년 1월 28일 오후 7:45
영화 〈어린 왕자〉는 좀 실망스럽다. 〈어린 왕자〉로 〈피터팬의 모험〉을 만들어버린 느낌. 어린 왕자가 뱀에 물린다는 것은 현실에서의 자각이라는 뜻도 되는데.

@septuor1 2016년 1월 29일 오전 2:38
군복무 때문에 자신의 재능을 포기한 젊은이가 많다. 그러나 징병제의 모순은 남자들만 괴롭히는 것은 아니다. 법의 이름으로 감춰지는 모순은 최약자들을 속죄양으로 삼는다. 여성과 장애인들에게 분풀이를 하는 예비역들이 불법 면제자들을 영웅시하는 경우도 있다.

@septuor1 2016년 1월 29일 오전 10:36
징병제는 모병제로 바뀌기 전까지 젊은이들의 자기 발전에 크게 차질을 줄 뿐더러 늘 여성 차별의 기제로 남기 쉽다.

@septuor1 2016년 1월 29일 오전 10:51
45년 전에 군에서 전역할 때 다른 전역병들과 함께 부대를 나서는데 한 병사가 "선배님들, 나가서 군대 좀 없애주세요"라고 소리쳤다. 무슨 효과를 기대하고 했던 말은 물론 아니다. 예비군 졸병이 무얼 하겠는가. 그런데 그 말이 아직도 귀에 걸려 있다.

@septuor1 2016년 1월 29일 오후 12:20

세 자녀보다 네 자녀나 다섯 자녀를 하면 고령화 문제가 더 쉽게 해결되지 않나? 김무성이 통이 크질 못하구나.

@septuor1 2016년 1월 29일 오후 2:47

백민주화씨는 애국심이 없는 사람으로 간단히 분류될 수 있다.

@septuor1 2016년 1월 29일 오후 2:58

민주성, 도덕성, 공공성을 배제하는 애국심이란 도대체 어떤 성질을 지니는 것일까. 또는 애국심이란 말 한마디로 그런 성질을 모두 포괄할 수 있다고 생각하는 것일까.

@septuor1 2016년 1월 29일 오후 3:20

백민주화씨 관련 트윗에 오해하는 사람이 있을 것 같아서. 백씨가 네덜란드에 가서 시위를 했기 때문에 나라가 망신당하는 것이 아니라, 망신당할 짓을 했기 때문에, 여전히 하고 있기 때문에 망신당하는 것이다. 이준 열사가 나라 망신시켰다고 말할 사람들.

@septuor1 2016년 1월 29일 오후 4:16

정부가 요즘 들어 부쩍 '애국'에 집착하는 것은 '종북'의 약발이 떨어졌기 때문이기도 하겠고, 박근혜를 부각시킬 수 있는 말이 지금 그 말밖에 없기 때문이기도 하겠다.

@septuor1 2016년 1월 29일 오후 11:53

보들레르는 연애 관계에서 더 사랑하는 쪽은 환자와 같고 비교적 덜 사랑하는 쪽은 의사와 같다고 말했다. 랭보와 베를렌의 동성애 관계에서 베를렌이 자주 찌질하게 보이는 것은 더 사랑하는 쪽이었기 때문이다. 나이는 더 많으면서……

문재인에게 '노동 개혁 입에 담지도 말라'는 김순덕의 칼럼은 중남미의 정치적 타락과 권력의 착취 등은 말하지 않은 채 모든 잘못이 노동자들에게 있는 것처럼 말하고 있다. 거짓말의 전형적인 양식이다. 매끄럽게 잘 써진 문장으로.

복지가 나라를 망하게 한다거나 임금을 제대로 주면 나라가 망한다는 말은 왜 그렇게 잘 먹혀들어갈까.

한 사랑 이야기가 그 사랑을 뛰어넘어 다른 여러 사랑을 그 안에 포괄할 수 있게 되었다, 아마도 그렇게 쓸 말이었겠지.

서사에서, 어떤 개별 주제가 보편성을 띤다는 말은 그 작품이 비슷한 주제의 여러 작품 가운데 하나라는 말의 완곡한 표현일 수도 있다. 중요한 것은 그 개별 주제가 보편성의 이해에, 또는 재정의에 어떤 힘을 발휘했느냐일 것이다.

나는 상대방의 말에서 어떤 재능을 느끼거나 내게 필요한 정보가 있다고 생각하면 팔로잉해왔으며, 내 말을 귀찮아하면 블락했다. 내가 블락한 사람 가운데는 내 트윗을 개소리라고 한 사람도 있고 그걸 퍼나른 사람도 있다.

학부 때 교수 가운데 한 분이 수녀셨다. 다른 프랑스인 수녀와 그분의 대화 중 성테레사의 환희와 같은 환희의 체험담을 엿들었다. 지금도 두 분 수녀님의 환희의 고백과 보부아르의 『제2의 성』에서의 환희의 비판, 양쪽이 모두 진실이라고 생각한다.

@septuor1 2016년 1월 30일 오후 8:12
노회찬씨가 창원 성산에서 출마한다는데, 응원하고 싶다.

@septuor1 2016년 1월 30일 오후 11:24
번역을 하면서 가능한 한 글자를 줄이고 있는 나를 본다. 트윗의 심각한 후
유증이다.

@septuor1 2016년 1월 31일 오전 7:32
나도 글씨를 잘 쓰는 편은 아니다. 그런데 어떤 손글씨는 보고 있기가 괴롭
다. 어떤 문체가 마치 음치의 노래를 듣는 것과 같은 느낌을 줄 때처럼.

@septuor1 2016년 1월 31일 오전 7:42
달필은 늘 보기 좋지만 악필이 항상 보기 싫은 것은 아니다. 고인이 된 소설
가 최모씨의 원고를 본 적이 있다. 악필 중의 악필이었지만 어떤 재능을 느
낄 수 있었다. 내 친구 하나는 초등학생처럼 글씨를 쓰지만 그 글씨에 분명
한 기품이 있다.

@septuor1 2016년 1월 31일 오전 9:36
오늘 〈중앙Sunday〉에 실린 김우창 교수의 글 「이념적 정열과 현실적 이성」
이 많은 생각을 아우르고 있는데, 인터넷에서 기사를 찾지 못해 링크를 걸
수가 없다.

@septuor1 2016년 1월 31일 오전 10:25
『적과 흑』은 사회 소설이지만 뛰어난 연애 소설이기도 하다. 좋은 연애 소설은
사회적 의식개혁의 시발이 된다. 『위험한 관계』 『마농레스코』 『파리의 노틀담』
『감정교육』 『사랑의 한 페이지』…… 이광수의 『무정』도 거기 들어간다.

@septuor1 2016년 1월 31일 오전 10:57
노동운동 봇인 것처럼 위장하고 일베질 하는 계정도 많구나.

@septuor1 2016년 1월 31일 오전 11:25
내가 작년에 알라딘과 예스24에서 『어린 왕자』만 37종을 구매했구나. 내 번역은 그렇고, 김화영 선생, 전성자 선생 번역이 역시 좋다.

@septuor1 2016년 1월 31일 오후 9:26
〈8월의 크리스마스〉를 프랑스에서 처음 상영했을 때 파리의 한 신문이 한국인들도 서구인들만큼 깊은 감정을 지니고 있다고 썼다 한다. 국내의 한 신문이 이를 칭찬의 말인 것처럼 전하는 기사를 읽은 기억이 있다. 갑자기 원문을 확인하고 싶은데 어렵겠지.

황현산

@septuor1 2016년 2월 14일 오전 12:09

옛날에 올린 트윗이 리트윗되고 있으면, 항상 민망하다. 매미가 제 허물을 볼 때도 이런 기분일 것이다. 매미한테도 기분 같은 것이 있다면.

💬 1   🔁 43   🤍 35

@septuor1 2016년 2월 1일 오전 7:41

경향신문에 연재하던 「밤이 선생이다」에 관해 묻는 사람들이 있다. 지난 12월, 연재를 지속하기 어려운 사정을 담당 기자에게 알리고 1월부터 연재를 중단했다. 오랫동안 지면을 내주신 경향신문에 감사한다.

@septuor1 2016년 2월 1일 오전 7:52

서울에 와서 종종 듣는 말 가운데 하나가 '전라도 사람도 좋은 사람은 참 좋아요'였다. 이동진씨 말을 이런 종류의 말로 받아들여야 할지 나로선 판단이 어렵다. 다만 연애 서사에 관해 다시 생각해볼 계기를 얻었다. 시간이 허락된다면 책을 한 권 쓸 수도.

@septuor1 2016년 2월 1일 오전 8:01

비평가가 작품의 의도를 따진다는 것은 작품을 의도로 환원하기 위함이 아니다. 의도와 해석의 지평선 사이에서 긴장을 유지하기 위함이다. 지구의 비평가가 지구인의 작품을 안드로메다에서 온 사람처럼 보는 것은 사실상 불가능하다.

@septuor1 2016년 2월 1일 오전 8:15

앙드레 브르통은 초현실주의에 관해 공적으로 말할 땐 자기 허락을 얻어야 한다고 거의 그렇게 생각했다. 초현실주의 작품이라는 말에 면허를 낸다는 생각까지 했다. 그러나 초현실주의, 초현실적이라는 말은 브르통보다 더 오래 살아남았다.

@septuor1 2016년 2월 1일 오전 8:39

우리 세대가 대학에 다닐 때만 해도 남자들이, 또는 여자들이 서로 손을 잡고 다니는 것은 흔한 일이었다.

@septuor1 2016년 2월 1일 오후 12:29

온갖 몸부림을 다 치면서 최상의 작업을 하는 사람들이 있다. 그런데 어떤 사람들은 설렁설렁 일을 하면서 거의 한 번도 실수 없이 최상에 가까운 작업을 한다. 양쪽이 서로 부러워한다.

@septuor1 2016년 2월 2일 오전 2:14
베를렌의 시 하나를 번역하면서 '귀머거리'라는 말을 쓰고 주춤하게 된다. 『톰 소여의 모험』을 생각하면. 고전 출판에서 쓸 수 없는 말은 번역에서도 쓸 수 없는 것이 아닌가.

@septuor1 2016년 2월 2일 오전 9:13
기상 시간이 점점 늦어진다. 몸이 옛날로 돌아가는 징조인가.

@septuor1 2016년 2월 3일 오전 6:41
커서에 꼬리를 붙여놓으니 역시 찾기 쉽다. 그런데 옛날에도 꼬리를 붙인 적이 있는 것 같은데 왜 뗐지. 치덕거리는 것이 싫어서였을 것이다. 장식은 늘 지고 가야 할 부담으로 보인다.

@septuor1 2016년 2월 3일 오전 7:16
고양이들이 떼를 쓰며, 나를 사료 그릇 앞으로 끌고 와서 밥을 먹는다. 딴생각을 하다보니 나만 사료 그릇 앞에 앉아 있다.

@septuor1 2016년 2월 3일 오전 11:04
'정치의 금지선을 지켜야 한다'고 말하려면, 법률적이건 관습적이건 그 금지선을 정의하거나 명시해야 한다. 그래서 '금도를 지켜야 한다' 같은 소리를 하는데, 금도는 아량이라는 뜻일 뿐이다. 한국의 정치나 언론은 없는 말로 말하는 재주가 있다.

@septuor1 2016년 2월 3일 오후 5:42
오늘은 낮에! 작업을 해서『말도로르의 노래』제6가 제1절과 제2절을 번역했다. 원고지 30매 분량! 그 기념으로 제2절의 끝을 적어둔다. 멋지다.

@septuor1 2016년 2월 3일 오후 5:44

"나는 우선 코를 풀고 싶기 때문에 코를 풀겠으며, 그다음에는 내 손의 강력한 도움을 받아, 손가락이 떨어뜨린 펜대를 다시 잡을 것이다. 카루젤 다리는 자루가 내지르는 것 같은 찢어지는 비명을 들었을 때, 어떻게 그 중립성을 유지할 수 있었을까!"

@septuor1 2016년 2월 4일 오전 11:44

한국어로는 어려운 책을 읽은 적이 없는데 유학 가서 외국어로 어려운 책을 읽고 온 사람이 있다. 이런 사람들이 번역한 책은 믿지 않는 것이 좋다.

@septuor1 2016년 2월 4일 오후 12:39

김이듬 시인의 시집 『명랑하라 팜 파탈』의 영어판, Action Books에서 출판되었다. 『별 모양의 얼룩』 『말할 수 없는 애인』의 시들도 들어 있다. 김이듬의 시는 서구어로 번역하기 좋은 시다.

@septuor1 2016년 2월 4일 오후 1:30

나는 어떡하라고.

@septuor1 2016년 2월 4일 오후 10:55

트윗에서 '매우 납득했다'라는 문장을 보았다. 장난기를 담은 문장이지만, '매우 처라'가 있으니 성립할 수 없는 문장이라고 말하기도 어렵겠다.

@septuor1 2016년 2월 5일 오후 12:54

단편 하나에 '꼬신다'는 말이 다섯 번도 더 나오는데, 읽기에 거북하다. 유혹한다, 작업한다와 어떻게 다를까. 상대를 '얕잡아보면서'라는 뜻이 덧붙여지는 게 아닐까.

@septuor1 2016년 2월 6일 오전 11:12

2014 종합소득세 신고를 하지 않아 이제야 정산을 하니 기백만 원의 세금을 내야 한단다. 기간 내 신고를 했으면 오히려 40여만 원을 환급받았을 텐데. 그때 나는 수술을 받고 갓 퇴원하여 사경을 헤매고 있었다. 그러나 내 사정일 뿐이다.

@septuor1 2016년 2월 6일 오후 6:41

제자 부부가 30개월 된 딸을 데리고 미리 세배를 왔다. 아이가 부끄러워 엄마 치마에 5분간 얼굴을 묻고 있다가 무슨 핑계를 만들어 3분 동안 울고, 고양이를 구경하고 과자를 먹고…… 어떤 연출, 아니 생명 발현의 어떤 프로그램을 보는 것 같다.

@septuor1 2016년 2월 6일 오후 8:11

어디로 향해야 할지 모르는 분노들이 많은 것 같다. 누가 고양이에게 욕을 하니, 지나가던 낯선 사람, 누구에게 늘 개 취급을 당하던 사람이 자기에게 욕을 한 것이라며 다짜고짜 화를 낸다. 지금 그런 트윗이 나와 내 글을 알티한 사람에게 동시에 날아갔다.

@septuor1 2016년 2월 7일 오전 7:44

아침에 일어나서 생각하니 원고 하나 마감을 넘겼다. 긴 글도 아니고 써야할 말이 없는 것도 아닌데. 그런데도 연휴라 마음이 편하다. 원고를 쓸 시간이 왔다는 생각. 직장을 가졌던 사람의 오래된 습관이다.

가난한 동네일수록 같은 가격에 서비스의 질은 낮다. 너나 나나 똑같은 처지에 무슨 서비스냐는 생각 탓도 있고, 업소의 주인이 좋은 서비스를 받아본 적이 없어서 아무 생각이 없는 경우도 있다. 대신 밥이나 국을 한 그릇씩 더 준다든지 그런 것은 있다.

좋은 서사는 한쪽 사람에게 '이제야 이렇게 말할 수 있게 되었네'라고, 다른 사람들에게 '이제까지 모르고 있었네'라고 말하게 한다. 양쪽이 모두 신기하게 생각하지만 신기함이 작동하는 방식과 방향은 다르다.

실은 '이만큼 봐주었으니 어서 시작해'라고 말하는 것 같다.

보통 논문이 말하려는 것은 보편성이 갖는 현재성이고, 비평이 말하려는 것은 현재성이 지향하는 보편성이다.

책을 좀 읽은 학생이 작품 분석 수업에 심하게 저항하는 경우가 있다. 자신의 특별한 감동이 보편성에 흡수되는 것이 두려운 것이다. 그 학생에게 가르쳐야 할 것은 그 보편성이 늘 흔들린다는 것이다.

출간한 지 상당한 기간이 지나지 않은 작품은 수업이나 논문의 대상으로 삼지 않는 전통이 있었다. 그 작품의 보편성을 의심해서이기도 하지만, 인기 있는 미혼이 결혼을 미루는 것과 같은 이유도 있었다.

@septuor1 2016년 2월 8일 오전 11:36

가령 김영승의 시 같은 시가 교과서에 오르는 것을 나는 반대한다. 시가 좋지 않아서가 아니다. 발랄한 젊은이가 어디 틀 잡고 앉아 대접받을 이유는 없다. 사방팔방 놀러다니면서 즐기는 게 더 낫다.

@septuor1 2016년 2월 9일 오전 9:22

홍콩에서 심상찮은 사태가 일어난 것 같은데 뉴스가 뜨지 않는다.

@septuor1 2016년 2월 9일 오전 9:33

지난 20년 동안 진보적 인사들 가운데 많은 사람이 보수 쪽으로 돌아섰다. 억압의 문화, 불평등의 문화에 기대어서 진보를 내세우다가 그 문화가 깨어지기 시작하니 당황한 것일까. 우리는 나 대신 다른 사람이 저지르는 악에 기대 사는 경우가 많다.

@septuor1 2016년 2월 10일 오전 6:52

90년대부터 기부금 입학 제도 이야기가 나오기 시작했으나 여론에 밀려 실현되지 못했다. 그런데 그때부터 수도권의 이름난 대학에는 부자들만 들어갈 수 있도록 입시 제도가 바뀌었다. 마치 사람마다 지닌 다양한 재능으로 대학 갈 수 있을 것처럼 속이면서.

@septuor1 2016년 2월 10일 오전 7:02

고려대를 마지막으로 입시에서 논술 고사가 없어질 전망이다. 수능 시대에, 부자들에게 논술 고사는 돈을 들여도 그만큼 성과가 나지 않아 대비하기가 가장 어려운 시험이었다.

@septuor1 2016년 2월 10일 오전 7:48

사치도 우리의 영혼이 요구하는 것 가운데 하나다.

사치에 대한 욕구는 보들레르식으로 말한다면 인간 정신의 불멸성에 관한 증거다. 이런 거창한 말이 아니더라도 생존 밖으로 넘치는 것이 하나라도 있어야 삶이 삶이다. 하다못해 연필이라도 좋은 것을 사서 써야 한다.

개성공단 전면 중단. 못난 가장이 화난다고 살림살이 때려 부수는 것과 다를 것이 없구나. 통일 대박이라더니.

논술에 대해 오해가 많은데 한 가지만 이야기하자. 답안지를 채점해보면 모든 게 완벽해 보이고 정답에 가까운데 제시문과 약간 어긋난 글이 있다. 외어온 글이다. 그런 글이 전체의 7, 80% 정도 된다. 예화까지 똑같다. 75점 정도 맞는다.

논술 고사에 요약형 문제가 있다. 수험생들은 이런 문제를 가소롭게 여긴다. 답안도 완벽하게 썼다고 생각한다. 그런데 이 문제에서 점수 차가 많이 난다. 그 차이가 독해력의 차이이기도 하다.

한 수 앞도 내다보지 못하니 이 나라에 어떻게 미래가 있겠는가.

딸 : 연습실 가기 싫다.
나 : 그럼 가지 마라.
딸 : 아 안 돼.
나 : 그럼 가라.
갔다.

@septuor1 2016년 2월 12일 오전 9:58

조선일보가 개성공단의 물품을 북한이 차지한 장물로 표현했다는데, 나는 달리 생각한다. 물건까지 싣고 나가면 정말로 끝이라고 생각했을 것이다. 이거야말로 기호학이다.

@septuor1 2016년 2월 12일 오후 12:04

사드로 중국을 조종할 수 있다고 생각하다가 사드만 떠맡고 말았다. 제 꾀에 제가 넘어간다는 것이 이런 것이다.

@septuor1 2016년 2월 12일 오후 1:51

새누리당 하태경인가 뭔가 하는 인간이 "우리도 전쟁을 할 수 있다는 얘기를 정치인들이 국민들에게 해야 한다"고 주장하고 나섰단다. 전쟁은 전쟁할 수 있다고 하는 것이 아니다. 지금 불만 붙으면 지옥인 이 나라에.

@septuor1 2016년 2월 13일 오전 10:42

무얼 먹고, 어떤 차를 마시고, 어떤 시를 읽고, 어떤 영화를 보고, 이런 문제에까지 선악을 말하는 습관도 깊이 따지고 들어가보면 민족주의적 사고와 연결된다.

@septuor1 2016년 2월 13일 오전 11:12

무슨 말이건 구호의 형식을 빌려서 쓰고 구호의 형식으로 이해하는 습관이 사라져야 과학적으로, 민주적으로 사고할 수 있을 것 같다.

@septuor1 2016년 2월 13일 오후 11:53

내가 물뚝 옹의 만년필 한문 글씨를 훌륭하다고 말하면서 훌륭하다고 오타를 내지 않은 것은 지금 생각해도 기적이다.

@septuor1 2016년 2월 14일 오전 12:09

옛날에 올린 트윗이 리트윗되고 있으면, 항상 민망하다. 매미가 제 허물을 볼 때도 이런 기분일 것이다. 매미한테도 기분 같은 것이 있다면.

@septuor1 2016년 2월 14일 오전 9:19
왜 옛사람의 골방 철학을 내가 읽어야 하느냐고 불평하는 트윗이 있다. 내가 안 읽어도 남이 읽으니 안 읽기도 어렵겠다. 그래서 고전과 나의 관계는 지금 나의 사회적 관계와 같다. 고전의 현재성이란 고전과 지금 나와의 상관관계라는 말로도 이해된다.

@septuor1 2016년 2월 14일 오전 11:50
'개성공단 달러가 핵개발에 사용되었다.' 국가 경제와 가계를 혼동하면 이런 말이 나오겠다. 어쩌면 북한에는 국가 경제 같은 것은 없다고 생각하는지도.

@septuor1 2016년 2월 14일 오후 4:15
'아메리칸 히어로'가 갑자기 이해되었다. 우리는 모두 손가락만 까딱해도 대통령을 바꿀 수 있는 초능력자들인데 이렇게 찌질하게 살고 있지 않은가.

@septuor1 2016년 2월 14일 오후 10:13
『말도로르의 노래』를 번역하는데 '보람 없는 해방작업'l'opération de la délivrance négative'이라는 말이 나온다. 사람들은 이미 죽었는데 그 시체를 애써 끌어내기. 몇 년 전이었더라면 이 정황을 잘 이해하지 못했을 것이다.

@septuor1 2016년 2월 15일 오전 10:44
〈제5원소〉나 〈스타워즈〉를 보면서 늘 이해가 안 되는 게 있었다. 그 절대악이 도대체 무얼 어떻게 하자는 건지. 그게 절대라서 만든 사람들도 모르는 것이 아닐까.

@septuor1 2016년 2월 15일 오후 2:06
이준규 시인의 산문집인데 제목이 없다. 아니『7』이 제목이다. 울리포프레스는 '무용하고 아름다운 책'을 만드는 곳이다. 이름다운 것은 사실인데 무용한지 아닌지는 지금부터 읽어봐야 알겠다.

@septuor1 2016년 2월 16일 오후 12:33
절망감의 발작이 아동 살해로 이어진 경우가 많지만, 5년 전에 어머니가 딸을 죽여 야산에 묻었다 발각된 사건은 성질이 다른 듯. 무자비한 집주인과 집주인에게 잘 보여야 하는 어머니가 합세해서 아이를 죽인 꼴이다. 여자가 가출하기까지의 사정이 알려졌으면.

@septuor1 2016년 2월 16일 오후 12:52
개성공단 달러가 '결과적으로' 핵개발에 사용되었다는 말은 북한의 핵개발을 막기 위해서는 북한 주민을 모두 굶겨 죽여야 한다는 말과 다를 것이 없다.

@septuor1 2016년 2월 17일 오전 5:26
일베는 온갖 차별 표현을 만들었지만 차별 발언, 혐오 발언 못잖게 끔찍한 것은 선비질이라는 비아냥이다. 말도 안 되는 소리를 늘어놓고 상대방의 입을 틀어막는 이 반지성주의 비아냥은 극보수의 형이상학과 같다. 이 말이 나오면 자연스럽게 보일 입들이 많다.

@septuor1 2016년 2월 17일 오전 9:56
광대 관련 프랑스어와 대응 한국어(제안) 1
acrobate 아크로바트, 도화사

arlequin 아를르캥

bateleur 요술 곡예사, 요술사

bouffon 익살 광대

charlatant 호객꾼, 바람잡이

clown acrobate 곡예 도화사

광대 관련 프랑스어와 대응 한국어(제안) 2

clown 얼럭광대, 도화사

écuyer 곡마사

fou 바보 광대

funambule 줄타기 곡예사, 어름사니

histrion 바람잡이 어릿광대

jongleur 종글뢰르

pierrot 피에로

광대 관련 프랑스어와 대응 한국어(제안) 3

pitre 어릿광대

saltimbanque 곡예사

솔직히 내 심정을 말하면 '영패주의를 해서라도'다. 그러나 영패주의를 비판했다고 해서 쓰던 칼럼을 못 쓰게 하는 것이 옳은 일인가?

전쟁은 나쁜 것이다. 너무나 당연한 말 같지만, 성차별의 뿌리에 전쟁도 있다고 생각한다. [미군이 오면 소녀는 땅속에 숨어야 했다 | 다음 뉴스] http://v.media.daum.net/v/20160218041700282?f=m

학생들이 교사를 깔보고 시시덕거리고 그럴 때는 정자세로 입을 다물고 교단에 가만히 서 있는 것도 한 가지 방법임. 특히 여선생님들에게 권함.

하필이면 물일까. 어디서 마녀재판 이야기를 들었나, 무언가 켕기는 것이 있나.

목가(적), 전원시(적)로 번역되는 프랑스어 1

Idylle 순정 목가

pastoral 목극, 목가

bucolique 전원시, 들노래

églogue 화답和答 목가

목가(적), 전원시(적)로 번역되는 프랑스어 2

champêtre 전원의, 들녘의

oaristys 연애 목가

bergerie 목동시 목동극

구별될 만한 번역어를 찾아봐도 그 소리가 그 소리다.

오늘 아폴리네르 강의를 끝으로 시민행성 강의가 모두 끝났다. 강의중 초기 자유시의 걸작인 「앙드레 살몽의 결혼식에서 읊은 시」를 성우 윤소라 선생이 읽어주셨다. 사람들이 다 감동을 받았다. 낭독의 힘.

말이 사실을 드러내고 전달해야 할 텐데, 사실을 가리고 온갖 금지의 장막을 치기 위해 사용되는 말들도 많다. '세월호를 정치적으로 이용한다'고 할 때의 '정치적' 같은 말이 그런 말이다. 이름 붙여서 분리시키기.

@septuor1 2016년 2월 19일 오전 11:55

박근혜의 강경 정책이 생각보다 더 우려스러운 것이 저질러진 실책을 강경함으로 덮고 그걸 다시 강경함으로 덮는 형식을 취하기 때문이다. 그 끝은 전쟁이다.

@septuor1 2016년 2월 19일 오후 12:24

아름다움을 보는 눈이 날카로울수록 너그러운 정신을 갖게 된다. 날카로울수록 더 많은 아름다움을 발견해내기 때문이다. 아름답지 않은 것을 아름답게 보는 척한다는 말이 아니라 헛된 표준을 만들지 않는다는 말이다. 자신 없는 눈이 표준에 의지한다.

@septuor1 2016년 2월 20일 오전 5:04

우리집에도 이케아 의자가 있다. 전부터 있던 의자와 잘 어울린다. 취향이라고 할 만도 하다.

@septuor1 2016년 2월 20일 오전 10:14

결과적으로 볼 때 일베의 득세는 한국 좌파의 지적 게으름에 상당 부분 책임이 있다. 그런데 일베 세력 형성에는 치밀한 작전과 설계가 있다고 본다. 비정상 코드로 정상의 울타리를 만들고 있는 이 현상이 자연 발생한 것이 아니다.

@septuor1 2016년 2월 20일 오전 10:18

일베가 형성될 무렵에, 변희재는 좌파 지식인들의 논문 표절을 조사하고 있었다.

@septuor1 2016년 2월 20일 오전 11:04

우리집의 저축. 아내가 어제 계란찜을 해놓고 잊어버렸다. 아침에 전자레인지를 여니 계란찜이 있었다.

@septuor1 2016년 2월 20일 오전 11:29

움베르토 에코의 언어 고찰은 탁월했다. 내가 번역에 어떤 이론 같은 것을 만들 때, 에코라면 어떻게 생각할지 자문해본 적이 많다. 『장미의 이름으로』는 아주 재미있게 읽었지만, 의문도 많았다. 무엇보다도 비극은 억압적이며 희극은 해방 지향적인가.

@septuor1 2016년 2월 20일 오후 12:59

일베 현상을 일베의 눈으로 분석해야 옳다는 주장도 나오는구나.

@septuor1 2016년 2월 21일 오전 8:28

문화예술위원회의 창작지원금이 무기명 응모 방식에서 문단 추천 방식으로 바뀐다는데, 이때 '문단'이라는 것이 무엇인지. 모르겠다는 것이 아니라 암담하다. 어떤 사람들의 얼굴이 벌써 떠오른다. http://news.naver.com/main/read.nhn?mode=LSD&mid=sec&oid=001&aid=0008191863&sid1=001 …

@septuor1 2016년 2월 22일 오전 12:54

내가 기록해놓은 것은 없지만, 해마다 2월 20일을 전후해서 눈이 꼭 한 번 왔다. 그래서 보통 2월 25일에 치러지는 졸업식 때는 먼산의 눈을 볼 수 있었다. 올해는 날은 추워졌지만 눈은 오지 않는구나.

@septuor1 2016년 2월 22일 오전 1:12

나는 추석보다 정월 대보름과 연결된 추억이 더 많다. 보름에는 아이들이 대바구니를 들고 떼지어 밥을 얻으러 다녔고, 아침에 일어나 더위도 팔았고, 쥐불놀이도 했고, 정말 다양한 축제 행사가 있었다. 추석이 귀족적이라면 보름은 말 그대로 서민적이었다.

@septuor1 2016년 2월 22일 오전 8:47
의대 구술시험. 선생 : 이 증상에 어떤 처방을 해야 하나? 학생 : 어떤 약 두 숟갈입니다, 라고 말하고 뒤돌아서 나가는데 아니다. 학생: 한 숟갈입니다. 선생 : 네 환자는 벌써 죽었다. 의대생들의 이 오래된 농담을 나는 번역 실습 첫 시간에 꼭 한다.

@septuor1 2016년 2월 22일 오전 8:52
"너희들이 오역을 해도 사람이 죽는다. 다만 천천히 죽을 뿐이다." 이 말을 덧붙여서. 미술시장에 위작 시비가 그치지 않는다는데, 전문가의 감정을 믿을 수 없고, 주요 작품의 오역이 난무하고, 이런 일이 계속되면, 한 사회의 지적 권위의 토대가 흔들린다.

@septuor1 2016년 2월 22일 오전 10:26
박사학위의 이상한 효과. 친구가 집안 제사 때마다 절차를 놓고 고모들의 등쌀에 시달렸는데, 박사학위를 받은 다음에는 사인펜으로 지방을 써도 아무 말이 없더란다. 통계학 박사인데.

@septuor1 2016년 2월 22일 오후 8:08
역사 교과서 국정화는 벌써 아무 일도 아닌 일이 되어버렸구나.

@septuor1 2016년 2월 23일 오전 7:53
이슈로 이슈를 덮으며 영구 집권을 꾀하는 정권 앞에서는 총체적 저항밖에 없는데 이슈들이 또한 사람을 지치게 만들어 투표조차 포기하게 한다. 윤리는 지치지 않아야 윤리다.

@septuor1 2016년 2월 23일 오전 10:00
군가산점에 대해 오해하기 쉬운 것은 군대에서의 고생을 여자들이 몰라준다는 것이다. 가산점은 그 고생을 높이 평가하는 것이 아니다. 누가 고생한 나에게 밥 한 그릇 더 준다고 남의 밥그릇 밀어준다면 그건 고생을 높이 평가하는 게 아니라 모욕하는 것이다.

@septuor1 2016년 2월 23일 오전 11:08
군대 갔다 온 남자에게는 편법으로 군대를 면제받은 남자들에 대한 분노가 있다. 그는 이 나라가 내세운 명분과 함께 모욕을 받은 것. 허나 그 명분이 분노를 여자들에게 돌릴 이유가 되지 않을뿐더러 그런 분노의 전가는 자기를 이중으로 모욕하는 것이다.

@septuor1 2016년 2월 23일 오전 11:19
남자들이 군대 이야기를 허풍 섞어서 하는 것은 자랑하기 위해서도 아니고 남성성을 과시하기 위해서도 아니다. 상처를 달래는 방식일 뿐이다. 그게 상처가 아니라고 고집부리다보면 이상한 괴물이 탄생한다.

@septuor1 2016년 2월 23일 오후 9:50
성북동 골목에 있는 음식점 이누팬이 이번주 금요일에 문을 닫는단다. 음식이 담백하면서 맛이 있고, 온갖 잡동사니를 모아놓은 실내도 정감이 있었는데. 좋은 것은 하나씩 사라지고 번쩍거리는 것만 남는구나.

@septuor1 2016년 2월 24일 오후 2:51
최소한 트윗이라도 맘놓고 할 수 있는 나라.

@septuor1 2016년 2월 24일 오후 8:12
작금의 사태는 빨갱이와 테러리스트가 임무 교대를 한 셈인데, 테러리스트가 훨씬 더 써먹기 좋을 것 같다. '여러분 테러리스트가 몰려옵니다' 이렇게 말하면 정세고 뭐고 따질 필요가 없겠다.

@septuor1 2016년 2월 24일 오후 8:38

지치지 말자.

@septuor1 2016년 2월 25일 오전 9:09

은수미 의원이 필리버스터를 할 때 한 여당 의원이 "그런다고 공천받는 거 아니다"라고 소리쳤다 한다. 그게 이 나라 인성의 하한선일 것이다.

@septuor1 2016년 2월 25일 오전 10:07

환승하느라고 나리타에 잠시 내렸는데 나리타산 신사 가는 길이 아름답다. 우리 지방 도시는 다 망했는데.

@septuor1 2016년 2월 26일 오후 12:15

이번 필리버스터는 어떤 전기가 될 수 있다. 한때는 공부하기 싫은 대학생들이 나라를 소란하게 만든다고 했다. 다음은 이기적인 노동자들이 경제를 망친다고 했다. 그리고 내내 일 안 하는 국회의원들이 나라를 망친다고 했다. 이제 그 누명에서 벗어날 때다.

@septuor1 2016년 2월 26일 오후 5:48

필리버스터에서 중요한 것은 의원들의 말이고, 그 말의 옳고 그름이지, 기록 깨기니 총선용이니 이런 게 아님. 목숨 걸고 불 끄는 소방관에게 월급 받으려고 불 끈다 이런 소리 할 수 있나? 이런 식의 사고방식 말투가 세상을 오징어처럼 납작하게 만드는 것임.

@septuor1 2016년 2월 27일 오후 7:16

『말도로르의 노래』의 번역을 방금 끝냈다. 혼자 축하한다.

@septuor1 2016년 2월 29일 오전 8:16

끝까지 싸우다보면 살길이 있다. 재난 영화의 교훈이 아마 이런 것일 게다. 3월 10일, 아직 멀구나.

@septuor1 2016년 2월 29일 오전 8:41

크랩 덕후들께 묻습니다. 서양말로 cancer pagurus, 특히 프랑스어로 crabe tourteau라고 부르는 크랩을 한국어로 부르는 이름이 있는지요. 서양에서는 매우 흔한 킹크랩인 것 같은데.

@septuor1 2016년 2월 29일 오후 12:44

지금 이 나라는 중산층으로 진입하려는 발버둥과 중산층에서 탈락되지 않으려는 발버둥으로 헬조선이 되었다. 그러나 대기업, 새누리, 사교육, 거대 언론이 모두 그 고통을 파먹고 살아간다. "원수는 우리가 잃는 피로 더욱 강성해진다." 이건 보들레르의 시구다.

@septuor1 2016년 2월 29일 오후 2:28

필리버스터에서 연설의 질이 꼭 좋을 필요는 없으나 한국적 상황을 염두에 두어야 한다. '더민'은 법안의 통과를 지연시키면서 당의 품질과 의원들의 자질을 홍보하는 동시에 높일 수 있었으니 위기를 기회로 삼은 셈이다. 사회적 활력이 다시 높아지길 빌 뿐이다.

@septuor1 2016년 2월 29일 오후 2:35

나이가 들면 한 가지 좋은 게 있다. 〈인셉션〉 같은 복잡한 영화를 볼 때 그 논리 구조를 다 이해하려고 애쓸 필요가 없다. 그거 매우 복잡하구나, 하고 넘어가면 된다.

야당 국회의원들이 갑자기 똑똑해진 것은 아닐 테고, 의원들의 자질 발휘에
도 제도적인 문제가 있다. 언제 의원들이 제 소신에 따라 의회 활동을 한 적
이 있던가. 한국사회에서는 개인들의 운명도 이와 다르지 않다.

황현산

@septuor1 2016년 3월 3일 오후 7:32

동성애가 왜 인권이냐고 묻는 목사가 있다. 남에게 아무런 해도 끼치지 않는 사람에게, 저와 다르다는 이유 하나로, 제 나쁜 상상력으로 만든 형이상학적 죄를 둘러씌우고 핍박하는 것보다 더한 폭력이 어디 있으며, 더한 인권 침해가 어디 있겠는가.

@septuor1 2016년 3월 1일 오전 9:17

지금 '더민'에게 필요한 것은 '적당히'가 아니다. 적당히는 아무것도 안 하는 것과 같다.

@septuor1 2016년 3월 1일 오전 9:21

아니 제 뺨을 때리고 제 목을 조르는 것과 같다.

@septuor1 2016년 3월 1일 오전 9:44

성소수자는 말 그대로 소수고, 기독교도는 다수라는 생각이 김무성, 박영선 같은 인간을 만든다. 인권에 대한 의식과 배려는 없고 사람을 머릿수로만 계산. 한국 사회는 전반적으로 인권 의식이 약하다. 사람이 사람으로 대접한 적도 대접받은 적도 없기 때문이다.

@septuor1 2016년 3월 1일 오전 9:47

말을 줄이다보니 이상한 글이 되었습니다. 가닥 잡아 읽어주시기를.

@septuor1 2016년 3월 1일 오전 10:58

소수 정당이라 아무 일도 할 수 없다고 말하면, 가슴을 쥐어뜯으며 그 소수 정당을 지지해온 사람들은 무슨 말을 해야 하나.

@septuor1 2016년 3월 1일 오후 3:30

'더민당'의 곤경을 모르는 지지자들은 없다. 상대는 벽과 같고 언론은 딴청이고 의석수는 적다. 상황을 변화시키는 일은 지지자들도 책임이 있지만 적어도 계기와 이정표는 정치가들이 만들어야 한다. 소수라 일을 못한다고 하면 지지자들을 인질로 삼는 것이나 같다.

@septuor1 2016년 3월 1일 오후 8:57

역사는 무엇보다도 인류가 미신적, 억압적 사고에서 과학적, 민주적 사고로 이행해온 과정의 이해. 신의 섭리란 말은 얼마나 미신적이고 억압적인

가. 역사 교육과 더불어 사고가 성숙하지 않는다면 신라, 고려, 조선이 바뀐들 무슨 소용이 있겠는가.

정치는 현실을 생각해야 한다. 그런데 현실을 생각한다는 것이 현실에 붙잡혀 있어야 한다는 뜻이 아니라면 현실에서 가능한 최대치의 상상력을 동원해야 한다는 말이 아닌가.

지적 설계라는 말은 매우 수상쩍게 여기면서도 섭리라는 말 앞에서는 옷깃을 여미는 사람들이 있다. 기독교의 교리가 우리의 정책에 영향을 미치기 시작하면 그 결과는 생각보다 훨씬 더 위험하다.

보통 때는 PC를 쓰는데, 집을 떠나 있을 때는 맥 에어를 쓴다. PC에서 쓰던 외장 하드를 맥에 연결하면 읽기는 가능한데 쓰기가 안 된다. PC, 맥 양쪽에서 읽기, 쓰기가 가능하게 하려면 어떻게 해야 하는지 조언을 구합니다.

맥에 Textura를 깔아서 해결했습니다. 조언 주신 분들께 다시 한번 감사드립니다.

Textura는 Tuxera, 깡은 깔. 무슨 암호 같다.

외장 하드 관련 조언 주신 분들께 감사합니다. 지금 문제가 되는 하드에 자료가 많이 들어 있어 프로그램을 하나 다운받았습니다.

@septuor1 2016년 3월 3일 오전 1:18

'더민주'는 필리버스터를 하느라고 그 고생을 하고는 결국 사과로 끝냈다. 당이 버틸 수 있는 힘이 어디까지라고 말하고 당당하게 끝낼 수도 있었는데 안타깝다. 역풍 같은 말은 꺼내는 게 아니다. 개인적으로 테방법을 저지하려고 애쓴 의원들에게 깊이 감사한다.

@septuor1 2016년 3월 3일 오전 2:26

내 나이 또래 사람들을 보면, 50년 전에 안타깝게 세상을 바라보던 사람들은 지금도 안타까워하고, 세상이 그렇지 뭐 했던 사람들은 지금도 그렇지 뭐다. 50년 동안 애써 싸워서 얻어냈던 것들을 이제 1, 2년 안에 모두 잃게 될 것이다. 놀라지 말자.

@septuor1 2016년 3월 3일 오후 12:58

윤동주와 함께 기억해두어야 할 것은 송우혜씨의 『윤동주 평전』이다. 끈질긴 사실 추적과 평가, 올바른 작품 해석, 대상에의 애정과 객관적 시선의 결합, 어디 나무랄 데 없는 이 평전의 저자 송우혜씨는 송몽규의 조카이다. 3번 이상 보충해 쓴 평전.

@septuor1 2016년 3월 3일 오후 7:32

동성애가 왜 인권이냐고 묻는 목사가 있다. 남에게 아무런 해도 끼치지 않는 사람에게, 저와 다르다는 이유 하나로, 제 나쁜 상상력으로 만든 형이상학적 죄를 둘러씌우고 핍박하는 것보다 더한 폭력이 어디 있으며, 더한 인권 침해가 어디 있겠는가.

@septuor1 2016년 3월 4일 오전 4:56

『말도로르의 노래』의 이런 문장 : "그리하여 그는 그 지역을 피해 달아날 것이니, 그의 엉덩이는 덤불과 호랑가시나무와 푸른 엉겅퀴에 찔리고, 그의 다급한 발걸음은 칡넝쿨의 질김과 전갈의 악착에 얽히리라."

프랑스의 르팽에 이어 미국의 트럼프, 그리고 한국의 박근혜 47%. 인간이 역사의 진행을 따라 더 선해진 적이 없는데, 정치의식이라고 해서 다를까 싶기도 하다. 이런 결론을 안고 완전히 늙어버리기는 싫다.

순수주의와 근본주의는 후진 문화의 열등감에서 나올 때가 많다. 문화의 중심에서 몸을 개입하여 얻은 경험은 순수할 수도 근본적일 수도 없다. 순수하고 근본적인 것은 늘 밖에서 들어온 말이다.

마이애미의 오이스터 바에서 저녁을 먹었다. 노래도 시끄럽고 사람들도 시끄러웠지만, 음식은 좋았다. 도마찜과 바다배스구이가 나오고 생굴도 나왔는데 거기 곁들인 소스 가운데 한국식 초장도 있어서 감동했다.

헤밍웨이의 고향 키웨스트로 가는 길목 키라르고에서 석양을 보았다. 동양인들은 사진 찍기에 바쁜데, 서양 백인들은 덤덤하게 서 있다. '가진 자와 안 가진 자'의 차이, 거기에 있는 모든 것이 내 것인 사람들과 스쳐지나갈 뿐인 사람들의 차이인가.

키웨스트는 헤밍웨이의 고향이 아니라는 항의가 많다. 집필하던 곳으로 고치겠다.

오늘은 내가 수술받은 지 꼭 1년이 되는 날이다. 많은 사람이 내 목숨을 살렸다. 의사 선생님과 간호사 선생님들, 가족과 친구들, 제자들, 그리고 특히 문단의 동료들, 그들이 아니었으면 내가 지금 이 글을 쓰기도 어려웠을 것이다. 깊이 감사한다.

랭보의 『지옥에서 보낸 한철』에 "솥 속에 들어가 끓어 삶아지고 싶어하는 노인들"이라는 말이 있다. 무슨 소리냐고? 요즘 말로 하면 어버이연합회 노인들이라는 뜻이다. 이 세상 모든 환란에서 우리를 구할 노인들. 저 자신이 환란이어서 문제지만.

벽화에 I remember paradise라고 쓰여 있다. 시에서, 특히 상징주의 시에서 이 말은 전생의 테마와 연결된다. 그런데 미국에서라면 마약의 테마일 것이다. 개인적/순간적 차원의 이 파라다이스를 세계적/역사적으로 실현하는 것이 민주주의다.

결국은 기계가 이기겠지만, 적어도 이번만은 이세돌이 이겼으면 좋겠다.

역도 선수와 기중기의 경기는 정당하지 않다. 왜 컴과 바둑기사의 시합은 정당화될까. 컴은 엄청난 데이터를 저장하고 잊어먹지 않으며 언제든 꺼내 쓸 수 있다. 그건 생명 조건을 넘어서니 불공정한 게임이다. 지능과 생명 조건을 별도로 생각하는 습관이 문제다.

인간은 어떤 복잡한 현상도 수식으로 표현할 수 있기를 바라면서도 정열을 바쳤던 어떤 일이 완벽하게 수식으로 처리될 때 어떤 배반감 같은 것을 느끼게도 된다.

@septuor1 2016년 3월 10일 오후 7:36

이세돌은 다섯 판 중 한 판만 져도 진 것이라고 말했다는데 두 판을 졌으니 나머지 판은 의미가 없을 것 같다. 바둑의 모든 수가 연산 처리될 수 있다는 것이 증명된 것이다. 인간과 인간의 대국이 없어지진 않겠지만 예전과 같은 아우라를 갖기는 어렵겠다.

@septuor1 2016년 3월 11일 오후 4:50

이제는 '앤드and'가 완전히 한국어가 된 것 같다. 트뤼포 감독의 영화 〈Jules et Jim〉을 '쥘 앤드 짐'으로 번역하고 있다.

@septuor1 2016년 3월 11일 오후 8:19

커닝의 한계가 어디까지일까. 시험장에 전자책을 들고 가서 보면 분명 커닝이다. 그런데 그 책을 칩으로 만들어 뇌에 심으면?

@septuor1 2016년 3월 12일 오후 6:55

임해봉이었던가 오청원이었던가, 바둑의 신과 대국을 해도 두 수만 접어주면 이길 수 있다고 한 적이 있다. 핸디캡이야 어떻든 신과의 승부를 말할 수 있었던 바둑의 긍지가 예상보다 일찍 손상을 입은 것이 아쉬울 뿐이다.

@septuor1 2016년 3월 12일 오후 8:10

앞으로 바둑은 당연히 더 발전할 것이다. 그런데 불행하게도 급속도로 발전할 것이다.

@septuor1 2016년 3월 13일 오후 5:41

인간의 자유 의지는 관념론적 유물론이 등장할 때부터 풀어야 할 과제였다. 우리의 행동의지에서 계산 가능한 것은 의지가 아니라 의지의 조건이다. 문학은 물리학적 조건이건 신의 섭리건 그 조건을 넘어선 의지가 있다고 본다. 파우스트의 결론도 사실 거기 있다.

@septuor1 2016년 3월 13일 오후 5:58

그리스 신화의 오이디푸스 왕은 운명의 장난감에 불과하다. 그는 발버둥을 쳐도 신탁에서 벗어나지 못한다. 소포클레스의 「오이디푸스 왕」에서 왕은 저 자신을 수사하고 저 자신을 처단한다. 그건 신탁에 없었던 일이다. 문학이 내린 최초의 소박한 결론.

@septuor1 2016년 3월 14일 오후 5:38

이해찬 의원의 첫 책을 편집한 것은 나였다. 밀즈의 『사회학적 상상력』을 홍성사에서 처음 출판할 때(1978) 나는 그 출판사의 편집장으로 실무를 담당했다. 경찰에 쫓기며 번역했던 책. 나는 그가 어느 계파로 제한 분류될 정치인은 아니라고 생각한다.

@septuor1 2016년 3월 14일 오후 6:24

'자연스럽다'의 이데올로기는 생각보다 훨씬 더 끔찍하다. 자연스러운 얼굴, 자연스러운 글, 자연스러운 번역을 넘어서서, 사람들은 독재까지도 그것이 자연스럽다고 생각해서 용납한다.

@septuor1 2016년 3월 14일 오후 7:02

만일, 이건 정말로 만일인데, 한국이 창조 경제 어쩌고 할 때 바둑 프로그램 개발에 대거 투자를 하고 무엇보다도 이창호, 이세돌도 적극 참여해서 알파고와 같은 성과물을 얻어냈다면, 인공 지능에 대한 우리의 인식이 어떻게 달라졌을까.

@septuor1 2016년 3월 16일 오후 1:37

포스텍 교수가 세월호 희생자들더러 생각 없는 학생들이라고 했다는데, 배에 관해, 특히 해난 사고에 관해 알고 있는 고교생들이 몇이나 되겠는가. '전문가들'의 지시를 따른 게 생각 없는 짓인가. 재난 당국 전체가 판단을 잘못한 판에. 참으로 생각 없는 발언이다.

@septuor1 2016년 3월 16일 오후 3:12

급박하고 혼란스러운 상황에서 희생된 사람들을 두고 편안한 자리에서, 게다가 이미 그 결과를 알고 있는 상태에서 생각이 없다느니 어쩐다느니 판단한다는 것 자체가 부도덕한 일일 수 있다.

@septuor1 2016년 3월 17일 오전 7:20

우리집 고양이들만 특별히 멍청한가. 식구들이 여행을 갔다가 21일 만에 돌아오니 가장 활발하던 한 녀석만 나와 경계의 울음을 울고 세 마리는 숨어서 나오지 않는다. 한참 만에 두 녀석이 나와 배를 깔고 도망가고. 그러더니 아침에는 키보드 위에 올라온다.

@septuor1 2016년 3월 18일 오전 5:46

시는 산문처럼 똑 부러지게 말하지 않는 대신, 말에 해석의 여지를 둔다. 이를 기회로 시의 말 하나하나에 거룩한 개념들을 끌어다 붙여 결과적으로 시를 어릿광대로 만드는 사람들이 있다. 만해나 육사 같은 지사 시인들이 자주 그 희생자가 된다.

@septuor1 2016년 3월 18일 오전 5:49

시는 명료하게 말하지 않지만, 창작에서도 해석에서도 그 고유의 문법이 있다. 그 문법은 거의 만국 공통이다.

@septuor1 2016년 3월 19일 오전 12:16

 환타 옹이 보내주신 목침이다. 1,200여 페이지 분량, 놀라운 정보. 이런 책을 쓰려면 얼마나 많은 여행, 얼마나 많은 조사, 얼마나 많은 노력이 필요할까. 부정적 효과 : 인도, 네팔에 갈 필요가 없어진다.

@septuor1 2016년 3월 19일 오전 12:24

여행 정보 책자에는 어울릴 것 같지 않은 서정적인 문체도 감상할 만하다.

@septuor1 2016년 3월 19일 오후 10:28

오늘 고려대 독서토론회 호박회의 창립 60주년 기념 토론회가 있었다. 독서토론회는 많지만, 50년을 이어오며 30년 나이 차이의 선후배가 함께 책을 읽는 토론회는 많지 않을 것이다. 재학생과 졸업생 70여 명이 참석했다. 나도 그 창립 회원 중 한 사람이다.

@septuor1 2016년 3월 20일 오전 2:17

마지막 웃는 자가 승리하는 자라는 말은 있지만, 마지막 말하는 자가 승리하는 자라는 말은 없다. 종편에는 마지막에 말을 하면 이겼다고 생각하는 사람들이 많다.

@septuor1 2016년 3월 20일 오후 3:26

젊은 사람들이 투표 좀 많이 했으면 좋겠다. 투표는 현실을 미래로 끌고 가는 최소한의 실천이다. 변하는 것은 별로 없겠지만 그 일이라도 용감해야 할 수 있을 것 같다.

@septuor1 2016년 3월 20일 오후 4:07

당연한 이야기지만 미래에 대한 희망은 지금 어려운 처지에 있는 사람들에게 걸 수밖에 없다. 삶이 바뀌기를 바라는 사람이 누구이고, 바뀌기를 바라야 할 사람이 누구이겠는가.

@septuor1 2016년 3월 20일 오후 4:23

억압하고 착취하는 자들은 억압과 착취만 하는 것이 아니다. 그 억압과 착취를 통해 딴생각도 못하게 한다. "네가 편하니까 그딴 생각을 하지." 어디서 많이 들어본 말일 것이다.

@septuor1 2016년 3월 20일 오후 5:48

『몽파르나스의 키키』 파리가 가장 아름답던 시절에 예술가들의 모델이었던 여자. "빅토리아 여왕이 영국을 지배한 것보다 더 훌륭하게 몽파르나스를 지배"(헤밍웨이)했던 이 여자에게 현대 예술은 빚진 게 많다.

@septuor1 2016년 3월 20일 오후 5:49

양장본 만화, 윤진 번역.

@septuor1 2016년 3월 20일 오후 9:40

'더민당'의 비례 대표 후보에는 도대체 무슨 생각이 깔려 있는지 모르겠다.

@septuor1 2016년 3월 21일 오후 10:16

사람의 힘이 무섭다. 이건 옛날 농부들이 하던 말이다. 결코 끝날 것 같지 않은 작업이 어느 순간 끝났을 때 감탄하면서 이렇게 말했다. 세상 참 바뀌지 않지만 어느 순간 이런 말로 감탄하게 되는 순간이 있다.

@septuor1 2016년 3월 21일 오후 10:36

예술가들 중에 변혁 운동을 했던 사람들이 많았다. 그들의 기질이 억압을 견디지 못하기 때문이라고 대개 말을 하는데 나는 달리 생각한다. 그들은 자신이 살고 있는 사회의 미래를 하나의 작품처럼 보고 있다. 기질은 억압할 수 있지만 창조의 의지는 그럴 수 없다.

육안으로 보았다는 것은 인간이 제 생물의 눈으로 보았다는 것이고, 육필은 인간이 제 생물의 손으로 썼다는 뜻이다. 같은 의미에서 육지능이란 말도 가능할 텐데, 그건 무슨 인공 지능 같은 것이 나오기 전에 문자가 발명되면서 사라졌다고 해야 하지 않을까.

어느 다운로드 사이트에서『천애명월도』『협사행』같은 것을 모아놓고 '고전 무협'이란 이름을 붙였다. '고전'이라는 말이 너무 웃긴다. '옛날 무협' 정도면 좋을 텐데.

『파우스트』를 다시 읽다 느낀 건데, 메피스토펠레스의 말과 〈매트릭스〉에 나오는 기계 인간 스미스(맞나)의 말이 판에 박은 듯이 흡사하다. 악마는 수학이거나 기계인 것 같다.

악마는 프랑스에서 탄생했다는 말이 있다. 악마를 부르는 the other나 l'autre가 영국에서 나폴레옹을 부르는 말이기도 해서 그런 말이 나왔겠지만, 이 이전에 프랑스의 어떤 근성, 밑바닥에까지 내려가 뿌리를 파려는 그 투지에 원인이 있다.

거대한 복수는 죽었다 살아난 사람만이 할 수 있다.『몬테 크리스토 백작』에서도, 〈킬빌〉에서도, 〈레버넌트〉에서도, 〈랑야방〉에서도 복수자는 죽음에서 돌아온 자들이다. 유령만이 복수를 할 수 있다. 다시 말해서 복수는 역사에 맡겨져 있다.

@septuor1 2016년 3월 29일 오전 12:44

〈랑야방〉에서 '돌아온 자'라는 말을 쓴다. 돌아온 자 revenant, '레버넌트' 또는 '르브낭'은 유령이라는 뜻이기도 하며, 유령은 곧 기억이다. 역사는 거대한 기억 장치다.

@septuor1 2016년 3월 29일 오전 12:58

역사를 이야기하다보면 무참하게 당한 희생자들의 이야기가 나온다. 문학사 시간에 한 학생이 누가 저들의 복수를 해주느냐고 물었다. 지금 그 복수를 하느라고 수많은 시와 소설이 나오고 이 문학사를 배우고 있다고 대답했다. 역사의 새로운 전망이 복수다.

@septuor1 2016년 3월 29일 오전 8:37

〈랑야방〉을 다 보고 나니 〈요짐보〉와 〈황야의 무법자〉를 다시 봐야겠다는 생각이 든다.

@septuor1 2016년 3월 31일 오후 1:20

목포에 다녀왔다. 저녁에 목포 도착, 강의 끝나니 밤 9시, 다시 아침에 기차 타고 올라왔으니, 어둠 속에서만 목포를 보았지만, 구도심은 점점 더 빈자리가 되어가는 것 같다. 내가 청소년기를 보냈던 거리가 전설 속으로 사라져가는 느낌이다.

황현산

@septuor1 2016년 4월 20일 오전 8:01

〈동사서독〉에 이런 말이 있다. "가질 수는 없어도 잊지는 말아야 한다." 세월호를 생각하면 "살릴 수는 없었어도 잊지는 말아야 한다." 그런데 어떤 사람들은 한사코 세월호를 잊자고 한다. 살릴 수도 있었기 때문이다.

💬 4　　🔁 542　　♡ 283

@septuor1 2016년 4월 1일 오전 3:09

빈저정거림만큼 한 사회를 황폐하게 하는 것도 없다. 관습에 가려진 깊은 모순을 들추기 위해 잘 짜여진 아이러니가 아니라면 빈정거림은 우리의 정신을 현실에 볼모로 잡아두고 어떤 희망도 품지 못하게 한다. '희망 없는 똑똑함'이 우리의 정신을 마비시킨다.

@septuor1 2016년 4월 1일 오전 3:16

'빈저정거림'은 물론 빈정거림. 글자가 넘쳐서 애먹었는데 거기서 한 글자의 손해까지 발생했구나.

@septuor1 2016년 4월 1일 오후 11:56

아침부터 〈성주풀이〉의 "낙양성 십리허에 높고 낮은 저 무덤들"이 입속을 감돈다. '십리허'는 10리라는 말이 허락되는 곳, 즉 10리쯤 되는 곳을 뜻한다는데, 이 '허'가 참 절묘하다. '10리도 못 가서'와 '10리를 넘어선들'이 합해진 것만 같다.

@septuor1 2016년 4월 2일 오전 8:05

저 자신을 위해서 투표하는 것이지 다른 누구를 위해서 투표하는 것이 아니다.

@septuor1 2016년 4월 3일 오전 7:29

이 정부의 사람들은 권력의 부조리함에 저항하는 모든 움직임을 어떤 좌파 수뇌부의 지시에 의한 것이라고 믿고 있는 것 같다. 인권 의식과 민주적, 합리적 사고가 그 수뇌부라는 것을 그들에게 이해시키기는 불가능할 것이다.

@septuor1 2016년 4월 3일 오전 8:00

분리와 제외의 의식이 위험한 것은 제외되는 사람과 제외시키는 사람을 모두 울타리에 가둔다는 것이다. 어떤 나이든 문인들은 젊은 문인들의 혼란을 말하면서 자신들의 무능을 위로할 뿐만 아니라 그 무능 속에 갇힌다. 정치의 좌파 논란도 그렇다.

@septuor1 2016년 4월 4일 오전 6:18

『말도로르의 노래』 번역 끝내고, 일단 수정 끝냈으니, 오늘내일 간에 원고 넘기려 한다. 원고 넘기기 전에는 늘 죄의식 같은 것이 따라붙는다. 더 잘할 수 있었는데, 더 많이 고쳐야 하는데.

@septuor1 2016년 4월 4일 오전 10:19

새누리당이 시급 9천 원 공약을 내걸었다는데, 돈 많은 사람들은 '새눌당'이 그런 공약을 내걸어야 시급 9천 원 세상을 막을 수 있다고 굳게 믿고 있을 것이다.

@septuor1 2016년 4월 4일 오후 6:08

소설가 오영수 선생은 생전에 사람을 만날 때마다 언양 미나리 이야기를 했다. 오전에 만난 사람을 오후에 만나도 미나리 이야기를 또 했다. 한재, 청도, 유명 미나리가 많지만, 언양 미나리가 가장 훌륭할 것이다. 그렇게 사랑하는 사람이 있던 미나리인데.

@septuor1 2016년 4월 5일 오전 5:34

트위터 때문에 현진건의 「까막잡기」를 읽었다. 처참하다. 이 새벽에.

@septuor1 2016년 4월 5일 오전 5:54

언어는 그 자체로 우열이 없다고 한다. 그러나 생산성이 더 높은 언어는 있다. 그 언어로 되어 있는 문화유산이 많으면 그만큼 생산성이 높을 수밖에 없다. 현실적으로 우열이 그렇게 결정된다. 「까막잡기」 같은 것이나 읽어서 뭘 어떻게 하겠는가.

@septuor1 2016년 4월 5일 오전 6:15

한국어 문학에서 식민지 시대는 그 자체가 습작기와 같았다. 문학사는 그

점을 얼버무리지 말아야 한다.

@septuor1 2016년 4월 5일 오전 7:19
우익 단체에서 공모한 이승만 찬양시에서 최우수작과 입선작이 내용은 찬양일색인데 각 행의 첫 글자를 모으면 이승만을 욕하는 말이 된다. 기자가 세로드립 같은 말로 설명하고 있는데, 이런 시를 이합체시acrostiche(불), acrostic(영)이라고 한다.

@septuor1 2016년 4월 5일 오전 7:35
이승만 찬양시 공모에 이승만을 욕하는 이합체시가 최우수작으로 뽑혔다는 사실은 응모작 가운데 진심을 담아 쓴 시가 한 편도 없었다는 점을 방증하는 것이기도 하다.

@septuor1 2016년 4월 7일 오전 4:30
문학비평가로 살다보면 저 사람은 왜 글을 쓰겠다고 나섰는지 알 수 없는 사람이 있다. 한국에서 오래 살다보면 저 사람은 왜 정치를 하겠다고 나섰는지 모를 사람이 있다. 사람들이 나를 보고는 저 사람은 왜 트윗을 한다고 나섰는지 모르겠다고 하겠지.

@septuor1 2016년 4월 7일 오전 5:11
건성으로 지나치던 사람을 오래 대면했을 때, 마음속에 기대했던 모습을 그대로 갖추고 있는 사람은 드물다. 어제 만난 소설가 B는 기대했던 바와 완전히 일치해서 또 나를 놀라게 했다.

@septuor1 2016년 4월 7일 오전 5:17
사람들에게 보여주고 싶어하는 얼굴과 방심할 때의 얼굴이 같은 사람들이 간혹 있다. 혼이 자유로운 사람들이다.

@septuor1 2016년 4월 8일 오전 1:25

작년에도 그러더니 금년에도 꽃이 모두 한꺼번에 피어버리는구나. 절차가 귀찮다는 듯. 봄이 봄 속에 붕 떠 있는 느낌이다.

@septuor1 2016년 4월 8일 오전 1:52

며칠 전 부산 '백년어서원'에 갔을 때, 차 마시는 자리에서 한 분이 〈모란동백〉을 불렀다. 내가 놀라 무슨 노래냐고 물었더니 이제하 선생의 〈모란동백〉이란다. 돌아오면서 생각해보니 내가 알던 노래였다. 노래 부르는 사람이 워낙 잘 불러서 다른 노래 같았다.

@septuor1 2016년 4월 8일 오전 5:58

누가 무슨 말을 했는데, 인정 욕구 어쩌고 하는 것처럼 바보 같은 소리도 없다. 말은 언제나 인정받기 위해 하는 것이다. 중요한 것은 그 말이 옳으냐 그르냐이고, 생산성이 있느냐 없느냐이다.

@septuor1 2016년 4월 8일 오후 10:39

정릉 산책길

@septuor1 2016년 4월 10일 오전 7:00

서울 한복판에 어느 국회의원 후보가 '종북, 동성애, 세월호 척결'이라고 현수막을 내걸어놓은 것을 보고 이제 대한민국은 망했다는 생각이 들었다.

오늘『다시 봄』세월호 추모 행사에 여러 뮤지션이 참석했다. 나도 내 산문을 낭독했다. 낭독중에 단원고의 한 학부모가 했던 말을 인용하면서는 목소리를 가누기가 어려웠다. 그 바다는 얼마나 깊을까.

자유롭고 평등하고 건강한 미래에 대한 소망도 예술적 재능과 같다. 자기 안에 타고난 에로스를 끌어내어 이 세상에서 빛나게 하려는 열정을 지녀야 하고 그 열정을 또한 끊임없이 훈련해야 한다. 그 재능을 지닌 사람들은 아름답다고 매혹적이고 섹시하다.

인권 개념을 내세워 종교와 싸우긴 매우 어렵다. 광신도들에겐 사람도 인권도 없다. 예술이 종교와 효과적으로 싸울 수 있었던 것은 양쪽 모두 영성 체험numineux을 토대로 삼기 때문. 소설이건 영화건, 한국어로 된 좋은 동성애 서사가 필요한 시기다.

한국 유림이 호주제 폐지를 반대할 때, 유교는 현대 사회에서 살아남을 수 있는 길을 스스로 차단하고 말았다. 지금 한국 기독교가 같은 처지에 서 있다. 유연성은 포즈가 아니라 자체 내의 생명력을 의미한다.

이명박 이후 한국 정부는 민주화 운동에 종북 탈을 씌워 혐오하는 분위기를 조성해왔다. 그래서 뭘 좀 안다는 사람들조차 운동권 비난이 멋진 일이라고 생각하는 경향이 있다. 중요한 것은 역사 발전에 대한 감각이다. 한국은 여전히 민주와 반민주의 씨움이다.

@septuor1 2016년 4월 12일 오전 7:22

씨움 -> 싸움. 오타 안 나면 이상하지.

@septuor1 2016년 4월 13일 오전 5:50

투표는 현시점에서 내가 확보할 수 있는 유일한 민주주의와의 연결 장치다. 그걸 포기하거나 섣부르게 사용할 수 없다.

@septuor1 2016년 4월 13일 오전 10:12

투표표 결과가 어떻게 나오든『처음처럼』.

@septuor1 2016년 4월 13일 오후 9:56

거리에서 들려온 말, 김을동 떨어졌으면 됐지, 뭘 더 바라?

@septuor1 2016년 4월 14일 오전 5:46

호남의 정치적 감각을 말해야 한다. 국민의당은 호남으로 골격을 갖추었지만, 호남이 국민의당을 사로잡기도 한 형국이다.

@septuor1 2016년 4월 14일 오전 7:02

문재인의 호남 방문이 효과가 없었던 것은 결코 아니다. 수도권의 호남 표를 비롯한 야권 성향의 표를 결집하는 데에 큰 힘이 된 것이다. 호남 표는 거저 얻는 표가 아니라 독한 표다.

@septuor1 2016년 4월 14일 오전 10:10

오늘 축하할 일 참 많지만, 무엇보다도 노회찬 의원의 당선을 축하한다.

@septuor1 2016년 4월 14일 오후 1:04

그 여자는 2, 3일 후에 이번 사태가 자기와는 아무 관계가 없다는 표정을 하고 나타날 것이다.

@septuor1 2016년 4월 14일 오후 8:12

원고 두 꼭지가 밀려 있다. 둘 모두 정리된 자료가 있어서 한두 시간 정도에 쓸 수 있는 원고인데, 감기가 깊이 들어 하루하루 미루다 벌써 5일이 되었다. 원고는 마감이 있는데 감기는 마감이 없다.

@septuor1 2016년 4월 14일 오후 9:05

현대의 한국인이 꾸민 천자문 책. 역시 현대인이 편찬한 책이라서 옛날 주흥사가 만들었다는 천자문보다 글자의 선택에서 훨씬 더 실용적이다. 한자가 어렵지 않다는 것을 가르치는 것이 늘 한자 교육의 첫걸음이다.

@septuor1 2016년 4월 15일 오전 7:22

한 트위터리안이 '호남 지역주의가 순도 100% 5·18정신'이라는 걸 인정할 수 없다고 댓글에 썼다. 순도 100%가 어디 있겠는가. 5·18정신이라 하더라도 지역의 욕망과 전혀 무관하겠는가. 문제는 그 욕망이 역사 발전과 어떤 관계를 맺는가이다.

@septuor1 2016년 4월 15일 오전 7:25

호남이 성스러운 땅도 아니고 호남 사람이 성인군자도 아니다. 그것이 호남의 선택을 폄하해야 할 이유가 될 수도 없다.

@septuor1 2016년 4월 15일 오전 8:43
문재인은 훌륭한 정치인이고 한국의 정치적 자산이다. 선거 막판에 광주 방
문은 그에게 희생에 가까운 행동이었다. 그 방문이 직접적인 빛은 보지 못
했지만 선거 승리의 큰 동인이 된 것은 부인할 수 없다. 그가 은퇴해야 할 이
유가 없다.

@septuor1 2016년 4월 15일 오전 9:48
은퇴한다고 했으니까 해야 한다고? 말리면 안 되냐?

@septuor1 2016년 4월 15일 오후 8:02
문재인이 은퇴하기를 바라지 않는다고 내가 말했다고 해서 내 책을 내다 버
렸다는 사람이 몇 명 있다. 중고로 팔지 내다 버리기는. 물론 사지도 않았겠
지만.

@septuor1 2016년 4월 16일 오전 5:37
한국은 여전히 『삼국지』가 정치 교과서로구나. 하긴 몇 년 전까지 『삼국지』
를 논술 교과서로 팔아먹은 출판사도 있었으니.

@septuor1 2016년 4월 16일 오전 5:45
80년대의 민주화 운동이 없었으면 현재 한국의 정치 체제는 성립할 수 없었
으며, 그 운동의 가장 큰 동력은 80년 5월의 광주에서 나왔다. 광주 의거를
부정하는 것은 현재 한국의 정체를 부정하는 것과 같다.

@septuor1 2016년 4월 16일 오전 6:09
망하는 순서.
일을 잘못한다.
일이 잘못되어간다.

일이 잘못되어간다는 것을 안다.
더 고집을 부린다.

@septuor1 2016년 4월 16일 오전 8:33
지난 며칠 동안 SSD 500G가 넘는 고사양 컴을 자꾸 찾아보고 있다. 이러다 총선 축하를 빙자하여 지름신이 내릴까봐 걱정이다.

@septuor1 2016년 4월 16일 오전 10:33
'더민주' 세월호 2주기 행사 불참. '더민주'를 새누리와 같은 당으로 만들고 싶은 사람이 있나보다.

@septuor1 2016년 4월 16일 오후 7:18
보수 쪽 사람들과 어울려 살며 늘 그쪽 의견만 듣고 살던 사람들이 정치판의 출렁임 때문에 진보 쪽에 몸을 담게 되면 시각 조정에 상당한 시간이 필요한 것 같다. 두 야당의 탑들이 다 그러고 있다.

@septuor1 2016년 4월 17일 오전 4:05
DJ처럼 절망의 시간을 많이 보낸 정치가도 드물다. 그러나 그 절망의 밑바닥에서 늘 정치는 생물이라고 말했다. 사람들이 지닌 희망과 절망의 꿈틀거림이 그렇게 크다는 것이다. 움직이지 않는 것은 없다. 망한 나라에서까지도.

@septuor1 2016년 4월 17일 오전 4:28
어떤 사람이 노무현도 문재인도 정의의 사도가 아니라 많은 팬을 거느린 연예인에 불과하다는 트윗을 올렸다. 왜 정치가들에게서 성인군자를 찾는가. 그게 바로 예종적 태도가 아닐까.

@septuor1 2016년 4월 17일 오전 4:43
정치인과 우리의 관계가 계약 관계라는 것을 철저히 인식하는 것이 민주주의 시작이다.

@septuor1 2016년 4월 18일 오전 5:38

어떤 사람들이 나를 문빠라고 부른다. 나는 문재인이 괜찮은 정치인 가운데 하나라고 생각하는 사람일 뿐이다. 당신이 내내 민주국가에 살고 싶다면 제발 세상을 누구빠 누구빠로 가르지 마라.

@septuor1 2016년 4월 18일 오전 7:48

한국어로 글을 쓰면서 띄어쓰기를 헷갈리지 않는 사람이 있을까. 실생활의 글쓰기에 문법적 원리를 완벽하게 반영해야 한다는 생각 자체가 문제인 것 같다. 띄어쓰기 규칙을 다시금 확인할 때마다 이건 문법학자들의 '직업적 곤조'가 아닌가 의심하곤 한다.

@septuor1 2016년 4월 18일 오전 8:39

띄어쓰기 규칙을 좀 느슨하게 만들면 어떨까. 지금처럼 띄어 쓰는 것을 상한선으로 잡고, 개념 중심으로 어절들을 붙여 쓰는 것을 하한선으로 삼아, 그 사이에서 글 쓰는 사람이 수사학적 배려에 따라 선택해서 쓰게 하는 식으로.

@septuor1 2016년 4월 18일 오후 6:04

옛날 서프라이즈가 제법 잘나갈 때, 빠삐란 이름으로 게시문을 올리는 네티즌이 있었다. 글이 인상적이었는데, 잘난 체가 좀 심했다. 익명으로 올린 내 글 읽고, 감각이 있다면서 문필가가 되려면 끈기를 기르라고 충고도 했다. 트위터 어디에 있을 듯한데.

@septuor1 2016년 4월 18일 오후 9:43

굴욕의 역사는 또 있다. 하이텔 시절 한 게시판에 역시 익명으로 아폴리네르의 시 한 편을 번역해 올렸더랬는데, 한 누리꾼이 내 번역을 엉터리라고 말하고 자신이 "원서에서 번역해" 올렸다. 물론 말도 안 되는 오역. 나를 알아본 사람이 있어 그에게 귀띔을 하자, 그가 길길이 날뛰었다. 그가 자기 번역을 옹호했던 글을 캡처해뒀어 야 하는데, 그는 하이텔 이후에도 키보드 검투사가 되어 강호를 종횡했는 데, 모습이 보이지 않은 지 오래되었다.

하이텔 시절에, 앞서 말한 게시판에 글을 많이 올렸었다. 프랑스 시도 번역 해 올리고, 영화평도 썼다. 〈동사서독〉에 관한 글도 그때 올린 글. 이건 비밀 인데, 나중에 신문에 칼럼을 쓸 때 급하면 그 게시판에 올렸던 글을 빼내 쓰 기도 했다.

4·19가 나 중학교 3학년 때 일인데 56년 전이라. 그럼 내가 몇 살이야.

'더민주'는 어떤 희생을 치르더라도 세월호 특검을 성사시켜야 한다. 질질 끌지 말고 예봉이 살아 있을 때 해야 한다.

딸을 데리고 이혼한 여자가 전남편 친구와 가까워져 결혼하려는데 괜찮겠 느냐는 질문. 껄끄럽긴 하겠지만 안 될 게 없지 않은가. 그런데 댓글들이 무 섭다. 이혼과 재혼을 모두 범죄 취급한다. 남들은 한 번도 못하는 결혼을 너 는 두 번이나 하느냐는 댓글까지.

〈동사서독〉에 이런 말이 있다. "가질 수는 없어도 잊지는 말아야 한다." 세 월호를 생각하면 "살릴 수는 없었어도 잊지는 말아야 한다." 그런데 어떤 사 람들은 한사코 세월호를 잊자고 한다. 살릴 수도 있었기 때문이다.

@septuor1 2016년 4월 20일 오전 9:23

미 대법에서 구글 도서 프로젝트가 저작권 침해 아니라는 판결을 내렸는데, 그 이유 중에 하나는 구글이 스캔한 책이 '역사서 등 비소설과 연구 자료였다는 점'이었다. 책이 돈을 벌면 보호를 받고 못 벌면 보호도 못 받는다는 뜻이 되겠다.

@septuor1 2016년 4월 20일 오후 1:46

언젠가도 말한 적이 있는데, 내가 블락을 하는 것은 내 트윗을 귀찮게 여길 때와 인간적으로 무례할 때이다. 블락을 했다고 욕하고 불평하는 사람은 자기가 무슨 말을 했는지도 잊어먹은 경우가 많다.

@septuor1 2016년 4월 20일 오후 2:46

민주 사회라고 해서 어떤 말이나 다 할 수 있는 것은 아니다. 그 말을 행동으로 옮겨 범죄가 된다면 그 말도 범죄가 된다. 그 행동이 파렴치하다면 그 말도 파렴치하다.

@septuor1 2016년 4월 20일 오후 3:00

이 트윗은 내가 옛날에 써서 올리려다 무슨 사고가 나서 못 올린 글인데 왜 뜬금없이 지금 올라왔지.

@septuor1 2016년 4월 20일 오후 9:01

작년 여름인가 가을인가 국회 정상화를 위한 천만 명 서명 운동을 한답시고 길거리에서 전을 벌이고 있었는데, 언제부터인지 잠잠해졌다. 이 또한 청와대와 무관하지 않았을 터인데, 파시스트 정권은 국회를 욕하면서부터 시작된다.

@septuor1 2016년 4월 21일 오전 1:14

여행중에 전기면도기 헤드의 날 셋 가운데 하나를 변기에 빠뜨렸다. 불편한 대로 둘만 가지고 사용하다가 오늘 인터넷을 뒤지고 뒤지고 뒤져보니 날만

파는 곳이 있다. 가격이 면도기 가격이나 별 차이가 없지만, 내가 그걸 찾아 냈다는 것이 대견하다.

@septuor1 2016년 4월 21일 오전 7:44
문재인과 김홍걸의 하의도 봉하마을 방문은 임팩트가 있건 없건, 정치 쇼이 건 아니건, 좋아 보인다. 분노에 차서 문재인 은퇴를 외치는 사람들이 있는 데, 그가 은퇴하면 우리에게 어떤 이익이 돌아오는 것일까. 나는 알 수 없다.

@septuor1 2016년 4월 21일 오전 8:11
기껏해야 돌아오는 답이 지가 한다고 했으니까구나. 그게 얼마나 비열한 논 리인가.

@septuor1 2016년 4월 21일 오전 9:15
어버이연합에 청와대가 돈을 댔다는 것이 놀라운 것이 아니라 어버이연합 과 청와대의 뇌 구조가 똑같다는 것이 놀라운 것이다.

@septuor1 2016년 4월 21일 오후 1:12
한국인이 1인당 소금 섭취가 제일 많다는 기사가 있다. 전혀 믿을 수 없다. 이런 통계가 어떻게 만들어지는지 모르겠다.

@septuor1 2016년 4월 22일 오전 5:49
만년필이 없어졌다. 책상 위에 놓아두고 강의를 하고 오니 보이지 않는다. 고양이 네 녀석 중 어느 녀석이 저지른 일일 텐데 심증은 가지만 물증이 없 다. 일기도 못 쓰고 일이 손에 잡히지 않는다.

@septuor1 2016년 4월 22일 오전 7:30
전두환이가 무슨 회고록에서 5월 광주의 발포 명령을 자기가 내린 것이 아 니라고 썼단다. 미친개를 길거리에 고의로 풀어놓으니 사람들을 물어뜯었 다. 자기가 물라고 하지 않았다고 개 주인은 말할 수 있겠다.

@septuor1 2016년 4월 22일 오후 8:04

'인분교수' 항소심에서 재판부가 그 제자들의 양형을 고민하고 있다는 기사에 "세 명 다 사형! 살점을 잘라서 쌈장 발라 먹자!"고 댓글을 단 사람이 있다. 이 사람이 그 교수의 권력을 대신 가졌더라면 어떤 일이 벌어졌을까.

@septuor1 2016년 4월 22일 오후 10:39

낡은 수첩에 葉底藏花一度, 夢裡踏雪幾回라는 한시가 적혀 있다. 영화 〈일대종사〉에서 들었던 시구인 듯. 나뭇잎 아래 꽃을 숨긴 게 한 번인데, 꿈속에 눈을 밟은 것은 몇 차례인가. 임과 이별하던 계절이 꽃 지던 가을이었는데 그후의 세월은 내내 겨울이다.

@septuor1 2016년 4월 23일 오전 7:28

정희진 선생의 글이다. 책을 한 권 추천하고 있지만, 그 전에 이 글을 추천한다. 과거를 떠나보내는 용기 http://www.hani.co.kr/arti/opinion/column/740900.html

@septuor1 2016년 4월 23일 오후 9:18

아트 스페이스 풀에서 열린 김정헌 작가의 전시회 〈생각의 그림, 그림의 생각〉이 내일 끝난다. 오후엔 파티가 열리고 김작가가 백발을 휘날리며 춤도 춘다고. 나도 오늘 우정 출연, 작가와 대담을 했다. 알티 부탁.

@septuor1 2016년 4월 24일 오전 8:19

어제 김정헌과 대담을 하면서, 그가 강렬한 에로스를 넘치게 지닌 사람인 것을 다시 확인하고, 그가 그린 그림의 다른 쪽을 이해하게 되었다. 그림 속의 달빛 '땡땡이'들은 그 에로스가 분출되는 만다라일 것이다.

@septuor1 2016년 4월 24일 오전 8:25

끼는 곧 에로스다. 교수였고 문화예술위원장까지 역임했던 사람이 녹색당 후보 응원한다고 길거리에서 춤을 추고 돌아다니는 것이 한국 사회에서 가능한 일인가. 그를 우리 시대의 가장 빛나는 끼라고 불러야 마땅하다.

@septuor1 2016년 4월 24일 오전 9:02

외장 하드에 1962년에 줄 닷신이 감독한 영화 〈Phaedra 죽어도 좋아〉가 있는데, 다른 저장 장치로 옮길 수도 없고 압축할 수도 없다. 멀쩡하게 열리는 파일인데 복사 등을 하려면 30%에서 멈추고 만다. 새 파일을 받으려고 뒤져봐도 보이지 않는다.

@septuor1 2016년 4월 24일 오전 10:03

연필에 침 바른다는 말이 있었다. 옛날 연필의 질이 안 좋아 글씨를 제대로 쓰려면 침을 발라야 하는 경우가 많았다. 입에 흑연이 녹아들어 간다고 어른들은 질색하고. 글을 쓰면서 과장을 하거나 너스레를 떨지 말라는 뜻으로도 연필에 침 바르지 말라고 했다.

@septuor1 2016년 4월 24일 오후 2:37

지르다는 저지르다이고, 저지르다는 범하다이다. 아무튼 질렀다, 서피스 프로 4.

@septuor1 2016년 4월 25일 오전 5:57

〈태양의 후예〉는 주변에 너무 '오글거린다'고 시청을 포기한 사람들이 더러 있는데, 중국에서 그렇게 인기가 높다니 중국인들은 역시 오글거리는 것을 좋아한다는 결론을 내리고 싶어진다.

내가 어렸을 때는 사람들이 슬픈 이야기를 그렇게 좋아했다. 소설이건 영화건 이야기가 슬프지 않으면 이야기로서의 가치조차 없었으며, 얼마나 슬프냐로 이야기의 질이 평가되기도 했다. 슬픔이 인간성을 회복해준다는 믿음이 물론 밑바탕에 있었다.

정치는 현실을 날카롭게 보는 방식이지만, 짧고 좁게 보는 방식이기도 하다. 어려운 시절일수록 정치 토론이 어려운 이유가 그것이기도 하다.

언론이 고발할 동안 정치는 무얼 하고 있었느냐고 화를 내는 사람이 있다. 거대 정책에 대해서 정치는 선도적이지만, 개별 사안에 대해서 정치는 최종적이다. 이런저런 비리를 언론이 먼저 아는 것은 당연한 것이며, 그것이 언론의 역할이기도 하다.

내가 문재인에게 호감을 가지고 있다는 이유로 '자기 부정의 호남 지식인'이라고 나를 처음 비난한 것은 JS였다. 우리는 친구지간이라 서로 어깃장을 놓기도 하는 처지여서 나는 대답하지 않았다. 그런데 그 JS의 말로 나를 비난하려는 사람들이 의외로 많다.

포천 작업실 마당의 산벚은 늦게 피어 늦게 진다. 어제부터 꽃잎이 지기 시작했다. 바람에 나뭇가지가 흔들리면 옅은 분홍 꽃잎이 개울 쪽으로 점점이 날아간다. 내일이면 마저 질 것이다. 꽃은 질 때만 현실 같다.

조 아무개씨와 그를 둘러싼 사람들이 김수영의 신화가 조작되었다며 문단에 무슨 음모라도 있는 듯 떠들고 있다. 김수영은 음모로 유명해진 것이 아니라 정신을 서정적으로 약동하게 하고 의식을 놀라 깨우치게 하는 그 시의 힘 때문에 높은 평가를 받아왔다.

@septuor1 2016년 4월 26일 오후 12:37
국사 교과서에 이어 국어 교과서까지 국정화를 획책하며 불을 지피던 사람들이 사태가 여의치 않자 그 불씨를 여기저기 나르고 있는 것이 아닌가 싶다. 국민 윤리 가르치던 어느 교수까지 나서서 이제는 김수영 등등보다 순수 서정 시인들이 더 좋다나 뭐라나.

@septuor1 2016년 4월 27일 오전 3:27
『밤이 선생이다』 20쇄를 찍는다는 연락이 왔다. 독자들과 출판사에 감사한다.

@septuor1 2016년 4월 27일 오전 10:04
서피스 프로 4가 어제 도착했다. 기계를 내게 맞추려다보면 나도 기계에 맞춰야 한다. 이게 현대적인 현상은 아니다. 옛날부터의 말이다. 활 쏘는 궁사도, 쟁기질하는 농부도 마찬가지였다.

@septuor1 2016년 4월 28일 오전 9:07
'생각하는 대로 살아야지 그러잖으면 살아온 대로 생각하고 만다'가 누구 말인지 어느 봇주가 물어왔다. 덕분에 폴 부르제의 소설 『한낮의 유령』을 한밤중에 다시 읽었다. 무엇에 대한 엄숙함이건 엄숙한 삶은 늘 아름답다.

@septuor1 2016년 4월 28일 오전 10:18
'한낮의 유령'이 아니라 '한낮의 악마'. 왜 이런 실수를.

@septuor1 2016년 4월 28일 오후 12:05
목욕탕 사장님들만큼 국민 교육 열망이 높은 분들도 드물 것이다. 울 동네 사우나 사장님에 따르면 문화 국민이 되는 여건 중에는 낡은 수건 새 수건이 섞여 있을 때 수건을 고르지 않는 것도 들어간다.

@septuor1 2016년 4월 29일 오전 3:34
이 트윗을 곧이곧대로 이해하는 착한 사람들도 있구나.

@septuor1 2016년 4월 29일 오전 4:01
선수와 선수급인 사람의 차이는 매우 크다. 사람을 보는 눈이란 그 차이를 아는 능력이라는 뜻이다.

@septuor1 2016년 4월 29일 오전 6:09
한국 정치에서 민주화에 대한 의식과 의지의 부족은 여전히 심각한 문제가 된다. 이명박, 박근혜의 실정은 거기서 비롯한 것이기도 하다.

@septuor1 2016년 4월 29일 오전 6:40
하 아무개씨가 오늘 아침 나를 또다시 팔로우를 했다. 열다섯 번쯤 되려나. 팔로우할 때마다 계정에 들어가보면 단 하나의 트윗도 없다. 그러니 나를 처음 팔로우한 이후 열다섯 번쯤 계폭을 했다는 말이겠다.

@septuor1 2016년 4월 29일 오전 6:58
목포문학관에서 4월부터 12월까지 매월 한 번씩 모두 9회 강의를 하게 됐다. 프랑스 상징주의 강의를 하기로 약속했는데 첫 2회는 한국 시 이야기. 목포는 내 고향이다.

@septuor1 2016년 4월 30일 오전 6:27
옛날 우리 옆집 할머니는 가난한 조카들이 찾아오면 "나라도 거슥하면 거슥할 텐디 나도 거슥해서 거슥하고……"라고 푸념을 했다. 박근혜의 기자회견이라는 것을 듣고 있으니 그 할머니 말이 문득 생각난다. 하긴 박근혜 나이가 옛날 그 할머니 나이다.

어느 로봇공학자가 로봇이 국영수를 잘하니 국영수는 로봇에게 맡기라고
말하고 있는데, 국영수에 대한 이해가 잘못된 것 같다. 입시 수준의 국영수
야 그럴 수도 있겠지만.

황현산

@septuor1 2016년 5월 23일 오후 2:48

왜 나는 중요한 순간에 꼭 오타를 낼까.

💬 15   🔁 33   ♡ 49

@septuor1 2016년 5월 1일 오전 7:01

목포에 와서 강연을 했다. 여각의 창으로 내다보는 고향 바다. 돌아가신 부모님 말씀에 따르면 내가 네 살 때 바로 이 해변에서 물에 빠져 죽을 뻔한 적이 있단다.

@septuor1 2016년 5월 1일 오전 7:54

대통령이 한 문장에 '어떻게 해서' '그렇게 해서' 같은 말을 5, 6개씩 넣어서 밖에는 말할 수 없다면 다른 사람의 조력을 받아 글로 써서 읽어야 한다. 이런 식으로 말하는 것도 일종의 공주병이다. 국민은 주인의 의중을 파악하려고 애쓰는 하인이 아니다.

@septuor1 2016년 5월 1일 오전 8:20

페이스북에 가입하고 글을 하나 쓰려고 했더니, 글자가 제멋대로 찍히고, 한 글자가 두 글자가 되고, 받침들이 해체된다. 결국 포기. 나는 역시 트위터 체질인 거 같다. 기계도 알아본다.

@septuor1 2016년 5월 1일 오전 9:46

자살하려고 옥상에 올라간 중학생이 이웃 아주머니를 칼로 찔렀다. 죄송하다는 말까지 하면서. 가까운 사람을 살해하는 범죄는 실행하지 못한, 늘 비겁하게 뒤로 유예한 자살인 경우가 많다.

@septuor1 2016년 5월 1일 오후 6:48

목포에서 KTX를 타고 올라오면서, 작은 가방 하나를 차에 두고 내렸다. 집에 도착한 즉시 용산역 유실물 센터에 전화를 해두었더니, 5분도 안 되어서 가방을 찾았다고 연락이 왔다. 담당자들께 감사의 인사를 드린다.

@septuor1 2016년 5월 2일 오전 5:49

자연 파괴에도 마마 콤플렉스가 있는 것은 아닌지 모르겠다. '엄마가 다 알아서 해주겠지.' 엄마는 다 죽어가는데.

@septuor1 2016년 5월 2일 오전 7:25

5월의 그날이 다가오니, 또다시 〈임을 위한 행진곡〉을 놓고 논란을 벌이게 될 것이다. 2년 전 5월에 이런 글을 썼었다. http://v.media.daum.net/v/20140424213510902

@septuor1 2016년 5월 2일 오전 11:59

용산역 유실물 센터에서 가방을 찾아왔다. 반성 : 평소에 가방 속을 잘 정리해두어야겠다. 다른 사람이 어쩔 수 없이 봐야 할 때도 있으니까.

@septuor1 2016년 5월 2일 오후 10:11

택시기사의 나이가 80은 넘어 보였다. 한강 밤섬이 고향이란다. 거기서 농사짓고 살다가 1968년 군사 정권에 의해 쫓겨났다. 노인은 그 밤섬 생활을 가난한 낙원으로 표현했다. 얼마나 가난했는지 말하곤 매번 그때가 좋았지요라고 끝을 맺었다. 무엇이 좋았을까.

@septuor1 2016년 5월 3일 오전 7:20

이준규 시인이 궂은비를 사전에서 찾아보았다고 트윗에 썼다. 나도 용례를 더듬어보니 뽕짝 한 구절밖에 생각나는 게 없다. "궂은비 오는 밤 낙숫물 소리 오동동 오동동 그침이 없어……"

@septuor1 2016년 5월 3일 오전 7:52

김홍걸씨가 고교시절 문학청년이었다는 글을 그의 담임이었던 한 소설가가 썼다. 소설가 박도씨는 내 대학 동기이며, 지극히 (너무) 곧은 사람이다. http://www.ohmynews.com/NWS_Web/View/at_pg.aspx?CNTN_CD=A0000237158

@septuor1 2016년 5월 3일 오전 10:12

이것들이 책상을 뭘로 알고.

@septuor1 2016년 5월 3일 오후 2:43

물건 하나 사면서 개인통관 고유번호라는 걸 발급받았다. 아주 쉽게 단 한 번으로라는데 아주 쉽지 않았다. 몇 차례나 프로그램을 깔아야 하고 그때마다 허용 버튼 눌러야 하고 오작동이 한 번씩 나오고. "이런 쉬운 걸 못해!" 여기서부터 관료주의가 시작한다.

@septuor1 2016년 5월 3일 오후 3:24

글 쓰면서 구두점 좀 찍자. 뉴스에 이런 글이 있다. "그는 올 1월 말 숨진 유모 할머니(당시 76세)의 묘를 찾아 사죄의 절을 하기도 했다." 유 모 할머니는 17년 전에 사망했다.

@septuor1 2016년 5월 3일 오후 3:48

'한국어에는 구두점이 필요 없다' 같은 미개한 소리 좀 하지 말자. 서양에도 옛날에는 구두점이 없었다. 낭송용 글보다 독서용 글이 우세하면서 구두점이 생겨났다. 하긴 초가삼간 짓는 정도의 글쓰기라면 어느 나라 말이건 구두점이 왜 필요하겠는가.

@septuor1 2016년 5월 3일 오후 7:27
내 트윗 팔로워가 8만을 넘었는데, 나는 이게 허수라는 것을 안다. 언제부터인지 키릴 문자 알계들이 대거 팔로우를 해왔다. 그 알계들은 하나같이 40명을 팔로우하고 있으며 그 내용이 똑같다. 무슨 작전 세력? 그들이 빠지면 4만쯤 남을 것 같다.

@septuor1 2016년 5월 4일 오전 2:43
서사의 능력에는 나라가 큰 것도 도움이 된다는 내 말에 누군가가 〈왕좌의 게임〉 같은 것은 어느 나라 사람이나 만들 수 있지 않냐고 물었다. 아마 그럴 것이다. 그러나 온갖 인간, 온갖 사연, 온갖 행위를 품을 수 있는 오지랖도 환경의 영향을 받는다.

@septuor1 2016년 5월 4일 오전 11:45
도서출판 삼인은 김정환, 김혜순, 황현산과 함께, 시집 출간으로 시인을 등단 내지 재등단시키는 제도를 마련, 3년간 원고를 모은 결과, 조인선 시집 『시』와 유진목 시집 『연애의 책』을 선정, 출간을 앞두고 있다. 엄밀한 선정 과정을 거친 훌륭한 시집들.

@septuor1 2016년 5월 4일 오후 8:33
늙은 시인들이 모여 요즘 젊은것들의 시는 소통이 안 된다고 호통을 쳤다. 정확하게 말해야지, 소통은 무슨, 자기들이 읽어보니 뭔 소린지 모르겠다고 해야지. 문학 담론에 소통 같은 말은 아예 없어져야 한다. 소통은 신문 기사 같은 글이 가장 잘되지 않는가.

〈왕좌의 게임〉 6 시즌 1, 2를 보았다. 존 스노우가 다시 살아난다는 이야기는 스포일러도 아닐 것이다. 여기에는 온갖 가능한 이야기와 불가능한 이야기가 예상할 수 없는 방식으로 섞여 있으나 그 안에도 의식의 진보라는 것은 있다. 아무튼 스노우는 살아난다.

〈왕좌의 게임〉은 무자비한 마키아벨리즘의 세계이지만, 거기에서도 최고의 책략은 세상이 어떻게 변해야 한다는 것을 재빨리 알아차리는 능력에서 나온다.

다시 한번 말씀드리건대, 살아난다는 것은 스포가 아닙니다. (그것은 동서고금이 다 아는 일.) 어떻게 살아나느냐가 문제지.

스포인가보네.

인터넷에 USB 메모리와 볼펜과 레이저 포인터가 결합된 상품이 있어 쇼핑몰에 들어가보려 했더니 성인 인증을 해야 볼 수 있단다. 들어가보니 별 물건도 아니다. 그런데 왜 성인 인증이 필요할까. 미성년은 레이저 포인터가 휴대 금지인가.

대답 주신 분들께 감사. 시력 상실이 문제였군요. 그런데 나도 그걸 모르고 있었으니, 나처럼 늙은 사람도 못 쓰게 해야 마땅할 것 같은데.

미군 철수, 해도 무방하겠지만 하지 않는다. 철수할 때는 철수 비용을 내라고 할 것이다. 그거 협상하고 있으면 대통령 임기 끝난다.

착하지 않은 사람이 착한 일 하고 싶을 때 가장 쉽게 찾을 수 있는 일이 애국이다. 조폭 중에는 애국자들이 많고, 조폭이 되지 못해 애국자가 된 사람들도 있다. 김진명의 소설이 왜 그리 많이 팔리겠는가.

이 나라 땅에는 온갖 흉물이 다 서 있는데 그 가운데 대표적인 것이 '바르게 살자'를 조잡하게 새긴 거대한 돌덩어리다. 새누리당이 득세하는 지역일수록 그게 더 많이 서 있다. 그게 없는 지역은 축복받은 지역이다.

"그거 있잖아"라고 말하면 "있기는 개뿔이 있어"라고 말하는 사람과 그게 뭘까 생각해보는 사람과 그게 뭔지 알아차리는 사람이 있다.

선사가 '뜰앞의 잣나무'라고 말하면 '지랄하네' 하는 사람과 '선사 같은 소리겠지' 하는 사람과 그게 뭔지 생각해보는 사람과 그게 뭔지 알아차리는 사람이 있다.

한국 사람들 70%는 한 꺼풀만 벗기면 파시스트일 것이라는 생각이 든다.

지역감정, 종족 감정 같은 원시적 감정이 조폭 애국심과 결합하고, 열등감의 문화 탓에 판단 근거를 외부에 두는 눈치보기와 줄서기의 노예근성이 덧붙여지면 영락없는 파시스트가 만들어질 것이다. 게다가 한국의 파시즘에는 확대된 가족주의의 성격이 있다.

@septuor1 2016년 5월 7일 오전 9:53
김승일 시인이 둘인가. 시를 읽어보니 시가 영 다르다.

@septuor1 2016년 5월 7일 오전 10:42
농담의 번역에 천박함이 스며들면 쓰는 사람이나 읽은 사람의 사고가 납작해지기 마련인데, 거기에 입체감을 주겠다고 끌어다대는 것이 혐오 언어다. 번역할 때 잘하려고 하지 말고 있는 대로 번역해라.

@septuor1 2016년 5월 7일 오후 6:00
무슨 고찰이 나오면 그걸 당장 눈앞에 떨어진 정치적 현안에 적용해 그 득실을 따져보려 하는 것도 일종의 병이다.

@septuor1 2016년 5월 8일 오전 7:06
논어에 "군자는 곤궁할 때 그 궁함을 지키고, 소인은 궁할 때 탈선한다君子固窮 小人窮斯濫矣"는 말이 있다. 젊었을 때는 이런 말이 참 싫었다. 이런 말이 윤리적 측면은 제쳐두고 시적으로 아름답다고 느껴진 것은 아마도 나이가 50쯤 되어서일 것이다.

@septuor1 2016년 5월 8일 오전 8:49
목포문학관의 두번째 강연은 5월 21일(토)에 합니다. 시간은 2시 30분. 이번에는 이육사의 「광야」에 대해 이야기할 계획입니다. 천지개벽의 시간에 닭은 울었는지, 초인은 누구인지.

@septuor1 2016년 5월 8일 오전 8:59
열린책들과 함께 진행하는 묻고 답하기의 두번째 편지입니다. https://blog.naver.com/openbooks21/220703609133

옛날 『0년 구멍과 뱀의 대화』 『서울의 밤』 같은 야릇한 책을 쓰고 『선데이서울』 등에 야설을 쓰던 박승훈이라는 교수가 있었는데 지금은 무얼 하는지 모르겠다. 한때 재판도 받고 그랬는데. 봄날 일요일이라 별게 다 생각난다.

옛날에도 노랑나비는 흰나비보다 귀했다. 흰나비보다 노랑나비를 먼저 보면 짝사랑이 이루어진다는 속설도 있었다. 그런데 여러 해 전부터 노랑나비가 아예 보이지 않는다. 짝사랑하는 사람들에겐 불행한 일이다. 짝사랑 같은 것은 아예 없어졌는지도 모르겠다.

"프랑스인들은 인종주의자이고, 한국인들은 민족주의자야." 시인 김이듬이 출간을 준비하고 있는 책의 원고에서 읽은 말. 한국에서 태어나 프랑스에 입양, 지금은 로맹롤랑 도서관의 사서인 여자가 이 말을 했다. 이 말을 읽으며 가슴이 찢어지도록 슬프다.

어떻게 장미가 이렇게도 장미색일 수 있는지.

강용석과 정미홍은 인생이 꼬이다보니 이상한 소리를 하게 됐는데, 그걸 상품으로 팔아먹는 사태의 전형이다. 자본주의 사회는 모든 것을, 정신병까지, 상품으로 판다. 두 사람이 정신병자라는 말은 아니니 오해 없기를 바라고.

@septuor1 2016년 5월 10일 오전 4:03

내 트윗이 탐라에 너무 많이 뜨는 게 귀찮다고 하는 사람이 있어, 뜨지 말라고 블락을 했더니 나더러 아예 '투이타'를 그만두란다. 나를 블락하시면 될 텐데.

@septuor1 2016년 5월 10일 오전 5:41

문인으로 괜찮은 사람이었는데, 어떤 계기로 정치에 몰두하여 글만 쓰면 정치적 성토와 정치적 지지 발언으로 일관하는 모습을 보게 되면 좀 안타깝다. 자기 일이 없어져버리고 나서 정치란 게 무슨 소용인가. 자기 발전이 곧 정치 발전이기도 하다.

@septuor1 2016년 5월 11일 오전 1:29

그동안 국어 교육이 표현하기에서는 상당한 진전을 이룬 것 같은데 이해하기에서는 더 퇴보한 듯한 느낌이다. 중요한 것은 말과 글인데, 말과 글은 제쳐놓고 그 말이나 글의 뒷배경을 먼저 따지려 드는 사회적 풍조 탓도 있겠다. 말을 말 그대로 이해하기.

@septuor1 2016년 5월 11일 오전 1:32

이 트윗도 1트윗 1오타 법칙을 지키고 말았습니다.

@septuor1 2016년 5월 11일 오전 1:51

이제부터 오타 집사를 하고, 오타 일기도 쓰고, 오타 계정도 내기로.

@septuor1 2016년 5월 11일 오전 3:15

요즘 흰 꽃 핀 나무들이 많다. 꽃이 가지 위로 피어 나무가 꽃 층계처럼 보이면 층층나무, 꽃이 가지 아래로 피어 작은 흰 종을 무수히 달고 있는 듯하면 때죽나무, 꽃이 가지를 감싸고 피어 나무 전체가 구름처럼 보이면 이팝나무. 산딸, 백당은 생략.

@septuor1 2016년 5월 11일 오후 7:15

클라우드가 편리해서 사실 usb 메모리 필요 없는데 하나 샀다. 128G를 3만 원에 살 수 있는데, 어떻게 안 살 수 있는가. 처음의 기억이 모든 것을 지배한다.

@septuor1 2016년 5월 13일 오전 6:54

진실을 말하는 거짓말도 있다. 고의적으로 진실의 일부만을 말한다면 그것도 거짓말에 해당한다. 한국 사회에서는 사회적으로 곶포감을 조장하는 데에 그런 거짓말이 사용된다. 정부의 대북 공포가 대표적이지만, 기업이 조장하는 공포도 많다.

@septuor1 2016년 5월 13일 오전 7:03

곶포는 공포의 상형 문자.

@septuor1 2016년 5월 13일 오전 7:00

옥시 사태는 과도한 세균 공포증에도 문제가 있다. 기업이 그 과도함을 이용하려 하지 않는다면 기업이 아니다. 담배 피우는 사람의 폐 사진이나 문고리의 현미경 사진을 만인에게 공개하는 것은 인간에 대한 예의도 아니고 엄밀하게 과학적인 것도 아니다.

@septuor1 2016년 5월 13일 오전 7:37

어제 경희대 대학원 강의는 아주 행복했고 나 자신이 위로를 받았다. 젊은 인문학 연구자들에게는 미래가 매우 불투명한데도 대학원생들이 보여준 활기와 자부심이 감명 깊었다.

@septuor1 2016년 5월 13일 오전 7:43

나는 법조계의 전관예우라는 말을 죽을 때까지 이해하지 못할 것 같다. 그것은 검사, 판사 이런 사람들이 드러내놓고 엉터리 재판을 하겠다는 말이 아닌가. 대명천지에.

@septuor1 2016년 5월 13일 오후 2:42

한글 전용론자들은 표현의 관점만 말한다. 한자를 쓰지 않아도 표현에 지장이 없다고, 그것도 의심스럽지만, 말과 글은 생각의 표현에만 쓰는 게 아니라 '생각하는' 도구다. 한자를 쓰면 우리말이 생각의 도구, 그것도 매우 강력한 도구를 덤으로 얻는다.

@septuor1 2016년 5월 13일 오후 2:53

혼용 세대보다 한글세대가 문해력이 높다는 주장도 있다. 그것은 글자의 문제가 아니라 교육의 문제고, 습득된 지식량의 문제다. 신세대가 한자까지 알면 그 능력은 훨씬 더 증가된다.

@septuor1 2016년 5월 13일 오후 3:53

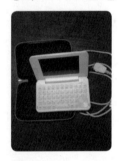

내가 전자사전을 분실했을 때 제자들이 스승의 날이 사전을 선물했다. 그런데 세상이 바뀌어 쓸모가 없어졌다. 슬프다.

@septuor1 2016년 5월 13일 오후 4:09

변증법을 한자로 쓴다고 해서 변증법이 이해되는 것은 아니라는 말도 있다. 한자가 무슨 마술이 아닌데 그야 당연하다. 그런데 dialectic, dialectique 같은 말을 한자가 없으면 어떻게 번역했을까. 다이얼렉틱, 디알렉틱?

@septuor1 2016년 5월 13일 오후 4:31

하나의 개념이 들어오면 그게 언어 전체의 상상력도 바꾸어주는 게 좋은데, 발음대로 표기한 언어가 그 기능을 갖기는 어렵겠죠. 일본식 한자 용어들은 그 그물망이 튼튼해서 성공한 것이기도 합니다.

@septuor1 2016년 5월 13일 오후 4:53

옛날엔 트윗이 토론 국면으로 들어가면 짜증이 났다. 그런데 요즘은 말이 안 되고 초점이 안 맞는 말도 함께 들을 수 있다는 것이 새로운 체험이라고 생각된다. 시간이 없어서 문제지.

@septuor1 2016년 5월 13일 오후 5:06

한글이 좋기는 좋다. 몂 같은 글자도 쓸 수 있고.

@septuor1 2016년 5월 13일 오후 7:12

서구 사람은 라틴어를 같이 쓰지 않는데 왜 우린 한자를 쓰느냐는 이런 멍청한 말을 지금도 하는 사람이 있다. 라틴어는 언어고 한자는 글자다. 서구 사람이 쓰는 글자가 바로 라틴 글자인데 병기는 무슨 병기.

@septuor1 2016년 5월 13일 오후 9:43

옛날엔 중국이 제국이라 한자를 썼으니 이제는 미국이 제국이니 영어를 공용어로 해야 한다는 의견도 있다. 실은 이렇게 생각하는 사람이 적지 않다. 예전엔 겨레 어쩌고 하는 사람들이 한자를 극력 반대했는데, 요즘은 영어로 공부하는 사람들이 극력 반대한다.

@septuor1 2016년 5월 14일 오전 5:37

내가 한자 쓰기를 주장하자 내 나이와 관련해서 여러 가지 혐오 발언이 나온다. 중요한 것은 내 말의 옳고 그름이지 내 나이가 아니잖은가. 내가 이 주장에서 내 경험을 내세운 것도 아닌데.

@septuor1 2016년 5월 14일 오전 7:05

"다람쥐 헌 쳇바퀴에 타고파." 이게 여러 한글 글자꼴의 꼴을 예시하는 문장인데, 어떻게 채택된 건지 모르나 적절하지 않은 것 같다. 여기에는 쌍자음이 없고, ㅗㅛㅜㅠ에 받침을 곁들인 글자가 없다.

한자 이야기는 그만하겠다. 알아들을 사람은 알아들었을 것이고 생각하고 싶은 사람은 생각할 것이다. 항상 현재 상태라는 것은 무섭다. 컴퓨터에서도 선택에 직면하게 되면 80%는 디폴트를 누를 것이다.

우리게서는 '싹수 없다'보다 '느자구없다'를 더 많이 썼다. 느자구는 성장 발전의 가능성이란 말. 원칙적으로 '싹수없다'는 비난일 뿐이지만 '느자구없다'는 비난에 염려도 곁들이는 척…… 단문짓기 : 트럼프는 참 느자구없는 인간이다. (인간을 다른 말로 바꿔도 무방.)

시인 자신이 시를 불교로 망쳤다. 이러면 말이 되는지.

〈임을 위한 행진곡〉의 임이 김일성이나 김정일을 뜻한다는 설은 아무 생각도 없는 인간들이 술자리에서 하던 이야기가 진담처럼 돼버린 게 아닐까 싶다.

한강의 『채식주의자』가 맨부커 인터내셔널 상을 수상했다. 축하한다. 번역본 The Vegetarian은 한국 문학을 전공한 영국인이 혼자 번역한 책이라는 사실도 주목해야 한다. 한국 문학 전공 외국인이 많아지면 상을 탈 한국 문학 작품 많다.

일부러 오타 낸 것은 아닌데.

대한민국상이군경회, 대한민국전몰군경유족회, 대한민국전몰군경미망인회, 재일학도의용군동지회, 4·19민주혁명회, 4·19혁명희생자유족회, 대한민국무공수훈자회, 대한민국재향군인회, 대한민국특수임무유공자회, 대한민국고엽제전우회.

한국 문학의 외국어 번역에서, 한국인이 초역, 외국인이 윤문하는 번역은 가장 나쁜 방식의 번역이다. 특히 시 번역에서는 한국 문학을 죽이는 번역이 나온다.

번역도 글쓰기라는 사실은 잊히기 쉽다. 한국인이 한국 문학 작품을 외국어로 번역할 때 그 글쓰기의 한계는 명백하다. 그 결과를 놓고 한국어를 모르는 외국인이 윤문을 할 때 모든 말을 상투어로 바꾸어놓기 십상이다. 내용은 허술하고 표현은 상투어.

〈임을 위한 행진곡〉을 식전에서 제창하여 자신들에게 부르게 하는 것은 자신들을 모욕하는 것이라고 생각하는 정부 여당 인사들이 적지 않겠다. 민주화 자체가 자신들을 모욕하는 것이니까. 그런데 왜 식전에는 참석하지.

'내가 성질이 못돼먹어서'라고 말하는 사람들이 있다. 그런 말을 들을 때마다 나는 어떤 성질 급한 외과 의사를 생각한다. 그가 수술을 할 때도 성질을 부리면서 하겠는가. 만만할 때만 성질이 못돼먹은 것이지.

개 깐도 가끔 제 발이 저리구나.

@septuor1 2016년 5월 18일 오전 7:00

이상의 시와 관련된 그림? 불쌍하다, 이상. 이상은 가난과 병고 속에 죽었는데, 이제는 별 인간들이 다 이상을 팔아먹고 사는구나.

@septuor1 2016년 5월 18일 오전 7:16

한강의 맨부커상 수상과 관련하여 한 신문이 '문학 한류'라는 제목을 뽑았다. 문학에 한류 같은 것은 없다. 정신 좀 차리자.

@septuor1 2016년 5월 19일 오전 1:05

여자는 남자보다 약해야 하는데 여자가 자기보다 강하거나, 자기보다 강한 남자 곁에 있으면 턱없이 화를 내는 남자들이 있다. 실은 얼마 전만 해도 정규 교육 기관에서까지 여자는 남자보다 약해야 한다는 식으로 (따지고 보면 그런 식으로) 가르치고 있었다.

@septuor1 2016년 5월 19일 오전 7:44

도서출판 삼인이 김정환, 김혜순, 황현산과 함께 뽑은 시집 1. 유진목의『연애의 책』. 한 비평가는 한국 최고의 연애 시집이라고 말했다. 한 여자가 연애 속에 자기를 집어넣는 일, 아름답고 행복하고 슬픈 기적.

@septuor1 2016년 5월 19일 오전 7:49

도서출판 삼인이 김정환, 김혜순, 황현산과 함께 뽑은 시집 2. 조인선의

『시』. 조인선은 문지 등에서 이미 몇 권의 시집을 냈으며, 한국의 자생적 초현실주의자란 평을 받았다. 매우 쉽게 접근할 수 있는 초현실주의.

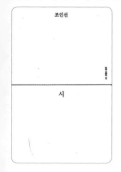

@septuor1 2016년 5월 20일 오전 12:50

살인자의 여혐보다 보통 남자들의 여혐, 다시 말해서 여혐의 문화가 더 문제인 거 아닌가.

@septuor1 2016년 5월 20일 오전 1:25

여자들이 자기를 무시하니 여자들을 죽여야 한다고 생각하는 남자는 많지 않다. 그러나 여자들이 겉멋만 들어서 나쁜 남자에게 빠진다고 생각하는 바보들은 많고, 두 생각은 별로 다르지 않다. 좌절된 에로스는 거의 정신병에 이르는 여혐의 에너지가 되기 쉽다.

@septuor1 2016년 5월 20일 오전 8:19

본질적 삶/비본질적 삶, 정상/비정상을 가르는 세계관과 문화에는 빠짐없이 약자 혐오, 여성 혐오의 요소가 들어 있다. 그것은 정말 세계관과 문화의 실천인 까닭에 그 혐오는 의식되지도 않는다. '혐오'라는 말에 저항하는 사람이 많은 이유.

@septuor1 2016년 5월 20일 오전 8:29

'개저씨' 같은 말을 사용하는 것은 좋지 않다. 이런 말은 심각하고 거대한 사회 문제를 개인적 취향이나 한 세대의 취향의 문제로 바꿔놓기 십상이다.

@septuor1 2016년 5월 19일 오후 5:41
에로스를 충족하는 것과 에로스를 잘 발휘하는 것이 항상 똑같지는 않지요. 돈 주앙의 근본 에너지가 여험이지요.

@septuor1 2016년 5월 20일 오전 10:04
세상이 적으로 가득차 있는데, 그 적을 마음속에서 형상화해보면 여자가 떠오른다. 적들을 공격하기 위한 급소를 찾다보니 역시 여자가 떠오른다. 그런 정신 상태를 뭐라고 불러야 할까.

@septuor1 2016년 5월 20일 오후 9:09
〈곡성〉을 봤다. 아무 말도 안 하겠다. 이게 스포다.

@septuor1 2016년 5월 22일 오전 5:05
식민지 시대의 조선인들과 지금의 여자들이 무슨 상관이 있느냐며 나를 공박하는 사람들이 있다. 약자들, 혐오받는 사람들에 대한 감수성의 문제겠다.

@septuor1 2016년 5월 22일 오전 5:36
한국은 가족주의가 문제라고 생각하는 사람은 많다. 그러나 '정상적인 가족'에 대한 미련을 버린 사람은 많지 않다.

@septuor1 2016년 5월 22일 오전 8:49
요즘은 잘 안 쓰는 말이지만, 자다가 봉창 뚫는다는 말이 있다. 남이 말할 때는 듣지 않고 있다가 뒤늦게 끼어들어 엉뚱한 소리를 한다는 말이겠다.

@septuor1 2016년 5월 23일 오전 5:18
김점선의 책『나는 성인용이야』(2003)에 화투 그림이 나온다. 당시 김점선은 오십견으로 팔을 마음대로 움직일 수 없어 컴퓨터 앱으로 화투를 그렸다고 한다. 화투 그림 아이디어는 김점선에서 시작해서 김점선으로 끝났다고 생각한다.

@septuor1 2016년 5월 23일 오전 6:13

플라스틱 화투가 나오기 전 옛날 화투는 종이와 종이 사이에 벽회를 넣은 특수지에 인쇄했다. 두껍고 무게감이 있어 치는 맛이 좋았지만, 손가락에 힘을 주면 부러지기도 했다. 옛날 화투 한 벌을 소장해두지 못한 게 유감이다.

@septuor1 2016년 5월 23일 오전 10:05

'묻지 마'와 '여성이면 묻지 마' 가운데 어느 쪽이 더 심각한 문제일까?

@septuor1 2016년 5월 23일 오후 12:46

'왜 아무 관계도 없는 나까지 싸잡아서'라고 많은 남자가 반발한다. 그런데 관계가 없지 않다. 그가 온전치 못한 정신으로도 여자를 골라 죽이겠다고 결심했을 때는, 많은 남자가 당연하다고 생각하며 누리고 있는 '남자의 권리'에 그는 벌써 기대고 있다.

@septuor1 2016년 5월 23일 오후 2:18

여자들이 자기를 무시했다는 망상, 그거 특별한 거 아니다. '애뻐서 만져주려고 왔더니 이것들이 나를 피해. 이것들이 나를 무시해.' 이렇게도 생겨날 수 있는 것이다.

@septuor1 2016년 5월 23일 오후 2:48

왜 나는 중요한 순간에 꼭 오타를 낼까.

@septuor1 2016년 5월 24일 오전 4:50

"여성 혐오보다 더 중요한 것은 인간 혐오다. 계층의 단절보다 더 중요한 것은 인간의 단절이다. 당신의 불행보다 더 중요한 것은 인간의 불행이다." 말이 되는 것 같다. 의미 없는 말일수록 말이 되는 것 같다.

아이를 갖지 않으려는 젊은이들에게, 아무리 친한 사이라도, 애를 낳아야한다고 말한 적은 없는 것 같다. (애를 갖는 것도 생각해보라고 말한 적은 딱한 번 있다.) 그러나 마음속으로는 그들이 애를 낳길 바란다. 애 갖기는 겸손의 표시이기도 하다.

작은 수고도 하지 않는 사람들에게 내가 무한정 친절할 필요는 없겠다.

말로 폭력을 저질렀거나 거기 동조한 사람들은 늘 '내가 뭘 어쨌는데'라고말한다. 내가 블락한 사람들도 그렇게 말한다.

트윗을 하다보면 좀비의 사실성을 믿게 될 때도 있다.

'출산이 겸손의 표현이기도 하다' 이 말에 '그럼 출산하지 않은 사람은 겸손하지 않다는 말이냐' 이렇게 나오면 참 난감하다. 겸손의 표현이 한 가지만있는 것은 아니지 않은가. 스님들에 겸손한 사람이 없겠는가.

때로는 오히려 겸손해서 낳지 않는 사람도 있겠고.

여제자들이나 질녀들이 결혼에 대해 내 의견을 듣고 싶어할 때가 있다. 내대답은 이렇다. 결혼하지 않아도 무방하고, 특히 여자들에게 결혼은 공부에 방해될 때가 많다. 그러나 혼자 살아도 성생활의 상대는 있어야 하고.

@septuor1 2016년 5월 24일 오후 1:13
여건이 허락한다면 애도 낳거나 입양하는 것이 좋다. 1년 전의 트윗에도 썼던 말이다.

@septuor1 2016년 5월 24일 오후 4:34
겸손이란 혼자의 힘으로는 못할 일이 있다는 것을 아는 것이다. 그때 가장 중요한 협조자는 시간이고 역사다. 삶이 내 세대의 생명으로만 끝난다면 나는 신중하게 살지 않을 수도 있다. 삶이 미래에도 속하고 있다고 생각하기에 나는 여기서 힘도 얻는 것이다.

@septuor1 2016년 5월 24일 오후 5:03
너는 자궁도 없고 애도 안 낳았으니 애에 관해서는 아무 말도 하지 마라. 이게 훌륭한 말은 아닐 것이다.

@septuor1 2016년 5월 24일 오후 6:20
한국 사회에는 완벽주의 콤플렉스가 있다. 그 때문에 그에겐 그것이 있지만 나에겐 이것이 있다고 생각지도 말하지도 못한다. 완벽주의 콤플렉스는 결국 열등 콤플렉스다.

@septuor1 2016년 5월 24일 오후 8:09
그건 겸손이 아니라 현실 직시라고 가르쳐주는 사람도 있다. 겸손과 용기 없이 현실 직시가 가능한가.

@septuor1 2016년 5월 24일 오후 8:43
겸손이라고 말하면 권력에 겸손하고 회사 사장한테 겸손하고 어른에게 겸손하고, 이렇게만 생각하도록 길들인 것도 이 사회겠다. 겸손은 경건함의 시작이고 자기 발견의 시작이다.

@septuor1 2016년 5월 24일 오후 10:00

이 트윗으로 소란을 피우고 싶어하는 자들이 있는데, 성적 욕망을 터부시하고 그걸 내면화하면 다른 모든 육체적 욕망에도 죄책감을 느낀다는 뜻. 그런데 여기서 내면화란 그 금기를 자기 존재의 일부로 여긴다는 뜻.

황현산
@septuor1

어머니는 생선요리를 잘 했지만 입에 대지 않으셨다. 비린내를 탓했지만, 실은 그게 기분좋은 비린내와 함께 목을 넘어갈 때의 쾌감, 그 쾌감이 불러오는, 섹스를 포함한 온갖 육체적 관능에 대한 죄책감 때문이었다는 것을 나는 오십이 다 되어서야 깨달았다.

2015. 12. 28. 오전 6:36

@septuor1 2016년 5월 25일 오전 7:01

내가 끔찍하게 여기는 인간 유형의 하나는 개구리 연못에 돌 던지는 아이 유형이다. 이런 인간들이 외노자 혐오, 세월호 유족 혐오, 여성 혐오를 부채질하여, 강남역 살인 같은 처참한 일이 일어나게 한다. 자기 일에 자각이 없으니 당연히 원망이 많다.

@septuor1 2016년 5월 25일 오전 8:29

한강의 『채식주의자』를 육식'주의자'들도 사기 시작했나보다. 그 끔찍함을 가장 잘 이해할 수 있는 사람들이니까.

@septuor1 2016년 5월 25일 오후 1:18

어제 많은 사람을 블락했다. 왜 누구는 블락하고 누구에겐 대답을 하느냐고 추궁하는 사람이 있다. 나는 반대 의견을 말한다고 블락하진 않는다. 주로 블락한 사람은 '자궁이 없으면 입다물어'라는 식의 비아냥거리는 만화를 퍼 나른 사람들이다. 조롱은 대상화다.

@septuor1 2016년 5월 25일 오후 1:56

나는 내가 남자였기 때문에 얻게 된 이득이 적지 않다고 생각한다. 그렇다고 해서 그것이 내가 맞다고 생각하는 것을 말하지 못할 이유가 되지는 않는다.

@septuor1 2016년 5월 25일 오후 2:35
내가 페미니즘의 입장에 '겸손'에 관해 비판한다면, 그건 역사주의의 역사주의야말로 남성 이데올로기의 전형이라고 말했을 것 같다. 내가 페미니스트가 될 수 없는 것도 역사주의의 굴레에서 벗어날 수 없기 때문이다.

@septuor1 2016년 5월 25일 오후 2:50
그런데 애를 안 낳아야 할까 사회를 바꾸어야 할까.

@septuor1 2016년 5월 25일 오후 6:39
누구를 칭찬하는 것이 누구를 비난하는 것이 아니다. 다른 사람은 다른 사람대로 칭찬받을 일이 있다. 삶은 다양하고 그 가치도 다양하며, 서로 그 가치를 인정하는 것이 건강한 사회의 삶이다.

@septuor1 2016년 5월 25일 오후 8:24
십수 년 전 학회에서 A와 그 일파 B와 그 일파가 다른 학설을 놓고 피 터지게 싸우고 있었다. 분야는 내 전공이 아니었지만 나는 A일파에게 결정적으로 유리한 문장 하나를 만들어주었다. A는 그 문장으로 토론에 이겼지만, 나에게 감사했는가. 아니다 오히려

@septuor1 2016년 5월 25일 오후 8:26
비전공자가 자기 영역을 건드렸다고 앙심을 품고 줄곧 내 험담을 했다. 그가 뜬금없이 오늘 내 시민 강연에 왔다. 저녁을 먹자는 것을 바로 왔다.

@septuor1 2016년 5월 25일 오후 10:53
'바꿔서 뭐하게요' 이 말을 막말이라고 하는데, 나로서는 절실한 말이다. 미래 사회의 희망이 없다면 나는 현 시간의 실천과 노력에 가장 큰 동력을 잃

425

을 것이다.

@septuor1 2016년 5월 25일 오후 11:11
젊은이의 미래는 스스로 결정하니 고나리질 하지 마라. 이 말도 훌륭한 말은 아닌 것 같다. 나는 특정 세대의 미래를 걱정하는 것이 아니다.

@septuor1 2016년 5월 26일 오전 12:32
김수영의 시「꽃잎 2」에 이런 구절이 있다.
노란 꽃을 주세요 금이 간 꽃을
노란 꽃을 주세요 하얘져가는 꽃을
노란 꽃을 주세요 넓어져가는 소란을

오늘 시민 대학에서 이걸,

@septuor1 2016년 5월 26일 오전 12:34
노란 꽃을 주세요 금이 간 꽃이라도
노란 꽃을 주세요 하얘져가는 꽃이라도
노란 꽃을 주세요 넓어져가는 소란이라도

이렇게 바꿔 읽어보자고 했더니, 한 노인이 매우 신기해하며, "시를 이렇게 쓰는 거구나"라고 말했다. 그 노인이 시 쓸까 걱정된다.

@septuor1 2016년 5월 26일 오전 7:15
한국은 시에 대한 열기가 특별히 높다. 시집이 그나마 잘 팔리는 나라 중에 하나다. 시인이 되려는 사람도 많은데, 오히려 시 읽는 것을 거의 전문적으로 하고 그런 모임을 꾸려나가는 것이 더 생산적이라는 생각이 든다.

@septuor1 2016년 5월 26일 오전 7:34
한강의『채식주의자』에는 다른 작가들의 다른 소설과 마찬가지로 많은 '인

문학'이 압축되어 있다. 한편에서는 인문학을 없앤다고 난리 치면서, 외국에서 상을 하나 받아오자 또 만세를 부르고 난리다. 저 '창조 경제'는 무얼 거저 얻어오는 줄 안다.

@septuor1 2016년 5월 26일 오전 7:41
아무도 그런 말 안 하는데, 『채식주의자』가 매우 깊이 있는 페미니즘 소설이라는 관점에서도 읽혀졌으면 좋겠다.

@septuor1 2016년 5월 26일 오전 9:16
나는 한국에서 좌파 이론이 실패한, 또는 더 발전하지 못한 이유가 당파성에 너무 치우쳤기 때문이라고 생각한다. 그래서 당파성이 다른 당파성을 아울러 보편성이 되지 못하고 갈수록 수세에 몰리고, 창조의 에너지도 잃었다.

@septuor1 2016년 5월 26일 오전 11:13
폰에 통신사업자 업데이트라는 게 뜨는데 그게 뭔지 모르겠다. 어디서 업데이트를 하는지도 모르겠고.

@septuor1 2016년 5월 26일 오전 11:40
'읽혔으면'이라고 써야 할 것을 '읽혀졌으면'이라고 썼구나. 이건 중학교 때 영어 시간에 붙은 습관이 아직까지 남은 것이다. 그렇게 오래 글을 써왔는데도 어렸을 때 붙은 습관은 쉽게 교정되지 않는다.

@septuor1 2016년 5월 26일 오후 12:29
다른 사람들이 그렇다고 생각하니 너도 그렇게 생각하라. 이게 젊은 사람들을 가장 억압하는 말이 아닌가요.

@septuor1 2016년 5월 27일 오전 2:07
유진목의 『연애의 책』, 조인선의 『시』 출판 기념회에서 지금 돌아왔다. 유시인은 제주도에서, 조시인은 안성에서 올라왔다. 3년 동안 수백에 이른 응모자 가운데 이 두 시인의 시집이 선정되었다. 삼인의 시집 등단 기획은 계속된다. 응모를 기다린다.

@septuor1 2016년 5월 27일 오전 7:45
도서출판 삼인에서는 젊은 시인들에게 시집 한 권 분량의 원고를 받아, 선정 출간합니다. 새로운 등단 또는 재등단 제도입니다. 벌써 2권 시집을 골라 출간했습니다. 서울 서대문구 연희동 220-55 북산빌딩 1층 saminbooks@naver.com

@septuor1 2016년 5월 27일 오전 8:00
그날은 모두가 웃고 있었고
당신은 술병을 높이 들어올렸다
아무도 모르게 둘이서만
다른 곳으로 갈 수도 있을 것이다
헝클어진 신발들 틈에서
나는 당신의 신발을 한눈에 알아본다.
—유진목 『연애의 책』에서

@septuor1 2016년 5월 27일 오전 11:01
안과에 갔더니 오타 내지 않느냐고 물었다. 심한 짝눈이어서 그렇단다. 방치하면 맞춤법까지 잊어먹는다고.

@septuor1 2016년 5월 27일 오전 11:10
영화 〈곡성〉에 대해 비판할 사람이 많을 것 같은데 조용하다. 모두들 낚인 것인가.

@septuor1 2016년 5월 27일 오후 12:29
『박영근 전집』이 시와 산문 두 권으로 나왔다. 박영근은 생각이 깊고 재능이 많고 마음 착한 노동자 시인이었다. 일찍 죽었다. 책을 보니 가슴 아프다.

〈곡성〉에 관한 '명쾌한 평'을 보면 대부분이 '무엇은 무엇을 나타내고 무엇은 무엇을 나타내고……'다. 그래서?

아무튼 지금으로서는 인터넷 어디에 제휴 파일이 뜨기만 기다리고 있다.

이육사의 「청포도」에 관해 글을 쓰고 있다. 옛날 이 시를 외운 사람은 모를 수도 있을 것 같은데, '먼 데 하늘이 꿈꾸며'는 '꿈꾸려'가 맞고 '두 손을 함뿍'은 '두 손은 함뿍'이 맞다. '두 손은'은 '두 손 정도는'의 뜻일 테다. (오타 없음.)

담배 끊은 지 1년 5개월, 이제 완전히 끊은 것 같다. 담배 생각 안 하고 글을 쓸 수 있다. 그런데 오래 못 쓴다.

누이가 산에서 넘어져 발목이 부러졌다. (인천 송도에도 산이 있나.) 남자 넷이 단가에 실어 운반했다. 아픈 것보다 몸무게 때문에 창피해죽을 뻔했다고. 단지 튼튼하고 건강한 몸일 뿐인데.

단가는 담가(擔架)라고 어느 분이 가르쳐주셨습니다. 단가가 일본말일 거라고 막연히 생각해왔는데.

〈곡성〉에 대한 권석찬 논설위원의 의견은 훌륭하다. 논리적이고 희망적이다. 그런데 나는 이 영화가 악의 근원을 '외지인'에게서 찾도록 사주하고(시골에서 자주 있는 일), 악한 세력의 가장 만만한 공격점이 여자아이라고 믿게 할 수도 있다는 것이 싫다.

@septuor1 2016년 5월 28일 오전 11:32
한국에서만 통하는 말들 : 예술은 예술일 뿐이다; 영화는 영화일 뿐이다. 예술이라고 해서 모든 윤리에서 면책되는 것이 아니라 토론 방식이 바뀔 뿐이다.

@septuor1 2016년 5월 28일 오전 11:37
예술가가 져야지요. 그것을 새로운 토론의 이슈로 만들지 못하면.

@septuor1 2016년 5월 28일 오후 12:11
그때 당연하게 여겼던 윤리는 재검토의 대상이 되고 새로운 윤리적 이슈가 생겨나지요. 그리고 그 효과는 거의 언제나 혐오와 배제와 편견을 바로잡지요. 〈곡성〉은 그 반대입니다.

@septuor1 2016년 5월 28일 오후 12:27
창작자가 그래서 매장되는 경우도 많지요. 2차 대전 이전 국수주의 사상을 지녔던 작가들이 대전 후 모두 몰락했습니다. 20세기 초 여성 혐오 작가들도 마찬가지고요.

@septuor1 2016년 5월 28일 오후 7:44
"일을 미루는 사람이 창의적이다"란 'ㅍㅍㅅㅅ'의 트윗을 인용하긴 했는데, 저 말, 창의적이지만 마감 있는 일을 하는 사람들에게 치명적이다. '작가는 게을러야 한다' 이 말을 베고 누워 망한 작가들 많다. 일을 미루는 사람이 창의적이란 말, 내용 복잡하다.

@septuor1 2016년 5월 29일 오전 7:21
옛날 우리 섬에도 일본 여자가 있었다. 해방 전 순사질하던 자가 첩으로 데려와 방치한 여자로 애 하나를 키우고 있었다. 본처는 여자가 주술을 한다고 소문내고 마을에서는 그녀를 마녀로 여겼다. 애가 죽자 섬을 떴다. 〈곡성〉

이 아니었으면 잊어버렸을 텐데.

@septuor1 2016년 5월 29일 오전 8:20
사대강봇 https://twitter.com/4rivers_bot에 들어가보니, 정운찬도 4대강 사업을 강력하게 지지했구나.

@septuor1 2016년 5월 29일 오전 9:06
영화 〈곡성〉은 폐쇄된 시골의 편견과 무지, 미신적 세계관과 외지인 혐오가 어울려서 일어나는 끝 모를 비극을 말하는 것일 수 있다. 이때 감독은 고의적으로 그 무지와 편견의 내부에 들어가 있다고 볼 수 있으며, 그게 총체적 낚시질이라고 말할 수 있다.

@septuor1 2016년 5월 29일 오전 9:10
그런데 아무도 낚인 사람이 없다고 말하면, 감독 자신이 그 무지와 편견에 사로잡힌 사람이 되고 만다. 감독은 최소한 일관 같은 사기꾼 무당이 사람들의 정신을 지배하기에 산속에 혼자 사는 외지인에게 그 이미지를 거꾸로 둘러씌울 수 있다는 암시 하나라도

@septuor1 2016년 5월 29일 오전 9:19
남겨놓았더라면, 관객은 그의 트로이 목마 작전을 이해했을 것이다. 그러나 그러려면 낚시질 개념을 넘어서는 고도의 서사 기술이 필요하다. 아니 거기까지 생각할 필요가 없겠다. 총체적 부조리극이라고 여긴다면 뭐.

@septuor1 2016년 5월 29일 오전 9:48
어찌 보면 〈곡성〉의 나홍진 감독은 마약 조직에 신분을 숨기고 잠입한 수사관이 끝내 헤어나지 못하고 그 자신이 진짜 조직원이 되어버린 꼴이다.

@septuor1 2016년 5월 29일 오후 2:53
나홍진 감독이 〈곡성〉을 코미디라 한 모양인데, 어린애에게까지 칼을 들게

한 그 유혈 낭자한 잔혹극에 코미디라는 말은 좀 그렇다. 남의 물건 훔쳤다가 들키면 장난이라고 하는 식이다.

@septuor1 2016년 5월 29일 오후 4:33
〈곡성〉에 관한 마지막 트윗(스포 있음). 영화의 후반 어느 지점에서 일본인은 사실상 죽었다. 곽도원과 마을 사람들은 자기들이 죽인 일본인이 여전히 살아서 해악을 끼치고 있다고 생각한다. 이때 최소한 그의 시체라도 관객들에게 보여줘야 하는 것 아닌가.

@septuor1 2016년 5월 30일 오전 4:40
영화를 두 번쯤 더 보고 나서 서사 구조 내지 방식에 대해 글을 쓸 생각입니다. '낚이지 말라'는 철저하게 서사 외부의 시각이지요.

@septuor1 2016년 5월 29일 오후 5:58
〈곡성〉에 관해 한 번만 더(스포 없음). 서사 기법에서 이 영화를 디드로의 〈라모의 조카〉, 하일지의 『경마장 가는 길』과 비교해볼 수 있다.

@septuor1 2016년 5월 30일 오전 11:00
새마을을 수출하겠다고 하면 자존심 상하지 않을 나라가 어디 있을까.

@septuor1 2016년 5월 30일 오후 4:08
내가 곧 부자가 될 것 같다. 오늘 6백만 달러를 운반하는 데 도움을 주면 운반 후 50%를 나한테 주겠다는 제안이 들어왔다. 초여름에 귀인이 나타난다더니.

@septuor1 2016년 5월 30일 오후 6:12
2005년부터 2010년 사이에 프랑스에서 나온 로맹 가리 연구서 10여 권을 도서관에 구입 신청했는데, 모두 품절이라서 구입할 수 없단다. 책을 몇 권이나 찍었는데 그럴까. 아마도 거의 모두 도서관에 들어갔겠지.

앞으로도 여성 혐오 범죄는 계속 일어날 것이다. 갈피 없는 분노가 떠돌아 다니는 사회일수록 여성을 가장 절실한 현실이면서 동시에 가장 만만한 현실로 보는 남자가 많다. 극소수의 이상한 인간들이 벌이는 일이 아니다.

닭도리탕은 옛날엔 없었던 요리다. 닭고기에 고춧가루를 넣어 먹으면 눈이 나빠진다는 말이 있다. 양계장 폐계가 나오면서 닭도리탕이 나왔다. 나는 닭도리탕이 토속어와 거리가 멀다고 보지만, 어찌됐든 표준어로 인정되어야 한다고 생각한다.

우리말도 잘 알고 우리 요리도 잘 아는, 지금은 돌아가신 정한숙 선생께 닭도리탕의 어원을 물어본 적이 있다. 선생은 간단히 대답하셨다. "그런 말 없다. 일본말에서 온 것이다." 나는 이 말을 믿는다. 옆에 계시던 여석기 선생도 그렇다고 하셨다.

김주영의 『객주』에서 읽은 것 같은데, 평양에 도리탕이라는 요리가 있는데, 풍류객들이 복숭아나무, 오얏나무 밑에 앉아서 먹었기 때문에 그런 이름이 붙었다고 한다. 닭 요리이긴 하지만 지금의 닭도리탕과는 다르고.

원고를 다 털고 강의도 없으니 하루가 한가하다. 내일부터는 또다시 피 터지는 전쟁인데.

황현산

@septuor1 2016년 6월 24일 오후 9:06

"진정한 진보는 원죄에서 한 걸음이라도 벗어나는 것"이라고 보들레르는 말했다. 동물인 인간이 동물의 상태에서 약간이라도 진전하는 게 진보라는 뜻이리라. 인간은 작은 고난만 닥쳐도, 공포의 낌새만 느껴도 늘 다시 동물로 돌아간다. 어쩌겠는가.

♡ 2   ⭦ 158   ♡ 151

@septuor1 2016년 6월 1일 오전 8:33

김혜순의 새 시집 『죽음의 자서전』은 죽는 날부터 49일까지 죽음이 쓴 일기다. 하루 이틀 사흘 부제가 붙었는데, 스무아흐레 서른 날까지는 낯익고 서른하루 마흔사흘 등은 낯설다. 서른 날까지는 사람과 귀신이 함께 세고, 그 이후는 귀신만 세는 날짜 같다.

@septuor1 2016년 6월 1일 오후 12:39

쥐떼를 길들여서 복수에 성공했던 어떤 젊은이가 자기 자신도 그 쥐떼의 공격을 받아 죽게 되는 내용의 옛날 영화가 있다. 어떤 정부기관이 일베를 지원하고 있다는 소문이 사실인지는 모르겠으나, 참고할 만한 이야기 같다.

@septuor1 2016년 6월 1일 오후 1:00

〈왕좌의 게임〉에서 라니스터 가문이 현재 그 상황에 처해 있다.

@septuor1 2016년 6월 2일 오전 8:05

일베와 일베의 뒷배를 봐주고 있는 사람들은 이런저런 말썽을 계속 일으켜서 사람들이 그러려니 하기만 바라는 것 같다.

@septuor1 2016년 6월 2일 오전 9:14

오늘 한국일보에 '닭도리탕'에 관한 기사가 났다. 1920년대 문헌에 닭도리탕 꿩도리탕 토끼도리탕 등의 말이 나온다고 한다. 모두 작은 짐승들이다. 여기에 '이한'님의 '도리'는 한 벌 전체를 뜻한다는 의견을 합치면, 한 마리 전체로 끓인 탕?

@septuor1 2016년 6월 2일 오전 9:30

'도려내다'가 '도리치다'에서 왔다는 말에는 선뜻 공감이 가지 않는다.

@septuor1 2016년 6월 2일 오후 12:57

'닭도리탕'의 경우 나이가 나보다 많은 사람들은 대부분 '도리'가 일본말이라고 생각하고 젊은 사람들은 우리말에서 왔다고 생각하는 것 같다.

@septuor1 2016년 6월 2일 오후 9:26
재야 사학자 한 분을 만났는데, 임란 때, 중국 대륙 전체가 조선 영토였다는 주장을 폈다. 그 증거는 선조의 말 가운데 조선에는 없는 중국 지명 하나가 나온다는 것. 그렇지 않다는 증거는 천 개, 만 개인데 그건 뭐냐고 했더니, 모두 조작된 증거란다.

@septuor1 2016년 6월 3일 오전 5:30
진부하지 않으려고 괴물이 되는 인간들이 있는데 괴물처럼 진부한 것도 없다.

@septuor1 2016년 6월 4일 오전 2:09
"국보 1호가 뭔지 아나? 남대문? 저놈 영창에 처넣어. 국보 1호는 국군 장병 여러분이다." 옛날 이렇게 훈시하는 사단장도 있었다.

@septuor1 2016년 6월 4일 오전 7:40
"조상님들의 1승. 공도 정책"이라는 트윗이 있다. 섬에서 일어난 교사 성폭행 사건을 빗댄 말일 테다. 그러나 섬에만 가지 않으면 성폭행당할 일도 없다면 얼마나 좋으랴. 섬이건 서울이건 이 사회의 미개함이 거기서 거기다.

@septuor1 2016년 6월 4일 오전 8:32
서울은 대체로 보는 눈이 많은 곳이고, 섬은 폐쇄된 곳이라는 차이뿐이지 의식은 별반 다를 것이 없어 보입니다. 섬에선, 개인주의가 발전하지 못해서 생긴 '우리가 남이가'도 실은 큰 영향을 미치겠네요.

@septuor1 2016년 6월 4일 오전 8:44
폐쇄 사회, '우리가 남이가' 사회일수록 사람들은 더 비열해지기 쉽다. 옛날에 시골에서는 양복 입은 지식 노동자는 모두 관리라고 생각했다. 그 사람들이 요즘은 교사의 권위가 떨어졌다는 것도 알고, 경제적으로 자기들보다 더 가난할 수 있다는 것도 안다.

@septuor1 2016년 6월 4일 오전 9:04
저는 섬에서도 서울에서도 살아봐서 남자들의 의식이 어디서나 비슷하다는 것을 대충은 압니다. 사회의 덩어리가 커야 보편성도 생긴다는 것은 사실입니다.

@septuor1 2016년 6월 4일 오전 9:21
고립된 사회의 배타적 의식과 외지인 혐오는 그곳 '유지들'이 권력을 유지하는 방법이기도 하다.

@septuor1 2016년 6월 4일 오전 9:24
'한국적 민주주의'도 결국 그런 것이다.

@septuor1 2016년 6월 4일 오전 11:40
정희진 선생 해설에 이런 말이 있다 : "누가 언어를 전유할 것인가. 이번 사건을 계기로 여성 혐오가 여성의 입장에서 '독점적'으로 해석되어야 한다. 이는 피해자의 권리이자 고인에 대한 예의다."

@septuor1 2016년 6월 4일 오후 8:29
스포츠동아가 띄운 나홍진 감독의 인터뷰를 읽으니 옛날 국회 청문회에서

나온 성공한 쿠데타 발언을 생각나게 한다.

@septuor1 2016년 6월 5일 오전 5:03

작업실 마당에 요사스러운 분홍 장미와 빨간 장미가 피었다. 나는 어떤 경우에도 빨간색이 좋은데, 어린 시절 농촌에서 컸기 때문인 것 같다. 권태로운 초록 세계에서 빨간색이 있는 곳에는 먹을 것이 있거나 사건이 있다.

@septuor1 2016년 6월 6일 오전 5:58

지만원은 광주 민주화 운동을 모욕한 대표적인 극우 논객. 논객이라곤 하지만 무슨 이론을 펼친 것도 아니다. 사진의 시위 대원 얼굴이 북한 고위층 누구 얼굴과 같다, 따라서 북한군 600명이 투입되었다, 같은 헛소리로 일관. 그걸 논객 대접해주는 사회의 문제.

@septuor1 2016년 6월 6일 오전 6:16

어디선가 헛소리가 지속적으로 생산되면 그걸 믿는 사람, 안 믿는 사람을 떠나 사회의 지적 능력이 현저하게 떨어진다. 신정아 사건 때 신정아는 DJ 딸이고 노통의 애인이라는 소리를 공공연히 떠들고 다니는 교수도 있었다. 근거는 자기 아내 친구들이었다.

@septuor1 2016년 6월 6일 오후 12:26

서피스에서 뭘 하려는데, 갑자기 한/영 키가 먹히지 않는다. 내내 로마자만 나옴. 설정이 잘못되어 있나. 제어판에서도 바꿀 데가 없는 것 같은데.

@septuor1 2016년 6월 6일 오후 12:44

껐다가 켜니 해결되었습니다. 그동안 윈도가 무슨 업그레이드를 하고 있었나봅니다.

@septuor1 2016년 6월 7일 오전 4:49

문학집배원 문정희 시배달에서, 나희덕의 시「새떼가 날아간 하늘 끝」을 황해영이 낭독한다. 이제까지 그저 듣기만 했는데, 이건 낭독을 잘한다는 생각도 하면서 들었다.

만주는 옛날 고구려 땅이었지만, 신라 통일 이후 천 년도 훨씬 넘게 한반도가 우리 땅이었다. 만주, 중국, 중앙아시아가 모두 우리 땅이라는 주장은 민족의 자긍심을 높이는 것이 아니라, 우리 역사를 소국의 역사라고 업신여기는 것이다.

한국사 연구자들을 만나 그 전공의 세부를 들어보면 내가 몰랐던 놀라운 이야기가 많다. 그런 몇 개의 단편만 듣고도 우리 역사가 생각했던 것보다 열 배, 백 배 더 크고 깊고 넓다는 생각을 하게 된다. 작은 것 내부에도 거대한 것들이 들어 있다.

폰에 198,000원이 결제 완료되었다는 문자. 문자 보낸 모빌리언스라는 데로 전화를 했더니 게임 머니라고, 취소해준다며 곧 경찰에서 전화할 거라고, 피싱 같아서 통신사에 전화했더니 역시나 결제된 거 없단다. 그런데 그게 유료 사이트 아니었는지 찜찜.

눈 수술을 받아야 해요. 다음달.

반드시 해야 할 일 몇 개가 한꺼번에 엉키면 아무 일도 못하고 우왕좌왕하는 수가 있다. 시간은 가고 스트레스는 가중된다. 이럴 때 그 가운데 하나를 붙들어 처리하고, 또하나를 붙들어 처리하고, 이러면 되는데, 이 단순한 절차도 훈련이 필요하다.

@septuor1 2016년 6월 8일 오전 4:28

귀찮을 뿐이다.

@septuor1 2016년 6월 8일 오전 6:31

고립된 사회엔 주민들이 공유하는 정서가 있다. 그 정서의 바탕 위에서 범죄가 발생하면, 주민들이 사죄를 하고 그 문화를 반성해야 한다. 이건 지역 감정과 전혀 다른 문제다.

@septuor1 2016년 6월 8일 오전 11:52

"젊은 사람이 그럴 수도 있지, 공무원이 술을 마시고," 주민의 입에서 이런 말이 나오도록 언론이 유도해선 안 된다. 그렇게 말하는 입이 "백번 잘못했지요, 무슨 말을 하겠어요"라고 말할 수도 있는 입이다. 그렇게 말하고 나면 그게 주민 의식이 된다.

@septuor1 2016년 6월 8일 오후 7:42

면 단위에 지서 하나가 있는 농어촌은 거의 대부분 치안 자치 지역이나 마찬가지다. 주민들의 결속력이 사실상 치안 자치력이 되는데, 그것은 종종 폭력으로 변하기도 한다.

@septuor1 2016년 6월 9일 오전 10:13

경험이 다양한 청중들이 모여 있는데, 약간 섬세한 개념을 설명하려다보면 내 말의 주술이 혼란스러워졌다는 것을 깨닫게 된다. 무리하고 있다는 증거.

@septuor1 2016년 6월 10일 오전 4:03

소창과 종강하고 회식하는 자리에 소설가 E가 왔다. 연희창작촌에 있다고. 식사는 어떻게 해결하느냐고 물었더니, 시간이 아까워 빵 등으로 간단히 때운다. "글도 못 쓰는데 밥 먹을 자격 있나요." 압박이 심한 듯, 얼굴도 핼쑥하다. 뭐가 하나 나올 듯.

@septuor1 2016년 6월 10일 오전 7:00

폴더의 파일 가운데 제일 앞에 정렬되어야 할 파일이 있다. 그럴 땐 파일명 앞에 느낌표 두 개를 찍어둔다. 이를테면 전체 파일의 목차 파일 같은 것. 느낌표 두 개는 신발 한 켤레 같아서 거기서부터 출발한다는 표시도 되고.

@septuor1 2016년 6월 10일 오후 6:12

아내가 조금 크다 싶은 캐리어를 사왔다. 작은 수레라고 부를 만하다. 바퀴는 기원전에 발명된 것이지만, 그때부터 지금까지 바퀴에는 바퀴 로망이 따라다닌다.

@septuor1 2016년 6월 11일 오전 2:05

창작 활동에서 방심하는 방법 가운데 하나는 집중이다.

@septuor1 2016년 6월 12일 오전 12:34

우리 사회의 무갈등주의도 피해자에게 2차 피해를 입히는 원인이다. 가령, 교수가 강사의 논문을 표절했을 때, 그 소문이 퍼져나가면 표절당한 강사는 트러블 메이커 취급을 받는다. 그래서 표절당한 사실을 오히려 감추고 이를 악물고 기다리는 강사들도 있다.

@septuor1 2016년 6월 12일 오전 8:08

지인 중에 불어를 제법 잘하는데 우리말을 경멸하는 사람이 있다. 누가 무슨 말을 하면 불어로 번역해보고는 이해했다는 표정을 짓곤 한다. 우리말로 써서 발표한 글은 물론 없다. 그가 프랑스 작품을 한국어로 번역하겠다고 나선다. 많이 걱정된다.

@septuor1 2016년 6월 12일 오전 8:12

그는 물론 실패할 텐데 그 탓을 '저열한 한국어'로 돌릴 것이다.

내가 "어떤 의견이든 받아들이며 최대한 답변해준다고 말한 것으로 기억" 하는데, 자기를 블락했다고 트윗을 올린 사람이 있다. 내가 블락을 한 것은 의견이 달랐기 때문이 아닐 것이다. 자기가 다른 사람에게 무슨 일을 했는지 잊어버리는 사람들이 있다.

비극, 그것도 우리의.

누가 영화 〈대단한 유혹〉을 들먹이며 이렇게 평화로운 섬도 있는데라고 말하는데, 그 섬이 그 섬이다.

무는 채소라고 말하면, 배추는 채소 아니냐고 따지는 사람이 꼭 있다. 배추도 채소 맞습니다.

수천 년 전에 인간이 확보하고 있던 몇 가지 옳은 지식과 그른 지식은 모두 종교적 확신이 되었다. 지식이 그것밖에 없었기 때문이었다. 지금 그 확신으로 자기와 같지 않은 사람을 혐오하고 학살하기까지 하는 것은 의에 불타서가 아니라 게으르기 때문이다.

손을 잡고 북극성을 바라보는 게 인문학이라고 누가 말한 것 같은데, 북극성은 천문학자가 더 많이 바라보는 거 아닌가. 인문학도 무슨 힐링 같은 소리해서 먹고살지 않으려면 실용적인 지식과 기술을 연마해야 한다. 인문학은 실용적이기에 배울 필요가 있다.

@septuor1 2016년 6월 13일 오후 5:20

고종석 선생의 『채식주의자』 번역에 관한 이야기를 이제야 읽었다. 좀 과격한 의견이긴 하지만 욕먹을 글은 아니라고 본다. 사실 거의 모든 나라마다 그 나라 문학이라고 해야 할 번역 작품이 없지 않다.

@septuor1 2016년 6월 14일 오전 4:42

같은 편끼리 서로 싸우는 것은 현재 때문이 아니라 대체로 미래 때문이다. 현재는 처음부터 부족하고 불순한 것이기에 서로 용서할 수 있지만, 완전해야 할 미래에 부족하고 불순한 것이 끼어든다면 결코 용서할 수 없기 때문이다.

@septuor1 2016년 6월 14일 오전 6:16

모 교수의 조영남 옹호는 많이 옹색하다. 그의 이론을 그대로 받아들이더라도, 결국 그림 값 왕창 떨어졌으니 그 조교 시스템을 '예술적으로' 관리하지 못한 거지. 회사 운용 잘못한 거지. 조교 시스템보다 차라리 구매자들의 미개함을 이용하려다 들통난 거지.

@septuor1 2016년 6월 14일 오전 8:28

'등신'이 병신에서 온 말로 오해하는 사람이 많은데, 사람 모양 사람 크기로 만든 조각이나 인형을 뜻하는 말이다. '허수아비'와 거의 같은 뜻.

@septuor1 2016년 6월 14일 오전 9:25

원래 '등신'은 여자에게는 잘 쓰지 않는 말이었다. 제 책임을 다 하지 못하거나 무능한 남정네를 가리킬 때 흔히 썼다. 아내가 남편에게 '더 등신'이라고 말하면 그러려니 했지만, '저 병신'이라고 말하면 큰 위기를 겪고 있다고 봐야 했다.

@septuor1 2016년 6월 14일 오전 11:14

더 등신이라고 썼네. 영어도 아니고.

"닭 모가지를 따면서 아내는 주문처럼 베트남 말을 했다
다시는 짐승으로 태어나지 말라는 뜻이란다"
조인선의 시집『시』에서「시」라는 제목의 시의 첫 두 줄이다. 우리나라에서
도 불자 집안에서는 생명의 목을 딸 때, '발보리심해라'라고 주문을 외운다.

아이들이 어렸을 때 가습기 살균제를 꼭 한 달 사용했다는 지인이 있다. 너
무 비싸서 더이상 사용할 수 없었단다. 가난해서 목숨을 구했다고 말하기도
그렇고.

내일 목포문학관 강연을 위해 오늘 목포 내려간다. 서울 문인들도 세 사람
같이 간다. 서울 문인들과 목포 문인들이 만날 자리를 만드는 것도 이번 연
속 강연의 목표가 될 것 같다.

목포에 내려오면 우리 가족이 10년 넘게 살았던, 그래서 가장 친숙했던 동
네에서 나는 길을 잃는다. 신시가지와 구시가지 사이에 끼어 길도 지형도
무참하게 변해버린 동네다.

목포에서 옛날 동네 사람을 만났다는 것은 대사건이지만 이제는 아무 사건
도 아니다. 어머니가 돌아가셨으니 그 말을 할 사람이 없다. 사건은 일어나
지 않은 사건이나 마찬가지다.

최승자의 새 시집『빈 배처럼 텅 비어』가 나왔다. 그토록 극심한 정신적 혼
란을 겪을 때도 시는 한 번도 흐트러진 적이 없었다. 그럴 때일수록 시는 더

투명해져서, 최승자 표 시에 대한 신뢰가 결코 무너지지 않았다.

@septuor1 2016년 6월 19일 오전 6:08
나는 박근혜가 대통령이 되면 모든 분야에서 3류, 4류들이 설칠 것이라고 말한 적이 있다. 문학계는 그러기 어려웠다. 그런데 끝장에 이르러 김수영 공격 세미나가 이어지고 있다. 거기 참석해서 마침내 자기 이름을 알린 사람들이 많다.

@septuor1 2016년 6월 19일 오전 8:49
보훈처에서 기획한 6·25 기념 행사에, 11공수여단이 광주 금남로에서 퍼레이드를 하려고 했었단다. 보훈처가 역사를 능멸하는구나.

@septuor1 2016년 6월 20일 오전 7:32
서울에 돌아오자마자 계속 잤다. 동행들은 몸무게가 늘었다고 걱정. 5천 원짜리 백반집에서 한 사람에 얼마 하는 횟집까지 모두 맛있었다고. 그런데 그 맛있는 음식점들은 대부분 공동화하는 구시가지에 있다. 신시가지의 음식점들은 갈수록 서울 음식점 같아지고.

@septuor1 2016년 6월 20일 오전 11:26
세월호에 철근 400톤이 실려 있었고 그게 강정 해군 기지 건설 현장으로 가는 것이었다면, 악이 악을 물고 일어난다는 말밖에는 다른 말이 필요 없을 것 같다.

@septuor1 2016년 6월 20일 오후 4:30
트윗에서 누가 '비글비글하다'라고 썼는데, 알아들을 사람이 많지 않겠다. 나도 30년 만에 듣는 듯. '물건이 엉성하게 맞춰져 있어서 붕괴될 것 같다'는 뜻인데, 발전해서 '사람이 허약해서 늘 쓰러질 것 같다'는 뜻으로도 씀. 표준말은 '비근비근하다'.

@septuor1 2016년 6월 20일 오후 4:38

이런! 비글이 강아지 이름인 줄 몰랐습니다.

@septuor1 2016년 6월 20일 오후 4:39

비글이 강아지 이름인 줄 모르고 쓴 트윗. ㅠㅠ

@septuor1 2016년 6월 20일 오후 4:49

'비글비글하다'가 완전히 정반대의 뜻으로 변했구나. 노인을 위한 나라는
없다.

@septuor1 2016년 6월 20일 오후 6:14

11공수여단에서는 광주 행진에 참석하지 않기로 했다는데, 보훈처에서는
아직 결정된 일이 아니라고 말한단다. 보훈처는 어떤 방식으로든 광주를
모욕하고 싶어하는 것 같다. 그런데 그 모욕이 광주만 당하는 모욕일까.

@septuor1 2016년 6월 21일 오전 9:25

티리온 라니스터가 대너리스의 참모라. 이런 조합을 어떻게 생각해낼 수 있
었을까.

@septuor1 2016년 6월 21일 오전 10:37

요즘 분위기는 삼국유사에 관해 말해도 스포라고 할 판이다. 빨리들 보세요.

@septuor1 2016년 6월 22일 오전 7:12

최근 스캔들과 관계없이, 〈지금은 맞고 그때는 틀리다〉에 관한 홍감독의 인
터뷰를 읽어보니 무슨 말인지 전혀 모르겠다. 내가 그 영화를 이해하지 못
한 이유가 거기 있을지도 모르겠다.

@septuor1 2016년 6월 22일 오후 4:28

여기서 이러고 있으면 나는 어떡하냐.

@septuor1 2016년 6월 22일 오후 10:23

잔인함은 약한 자들에게서 나올 때가 많다. 세상에는 울면서 강하게 사는 자가 많다.

@septuor1 2016년 6월 23일 오전 8:58

목포 근대사박물관에는 '육군대장 南次郎'의 글씨 '八紘一字'를 새긴 돌비가 한 구석에 서 있다. 아주 잘 쓴 글씨고 무엇보다도 힘이 넘친다. 20세기는 무엇보다도 힘을 잘못 운용한 시대였다는 생각이 든다. 어느 시대라고 다를까만.

@septuor1 2016년 6월 24일 오전 5:46

세월호 304낭독회 22회 낭독회가 6월 27일 토요일 4시 16분 연희문학창작촌에서 열릴 예정. 낭독회를 이어가려면 진행비가 필요하다. 뜻있는 사람들의 십시일반 후원을 받는다. 후원 계좌 : 우리은행 1002-152-118389 예금주 유현아 총무.

@septuor1 2016년 6월 24일 오전 9:23

개인 메일은 6월 27일로 되어 있는데, 포스터에는 6월 25일로 되어 있군요. 토요일이 25일이니 25일이 맞는 것 같습니다.

@septuor1 2016년 6월 24일 오전 8:39

계모에게 좀 지나치게 잘하려는 남자를 놓고 '인정 욕구에 사로잡혀서' 같은 말을 하는 사람들이 있다. 계모에게 잘 보이려 하다가 그게 습관이 됐을 수도 있고, 아닐 수도 있다. 남의 삶을 함부로 재단하는 것도 죄악이다.

@septuor1 2016년 6월 24일 오후 8:02

제2차 세계 대전이 일어날 때부터 지금까지 세계는 한 치도 나아진 것 같지 않다.

@septuor1 2016년 6월 24일 오후 9:06

"진정한 진보는 원죄에서 한 걸음이라도 벗어나는 것"이라고 보들레르는 말했다. 동물인 인간이 동물의 상태에서 약간이라도 진전하는 게 진보라는 뜻이리라. 인간은 작은 고난만 닥쳐도, 공포의 낌새만 느껴도 늘 다시 동물로 돌아간다. 어쩌겠는가.

@septuor1 2016년 6월 25일 오전 10:03

이 기사는 알려주는 것이 참 많다. [작품성만 따진 '고독한 선택' 출판계의 가녀린 희망이 되다] http://v.media.daum.net/v/20160625045031879

@septuor1 2016년 6월 25일 오전 10:55

비문으로 글을 쓰기는 참 어렵다. 나도 모르게 비문으로 글이 써진 적은 많지만, 의식적으로 비문으로 글을 쓰려고 해서 성공한 적은 없었던 것 같다.

@septuor1 2016년 6월 25일 오후 8:00

초등학교 때 소독약 머큐로크롬이 무슨 일인지 학교에 대량 배당되었다. 교사들은 그 붉은 약을 빨간색 잉크로 썼다. 당시는 서류에 빨간색 잉크가 많이 필요했다. 잉크 대신 소독약을 썼던 그 서류들은 지금 어떤 상태일까. 고향에 가면 확인해보고 싶다.

@septuor1 2016년 6월 26일 오전 5:01

마르코 오노프리의 시리즈 사진 제목 'The Followers'를 'The Flowers'로 읽고 이상한 생각을 했다. 지금 왼쪽 눈을 감고 글을 읽는 처지라서. 그런데 '꽃'이었더라면 더 좋았을 것 같다는 생각을 한다. 꽃은 팔로워가 많다.

@septuor1 2016년 6월 26일 오전 10:50

가난한 동네의 벽화 작업 이제 그만 좀 했으면 좋겠다. 백화점 같은 데서 중요 고객들 모아서 벽화 제작단 조직하기도 하는데, 그게 가난에 대한 모욕이 아니고 무엇인가. 가난한 동네 벽화는 동피랑 하나로도 충분한 것 같다.

@septuor1 2016년 6월 26일 오후 11:12

벽화 때문에 두 쪽으로 편 갈라 싸우는 동네 전국에 100곳도 더 된다. 벽화 지우기 전위 미술단도 있다.

@septuor1 2016년 6월 27일 오전 10:31

보들레르의 산문시 「이방인Etranger」이 한국어로 처음 번역된 것은 1922년, 이 단어의 역어는 "보고도 모를 이상한 사람"이었다. '딴 나라에서 온 사람' 같은 말도 가능했을 텐데, 단어의 사회, 문화적 의미를 중시하느라 그리됐을 듯.

@septuor1 2016년 6월 28일 오전 5:03

건배사로 천왕 폐하 만세 삼창을 했다는 것은 농담이었을 수도 있겠다. 그런데 이런 바보 같은 농담을 하는 사람들일수록 남의 농담을 못 알아듣는 경향이 있다.

@septuor1 2016년 6월 28일 오전 5:35

나쁜 농담을 하는 사람들의 특징 가운데 하나는 남에게 발언할 기회를 주지 않는다는 것이다. 그러니 다른 사람들은 꼼짝없이 그 농담을 듣고 있어야 한다.

@septuor1 2016년 6월 28일 오전 7:10

일상생활에서 '근처'라는 말을 쓰면 '근처'가 뭔지 아느냐고 수학자처럼 따지고, '하자'라고 하면 그 뜻을 변호사처럼 따지고, '순수'라고 하면 그 뜻을 화학자처럼 따지고, 그러면 그게 살 만한 사회일까.

450

@septuor1 2016년 6월 28일 오전 7:17

옛날 말끝에 女가 붙으면 대개 여자가 아니라 딸이라는 뜻이었다. 딸이 아니라 여자라는 뜻으로 女가 붙은 말을 내가 처음 들은 것은 (실은 읽은 것은) '약혼녀'였다. 아마도 어떤 러시아 소설에서였을 것이다.

@septuor1 2016년 6월 28일 오전 7:20

옛날엔 미녀라는 말도 잘 쓰지 않았다. 미인이나 가인이라고 했지.

@septuor1 2016년 6월 28일 오전 7:50

글쓰기 책에 글을 단단하게 쓰려면 형용사를 쓰지 말라는 말이 있는데, 위험한 말이다. 형용사도 명사만큼 중요하고, 더 중요할 때도 있다. 하얀 장미를 500원에 판다고 해놓고, 분홍 장미를 보내주면서 중요한 것은 장미라고 말한다면.

@septuor1 2016년 6월 28일 오후 12:50

소수점 이하를 따져야 하는 관계나 업무가 있지만, '거기' '저' 같은 토막말로도 의사가 전달되는 관계나 일이 있다. 그런 관계와 일이 많은 것도 일종의 복이다.

@septuor1 2016년 6월 29일 오전 6:56

아들이 한 달 후에 결혼한다. 저마다 의식이 생기고 자라서 어른이 되기까지의 과정에서 어떤 부분은 본인들보다 부모들이 더 많이 기억한다. 최초의 갈구, 최초의 기쁨, 최초의 흥분, 이런 것들은 어딘가로 흩어져 사라졌다. 부모들은 그 비애를 기억한다.

@septuor1 2016년 6월 30일 오전 10:17

한국일보에 실린 고영씨의 글에 "한국산 천일염은 이 땅의 신비와 조상의 지혜로 이룬 세계 최고의 소금"이라고 전문가들이 말했다는데, 어떤 전문가가 언제? 한국 천일염은 일제가 시작했고 한국인이 처음 염전을 만든 건 해방 이후의 일임을 모두 다 아는데.

@septuor1 2016년 6월 30일 오전 11:40
그런데 경찰이 왜 은박지를 뺏어가? 경찰이 세월호 유가족들에게 죽기 살기로 덤벼드는 이유가 뭘까?

@septuor1 2016년 6월 30일 오후 1:02
아트하우스 모모에서 〈베로니카의 이중생활〉을 다시 상영한다고 한다. 이 영화는 처음 상영될 때, 그리고 비디오테이프에서 가위질을 너무 많이 했다. 그 수준은 범죄 행위에 가까웠다.

황현산

@septuor1 2016년 7월 15일 오후 11:24

남의 불행과 고통에 반드시 공감해야 되는
것은 아닙니다. 그러나 공감하지 않는 것과
다른 사람의 공감을 위선이라고 생각하는
것은 다른 것입니다.

💬 0　　⟲ 14　　♡ 16

@septuor1 2016년 7월 2일 오전 10:16

박용진은 참. 일이 다급해지니 '통일 이후' 같은 소리를 하고 있다. 민통련에서 일도 했다면서 그 모양이니, 운동이니 뭐니 하는 게 다 경력 쌓기에 불과했던 듯싶다.

@septuor1 2016년 7월 2일 오전 11:46

〈왕좌의 게임〉에 나오는 일곱 뿔 별을 그렸다. 이거 정확하게 그리는 작도법이 있을 텐데,

@septuor1 2016년 7월 3일 오후 9:07

프랑스의 시인 이브 본느프와가 7월 1일 세상을 떠났다. 향년 93세. 그는 홀륭한 시인이고 철학자였지만, 셰익스피어의 번역자로도 유명했으며, 랭보에 관해 가장 통찰력 있는 책을 쓴 비평가이기도 하다. 그의 명복을 빈다.

@septuor1 2016년 7월 4일 오전 7:20

저의 첫 가지들에서 잘려나온 얼굴,
낮은 하늘에서 떨어진 경고의 모든 아름다움.

어느 아궁이에 네 얼굴을 피워올리지,
오 고개를 떨어뜨린 포로 바쿠스의 무녀야?
—이브 본느프와, 「시법」 전문

@septuor1 2016년 7월 4일 오전 8:58

나를 위해 어떤 집을 지으려는가,
불이 찾아올 때, 어떤 검은 글씨를?

네 기호들 앞에서 난 오래 물러섰다,
넌 모든 밀도로 날 쫓아왔다.

그러나 바야흐로 끊임없는 밤이 나를 지키고,
어두운 말들을 타고 난 네게서 달아난다.
—「한 목소리」전문

@septuor1 2016년 7월 4일 오후 7:26

포탈 운영자들아, 남의 온라인 시작 페이지 좀 바꾸지 마라. 어떤 사이트를
시작 페이지로 정할 때는 다 그만한 이유가 있는 것이다.

@septuor1 2016년 7월 5일 오전 7:21

어제 들른 제주시의 이름난 커피점의 커피는 산미가 너무 강해 내 입맛에
맞지 않았다. 그러나 거기서 뜻밖에도 시인 유진목을 만났다. 좋은 커피점
이라고 생각하기로 했다.

@septuor1 2016년 7월 5일 오전 8:42

어떤 신문이 '열정과 낭만이 공존하는'이라는 말로 제목을 뽑았다. 마치 공
존할 수 없다는 듯이.

@septuor1 2016년 7월 5일 오후 8:08

강정에 갔다. 구럼비 바위는 물론 깨어져 사라지고, 군항이 들어섰으며, 해
안은 군인 아파트와 군인 교회, 군인 사찰이 차지하고 있다. 해군은 강정 마
을에 공사를 방해하고 지연시켰다고 34억 구상권을 청구한 상태다. 우울하
고 슬프다.

@septuor1 2016년 7월 6일 오전 8:24

기계는 변함이 없고 인간은 변덕스럽다. 그래서 기계는 인간을 만족시킬 수 없고, 최종 판단은 인간이 해야 한다. 인간은 그 변덕으로 기계를 앞선다.

@septuor1 2016년 7월 7일 오전 8:30

칸나를 처음 본 것은 초등학교 4학년 때쯤일 것이다. 그것도 진홍색 칸나. 섬에서 들꽃에 가까운 한국 꽃만 보아왔던 나는 말 그대로 어안이 벙벙해서 그 꽃을 쳐다보았다. 꽃이 어쩌면 저럴 수가. 지금 생각해보면 그건 내가 최초로 본 포르노나 같았다.

@septuor1 2016년 7월 7일 오후 12:02

북한이 예고도 없이 황강댐을 방류했다고 난리를 치는데, 이럴 때 미리 통고를 하도록 환경을 조성하는 것도 국가가 해야 할 일이다. 지금 남북 관계는 경색될 대로 경색되어 있는데 북한은 뭐가 이쁘다고 통고를 해주겠는가.

@septuor1 2016년 7월 8일 오전 11:17

〈왕좌의 게임〉 시즌 6이 다 끝나고 나니 주말이 되면 '왕겜' 금단 현상이 일어난다. 어떻게 다시 1년을 기다리나.

@septuor1 2016년 7월 8일 오후 4:57

컴퓨터가 랜섬웨어에 감염되었다. 많은 파일이 피해를 입었다. 감염된 파일을 모두 지웠다. 다행히 외장 하드에 저장해둔 파일들이어서 복구는 가능하다. 알약 등으로 일단 점검은 했는데 앞으로 어떻게 해야 할지 모르겠다.

@septuor1 2016년 7월 9일 오전 11:15

랜섬웨어에 감염되기까지. 어떤 국제학회와 비슷한 이름을 가진 발신자에게서 메일이 왔다. 관심 있을 논문을 보낸다는 내용. ZIP 파일로 된 첨부 메일을 푸는 순간 컴 다운. 껐다 켜니 벌써 많은 파일이 암호화되어 있었다. 청소하는 데 세 시간.

@septuor1 2016년 7월 9일 오후 5:36

한참 만에 들어와보니 나 때문에 쌈얼 뻔했네. 다 내 탓입니다.

@septuor1 2016년 7월 9일 오후 5:36

또 오타다.

@septuor1 2016년 7월 9일 오후 9:52

한국에 신분 제도는 없다. 신분제를 공고히 한다는 말이 무슨 말일까.

@septuor1 2016년 7월 9일 오후 11:08

아 이렇게 대답했구나. "신분이 정해져 있으면 좋겠다는 거다. 미국을 보면 흑인이나 히스패닉, 이런 애들은 정치니 뭐니 이런 높은 데 올라가려고 하지도 않는다. 대신 상·하원…… 위에 있는 사람들이 걔들까지 먹고살 수 있게 해주면 되는 거다."

@septuor1 2016년 7월 10일 오전 12:03

한국은 국가관이라는 말을 남용하는 나라 중에 하나이다. 나향욱이 "신분이 정해져 있으면 좋겠다"고 말했다는데, 이거야말로 국가관을 의심케 하는 발언이다. 고위 공직자가 국가의 이념과 배치되는 생각을 말로 표현했다면 공직에서 물러나는 것이 당연하다.

@septuor1 2016년 7월 11일 오전 5:02

눈 수술을 받을 때까지 트윗을 쉬어야 할 것 같다. 한쪽 눈을 감고 부실한 다른 눈으로 오타 없이 글을 쓰기 힘들다. (이 짧은 글도 세 글자를 고쳤다.)

@septuor1 2016년 7월 14일 오전 11:36

'아인슈타인도 한 표 벙어리 삼룡이도 한 표'가 말이 되느냐고 어느 대학교수가 물었다 한다. 민주주의의 장점이 실은 거기 있다. 1%가 아니면 사실상 벙어리 삼룡이다. 벙어리 삼룡이는 1% 엘리트의 현명함이 아니라 저 자신

457

의 한 표로 자신을 지킨다.

@septuor1 2016년 7월 15일 오후 11:24
남의 불행과 고통에 반드시 공감해야 되는 것은 아닙니다. 그러나 공감하지 않는 것과 다른 사람의 공감을 위선이라고 생각하는 것은 다른 것입니다.

@septuor1 2016년 7월 16일 오전 7:33
신문의 '오늘의 시' 같은 난에 가끔 외국 시가 소개된다. 이럴 때 번역자가 누구인지도 좀 알려주었으면 좋겠다. 번역은 투명지로 베껴 그린 그림이 아니고 번역자는 투명한 유령이 아니다.

@septuor1 2016년 7월 17일 오전 8:56
목포 평화광장 쪽 바다. 가짜수채화.

@septuor1 2016년 7월 18일 오후 3:20
오늘 왼쪽 눈 수술을 끝냈다. 며칠 동안 눈을 거의 감고 지내야 한다. 잘할 수 있을지 모르겠다.

@septuor1 2016년 7월 19일 오전 2:57
나향욱 발언 이후 '우리 개돼지들' 같은 표현이 자주 보이는데, 반어적으로라도 그런 말은 쓰지 않았으면 좋겠다. 그러다 정말……

외장 하드에 백업 폴더가 저절로 만들어져 있어 지우려고 하니 Everyone의 허락이 필요하다는데, 무슨 말인지 모르겠네요.

조선 회사에서 배를 팔면 AS요원도 태워 보낸다. 바다로는 전화 받고 뛰어 갈 수 없으니. 고향 후배가 그 일을 50년간 했다. 한국 실정 모르는 수구 꼴통. 은퇴한 그의 수집품으로 지자체에서 전시회를 열어주었다. "빨갱이들이 일은 잘해." 그의 소감이다.

어떤 재벌 총수를 보면 〈다이하드〉도 참 욕된 일이다.

"참새에게 쌀 열 가마를 주면 열 가마를 다 먹겠느냐?" 이수일과 심순애의 신파 소설『장한몽』에 나오는 말이다.

내가 8백1천4만5십1천 개(홍부전 버전으로다가)의 오타를 내면 마사오라도 다 지적하겠는가. 그래서 하나만 낸다는 뜻.

한 신문이 일제가 무궁화를 격하하기 위해 '눈에피꽃'이라고 이름 붙였다며, '보기만 해도 눈에 핏발이 선다'는 말로 그 뜻을 설명했다. '눈에피'는 남녘에서 옛날 유행성각결막염을 일컫는 말이다. 무궁화 필 때 결막염이 유행해서 그리 불렀을 뿐이다.

고양이 배변용 깔개를 모래에서 펠릿으로 바꾼 후 그에 맞는 (서랍이 장치된) 변기를 오랫동안 찾다가 마침내 일본에서 수입한 변기를 발견했다. 다들 아시겠지만, '냥토모'로 검색하면 된다.

워크룸프레스에서 사뮈엘 베케트 선집을 내고 있다. 그런데 책의 판매 같은 것은 신경도 쓰지 않는 것 같다. 그래서 이렇게 아름답다.

한 사람이 평생 동안 명령만 받고 살게 된다면 단 하나의 정답과 공식만 통하는 사회가 편한 사회다. 노예에게 '네가 알아서 하라'는 말은 얼마나 공포스러운 말이겠는가.

트럼프가 되면 어떡하냐? 아내가 이렇게 말해놓고는 고쳐 말한다. 하긴 박근혜가 되면 어떡하냐고 말할 때도 있었지.

미드 〈굿 와이프〉를 시즌 1만 보았는데, 아프리카계, 남미계 검사나 변호사는 많아도 동양계는 없다. 다른 전문 드라마에는 동양계도 양념으로 끼었는데. 전문 지식은 있어도 권력은 없다는 말인가. 코트에 설 정도로 영어가 유창하지 못한 탓도 있겠다.

소설은 소설일 뿐이다. 영화는 영화일 뿐이다. 포르노는 포르노일 뿐이다.

이런 말 언제까지 들어야 하나.

@septuor1 2016년 7월 28일 오전 11:50

이윤학의 새 시집『짙은 백야』를 읽었다. 사물의 날을 찾아내기, 일단 방향이 정해지면 언어를 전속력으로 몰고 가기 등 이 시인의 장기가 되살아난 것 같다. 거기에 철학적 성찰 같은 것도 있다. 좋은 시집이다.

@septuor1 2016년 7월 28일 오후 6:40

체험한 것보다 거짓으로 꾸며낸 것이 더 오래 기억에 남는다. 스탕달이 한 말이다. 허구에는 얼마나 많은 에너지를 투자해야 하는가. "소설은 소설일 뿐이다" 같은 말이 그래서 더 위험한 것이다.

@septuor1 2016년 7월 29일 오전 11:16

아침에 잡지에서 읽은 김선태 시인의 시에 '윤슬'이라는 말이 나온다. 햇빛이나 달빛을 받아 반짝이는 잔물결을 이르는 말이다. '물비늘'이라고도 하는데 약간 다르다. 정확하게 말하면 '윤슬'은 달이나 해가 물결에 비치어 길게 깨어진 상.

@septuor1 2016년 7월 29일 오전 11:35

제주로 신혼여행을 갔을 때, 바다로 면한 호텔방에 '益月種濤(익월종도)'라는 현판이 걸려 있었다. '늘어나는 달이 파도에 씨를 뿌린다'는 뜻일 터니 달의 윤슬을 가리키는 말이다. 신혼에 이보다 더 좋은 말이 있을까.

@septuor1 2016년 7월 29일 오후 5:19

이 더위가 9월까지 개속된다는데, 기상청이 항상 신뢰할 만하지 않았다는 생각으로 스스로 위로한다.

@septuor1 2016년 7월 29일 오후 5:22

오타 두 개 있음.

〈인천상륙작전〉에 대한 홍준표의 발언은 의미심장하다. 그는 비평가들의 별점을 국민 평가에 외부인의 개입처럼 생각한다. 사실 제3자의 개입이란 비평의 개입과 다른 것이 아니다.

오늘은 좋은 날이다. 아주 가까운 사람이 결혼을 한다. 그 덕에 나는 고교시절의 절친 선후배들을 만나게 된다. 두 사람의 가약을 축하한다.

대학은 세속화 후에도 별세계의 성격이 남아 있다. 명색뿐일지라도 학문을 위한 무한한 자유, 낭비처럼 보이는 여유, 쓸모없는 것에 대한 열정, 이런 것이 미래의 삶과 행복의 모델이 된다. 평생 교육을 빙자한 학위 장사에 반대하는 대학생들을 지지한다.

이대생들의 저항을 '학벌 자본 지키기'라는 말로 폄하하려는 사람들이 있는데, 참 어마어마한 말이지만 그건 학생들이 학업에 대한 노력으로 쌓아올린 학교의 명예와 전통을 말하는 것이기도 하다. 그 또한 자본의 가치가 있다면 보호되는 것이 마땅하다.

'학벌 자본'이 정말로 문제라면 그걸로 장사하려는 사람들을 가장 먼저 문제 삼아야 하는 것이 아닌가.

황현산

@septuor1 2016년 8월 19일 오후 1:07

아침마다 카톡으로 좋은 말과 좋은 그림을
보내는 사람들이 있다. 늘 좋은 게 좋은 것
만은 아니어서, 그것도 폭력일 때가 많다.

💬 2   ⟲ 389   ♡ 177

@septuor1 2016년 8월 1일 오후 3:40

늘 모범생으로 살아왔고 늘 일이 잘 풀렸던 사람들도 이야기를 나눠보면 이 런저런 상처가 많고, 그 기억 때문에 자주 괴로워한다. 어리석었던 순간을 덜 어리석은 순간에 바라보면 다 상처일 수밖에.

@septuor1 2016년 8월 2일 오후 12:36

베어타운 지나 일동 가는 길의 모모 가든이 오늘 보니 없어졌다. 그런 엉터 리 음식을 내놓고도 없어지지 않는다면 자연법칙에 어긋나는 일이다. 아직 도 한 집 남았다. 베어타운 가기 전, 무슨무슨 오리라는 대형 오리구이집이 일회용 손님으로 아직 성황이다.

@septuor1 2016년 8월 2일 오후 3:10

베어타운이 아니라 베어스타운.

@septuor1 2016년 8월 2일 오후 4:21

이 나무 이름이 뭐더라, 한참을 더듬다가 결국 생각해냈다. 누리장나무.

@septuor1 2016년 8월 2일 오후 7:35

'학벌이기주의'라, 학교가 할말은 아닌 것 같다.

@septuor1 2016년 8월 4일 오전 7:09

'미래 라이프', 대학이 이상한 길로 내려갈 때마다 이런 이상한 이름이 생겨나곤 했다.

영어로 앰퍼샌드ampersand라고 부르는 &는 라틴어 et를 한 글자로 쓴 기호다. 이게 한국에 들어와 온갖 잡일을 다한다. 어제는 '울&산 포&항'이라고 쓴 횟집 간판을 보았다.

'울&산 포&항'은 필시 '울하고도 산, 포하고도 항'이라고 읽어야 하지 않을까.

두 눈을 수술하고 나니 맞는 안경이 없다. 먼 데는 보이는데 가까운 데를 보지 못한다. 임시로 돋보기 하나를 사서 책은 읽고 있지만 모니터를 보기 어렵다. 새 안경은 한 달 후에나 맞춰야 한단다. 그 한 달이 참 멀다.

내가 카톡에서 이모티콘을 쓰게 하는 게 울집 젊은 사람들의 당면 과제란다. 나로선 이모티콘이 엉뚱하기도 하지만, 고정관념 비슷한 것도 있다. 그림도 도표도 없이 극히 복잡하고 섬세한 생각을 말로만 전하는 게 인문학의 이상이라는 알랭의 말이 날 따라다닌다.

그런데 알랭이 이렇게 말할 때 시인들은 시 속에 그림을 끌어들이고 있었다.

가정에서 쓰는 전기에 유독 가혹한 누진제를 적용하는 것은 가정이 소비만 하는 곳이라고 생각하기 때문이다. 그런데 산업이건 생산이건 노동이건 결국 가정의 행복을 위한 것이 아닌가. 일인 가정이건 다인 가정이건.

@septuor1 2016년 8월 7일 오후 1:40

정말이지 박정희나 정주영 같은 슈퍼 남성들에게는 가정에 대한 적대감 같은 것이 있었다. 그들이 보기에 퇴근하자마자 집에 들어가는 인간은 인간도 아니었다. 가정에서 쓰는 전기에 누진제를 적용하는 것은 당연한 일이었다.

@septuor1 2016년 8월 8일 오전 5:31

눈 수술 후 몇 주째 안약을 넣다보니 옛날 안약 병이 생각났다. 플라스틱 안약 병을 쓰기 전까지, 아마도 60년대까지 이런 안약 병을 썼다. 북한에는 점안용 안약 병이 없어서 눈에 약을 끼얹었다는 기사가 나기도 했다.

@septuor1 2016년 8월 8일 오전 7:52

KTX의 와이파이 상태가 불량하다. 연결되긴 하는데 절차가 복잡하고 자주 끊긴다. 회선 부족 운운하는데, 아마도 인터넷 같은 건 전혀 모르는 간부가 이 문제에 결정권을 쥐고 있을 것이다. 바쁠 땐 블루투스를 이용해 폰의 LTE와 연결해 쓰는 게 낫다.

@septuor1 2016년 8월 8일 오후 3:34

문인협회가 최남선 이광수 문학상을 제정하려다 포기했다는데, 문학상은 그만두고 그 정력으로 전집이나 제대로 간행했으면 좋겠다.

@septuor1 2016년 8월 11일 오후 10:48

누진제 요금은 결국 벌금과 같은 성격을 지니는데, 가정에서 전기 쓰는 것이 벌금을 물려야 할 부도덕한 일인가.

@septuor1 2016년 8월 12일 오전 6:19

"누진제 없애면 에어컨 많이 쓰는 부자만 좋다."
누진제 없애면 에어컨 써야 하는 가난한 사람도 좋아요.

@septuor1 2016년 8월 12일 오전 6:23

부자들 에어컨 팡팡 쓰는 것 보기 싫으니 누진제 해야 한다. 정부는 국민들에게 이렇게 생각하라고 가르치는 것인가.

@septuor1 2016년 8월 13일 오전 6:36

가정에서 쓰는 전기의 누진제 요금에 벌금의 성격이 있다는 말에 반발하는 사람이 많은데, 전기 요금 누진제를 실시할 때도, 자동차 관련 유류세를 올릴 때도 '기름 한 방울 안 나는 나라' 운운하면서 징벌적 요금의 정당성을 홍보했었다. 신문 찾아봐라.

@septuor1 2016년 8월 13일 오전 7:01

가정용 전기 누진 요금제의 가장 큰 문제는 권력자들과 그들의 편에 선 사람들이 직접적인 생산 활동이 아닌 모든 삶의 행위를 낭비로 여기고 거기에 늘 징벌을 가하려 한다는 것이다. 노예제와 무엇이 다른가.

@septuor1 2016년 8월 13일 오전 9:35

"전기 사용이 분명 개인에게 효용을 주고 한편으로 전기가 유한한 재화이니 그 요금에 누진제를 둘 수도 있는 것이지요." 이게 도대체 무슨 말이에요. 효용이 있으면서 유한하지 않은 재화가 세상에 어디 있어요. 공기, 물, 일광이 아니라면.

@septuor1 2016년 8월 13일 오전 11:24

저술가이자 번역가인 이덕희 선생이 돌아가셨다. 젊었을 때 기가 너무 강해서 평범한 말이 옆 사람에 대한 모욕이 되기도 했다. 그러나 올곧은 성격과 뛰어난 능력에 도움을 받은 사람도 많았다. 저세상에서는 덜 외로우시길.

아내를 와이프라고 부르는 사람이 많은데 어떤 껄끄러움을 없애는 데 외국어가 도움이 되기 때문일 듯. 그래도 가족을 외국어로 호칭하는 것은 좀. 마누라는 원래 상전이란 뜻으로 비꼬는 말이었다. 집사람이나 내자는 겸손한 표현이지만 봉건적이다.

아내도 원래는 집사람, 내자 등과 같은 뜻의 말이지만, 지금은 그 뜻이 거의 모두 희석되었다. 가장 무난한 호칭이 아내일 듯싶다.

컴에 들어 있는 중국 장편 무협 드라마를 정리하다보니, 여러 번 만들어진 것이 많다. 〈천룡팔부〉만 해도 1983부터 2013까지 네 번이나 제작되었다. 최근 제작판일수록 더 엉성한 것도 있다. 워낙 큰 나라라 성마다 하나씩 만들다보니 그리된 듯.

정부 출연 기관들과 일을 하다보면 그 무능함을 절감할 때가 많다. 서류를 팩스로 보내라고 해서, 이메일로 보내면 안 되느냐고 했더니 서류를 어떻게 이메일로 보내느냐고 묻는다. 90년대에 하던 행정 방식을 지금까지 고수하고 앉아 있다.

박서원이란 시인이 있었다. 90년대에 『난간 위의 고양이』 『모두 깨어 있는 밤』 『이 완벽한 세계』 등의 시집을 내서 화제를 모았는데 그후 소식이 없었다. 최근에 그가 죽은 지 오래되었다는 풍문을 들었다. 정확한 사망일과 정황은 알려지지 않고.

@septuor1 2016년 8월 14일 오전 9:17
어느 녀석이 이렇게 몰강스럽게 장미 잎을 다 뜯어먹었을까.

@septuor1 2016년 8월 15일 오전 6:56
누가 글 잘 쓰는 비결을 물었다. 무슨 비결 같은 것이 있겠는가. 비결이 있다면 일단 빨리 쓰는 것이다. 갈증은 마시면서 가시고 배고픔은 먹으면서 찾아온다는 말이 있는데, 글은 쓰면서 잘 써진다. 일단 쓰는 것이 비결이다.

@septuor1 2016년 8월 15일 오전 9:52
글쓰기의 훈련이 부족하면 '너희들은 모두 바보들이야'라고 쓰게 된다. 요즘 어느 신문에 연재되는 음식 관련 전면 칼럼이 좋은 예다.

@septuor1 2016년 8월 15일 오후 6:12
박서원 시인의 사망이 확실한 것 같다. 시를 특별히 배운 적이 없다는데 시를 잘 썼고, 베스트셀러가 된 산문집을 낸 적도 있다. 기면증으로 고생했고 시의 주제로도 삼았다. 가족에게 버림받게 되리라는 공포로 자신의 시를 설명한 적도 있다. 명복을 빈다.

@septuor1 2016년 8월 16일 오전 3:30
국경일 연설의 착오를 단순 실수로 넘길 순 없다. 대통령의 담화는 사실 관계의 정확성, 언어 사용 수준에서 늘 당대 제일급이어야 한다. 더구나 이 담화는 사드 배치, 남북 관계, 대일본 외교, 건국절 등의 문제와 연결되어 있다. 동네 사랑방에서 하는 말도 아니고.

@septuor1 2016년 8월 16일 오전 6:13
새벽에 문인수 시집『나는 지금 이곳이 아니다』를 열심히 읽었다. "명랑한 이야기는 왜 시가 잘되지 않는가" 중얼거리며 묶었다는데, 세상의 허망함에 바치는 명랑한 언어가 참 훌륭하다. '왜 사냐건 웃지요'의 '웃지요'가 최고의 수준으로 표현된 시집.

@septuor1 2016년 8월 16일 오후 6:53
뤼순감옥은 한국인이라면 잊어버릴 수 없는 지명. 안의사는 거기서 수많은 휘호를 써서 밖으로 내보냈고, 미완의 동양 평화론을 썼지요. 그가 언급될 때마다 나오는 지명. 하얼빈 어쩌고 하는 순간 많은 한국인은 그 연설문이 대충 만들어졌다고 생각하지요.

@septuor1 2016년 8월 17일 오전 5:10
삼일절이나 광복절에 나타나는 민족적 정서에 파시즘의 혐의를 둘러씌우려는 사람들이 있다. 이때의 민족주의는 민족 단위로 고통을 겪었던 집단에게 미래 사회를 건설하기 위한 최초의 추동력 같은 것이며, 그 자체가 윤리다.

@septuor1 2016년 8월 17일 오전 5:29
운하를 파겠다고 할 때 이명박은 한반도 남쪽에 강으로 십자가를 그릴 생각이었다는 말이 있는데, 낭설일 것이다. 그러나 아무튼 4대강 사업을 할 때 그 인간이 무슨 이상한 생각을 했던 것은 분명하다. 그 이상한 생각 때문에 우리가 녹조라테 왕국에 산다.

@septuor1 2016년 8월 18일 오전 3:49
문단의 일로 통영에 다녀왔다. 고속버스 타고 아침에 내려갔다가 심야버스로 올라왔다. 오는 길 내내 백중 달이 하늘에 하얗게 떠 있었다.

@septuor1 2016년 8월 18일 오전 9:29
딸과 함께 인터뷰를 당했다. [평론가 황현산의 따뜻한 독설 받은 사람] http ://hankookilbo.com/v/4a54f13e84944316ba32bbaad2381a62

@septuor1 2016년 8월 19일 오전 5:20
시민행성과 함께하는 기욤 아폴리네르 강의를 8월 25일에 시작한다. 그런데 그날이 공교롭게도 아폴리네르가 태어난 날이다.

@septuor1 2016년 8월 19일 오전 11:56
망디아르그는 우리 세대에 일반 독자들보다는 문인들이 좋아했다. 잘된 현실 묘사가 현실을 환상처럼 보이게 하고, 가벼워진 현실이 끝내 죽음으로 이어지고, 거기에 늘 섹스가 개입하고…… 이 탐미주의자가 다시 주목을 받을 수도 있겠다.

@septuor1 2016년 8월 19일 오후 1:07
아침마다 카톡으로 좋은 말과 좋은 그림을 보내는 사람들이 있다. 늘 좋은 게 좋은 것만은 아니어서, 그것도 폭력일 때가 많다.

@septuor1 2016년 8월 19일 오후 4:11
심각한 내용의 발언을 하고 나서 그게 농담이었다고 얼버무리려는 사람들이 있는데 농담이었다면 문제가 더 심각해진다. 농담은 자주 사회적으로 확정된 가치관과 통념을 바탕으로 만들어지는 것이기 때문이다.

@septuor1 2016년 8월 20일 오전 1:10
'나는 여자의 학벌을 봐요'라고 말해놓고 '농담이었어요'라고 하는 경우. 여자는 실제로 학벌이 중요하단 통념에 '그런데 대중 앞에서 이렇게 말하면 큰일나요'라는 생각이 합쳐져 있기에 농담이 된다. 농담이라고 말하면 더 심각해지는 이유가 거기 있다.

@septuor1 2016년 8월 20일 오전 1:11
물론 말하는 사람 본인이 그렇게 생각하는 것일 수도 있지만, 그렇게 생각하는 사람을 풍자하는 것일 수도 있다. 그 차이는 미묘하지만 사람들은 알아차린다.

@septuor1 2016년 8월 20일 오전 6:30
한마디만 더 하지요. 학력이 중요(심각) + 그런데 이렇게 이런 말하면 사회적 지탄을 받아(더 심각)

@septuor1 2016년 8월 20일 오전 7:53
우리집의 경우, 식사 때 남자 어른들은 개인상을 남자애들과 겸상하고, 여자들은 도래상에서 먹었다. 할아버지 돌아가시고 나서 모두 도래상에서 먹었다. 그게 1964년.

@septuor1 2016년 8월 20일 오후 12:18
오늘 목포에 강연이 있어서 내려가는 길이다. 눈 수술 후 눈앞은 환해졌는데 모든 안경이 맞지 않는다. 노트북을 볼 때는 돋보기, 창밖의 풍경을 볼 때는 선글라스, 당연히 헷갈린다. 안경을 새로 맞추기까지는 한두 주일 더 기다려야 한다.

@septuor1 2016년 8월 20일 오후 9:06
목포문학관 앞에서 내 얼굴이 그려진 현수막을 보고 택시기사가 저 사람이냐고 물어서 그렇다고 말하고 내렸다. 그런데 손에 들고 있던 노트북을 두고 내렸다. 문학관 관계자가 걱정을 하며 여기저기 전화를 하는 절망의 순간에 기사가 서피스를 들고 들어왔다.

"제가 물어보길 잘했지요." 기사가 그렇게 말하고는 고맙다는 인사도 다 하기 전에 가버렸다. 해피 엔드로 끝난 오늘의 황당한 일.

왜 모든 서사가 한국식으로 번안하면 납작해질까. 심지어는 '의역'만 해도 납작해진다.

에그프라이도 맛이 다를 수 있다는 걸 오늘 아침에 알았다.

누군가 (나는 아니다) 글에 '자유 의지'라는 말을 썼는데, 왜 자기가 이제까지 들어본 적이 없는 단어를 쓰냐고 난리 치는 사람이 있다. 계정에 들어가보니 무슨 미술 애호가 같다.

기차 차창으로 보니 500평 정도 되는 묘역을 전부 시멘트로 덮고 봉분들만 남겨둔 묘지가 있다. 벌초의 수고를 덜기 위함인 듯.

용산역에 내려, 누가 저녁을 같이 먹자고 해서, 젊은 사람들이 늘 줄을 선다는 피자집에 갔다. 내게도 그 사람에게도 피자와 파스타가 너무 달다. 젊은이들이 줄을 선다면, 그게 내 취향이 아니기 쉽다고 생각했어야 하는데.

남의 시를 무단으로 사용하고는 시인을 홍보해주었다고 생각하는 사람들이 의외로 많다.

초등학생들이 일기 몰아 쓰기에 딱 좋은 여름이다. '오늘도 무지하게 더웠습니다'라고 쓰고 나면 더 할말이 뭐가 있겠어.

사전에 '다둑거리다'는 없고 '다독거리다'만 있구나. 이건 정말 이론에 언어를 굴복시키기다.

이명박 때부터 남북 관계를 경색시킨 것은 북한 붕괴론이었다. 북한은 붕괴하지 않는다. 서독에는 동독을 받아들일 수 있는 물질적 여유와 정신적 아량이 있었다. 우리는 어느 것도 없다. 북한은 우리의 아량과 여유로 붕괴하지 그 내부 문제로 붕괴하지 않는다.

광복절 지나면 더위가 수그러들어야 하는데, 건국절이나 뭐다 하니 날씨도 헷갈리는 듯싶다.

헷갈렸다.

오늘 시인 기욤 아폴리네르(1880~1918)가 태어난 날이다. 그는 이 탄생일을 특별하게 생각했다. "오 처녀좌의 첫 바람이여"라는 그의 시구가 있다. 나는 오늘 시민행성이 주관하는 기욤 아폴리네르 6주 강의를 시작한다.

서양인들은 역시 서양밖에 모른다. 한국어는 그렇다치고 중국어와 일본어는? ['지적인 제2외국어' 미국민은 프랑스어, 영국민은 러시아어] http

://v.media.daum.net/v/20160825024543407

@septuor1 2016년 8월 25일 오전 7:58
어제 컴을 닫으며 윈도가 업글되었다. 아침에 컴을 부팅하니 윈도 열 준비를 한다며 한 시간 넘게 뱅뱅거린다. 고장난 게 아닌가 싶었는데 마침내 시작 화면이 떴다. 중1 때 벽에 붙여놓았던 표어가 60년 만에 생각났다. 인내는 쓰고 그 열매는 달다.

@septuor1 2016년 8월 25일 오전 8:42
박근혜가 김정은을 두고 예측 불가라고 말했다. 우리는 박근혜가 어떤 결정을 내릴지 항상 예측할 수 있다. 그게 더 좋은지는 모르겠지만.

@septuor1 2016년 8월 26일 오전 5:03
택시를 타고 공항으로 가는데, 택시기사가 운전중 정신을 잃었다. 기사의 생명보다 자신이 탈 비행기가 더 중요하다고 아마 나도 그렇게 생각했을 것 같다. 그런데 이런 경우 자기를 객관적인 자리에 놓고 보게 하는 것, 이게 바로 교육이다.

@septuor1 2016년 8월 26일 오전 5:52
자기를 객관적인 자리에 놓고 본다는 것은 남들의 시선으로 본다는 뜻이 아니다. 가능한 한 자기 자신을 합리적이고 윤리적으로 볼 수 있는 시선을 만들어 그 시선으로 본다는 뜻이다.

@septuor1 2016년 8월 26일 오전 6:24
여당은 세월호 특별조사위 활동 기간 연장에 결코 동의하지 않을 것이다. 야당을 궁지에 몰아넣을 수 있는 이 기회를 어떻게 포기하겠는가.

@septuor1 2016년 8월 26일 오전 7:03
궁지에 들었을 때 살아나오는 길은 옳다고 생각하는 일을 줄기차게 하는 것이다.

@septuor1 2016년 8월 26일 오전 8:57

시인, 소설가들 가운데는 강의료로 생활하는 사람이 많다. 그런데 김영란법으로 강의료가 3분의 1로 줄어들게 되었다고 한다. 5-10-10을 주장하는 의원들도 이 강의료에 관해서는 아무 말이 없다.

@septuor1 2016년 8월 26일 오후 10:14

국공립 교수는 적용되고, 사립 교수는 시행처가 공공 기관일 때 어느 정도 제약이 있는 것 같습니다.

@septuor1 2016년 8월 26일 오후 12:39

"식빵의 변신은 무죄…… 이색 식빵 속으로" 방송 기사에 이런 제목이 있다. 재치를 부리느라 그렇게 썼을 텐데. 왜 모든 사안에 정상/비정상, 유죄/무죄 같은 말을 붙이는지. 우리가 얼마나 억압적인 문화 속에서 살고 있는지 방증하는 것은 아닌지.

@septuor1 2016년 8월 27일 오전 6:53

내가 이육사 「광야」에 대해 쓴 글을 도진순씨가 창비 지난호에서 비판했다. 그런데 나는 오늘에야 자세히 읽었다. 이 사람한테는 자기와 의견이 다르면 틀렸다고 말하는 버릇이 있다는 것을 알았다.

@septuor1 2016년 8월 27일 오전 6:56

반론을 쓰려고 생각하니 좀 귀찮다. 다만 이 이야기만 해두자. '광야'가 이육사의 고향 원촌이라는데, 시를 말한다면 시를 구성하는 현실 요소들을 다 빼고 남는 것을 시라고 말한다. '광야'가 원촌일 수도 있지만 원촌이어야 하는 것은 아니다.

소월이 "엄마야 누나야 강변 살자"고 읊었을 때 특별히 생각한 강변이 있을지 모른다. 그렇다고 시에서의 강변이 그 강변은 아니다.

기회 포착의 천재!

시의 해석이랍시고 사료를 잔뜩 모아놓은 글이 있다. 시에 '하늘'이 나오면 15세 때 일기에 하늘을 봤단 말이 나온다, '나무'란 말이 나오면 27세 때 수목원에 갔다, 이런 말을 써놓고 해석이라고 생각한다. 문제는 그게 시험에 나온다는 것.

내가 시인일 줄 아는 사람도 있구나.

명동백작이란 말이 있듯 한때 시인들은 귀족 같았다. 한때는 혁명가와 같았고 실제로 혁명에 참가하고 앞장섰다. 다시 사생아로 태어난 귀족 같았고 예술가 같았다. 요즘 젊은 시인들은 연예인처럼 행동한다. 시인들이 인기가 있다는 것은 좋은 일이다.

시인들은 귀족 같을 때도 늘 한편으로는 노숙자 같은 데가 있었다. 시인들의 가장 강력한 전형은 음유 시인이기 때문이다. 사생아라는 말도 썼는데 거기에 법률적이거나 윤리적인 의미는 없다. '고결한 노숙자' 같은 자기 최면의 방향이 있을 뿐이다.

@septuor1 2016년 8월 28일 오전 7:51

시인들은 실제로 노숙자이기도 했다. 「귀천」의 천상병, 「북치는 소년」의 김
종삼. 그들이 또한 명동 백작이었다. 김종삼은 말년에 날마다 후배들에게
술값을 뜯어갔지만, 최고급 외제 만년필, 최고급 외제 혁대를 쓰던 사람이
었다.

@septuor1 2016년 8월 28일 오전 3:41

물건들도 혼이 있다. 프린터에 긴 파일을 걸어놓고 내가 지키고 있으면 멀
쩡한데, 내가 외출을 하거나 자고 있으면 꼭 사고를 내고 사보타주를 한다.
과학자들은 말도 안 되는 소리라고 하지 말고 이 사실을 규명해야 한다.

@septuor1 2016년 8월 28일 오전 10:10

폭염에 장미도 수난을 당했다가 이제 겨우 제 빛을 찾는다.

@septuor1 2016년 8월 28일 오후 8:10

자연 보호란 말 앞에서 어떤 사람들은 삼국 시대부터 보를 쌓고 제방을 축
조했다고 말한다. 그러나 그때 사람들은 삽과 괭이로 그 일을 했다. 육체적
힘의 한계가 균형을 잡아주었다. 우리는 인력의 수만 배에 달하는 기계를
쓴다. 우리는 무슨 짓을 할지 모른다.

@septuor1 2016년 8월 28일 오후 9:00

백내장 수술 후 새로 맞춘 안경을 쓰고 책도 읽고 글도 쓰고 있다. 돋보기를

벗어버리고 새 안경을 쓰니, 어디 놓아두었다가 잃어버렸던 정신을 다시 찾은 것만 같다.

@septuor1 2016년 8월 30일 오전 1:13
KT에서 보낸 통신 요금 명세서를 오늘 자세히 살펴보았더니 우리집 주소가 '전농1동'으로 되어 있다. 정릉1동을 그렇게 알아들었나. 그러나 내가 집 주소를 입으로 말했을 리는 없는데.

@septuor1 2016년 8월 30일 오전 8:03
어떤 사람이 그렇게 산다면 아 그렇게 사는구나 해야지, 우리가 다 그렇게 살자는 것은 아니잖은가. 그런데 애는 좀 문제다. 애가 부모를 선택할 수는 없으니.

@septuor1 2016년 8월 30일 오전 8:56
내 딸 친구 하나도 히피이자 국제환경운동가로 살고 있다. 보기 좋고 저런 삶도 있구나 싶다. 그런데 나이들면 어떻게 하지 걱정도 되는데, 그건 내가 늙었기 때문이다.

@septuor1 2016년 8월 30일 오전 9:04
숲속에 사는 사람들이 뜻밖에 위험할 수 있다. 그러나 거대 자본으로 그 숲을 파헤치는 사람들보다 더 위험할까.

@septuor1 2016년 8월 30일 오전 9:41
이 나라에는 죄가 괘씸죄밖에 없는 것 같다.

@septuor1 2016년 8월 30일 오전 11:22
특이하게 사는 사람들, 법으로 규제할 일이 있으면 규제하면 된다. 그러나 그 사람들을 괴물 취급하지는 말 일이다.

@septuor1 2016년 8월 30일 오후 12:40

예술가가 되기만 하는 것이 아니라 예술가로 살아야 할 사람들을 위한 책. 글쓰고 그림 그리고 사진 찍고, 그걸로 살아야 할 사람들에겐 실제적인 도움이 되겠다. 울집도 한 사람 있다.

@septuor1 2016년 8월 31일 오전 5:53

가난했지만 행복했다. 모든 게 시스템으로 연결되어 있는 도시의 삶에서는 이게 쉽지 않다. 상상하기조차 어렵지만 그게 없지는 않다.

@septuor1 2016년 8월 31일 오전 6:25

초등학교에서 숙제를 없애는 게 좋은 일인지 어쩐지 판단이 안 선다. 자기가 공부했던 기억으로 교육 문제에 접근하는 사람이 많은데, 사람은 저마다 다르다. 숙제를 없애면 인성 교육이 될 것이라는 말은 믿을 수 없다. 인성 교육이라는 말 자체가 좀.

@septuor1 2016년 8월 31일 오전 11:25

유언비어 아닙니다. 기실은 한국이 시를 잘 쓰는 것이 아니라 외국 시의 질이 떨어졌다고 말하는 게 더 정확할 것입니다. 한국은 무엇보다도 선수가 많습니다.

황현산

@septuor1 2016년 9월 11일 오후 6:16

좋은 작가에게는 상투적 문장이 없다는 말을 이상하게 이해하는 사람이 있다. 오정희 문장은 쉽지만 상투적인 문장이 있는가. 없다. 이문구는 충청도 사람같이 말하지만 상투적인 문장이 있는가. 없다. 박완서는 말하듯 썼지만 상투적인 문장이 있는가. 없다.

💬 3   🔁 97   ♡ 179

@septuor1 2016년 9월 1일 오전 6:58

전위 예술을 비판하는 말에 경매적 나대기라는 말이 있다. 센 것이 나오면 더 센 것이 나온다는 말. 요즘 권력의 부패가 그렇다.

@septuor1 2016년 9월 1일 오후 12:41

야당이 의제를 못 만든다지만, 무슨 정책을 세우건 여론도 늘 끌어모으지 못하고 흐지부지하게 끝난다. 그러고는 1년 후에 새누리당이 웅장하게 표절을 한다. 물론 실천은 하지 않는다.

@septuor1 2016년 9월 1일 오후 12:44

오늘 오전에 3천 명의 팔로워가 언팔을 했다. 물론 그 이유를 안다. 3천 명 내지 5천 명이 더 빠져나갈 것 같다. 그러거나 말거나지만.

@septuor1 2016년 9월 1일 오후 12:55

일의 결정권을 쥔 사람들이 비판을 받으면 대안을 제시하라고 말한다. 비판을 받으면 자기가 대안을 찾아내야지, 자기 일을 비판자에게 미루다니.

@septuor1 2016년 9월 1일 오후 12:57

오히려 오타를 안 내서 속이 다 보이는 바람에.

@septuor1 2016년 9월 2일 오전 1:36

정세균 의장의 개회사 전문을 읽었다. 무엇이 문제인지 모르겠다.

@septuor1 2016년 9월 2일 오전 5:37

거제 콜레라 환자가 먹은 생선이 정어리가 아니라 전갱이라고 한다. 질병관리본부 직원이 전화 통화에서 경상도 억양 때문에 전갱이를 정어리로 알아들었다는데, 그 직원이 아마도 전갱이라는 생선을 몰랐을 것이다. 확인도 해보지 않고, 무책임한 인간들.

@septuor1 2016년 9월 2일 오전 5:53

여당이 민생에 힘쓸 생각은 하지 않고 의장실을 점거하다니.

@septuor1 2016년 9월 3일 오전 9:12

어떤 인연으로 의학도들의 수필을 읽었다. 하나같이 건전하고 착하다. 그렇지 않다면 어떻게 우리 몸을 맡길 수 있겠는가. 아니 몸만 맡기는 것이 아니구나.

@septuor1 2016년 9월 3일 오전 9:32

세월호에서 수많은 사람이 죽었을 때 어떤 인간들은 그걸 교통사고라고 불렀다. 그럼 살인은? 형사 사건이다. 어떤 일이건 일반화하고 나서 자기가 똑똑하다고 생각하는 인간들.

@septuor1 2016년 9월 3일 오전 10:47

누이의 손자, 그러니까 생질의 아들을 이손이라고도 부르는 것 같은데 우리 대선 원래 호칭이 없다. 큰누이 손자가 초6인데 할머니가 아끼는 요리 기구를 내다 쓰며 요리를 제법 한다. 백종원도 〈수요미식회〉도 비판하면서. 이러다 천재 하나 나오는 게 아닌가 싶다.

@septuor1 2016년 9월 3일 오전 11:16

도망간 사람은 나를 두고 얼마나 뒷담화를 까댈까. 암울한 세상이다.

@septuor1 2016년 9월 3일 오후 1:00

4대강을 하느냐 마느냐 한참 논란이 일 때, 영국에서 유학중이라는 어떤 연구자(치수 전문가도 아니었다)가 방송에 나타나 단군 이래의 쾌거라며 일장 연설을 했다. 그 인간은 지금 어디서 무얼 하고 있을까.

@septuor1 2016년 9월 4일 오전 5:48

4대강은 매우 심각한 상태에 놓여 있는데, 사람들이 너무 여유만만한 것 같다. 어떻게 되겠지, 이러고 있는 것만 같다. 엄마가 다 해결해줄 거야, 늘 이렇게 생각해온 것처럼.

전기 누진 요금제에 대해 말하는 사람이 이제는 아무도 없다. 내년 여름이 되면 그때 가서 또 난리를 치겠지. 뜨거운 물에 들어간 다음에야 비명을 지른다면 그게 바로 원시적인 게 아닌가.

푸틴이 정상회담에 또 거의 두 시간 가까이 늦게 들어왔다. 알아서 가라는 뜻이 아닌가. 한국인의 끈기를 보여줄 데가 따로 있지.

'다음'에 카사블랑카 여행기가 떴다. 나는 〈용문객잔〉이 옛날 영화 〈카사블랑카〉에서 많은 것을 차용했다고 믿는데, 이제는 두 영화가 모두 옛날 영화가 돼서 수긍해줄 사람이 별로 없겠다.

〈용문객잔〉이 더 재밌는 것은 사실.

결국 애가 쓴 시일 뿐인 랭보의 시가 왜 중요하냐고 누가 방금 물었다. 좋은 시는 늘 실패담이다. 그런데 아주 비장하고 순결한 실패담이 랭보의 시다. 그래서 중요하다.

평론가가 대중과 의견이 다르다고 해서 '너는 뭔데' 하고 닦달을 당하는 것도 민주주의이긴 하겠다. 문제는 짧게 말하는 것과 길게 말하는 것이 다르다는 것. 블로그만 운영하고 있어도 말씨가 달라진다.

@septuor1 2016년 9월 5일 오후 6:46

신인들의 작품을 심사할 때마다 느끼는 것. 잘나가는 어떤 시인도 이 정도 수준이더라, 이렇게 생각하고 '이 정도'로 쓰면 그게 못 쓰는 것이다. 게다가 실제의 이 정도와 그가 본 이 정도의 차이는 매우 크다.

@septuor1 2016년 9월 5일 오후 8:34

어려서부터 자기에게 시의 재능이 있다고 믿어온 사람들이 있다. 그래서 그 재능이 아까워 늦게까지 시를 붙잡고 있는 사람이 많은데, 그 결과가 그 재능을 증명해주는 경우는 드물다. 나는 그런 사람들에게 시를 읽는 것도 훌륭한 재능이라고 말한다.

@septuor1 2016년 9월 6일 오후 12:27

제 집 개도 밖에 나가서 당하고 오면 속이 상하게 마련인데.

@septuor1 2016년 9월 6일 오후 3:00

쓸 수 없는 건 아니겠으나 보통은 그냥 책이라고 하지요. 옛날에는 졸저라고 했는데 그렇게까지 할 필요는 없지만 저서는 꽤 거창한 것이 사실입니다. '졸 저지만 몇 권의 책을 냈습니다' 이렇게 말하는 게 상당이 힘이 있을 듯.

@septuor1 2016년 9월 7일 오전 7:38

과거가 천국이었던 것처럼 말하는 것도 덜떨어진 사고의 소치지만 과거를 모두 현재의 주관성으로 판단하는 것도 죄악이다. 자기가 보지 못한 것은 없는 것이라고 생각해버리는 것이 죄악이듯이.

@septuor1 2016년 9월 7일 오전 7:43

창조 과학자들은 다 이과 사람들 아닌가.

@septuor1 2016년 9월 7일 오후 12:38

불행한 일을 당하면 눈앞에 당하는 불행보다도 그 불행을 탓할 사람을 찾아내지 못하는 불행이 더 고통스럽다.

원고 한 꼭지 끝냈다. 이제 자야 하는데 커피를 내리 세 잔을 마셔서 하루의 운명이 하 수상하다.

"가격이 천정부지로 떨어져" 이런 광고 기사도 있다. 오를 때는 뭐라고 하나.

50년 후에 관해서라면, 그때의 웬만한 중1이 지금의 나보다 훨씬 더 똑똑하리라는 것만 알 수 있다.

지난 90년대에 W이론이라는 것이 돌풍을 일으켰다. 한 대학교수가 그런 책을 썼는데, 우리에게는 신바람이 있고 그 신바람을 일으켜 경제 강국이 되었다, 그런 이야기였다. 그런 것이 철학이고 철학은 그런 것이어야 한다고 믿는 한국인이 아직도 많다.

김정은의 정신은 통제 불능? 남의 정신을 어떻게 통제한단 말인가. 무슨 흑마술사인가.

혼밥에 대한 딴 얘기. 학생 때 속초에 혼자 갔다. 여관에서 자고 아침에 탁자 하나뿐인 라면집에서, 맞은편에 앉은 40대 남자가 먼저 나온 라면을 먹지 않고 있다가 1분 후쯤 드디어 "먼저 먹겠습니다" 한다. 아, 내가 먼저 먼저 드시라고 했어야 하는데.

남성중심 사회에서 '여자다움'에 대한 기대가 여성 혐오라는 내 말에, 남초 사이트에서 '그럼 남성다움에 대한 기대는 남성혐오겠네'라고 비아냥거린다고 한다. 내가 간단하게 대답해준다. ―그것도 대개의 경우 여성 혐오야.

우리가 일상에서 쓰는 말의 8, 90%는 상투적이다. 글을 잘 쓰는 사람은 자기 글에서 단 한 문장도 상투적인 문장을 용납하지 않는다. 글에서 상투어구는 바둑의 속수와 같다. 속수를 두고 이기는 기사는 없다.

글 쓰는 사람도 상투적인 문장을 상투적이 아닌 방법으로 쓰기도 하지요. 당연히 수준 차이지요.

한국 정말 대단한 나라다. 낙동강이 축구장이 됐어도 그대로 뭉그적거리며 살고 있다. 무슨 토론 한번 안 하고.

무화과를 구우면 맛이 있다는 말을 듣고 나도 한번 구워 먹어보니 아무 맛도 아니다. 다른 사람들에게는 이런 실험 하지 말기를 권한다. 희생자는 나 하나로 족하다.

좋은 작가에게는 상투적 문장이 없다는 말을 이상하게 이해하는 사람이 있다. 오정희 문장은 쉽지만 상투적인 문장이 있는가. 없다. 이문구는 충청도 사람같이 말하지만 상투적인 문장이 있는가. 없다. 박완서는 말하듯 썼지만 상투적인 문장이 있는가. 없다.

@septuor1 2016년 9월 11일 오후 6:38

노무현과 이명박의 차이 가운데 가장 큰 것은 선이 살아 있는 말과 상투적인 말의 차이다.

@septuor1 2016년 9월 12일 오전 12:07

이게 이질꽃이라고 말했더니, 아내가 믿을 수 없단다. 그보다는 좀 나은 이름이어야 한다고.

@septuor1 2016년 9월 12일 오전 6:36

아재는 아저씨의 낮춤말이거나 사투리인데, 따지고 보면 아저씨의 원말이다. 아기에 씨를 붙이면 아기씨, 제수에 씨를 붙이면 제수씨, 아재에 씨를 붙이면 아저씨다. 이때 '씨'는 존경의 표시다. 아재는 아마도 아재비의 준말일것이다.

@septuor1 2016년 9월 12일 오전 6:49

내 어릴 적 우리 고향에서는 할아버지를 '하나씨' 할머니를 '함씨'라고 불렀다.

@septuor1 2016년 9월 12일 오전 9:12

어제 올렸던 상투성에 관한 트윗과 연결해서. 발자크의 소설에서는 아파트의 수위 아줌마도 천재라는 말이 있다. 현실의 수위야 늘 상투적으로 말했을 테고, 발작이 멍청했으면 상투적인 수위밖에는 볼 수 없었으리라.

@septuor1 2016년 9월 12일 오전 9:22

발자크라고 쓰다 발작이라고 쓰다. 멍청한 것이 따로 없다.

애들 어렸을 때는 추석에 같이 송편을 빚었다. 애들 다 크고 나니 같이 빚을 사람이 없어서 떡집에서 송편을 사온다. 이제 같이 송편을 빚을 날은 없을 것 같다.

수술 직후엔 이제 내 이름 붙인 글은 그만 쓰고 번역과 주석 작업만 열심히 하기로 마음먹었는데 그게 쉽지 않다. 강호의 은원은 끝을 모른다.

프랑스어 텍스트에 (특히 동화에) 가끔 quenouille라는 단어가 나온다. 불한 사전에는 국어대사전에도 없는 '토리개'란 역어를 올려놓았는데, 그게 '물렛가락'이다. 마녀들은 이 물렛가락을 마술봉으로 사용한다. 잠자는 숲속의 미녀도 이것에 찔렸다.

영어로는 distaff가 여기 해당한다.

비록 불법 시위를 한다고 하더라도 사람을 물대포로 쏴서는 안 된다. 법치 국가에서 가장 엄하게 그리고 가장 먼저 다스려야 하는 것은 공권력의 불법 이다.

그 시위는 평화로운 시위였을뿐더러 누가 내몬 것이 아니라 자기 의지로 나 간 것입니다. 칠순 노인에게 물대포를 쏘고도 무슨 변명을 한다고.

지난 80년대만 해도 '우리는 지진 안전국이다'를 넘어서 '일본 지진으로 다

망해라'라고 말하는 사람 많았어요.

이것도 이제는 안 쓰는 표현. '여차다'라는 말이 있다. 주로 '여챘다'로 써서 소년의 얼굴이 어른의 얼굴로 바뀌었다는 뜻이다. 여기서 '여'는 암초를 말하는 '여'와 같은 말로 근골을 의미한다. 여드름의 여도 아마 여기서.

오늘 저녁 서울 시내 차 정말 많다. 삼청동에서 정릉 오는데 영원히 못 올 것만 같았다.

상투적인 문장을 쓰지 말라는 말을 이상한 문장을 쓰라는 말로 이해하는 사람이 있다. 사실은 그 반대일 수도 있다. 노인 학교 같은 데서 한글을 배운 할머니의 글, 한국어를 갓 익힌 외국인의 글, 이런 글에는 상투적인 문장이 드물다.

'큼메마시' 이렇게 써놓으면 외국어 같지만, 실제로 들으면 전라도 사람 아닌 사람들도 '그러게 말일세'로 금방 알아듣는다. 사투리의 표기에는 늘 과장이 섞여 있다.

포기하라는 말은 패배를 인정하고 물러나라는 말이지만, 때로는 집착에서 벗어나 변혁적으로 생각하라는 말일 때도 있다.

아무 말 대잔치가 최소한 두 군데서 일어나고 있구나.

@septuor1 2016년 9월 14일 오후 7:29

시인들이 시 이야기 할 때는 남의 시 걱정하지 말고 제 시 이야기나 하면 되지, 왜 오지랖 넓게. 시라고 하는 물건은 아버지 시인이 아들의 시 간섭할 수 있는 게 아니다.

@septuor1 2016년 9월 14일 오후 7:39

시에는 입법자가 없다. 나는 이런 시를 좋아한다, 이게 허용될 수 있는 마지막 말이다.

@septuor1 2016년 9월 14일 오후 7:51

나는 이런 시를 좋아한다, 밑으로 수많은 발언의 층위가 있습니다.

@septuor1 2016년 9월 15일 오전 4:49

서울 근교에 욕쟁이 할매라는 간판 단 밥집이 있다. 물론 불친절하고 상차림 형편없는데 늘 손님은 많다. 왜 사람들은 욕먹는 걸 좋아할까. 친절은 가짜고 욕은 진실하다고 생각하는 것일까.

@septuor1 2016년 9월 15일 오전 9:04

올 추석부터는 제사에 지방을 없애기로 했다. 왕조 시대의 관직명으로 신위를 삼는다는 것도 이상한 일이고, 혼령이 신위를 따라온다는 것도 옹졸한 생각이다.

@septuor1 2016년 9월 15일 오전 10:44

제사상에 차와 과일만 올리는 것도 괜찮은 방식이라고 생각한다.

@septuor1 2016년 9월 15일 오후 12:41

제사도 일종의 알레고리인데, 그 알레고리의 구조 자체가 설득력을 잃으면 바꾸거나 없앨 수밖에 없다.

제사는 혼령이 들어와 나갈 때까지의 과정을 상정해서 꾸며놓은 알레고리의 연극이다. 그 구조는 상당히 정밀하지만, 우리가 쌓은 새로운 지식 앞에서 이 연극이 그 아우라를 유지하기는 어렵다. 제사에 관한 온갖 항의는 그 아우라의 상실에도 원인이 있다.

의례는 거기 참여하는 구성원들이 당연히 그렇다고 여길 때까지는 그 의의가 있지만, 한 사람이라도 합리적 의문을 갖기 시작하면 더이상 유지하기 어렵다. '원래 그런 거야'로 버틸 수 있는 기간은 길지 않다.

내가 지옥에 관해서 이해할 수 없는 것. 나쁜 놈들인 악마들이 왜 자기편인 나쁜 놈들에게 벌을 주는 거지.

너스레만 가득 널려 있는 시들이 있다. 그런 시가 인기도 있다. 너스레와 진실의 토로는 자주 혼동된다. 너스레 떨기와 필력은 쉽게 구분되지 않는다. 유머는 자주 용감하지만 너스레는 자주 비열하다.

〈부산행〉을 봤다. 국면 국면에서 김의성씨의 표정을 보다가 우병우가 생각났다. 김의성씨가 우병우를 연기할 날이 머지않아 올 것 같다.

온천탕 대기실에서 어떤 사람이 천 원짜리 지폐 두 장을 쓰레기통에 넣었다. 나는 그걸 보고 그 사람이 영수증을 버리고 있다고 생각했다. 그 사람이 다시 돌아와서 지폐를 꺼냈다. 우리는 마주보고 웃었다. 그 사람은 그럴 수 있지만 나는 뭐야.

@septuor1 2016년 9월 17일 오전 5:22

제사의 기능 중 하나는 가족 간 유대의 확인이다. 그러나 제사가 유대를 확인해주기는 하겠지만, 없어진 유대를 복원해주지는 못할 것이다.

@septuor1 2016년 9월 17일 오전 6:56

제사 문제는 집안마다 사정이 다르다. 제사를 통해 집안의 권력 관계가 드러나기도 하지만, 어떤 집안은 그 권력을 외부에 대한 권력으로 쓴다. 또 어떤 집안은 가난하고 초라하니까 제사라도 붙들고 있자고 안간힘을 쓰기도 한다.

@septuor1 2016년 9월 17일 오전 9:56

실제적인 문단은 문인협회나 시인협회 같은 단체가 아니다. 서로 간에 실력을 인정해주는 사람들끼리의 모임이라고 보는 편이 훨씬 더 타당하다. 그게 한국 문학을 이끌고 나가기도 한다.

@septuor1 2016년 9월 18일 오전 6:20

작업에 필요한 책이 너무 낡아서 낱장으로 해체되었다. 스캔해서 클라우드에 넣어두었는데, 작업실에서 일을 하다보니 1/3밖에 스캔이 되어 있지 않다. 집에 갈 때까지 손놓고 놀 수밖에 없다.

@septuor1 2016년 9월 18일 오전 10:00

속담은 오용되기 쉽다는 트윗을 올린 적이 있다. 속담의 고의적 오용은 자주 진지한 의견을 코미디로 만들어 중립적 대중들에게 쿨한 척 아부한다는 점에서 일베의 수법과 닮은 데가 있다. '뭣이 중헌디' 같은 말도 자주 그렇게 쓰인다.

@septuor1 2016년 9월 19일 오전 3:34

소설가 이호철 선생이 돌아가셨다. 북한에서 살았던 기억을 가진 남한의 마지막 작가가 아닌가 싶다. 삼가 선생의 명복을 빈다.

@septuor1 2016년 9월 19일 오전 7:20

나는 이호철 선생의 소설을 많이 읽지는 않았는데 아마 취향 때문이었으리라. 그러나 읽을 때마다 세속의 활기찬 묘사에 감탄하곤 했다. 그는 늘 세속을 이야기하였기에 주제에 상투적인 것이 많았지만 그 묘사에는 상투적인 것이 없을뿐더러 매혹적이었다.

@septuor1 2016년 9월 19일 오전 8:44

비빔밥에 대해 정말 아무 말이나 하는데, 제사 음식 남아서 비빔밥을 만드는 것이 아니라 음복할 때 제사 음식을 아예 삼색나물 넣어 비빔밥으로 먹었다. 젯밥이나 헛젯밥이 다 그런 식으로 만든 것이다.

@septuor1 2016년 9월 19일 오전 8:49

전라도에는 젯밥과 관계없이 따로 비빔밥 요리가 있었다. 여관 음식으로 발전한 이 요리는 지금처럼 고추장이나 초장으로 비비는 것이 아니라 간장으로 간을 맞추었다. 무쇠솥에서 아예 비벼서 그 위에 늘 육회를 얹어 내왔다.

@septuor1 2016년 9월 20일 오전 7:08

젊은 날에 알던 사람들 가운데 세상을 떠난 사람이 많다. 젊은 날의 그 사람들과 죽은 사람들은 같은 사람들인데 내 머릿속에서는 일치가 되지 않는다. 그 사람들이 살던 곳에 가면 아직 거기 있을 것 같다.

@septuor1 2016년 9월 20일 오후 10:07

아내가 2박 3일 일정으로 경주 여행중이다. 딸이 전화를 하니 마치 기적이라도 체험한 듯이 지진을 느꼈다고 신나서 말한다. 지진 피해를 입은 사람들도 있을 텐데.

@septuor1 2016년 9월 20일 오후 10:20

생각은 자기만 해야 하고 남이 생각하는 것을 용납하지 못하는 사람들이 있다. 연애하는 남자가 그런 사람이면 여자를 납치하고, 대통령이 그런 사람이면 자기와 똑같은 생각으로 일치단결하라고 말한다. 그런데 그런 사람들은 사실 생각이 없다.

메일함에서 시인들이 보내온 시를 한참 읽다가 다른 메일을 읽으면 처음에 움찔한다. 어 왜 이래? 아 이건 시가 아니지.

가물치가 미국 생태계를 교란시키고 있다는 기사에 마치 한국이 미국을 점령하기라도 한듯 환호하는 댓글 일색이다. 한 나라 생태계가 망가지면 다른 나라에도 좋을 리가 없다. 그런데 사진을 보니 가물치가 엄청 크다. 뭐든지 미국에 가면 커지는 모양이다.

'주 차뿌까'의 '주'는 '쥐다'에서 온 말, 이때 쥐다를 군이 풀이하자면 제압하다의 뜻이려나. 그래도 '쥐어'는 제압하는 과정에 여유가 좀 있는데, 주는 인정사정없다. 공인은 사적인 자리에서도 표준말로 생각해야 한다. 그럼 최소한의 품위는 생겨난다.

에릭 로메르의 영화 〈Le Rayon Vert〉는 '녹색 광선'으로 번역되었다. '초록 광선'이었으면 더 좋았을 것 같은데. 취향을 드러내는 영화 열 편을 골라보다가 든 생각이다.

쿨한 것처럼 들리는 사투리를 쓰면 자기가 정말 잘난 것처럼 생각될 때가 많다.

@septuor1 2016년 9월 23일 오후 5:34

목포문학관 강의 때문에 목포에 내려왔다. 그런데 호텔에 들어와 짐을 풀고 보니 서피스 충전기를 가져오지 않았다. 이런 재변이 있나. 오늘내일 해야 할 작업도 있는데.

@septuor1 2016년 9월 24일 오전 7:46

조폭 냄새를 맡아본 적은 없지만 사우나탕의 화장품 냄새가 꼭 조폭 냄새일 것만 같다.

@septuor1 2016년 9월 24일 오전 10:01

문학상은 많고, 많아서 좋기도 한데, 꼭 문제가 많은 사람들만 골라서 주는 상도 있다. 문인이 된다는 것은 도덕적인 인간이 된다는 것은 아니다. 그러나 문학으로 어떤 품성이 길러지지 않는다면 문학이 무슨 소용이 있을까.

@septuor1 2016년 9월 25일 오전 8:28

지금 목포에서는 셉템버인가 뭔가 하는 축제를 하는데 유인촌이 내려와서 무슨 연극을 한다고 한다. 하필.

@septuor1 2016년 9월 25일 오전 10:52

"하나가 없으니 모든 것이 없다"는 라마르틴의 시구가 있다. 이번 2박 3일 목포 일정이 그렇다. 충전기 하나가 없어 모든 계획이 박살났다.

@septuor1 2016년 9월 26일 오후 1:37

단식하면 확실히 몸무게는 줄어든다.

@septuor1 2016년 9월 26일 오후 4:57

한국에서는 '순수한' 같은 말이 없어져야 한다. 순수한 농민이라니.

@septuor1 2016년 9월 27일 오후 12:38

이렇게 거국적으로 지지를 받는 단식도 드물겠다.

@septuor1 2016년 9월 27일 오후 6:03

기억은 참 엉뚱하다. 회색 바탕에 진홍색 줄이 들어 있는 재킷이 떠오른다. 고교 때 다른 고교에 아마추어 테너 가수인 영어 교사가 있었다. 문화 행사에서 노래를 부르곤 했는데 어느 행사에 그런 재킷을 입은 젊은 여자가 참석했다. 그 교사의 약혼녀라고 했다.

@septuor1 2016년 9월 27일 오후 6:03

벌써 50년 전의 일이다.

@septuor1 2016년 9월 28일 오전 11:24

"정세균이 물러나든 내가 죽든 둘 중의 하나"라고 이정현이, 그것도 성경책을 옆에 끼고, 말했다고 한다. 비장한 것이 다 윤리적인 것도, 아름다운 것도 아니다.

@septuor1 2016년 9월 28일 오후 3:44

작가들에게는 원고 보내놓고 인쇄될 때까지 불안한 글이 있다. 그러나 일단 찍혀 나오고 나면 잘 쓴 것 같기도 하다. 정치가들도 그럴 것이다. 말도 안되는 소리도 일단 기사화되고 나면 무슨 대단한 소리를 한 것 같은.

@septuor1 2016년 9월 29일 오전 5:19

성과 연봉제는 우리를 불행하게 만들 것이다. 엉뚱한 말 같지만, 성과 연봉제는 우리의 삶에서 모든 깊이를 없애버린다. 그 자체가 납작한 머리에서 나온 것이다.

@septuor1 2016년 9월 29일 오전 8:18

랭보는 독재자를 가리켜 "황제, 이 해묵은 가려움증"이라고 불렀다. 한 번

콱 긁어버릴 수도 없고.

@septuor1 2016년 9월 30일 오전 3:28
악화가 양화를 몰아낸다는 말은 매우 오래된 말이지만 시의 번역에도 통하는 말 같다.

@septuor1 2016년 9월 30일 오전 3:59
문학 번역을 비롯한 인문학 번역은 외국어를 모르는 사람을 위한 임시 텍스트나 대체 텍스트를 만드는 일이 아니다. 그것은 한 생각이 어떤 언어를 통해 발생하고 전개된 과정을 우리말로 다시 재현하는 것이다. 어떤 생각을 수입하는 것과 번역하는 것의 차이.

@septuor1 2016년 9월 30일 오전 4:17
원래 우리말에서 '씨'가 붙는 말은 다 높여 부르는 말이었다. 신분 제도가 무너지면서 이 '씨'를 누구에게나 붙일 수 있게 되었지만, 진심으로 높이지는 않으면서 높임말을 쓰게 되면 그 말이 천해진다. 타의에 의한 근대화의 상처는 말이 가장 크게 입었다.

황현산

@septuor1 2016년 10월 20일 오전 1:46

───────────────

"이 삶은 하나의 병원, 환자들은 저마다 침대를 바꾸고 싶은 욕망에 사로잡혀 있다. 이 사람은 난로 앞에서 신음하는 편이 나을 것 같고, 저 사람은 창 옆으로 가면 치료가 되리라고 생각한다." 『파리의 우울』에 나온 이 구절이 자주 트윗에 뜬다.

───────────────

💬 0   🔁 112   ♡ 114

한국에 이제 삼권 분립은 없다. 사법부는 이미 행정부에 통합되었으며, 입법부마저 통합시키려고 한 인간이 밥을 굶으며 떼를 쓰고 있다.

유승준은 무슨 죄명으로 한국에 들어오지 못하는 것일까. 괘씸한 것은 사실이지만, 만사는 법에 따라 처리해야 되는 것이 아닌가.

오늘 김혜순 시인 낭독회, 우는 사람 많았다. 『피어라 돼지』는 지난 구제역 파동 때 산 채로 땅에 묻힌 수만 마리 돼지에게 바친 시집, 『죽음의 자서전』은 이 땅의 억울한 죽음들을 위한 진혼곡. 나도 조금 울었다. 시인만 울지 않았다.

어제 김혜순 시 낭독회에서 우는 사람이 많았다는 트윗에 "뻥이겠죠"라고 댓글을 단 사람이 있다. 뻥 아니다. 세상에는 자기와 다른 사람이 많고, 자기가 세상의 표준이 아니라는 것을 아는 것도 성숙의 증표 가운데 하나다.

공동체가 아이들에게 의무 교육을 시키는 이유 가운데 하나는 서로 말이 되는 소리를 하고 살자는 것이다. 말이 안 되는 소리를 어쩔 수 없이 들어야 하는 불행보다 더 큰 불행도 없다.

벌써 수술할 수 없는 상태인데 수술하지 않아서 죽었다고? 이런 억지소리는 그 소리를 듣고 있는 모든 사람을 모욕하는 것이다.

@septuor1 2016년 10월 5일 오전 8:22

해방 이후 내 세대 사람들에게, 문학 분야에서 가장 영향력이 컸던 책 다섯 권 : 『시학평전』『광장』『문학이란 무엇인가』(사르트르)『달나라의 장난』『이방인』

@septuor1 2016년 10월 5일 오전 11:51

지금 김수영의 시집 『달나라의 장난』을 구하기는 어렵다. 전집에서도 어리석은 편집위원들이 시집을 해체시켜 시편들을 연대순으로 집어넣어버렸다. 김수영에 관한 여러 헛소리는 사람들이 이 시집을 보지 못한 데도 원인이 있다.

@septuor1 2016년 10월 6일 오전 9:10

어느 글에 '날것 그대로인 감정'이라는 말이 있다. 자주 듣던 말인데 그게 뭐지 하고 생각하니 갑자기 이해가 되지 않는다.

@septuor1 2016년 10월 7일 오전 8:12

시민행성에서 주관한 여섯 차례 아폴리네르 강의를 모두 끝냈다. 마지막 강의는 '상형시'. 상형시 강의는 이번이 처음인데 상당한 호응이 있었다. 『상형시집』 전체를 번역하려니 좀 막막하다. 텍스트는 거의 번역이 된 셈이지만 그걸로 그림을 그리려니.

@septuor1 2016년 10월 7일 오전 8:58

새로 나온 모나미 볼펜 MONAMI 153, 옛날 그 흔한 모나미 볼펜과 형식은 똑같은데, 그 궁상을 벗고 나니 완전히 새롭다.

@septuor1 2016년 10월 7일 오전 9:01

완정히는 '완전히 진정성 있게'의 줄인 말.

@septuor1 2016년 10월 7일 오전 9:49

'진정성'은 참 이상한 말이다. 우선 이 말은 국립국어원의 표준국어대사전에 없다. 원래 authenticity의 번역어인데, 실제로는 진실됨, 진짜임 같은 뜻보다 고은이 시를 정의할 때 쓴 말인 '염통에서 나온 소리' 같은 뜻으로 쓰인다.

@septuor1 2016년 10월 7일 오후 7:40

사람이 늙으면 MS가 뭔지 모를 수도 있고, 또 모르니까 질문도 할 수 있는 것이지. 너무들 하네.

@septuor1 2016년 10월 7일 오후 8:35

그런데 이은재가 나보다 더 젊구나. 대학교수도 했네. 그 밑에서 누가 조교를 했을까.

@septuor1 2016년 10월 7일 오후 11:07

교육부가 교과서에서, '대하여'는 '갈음하여'로, '외출'은 '나들이'로, '발코니'는 '난간'으로, '의미'는 '뜻'으로 순화한다는데, 편집중 환자들이 때만 되면 하나씩 나오곤 한다. 그런데 왜 '발코니'가 난간이냐?

@septuor1 2016년 10월 7일 오후 11:23

어떤 사람들은 입만 벌리면 언어 순화, 언어 순화 해대는데, 그 순화된 언어라는 게 얼마나 불편한 언어인지 알기나 하는가. 우리말에서 의미와 뜻을, 핏줄과 혈관을, 밤낮과 주간 야간을…… 함께 쓸 수 있다는 게 얼마나 다행한 일인지 알기나 하는가.

@septuor1 2016년 10월 8일 오전 6:19

19세기 중엽에 발코니는 부르주아 가정과 도시의 거리를 잇는 장소로 특별한 문화적 의미를 얻게 되었다. '발코니'라는 제목으로 보들레르는 시를 썼고 마네는 그림을 그렸다. 이런 문화적 사건들을 업고 '발코니'라는 말이 일본과 한국에 들어왔다.

@septuor1 2016년 10월 8일 오전 7:47
언어 순화의 기획이 다 나쁜 것은 아니지만 현실에서 언어 순화론자들의 말을 듣다보면 그 정신의 납작함에 놀라게 된다. '외출'과 '나들이'만 해도 그렇다. 나들이는 농경 사회의 언어고 외출은 산업 사회의 도시 언어로 출근 퇴근 같은 말과 연결되어 있다.

@septuor1 2016년 10월 8일 오전 7:55
죽음의 구구단 http://www.hani.co.kr/arti/culture/book/764690.html …
김혜순 시인의 시와 시인의 말, 그리고 김수이 비평가의 해설이 모두 좋다. 그런데 좀 어렵다.

@septuor1 2016년 10월 9일 오전 3:14
오늘은 '순수한 우리말' 같은 말을 쓰는 날이다. 1년에 한 번 그런 말을 쓰는 것은 괜찮은데 그렇게 쓰다보면 실제로 그런 것이 있는 줄 알게 되니 그것이 문제다.

@septuor1 2016년 10월 9일 오후 11:22
집안 어른이 돌아가셔서 우리 가족과 깊은 인연이 있는 영주군 문수면의 문수사에 모시고 왔다. 늙지 않으면 무상하다는 말을 실감하기 어렵다.

@septuor1 2016년 10월 9일 오후 11:34
아 영주가 시군요.

@septuor1 2016년 10월 10일 오전 9:49
알라딘에서 서명 검색할 때, 어떤 책은 제외하고 검색하는 방법 없나. 이를

테면 '천자문' 검색할 때 『마법 천자문』은 빼놓고.

@septuor1 2016년 10월 10일 오후 4:42

순우리말 같은 것은 그 개념이 매우 모호하며, 사실상 그런 것은 존재하기 어렵다. 설사 존재한다고 하더라도 그것이 언어 생활에서 더 대접을 받아야 할 이유는 없다.

@septuor1 2016년 10월 10일 오후 8:15

어떤 책의 첫 대목에 '겨울스럽다'란 말이 나와서 그런가보다 했더니 다음 페이지에는 '색감스럽다'는 말까지 나온다. (새삼스럽다의 오타 아니다. 사람이 신용을 잃으니 이런 주석까지 써야 하는구나.)

@septuor1 2016년 10월 11일 오전 3:51

어느 대학 학생회가 강연을 부탁하면서 '제안한다'는 말을 썼다. 영어 propose를 염두에 둔 말일 텐데, '제안'은 어떤 절차를 뜻하는 말이지 '제안' 하는 말은 아닐 것 같다. '나는 당신과 결혼하고 싶다'를 '당신에게 결혼을 제안한다'라고 해서야.

@septuor1 2016년 10월 11일 오전 4:07

어제 백화점에서 고객님 고객님 하는데, 참고 듣기가 힘들었다. 고객이라는 말이 호칭이 될 수 있다는 게 참 놀라운 일이다. 손님이라고 하면 안 되나.

@septuor1 2016년 10월 11일 오전 4:48

적십자사 헌혈 광고는 어마어마한 돈을 퍼붓고 만들었을 텐데, 멋있게 하려기보다는 차라리 돈 들인 티를 내려다보니 이상한 소리를 한 것 같다. 게다가 결정할 자리에 있는 사람의 어쭙잖은 감식안은 그 이상한 소리를 문학적이거나 예술적이라고 생각했을 테고.

@septuor1 2016년 10월 11일 오후 5:22

상당히 많은 사람이 '고객'할 때의 '고'를 높을 고로 알고 있다는 이야기를 들은 적도 있다.

@septuor1 2016년 10월 12일 오전 5:31

이명박과 김무성을 합해놓으면 트럼프가 된다고 누가 말했다. 한국은 그게 분리되었기에 나은 편이라고. 이명박이 대통령이 안 되었다면 나은 편이라고 할 수도 있겠지만.

@septuor1 2016년 10월 12일 오전 9:25

백선하도 처음부터 이럴 생각은 아니었으라 본다. 글자 한 자를 쓸 때도 전문가의 엄격한 태도를 지키는 게 버릇이 되어 있지 않으면, 아차 하는 순간에 빼도 박도 못하는 자리에 이르게 된다. 지금도 늦지 않았는데 절망적인 고집만 남은 것 같다.

@septuor1 2016년 10월 12일 오전 9:33

9473 밖에 있는 예술인은 어떤 사람들이며, 이 블랙리스트를 손에 들고 일을 처리한 문화예술위원장은 또 어떤 사람일까.

@septuor1 2016년 10월 12일 오전 11:29

블랙리스트를 살펴보았다. 문학 분야에만 국한해서 볼 때, 명단에 없는 문인들 가운데서도 이 정권의 비리와 못남에 격렬하게 저항하고 있는 작가들이 많다.

@septuor1 2016년 10월 12일 오후 10:48

내 생각에 문화 예술계의 블랙리스트보다 최근 몇 년 동안 문화예술위원회에서 누가 무슨 심사를 했으며, 누가 무슨 기획을 했는지, 그 명단이 더 중요할 것 같다.

블랙리스트는 리스트 그 자체로도 문제지만, 이 리스트가 지극히 성의 없이 만들어졌다는 것도 문제일 것 같다. 만드는 사람조차 왜 이런 것을 만들어야 하는지 제 팔자를 한탄하며 만들었을 것 같은 느낌이다. 샤머니즘의 정치 아래서는 만인이 불행하다.

밥 딜런의 노래에 시가 있다. 물론 시가 있지, 왜 없겠어.

며칠 굶다 병원 가더니 드디어 미쳐버린 것 같다. 우리집 고양이 이야기다.

사회와 인간을 아무리 명석하게 분석한 책이 나온다 한들 자극적이거나 위로의 말씀 가득한 자기계발서의 인기를 따르지 못한다. 시가 아무리 훌륭하다 한들 '시적인 것'의 인기를 따를 수는 없다. 어쩌겠는가.

노인장기요양보험을 알아보려고 국민건강보험공단의 해당 페이지에 들어가니 10개의 보안 프로그램을 깔라고 한다. 기가 막혀서 도로 나온다. 책임 면제에 급급한 공직자들을 상대로 보안 프로그램 업자들이 농간을 부리고 있지 않고서야.

어느 트윗에 '저사람'이라는 말이 나와 '저 사람'이라고 생각하고 읽었으나 이해가 되지 않아 다시 천천히 읽어보니 '나'라는 뜻이다. 난해시가 내 전공이건만.

@septuor1 2016년 10월 18일 오후 10:36

은행 계좌를 조회해보니 KT에서 50원을 환급해주었는데, 그게 무엇인지 모르겠다. 이왕 환급해줄 거면 좀 많이 해줄 일이지.

@septuor1 2016년 10월 19일 오후 1:37

고종석 선생이 결국 트윗을 그만두신 건가. 그러지 않기를 바라지만, 아쉬운 마음이 크다.

@septuor1 2016년 10월 20일 오전 12:58

양평의 한 카페, 사장이 시인이다. 그가 어느 공공 문화 재단의 사업비로 자기 카페에 작가들을 불러다 문학 강의를 하는데 100만 원 정도의 강사료를 준다. 그런데 매번 청중이 많으면 열 명 적으면 네 명이란다. 블랙리스트 시대에 공금이 이렇게 사용된다.

@septuor1 2016년 10월 20일 오전 1:46

"이 삶은 하나의 병원, 환자들은 저마다 침대를 바꾸고 싶은 욕망에 사로잡혀 있다. 이 사람은 난로 앞에서 신음하는 편이 나을 것 같고, 저 사람은 창 옆으로 가면 치료가 되리라고 생각한다."『파리의 우울』에 나온 이 구절이 자주 트윗에 뜬다.

@septuor1 2016년 10월 20일 오전 8:24

독일 영화. 여자 노인과 젊은 남자 영업 사원, 낯모르는 두 사람이 같은 기차 간에 앉아 여행한다. 경험과 문화의 차이로 처음엔 갈등하지만 마침내 화해한다. 80년대 초에 EBS에서 본 이 영화 제목 아시는 분, 알려주시길 부탁드립니다.

@septuor1 2016년 10월 20일 오후 4:18

이 영화가 맞는 것 같습니다. 감사합니다.

@septuor1 2016년 10월 20일 오후 4:47

"청와대가 학생 성적 지시했겠냐"라고 이준식 교육부장관이 물었다는데, 그런 지시할 수도 있는 것이 이 정부다.

@septuor1 2016년 10월 21일 오전 7:04

초등 때 솜씨좋은 반장이 총을 만들었다. 전쟁 직후라 탄환은 많고. 완성된 총을 격발하니 탄환은 나갔는데 총이 망가지고 파편 하나가 손아귀에 박혔다. 상처는 그 상태로 아물었다. 동창회에서 그 파편에 관해 물으니 "아직 여기 있어" 하며 손을 내밀었다.

@septuor1 2016년 10월 21일 오전 9:31

그 사람들이 모두 명성 있는 출판사들에서 시집을 냈다. 잘 쓴 시와 잘 쓴 것 같은 시 또는 잘 쓰는 것처럼 써놓은 시를 구분하기는 쉽지 않다.

@septuor1 2016년 10월 21일 오후 3:52

개성공단 폐쇄, 사드 배치 등등이 모두 무당의 말에 따른 것이었으리라 생각하면 남은 1년이 정말 걱정스럽다.

@septuor1 2016년 10월 21일 오후 4:06

누가 "말 타고 다니는 폭탄"이라는 말을 만들어냈다.

@septuor1 2016년 10월 21일 오후 10:19

등신이란 말은 간단히 말하면 허수아비라는 뜻이다. 허우대만 사람 같지 사람 구실을 못한다는 뜻. 등신 같다는 말은 병신 같다는 말보다 더 전부터 쓰였다.

@septuor1 2016년 10월 21일 오후 11:17

청와대 비서실장이 "최순실 의혹 증폭시키면 국민 손해"라고 말했다 한다. 도둑놈이 '도둑 들었다고 말하면 아파트값 떨어져'라고 협박하는 것과 거의 비슷하다.

지금 문제가 되고 있는 박 아무개 시인에 대해, 그래도 시는 잘쓴다고 말하지 말라. 시도 별로다. 게다가 늘 표절 시비를 불러왔다.

연전에 세상을 떠난 어느 시인도 제 정신 장애를 내세우며 비열하게 살았다. 나 건들지 마, 나 미친놈이야, 이런 식이었다. 성폭력도 있었다. 그러나 내가 알기로 '네가 안 오면 죽는다'는 식으로 상대방의 동정과 선의를 악용할 만큼 비열하지는 않았다.

나이가 들어도 정신이 젊다는 것은 젊은 사람들을 넘본다는 뜻이 아니다.

11월 초에 김해 내려갈 일이 있어, 평소처럼 아시아나 들어가 항공권을 예약하려는데 비밀번호가 맞지 않는다. 어렵게 휴대폰 인증을 끝내고 나서도 감감무소식이다. 전화를 하니 대답해주는 게 기계밖에 없다. 결국 항공사를 바꾸게 된다.

언니를 언니라 부르지 않으면 다른 말은 뭐가 있나. 매우 궁금하다.

강의 과제를 문자 메시지로 보냈다면 도대체 몇 자를 적어 보냈을까.

한국역사&친일파봇 계정이 최남선 선생의 손녀사위들 이름까지 게시판에 내거는 것이 옳은 일인지 모르겠다.

@septuor1 2016년 10월 23일 오전 7:49
우리 초등 때, 을지문덕 장군이 소가죽으로 살수의 물을 막았다는 말이 교과서에 있었다. 교과서에 있었다는 말은 삼천만이 그렇게 믿었다는 말이다. 소가죽 참 단단하지! 그 감각이 마침내 사람이 물 맞아 죽을 수 없다는 결론으로 이어진다.

@septuor1 2016년 10월 23일 오전 8:40
어떤 글은 합니다체로 써야 할 필요가 있다. 특히 사과문은.

@septuor1 2016년 10월 23일 오전 8:52
영화 〈다가오는 것들〉에 루소의 텍스트가 좀 길게 인용된다. 좋은 세계에 대한 희망이 좋은 세계를 대신해줄 수도 있다는 내용. 영화는 말해주지 않는데 그 구절의 출처는 『누벨 엘로이즈』다.

@septuor1 2016년 10월 23일 오후 6:59
김문수가 유례없는 국가 위기 상황이라면서 "박정희 전 대통령의 위기 돌파 리더십이 그립다"고 말했다 한다. 아첨하는 방법이 날로 세련되어간다.

@septuor1 2016년 10월 24일 오전 12:37
이건 어떤 사과문과는 관계없이 하는 말인데, 한글로 쓴 글에서 '~'이 없어져야 한다. 이 물결 표시는 어디에 들어가도 흉하다. '1998~2000'보다는 '1998-2000'이, '부산~서울'보다는 '부산-서울'이 훨씬 보기 좋다.

@septuor1 2016년 10월 24일 오전 1:28
한글은 본래 기하학적인 직선, 원, 점으로만 이루어진 글자다. 거기에 들어가 있는 '~'는 외설스럽게 보이기조차 한다.

@septuor1 2016년 10월 24일 오전 11:45

저 집안은 왜 아버지 때나 딸 때나 줄창 몸에 맞는 옷 타령일까.

@septuor1 2016년 10월 24일 오전 11:56

누구의 어떤 사생활도 그 사생활 때문에 한 나라가 거대한 폐해를 입는다면 그 사생활은 벌써 사생활이 아니다.

@septuor1 2016년 10월 25일 오전 1:57

이건 나라가 아니다. 탄핵이 되건 안 되건 탄핵의 절차라도 밟아야 한다. 이것이 국가의 기틀과 관련된 중대한 사실이라는 것을 정식화해야 한다.

@septuor1 2016년 10월 25일 오전 9:04

근대 국가가 정교를 분리시킨 것은 정치에서 모든 미신적 요소를 제거하기 위해서였다. 세월호의 어이없는 침몰 후 흉흉한 소문이 나돌았던 것도 무당이 최고 권력자의 정신을 사로잡고 있었기 때문이다.

@septuor1 2016년 10월 25일 오전 10:11

우리 사회에서 이데올로기가 사람을 잡아먹고 있는 현상도 우리가 미신적 사고에서 벗어나지 못했기 때문이다. 주문 하나를 읊으면 세상이 바뀌리라는 생각.

@septuor1 2016년 10월 25일 오전 11:08

사람들이 미신적 세계에서 큰 충격을 받았다고 해서 미신적 사고에서 빠져나오게 되는 것은 아니다. 온갖 합리적 실천만이 미신적 세계에서 빠져나오게 한다.

@septuor1 2016년 10월 25일 오전 11:10

문제는 무당의 존재가 사실이었다는 것입니다.

511

@septuor1 2016년 10월 25일 오후 1:29

대통령이 이정현의 말에서 암시를 받고 '친구에게 조언을 구했다'고 할지도 모르겠다. 워낙 아무 말이나.

@septuor1 2016년 10월 25일 오후 10:38

개성공단 폐쇄와 같은 중대한 정치적 결정이 전문 지식이 전혀 없는 몇 사람 민간인의 손에서 뚝딱뚝딱의 수준으로 만들어졌다는 것이 작금의 현실이다. 나는 악랄한 세월을 염려했는데 오히려 멍청한 세월이 올 것 같다.

@septuor1 2016년 10월 25일 오후 10:53

결국 그렇게 됐구나.

@septuor1 2016년 10월 25일 오후 11:50

자신이 날 차단해놓고 왜 자기를 차단했느냐고 묻는 인간도 있구나.

@septuor1 2016년 10월 25일 오후 11:56

오늘 발표한 사과문은 말이 그런대로 순탄한데, 정작 그걸 읽고 있는 박근혜는 이 연설문과 옛날 연설문이 어떻게 다른지 감도 못 잡고 있을 것 같다.

@septuor1 2016년 10월 26일 오후 11:13

부모의 돈도 실력이라는 말이 매우 악질적인 것은 그 말을 하는 사람의 존재가 그 말로 부정되고 동시에 다른 사람들의 삶이 부정되기 때문이다. 그 말을 했던 사람은 지금 무엇이 되어 있을까.

@septuor1 2016년 10월 27일 오전 1:36

공간에는 질이 있고 그 밀도가 있다. 한 공간에서 발음된 말을 질과 밀도가 다른 공간으로 옮기게 되면 당연히 왜곡이 일어난다. 말하는 사람은 제 말이 다른 공간으로 옮겨질 경우를 염려함이 마땅할 것이다. 그러나 옮기는 사람도 그만큼 조심해야 한다.

@septuor1 2016년 10월 27일 오전 1:58

공간의 질과 밀도는 어떤 말의 전제가 되고 생략의 조건이 되며, 때로는 그 논리가 되기까지 한다. 다른 공간에서는 그 전제 조건 논리가 모두 사라진다. 말하는 사람은 그 전제 조건 논리가 부족할 때조차도 공간에만 의존한 것은 아닌지 자문해야 한다.

@septuor1 2016년 10월 27일 오전 7:34

박근혜 탄핵은 혼미한 정치를 중단시킨다는 의미만 있는 것이 아니다. 불법적이고 반민주적이고 무능한 대통령을 민주적 절차에 의해 끌어내린다는 것이 더 중요하다.

@septuor1 2016년 10월 29일 오전 1:07

『현대시학』 편집위원 전원이 사퇴했다. 오랫동안 적자에 허덕이며 버티던 이 잡지가 폐간을 피할 수 없게 되었다. 안타깝고 안타깝다.

@septuor1 2016년 10월 30일 오후 8:41

『현대시학』 사태가 당사자들 서로의 노력으로 수습 단계에 이르렀다는 소식을 들었다. 기쁘게 생각한다. 그러나 『현대시학』의 앞날에 현재보다 더 나은 미래가 기다리고 있는 것 같지는 않다. 나는 『현대시학』에 번역 연재하던 『말도로르의 노래』를 중단한다고 통보했다.

@septuor1 2016년 10월 31일 오전 4:07

그것을 내 권력으로 연재하는 것은 아닙니다.

@septuor1 2016년 10월 31일 오전 10:59

『현대시학』이 폐간은 피한 것 같다. 앞길이 순탄하지는 않겠지만 그마나 다행으로 여긴다. 시 잡지의 질은 늘 경제적 뒷받침에 의해 결정되지만, 그 부족 부분을 채워온 것은 편집위원들의 능력이었다.

김숨의 소설 『L의 운동화』는 1987년 6월 항쟁에서 죽음을 맞은 이한열의 발에서 벗겨진 운동화의 복원 작업 이야기다. 최순실의 발에서도 신발 한 짝이 벗겨졌구나. 비교하는 것이 죄가 되는 발에서.

황현산

@septuor1 2016년 11월 5일 오전 11:21

─────────────────────────────

훈민정음 반포 이후, 나만큼 오타로 성공한
사람도 드물 것이다.

─────────────────────────────

💬 10   🔁 56   ♡ 66

@septuor1 2016년 11월 2일 오전 10:56

좌린의 사진집이 나왔다. 내가 바탕화면으로 쓰던 사진도 들어 있다.

@septuor1 2016년 11월 2일 오전 11:11

모든 논란은 인신공격이 시작되면 거기서 끝나고, 잘잘못도 거기서 가려진다.

@septuor1 2016년 11월 2일 오후 8:11

정의를 세우기 위한 싸움이건 무슨 싸움이건, 싸움 끝에 저 자신의 막장을 드러내게 되면 같은 목적으로 싸우는 다른 사람들에게도 피해를 주게 된다.

@septuor1 2016년 11월 4일 오전 11:07

요즘 산꼭대기에 지어놓은 정자들이 가끔 있다. 보기에 흉하다. 옛날에는 어떤 권력자도 꼭대기에 정자를 지어 스카이라인을 깨뜨리진 않았다.

@septuor1 2016년 11월 5일 오전 10:56

오늘이 트위터 시작한 지 2년이 되는 날이다.

@septuor1 2016년 11월 5일 오전 11:16

포천 작업실에 좀 큰 작업을 할 일이 있어서 딸도 함께 들어가기로 했는데, 오늘 촛불집회에 참석해야 한단다. 하루 연기.

@septuor1 2016년 11월 5일 오전 11:21

훈민정음 반포 이후, 나만큼 오타로 성공한 사람도 드물 것이다.

@septuor1 2016년 11월 5일 오후 12:23

어떤 근면한 연구자가 '나는 왜 박근혜를 찍었는가'라는 주제로 조사 연구를 해주었으면 좋겠다.

@septuor1 2016년 11월 5일 오후 1:26

'잘난 사람들'과 반대로 선택하는 것이 이 세상에서 자신에게 허락된 유일한 권리 행사라고 생각하는 사람들이 적지 않은 것 같다.

@septuor1 2016년 11월 5일 오후 8:05

박근혜에 대해서는 이제 무슨 말을 할 의욕이 나지 않는다. 박근혜를 대통령의 자리에 붙들어두고 있는 사람들은 한시라도 빨리 그를 풀어주는 것이 서로 간에 좋은 일일 터다.

@septuor1 2016년 11월 5일 오후 9:09

한광옥이가 국민통합위원장인가 뭔가를 맡았을 때, 박근혜가 광옥이를 뒷세우고 걸어나오며 해맑게 웃고 있는 사진이 있다. 그 해맑음이 어디서 나왔는지 이제야 알 것 같다.

@septuor1 2016년 11월 5일 오후 10:41

정치도 인간의 일이니 주고받는 것이 있다. 박근혜는 그동안 국정 교과서 제작, 개성공단 폐쇄, 사드 배치, 위안부 문제 등에 반대하는 사람들의 말을 한마디도 듣지 않았다. 이제 와서 그의 사과에 귀기울일 사람이 남아 있겠는가.

@septuor1 2016년 11월 5일 오후 11:37

딸이 촛불집회에서 돌아왔다.

딸 : 박근혜 찍을 것같이 생긴 중년 남자들도 엄청 많이 왔어요.

나 : 그렇게 생긴 사람이 어디 있냐?

딸 : 그렇게 생긴 사람 있어요.

있다고 해두자.

@septuor1 2016년 11월 7일 오전 8:08

한국 보수들은 애국심이 전혀 없다. 박근혜가 판단 능력이 없는 무능력자인 것을 보수의 핵심은 알고 있었지만 그를 대통령으로 내세웠다.

@septuor1 2016년 11월 7일 오전 9:05

문화계는 차은택 같은 인간들이 창조니 뭐니 하면서 쑥대밭을 만들어놓았다. 그동안 '문화인'들은 성추행을 저지르고 있었다. 안과 밖은 늘 함께 썩기 마련이다. 그 가운데 꿋꿋하게 자기 길을 찾아가는 사람은 드물다.

@septuor1 2016년 11월 7일 오전 9:14

온갖 샤머니즘의 체험담, 교서 같은 것 다 찾아 읽고 감탄하면서 그것이 인문학 공부라고 생각하는 인간들이 내 주변에도 다수 있다.

@septuor1 2016년 11월 8일 오전 7:48

손봉호 교수의 인터뷰를 읽었는데, 이 양반은 최순실 사태를 임기 말에 으레 일어나는 일 정도로 생각하고 있다. 그래서 권력 분산을 해야 한다고. 그런데 그 말이 여전히 보수가 권력을 가져야 한다는 말로 들린다.

@septuor1 2016년 11월 8일 오전 10:46

일상 언어에서 자기 자식이건 남의 자식이건 왕자나 공주라고 불러대는 것도 좋은 말버릇이 아니다.

@septuor1 2016년 11월 8일 오후 12:05

고등학교에서 우등생 전용 자리를 없앴다는 기사가 있다. 그럼 지금까지는 그런 게 있었다는 말인가. 내가 모르는 게 너무 많구나.

@septuor1 2016년 11월 8일 오후 2:27
댓글을 보니 그런 학교가 한둘이 아닌 것 같다. 이건 교육이 아니다.

@septuor1 2016년 11월 9일 오전 8:08
최순실은 국가 기관과 국가의 권력을 사유화했다. 이게 법률상으로는 무슨 죄를 구성할까.

@septuor1 2016년 11월 9일 오후 2:50
트럼프가 되는가보다.

@septuor1 2016년 11월 9일 오후 9:50
살다보면 그럴 줄 몰랐느냐고 물어야 할 때가 많다. 물론 모르지는 않았지만.

@septuor1 2016년 11월 9일 오후 10:47
선거의 결과는 자주 실망스럽지만, 그래도 여전히 투표는 민주주의의 꽃이라고 생각한다. 선거는 적어도 우리가 어디 서 있는가를 말해준다. 거기서 또 앞으로 천천히 끈질기게 가는 것이다.

@septuor1 2016년 11월 10일 오전 8:22
내 눈이 잘못된 것인가. 힐러리 지지자들의 얼굴은 다 다른데, 트럼프 지지자들의 얼굴은 모두 똑같이 생겼다.

@septuor1 2016년 11월 10일 오후 10:17
최순실이 진짜 무당이냐 가짜 무당이냐를 따지는 것은 조폭을 두고 본데가 있는 건달이냐 없는 건달이냐를 따지는 것과 비슷하다.

@septuor1 2016년 11월 10일 오후 10:39

내가 만나본 몇몇 무당은 우리가 일상에서 모호하게 사용하는 말들을 더욱 모호하게 만들어서 그 편차에서 이익을 끌어내서 살고 있었다. 최순실 일당이 문화계를 분탕질할 때 창조니 융합이니 떠드는 방식이 꼭 그와 같다.

@septuor1 2016년 11월 11일 오전 6:19

혐오 전략은 참 무섭다. 그게 일배의 전략이고 트럼프의 전략이다.

@septuor1 2016년 11월 11일 오전 8:55

나는 왜 일베를 꼭 일배라고 쓸까?

@septuor1 2016년 11월 11일 오전 8:37

사태가 밝혀지지 않은 채 박근혜가 퇴임했더라면, 최순실 일당은 박근혜를 잘 모시고 보살폈을까?

@septuor1 2016년 11월 11일 오전 9:12

국정 개입을 하면 최소한의 무슨 기준, 하다못해 어버이연합 수준의 기준이라도 있었어야 하는 것이 아닌가. 대통령을 하수인으로 삼아 지극히 사소한 일까지 오직 제 이익에 따라 국정을 좌지우지한다는 게.

@septuor1 2016년 11월 11일 오후 11:03

'자의적'이란 '자기 의사에 의한'이라는 뜻이 아니라 '규칙과 질서가 없이 제 멋대로 된'이라는 뜻이다. '자의적 성관계'라니.

@septuor1 2016년 11월 11일 오후 11:17

노인들에게 투표권 주지 말자. 이런 말은 참 위험하다. 이런 말과 논리는 모든 약자와 소수자들에게 번갈아서 적용되게 마련이다.

@septuor1 2016년 11월 12일 오후 11:23

TV조선은 내자동에서 아무 일도 안 일어난 것이 너무나 서운한 듯이 말하고, JTBC는 아무 일도 안 일어났다고 말하고.

@septuor1 2016년 11월 12일 오후 11:31

민중은 좋은 일에서나 나쁜 일에서나 항상 예상 밖에 있다. 꽃은 허공에서 핀다고 했던 김수영의 말이 바로 그 말이다.

@septuor1 2016년 11월 13일 오전 7:33

내가 아는 어떤 사람들 가운데는 자신이 박근혜를 지지했다는 사실까지 잊어버린 사람들이 있다. 심지어는 대선 전 토론에서 내가 한 말을 자기가 한 말이라고까지 기억하고 있다.

@septuor1 2016년 11월 13일 오후 1:20

작업실에 작은 방이 하나 있다. 이 방에는 고양이를 들이지 않는다. 일주일 만에 작업실에 와보니 마코의 소리는 나는데 보이진 않는다. 방문을 여니 거기서 튀어나온다. 얼마나 배고프고 불안하고 고통스러웠을까. (하마터면 동물학대죄로 감옥에 갈 뻔했다.)

@septuor1 2016년 11월 14일 오전 8:20

삼성의 국민연금 건은 정경유착으로 거대한 이권을 장악하는 그런 종류의 사건과도 다르다. 이건 말 그대로 거대 재벌이 국민의 푼돈을 탈취해간 사건이다.

@septuor1 2016년 11월 15일 오전 8:02

새누리 정부의 지역 차별 의식 조장, 성차별 의식 조장은 우연하거나 단순한 것이 아니었다, 그것은 각기 종북 몰이와 우민화로 이어졌다. 무엇보다도 성차별 발언 조장만큼 우민화를 위해 더 좋은 정책도 없다, '헛소리 말고 살던 대로 살아라.'

@septuor1 2016년 11월 16일 오전 4:12

자동차 서비스 센터에서, 한 손님이 차의 온도 조절기에 문제가 있는 것 같다면서, 수리기사의 동의를 구했다. 수리기사가 전문가답게 말했다. "열어보기 전까지는 모릅니다." 그게 전문가로서의 긍지다.

@septuor1 2016년 11월 16일 오전 4:18

비유와 연상은 다른 것.

@septuor1 2016년 11월 16일 오후 1:08

세월호와 관련된 문학 예술계 인사들은 모두 블랙리스트에 올랐다. 청와대의 감당하기 어려운 약점 중에 하나가 세월호에 있기 때문일 것이다. 세월호를 거론하는 것 자체가 그 사람을 공격하는 일이 되는 약점.

@septuor1 2016년 11월 16일 오후 11:18

박근혜에게 가장 부족했던 것은 윤리 감각이었던 것 같다.

@septuor1 2016년 11월 16일 오후 11:37

박이 이판사판으로 이를 물고 나오면 어떻게 될까.

@septuor1 2016년 11월 17일 오전 6:26

인성 교육 이야기 나왔을 때, 나는 그 말을 영어로 번역해보라고 트윗에 썼었다. 외국어로 번역하면 이상하게 되는 말은 우리의 뿌리깊은 미신적 사고와 관련이 있다. 그런데 어떤 사람들은 번역할 수 없기에 심오한 뜻이 있는 말이라고 주장한다.

@septuor1 2016년 11월 18일 오전 3:46

서부영화 〈내일을 향해 쏴라〉에서 부치와 선댄스가 남미에서 은행을 털 때, 은행 직원이 영어를 못 알아들어 강도질이 실패하는 대목이 있다. 아예 멍청하면 오래 버틸 수 있다.

@septuor1 2016년 11월 18일 오전 8:13

박근혜는 리더십을 완전히 잃었다. 대통령으로서의 권위는 전혀 남아 있지 않다. 국민들의 퇴진 요구는 더욱 거세질 것이다. 이 상태가 계속되면 권력과 국민 사이의 물리적 충돌만 남아 있다. 측근들은 그러기 전에 조용히 내려가라고 조언해야 할 것이다.

@septuor1 2016년 11월 18일 오후 10:27

박근혜에게는 민주 의식이 전혀 없었지만, 옛날 왕들처럼 제 왕조를 지킨다는 생각도 가능하지 않았다. 그저 권력인 권력을 손에 쥐었는데, 최순실 일가에게 그 권력은 옛날이야기 속의 맷돌과 같았다. 금 나와라 하면 금 나오고 쌀 나와라 하면 쌀 나오는.

@septuor1 2016년 11월 19일 오전 7:40

박근혜의 비극은 '청산되지 않은 독재자'의 딸이라는 이유만으로 준비도 안 된 사람이 정치판에 나와 승승장구할 때부터 시작되었다.

@septuor1 2016년 11월 19일 오전 7:41

한국을 망치는 것 가운데 하나는 게으른 낙관주의다.

@septuor1 2016년 11월 20일 오후 6:47

그 사람들이 어떻게 문화 관련 예산과 지원금을 빼먹었는지 아는 사람들의 이야기를 들으면 정말 억장이 무너진다. 그들에게 가장 만만한 것이 문화계였는데, 그것은 질적 평가가 불가능한 한국의 문화 풍토 때문이기도 하다.

@septuor1 2016년 11월 21일 오전 2:39

2012년 1월 대구에 내려갔다. 이명박 인기가 바닥일 때. 택시기사가 이명박 욕을 해서, "대구 사람들이 모두 찍어줘서 이명박 대통령 된 거 아닙니까." 택시기사의 대답 : "전라도 사람들이 이명박 대통령 만들었어요. 조상이 전라도 사람이어서."

@septuor1 2016년 11월 21일 오후 7:25

게으른 낙관주의를 두 글자로 줄이면 설마가 된다. 설마는 단순한 부사가 아니다. 그것은 하나의 세계관이다.

@septuor1 2016년 11월 22일 오후 7:14

'사람이 그럴 수도 있지.' 좋은 말이다. 그러나 사람이 해서는 안 될 일이 이 말로 줄어들지는 않는다.

@septuor1 2016년 11월 23일 오전 6:37

태반주사, 마늘주사 따위를 청와대 직원용으로 구입했다는 말은 그 모든 주사약을 국민들의 세금으로 구입했다는 말이구나.

@septuor1 2016년 11월 23일 오후 3:00

아무리 급해도 그렇지, 해명이랍시고 고산병을 핑계하다니. 대통령을 모시는 기관이 정식 처방 놔두고 농담 같은 부수적 효과에 기댔다고 말하면 그게 무슨 꼴이 되겠는가.

@septuor1 2016년 11월 24일 오전 6:38

청와대가 정말 비아그라를 고산병 치료제로 구입했다면 그건 더 중대한 문제다. 청와대는 곧 한국의 중심이다. 거기는 삶도 문화도 어떤 변칙에 의지해야 할 곳이 아니다. 고산병 치료제 대신 비아그라는 국가적 주요 행사를 굿으로 때웠다는 말이나 같다.

@septuor1 2016년 11월 24일 오전 11:32

최순실 일당은 막무가내로 아무 일이나 자기들 멋대로 저지르고 있었다. 이 무소불위의 권력이 여러 해를 이어졌다. 우리 사회에 여전히 죽은 박정희의 권력이 그만큼 컸던 것이다. 권력 지향성이 미신적 사고와 연결되면 못할 일이 없다.

@septuor1 2016년 11월 26일 오전 4:58

'수천억 재산가가 비아그라 그거 돈 몇 푼 된다고, 제 돈으로 살 일이지'라고 말하면 도리어 '그거 돈 몇 푼 된다고 국비 운운하고 지랄이야'라고 대답할 것이다.

@septuor1 2016년 11월 26일 오전 8:18

제 책 『우물에서 하늘 보기』가 뒤늦게 문학나눔 도서로 선정되었다고 한다. 나온 지 1년이 넘었는데 잊지 않고 선정해주신 분들께 감사의 인사드린다.

@septuor1 2016년 11월 26일 오전 8:24

아이고, 책은 책입니다. 어제 안경다리가 부러져서 옛날 안경 쓰고 있습니다.

@septuor1 2016년 11월 29일 오전 2:12

부산 가는 사람이 호남선을 타고 동쪽 좌석으로 옮겨 앉는다고 부산에 갈 수 있겠는가. 청와대의 변명을 들을 때마다 드는 생각이다.

@septuor1 2016년 11월 29일 오전 7:13

청와대 관계자가 "지금 같은 엄중한 상황에서는 대통령이 메시지를 내놓는 게 오히려 역효과를 낼 수도 있다"며 "여론의 추이를 좀더 지켜봐야 한다"고 말했단다. 아직도 여론의 추이를 모르고 있구나.

@septuor1 2016년 11월 29일 오전 7:28

광화문 광장에서 북한 노동당 당원증이 발견되었단다. 그래서 북한 간첩이 퇴진 시위를 기획 주도하고 있다는 카톡이 어르신들에게 나돌고 있단다. 그런데 세상에 노동당 당원증 가지고 다니는 간첩이 어디 있겠냐.

@septuor1 2016년 11월 29일 오전 10:18

박정희 신화를 박근혜의 손으로 깨부순다는 것, 역사의 간계란 이런 것일 듯싶은데, 그 구조가 발자크의 소설을 그대로 빼다박았다. 결코 변할 것 같지 않게 지루하게 묘사 서술되던 세계가 몇십 페이지를 남기고 절벽으로 굴러떨어지듯 몰락하는 이야기.

@septuor1 2016년 11월 29일 오후 2:37
다이하드구나.

@septuor1 2016년 11월 29일 오후 3:30
어렵게 생각할 거 없다. 국회가 결정해달라고 했으니, 국회는 정족수를 채운 상태에서 과반수 의결로 하야 날짜 결정하면 된다.

@septuor1 2016년 11월 29일 오후 4:32
박근혜 말은 탄핵을 하라는 것도 아니고 하야를 하겠다는 것도 아니다. 그러니 가장 단순하게 해석하면 된다. 박근혜가 말한 대로 국회가 퇴진 일정을 정하면 그게 법적 효력은 없다 해도 박근혜의 핑계를 없앨 수는 있다.

@septuor1 2016년 11월 29일 오후 6:56
오늘 박근혜의 담화는 명예 퇴진 운운하는 원로들에게는 입막음용이고, 탄핵을 말하는 정객들에게는 기싸움용이다. 그러나 정작 중요한 국민들은 완전 무시하고 아무 대답도 하지 않았다. 그렇다면 우리가 어떻게 해야 할지는 더 생각할 것도 없다.

@septuor1 2016년 11월 30일 오전 9:57
조재룡의 비평집. 흥분 제일 조재룡이라고 불러야 한다. 흥분할수록 영감이 넘치고 흥분할수록 명석해지는 사람. 그런데 책이 많이 두껍다.

"소장 중장 대장은 탱크 도둑놈"으로 시작하는 옛날 군대 속요가 있습니다.
이 노래 가사 다 아시는 분, 그다음 구절들을 알려주시면 감사하겠습니다.

황현산

@septuor1 2016년 12월 31일 오전 6:44

늙어서 좋은 점이라고 해야 하나. 젊었을 때 가진 물건이 눈에 보이지 않으면 잃어버렸거나 도둑맞은 것이다. 늙어서 물건이 보이지 않으면 어디에 곱게 놓아둔 것이다.

♡ 2   ↻ 134   ♡ 141

@septuor1 2016년 12월 1일 오전 5:52

지난 6월 자유경제원에서, 교수라고 이름 붙인 사람들을 동원해 김수영 격하 운동을 끈질기게 벌였었다. 국어 교과서 국정화의 시도로 의심할 만했는데, 이건 차은택 무리와 관계가 없는지 모르겠다.

@septuor1 2016년 12월 1일 오전 11:20

대통령한테 관저 집무실이란 교수로 말하면 자기집 공부방과 같은 것이겠다.

@septuor1 2016년 12월 1일 오전 11:33

"유신 헌법이 민주화 운동의 헌법적 근거가 됐다"는 내용을 국정 교과서에 넣으려 했다 한다. 그쪽 사람들은 걸러진 내용을 가지고 왜 시비 삼느냐고 말한다는데, 삭제된 내용이라곤 해도 집필의 기본 정신이 거기 다 들어 있지 않은가.

@septuor1 2016년 12월 1일 오후 4:18

나는 안다. 우리가 이긴다.

@septuor1 2016년 12월 3일 오전 6:31

택시기사와의 대화.
기 : 다 그놈이 그놈 아녜요?
나 : 그놈이 그놈이라고 말하면, 도둑놈이 대통령 되고 국회의원 되지요.
기 : 그건 아는데, 따지다보면 억울한 일이 너무 많아 아예 안 따지는 거예요.

@septuor1 2016년 12월 3일 오전 8:17

일벌백계라는 말은 나쁜 말이다. 백계를 위한 일벌의 희생양은 얼마나 억울한가. 그러나 이 말은 역사적 관점에서 훌륭하다. 일벌의 순간은 역사의 어떤 전환을 나타낸다. 왕의 목을 쳐야 할 때 쳐야 한다. 오늘 아침 한겨레의 정희진 칼럼을 음미하며.

530

@septuor1 2016년 12월 3일 오후 6:50

한영애, 노래도 사람도 아름답다.

@septuor1 2016년 12월 4일 오전 2:20

정치 공학이 너희들을 망칠 것이다.

@septuor1 2016년 12월 5일 오전 9:52

제법 긴 원고 한 꼭지를 끝냈다. 이제 자야겠다. 깨어나서도 세상은 아직 바뀌지 않았겠지만.

@septuor1 2016년 12월 5일 오후 6:06

장을 지진다는 말은 그 자체가 손바닥을 지진다는 말이다. 장은 손바닥 掌이다. 옛날에는 고문의 한 방식으로 인두를 달궈 손바닥을 지졌다. 비록 이정현이라고 하더라도 손바닥을 지져서는 안 된다. 고문은 금지되어야 한다.

@septuor1 2016년 12월 5일 오후 10:07

11월 26일 광화문의 인파를 보고, 생각이 있는 사람들은 박근혜가 곧 퇴진 성명을 발표할 것이라고 예상했다. 그런데 박근혜는 엉뚱한 소리를 해서 빼도 박도 못하는 상황에 이르렀다. 생각이 없는 사람 곁에는 생각이 없는 사람들만 모이게 마련이다.

@septuor1 2016년 12월 6일 오전 12:07

시골에서 의학적인 목적으로 손가락을 지지는 일은 있었다. 생손앓이 같은 것을 할 때, 멸균을 하기 위한 민간요법으로 끓는 간장에 손가락을 잠시 집어넣었다. 그러나 맹세 같은 것을 할 때 손가락을 장에 지지겠다고는 하지는 않는다.

@septuor1 2016년 12월 6일 오전 12:24

'새눌당'이 현사태의 심각성을 모르고 '촛불은 바람에 꺼진다' 같은 소리를 하는 것은 윤리적으로 둔감해졌기 때문이다. 그 인간들은 자신들이 부패할 수록 세상은 변하지 않는다는 믿음을 피난처로 삼는다. 그들에게 국민은 개돼지거나 빨갱이다.

@septuor1 2016년 12월 6일 오전 6:41

박근혜의 대구 화재 현장 방문 때 청와대가 소방 옷 12벌 빌렸다는데, 이 정권은 연출을 참 좋아한다. 아마도 박근혜의 분열증에 이른 나르시시즘 때문일 것이다. 반대파들에 대한 박근혜의 극단적인 증오도 이로써 설명된다. 대통령 사진 찍기에 엔지내는 사람들.

@septuor1 2016년 12월 6일 오전 7:24

아름답다는 것은 현실에서 현실과 어울려 아름답다는 것이다. 현실의 현실다운 요소를 제거한 속에서 아름다운 것은 아름다운 것이 아니다.

@septuor1 2016년 12월 6일 오전 10:35

작업실을 새로 바꾸고, 컴을 새로 구입하려다, 모니터만 구입해서 서피스 프로에 연결해 쓰기로 함.

@septuor1 2016년 12월 6일 오전 11:39

청문회를 보다가 저런 인간들이 내 귀중한 시간을 빼앗아가고 있다고 생각하니 갑자기 화가 난다.

@septuor1 2016년 12월 6일 오전 11:45

홍문종이 하는 말이, 국민들이 대통령의 마음을 몰라서 촛불 민심이 들끓고 있다고. 그러니까 대통령이 마음을 알리려면 질문을 받아야 할 거 아니냐. 이 미치광이들아.

@septuor1 2016년 12월 6일 오후 7:10

나 어렸을 때만 해도 인두로 손바닥을 지지는 일이 있었다. 도둑 같은 것이 잡히면 마을 사람들이 사사롭게 그런 형벌을 가했다. 그럴 때 손바닥에 장을 지진다는 말을 썼는데, '역전 앞' '처갓집'이라고 말하는 것과 같은 이치다.

@septuor1 2016년 12월 7일 오전 6:25

조계종이 이 시점에서, 그것도 자승 대사께서 나와서, 탄핵 행렬에 동참하는 것이 어쩐지 뜬금없어 보인다. 안 하던 짓을 하고 있다고나 해야 할까. 물론 내가 이상한 눈으로 바라보는 것이겠지만.

@septuor1 2016년 12월 7일 오전 7:05

어제 윤성희가 한국일보문학상을 수상했다. 윤성희 소설을 영어나 불어로 번역한다면, 문제는 제대로 번역할 사람이다. 특별한 사건도 없이 삶의 깊은 속내에 파고들어가는 이 소설을 번역하려면 한국어를 정말 잘 알고 영어나 불어를 그만큼 잘 알아야 하는데.

@septuor1 2016년 12월 7일 오전 7:08

윤성희가 한국어를 잘하는 것만큼, 불어를 잘하는 프랑스 사람, 영어를 잘하는 영어권 사람도 많지 않을 것이다.

@septuor1 2016년 12월 7일 오전 11:44

이번 촛불집회는 지난 총선 뒤의 여소야대가 김종인의 덕택이 아님을 알려주는 효과도 있다.

@septuor1 2016년 12월 8일 오전 2:32

"최순실 못 들었다 볼 수 없다" 이런 문장을 신형철 선생이 황현산의 부정문이라고 불렀는데, 시절이 하 수상하니 이상하게 치욕을 뒤집어쓰게 되는구나.

국회의원들은 국회가 존재해야 할 이유를 오늘 행동으로 알리고 증명해야 할 것이다.

기다렸다는 듯이 광고가 나온다. ―우리가 어떤 민족입니까.

한국은 앞으로 참 단단한 나라가 될 것 같다. 큰 나라보다 단단한 나라가 더 좋다.

이번 탄핵에서 국회가 매우 똑똑하게 일을 처리했다고 생각한다. 괜히 정치 혐오감 일으킬 발언 듣지 않았으면 한다.

박근혜는 일 처리와 관계없이도 사람들의 반감을 사곤 했다. 그가 왜 세월호 학부모들을 그렇게 모욕했는지 이해가 되지 않는다. 아마도 최순실 일족의 말투나 행티가 알게 모르게 영향을 미쳐서 그렇게 된 것은 아닌지.

김민정 시인이 "전공자 황현산 교수의 번역"이라는 말을 썼는데, 내가 읽을 만한 번역을 했다면 그건 내가 전공자였기 때문은 아니라고 말해두고 싶기도 하다.

"거리의 목소리 승화되게 해달라." 이게 무슨 말일까. '승화'가 무슨 뜻의 말이라고 생각하는 것일까. 박근혜도 아니면서, 자기가 아는 단어만 쓰는 것이 좋다.

논개 정신이라. 그럼 탄핵을 주장하는 사람들이 모두 왜적이란 말인가. 무슨 개념을 잘못 배우면, 그러나 감동적으로 배우면 극우 꼴통이 된다. 국정 교과서가 꾀하는 바가 바로 그것이다. 그걸로 국사를 배우면 박정희 정신 같은 말을 지겹게 듣게 될 것이다.

역사상의 인물이 어떤 깨달음을 얻거나 위업을 이룬 나이와 자기 나이를 비교하는 것처럼 어리석은 일도 없다. 한 인간의 발전은 항아리에 물이 차오르듯 고르게 진행되는 것이 아니다. 어떤 사람은 서른아홉까지 바보였다가 마흔에 갑자기 현명해지기도 한다.

독재 체제에서는 일상을 구성하는 모든 것이 윤리적 외관을 뒤집어쓴다. 70년대 유신 시대에는 빵 굽는 조리기구 같은 것이 식생활 개선 국민 건강 증진 따위의 말을 내걸고 일반인들에게 구매를 강요했다.

써놓고 보니 비문이구나.

유신 시대가 뭔지 모르는 사람들을 위해. 유신은 간선제 선거를 통해 박정희를 사실상 종신제 대통령으로 뽑게 한 유신 헌법과 이 헌법에 대해 이의를 말하면 잡아 가둘 수 있게 한 9개의 긴급 조치로 이루어졌다. 아무튼 정치적으로 말도 안 되는 일이 벌어진 시대.

유신 시대의 두 가지 좋은 점. 하나는 모든 사람들에게 정치적 판단의 노력이 면제된다. 또하나는 훌륭한 민족의 지도자라고 무조건 믿어야 할 사람이 한 사람 있다. 유신 시대가 끝나자 그 두 가지 좋은 점이 갑자기 없어졌다. 어버이연합이 난리치는 이유.

@septuor1 2016년 12월 12일 오후 4:11
충성이 얼마나 파괴적인 결과를 낳는지를 말하는 버나드 쇼의 어떤 희곡이 있다. 이정현이 그 희곡을 읽게 될 리는 물론 없다.

@septuor1 2016년 12월 12일 오후 11:14
헌재가 탄핵 사유를 분리 심사한다고 말할 수는 없을 것이다. 그것은 탄핵을 인용하겠다는 말이나 거의 같기 때문이다.

@septuor1 2016년 12월 13일 오전 9:41
김종필이 어느새 기어나와 정치권의 스승 노릇을 하려 한다. 이게 먹혀들어가는 이면에는 역시 국민 개돼지론이 있지 않겠는가.

@septuor1 2016년 12월 14일 오전 7:34
오은이 『문학들』에 쓴 말. "위트 앤 시니컬은 문법적으로 맞지 않는 말이다. 명사와 형용사는 성분이 달라 and로 연결될 수 없기 때문이다. 하지만 이것마저도 이 공간의 사랑스러운 부분이다." 위트 앤 시니컬의 어법 문제가 이렇게 해결됐다.

@septuor1 2016년 12월 14일 오전 7:36
말이란 늘 그런 것이다. 이런 것도 있어요라고 말하면 그것이 있게 된다. 틀린 말은 없다. 틀린 설명이 있을 뿐이다.

@septuor1 2016년 12월 14일 오전 9:37
비평을 증오하는 문인들이 있는데, 자본주의 사회에서 '순수 문학' 언저리에 있는 문학은 비평이 없으면 하루아침에 무너진다. 제반 문학 제도 자체가 사실상 그 '순수 문학'을 보호하기 위한 것이다. 그게 보호해야 할 가치가 있느냐 없느냐는 다음 문제고.

@septuor1 2016년 12월 14일 오후 11:56
"경기도의 아들 남경필이 대한민국의 딸 박근혜를 지켜내겠습니다." 참 말도 잘 만들었다. 그런데 경기도의 아들이 어디 따로 있겠고, 대한민국의 딸이 어디 따로 있겠는가. 이런 가짜 말이 한 번씩 만들어지면 우리는 얼마나 많은 것을 지불해야 하는가.

@septuor1 2016년 12월 15일 오전 9:05
경제학 공부를 한 어떤 사람이 나이들어 글을 잘 썼다면, 그는 다른 공부를 했어도 나이들어 글을 잘 썼을 것이다. '경제학적 사고의 힘은 생각보다 아주 강력하다'고 말하는데, 모든 공부가 다 잘만 하면 생각보다 강력하다.

@septuor1 2016년 12월 15일 오후 1:47
청문회 구경을 하다보면 대한민국은 비인칭 공화국인 것 같다. 행위는 일어났는데 그 행위의 주체는 알 수 없다. 비 오고 바람 불고 춥고 덥고…… 그런 일처럼.

@septuor1 2016년 12월 16일 오후 5:38
'변기 공주' 같은 말은 쓰지 말자. 이 표현은 비열하고 잔인하다. 박근혜의 생활 습관이 우스꽝스러울 정도로 까다로운 것이 사실이지만 그렇다고 이렇게 불러야 할 것은 아니다. 중요한 것은 다른 데 있다.

@septuor1 2016년 12월 16일 오후 5:49
나경원 의원이 "좌파에게 정권을 내줘선 안 된다"고 말했다고 한다. 이해가 간다. 상대는 좌파고 좌파는 나쁜 것이라고 말함으로써만 새누리의 존재 이유와 정당성이 겨우 돋아나는 것 같으니.

@septuor1 2016년 12월 17일 오전 8:53

기차 차창으로 밭가에 단단하게 지은 비닐하우스가 보인다. 연기도 피어오른다. 장기 훈련용 군대 막사가 생각난다. 추운 날 거기서 하룻밤을 자고 일어나도 좋을 것 같다.

@septuor1 2016년 12월 17일 오전 8:59

아침을 못 먹고 기차를 타서 팟빵 하나와 커피를 샀다. 팟빵을 뜯어먹고 커피를 마시다가 이 맛없는 커피를 끝까지 마실 필요가 없다는 생각을 너무 늦게 했다.

@septuor1 2016년 12월 17일 오전 9:23

팟빵은 팥빵이라고 써야 하는구나. 맞춤법 너무 어렵다.

@septuor1 2016년 12월 17일 오전 10:37

섬세한 사람은 그만큼 건강하기도 해야 한다. 남이 쓰던 변기를 쓰지 못한다면 섬세한 것일 수는 있어도 건강한 것은 아니다.

@septuor1 2016년 12월 19일 오전 2:21

"최순실은 키친 캐비닛". 무슨 이름을 가져다 붙일 수 있다고 해서 그것이 옳은 것은 아니다.

@septuor1 2016년 12월 19일 오전 11:51

인문학이나 예술 같은 돈 없는 자리에서 일하는 사람들은 가끔 악마의 도움이라도 받고 싶어한다. 그러나 악마는 자선 사업가가 아니다. 주었던 것의 열 배 스무 배를 빼앗아간다. 인문학이나 예술은 악마의 도움이 아니라 그 생명력으로 그 존재 이유를 증명한다.

@septuor1 2016년 12월 20일 오전 8:19

"실록은 수많은 소설과 영화의 소재가 될 만큼 중요한 역사 콘텐츠로 자리매김했다." 이런 문장. '자리잡았다'로 쓰면 안 되나. '자리매김'은 원래 서양 말 constellation의 번역어로 만든 말이다. 벌써들 잊고 있지만.

@septuor1 2016년 12월 20일 오전 9:24
4년 전 오늘, 2012년 12월 20일, 나는 아름다운 작가상을 수상했다. 그런데 그 전날이 대통령 선거일이었다. 수상식장은 장례식장이 되었다. 사회자도 울고 축하객도 울었다. 그 축하객 중에 도종환 의원도 있었다.

@septuor1 2016년 12월 20일 오전 9:35
여기 박근혜 찍은 사람도 있을 텐데라고 말한 것은 김정환 시인이었다. 김 정환 시인은 울지 않았다. 내 글에서 한 구절을 낭독하던 송승환 시인이 제 일 많이 울었다. 그래도 낭독은 끝까지 했다.

@septuor1 2016년 12월 21일 오전 8:18
'나라를 위해 이 한몸 불사르겠다.' 분신하겠다는 말은 아닐 테고, 잔 다르크 처럼 화형을 당하겠다는 말도 아닐 테고, 자체의 열정으로 몸을 태워버리겠 다? 도대체 이런 비유가 어디서 나왔을까.

@septuor1 2016년 12월 22일 오전 10:36
교활하면서 머리가 나쁘고, 사나우면서 비열한 인간, 이게 가장 끔찍한 인 간일 것이다.

@septuor1 2016년 12월 24일 오전 5:25
"사고를 낸 운전자는 곧바로 달아났지만 트럭 타이어를 펑크 내며 추격한 경찰에 덜미가 잡혔다." 이런 기사. '덜미가 잡히다'는 보통 '발각되다'의 뜻 으로 쓰이지 '체포되다'의 뜻으로 쓰이지 않는다. 모국어에 대한 직관력이 점점 약해지는 것 같은.

인터넷 신문 같은 데서 훈련이 덜 된 기자들의 글을 읽으면 교과서 수준 영어를 한국어로 번역할 때 나오는 어휘와 문장으로 대부분 이루어져 있다. 전체적으로 어린아이들이 말하는 투다. 미래의 한국어가 이렇게 될 것 같아 걱정이다.

"나는 박근혜가 많은 유권자를 사로잡은 비결은 그녀의 뛰어난 의전에 있으며, 권력 행사를 통해 무엇을 할 것인가 하는 독자적인 의제와 비전이 없이 권력 행사 자체에 의미를 두었다는 점에서 그녀를 의전 대통령으로 부르고자 한다." 강준만 교수의 말이다.

훌륭한 분석이다. 그런데 박근혜가 의전 대통령이었다는 것은 그가 '대통령 놀이'를 하고 있었다는 뜻도 된다. 대통령 하기보다 대통령 놀이하기가 더 무섭다. 놀이에는 늘 어떤 극단의 개념이 들어 있다.

나는 시에 관해 말할 때도, 시에는 극단적인 무엇이 있다고 썼다. 박근혜가 시인이란 뜻은 아니다. '극단의 개념'과 '극단적인 무엇'은 달라도 한참 다르다. 벌써 개념이 되어버린 것과 끝내 개념이 되지 않으려는 것의 차이.

제 옛날 컴에 _адник_по_имени_ме_(HD)_(1080p)라는 딱지가 붙은 영화 파일이 하나 있네요. 로마노프 왕조에 무장 투쟁으로 저항하던 러시아 혁명가들의 이야기인 듯한데, 자막 파일이 없어 자세히 알 수 없습니다. 가르침 바랍니다.

@septuor1 2016년 12월 27일 오전 1:03

〈죽음이라는 이름의 기수The Rider Named Death〉(2004)가 맞는 것 같습니다. 알려주신 분들 감사드립니다.

@septuor1 2016년 12월 29일 오전 5:17

김지하 선생이 썼다는 글이 인터넷에 돌아다닌다. 광화문 촛불은 김정은이 돈을 대서 켠 것이고, 박근혜가 하야하면 김정은 세상이 된다는 이야긴데, 그런 말이라도 좀 잘 썼으면 좋으련만, 그래도 김지하인데.

@septuor1 2016년 12월 29일 오전 5:51

그 글은 가짜라는 소문이 있군요. 가짜이길 바랍니다.

@septuor1 2016년 12월 30일 오전 5:40

블랙리스트를 살펴보면 뭔가 조작된 것이거나 문단 지형도를 전혀 모르는 자들이 작성한 게 분명하다. 하긴 관련자들 면면을 보면 '교양인'이 한 사람도 없다. 리스트가 작성된 것도 슬프지만, 이런 '중대사'를 상무식꾼들이 좌지우지한다는 게 더 슬프다.

@septuor1 2016년 12월 30일 오전 8:44

밀양에서는 송전탑 건설 반대 가정에는 법적 보상금도 무슨 서약서를 써야 주고, 전기 요금 할인도 해주지 않는단다. 야만이란 밀림에서 창을 들고 동물을 사냥한다는 뜻이 아니다.

@septuor1 2016년 12월 31일 오전 6:44

늙어서 좋은 점이라고 해야 하나. 젊었을 때 가진 물건이 눈에 보이지 않으면 잃어버렸거나 도둑맞은 것이다. 늙어서 물건이 보이지 않으면 어디에 곱게 놓아둔 것이다.

시절이 풍랑 속에 들어 있으니 한 해가 가도 가는 것 같지 않고 새해가 와도 오는 것 같지 않다.

황현산

@septuor1 2017년 1월 30일 오후 2:25

수영이나 자전거 타기 같은 어떤 기능을 배
울 때, 연습을 쉬고 일정 기간을 보내고 나
서 다시 시작하면 그동안 연습이라도 한 것
처럼 기량이 부쩍 는 것을 느꼈던 경험이 있
다. 한국 민주주의 발전에서도 그런 느낌을
받는다.

♡ 2   ↪ 128   ♡ 148

@septuor1 2017년 1월 1일 오전 12:08

새해에도 희망을 품고 삽시다!

@septuor1 2017년 1월 2일 오전 11:43

박근혜가 추가 간담회를 하겠다고 한다. 입만 열면 사람들이 고개를 끄덕여 주던 시절을 생각하는가본데, 이제 그런 날은 다시 오지 않을 것이다.

@septuor1 2017년 1월 3일 오후 9:36

아무리 자신에게 불리한 사실이라도 사람이 정직해져야 할 시간이 있다. 정직해야겠다고 결심하지 않을 수 없는 어떤 순간이 있다. 그런 순간이 왔다고 느끼는 것을 구원이라고 한다. 사람이 사람이라면 그렇다.

@septuor1 2017년 1월 4일 오전 10:09

"조교가 공범" 어쩌다 이런 말까지 하는 사람이 되었을까.

@septuor1 2017년 1월 7일 오전 2:42

보수주의자도 훌륭한 소설을 쓸 수 있고 진보주의자도 훌륭한 소설을 쓸 수 있다. 그러나 한국에서 훌륭한 보수주의 작가는 존재하기 어렵다. 보수주의가 정치권력을 만들 자리는 있어도 사상적으로 들어설 자리가 없기 때문이다. 이문열, 이인화가 몰락한 이유.

@septuor1 2017년 1월 7일 오전 10:51

곤드레밥이 맛있다고 생각했던 것은 딱 한 번, 그것도 처음 먹었을 때였다. 영월 책박물관을 방문했을 때 관장이 곤드레밥집으로 우리를 데려갔다. 신기할 정도로 맛이 있었다. 그 추억 때문에 자주 곤드레밥을 먹어보았지만 그 맛을 다시 만날 수는 없었다.

@septuor1 2017년 1월 7일 오후 2:59

우리가 소녀상을 세우는데 일본이 왜 버럭하는가? 이 질문은 여러 가지 다른 질문을 포함한다.

@septuor1 2017년 1월 8일 오전 10:37
블랙리스트 작성은 그 자체가 헌정 문란 행위에 해당한다. 그걸 국가 기관에서 공식 라인을 통해 버젓하게 행사되었다는 것은 이 정부와 '새눌당'이 지녀온 왜곡된 국가관을 말해준다. 이 일은 가벼운 일이 아니다. 반국가적 범죄다.

@septuor1 2017년 1월 8일 오후 1:19
나는 요구르트를 요거트라고 하는 것 정말 싫다. 한국말로는 요구르트 아닌가.

@septuor1 2017년 1월 8일 오후 2:32
'요구르트'라는 말의 기원은 불가리아어 jugurt인 것으로 알려져 있습니다. 일본인들이 요구르트라고 한 것은 독일어 Yoghurt에 연원이 있을 것입니다. 우리도 그 이름으로 불렀고, 그 말이 한국어가 됐지요. 사전에 오른 것도 요구르트입니다.

@septuor1 2017년 1월 9일 오전 8:47
논문 컨설팅 회사라는 게 있다. 학위 논문 집필을 도와주는 곳이다. 어떤 사람은 대학교수들이 논문 지도할 실력이 없어서 이런 회사가 생겼다고 말하는데 그건 사실이 아니다. 이런 회사는 논문 쓸 능력이 없는 학생들에게 사실상 논문을 대필해주는 곳이다.

@septuor1 2017년 1월 9일 오후 10:00
오늘 청문회에는 증인들이 모두 도망쳐버려 맹탕 청문회가 됐다고들 말하는데, 나는 그렇게 생각하지 않는다. 가장 극적이고 재미있는 청문회였다. 사람이 얼마나 사악하고 비열할 수 있는지를 보여주었다는 점에서 철학적인 청문회이기도 했다.

우울증 환자들에게는 재미가 없지.

위안부 문제는 여성 인권 유린 문제고 인간에 관한 범죄에 해당한다. 그건 돈으로 해결될 문제가 아니다. 돈 줬으니 조각상 세우지 말라, 이건 말이 될 수 없다. 그런데 그런 협상을 아무런 국내 협의도 없이 박근혜 정부가 했다.

아베가 박근혜 정부를 상대로 위안부 협상을 한 것은 노망한 늙은이에게 사탕 사주며 집 열쇠 가져오라고 꼬드긴 것과 같다.

박근혜가 "창비 문동 같은 좌파 문예지만 지원하니 건전 세력들의 불만이 많다"고 말했다는데, 박근혜에게 불만을 말한 건전 세력은 누구였을까.

2014년 4월에 상영되던 드라마에 관해서도 연구할 필요가 있겠다.

문화 예술인 블랙리스트와 관련, 그 배제의 실행 기관장인 박명진 문화예술위원장, 김성곤 번역원장의 책임도 물어야 한다고 생각한다. 우리가 그들을 영혼 없는 문예위원장, 영혼 없는 번역원장이라고 불러야 하는가.

한국은 존경받아야 할 점이 많은 나라다. 이 나라의 국격이 현저하게 떨어지는 것은 긁어버려야 할 가려움증 같은 한줌 수구 파시스트들, 독재자들, 정신없는 늙은이들 때문이다.

@septuor1 2017년 1월 12일 오후 2:58

남이 쓰던 변기에도 앉지 못하는 사람이 어떻게 지저분한 짓은 저리도 많이 했을까.

@septuor1 2017년 1월 12일 오후 7:26

10년 만에 돌아와 조국의 현실을 보니 마음이 무겁다고? 이 땅에 살고 있던 사람 듣기 거북하구나.

@septuor1 2017년 1월 13일 오전 8:10

이런 농담도 있구나.
—니 소설이가?
—소설 아이다.

@septuor1 2017년 1월 13일 오전 9:28

반기문, 수사법이 낡은 것도 마음에 안 드네.

@septuor1 2017년 1월 13일 오후 9:05

반기문의 말을 잘 새겨보면 70년대에 미국 이민 갔던 할아버지 말을 듣는 것 같은 느낌이다.

@septuor1 2017년 1월 13일 오후 9:42

〈박종진 라이브쇼〉에서 서석구 변호사와 토론하던 박종진 앵커, 답답해서 죽음 직전까지 이르렀는데, 사실 얼마 전까지 우리가 조선일보나 티비조선 보면서 느끼던 감정이 그것이었다.

@septuor1 2017년 1월 14일 오전 7:32

900년이 지난 일에 개인적 복수가 무슨 의미가 있을까. 천년의 사랑은 개인의 일일 수 있어도, 천년의 원한은 역사의 일일 뿐이다. 오직 역사만 그 한을 기억한다.

'무궁한 발전을 굽어살피소서.' 문장은 되는데 말이 되는가 의문이다.

포천 작업실의 마코. 주인이 와서 불을 피우니 실내가 너무 덥구나.

반기문은 이제까지 모호한 말을 뇌까리며 기회주의적 처신으로 살아왔다.
결단을 내릴 시간이 왔지만, 그게 쉽지 않은 것 같다. 어느 쪽에서 의전의 카
펫을 깔고 모셔가기만 바라는 듯한데, 누가 그 낡은 짐을 기꺼이 인수하려
할지.

반기문이 오랫동안 기름장어 노릇을 했다는 것은 자기를 부각시킬 수 있는
기회를 한 번도 제대로 사용하지 못했다는 뜻이기도 하다. 약은 인간은 약
한 인간이다.

우리나라는 법이 있는 나라다.

나는 팽목항에 갔을 때, 희생자들의 영정을 모셔놓은 막사에는 들어가지 않

왔다. 당시 내 몸의 상태로는 감당하기 어려운 일이었다.

@septuor1 2017년 1월 17일 오후 1:31
'새눌당'이 당명 로고 등을 바꾼단다. 그 변기 같은 게 뭔가 했는데, 지금 생각하니 말안장이었던 것 같다.

@septuor1 2017년 1월 17일 오후 3:59
사람들이 세상을 둘로 나누어 생각하는 이분법의 유혹에서 벗어나기는 쉽지 않다. 어떤 악당이라도 이분법의 잣대를 쓰면 자신을 도덕적 우월자로 만들고, 또 스스로 그렇게 믿을 수 있다.

@septuor1 2017년 1월 17일 오후 9:38
그런데 최순실은 왜 늘 입을 가릴까?

@septuor1 2017년 1월 18일 오전 12:10
박근혜 정부가 블랙리스트를 만든 것은 문학이나 예술을 의전으로 생각했기 때문이기도 할 것이다.

@septuor1 2017년 1월 18일 오전 6:18
반기문에 대한 결론 : 하다못해 서구식으로 세련된 노신사라도 한 사람 올 줄 알았다. 그런데 실물을 보니 감정도 메마르고 논리도 부족한, 현실도 모르고 이상도 없는, 구시대의 생각에 쩔어빠진 노인 하나를 만나게 된다. 내가 反반기문에 올인하는 이유다.

@septuor1 2017년 1월 19일 오전 5:59
반기문이 기자들에게 '나쁜 놈들'이라고 했다. 아마도 '빨갱이들'이라고 하고 싶었을 것이다.

@septuor1 2017년 1월 19일 오전 7:29

우리가 이긴다. 나는 안다.

@septuor1 2017년 1월 19일 오후 2:29

조의연 판사에게 전화 같은 거 하지 맙시다. 이건 그런 싸움이 아닙니다.

@septuor1 2017년 1월 19일 오후 4:02

박영수 특검팀이 이 일로 크게 타격을 입었으리라고 생각하지 않는다. 애초에 어려운 일인지 모르고 이 일을 맡았겠는가. 지금 언덕길을 올라가고 있을 뿐이다. 일희일비할 일이 아니다.

@septuor1 2017년 1월 19일 오후 5:41

플로베르가 『보바리 부인』을 쓸 때, 보바리 부인의 자살을 묘사하기 위해 스스로 비소를 먹었다는 이야기가 있다. 그러나 그는 비소를 자기 자신이 먹었다.

@septuor1 2017년 1월 20일 오전 1:35

태릉 담터 근처 최근에 문을 연 설렁탕집에 갔다. 설렁탕에 소금을 넣어도 간이 맞지 않는다. 나중에 보니 소금이 녹지 않고 밑에 깔려 있다. 공장염을 썼거나 싸구려 암염을 쓴 것이다. 이 집 곧 망한다.

@septuor1 2017년 1월 20일 오전 7:59

영화노조 안병호 위원장이 "영화는 예술 아니라 노동"이라고 말했다. 맞는 말이겠다. 그런데 실은 모든 예술이 다 노동이다.

@septuor1 2017년 1월 20일 오전 10:28

1945년 닭띠의 오늘 운세 : 사소한 실수로 뜻하지 않은 관재수가 있다. 내 동갑들에게 어버이연합 모임에 나가지 말라는 말인 것 같다.

@septuor1 2017년 1월 20일 오전 10:41

어찌 보면 박정희 신화보다 더 위험한 것이 육영수 신화다. 포학한 권력을 구세의 힘으로 바꾼 인자한 어머니가 있었다는.

@septuor1 2017년 1월 21일 오전 6:31

조윤선이 김기춘에게 강요를 받아서 블랙리스트를 만들었다는데, '강'은 아닐 것이다. 만들라고 하니 자연스럽게 당연한 듯이 만들었겠지. 높은 자리에 앉아 생각이 없으면 괴물이 된다.

@septuor1 2017년 1월 21일 오전 9:01

정의로운 세계는 하루아침에 만들어지지 않는다. 어느 날 초월적인 힘(외계인이라고 해도 좋다)이 나타나 불의를 모두 청산하고 새 세상을 만든다면 매우 통쾌할 것이다. 그러나 생각해보면 수만 년에 걸쳐 정의를 세우려던 인간의 노력이 얼마나 허망해지겠는가.

@septuor1 2017년 1월 22일 오전 10:12

민음사의 박맹호 회장이 타계하셨다는 부고를 접한다. 고인의 명복을 빈다.

@septuor1 2017년 1월 22일 오후 2:48

김기춘이 수갑을 차고 끌려간다. 김기춘은 초원복집 사건이 자기 생애의 유일한 오점이라고 말했는데, 우리가 보기에는 그가 평생 그렇게 살지 않은 날이 없었다.

@septuor1 2017년 1월 23일 오전 3:28

김기춘이 법망을 피해간 방식은 늘 법을 권력에 무릎 꿇리는 방식이었다. 그는 법을 조롱거리로 만들고 법의 권위를 훼손했다. 그리고 다른 사람에게는 법에 권력의 칼을 쥐여주어 극악한 탄압을 했다. 김기춘이 벌을 받지 않으면 법의 권위가 설 수 없다.

@septuor1 2017년 1월 23일 오전 8:37

김기춘이 "블랙리스트가 불법인지 몰랐다"고 말했다 한다. 김기춘도 급했구나.

@septuor1 2017년 1월 24일 오후 1:50

만일 세월호 사건 직후 박근혜가 나 몰라라 할 때 저 누드화가 전시되었다면 어찌되었을까. 예술가의 용기를 찬양하는 사람도 없지 않았을 것이다. 예술이건 풍자건 항상 때가 있다.

@septuor1 2017년 1월 24일 오후 4:27

내가 김기춘을 늙은 너구리라고 말한다고 해서, 그것이 노인 폄하일 수는 없다. 그것은 오히려 김기춘이 어떻게 늙음을 욕보였는가를 말하는 것이다.

@septuor1 2017년 1월 24일 오후 9:41

마술봉을 하나 사왔다. 이거 흔들면 사람들이 다 모인다고 했는데 안 모인다. 하루 쉬었다 흔들어도 안 모인다. 사람들 찾아가서 왜 안 모이느냐고 물어봐도 안 모인다. 시골 사람들이 마술봉을 몰라본 게 틀림없다.

@septuor1 2017년 1월 24일 오후 10:00

블랙리스트 이야기하면서 왜 사람들이 문화예술위원회나 번역원에 관해서는 한마디도 하지 않는지 모르겠다.

@septuor1 2017년 1월 25일 오전 1:39

문화예술위원장, 번역원장은 블랙리스트가 있을 때, 그 존재를 가장 먼저 알 수 있는 사람들이다. 그 배제의 업무가 그들의 손을 거쳐 수행된다. 그들은 업무상 문예인들과도 가까이 있는 사람들이다. 그들이 침묵하고 있었다는 것은 문학 예술에 대한 배신이다.

@septuor1 2017년 1월 25일 오후 10:10

권력자의 곁에 서서 현실을 가리는 사람들에 관해 오랫동안 많은 이야기를 들었다. 그게 어떻게 가능할까 의문으로 삼아왔는데, 정규제와 박근혜의 인터뷰를 보면서 그 의문이 풀렸다.

@septuor1 2017년 1월 26일 오후 6:10

그런데 최순실은 삼족이 뭔 말인지 잘 모르는 것 같다.

@septuor1 2017년 1월 27일 오전 7:30

오늘이 병신년 마지막날이구나. 갑자기 토정비결이 보고 싶다. 직업으로 점을 치거나 하는 사람이 아닌, 순전한 민간인으로는 우리 세대가 만세력 같은 것을 뜯어볼 수 있는 마지막 세대일 것이다. 그 세대의 임무를 다하기로 한다.

@septuor1 2017년 1월 27일 오전 9:24

정권이 교체되면 반민주 행위 처벌법을 반드시 제정해야 한다.

@septuor1 2017년 1월 27일 오후 12:44

한국에서 흰 달걀을 기피하는 것은 레그혼이라는 흰색 산란용 닭 때문이다. 처음 닭 공장식으로 산란용 닭을 키울 때 그 품종이 대부분이 레그혼이었으며, 그 달걀은 맛이 없었고, 그 살코기는 먹을 수 없을 정도로 맛이 없고 질겼다.

@septuor1 2017년 1월 27일 오후 12:48

옛날 시골에서 '레공닭'이라고 하면 나쁜 닭 나쁜 달걀의 전형을 말하는 것이었다.

@septuor1 2017년 1월 27일 오후 3:23

자신을 민주주의자라고 생각하는데, 머릿속 깊은 곳에서는 '무슨 한국이 민주주의씩이나'라고 생각하는 사람들이 가끔 있다. [동아광장/박정자] 이것은 정치 이야기가 아니다 http://news.donga.com/3/all/20170127/8261466 1/1?lbTW=dd8c6156b669ff8baeeeba96eaf3ff3

@septuor1 2017년 1월 27일 오후 8:09

사르트르나 푸코 같은 저항의 사상가들을 공부하고 논문도 쓴 교수들 가운데 촛불집회 같은 저항의 모임에 매우 보수적인 태도를 보이는 사람들이 있다. 책에서 읽는 저항의 논리정연함과 현실 저항의 혼란스러움을 일치시키기에 실패하는 것이다. 바보들이다.

@septuor1 2017년 1월 29일 오전 10:43

청와대의 한 행정관이 블랙리스트 작성을 통치 행위라고 말했다. 어떤 행위를 다른 명사로 바꿔 부른다고 해서 그 죄가 없어지지는 않는다. 그 통치행위가 불법이었으면 당연히 벌을 받아야 한다. 그가 이 점을 인지하지 못한 것은 권력에 취해 있었기 때문이다.

@septuor1 2017년 1월 30일 오후 2:25

수영이나 자전거 타기 같은 어떤 기능을 배울 때, 연습을 쉬고 일정 기간을 보내고 나서 다시 시작하면 그동안 연습이라도 한 것처럼 기량이 부쩍 느는 것을 느꼈던 경험이 있다. 한국 민주주의 발전에서도 그런 느낌을 받는다.

@septuor1 2017년 1월 30일 오후 5:31

이명박, 박근혜의 반지성주의 시대를 보내면서 대학 언론 사법의 권위가 바닥에 떨어졌다. 탄핵 정국은 그 권위를 회복해야 할 시간이기도 하다.

@septuor1 2017년 1월 30일 오후 5:40

특검이 최순실을 혐의별로 돌려가면서 체포 영장을 청구하겠다고 말했다. 이 세상의 서사 역사에 새로운 주제 하나가 새로 만들어지는 것만 같다.

'네 주장이 옳을 수도 있지만 네 태도가 마음에 안 든다' 이 말과 '촛불집회
는 변질된 면이 있다' 이 말은 같은 말이다. 독재자와 그 하수인들이 늘 쓰
는 말이다.

황현산

@septuor1 2017년 2월 22일 오전 8:30

가끔 '전공'을 들먹이며 다른 사람들의 입을
막으려는 인간들이 있다. 어떤 분야를 전공
했다고 해서 그 분야에 특권을 지니는 것은
아니다. 단지 의무를 지닐 뿐이다. 자다가
일어나서도 누가 질문을 하면 그 자리에서
대답해야 할 의무.

💬 4 ⟲ 392 ♡ 342

@septuor1 2017년 2월 2일 오전 1:14

정치인에게 그 땅의 현실과 함께 성장한다는 것만큼 중요한 것도 없는 것 같다.

@septuor1 2017년 2월 2일 오전 8:02

약은 개가 밤눈 어둡다는 말이 있지.

@septuor1 2017년 2월 2일 오전 10:39

속옷은 집에서 빨아야 한다는 서양 속담이 있다. 최순실 사태는 그 자체가 더러운 속옷이다보니 온 천지에 속옷이 깃발처럼 널리고 있다.

@septuor1 2017년 2월 2일 오후 1:04

반기문씨가 '한국의 정치 지도자들은 우물 안 개구리'라고 말했다 한다. 우물에 갇혀 바깥세상을 제대로 못 보는 것도 비극이지만, 사실상 인간의 현실인 우물 속을 제대로 파악하지 못하는 것은 더 큰 비극이다.

@septuor1 2017년 2월 3일 오전 1:04

안희정은 말을 하면 그대로 문장이 되는 유일한 주자인 것 같다. 그 덕으로 한국 정치 지성이 한 단계 높아질 것이 분명하다.

@septuor1 2017년 2월 3일 오전 1:07

물론 고종석 선생이 있지만 아직 출마 선언을 하지 않았다.

@septuor1 2017년 2월 3일 오전 9:14

'일어서지 못할 만큼 죄를 졌다.' 우리 동네에서 최순실 같은 사람에게 쓰던 표현이다. 옛날 지게에 무거운 짐을 질 때 쪼그리고 앉아 짐을 지고 무릎과 허리를 펴고 일어서야 걸어갈 수 있다. 역도 경기를 생각하면 이해가 갈 것이다.

옛날엔 손학규가 문장이 되게 말을 했다. 지금도 여전히 문장은 되는데 그 문장이 단순해졌고, 내용에 관해 말한다면 그렇게 불러야 할 것이 없다.

유승민은 똑똑하고 그 나름의 논리도 갖췄다. 그러나 전체적으로 대장보다는 참모 스타일이다. 게다가 한때 박근혜의 입이었다는 죄는 무엇으로도 씻을 수 없겠다.

포퓰리즘은 여러 가지 형태로 표현된다. 오래되고 복잡한 문제를 늘 간단하게 말하는 것도 포퓰리즘이다. MB식 근혜식 대북관이 바로 그런 것이다.

안희정은 진보 후보 가운데 운동권 프레임에서, 유승민은 보수 후보 가운데 독재 프레임에서 가장 멀리 벗어난 인물들이다. 그러나 유승민은 대북관에서 수구의 틀을 한 걸음도 벗어나지 못했다. 자신감이 없기 때문이다.

책장을 정리하다보니 이런 책이 나온다. 학부 2학년 때 청계천 고서점에서 산 책들. 당시 내가 읽기에는 터무니없이 어려웠지만, 결국 이 책들의 힘으로 말라르메의 『시집』과 브르통의 『초현실주의 선언』을 번역하고 주해할 수 있었다.

낡은 이데올로기의 공격을 받는 정당에서, 정당 내의 경쟁은 정강 정책이나 지지도에서 당의 외연을 확장하는 방식으로 진행돼야 한다. 그 점에서 실패한 것이 박원순 시장이다.

마틴 스콜세지의 영화 〈Silence〉를 '사일런스'라고 쓰기로 한 모양이다. '사일런스'가 '침묵'보다 더 멋있는 말일까. '신의 침묵' 같은 말은 한국어에서 벌써 철학적 종교적 용어가 된 말인데.

지금 탄핵이 기각된다면 한국의 청년들은 얼마나 절망하겠는가. 생각하기조차 끔찍하다. 그러나 탄핵은 기각될 수도 있다. 그러니 마음을 단단히 다질 수밖에 없다. 마침내 우리가 이길 테니까.

자유한국당이라. 결국 새누리는 이승만의 자유당으로 돌아갔구나.

독재는 자주 비장한 폼을 잡고 시작해서 지저분하게 끝난다. 독재자 앞에 모이는 것은 언제나 단순한 두뇌와 단순한 감정을 지닌 자들이기 때문이다. 그리고 단순한 것 뒤에서는 모든 것이 지저분한 것이 된다.

반기문은 한국 실정에 정말 아둔했다. 이미 말한 것처럼 70년대에 미국 이민 간 할아버지 같았다. 그런데 신기하게도 자신이 대선에 나서면 보수의 소모품이 된다는 것은 재빨리 알아차렸다. 황교안이 그것을 모를 리 없다.

@septuor1 2017년 2월 10일 오전 7:56

겸손하게 말을 하면 자신이 없기 때문이라고 생각하는데, 실은 그 반대다. 어떤 반대 의견을 가진 자도 설득할 자신이 있다는 뜻이다.

@septuor1 2017년 2월 10일 오전 8:44

임경선 에세이 『자유로울 것』을 다 읽었다. 이 책의 미덕은 사실주의적 사고와 정직함이다. 평이한 말로 깊은 진실을 깨우치는 문체도 좋다.

@septuor1 2017년 2월 10일 오후 5:33

조인선 시인이 자동차를 몰고 가다 중앙선을 넘어온 차량과 부딪쳐 장이 파열되었다고 한다. 5주 치료를 받고 퇴원을 했지만 여전히 고통스러운 상태인 것 같다. 심히 안타깝다.

@septuor1 2017년 2월 12일 오전 10:35

태극기는 이상한 국기이다. 왕조 시대가 끝나기 전에 만들어진 기라서 천지, 곧 제왕의 세계를 상징하는 음양 팔괘만 그려졌을 뿐, 근대 국가의 이상을 담지 못했다. 태극기의 정통성이라면 오직 이 깃발을 들고 싸웠던 독립 만세 운동에서 찾을 수 있겠다.

@septuor1 2017년 2월 13일 오후 4:26

스웨덴 영화 〈밀레니엄〉을 최순실 때문에 생각나 다시 보았다. 다시 보아도 재미있다. 거기서도 보수 정권은 이상한 일 하나를 저질러놓고 만다. '헌법수호부'라는 게 나오는데 우리에게도 필요한 게 그런 게 아닌가 싶다.

@septuor1 2017년 2월 13일 오후 9:56

옆에서 횃불이라고 말해주기 전까지 나는 아이스크림인 줄 알았다.

@septuor1 2017년 2월 14일 오후 1:21

민주 사회는 논리적 사회이기도 하다.

@septuor1 2017년 2월 14일 오후 3:18

경희대 나온 사람에게 나라를 맡길 수 있을까요? 누가 이런 소리를 했다고 한다. 다른 것은 모르겠고, 경희대 출신의 훌륭한 작가가 얼마나 많은데.

@septuor1 2017년 2월 14일 오후 6:59

옛날 운동권들이 일단 정치권으로 들어가면 그날부터 책과 담을 쌓는 것 같다. 유인태씨의 말을 듣다 느끼는 바가 그렇다.

@septuor1 2017년 2월 16일 오전 1:57

독도를 한국 영토로 설명한 19세기 일본 교과서를 발견했다는 기사 밑에 '지도가 아닌 국력이 문제다'라는 식의 댓글이 줄줄이 달렸다. 국력이란 무엇일까. 그런 교과서, 그런 지도를 찾아낼 수 있는 능력도 (또는 그런 능력부터) 국력이다.

@septuor1 2017년 2월 16일 오후 5:45

옛날에는 봄노래가 아주 많았다. 내가 알고 있는 것만 해도 100개가 넘는다. 봄이 오기를 그렇게도 기다렸던 것. 봄이라고 말만 해도 시가 되고 노래가 되었다. 요즘은 봄이 오면 오나보다 하고 만다. 난방도 좋아지고, 따뜻한 옷도 많고.

@septuor1 2017년 2월 16일 오후 6:31

정이월 다 가고 삼월이라네, 이런 노래도 있고, 장다리 꽃밭에서 봄 나비 한 쌍, 이런 노래도 있고, 봄이 오면 산에 들에 진달래 피네, 이런 노래도 있고. 봄노래 중 가사가 제일 형편없는 것이 〈봄처녀〉다. 새풀 옷을 입으셨네가 다 뭐냐.

@septuor1 2017년 2월 17일 오후 9:12

우병우의 "그냥 하세요"야말로 가장 추악한 범죄에 해당하는데, 이걸 현행법에서는 무슨 죄로 다스려야 할까.

@septuor1 2017년 2월 18일

생애 최초에 누군가에게 들었거나 배운 것을 평생 진리라고 생각하고 사는 사람들이 있다. 심지어는 대학교수들 중에도 없지 않다. 그런 사람이 어느 나라에나 인구의 15%는 된다고 본다. 보수 종교도 태극기 부대도 그런 사람들로 유지된다.

@septuor1 2017년 2월 18일 오전 9:10

어젯밤 꿈에 고양이 토사물을 밟았다. 발을 씻어야 하는데 이불 속이라 어떡하나 걱정하다가 꿈이니까 괜찮아 하고 다시 잤다. 이 녀석들이 꿈속까지 들어와서.

@septuor1 2017년 2월 19일 오전 3:52

내 또래 늙은이들이 태극기와 성조기를 함께 드는 의식 밑에는 일종의 거지 근성이 있다고 단언한다. 60년대까지 원조로 받은 밀가루 포대에는 털 난 손과 매끈한 손이 악수를 하고 그 손목에 성조기와 태극기가 둘린 그림이 있었다.

@septuor1 2017년 2월 19일 오전 7:04

한국인은 성급해서 사탕도 씹어먹는다는 말이 있다. 사탕 오래 빨고 있으면 미국인도 한국인도 다 지루하다. 어떤 일본 사탕은 겉껍질이 녹으면 저절로 바스러진다. 헛소리하지 말고 사탕 하나라도 잘 만들라는 뜻.

@septuor1 2017년 2월 20일 오전 6:31

내 나이 또래, 또는 더 나이 많은 남자 지식인들 가운데 박근혜를 연인처럼 생각해오며 은근히 그걸 고백한 사람들이 의외로 많다. 내가 그 이름들을 열거하면 기절할 사람들이 또한 많을 것이다.

@septuor1 2017년 2월 20일 오전 10:47
선의였다가 아니라 말이야 좋은 말이었다고 해야 하는 것 아닌가.

@septuor1 2017년 2월 20일 오후 9:20
동그라미 하나 그려주고 싶다만 내가 문어가 아니라서.

@septuor1 2017년 2월 21일 오전 6:02
어제 안희정의 손석희와의 대담은 완전히 실패했다. 왜 통섭을 거기 끌고 들어와야 하는가. 정치가의 발언은 일정 부분 유권자의 선한 희망에 토대를 두고 있으며 어떤 경우에도 이 선한 희망은 진지하게 고려되어야 한다고 설명했으면 끝났을 것을.

@septuor1 2017년 2월 21일 오후 12:58
국정 역사 교과서 연구 학교로 전국에서 유일하게 경산 문명고등학교가 남게 되었단다. 고등학교 하나 지정해보아야 되지도 않을 일 때문에 이 학교는 지금 매우 불행한 상태에 처해 있다. 교육부는 더이상 고집부리지 말고 연구학교 지정 방침을 철회해야 한다.

@septuor1 2017년 2월 21일 오후 10:34
'매 맞는 사람이 여기 때려라 저기 때려라 한다'는 속담도 있다.

@septuor1 2017년 2월 22일 오전 8:30
가끔 '전공'을 들먹이며 다른 사람들의 입을 막으려는 인간들이 있다. 어떤 분야를 전공했다고 해서 그 분야에 특권을 지니는 것은 아니다. 단지 의무를 지닐 뿐이다. 자다가 일어나서도 누가 질문을 하면 그 자리에서 대답해야 할 의무.

@septuor1 2017년 2월 22일 오전 10:41

국민의 분노가 영장으로 이어지지는 않겠지. 그런데 국민분노유발죄 같은 것은 없나.

@septuor1 2017년 2월 22일 오전 10:46

'조업'은 대물림한 가업을 말한다. '조업전'은 대물림한 논밭을 뜻하는데 '조업지기'라고도 한다. 공부를 게을리하다보면 전공을 조업지기처럼 생각하는 수도 있다.

@septuor1 2017년 2월 23일 오전 8:01

박근혜 대리인단의 생떼는 한 무리의 조선인들이 어떻게 온갖 권력을 쥐어 흔들고 막가행으로 세상을 살며 다른 사람들을 괴롭혀왔는지 적나라한 실례를 보여주고 있다.

@septuor1 2017년 2월 23일 오전 11:56

비예르 드 릴라당의『악셀』. 나는 1978년에 이 책을 찾아 청계천 일대 헌책방을 찾아 헤맸으나 발견하지 못했다. 그런데 80년대 어느 날 이 책이 내 책장에 꽂혀 있는 것을 보았다. 다른 시간에서 보낸 정보처럼.

@septuor1 2017년 2월 23일 오후 12:56

블레즈 상드라르의 소설『세계 종말 La fin du Monde』. 1949년 세게르스 출판사에서 간행한 재간본. 아마도 한국에 한 권밖에 없을 책인데, 무지한 젊은 날 책을 수선한답시고 책등에 스카치테이프를 발라 책을 망쳐놓았다.

@septuor1 2017년 2월 23일 오후 7:03

'여자 대통령 하나 품지 못해서' 이게 호쾌한 남자의 말처럼 들린다면 잘못들었다. 남자력 뽐내고 다니는 인간들 가운데 용기와 절제, 날카로운 의지와 인내심을 지닌 인간, 사랑과 배려의 가치를 아는 인간 없다. 나도 70 평생을 살아봐서 잘 안다.

@septuor1 2017년 2월 24일 오전 6:10

박근혜가 '여성'을 방패로 삼는다고 해서 어떤 사람이 주장하는 것처럼 여성이 공격당해야 할 이유는 되지 않는다. 오히려 그 반대다. 그 방패를 만들어준 것은 여성이 아니라 차별이다.

@septuor1 2017년 2월 24일 오전 7:41

민주나 정의라는 이름을 달고 어떤 후보를 격렬하게 지지할 수는 있을 것이다. 그러나 가령 '세월호' 같은 아이디를 달고 특정 후보를 강렬하게 지지하면서 다른 후보들을 비난하는 일은 좋아 보이지 않는다.

@septuor1 2017년 2월 24일 오후 12:35

한국처럼 속 좁은 사회도 드물 것이다. 김민희가 훈장을 받아서 안 될 이유가 뭘까.

@septuor1 2017년 2월 25일 오전 4:27

부부 한쪽이, 또는 둘이 같이 바람을 피운다. 이건 당신이 그들 친지가 아니라면 간여할 일이 아니다. 남편이 아내를 때리거나 부모가 자식을 때리고 밥을 굶긴다. 이건 증거가 확실하다면 남의 일이라도 경찰에 신고해야 한다. 그런데 자주 거꾸로 생각한다.

@septuor1 2017년 2월 25일 오전 4:42
"대중에게 무해한 음모 수준으로 은밀히 진행" 이건 국가가 국민의 정신을 은밀히 조종하겠다는 말이 아닌가. 이런 소리 하지 말자고 공부하는 것이다.

@septuor1 2017년 2월 25일 오전 9:03
"박지원 대표 또한 '대통령 후보를 하고 싶으면 빨리 사퇴해서 그 길로 가시라'고 단언했다." 이런 기사가 YTN에 있다. 청유형 문장을 전하면서 '단언했다'라는 말을 쓰다니. 기자들아, 문장 좀 제대로 써라.

@septuor1 2017년 2월 25일 오후 9:01
탄핵 인용되고도 청와대에서 안 나간다고 버틸 것 같은.

@septuor1 2017년 2월 26일 오전 1:24
김민희의 훈장과 관련된 내 트윗에 '홍상수 아내가 당신 딸이라도 그러겠냐'는 댓글이 붙었다. 모든 문제를 가정으로 끌고 들어가는 이 비열한 습관은 어디서 오는가. 그건 역지사지도 뭣도 아니다. 그건 '박근혜가 당신 누이동생이라면'이라고 묻는 것과 같다.

@septuor1 2017년 2월 26일 오전 6:29
그간 김평우가 어떻게 변호사질해왔을지 안 봐도 비디오다. 공부 1도 안 하고 고민 1도 없이 경기고 서울법대 하버드 내세워 후배 판사들 겁박하고 말도 안 되는 소리 고래고래 내질러 전관 해적질하다가 국민 이목 집중된 현재에서 그게 안 통하니 저 난리다.

@septuor1 2017년 2월 27일 오전 9:23

다들 짐작은 하고 있었지만, 듣고 보니 충격적이다, 이 정도에서 끝난 것을 다행으로 생각해야 한다. [서소문 포럼] 대통령이 아프니까 나라도 아프다 http://joongang.co.kr/3ofw

@septuor1 2017년 2월 27일 오후 9:19

내 딸의 친구와 내 딸이 기획하고 연출하고 출연한 연극 〈MAKE UP TO WAKE UP〉의 텀블벅이 목표액을 100% 달성했다고 합니다. 트친 여러분들께 감사드립니다.

@septuor1 2017년 2월 28일 오후 8:16

'윤석열 등 파견 검사 8명 특검 잔류.' 5분대기조 비슷하구나.

@septuor1 2017년 2월 28일 오후 8:38

막간에 농담 하나. 속초 사람이 충청도 서산에 놀러갔다. 그런데 해가 서쪽 지평선에 걸려 있다. 깜짝 놀라서 지나가는 사람에게 물었다. "아니 여기는 해가 서쪽에서 뜹니까?" 지나가던 사람이 대답했다. "나도 이 동네 사람 아니어서 잘 몰라유."

@septuor1 2017년 2월 28일 오후 8:47

지평선이 아니라 수평선이구나. 농담 실패.

황현산

@septuor1 2017년 3월 6일 오후 1:28

———————————————

나는 글을 쓸 때 흥분하지 않는데 왜 유독
트윗을 할 때만 흥분할까.

———————————————

💬 13   🔁 85   ♡ 122

지난 주일부터 오늘까지 원고 세 꼭지를 막았다. 자축해야 하는데 내가 술을 먹을 수 없는 처지.

가장 아름다운 문장 부호 세미콜론. 우리도 문장에 세미콜론 썼으면 좋겠다. 한국어는 어쩌고저쩌고하면서 그런 것 필요 없다고 할 놈이 하나가 아니라지만.

한국어에 콜론, 세미콜론을 쓰지 않는 것은 세로 쓰기를 하는 일본의 영향이 클 것이다. 문어는 문장이 거의 모두 '~다'로 끝나서 필요 없을 것 같지만 방송에서 대담을 들어보시라. 모두 세미콜론으로 구분해야 할 문장들이다.

콜론, 세미콜론을 쓰자. 박근혜 말도 세미콜론을 찍으면 20%는 번역된 것이나 같다.

유럽에서 파시즘을 선도하거나 그에 경도했던 인물들 가운데는 나의 투쟁, 나의 젊은 날, 나를 키운 문화 등등의 제목으로 글을 쓴 사람이 많다. 중요한 것은 투쟁이나 젊은 날이 아니라 '나'다.

이 글을 추천합니다. 치매 환자의 문제도 중요하지만, 국가의 큰일은 항상 시민 생활의 작은 일과 연결되어 있습니다. [시민마이크] 그는 왜 50년 해로한 아내 죽였나 http://news.joins.com/article/21333532

@septuor1 2017년 3월 3일 오전 9:14

태극기 집회의 성조기까지 대충 이해가 된다. 그런데 왜 그렇게들 검은 안경을 끼고 나올까. 어떤 사람은 검은 안경을 끼고 싶어 태극기 집회에 나온 것 같기도 하다.

@septuor1 2017년 3월 3일 오후 11:18

남한의 사드 배치를 제일 바란 게 누구였겠는가. 김정은 아니었겠는가. 죽자사자 절망적으로 덤벼드는 상대 앞에서 최순실의 머리로 대책을 세웠으니.

@septuor1 2017년 3월 4일 오전 4:35

남한에 사드를 배치하면 북한이 어떤 손해를 입겠는가. 남한이 어떤 이득을 얻겠는가. 이 정부가 그런 생각을 깊이 해본 적이라도 있을까.

@septuor1 2017년 3월 4일 오후 9:21

대단한 노인. 목욕탕에서 노인 몇이 둘러앉아 문재인 대통령 되면 사회주의 국가 된다고 한탄 한탄. 그런데 가장 늙은 노인 왈. "대통령이 어떻게 사회주의 국가를 만들어. 수리수리마수리 사회주의 국가 돼라 그러는 거야" 다른 노인들 모두 입을 다물었다.

@septuor1 2017년 3월 6일 오전 6:46

한국당 같은 수구 정당이 정권을 잡으면 가장 불안한 것은 사실 안보다. '이명박근혜' 정권은 북에 퍼줄 것은 다 퍼주면서 남북 관계는 극도로 악화시켰다. 북한 붕괴론 같은 망상에 의지해 사실 아무것도 하지 않았다.

@septuor1 2017년 3월 6일 오전 7:08

사드 외교 파탄이야말로 전형적인 안보 실패다. 이런 사태를 야기한 수구 정당이 사드 배치를 어떻게든 미루자는 야당에 안보관이 없다고 비난한다.

@septuor1 2017년 3월 6일 오후 1:28
나는 글을 쓸 때 흥분하지 않는데 왜 유독 트윗을 할 때만 흥분할까.

@septuor1 2017년 3월 7일 오후 9:05
정치 잡담 프로에서 '박과 최의 관계는?'이란 질문에 패널들의 대답이 구구
하다. 아마도 '무능과 약간 덜 무능'의 관계가 정답일 듯. 박근혜는 아는 게
전혀 없어 비서들도 상대하기 버겁고 자기보다 약간 덜 무능한 최순실에 의
지하는 게 가장 마음 편했을 터.

@septuor1 2017년 3월 8일 오전 8:56
"사드 졸속 배치를 반대하지만 여기서 물러서면 중국의 속국이 될 것이기
때문에 어쩔 수 없이 사드를 배치해야 한다." 안보라는 말의 분장이 없으면
이게 얼마나 바보 같은 논리인가.

@septuor1 2017년 3월 10일 오전 7:11
박근혜는 용서해도 태극기 부대는 용서할 수 없을 것 같은 아침이다.

@septuor1 2017년 3월 10일 오전 7:26
언론이 자꾸 오늘 박근혜의 운명이 갈린다고 하는데, 박의 운명이 아니라
대한민국의 운명이다. 내 운명도 갈린다. 나라 아닌 나라에서 사는 것과
나라 같은 나라에서 사는 것, 이보다 더한 운명의 갈림길이 어디 있겠는가.

@septuor1 2017년 3월 10일 오후 1:55
이 시간까지 청와대에서 아무 말이 없다니, 정말 이럴 수가 있는가 싶다. 오늘
박근혜의 상황이 세월호 그날의 상황과 똑같은 것이 아닌지 심히 의심된다.

@septuor1 2017년 3월 10일 오후 11:23
말이 씨가 된다더니 정말 안 나가겠다 버티는구나.

태극기 부대가 애용한 말 가운데 하나가 '군대여 일어나라'였다. 이번 탄핵의 또하나 부수적인 효과는 한국 사회가 군사 쿠데타의 신드롬에서 벗어나게 되었다는 것이다.

특검의 활약과 헌재의 공정한 판단으로 사법이 그 권위를 회복했다. 언론도 학문도 자기 권위를 세우는 길은 좌고우면 없이 그 본연의 임무를 충실하게 이행하는 길인데, 그 길은 항상 민주주의의 길과 같다. 예술까지 그렇다.

작업실 컴퓨터. 미니 컴에 모니터 두 개를 연결했다. 성능 좋다.

2, 3일 늦게 나간다고 야박하게 굴 것은 없다고 보지만, 군사 보안 시설 어쩌고저쩌고했던 것이 언제 누구의 일이던가. 민간인은 한시라도 빨리 나와야 할 것이다.

"미국에 no라고 할 수 있어야 한다" 나는 이 말이 뭐가 잘못됐는지 알 수 없다.

박근혜가 대통령이 됐을 때 그에게 선악의 감정이 없을 것 같아 그것이 가장 우려됐다. 4년 후에 그 예감이 틀리지 않았음이 입증되었다. 박근혜는 다른 사람들에게 해서는 안 된다고 말한 일들을 모두 자기가 했다.

@septuor1 2017년 3월 13일 오전 8:02

울음은 패배의 인정일 때가 많다. 박근혜가 당선된 다음날 나는 '아름다운 작가상'을 받았다. 장례식장이 된 시상식장에서 물론 나는 울었다. 패배감이 가슴을 찔렀다. 박근혜가 파면되는 순간에도 나는 조금 울었는데 인간보다 높은 것이 나를 압도했기 때문이다.

@septuor1 2017년 3월 13일 오전 11:37

내게 시가 무엇인가를 체계적으로 가르쳐준 최초의 책. 중3 때 읽었지만 이 책이 그 책은 아니다. 나중에 동대문 헌책방에서 다시 산 책.

@septuor1 2017년 3월 13일 오후 2:56

좀 늦었지만 이 책을 추천한다. 영화 〈콘택트〉의 원작 소설이 들어 있어서 유명해진 이 책에서는 철학적으로든 미학적으로든 진정한 의미에서 새로운 상상력을 만날 수 있다.

@septuor1 2017년 3월 13일 오후 8:27

"박근혜 결사대 회원 150여 명은 이날 오후 2시 박 전 대통령의 강남구 삼성동 사저 앞에서 '박근혜 대통령을 지키기 위한 결사대회'를 열었다." 삼성동

집을 감옥으로 만드는구나.

아침에 컴을 부팅하면서 갑자기 인디언 이름 같은 것이 생각났다. '실 또는 독재자' 인디언 이름 아닌가.

그래봐야 안 변한다는 말은 거짓말이다. 내가 철들어서 지금까지 일만 생각해도 세상 많이 변했다. 그게 모두 세상 변하게 하려고 애쓴 사람들 덕이다.

김종삼 시인의 시 제목 '민간인'은 군인이나 관리가 아닌 일반인의 뜻도 있지만, '인민'과 '국민' 사이의 인간, 두 '민' 사이에서 고통받는 인간이란 뜻도 있는 것 같다.

과학과 문학의 지식이 풍부하고 상상력이 뛰어나서 SF 작가가 된 사람도 있지만, 상상력이 부족해서 SF 작가가 된 사람도 있는 것 같다. 사실 전통적인 사실주의 소설을 쓰는 일만큼 상상력을 요구하는 작업도 드물다.

이번 블랙리스트 사태에서 개인적으로 가장 실망한 사람은 문화예술위원장 박명진이다. 그는 프랑스 유학생으로 서울대 교수를 지냈고 경제학자 박현채의 동생이다. 그가 블랙리스트의 정신(!)을 그대로 실천하고 국회에서 위증을 하고 자리를 뭉개고 앉아 있다.

라디오에서 희자매의 노래 〈실버들〉 나온다. 가사를 들으며 저게 뭐더라 생각해보니 소월의 시다. 실버들을 천만사 늘어놓고도 가는 봄을 잡지도 못한

단 말인가. 정치건 예술이건 무엇이건 인간의 일이 자연의 일을 넘어설 순 없다. 물론 망칠 수는 있지만.

@septuor1 2017년 3월 18일 오전 8:24
자기 시대의 주관성을 진리로 설정하고 역사를 해석하는 것도 일종의 죄악이다. 설민석 사태의 교훈.

@septuor1 2017년 3월 19일 오전 11:39
자유당 대선 후보. 홍준표가 되어도 코미디고 김진태가 되어도 코미디인데, 약간 종류가 다른 코미디 되겠다.

@septuor1 2017년 3월 20일 오전 8:24
트윗에 저장되지 않는 마음에 들어요도 있었으면 좋겠다. 마음당 무엇을 하려고 해도 2000이 넘어서.

@septuor1 2017년 3월 21일 오전 9:45
박근혜는 사회성이 전혀 없는 사람이었다. 유일하게 대화가 가능한 사람은 최순실이었다. 최순실은 박근혜에게 세계의 창이었다. 최순실의 입장에서, 박근혜 대통령 만들기는 자신이 지고 있던 짐을 매우 높은 값을 받고 세상에 떠넘기는 일이기도 했다.

@septuor1 2017년 3월 23일 오전 9:08
세월호가 육안으로 보이는 곳까지 떠올랐단다. 하루면 끌어올릴 수 있는데 왜 천 일 넘게 시간을 끌고 있었던 것일까. 배도 시대가 바뀌기를 기다렸나. 세월호에 비밀이라는 말을 붙이지 않을 수 없다.

@septuor1 2017년 3월 23일 오전 9:08
내가 A에게 받을 돈이 있어서 A에게 전화를 한다. A가 말한다. "내일 보낸다." 그러기를 열흘. 또 전화를 했더니 A가 말한다. "너는 날마다 돈 달라는 거 피곤하지도 않냐?" 세월호 피로감이라는 게 그런 것이다.

@septuor1 2017년 3월 23일 오후 9:05
세월호 인양을 줄곧 반대해오던 자유당의 김 모 의원이 세월호가 인양되는 것을 보며 "차라리 잘됐다"고 말했다 한다. 우려했던 미국 쇠고기의 영향이 아닌지 모르겠다.

@septuor1 2017년 3월 25일 오전 6:20
세월호를 반잠수선의 정중앙에 안착했다는 소식이다. 하루종일 그 과정에서 사고가 날 것만 같았는데, 괜한 걱정이었구나. 이제 어려운 과정은 다 끝난 셈이니 목포 신항에 안착하기만 바란다. 그곳은 내 고향이다.

@septuor1 2017년 3월 25일 오전 6:20
박근혜는 결국 무능해서 쫓겨난 것이다. 무능한 자가 자기에게 걸맞지 않은 자리를 꿰차고 있는 것만큼 큰 죄악도 없다. 특히 박근혜는 무능이 곧바로 부도덕으로 이어진 좋은 예이다. 그를 구속해야 한다.

@septuor1 2017년 3월 27일 오전 3:11
대입에서 객관식을 없애고 논술로 대체해서 각급 학교 글쓰기 교육을 강화해야 한다는 오마뉴 기사에 '객관식으로 채점 투명성이라도 확보해야 한다'는 댓글 일색이다. 정유라 사건까지 일어났으니 사회적 신뢰가 쌓일 수 없다. 민주 사회에서만 교육의 질도 바뀐다.

@septuor1 2017년 3월 27일 오전 8:15
정유라의 이대 입학은 일종의 기여 입학이다. 부모의 돈으로 대학에 기여를 하고 그 대가로 입학하는 것이 일반적인 기여 입학이지만, 정유라는 국가 예산으로 기여(또는 기여 약속)를 하고 대학에 들어갔으니 그 부패함에 관해서는 형언할 말이 없다.

박근혜가 구속된다 해도 여전히 안타까운 것은 그가 자신의 잘못을 모르리라는 것이다. 사회의 죄는 사회적 관계에서 오는데, 그에게는 사회성이 전혀 없으니 그 죄에 대한 의식이 또한 없다. 사회적 백치가 한 나라와 사회를 이끌고 있었던 불행이 이와 같다.

지금쯤이면 다음 시즌 〈왕좌의 게임〉 이야기가 나와야 하는데, 올해는 어인 일인지 잠잠하네.

한국의 마지막 호랑이가 1930년대에 지리산에서 잡혔다. 사냥꾼이 죽은 호랑이를 경주의 한 주막에 내려놓자 놀란 주막집 개가 아궁이 속으로 도망쳐 거기서 굶어 죽었다. 삼성동 박근혜 집에 절하는, 왕조 권력의 시체에 절하는 인간들도 이 개와 다름없다.

미세먼지에 관한 택시기사의 말. 황사는 아무것도 아니라고. 매연조차도 별것 아니라고. 문제는 마모된 타이어 가루라고, 그게 거리 거리에 깔려 있으니 우리는 발암 물질 사이를 헤엄쳐 다니는 것과 같다고.

TV 강연에서 이런 말이 나온다. 누가 앉은키가 크다고 말하면 욕이란다. 사람은 앉은키보다 선 키가 더 큰데, 개는 앉은키가 더 크기 때문이란다. 이런! 앉은키가 크다고 말하면 앉은키가 크다는 말이지 왜 이런 식의 해석이 필요한 것인지.

요즘 '죽' 하면 어죽, 쇠고기죽, 닭죽 같은 죽만 생각하는데, 쌀에 물만 넣고 끓인 흰죽도 맛이 있다. 쌀의 향취와 맛을 가장 잘 느낄 수 있는 음식이 흰죽이 아닐까 싶다. 좋은 나물이 있으면 더 좋다.

@septuor1 2017년 3월 31일 오전 5:33
3시 3분에 영장 발부. 3분을 못 기다리고 잤구나.

@septuor1 2017년 3월 31일 오전 5:45
박근혜가 당선됐을 때 '대통령 잘하면 어떡하지'라는 말이 유행했었다. 이제 '구치소 적응 잘하면 어떡하지'라는 말이 유행하려나.

황현산

@septuor1 2017년 4월 5일 오후 11:13

내 책을 내다 버리길 잘했다는 사람이 제법
많다. 내다 버리려면 먼저 샀어야 할 텐데.

💬 8　　🔁 205　　🤍 133

@septuor1 2017년 4월 1일 오전 1:17

법정이나 토론회, 이런 데 갈 거 없이 학교 수업에서도 다른 사람이 질릴 때까지 자기 말을 하고 나서 (그것도 대개는 반복) 이겼다고 생각하는 사람들이 많다.

@septuor1 2017년 4월 1일 오전 4:16

〈부러진 화살〉의 정지영 감독의 다큐 〈국정교과서〉가 전주 국제 영화제에 초청받았다. 축하한다. 그런데 나도 기획위원.

@septuor1 2017년 4월 2일 오후 9:59

포천 작업실은 서울보다 북쪽이고 또 산속이라서 잎도 늦게 피고 꽃도 늦게 핀다. 남들이 꽃 자랑 다 하고 나면 그때서야 필락 말락. 나무가 죽은 게 아닌가 하고 가지를 꺾어본 게 몇 번인지 모른다.

@septuor1 2017년 4월 3일 오전 4:46

전두환 왈 : "시대적 상황이 12·12와 5·18을 불렀다." 전두환을 다시 잡아 넣을 방법이 없을까.

@septuor1 2017년 4월 3일 오전 5:06

'그때는 어쩔 수 없었다.' 그 말로 4·3 때는 제주도민을 죽였고 4·19 때는 경무대 앞에서 학생들을 죽였고, 5·18 때는 광주 시민을 죽였다. 자서전에 또다시 이런 소리를 쓰는 자가 있으니 용산 참사, 세월호 참사가 일어난다.

@septuor1 2017년 4월 5일 오후 6:19

최순실과 홍준표의 공통점은 안하무인이라는 점일 것 같다. 세상에 나만큼 똑똑한 사람 없다. 나는 항상 옳다. 이런 생각을 머릿속에 가득 담고 사는 것도 명백하게 병이다.

@septuor1 2017년 4월 5일 오후 6:19

'3D'는 여러 방식으로 읽을 수 있다. 그것을 '삼디'라고 읽어서 안 될 이유가 없다.

@septuor1 2017년 4월 5일 오후 11:13

내 책을 내다 버리길 잘했다는 사람이 제법 많다. 내다 버리려면 먼저 샀어야 할 텐데.

@septuor1 2017년 4월 6일 오전 9:12

홍준표가 자기 언어를 서민의 어어라고 주장하는데, 그건 자기가 '우리가 남이가'의 언어로 떠든다는 뜻이다.

@septuor1 2017년 4월 6일 오전 9:14

어어-언어. 이러다 홍준표 되겠다.

@septuor1 2017년 4월 6일 오전 10:08

결국 진보 대 보수의 구도가 되었구나. 보수가 조금 업글된 것은 사실이다만.

@septuor1 2017년 4월 9일 오전 9:28

김평우가 미국에서 이런 강연을 했다 한다. 억지소리도 이 정도면 거의 시적이다. 제 아버지에게서 이런 재주를 물려받았구나. http://v.media.daum.net/v/20170409082210550

@septuor1 2017년 4월 9일 오전 9:38

"사드 배치 찬성, 위안부 문제 재협상 불가, 개성공단 재개 반대." 이 정도면 거의 똑같네.

@septuor1 2017년 4월 11일 오전 8:12

'사이비'는 비슷하지만 아닌 것을 말한다. 말하자면 짝퉁이다. 그러나 진짜와 짝퉁은 기능이 같아 기분 문제에 불과하지만 사이비는 우리의 삶 자체를 거짓으로 만든다. 선거의 능력은 사이비를 걸러내는 능력이다.

@septuor1 2017년 4월 11일 오전 8:12
정치가의 정치 철학이란 결국 진보적 가치에 대한 생각의 총합이다. 그러니 시류에 따라 왔다갔다하는 정치가에게 정치 철학을 기대할 수는 없다.

@septuor1 2017년 4월 12일 오후 1:33
보수 정당이 안보 무능 정당이라는 사실을 부각시킬 필요가 있다. 이명박 박근혜 정권 때 안보 문제로 하루라도 편할 날이 있었는가. 보수 정당이 가진 안보관이란 북한 해체론밖에는 없었다.

@septuor1 2017년 4월 12일 오후 4:55
재삼 말하건대, 전공자가 번역을 꼭 잘하는 사람은 아니다. 전공자가 번역까지 잘한다면 행복한 일이지만, 대개는 번역을 잘하도록 도와주는 사람이다.

@septuor1 2017년 4월 12일 오후 9:51
'모든 사람을 다 껴안아야 하지만 종북은 껴안을 수 없다.' 김기춘의 말. 김기춘은 그 많은 문화인이 종북인 것을 어떻게 증명하려는가.

@septuor1 2017년 4월 13일 오전 11:34
음식 맛없는 곳일수록 자유당을 찍는다는 내 평소의 주장이 또다시 증명되었다.

@septuor1 2017년 4월 13일 오후 10:32
대안 학교는 한국의 공교육을 믿지 못하는 학부모들이 한 번쯤 생각해볼 만한 제도지만 위험 요소도 많다. 인간과 문명과 교육에 대해 극단적 사고를 지닌 사람이 대안 학교를 운영할 때 사이비 종교 단체 비슷한 성격으로 치닫기 쉽다.

@septuor1 2017년 4월 14일 오전 12:28
사람이 전공에 갇혀 있으면 로봇처럼 보이는 수가 있다.

@septuor1 2017년 4월 14일 오후 10:19
대선 후보 토론에서 유승민과 심상정이 압승했다는 말까지 있는데, 그들이 문재인, 안철수에 비해 훨씬 더 거침없이 말할 수 있는 자리에 있다는 점도 감안해야 한다. 잃을 것이 없으니 조심할 것도 없지. 홍준표는 물론 제 광대 놀음에 제가 넘어갔지만.

@septuor1 2017년 4월 17일 오전 10:51
김대중 대통령 후보 시절 탤런트라는 가발 쓴 녀석이 이회창 지지 연설을 하며 절뚝거리는 다리를 흉내내곤 했지. 지금도 생각하면 치가 떨린다.

@septuor1 2017년 4월 17일 오전 10:51
안철수의 지지율이 떨어진 데 대해 이런저런 이야기가 있는데, 그의 급격한 우클릭이 원인 중의 하나임을 지적하는 언론은 없구나. 거기에는 정책의 문제뿐만 아니라 믿음의 문제도 있다.

@septuor1 2017년 4월 18일 오전 7:28
목욕탕에 아버지와 어린 아들이 들어왔다. 아이의 손에 플라스틱 물레방아가 들려 있다. 탕 가에 놓고 위에서 물을 부으니 대롱을 타고 내려간 물이 물레를 돌린다. 아이는 두세 번 물을 붓다가 싫증이 나서 딴짓을 하고, 아버지 혼자 계속 물을 붓는다.

@septuor1 2017년 4월 18일 오후 1:31
작업실 마당에 팥배나무를 한 그루 사다 심었는데, 잎사귀 나는 것을 보니 팥배나무가 아니다. 꽃도 묽은 봉오리가 올라와 흰 꽃으로 피는 것 같다. 잎이 더 자라고 꽃이 더 피면 사진 찍어 알아볼 일이다.

@septuor1 2017년 4월 20일 오전 12:53

마사오옹 때문에 열나서 가만히 생각해보니 아그배나무다.

@septuor1 2017년 4월 21일 오전 8:29

인간들의 삶은 그 형태를 불문하고 보호되어야 한다. 동성애자들이 당신의 부모를 죽였는가, 자녀를 납치했는가? 차별화금지법은 통과되어야 한다.

@septuor1 2017년 4월 21일 오전 8:59

정치인들을 자주 구치소나 교도소에 보내야 한다. 죄지은 사람이 없으면 제비뽑기라도 해야 한다. 그래야 구치소나 교도소도 시설이 좀 좋아지지. 죄지은 사람의 삶이라도 삶이 모욕을 받아서는 안 된다.

@septuor1 2017년 4월 21일 오후 7:50

홍준표의 '돼지 흥분제 사건', 글을 쓰고 싶은데 글을 쓸 줄 모르면 그게 무슨 포맷이라고 생각하고 저런 소리를 하게 된다.

@septuor1 2017년 4월 21일 오후 7:59

송민순 회고록 건. 부분과 전체를 한꺼번에 보는 눈이 있어야 한다. 그걸 교양이라고 한다.

@septuor1 2017년 4월 22일 오전 7:10

보수 수구 세력에게 북풍과 안보 이슈는 마약과 같아서 일정한 효력이 급속하게 나타나곤 했다. 그러나 마약에 오래 의지하다보면 신체 조직이 약화된다. 현재의 보수 궤멸 상태가 박근혜 탓만은 아니다. 그런데 마약 환자가 또 하나 늘어나려고 한다.

@septuor1 2017년 4월 22일 오전 9:12

티브이에 내곡동 '사저 매입 의혹 주택'이라는 말이 나온다. 의혹은 무슨 의혹이냐. '사저 매입 추측 주택' 정도 되는 말이겠지.

@septuor1 2017년 4월 23일 오후 11:09

욕 한 번 안 먹고 곱게 자란 사람은 자동차를 몰고 가다 뒤에서 누가 경적만
울려도 얼굴이 울그락불그락해진다.

@septuor1 2017년 4월 24일 오전 12:09

유승민은 사람이 너무 잘다. 후에라도 대통령이 되는 일은 절대로 없을 것
이다.

@septuor1 2017년 4월 25일 오후 8:25

유승민 후보는 토론 때마다 안보 이슈를 들고 나와 상대를 순간 당황하게
만들고는 토론 잘했다고 도취한다. 정책 발표엔 여념이 없고. 그래서 약간
점잖고 약간 똑똑한 홍준표 같다. 그런데 안보 이슈에 넘어가는 유권자는
홍을 찍지 유를 찍지 않는다.

@septuor1 2017년 4월 26일 오전 3:24

문재인 후보는 오늘 성소수자들에게 진심으로 사과해야 한다. 더 늦기 전에.

@septuor1 2017년 4월 26일 오후 11:38

한국 수구들은 지금 홍준표와 함께 내일이 없는 길로 달려가고 있다. 이것
이 마지막 곶감 빼먹기라는 것을 홍준표는 알고 있다. 불쌍한 것은 대구 경
북의 늙은 영감들이다.

@septuor1 2017년 4월 27일 오전 2:59

홍준표는 자기 호적이 2년 늦었다고 말한다. 그렇다면 돼지 흥분제 사건 때
열여덟이 아니라 스물이었네.

@septuor1 2017년 4월 29일 오전 9:48

매우 중요한 발견 : 홍준표를 따라다니는 사람들은 모두 홍준표를 닮았다.

@septuor1 2017년 4월 29일 오전 10:48

트럼프가 우리에게 사드 비용을 내라는 것은 단지 협상 카드일 뿐이라고 말하는 후보들이 있다. 바보들이다. 그 카드 때문에 다른 것을 양보하게 되면 사드 비용 지불하는 것과 뭐가 다른가.

@septuor1 2017년 4월 30일 오후 8:25

홍준표는 잘하고 있다. 보수가 송두리째 망하는 길로 곧장 가고 있다.

황현산

@septuor1 2017년 5월 9일 오후 4:59

대한민국 사람은 누구나 어떤 후보를 다양
한 방식으로 지지할 수 있다. 그런데 왜 작
가는 작품으로만 말해야 하는가. 작가가 무
슨 죄를 지었는가.

💬 13   🔁 347   ♡ 282

홍준표가 지금 무슨 수를 써도 (그의 표현을 빌려 무슨 지랄을 해도) 20%를 넘지 못한다. 그런데 홍준표는 이번 선거로 보수의 정체성을 규정해놓고 있다. 선거 후 보수는 노숙자들과 비슷한 정체성을 지닐 것이다. 보수의 폭망이다.

홍준표와 또다른 후보 하나는 적폐의 뜻을 아직도 모르는 것 같다.

대선 후보 정책 토론회에서 후보 한 사람이 다른 후보를 가리켜 누구는 배배 꼬였다느니 누구는 덕이 없다느니 이런 인신공격을 해도 괜찮은 것인가.

홍준표는 미국 군함 위에서 트럼프를 만나겠단다. 무슨 항복 선언을 하는 것인가.

홍준표, 'SBS 뉴스를 없애버리겠다. 종편 2개를 없애버리겠다.' 센 남자인 척 하는 것이 보수인가보다. 억압받고 산 사람들이 많으니 몇 표는 갈 것 같다.

파리를 빠히라고 쓰다니. 한글이 무슨 발음 기호인 줄 아는구나.

아내와 함께 사전 투표 하고 왔다. 이제 포천 작업실에 칩거할 예정.

내 기억이 왜곡된 것이 아니라면 내가 받은 투표지도 후보들 사이에 빈칸이 없었다. 내 표는 무효표가 되는가.

@septuor1 2017년 5월 5일 오전 10:22

소각장을 가리려고 지난가을 옮겨 심은 명자나무. 초봄에 몸살을 앓더니 그래도 꽃이 피었다.

@septuor1 2017년 5월 5일 오전 10:26

명자나무보다 산당화라는 이름을 나는 더 좋아한다.

@septuor1 2017년 5월 5일 오전 10:38

홍준표 후보를 보며 드는 생각 : 사람이 아무리 가난하게 커도 교양은 쌓아야 한다.

@septuor1 2017년 5월 5일 오후 12:26

이렇게 각시붓꽃도 피었다.

@septuor1 2017년 5월 5일 오후 12:47

오래전에 포항에서 한지를 만들고 있다는 분을 만난 적이 있다. 조상인 김문기가 사육신과 함께 처형된 후 대대로 종이를 만드는 관노비로 살았다고 한다. 이제는 그 관노비의 일이 직업이 되었다. 자기를 소개할 때의 그 당당함과 긍지를 잊을 수가 없다.

@septuor1 2017년 5월 6일 오전 4:43
매우 새삼스럽지만, 적폐는 한자로 積弊라고 쓴다. 오랫동안 쌓이고 쌓인 폐단이라는 뜻. '북한이 적폐냐 아니냐' 이건 질문이 성립하지 않는다.

@septuor1 2017년 5월 6일 오후 6:55
홍준표가 자기 말을 한 줄도 안 써준다고 언론을 싸잡아서 욕을 했는데, 그 욕을 써주면 되겠다.

@septuor1 2017년 5월 6일 오후 7:21
여론 추세를 불안하게 여기는 사람이 많을 것이다. 내 짐작에 마지막 여론 조사 공포 이후에 판세에 별 변화가 없을 듯하다. 아무튼 9일에 한마음으로 투표하자.

@septuor1 2017년 5월 7일 오전 2:38
모란이 피었다.

@septuor1 2017년 5월 7일 오전 8:01
오촌 조카가 문안 전화를 걸어와서 선거 이야길 한다. 안을 지지했는데 한

민구 유임설에 정이 떨어지고, 심한테는 탄핵으로 정권 교체 끝났다는 말에 분노하고, 남은 게 문인데 문빠들에게 봉변당한 기억이 있단다. 미세먼지도 많은데 돌아다니지 말고 어서 결정해라.

@septuor1 2017년 5월 7일 오후 4:14

문인들이 어떤 후보를 지지하면 문학을 망치게 된다는 밑도 끝도 없는 논리는 어디서 나온 것일까.

@septuor1 2017년 5월 9일 오전 3:19

이 나라의 미래를 위해 문재인이 과반 득표하기만 바란다.

@septuor1 2017년 5월 9일 오전 6:45

아무튼 한국에는 쌍소리를 많이 하고 뽕짝을 많이 불러야 표를 주는 집단이 있다. 이런 집단과 싸워온 것이 한국의 근대사다.

@septuor1 2017년 5월 9일 오후 2:04

문인들의 문재인 지지 선언을 비판하는 이택광 교수의 글을 읽어보니, 그 사람은 허공에 사는 것 같다. 문인들에게는 지도자가 없어야 된다고 하는데, 엄연히 있는 지도자를 없는 것처럼 살다가 늘 감옥에 갇혀야 했던 역사가 바로 어제의 일 아닌가.

@septuor1 2017년 5월 9일 오후 3:59

홍준표가 대통령이 된다고 생각해보라. 그 추운 겨울에 촛불을 들고 왜 박근혜 탄핵을 외쳤는지 후회하게 될 것이다.

@septuor1 2017년 5월 9일 오후 4:37

작가는 작품으로만 말해야 한다는 엉뚱한 주장도 있구나. 그렇다면 드레퓌스 사건에 임해 '나는 고발한다'고 선언한 에밀 졸라는 무엇인가.

대한민국 사람은 누구나 어떤 후보를 다양한 방식으로 지지할 수 있다. 그런데 왜 작가는 작품으로만 말해야 하는가. 작가가 무슨 죄를 지었는가.

출구조사의 결과가 나왔으나 홍준표의 득표율이 너무 높아 기쁘지 않다.

한국 수구 세력은 홍준표와 함께 망했다. 서민 코스프레도 신용을 잃었고, 색깔론 안보장사도 더이상 먹히지 않고, '센 척하는' 막말 반인권 정책도 두 번 다시 쓸 수 없게 되었다. 팔아먹을 수 있는 것은 다 팔아먹었으니 이제 남은 것은 깽판밖에 없다.

중도가 이쪽 반 저쪽 반으로 이루어진다고 생각하면 늘 실패하기 마련이다. 중도는 두 길의 종합인, 완전히 새로운 제3의 길이다. 중도는 섞어찌개가 아니라 하나의 혁명이다. 그래서, 이상한 말 같지만, 중도는 좌파다. 물론 완전히 새로운 좌파다.

대통령 취임식에서 국민에게 하는 말을 들으니 일단 나라 같은 나라가 된 것 같다.

소설가 김도언씨가 삼인출판사 편집장으로 일하게 되었다는 소식을 트윗에서 읽었다. 더불어 내가 그의 편집장 취임을 허락하였다는 말이 떠도는 것 같은데, 나는 그걸 허락하고 말고 할 권리가 없으며, 그 일로 삼인측의 자문을 받은 적도 없다. 김정환

@septuor1 2017년 5월 11일 오후 6:54

선생과 내가 삼인에서 하는 일은 시집을 내기 위해 투고된 원고를 심사하는 것뿐이며, 출판사의 다른 업무에 대해서는 전혀 간여할 처지가 아니다.

@septuor1 2017년 5월 12일 오전 10:03

모란이 뚝뚝 떨어져버린 날.

@septuor1 2017년 5월 12일 오후 5:28

내 선배 하나는 프랑스 말을 최고로 잘하는 사람 중 하나였다. 그런데 그는 늘 빈정거리는 투로 말을 했다. 본인은 그게 재치라고 생각했겠지만 그를 칭찬하는 척하는 사람은 많아도 그를 좋아하는 사람은 없었다. 그는 자기 재능을 실현하지 못하고 죽었다.

@septuor1 2017년 5월 12일 오후 6:34

빈정거릴 일에나 아닌 일에나 빈정거리는 사람은 그 빈정거림이 결국 자신을 향하게 된다. 그는 늘 똑똑한 체하지만 자기 재능을 실현시킬 용기를 갖지 못한다.

@septuor1 2017년 5월 12일 오후 10:41

어떤 여자 시인이 촛불집회에 늘 혼자 나가 단체 참석자들을 따라다녔는데, 제일 재미있는 단체는 전교조, 그다음이 퀴어연대였다고 한다.

@septuor1 2017년 5월 12일 오후 11:56

대선 끝났는데 문재인 욕하는 사람들도 딱하다. 일단 울음을 터트렸는데 언제 그쳐야 할지 몰라 당황하는 어린애 같기도 하다.

@septuor1 2017년 5월 13일 오전 7:22

국회에서 총리 후보자 인준할 때, 자유당에서 후보자의 대북관도 검토한다고 한다. 할 줄 아는 것이 그것밖에 없으니.

@septuor1 2017년 5월 13일 오전 7:34

방문진 이사장 고영주 이야기가 나와서 하는 말인데, KBS도 만만찮다. 블랙리스트 사태 때 KBS 피디와 인터뷰를 한 적이 있다. 그는 'KBS를 이 꼴로 만든 정권'이라는 말을 썼다.

@septuor1 2017년 5월 13일 오전 8:26

모란 하나가 지고 나니 다른 모란이 피었다. 옆의 백모란도 피어날 기세.

@septuor1 2017년 5월 13일 오후 1:47

경향신문 기자가 "혼자서 퍼서 먹었다"고 썼는데, 이건 우리말이 서툴러서 저지른 일이다. 우리말을 잘 다루었으면 최소한 '혼자서'는 '손수'라고 썼을 것이다. '손수 퍼서 식판에 담았다' 정도로만 썼어도.

@septuor1 2017년 5월 14일 오후 7:59

나는 지금도 세월호란 말만 들어도 눈물을 흘린다. 그런데 그 부모들의 마음은 오죽할까.

@septuor1 2017년 5월 14일 오후 10:36

어려운 책을 읽다가 이해가 안 되면 '남들도 다 모를 것이다, 저자도 무슨 소린지 모르고 썼을 것이다'라고 생각해버리는 사람들이 있다. 지적으로 막장에 다다른 것이다.

@septuor1 2017년 5월 15일 오전 9:39

우리말로 쓴 글이 졸렬해지는 가장 큰 이유는 영어 교과서를 번역하는 말로 처음 문장을 익히고 있는 데서 찾아야 할 것이다. 중고등 과정에서 초등학교 용 문장을 다루고 있으니, 어휘는 빈약해지고 문장 구성은 유치한 수준을 벗어나지 못한다.

@septuor1 2017년 5월 16일 오전 9:41

개인적인 생각으로는 대통령 부인의 이름에 '씨'를 붙여서 나쁠 것이 없다고 본다. '영부인'은 남의 부인을 부를 때 일반적으로 쓰던 말인데 박정희 때 육영수에게만 쓰도록 했다. '여사'는 일본을 통해 들어온 말인데 어쩐지 안 맞는 옷 같다.

@septuor1 2017년 5월 16일 오전 10:00

어른의 언어로 말하라는 것은 수구 보수들의 언어로 말하라는 것이 아니다. 단어를 나열하는 식이 아닌 정확한 문장으로 논리에 맞게, 응석 부리지 않고 주눅들지 말고, 과장하지 말고 축소하지도 말고, 정확한 발음으로 말하라는 것이다.

@septuor1 2017년 5월 16일 오전 10:09

사실 '부인'이라는 말도 좋은 말이다. '婦人'이 아니라 '夫人'.

@septuor1 2017년 5월 16일 오후 7:08

심각한 문제 발생. 집의 서재와 포천 작업실을 왔다갔다하다보니 집 서재에 외장 하드 연결 코드가 하나도 남아 있지 않다. 랜섬 어쩌고 하는데 파일들을 백업할 길이 없구나.

@septuor1 2017년 5월 17일 오후 1:01

옛날 부부를 함께 초대할 때 남편 앞으로 초대의 말을 쓰고 뒤에 '동영부인(同令夫人)'이라고 덧붙였다. 영부인에게도 같은 말을 전한다는 뜻이다. 이렇게 일반적으로 쓰던 영부인이라는 말을 박정희가 퍼스트레이디의 번역어로 고착시켰다.

@septuor1 2017년 5월 18일 오전 8:08

광주더러 '이제 그만 좀 해라' 하던 인간들이 세월호 유족들 보고도 '이제 그만 좀 해라'라고 말한다. 가슴에 손을 얹고 생각해봐라. 어떻게 그만둘 수 있겠는가. 사실 오늘의 이 민주화는 불행했던 사람들의 덕택이다.

@septuor1 2017년 5월 19일 오전 8:25

어제 광주에서 추모사를 끝내고 자기 자리로 돌아가는 유족을 대통령이 나가서 껴안았다. 그런데 신문들이 모두 대통령 얼굴이 나오게 사진을 찍었다. 반대편에서 유족의 얼굴이 나오게 찍은 사진도 좀 있었으면 좋으련만.

@septuor1 2017년 5월 19일 오후 11:06

자유당이 광주와 관련하여 북한군의 개입 운운했다는 것은 앞으로 영원히 홍준표 24%, 당 지지율 8%에 주저앉겠다는 뜻이 되겠다.

@septuor1 2017년 5월 20일 오전 5:49

종합소득세 신고를 했다. 연금을 받는데다 원고료와 인세가 많다고 200만 원에서 몇천 원 빠지는 세금을 더 내란다. 내긴 냈는데 억울하다. 나 같은 늙고 가난한 문인이 밤새워 써서 번 원고료에 그렇게 많은 세금을 내게 하다니.

@septuor1 2017년 5월 20일 오전 10:26

개천에서 용 나기 어렵다는 것을 누가 실증적으로 연구했다고 하는데, 옛날에도 개천에서 용 나오기는 쉽지 않았다. 개천에서 그렇게 쉽게 용이 나올 수 있었으면 왜 그런 말이 생겼겠는가.

@septuor1 2017년 5월 21일 오전 8:47

포천 작업실에서는 요즘도 아침이면 난로에 불을 피운다. 난방 목적보다는 불 그 자체가 좋다. 불 앞에 있으면 모든 활기가 되살아나는 듯. 특히 불을 쪼이고 있으면 온열 치료를 받는 듯한 느낌이다.

@septuor1 2017년 5월 22일 오전 7:14

강경화씨의 외무부장관 내정을 환영하고 축하한다. 그러나 유엔의 조직과 한국 외무부 조직은 매우 다를 텐데 걱정도 된다. 그 끔찍한 아재 문화와 어떻게 싸울 것인지.

@septuor1 2017년 5월 24일 오후 5:16

슈즈 트리를 보러 서울역 광장에 갔다. 왜 이걸 흉물스럽다고 말하는지 모르겠다. 나는 오히려 신발이 너무 깨끗해서 조금 실망스러웠다. 신발을 모으기도 힘들었겠지만, 설계도 쉽지 않았을 것 같고, 설치 작업도 고생스러웠겠다.

@septuor1 2017년 5월 24일 오후 11:38

공중 정원에서 신발의 폭포가 쏟아져내려 서울역 광장으로 흘러간다. 슈즈 트리는 이 개념만으로도 문명 비평적 성격을 지닌다. 이 소비의 폭포는 우리의 삶이 만들어낸 절경이다.

@septuor1 2017년 5월 25일 오전 9:04

한국 군대에는 아예 인권 개념이 없다.

@septuor1 2017년 5월 25일 오후 3:23

문학과 예술에서 감식안이 날카로운 것과 감식안이 좁은 것은 늘 혼동되기 쉽다.

@septuor1 2017년 5월 27일 오전 7:49

이낙연을 개인적으로 몇 번 만난 적이 있다. 좋은 사람이다. 그가 총리가 될 수 있기를 바란다. 원칙은 항상 그뒤에 있는 정신이 문제다. 나는 이낙연의 삶이 그 정신에 부합한다고 생각한다.

@septuor1 2017년 5월 27일 오전 8:12

유머와 아이러니, 풍자와 빈정대기는 쉽게 구분되지 않는다. 유머에는 어떤 방식으로든 자기희생이 있다. 그것이 없으면 유머는 성립되지 않는다.

@septuor1 2017년 5월 27일 오후 1:02

김이수 헌법재판소 재판관이 소수 의견을 많이 냈다고 해서 헌법재판소장이 될 수 없다는 게 말이 되는가. 소수 의견이 흠집이 된다면 헌법재판소의 존재 가치가 문제된다. 헌법재판소의 임무는 모든 인습과 싸우는 것이고 모든 '적당히'와 싸우는 것이다.

@septuor1 2017년 5월 28일 오후 2:50

트위터에는 왜 이렇게 말귀 어두운 사람이 많은지 모르겠다. '좋은 사람'이라고 하면 그저 법 없이도 사는 사람 정도로밖에는 이해하지 못하는 사람들. 이순신도 좋은 사람이고 안중근도 좋은 사람이다.

@septuor1 2017년 5월 29일 오후 9:19
사랑이 화학 반응에 불과하다고 할지라도 그 가치가 떨어지는 것은 아니다. 다이아몬드의 성분이 탄소라고 해서 그 가치가 떨어지는 것이 아니듯이.

@septuor1 2017년 5월 30일 오전 8:03
지금 교토다. 가족들과 함께 오래된 고가에 에어비앤비로 들어와 있는데 집이 참 아름답다. 가만히 생각해보니 집이 아름다운 이유 중의 하나는 책이 없기 때문이기도 하다. 집의 모든 벽면과 공간이 책의 억압을 받지 않아서.

오후 2:11 @septuor1 2017년 5월 31일
윤동주 시비 옆에서.

@septuor1 2017년 5월 31일 오후 3:08
교토의 도시샤대학입니다.

@septuor1 2017년 5월 31일 오후 7:12
교토 카모강.

@septuor1 2017년 5월 31일 오후 7:13

카모강. 한국의 70년대 풍경 같다.

황현산

@septuor1 2017년 6월 5일 오전 6:48

내 젊은 시절 식당의 대표적인 매운 음식으
로는 무교동 낙지와 명동 칼국수가 있다. 무
교동 낙지는 고춧가루보다 마늘로 매운맛
을 냈다. 명동 칼국수의 그 유명한 배추겉절
이도 마늘로 맛을 냈다. 향기 높은 국산 마
늘. 청양고추 이후 이 마늘향이 사라졌다.

♡ 9   ↻ 191   ♡ 184

@septuor1 2017년 6월 1일 오후 12:53

한 카페의 창에서 내다본 카모강.

@septuor1 2017년 6월 2일 오후 12:33

두 번의 일본 여행에서 느낀 것. 일본에는 탈아입구(脫亞入歐)에 성공했다
고 믿었던 그 시대에 대한 강한 향수가 남아 있는 게 분명하다. 일본에는 화
석이 된 유럽 같은 것이 있다.

@septuor1 2017년 6월 3일 오전 10:03

일본에서 돌아와 작업실에 와보니 봉오리만 맺혔던 꽃들이 (눈 기약 능히 지
켜) 활짝 피어 있다.

@septuor1 2017년 6월 3일 오후 5:57

본인은 절대로 아니라고 부정하겠지만 우리나라가 미국의 한 주가 되거나
일본과 완전히 병합했더라면 더 좋았을 것이라고 내심 생각하는 사람들이
있다.

@septuor1 2017년 6월 3일 오후 6:28

복거일씨는 한국의 진보주의자들을 인종주의자들이라고 불렀다. 그 말의 속뜻이 무엇이겠는가.

@septuor1 2017년 6월 4일 오후 12:29

소식이 없던 고등학교 동기나 선후배들이 연락해서 턱없는 매체에 턱없는 조건으로 글을 써달라거나, 출판 기념회에 연설을 해달라고 하면 그것처럼 난감한 것이 없다.

@septuor1 2017년 6월 4일 오후 4:47

외국 관광객들이 한국 음식이 너무 맵다고 한다는 기사에 '왜 우리가 외국인 입맛 신경쓰냐'는 댓글 일색인데, 내가 대학 다니던 50년 전만 해도 한국 음식이 이렇게 맵지 않았다. 지금 식당에서 파는 매운 음식들은 내 생각에 한국 음식이 아니다.

@septuor1 2017년 6월 5일 오전 6:48

내 젊은 시절 식당의 대표적인 매운 음식으로는 무교동 낙지와 명동 칼국수가 있다. 무교동 낙지는 고춧가루보다 마늘로 매운맛을 냈다. 명동 칼국수의 그 유명한 배추겉절이도 마늘로 맛을 냈다. 향기 높은 국산 마늘. 청양고추 이후 이 마늘향이 사라졌다.

@septuor1 2017년 6월 5일 오후 11:28

나는 한창 글을 쓸 때, 써야 할 글이 안 써지면 찌질한 영화를 몇 편 연속해서 보곤 했다. 이걸 영화라고 만들어 어쩌고 하다보면 갑자기 초조해지고 그래서 아무 소리나 쓰게 된다.

@septuor1 2017년 6월 6일 오전 8:47

사드 문제에 관해 내가 읽은 글 중 가장 정직하고 가장 정리가 잘된 글. [이충재 칼럼] '사드 맹신'에 처량해진 자주 국방 https://www.hankookilbo.

@septuor1 2017년 6월 6일 오전 9:30

고대사의 영광을 말하는 것이 애국적인 일 같지만, 사실은 현실의 자기 나라를 멸시하는 짓이다.

@septuor1 2017년 6월 7일 오후 3:04

강경화 외무장관 청문회 계속되는데, 국회의원들의 인간적 자질과 지적 능력을 까발리는 청문회 같은 느낌이다.

@septuor1 2017년 6월 7일 오후 3:21

대통령이 가야사의 연구와 복원을 지시하는 게 맞는 일인지 모르겠다.

오전 7:53 @septuor1 2017년 6월 8일

포천에 들어오니 작약이 비를 맞고 쓰러져 있다. 아내가 지주를 박고 이렇게 묶었다.

@septuor1 2017년 6월 8일 오전 8:00

'만주 땅이 우리 땅일 수도 있었는데'라고 한탄하는 소리를 자주 듣는다. 만주가 우리 땅이라면 나쁠 것은 없다. 그런데 문제는 그 경우 세상은 지금과 전혀 다른 세상이 되었을 것이고 나나 당신은 태어날 수 없었다는 것이다. 역사는 내가 서 있는 지금

@septuor1 2017년 6월 8일 오전 8:02

이 자리에서 뒤를 돌아볼 때의 역사다. 내가 이 세상에 없다면 아무리 영광

스러운 역사인들 그게 무슨 소용인가.

@septuor1 2017년 6월 8일 오전 11:15
자유당이 국민의당더러 야성을 회복하라고 말하던데, 야성이 민주적 성격과 연결되어 있지 않다면 반대를 위한 반대밖에 더 있겠는가.

@septuor1 2017년 6월 8일 오전 11:28
만주가 우리 땅이면 우리가 더 행복할까. 만주가 우리 땅인데 우리나라가 가혹한 독재 국가라면? 한 나라의 영광과 행복은 국토의 크기로 결정되지 않는다. 만주 땅이 우리 것이라는 그런 제국주의적 사고방식이 결국 우리를 불행하게 만든다.

@septuor1 2017년 6월 8일 오후 5:15

물망초.

@septuor1 2017년 6월 9일 오전 10:39
어제 데스크톱 2개 노트북 1개에 onedrive를 동기화하고, 컴마다 동기화 폴더를 바꾸고, 필요 없는 파일을 지우다보니 꼬박 하루가 걸렸다. 일을 몰아서 하지 말고 그때그때 해야 하는데 70년 동안 그 버릇을 못 익혔으니.

@septuor1 2017년 6월 9일 오후 12:24
자유당이 박근혜 탄핵의 복수를 김이수 후보에게 하는구나.

@septuor1 2017년 6월 9일 오후 3:00

내가 지금까지 가장 맛있다고 생각한 초계탕은 포천 십이계곡의 청산막국수 초계탕. 포천 일동 입구의 평양 초계탕도 그에 못잖다. 일동 들를 일 별로 없겠지만 기회 닿으면 한번 가보세요.

@septuor1 2017년 6월 9일 오후 6:09

기차표를 예매하려고 코레일에 들어갔더니 비밀번호를 바꾸란다. 새 비번을 넣었더니 숫자 영문자 특수 문자를 모두 사용해야 한단다. 기차표나 예매하는데 그런 요란한 비번이 왜 필요한가.

@septuor1 2017년 6월 9일 오후 6:15

누가 내 이름으로 기차표를 예매하는가.

@septuor1 2017년 6월 10일 오전 2:21

보들레르 시 다섯 편을 한꺼번에 번역했다. 늘 일본어 역을 참조해서 만들어진 기존 번역판의 틀에서 벗어나기가 쉽지 않다. 벗어나건 그 안에 갇히건 께름칙하기는 마찬가지다. 과거란 것이 그렇게 무섭다.

@septuor1 2017년 6월 10일 오전 11:23

동북 공정도 한국이 자초한 측면이 강하다. 90년대 초 중국 여행 금지가 해제되었을 때 중국에 들어간 한국 관광객들은 입만 열면 만주는 우리 땅 같은 소리를 했다. 이후 중국은 고구려 유적을 폐쇄하고 한국 관광객의 출입을 금지했다.

모나미 Olika 만년필, 써보니까 괜찮다. 2,500원짜리 만년필이 Lamy와 비교해도 손색이 없을 듯. 그러나 며칠은 더 써봐야 알겠지.

알고 보니 값싸고 성능 좋은, 거의 일회용에 가까운 만년필들이 많구나. 프레피, 파카 벡터도 써봐야겠다. 검은색이나 청색 잉크 만년필과 함께 붉은색 잉크 만년필도 필요하다.

생각해보면 박근혜는 가게무샤 비슷한 것이었다. 박근혜가 자기 아버지에게 정치를 배워서 훌륭한 대통령이 될 것이라고 그를 지지하는 사람이 많았지만 그와 비슷한 박근혜도 없었다. 현실의 박근혜는 형광등 백 개짜리 아우라의 폼만 잡고 있으면 그만이었다.

옛날 여인들이 새벽에 정한수를 떠놓고 손을 비비며 비는 행위는 '비손'이라고 한다. '비나리'는 걸립패에서 쓰던 말로 조금 다른 뜻을 가진 말이다.

한국에서 공부에 별 뜻이 없다가 외국에 나가 어떻게 박사학위를 얻어온 사람이 있다. 조심해야 할 사람이지만 특히 그 번역은 믿을 것이 못 된다. 내가 최근에 읽은 번역은 시종 한 문장도 맞지 않았다. 번역 전문가의 검증을 받는 게 좋으련만,

불가능한 일이다. 그는 자기 번역이 문제투성이라는 것을 죽을 때까지 모를 가능성이 크다. 게다가 그가 교수라도 되는 날에는 누가 그를 가르칠 수 있겠는가.

@septuor1 2017년 6월 11일 오전 11:27

한국에서는 고위 공직자의 사상 검증이 종북밖에는 없는 것 같다. 탁씨 문제도 그렇고. 만일 창조주의자가 교육부장관이 되면 어찌될까.

@septuor1 2017년 6월 11일 오후 3:44

장미 송이마다 풍뎅이 같은 벌레가 대여섯 마리씩 엉겨붙어 화심을 파먹고 있다. 우리 중학교 때 대표적인 에로 소설이 최인욱의 『벌레 먹은 장미』였던 생각이 난다.

@septuor1 2017년 6월 11일 오후 4:41

변증법과 관련된 용어 가운데 하나인 '지양(止揚)'을 '벗어남' '삼감'으로 순화했다는 것을 오늘 알았는데, 도무지 이해가 가지 않는다.

@septuor1 2017년 6월 11일 오후 4:58

남쪽 해안 지역에서는 명절이나 잔치나 큰일 있을 때마다 돔배기 상어를 사용합니다. 산전, 어전, 숙회 등 용도가 다양합니다. 돔배기를 통째로 전을 부칠 수는 없고.

@septuor1 2017년 6월 11일 오후 5:27

이런 기사가 있다. "자유한국당은 10일 '6·10 민주항쟁의 외침은 독재 타도와 호헌 철폐인 만큼 그 뜻을 받들어 국민과 함께하는 개헌 논의에 앞장서 새로운 대한민국 건설에 이바지할 것'이라고 밝혔다." ─당시 호헌 철폐는 그런 뜻이 아니었는데.

@septuor1 2017년 6월 11일 오후 11:07

'느와르'는 프랑스어 noir를 발음 그대로 적은 것이다. 그런데 문교부 외래어 표기법에 따르면 '누아르'라고 적어야 맞다. 그런데 왜 유독 이 단어만은 '느와르'라고 쓰는지 모르겠다.

'한국 문학의 나아갈 길' 같은 담론을 지금도 펼치는 사람들이 있다. 한국 문학이 행군하는 것도 아닌데 특별히 나아갈 길이 따로 있겠는가. 아무도 문학을 어디로 몰고 갈 수 없다. 모두가 한목소리를 내지 않으면 불안해 못 견디는 것도 군사 독재의 유산이다.

'한국 문학이 나아갈 길' 같은 말이 특히 해로운 것은 그 자체가 창작의 자유를 겁박하고 그 의지를 지도 검열하는 통제의 형식을 지니고 있기 때문이다.

사학진흥재단이 동소문동에 짓기로 한 대학 연합 기숙사는 금년 2월 건축 허가가 났지만 착공하지 못하고 있다. 주민들이 '대학생들의 음주 끽연 애정 행각을 초등생들이 보게 된다'고 반대하기 때문. 그런데 동소문동에는 성대생 고대생을 대상으로 한 원룸이 많다.

몸을 둥글게 말고 고슴도치처럼 바늘을 세우고 있기. 자유당은 이게 야당이 해야 할 일이라고 주장하고 있다.

그 대학원생은 사제 폭탄을 만드는 데에 제법 긴 시간을 바쳤을 것이다. 그 사이에 분노가 조절되지 않았다는 것이 이상하다.

좋은 바둑판이 책상 서랍에 들어갈 수 있을까.

누구의 책을 비판하려면 최소한 그 책을 읽어라. 신문 기사를 자동인형처럼 반복하며 그게 자기 의견인 것처럼 착각하지 말고.

@septuor1 2017년 6월 14일 오전 9:17
비판에 비평 개념은 없고 비난 개념만 있으면 그것도 지옥이다.

@septuor1 2017년 6월 14일 오전 9:29
북한 무인기가 남한을 휘젓고 다니며 사진을 찍었다는데, 그거 지극히 원시적이 아닌가. 인공위성 시대에.

@septuor1 2017년 6월 14일 오후 12:13
나도 방금 안경환씨의 책을 이북으로 읽었다. 기사가 반드시 악의적이라고 할 수는 없겠다. 남자들의 행티를 주섬주섬 엮으면서 저자 자신이 흥분하고 있으니.

@septuor1 2017년 6월 14일 오후 12:18
게다가 사회 현상과 미래의 전망에 대해 뿌리깊은 비관주의도 문제겠다.

@septuor1 2017년 6월 14일 오후 12:31
이게 오래된 책이 아니고 작년에 발간된 책이라는 것도 충격이다.

@septuor1 2017년 6월 14일 오후 2:24
풍속 비판에서 풍속을 개념화하지 못하면 그 극복의 길도 발견되지 않는다. 결국 풍속이여 영원하라!가 되고 만다.

@septuor1 2017년 6월 15일 오전 6:36
나는 블락한 사람이 팔로우한 사람만큼이나 많다. 의견이 다르다고 블락하지는 않는다. 블락하는 경우는 1)모욕적인 언어로 댓글을 달거나 그걸 퍼날랐을 때, 2)내 글을 사악하게 왜곡할 때, 3)말이 안 되는 소리로 계속 댓글을 달 때 등인데,

정작 본인은 그 기억조차 없는 것 같다. 왜 블락했는지 모르겠다는 사람이 대부분이다.

'남자는 다 그래' '여자는 다 그래'는 진지한 책의 주제가 될 수 없다. 인간으로서 남자와 여자가 그렇게 다른 것도 아니고, 모든 남자, 모든 여자가 한결같이 그렇게 같은 것도 아니다. 그런 책은 당연히 실패하게 되어 있다.

가부장제 문화에서 남자에게 여자의 존재는 성적 대상으로만 파악되기 쉽다. 아니 그럴 수밖에 없다. 이 문화에서 빚어진 남자들의 행티가 남자의 생리나 본능과 혼동되기도 그만큼 쉽다.

서울과 포천 두 군데서 생활하니 서울에 와서는 늘 일정이 빠듯하다. 오늘도 그렇다. 병원에 가야 하고 점심 약속이 있고 저녁에는 정책대학원에서 강의를 해야 한다. 지금 나가면 밤에나 들어오게 된다. 후유.

'친일' 같은 말은 자칫 판단력을 흐리게 할 수 있다. 일부 역사학자들은 다른 사람들의 역사관을 친일 사관이라 말함으로써 그것으로 자신들의 모든 논리적 근거를 대신한다.

트위터는 틀이 조금씩 자주 바뀌는데 그렇다고 더 편리해진 것 같지는 않다.

한 재야 사가는 백제가 페르시아의 음차라고 했다. 그럴 법하다. 그래서 페르시아인들이 와서 백제를 세웠느냐고 물었더니 백제의 영토가 중동에까지 이르렀다고 대답했다. 임란 때만 해도 중국 땅이 모두 조선 땅이었다고. 내가 만난 제일 황당한 환빠였다.

@septuor1 2017년 6월 16일 오전 4:16
강연을 하고 나면 늘 아쉬운 것이 있다. 하려고 했던 말인데 잊은 것이 있다. 꼭 해야 할 말은 아니지만 그 주제에 대해 내 새로운 생각과 연결되어 있는 말이기에 아쉽다. 내가 생각해온 과정도 그 말과 연결이 된다. 허나 늘 주제를 전하기에 급급해서.

@septuor1 2017년 6월 16일 오전 4:36
강연을 하고 나서의 아쉬움은 글을 발표하고 나서의 아쉬움과 다르다. 일회성의 아쉬움.

@septuor1 2017년 6월 16일 오전 10:59
군가산점 제도는 장애인들과 여자들의 권리를 빼앗아서 전역자들에게 덧붙여주자는 것이다. 그것도 일부 전역자들에게. 전역자들에게 보상금을 주는 것은 가산점 제도의 갈등을 끝내고 전역자 전체에 실제로 도움을 줄 수 있는 괜찮은 제도라고 생각한다.

@septuor1 2017년 6월 17일 오전 9:23
언젠가도 쓴 것 같은데, '시원하다'는 원래 온도가 낮다는 뜻이 아니라 상쾌하다는 뜻이다. '등골이 시원해지는 공포 영화의 계절'이라는 글을 보고 하는 말이다. 싸늘한 것이 항상 시원한 것은 아니다. 뜨거운 것이 종종 시원한 것일 수는 있어도.

@septuor1 2017년 6월 18일 오후 2:16
너무 편하게 살다가 남들처럼 살려면 세상이 갑자기 황당해지니 주장도 황당한 주장을 할 수밖에 없다. 자유당 이야기다.

@septuor1 2017년 6월 18일 오후 3:19

동네에 무슨 일이 있었기에……

@septuor1 2017년 6월 19일 오전 6:35

'자유방임'이란 말이 있으니 '자유방심'도 있을 법. 『악의 꽃』에 나오는 Belle d'abandon은 본모습 그대로 자연스럽게 행동하는 미녀, 곧 '방심의 미녀'라는 뜻일 텐데, 기존 번역은 모두 '얼빠진 미녀'. 일본어의 어떤 단어를 오역한 듯.

@septuor1 2017년 6월 20일 오전 6:54

인간은 복잡하고 섬세해서 자신이 이해하기 어려운 것을 늘 타자화한다. 한국의 수구 세력이 진보 세력을 종북이라고 불렀던 것은 그렇게 믿었기 때문이 아니라 민주적 사고 자체를 이해할 수 없었기 때문에 그 세력을 타자화하는 말이었다. 요즘 자유당의 행티는

@septuor1 2017년 6월 20일 오전 7:00

이해할 수 없으나 엄연한 현실 권력이기에 타자화할 수 없는 권력 앞에서의 당혹감을 드러내는 행동일 뿐 아무것도 아니다. 자유당 서울시 당위원장과 자유당 의원(아무나)을 겹쳐놓으면 이 사태가 아주 잘 이해된다.

@septuor1 2017년 6월 20일 오전 7:38

3000년 된 묘지 동굴(말이 이상하다)이 상파뉴에서 발견되었다네요. http://www.lefigaro.fr/culture/2017/06/19/03004-20170619ARTFIG00211-des-grottes-funeraires-vieilles-de-3000-ans-decouvertes-en-champagne.php?utm

나는 황교익의 말을 들을 때마다 늘 함부로 말하는 것 같다는 생각이 든다.

나는 천일염 생산지에서 어린 시절을 보냈다. 고향 사람들은 천일염 이전의 자염을 가장 좋은 소금으로 여겼다. 그다음이 천일염인데, 염부들은 소금 한 알갱이를 입에 넣고 그 소금을 생산한 염전을 알아차린다. 봄 소금, 여름 소금, 가을 소금도 구분한다.

가을 소금, 여름 소금은 우리 어머니도 구분하셨다. 초여름의 소금을 가장 좋은 소금으로 쳤다.

서울 음식은 함부로 말하기 어렵다. 나는 30대 초에 3대조인가가 왕실의 부마였다는 집의 초대를 받아 저녁을 먹은 적이 있다. 그 음식은 내가 알고 있던 서울 음식과는 완전히 다른 것이었다. 서울에는 내가 알지 못하는 여러 층의 음식이 있을 것 같다.

구절판은 대갓집에서 아이들에게 젓가락질 연습을 시키기 위한 음식이라는 이야기도 그 집에서 들었다.

학문적 분석은 그 결과가 여러 사람의 경험과 위배되면 그 분석의 조건을 의심하고 놓친 것이 무엇인가를 따져보기도 해야 한다. 그러지 않으면 과학이라는 이름의 폭력이 된다.

@septuor1 2017년 6월 21일 오전 8:12

자염은 바닷물을 가마솥에 넣고 불을 때서 얻는 소금이다. 화염, 육염이라고도 부른다. 바닷물을 바로 솥에 넣는 것이 아니라 염도를 높여서 넣는데, 그 과정이 천일염을 굽는 과정과 약간 비슷하다. 한 세기 전까지만 해도 한국 소금은 모두 자염이었다.

@septuor1 2017년 6월 23일 오전 6:39

보수 언론이 건수마다 '내로남불'을 들고나오는데, 이 사자성어는 서사가 성립하면 로맨스요 성립하지 못하면 불륜이라고 해석할 수 있다. 사실 정치적인 문제에서 서사와 그 설득력의 성립은 민의가 어디에 있느냐로 바꿔 생각해야 한다.

@septuor1 2017년 6월 24일 오전 10:49

고라니는 한국과 중국의 동북 지역에만 서식한단다. 중국에서는 멸종 위기종이라고 하니 믿어지지 않는다. 한국 농촌에서는 귀찮은 게 고라닌데. 포천에서도 아랫집 상추를 고라니가 다 뜯어먹었다. 고라니의 뜻이 어금니라는 것도 오늘 기사 보고 알았다.

@septuor1 2017년 6월 24일 오후 11:24

'일가족 4명 태운 자동차 강변북로 추돌. 가장 투신해 숨져' 이런 기사 제목이 있다. 그런데 기사를 보면 차가 가드레일을 들이받았단다. 추돌은 한 차가 다른 차를 뒤에서 들이받을 때 쓰는 말이다. 이제 한국어에서 말의 오용이 갈수록 심해질 것 같다.

@septuor1 2017년 6월 25일 오전 7:14

우리도 영미권처럼 방학중엔 교사들에게 월급을 주지 말아야 한다는 칼럼이 있다. 방학에 월급을 주지 않는 나라는 다른 기간에 월급을 많이 준다는 생각은 하지 않는군. 연봉 개념이 익숙하지 않아선가. 이 나라 지식인들은 다른 직군에 대한 질투가 심하다.

전교조는 나쁜 놈들, 놀고먹는 놈들이라는 인식이 어떻게 생겨났을까. 보수 정권의 선전 공작에 의해서만 그런 것 같지는 않다.

트윗에 '조식'이라는 한자가 있고 그 밑에 '일본어 번역'이라는 단추가 있어서 눌러봤더니 '아침식사'라는 번역이 나왔다. 트위터에서 처음으로 정확한 번역을 만났다.

요즘 휴대폰으로 본인 인증을 받는 경우가 많다. 본인 인증 앱도 있다. 그런데 내가 관공서나 은행에 주민증 대신 내 휴대폰을 들고 가면 나라는 것이 인증될까.

원고 한 꼭지 마감했다. 한 번 읽고 보내야 하는데 읽기 싫다. 자고 나서 내일 보내기로 한다. 읽지 않아도 하루저녁을 묵혀둔다는 게 작은 위안은 된다.

인터넷 페이지를 열 때마다 'SKY의 결혼은 엔노블에서' 같은 광고가 뜨는데 볼 때마다 기분이 그렇다. 청춘 남녀가 자신의 애정 문제를 어떤 회사에 맡긴다는 것도 딱해 보이지만 그걸 귀족적인 외피로 포장하는 것도 그렇다. 연애라도 좀 마음대로 해야지.

오래된 시집에 '청초하다'란 말이 있다. 많이 쓰던 말인데 이제는 별로 안 쓰는 말이다. 왜 그럴까. 아마도 이에 곧바로 대응하는 서양말이 없어서일 것 같다. 기억을 더듬어보면 옛날에 정기수 선생이 불어 pur를 청초하다로 옮겼던 것 같기도 하다.

@septuor1 2017년 6월 26일 오후 9:59

은수미씨가 청와대에서 일하게 되었다니 기쁘다. 세상이 바뀌기 전을 생각해보면.

@septuor1 2017년 6월 27일 오전 10:40

나는 가끔 山林處士 선생의 트윗을 읽으면서 이거 고종석 선생 트윗 아닌가의심할 때가 많다. 그 박식함이며, 그 문장의 또렷함이며, 그 영남패권주의에 대한 증오하며.

@septuor1 2017년 6월 27일 오전 10:58

아이를 키우면서 어떤 말들을 하지 말라고 하는데, 그 말들의 가짓수가 많기도 하다. 아이를 그렇게 먹물 단지 조심하듯 조심해서만 키우는 게 아이에게 꼭 이로운 것만은 아닐 것이다. 아이도 걸러서 들을 줄 안다. 아이의 판단력도 무시하지 말아야 한다.

@septuor1 2017년 6월 27일 오후 4:23

문준용 녹취록이 조작되었다는 뉴스에 나는 별로 놀라지 않는다. 별일 아닌것처럼 느껴지기도 한다. 녹취록이 나왔다고 할 때부터 내가 믿지 않았기때문인 것 같다. 그 녹취록이라는 것 자체가 너무나 엉성하고 황당했다. 어떻게 그럴 생각을 했을까.

@septuor1 2017년 6월 28일 오전 4:08

키플링은 제국주의자에 인종주의자인데, 한국에서 그 사람 책을 가지고 토론도 하는구나.

@septuor1 2017년 6월 28일 오전 9:44

한국에서 적성평가를 할 수 없는 이유 가운데 하나도 한국 사회가 독립적사고를 인정해주지 않는다는 것이다.

@septuor1 2017년 6월 28일 오후 6:35

김기춘씨가 사약을 받고 끝내고 싶다고 했다는데, 유감스럽게도 민주 국가에는 사약이 없다. 번거롭겠지만 법대로 재판받고 죄를 낱낱이 청산하는 것이 마지막으로 국가를 위한 일이라고 생각하셔야 할 것 같다. 아직 길이 남아 있다.

@septuor1 2017년 6월 30일 오전 9:58

역사에 남을 한국 명작 영화. 한 편도 본 것이 없다. 그런데 빙고판을 만든 사람은 이 25편을 다 봤을 것 아닌가. 존경할 만하다.

@septuor1 2017년 6월 30일 오후 3:48

조대엽 교수, 성질 보통이 아닌데 저걸 참아내는 능력도 있구나.

@septuor1 2017년 6월 30일 오후 8:15

우연한 인기를 권력으로 바꾸고 싶어하면 대개는 좋지 않게 끝나더군.

황현산

옛날에는 전자 기기 사면 매뉴얼 다 읽고 그대로 했다. 그후론 매뉴얼 안 읽고 대충 했다. 요즘은 읽어도 모르겠다.

선거 때 '코리아 패싱' 같은 말이 돌아다녔다. 그 말을 이 땅에서 사용한 사람들의 비열함과 비굴함은 뭐라고 표현할 길이 없다. 어쩔 수 없이 노예가 되어야 하는 안타까운 사람들도 많지만, 제가 먼저 서둘러 노예가 되는 자들도 적지 않다.

막국수는 '메밀을 껍질째 빻아서 뽑은 국수'라고 하니, 막국숫집 주인이 거세게 항의하던데, 메밀을 껍질 벗기지 않고 빻은 가루를 막가루라고 하고, 막가루로 뽑은 국수를 막국수라고 한다.

매밀은 메밀

여론 조사 지지율 7% 나오니 언론사 없애겠다는 당대표, 뭐 새로운 것은 아니다. 고등학교 때 학기말 성적이 걱정돼서 교무실에 불지르려다 실패한 선배도 있었다.

〈E.T.〉와 〈옥자〉를 비교하는 사람들이 있는데, 부당함이 없지 않다. 〈E.T.〉는 행복하게 끝날 수 있는 이야기지만 〈옥자〉는 어떻게 해도 행복해질 수 없는 이야기가 아닌가. 엔딩 타이틀을 끝까지 본 사람들은 그래도 복이 있다.

어제 JTBC 뉴스룸의 문정인 교수 인터뷰는 매우 유익했다. 문교수는 미국이나 중국 같은 대국과의 관계에서 우리가 취해야 할 외교적 기조라고 하는 미묘한 문제에 대해 매우 영리한 대답을 해주었다. 손석희 앵커의 어지러운 질문을 이리저리 피해 가면서.

@septuor1 2017년 7월 4일 오전 9:31

구리-포천 고속도로는 경기 북부에 난 최초의 고속도로다. 이 지역에 고속도로가 이제야 처음 뚫렸다는 것도 이해하기 어렵지만, 그 최초가 민자고속도로라는 것도 이상하다.

@septuor1 2017년 7월 4일 오전 9:38

개인이건 단체건 간에 덩치는 옛날 그대론데 힘은 없어져버린 경우가 많다. 그걸 자각하지 못하면 망하게 되어 있다. 개인의 경우는 자각하기 쉽지만 단체는 쉽지 않다. 지금 자유당의 경우가 그렇다.

@septuor1 2017년 7월 4일 오후 3:03

두 녀석이 어디를 보고 있을까. 그렇게 오랫동안.

@septuor1 2017년 7월 5일 오전 7:29

'씨'는 원래 높여 부르는 말이나 '일하는 사람들'에게도 사용하다보니 격이 떨어진 것처럼 보였다. '식모'도 대접하는 말이었지만 하는 일이 대접받는 일이 아니어서 천칭이 되었다. 높은 말을 찾을 것이 아니라 말이 높아져야 한다. 결국 민주 의식의 문제.

@septuor1 2017년 7월 5일 오전 7:50

김기춘, 조윤선을 애국자로 지칭한 김상률의 최후 진술. 본인은 그 말의 모순을 모를까. 하긴 우리에게도 히틀러 같은 사람이 있어야 한다고 내심으로 믿는 지식인이 한둘이 아니니.

호칭에서 말의 인플레가 일어난 것은 박정희, 전두환 시대. 박정희는 이를 단속한다고 각하는 저에게만 영부인은 육영수에게만 사용토록 강제하기도. 그런 시대일수록 궁한 것은 서민이다. 신문은 서민 여성에게 '씨'를 붙이기 싫어 '여인'이라는 말을 쓰기도 했다.

우리 선생님은『악의 꽃』을 번역하다 돌아가셨다. 시 한 편에 100페이지 200페이지의 자료를 모으는 식으로 번역하셨다. 나는 그렇게 하지 않는다. 하루에 5편도 번역한다. 생각을 더 해도 덜 해도 결과는 같으니까. 일종의 포기.

이 칼럼 좋다. 장정일은 글을 참 잘 쓴다. 한때는 사법 당국이 이 사람을 감옥에 넣지 못해 안달한 적이 있지. [장정일 칼럼] 알코올 중독이 차라리 낫다 http://hankookilbo.com/v/7b0a741deddb4e228879679c00008388

보들레르는 취하라고 했다. "지금은 취할 시간! 시간의 학대받는 노예가 되지 않으려면, 취하라, 끊임없이 취하라! 술에, 시에 혹은 미덕에, 그대 좋을 대로." 그러나 미덕에 취하는 것보다는 술에 취하는 게 확실히 더 낫다. 문제는 둘 다에 취하는 것.

동베를린에 있는 윤이상 선생의 무덤에 통영의 동백나무를 가져다 심었다는 소식을 듣고, 일을 섬세하게 하는 사람이 많다는 생각을 하게 된다.

몇 차례 중국 여행에서 (지극히 개인적으로) 느낀 것 : 중국 음식점은 중국에 있건 한국에 있건 가지 요리를 잘하는 집이 좋은 집이다.

낭만주의 이후의 시에 Sorcière가 나오면 번역하기 상그럽다. '마녀'라고 번역해왔는데 마녀는 아니다. 그렇다고 무녀라고 할 수도 없다. 사실 요녀에 가까운데 요녀와 달리 도의적 책망의 뜻은 없다. 사랑하는 남자의 원망은 담겨 있지만.

산속에서 6일 동안 헤매다가 탈진해서 쓰러져 있던 한동대 대학원생 기사에 댓글이 많이 붙었다. 그 가운데는 한국 교육이 암기만 시키고 산에서 길 찾는 법을 가르치지 않았기 때문이라고 쓴 사람이 여럿이다. 사람살이에는 남이 모르는 사정도 있기 마련인데.

작업실이 동네에서 좀 떨어진 산속에 있다. 거기 귀신 나오는 데라고 동네 사람들이 겁을 준다. 깊이가 없어진 이 조선 땅에 어디 귀신이라도 있으면 차라리 더 낫겠다 싶다.

옛날에는 전자 기기 사면 매뉴얼 다 읽고 그대로 했다. 그후론 매뉴얼 안 읽고 대충 했다. 요즘은 읽어도 모르겠다.

집수리 때문에, 서울 고양이 4마리를 포천 작업실에 데려왔다. 작업실의 마코와 다른 냥이들이 사이좋게 지내길 바랐는데, 상당한 시간이 필요할 듯. 마코는 늠름하고 의젓해서 다른 고양이들에게 별 신경을 안 쓰는데, 서울

냥이 4마리는 숨기에 바쁘다.

@septuor1 2017년 7월 13일 오전 6:53
트윗에 우유 '한소끔 넣고'라는 말이 있다. 한소끔은 양이 아니라 모양을 나타내는 말인데. '우유가 한소끔 끓으면' 이렇게.

@septuor1 2017년 7월 13일 오전 7:19
칠레에서 여친을 때리고 눈을 도려낸 범인을 대법원이 23년형에서 18년형으로 감형하면서 살해 의도가 없었기 때문이라고 했다는데, 살해 의도의 여부는 중요하지 않을 것 같다. 법이란 게 그렇다. 잔인성에 대한 죄도 있어야 한다. 인간성에 대한 모욕이니까.

@septuor1 2017년 7월 14일 오전 4:51
엄지와 검지 끝으로 한번 집은 양을 티브이 요리사들이 '한 꼬집'이라고 하는데 우리말로는 원래 '자밤'이라고 한다. 꼬집은 '은리@noname_____1'님이 지적한 것처럼 영어의 pinch에 해당하는 말을 찾다가 만든 억지 조어일 것이다. 그런데

@septuor1 2017년 7월 14일 오전 4:56
'자밤'도 동사 '잡다'에서 왔을 텐데, 그러고 보면 pinch와 같은 상상력에서 만들어진 말이다. 고전의 번역자는 늘 이 상상의 뿌리를 생각해야 할 의무가 있다. 실은 영한사전에 자밤은 pinch의 대역어로 이미 나와 있다.

@septuor1 2017년 7월 14일 오후 9:27
트럼프가 재협상을 원한다 해서 FTA가 우리에게 꼭 유리한 것이었을까.

@septuor1 2017년 7월 14일 오후 10:00
간단히 덧붙이자면 재협상 요구는 하나를 가져갔는데 두 개를 가져가기 위해서도 할 수 있고, 국가 간의 이해를 떠나 미국 내에 그 원인이 있을 수도 있

는 것이다.

@septuor1 2017년 7월 15일 오전 6:01
조선일보에 「600조 원전시장 스스로 걷어차는 한국」이라는 기사가 있다.
황우석의 줄기세포 시장도 600조 아니었던가.

@septuor1 2017년 7월 15일 오전 8:04
고양이를 여러 마리 키워보고 또 키우는 사람들 의견을 종합해보면 가장 흔
한 털 짧은 노랑 고양이가 매우 영리하다. 한국 토종 고양이도 여기 해당한
다. 토종개도 매우 영리하다. 똥개라고 불려서 수난을 당하지만. 사람들은
자기 땅에 있는 것을 천시해서.

@septuor1 2017년 7월 15일 오전 10:44
능소화의 능 자는 능가할 능 자고 소는 하늘 소다. 하늘을 능가하는 꽃. 아마
도 마이산을 가본 사람이 이 꽃 이름을 지었을 것이다.

@septuor1 2017년 7월 15일 오전 10:44
(요즘은 농담에도 시비 거는 사람이 많아서.)

@septuor1 2017년 7월 15일 오후 11:37
지하철 시가 이 모양이 된 건 여러 이유가 있지만 문학 단체별로 할당을 했
던 정책도 그 이유 가운데 하나다. 우리가 모르는 시인이 거기서 얼굴을 내
민다. 지하철 시는 없애는 것이 옳다. 시를 너무 싸구려로 만든다는 것도 그
폐단 중에 하나다.

@septuor1 2017년 7월 16일 오전 12:23
지하철 시를 담당하는 위원회가 각 문학 단체에 몇 명의 시인을 추천해달라
고 하면, 그 단체는 어떤 시인을 추천할까. 단체는 이른바 '잘나가는 시인'을
추천하지 않는다. 스크린 도어에라도 시를 발표하고 싶은 시인을 추천하기

십상이다.

@septuor1 2017년 7월 16일 오전 9:09
논문, 평문 등에서 '우리'라는 말은 그 범위가 매우 넓다. 크게는 이성을 가진 인간 전체이고 작게는 자기 자신과 그 글을 읽고 있는 사람들이다. 더 적게 잡아도 같은 문제의식을 지닌 사람들이다. 그래서 '우리'는 '나'를 겸손하게 이르는 말이다.

@septuor1 2017년 7월 16일 오후 12:06
한국에서 시인이란 이름으로 '면허장'을 받은 사람은 5만 명 정도가 된다고 한다. 시인 누구가 문제지 시인이란 이름은 별 의미가 없다.

@septuor1 2017년 7월 16일 오후 1:11
마지막으로 한마디 더 하자면 '시인이란 것이'와 '시인들은' 아주 다른 말입니다. 그 사람을 꼭 집어 말해야지 시인들을 말하면 오히려 책임을 분산시키지요. 그럼 말이 오히려 상징 권력을 만들기도 하고.

@septuor1 2017년 7월 16일 오후 1:46
서로 대화를 주고받다가 인용 알티를 하는 것은 무슨 버릇일까.

@septuor1 2017년 7월 16일 오후 3:05
가난한 동네에 그리는 벽화도 문제가 많은데, 그린 사람들도 많은 고민을 해서 그릴 것이다. 그러나 동네에 벽화를 그리는 것은 남의 생활 공간을 변화시키는 일이다. 그리는 사람은 자기에게 그럴 능력과 권력이 있는지 먼저 고민해야 할 것이다.

@septuor1 2017년 7월 16일 오후 5:29
〈왕좌의 게임〉 7 시즌 한국방송은 Screen에서 7월 21일 밤 11시 첫 방송을 한다네요.

@septuor1 2017년 7월 16일 오후 5:42

지금 확인했다. 한국에서 가장 유명한 출판사에서 나온『악의 꽃』은 정기수 선생의 번역을 그대로 옮겨놓다시피 했구나. 1960년대 한국말을 2000년대 한국말로만 바꿔서, 오역까지 그대로.

@septuor1 2017년 7월 16일 오후 11:18

방금 티브이에서 요리사가 나와서 오이김치 담그는 법을 설명하면서 김치에는 천일염을 넣어야지 꽃소금을 넣으면 맛이 쓰다고 말한다. 헷갈리는 사람이 많을 것이다.

@septuor1 2017년 7월 17일 오전 5:51

복효근의 지하철 시를 옹호하는 트윗이 올라왔다. 아버지가 딸의 성적 성장을 아름답고 경이롭게 바라본다고 나쁠 것은 없다. 그러나 이 시에 관음의 시선이 있는 것은 부인할 수 없다. 공공장소에 내걸기는 그래서 거북하다.

@septuor1 2017년 7월 17일 오전 5:57

공공 기관이 공공 영역에 작품을 내건다는 것은 그걸 사회적, 미학적 모범으로 추천하는 것이다. 그건 누가 어떤 기준으로 해도 위험한 일이다. 프랑스는 문학 교과서도 따로 없는데 모범 제시의 위험 때문이다. 또 아우성칠 사람이 많겠지만 지하철 시는 없어져야 한다.

@septuor1 2017년 7월 17일 오전 6:05

지하철 시가 시 읽기의 첫걸음이 된다는 말도 있는데, 지하철 시로 시의 형편이 더 나아지지는 않는다. 시를 읽을 사람은 공짜로 읽을 생각 하지 말고 시집을 사서 읽어라.

@septuor1 2017년 7월 17일 오전 9:01

시가 윤리적이어야 하는 것은 아니다. 내가 번역해서 출간을 앞둔『말도로르의 노래』는 살인과 부도덕으로 반죽된 반사회적 시집이다. 나는 번역자지만 이 시의 한 구절이라도 공공장소에 내건다고 하면 반대할 것이다.

@septuor1 2017년 7월 17일 오전 9:27
복효근의 시가 지하철 시 가운데 잘 쓴 시에 해당한다는 말은 덧붙여두고 싶다.

@septuor1 2017년 7월 17일 오전 10:22
우리에게서 지하철이건 등산로건 동네 골목이건 어디에나 시와 명언을 붙여놓는 건 책을 읽지 않는 데 대한 속죄 의식인지도 모르겠다.

@septuor1 2017년 7월 18일 오전 9:09
고대 도서관이 이광수의 『무정』 초판본을 입수했다는 기사가 떴다. 사진을 보니 나도 중학교 때 그 책으로 무정을 읽었던 것 같다. 그런데 어디로 갔을까.

@septuor1 2017년 7월 18일 오전 9:14
요즘 가나다라……의 순서를 모르는 사람이 많다고 한다. 종이 사전은 사용할 수가 없겠다. 심각한 문제 아닌가.

@septuor1 2017년 7월 18일 오전 9:23
도서관에서 책도 일정 부분은 가나다로 진열된다. 개인 생활에서도 컴의 파일 등이 보통 가나다로 정렬되는데, 그 순서를 모르면 정렬은 할 수 있어도 찾기는 어렵겠다. 하긴 검색을 이용할 순 있으니까.

@septuor1 2017년 7월 18일 오전 11:56
일제 말부터 군사 독재 정권 때까지는 사회 구조 전반이 망각을 재촉했다. 그래서 권력 속에 있으면 그 권력이 영원할 것 같고 모든 범법은 덮어질 것 같았다. 민주화와 함께 사회적 기억은 길어졌다. 이것도 발전의 하나다.

사람을 박살 내면 잔인하기가 끝이 없구나. 이유미씨의 여주대 특임교수 임명이 석연치 않다고 기사가 나왔는데, 교수 앞에 무슨 말이 붙으면 (석좌교수 빼놓고는) 교수가 아니라 강사라는 뜻이다. 교수 머릿수 채우느라 붙인 이름들인데.

한국은 연구자 시장이 좁다. 대학이 대학원생들을 1/3도 수용하지 못한다. 그래서 연구자들은 젊은 시절 미국에서 이력을 쌓는다. 쓸 만한 논문은 거기서 다 쓰고 지쳐서 한국에 온다. 한국의 입장에서 미국은 연구자들을 기르는 곳이자 걸러내는 곳이다.

젊은 연구자가 대학원에서 공부하고 교수가 되기는 쉽지 않은데, 교수 되기에 실패하면 한국 사회에서는 갈 곳이 없다. 가던 길을 완전히 포기하거나 대학 주변에 붙어 있어야 한다. 사립대에서는 그걸 이용해 이름만 주고 보수는 없는 교수들을 양산해낸다.

인문계, 그중에서 문사철 교수는 미국에서도 시장이 좁다. 문사철 대학원생들은 그걸 뻔히 알면서도 거의 열정만으로 공부하는 경우가 많다. 그런데 그걸 또 착취하려는 사람들이 있다.

한국에서 교수 자녀가 교수 되는 수는 많은데, 교수는 자녀 하나 정도를 미국에 겨우 유학 보낼 정도의 연봉이 되고, 길을 잘 알고, 자녀에게도 교수 생활이 낯설지 않기 때문이다. 무슨 특혜가 있는 것은 아니지만 이것도 특혜라면 특혜다.

@septuor1 2017년 7월 21일 오전 9:27

〈왕좌의 게임〉을 복습하다 새삼 느낀 바지만 인간의 죄 중 비열함이 가장 큰 죄 같다. 그건 인간 전체에 대한 신의를 저버린 것이고 인간 자체를 모욕한 것이다. 비록 허위라 하더라도 용기와 신의에 열광하는 것은 인간이면 그렇게 돼야 한다고 믿기 때문이다.

@septuor1 2017년 7월 21일 오전 10:03

의무병 복무 기간을 3개월 줄인다는 안에 숙련병이 없어진다고 아우성인데 부사관을 그만큼 더 많이 두면 된다. 강제 징집병에 국방을 의존하려는 발상부터 버려야 한다.

@septuor1 2017년 7월 22일 오전 11:19

트친 '코치D'께서 이런 책을 내셨다. 꼭 나를 위한 책 같은데, 이렇게 생각하는 사람이 많을 듯하다.

@septuor1 2017년 7월 22일 오후 12:40

아내가 포천에 작업실을 처음 만들었을 때 근처에서 훈련하던 병들과 장교 한 사람이 작업실에 들어와 커피를 한 잔씩 마시고 간 적이 있다. 아내는 병들이 왜 그렇게 주눅이 들어 있느냐고 내게 물었다. 나는 군대 분위기를 아내한테 설명할 수가 없었다.

@septuor1 2017년 7월 23일 오전 7:58

서구 문학 전공자들 중에 한국 작품을 전혀 읽지 않는 사람들이 있다. 그럴수록 이론은 추상적이고 미감은 막연한 동경과 늘 혼동된다. 한국 작품은 한국적 조건이 어울린 결과물인데, 조건과 그 결과를 모르면 추상적일밖에. 그걸 서구 작품으로 실감하긴 어렵고.

@septuor1 2017년 7월 23일 오전 8:51

외국 작품을 전혀 읽지 않은 국문학자도 문제다. 외국 문학 연구를 매판으로 취급하면서도 논문의 참고 문헌은 외국 이론서로 가득하다.

@septuor1 2017년 7월 23일 오전 11:51

자국 문학과 외국 문학의 관계는 특수성과 보편성의 관계와 같다. 외국 문학이 보편성을 확보하는 것은 언어 국경을 넘어섰기 때문이다. 현장 작품과 고전과의 관계도 마찬가진데 이제는 어떤 나라 문학도 자국 문학만으로 이관계가 만족스럽게 해결되지 않는다.

@septuor1 2017년 7월 23일 오후 3:39

에르네스트 크리스토프의 조각 〈Danse macabre〉는 인터넷에 제대로 된 사진이 없다. 좀 해상도 높은 사진이 있으면 보들레르의 같은 제목 시를 이해하는 데 도움이 되련만.

@septuor1 2017년 7월 24일 오전 9:29

한국 전통 표준 색명 및 색상. 노르스름하다, 누르스름하다 이런 것만 가르치지 말고 색이름 좀 제대로 가르쳤으면 좋겠다. http://blog.naver.com/PostView.nhn?blogId=tampa610&logNo=150046806109

@septuor1 2017년 7월 24일 오전 9:53

자국의 현장 문학을 실제보다 낮게 평가하는 것은 구질구질한 제 삶이 거기 있기 때문이다. 꽃도 제 마당에 피어 있으면 제 발등에 떨어진 불과 같다. 화초를 키워본 사람은 안다. 그러나 강 건너 불은 꽃처럼 보일 수도 있다.

@septuor1 2017년 7월 24일 오후 2:53

시작 페이지가 늘 ZUM으로 바뀐다. 그때마다 되돌려놓지만, 내가 ZUM과 관련된 앱들을 무료로 쓰고 있으니 불평하면 안 되겠지.

초중학생들의 여교사 성희롱 사건은 내 경험과 맞지 않아 (맞을 리가 없지) 이해 난감이다. 나는 그 시절 나이가 많건 적건 주변 여자들을 여성으로 느끼지 못했다. 미래의 어떤 여자에 몰두한 때문. 그 어떤 여자가 현실의 여자와 겹치기 시작한 건 고2 때.

미래의 어떤 여자 같은 것을 생각할 나이는 곧 지났지만 그 관념은 여전히 남아 내내 나를 지켜준 것도 사실이다.

사람마다 성향이 다르다. 나는 누구든지 같이 밥 먹는 사람이 있는 게 좋지만, 혼자 먹는 게 편한 사람이 당연히 있을 것이다. 사회성이라는 것도 개개인이 다 다르다.

사회성이 발현되는 방법은 사람마다 다르다. 혼자 고독하게 일하는 사람이라고 사회성이 없지 않다. 혼술 혼밥도 마찬가지다.

군복무하면 6학점 준다. 어떤 사람들이 이런 생각을 하고 있을까.

군대가 할 일 따로 있고 대학이 할 일 따로 있다. 무슨 행사 참석하면 체육학점 주던 버릇이 다시 살아나서.

아무튼 사람들에게 함부로 자폐니 뭐니 이름을 붙이고 자기 멋대로 분류하는 것도 폭력이다. 사람은 사람마다 그 깊이가 있고 그것은 쉽게 짐작할 수 없다.

@septuor1 2017년 7월 28일 오전 5:36
나는 2015년 1월 1일 자로 50년 가까이 피우던 담배를 끊었다. 내가 증오하는 정부에 담뱃세 2천 원을 더 내기 싫어서였다. 나는 오직 증오심으로 담배를 끊었다. 그 점에서는 박근혜 정부에 감사한다.

@septuor1 2017년 7월 29일 오후 8:59
우란분절에 조상을 위해 제를 지내는 행사의 예약을 받는다는 현수막이 걸려 있다. 우란분절이면 백중인데, 벌써 백중이 되었나 하고 달력을 보니 한 달도 더 남은 9월 5일이다. 옛날에는 백중에 꼬까옷도 입고 했는데, 이제는 불교 행사로 굳어진 것 같다.

@septuor1 2017년 7월 30일 오전 12:25
어쩌다 미즈넷이란 데를 들어가 댓글을 몇 개 읽었는데, 왜 남의 일에 그렇게 악담들을 퍼붓는지 모르겠다.

@septuor1 2017년 7월 30일 오전 2:59
바람은 먼 숲으로 지나가고
꽃들은 이울어 다시 피지 않으니
이제는 그대와 나 같이 살 날이 없네.
—18세기 소설 속에 이런 시구가 있다.

@septuor1 2017년 7월 30일 오전 4:29
"나쁜 일본인만 있었던 것도 아니고, 좋은 조선인만 있었던 것도 아니지 않은가." 이건 나쁜 사람, 좋은 사람의 문제가 아닌데.

@septuor1 2017년 7월 30일 오전 10:34
어제 파주 타이포그래피 학교 행사에서 아폴리네르의 상형시에 관해 이야기했다.

@septuor1 2017년 7월 31일 오후 12:35
바르게 살자 돌덩어리는 지방으로 내려갈수록 더 크다. 더 큰 바르게 살자 찍기 사진전을 열어도 괜찮겠다.

황현산

@septuor1 2017년 8월 11일 오전 11:38

영화 〈바람과 함께 사라지다〉에서 클라크 게이블이 비비안 리의 머리를 붙잡고 "이 작은 머릿속에 있는 생각을 바꿀 수만 있다면"이라고 한탄하는데, 그게 얼마나 위험한 말인가. 그러나 게이블은 그 생각을 바꾸기 위해 폭력을 쓰지는 않는다.

하룻밤 자려고 만리장성 쌓는다는 잘 알려진 말. 많은 사람의 인생이 다 그런 것 같다. 그 하룻밤이 거기 이르기까지의 삶을 지켜주기도. 오늘을 즐기라 외치는 사람들조차 그렇다. 저 하룻밤이 오늘의 모델이다. 그 밤에 이르지 못하는 사람이 너무 많지만.

트윗에 쌀 알레르기 있는 아이에게 강제로 밥 먹여서 아이 병원에 가게 만든 아버지 이야기가 있다. 남자다운 것이 모든 것을 다 해결한다고 믿는 아버지들이 아직도 많다.

쌀 알레르기가 있는 아이에게 밥을 강제로 먹인 아버지 이야기 끝에 남자다움으로 문제가 해결되는 게 아니라는 뜻의 말을 했더니, 그게 남자다움이냐고 반문하는 글이 몇 개 올라왔다. 나는 남자답다는 생각 자체가 문제라고 본다. 남자답기보다는 인간다워야지.

향가가 "현대어에 가까운 모습이었다면 그렇게 매혹당하지 않았겠지만 두 개의 언어를 가진 향가는 지체되는 가독성 때문에 주술성을 드러내고 있다. 게다가 향가는 시적 언어가 가진 최고의 수준이다." 이번호 월간『시인동네』에 송재학 시인이 쓴 말이다.

박찬주 대장 부부의 행티를 두고 갑질이라고 하는데, 갑을 관계에는 불평등하나마 주고받는 것이 있다. 이건 갑질도 아니고 그냥 폭력이다. 그것도 가장 악질적인 폭력이다.

북한에서 1950년대에 이미 아라공의『공산주의자들』여섯 권이 번역되었고 그게 우리 국립 도서관에도 들어와 있다는 것을 어제야 알았다. 북한은 아라공의 이 소설이 완간되기도 전부터 번역하고 있었단다. 새삼스러운 말이지만 내가 모르는 것이 참 많다.

아라공을 번역하고 있을 때만 해도 북한은 괜찮은 나라였다.

서양 사람이 서양 사람을 욕하기 위해 만든 말을 한국 사람이 한국 사람 욕하기 위해 만든 말로 번역하는 것, 이건 사실 번역론에서도 자주 논의되는 주제다.

해안 지방에 조세라는 도구가 있다. 바위의 굴을 쪼아 채취할 때 쓰는 올챙이 모양의 물건. 남 헐뜯거나 고자질하기 좋아라 하는 사람도 그렇게 부른다. 우리 사전에 없는 단어다. 불어 corbeau lancinant를 조세 까마귀라고 옮기면 못 알아듣겠지.

〈왕좌의 게임〉에서 아리아와 늑대 개의 삽화는 아리아가 고향 윈터펠로 돌아가지 않으리라는 암시로 생각했는데 이런저런 글들을 보면 내가 잘못 짚었나보다. 하긴 이 전란의 삶에 암시나 복선이 그렇게 단순할 수는 없겠지.

프랑스어 LITANIE를 가톨릭에서는 뭐라고 번역해 쓰는지 모르겠다. 문학에서는 연도, 신도송, 호칭 기도 등 세 가지로 번역해왔는데, 우리 사전엔 호칭 기도만 나와 있다. 설명은 매우 빈약하고 게다가 프랑스어 사전과 통하지 않는다.

@septuor1 2017년 8월 10일 오전 7:58
영화 〈쇠파리〉에 관한 홍보 글을 읽다가 유사 수신 행위를 설명한 글들을 이 것저것 찾아 읽게 되었다. 내가 지금까지 사기를 안 당한 건 오직 사기당할 돈이 없었기 때문인 것 같다.

@septuor1 2017년 8월 11일 오전 9:42
'되 글을 가지고 말 글로 써먹는다'는 속담을 국어대사전이 글을 조금 배워 서 '가장 효과적으로 써먹는다'로 풀이하고 있다. 이때 효과적이라는 게 뭔 지 모르겠다. 적용력은 아닌 것 같고.

@septuor1 2017년 8월 11일 오전 11:38
영화 〈바람과 함께 사라지다〉에서 클라크 게이블이 비비안 리의 머리를 붙 잡고 "이 작은 머릿속에 있는 생각을 바꿀 수만 있다면"이라고 한탄하는데, 그게 얼마나 위험한 말인가. 그러나 게이블은 그 생각을 바꾸기 위해 폭력 을 쓰지는 않는다.

@septuor1 2017년 8월 11일 오후 12:23
아네스 바르다 감독의 영화 〈행복〉은 80년대에 한국 티브이에서 방영된 적 도 있는데, 시디 등으로 출시되지는 않은 것 같다. 인터넷에 찾아보면 뜨기 는 하는데 화질이 좋지 않다. 뭘 쓰고 싶은데 마뜩하지가 않다.

@septuor1 2017년 8월 11일 오후 8:40
새희망씨앗의 전화를 나도 받은 적이 있다. 자선 단체를 내걸고 전화하는 사람이 많은데 대개 사기꾼들이지만 불우 아동 등을 내세우고 있어 전화를 끊기 어렵다. 이럴 때는 '나는 이런 전화 받지 않습니다'라고 말하고 전화기 를 내려놓는 것도 방법이다.

'쉴참'이라는 말이 표준어가 아니라는 것을 오늘 알았다. 농사일하는 사람들이 아침과 점심 사이, 점심과 저녁 사이에 휴식 겸해서 먹는 음식이 쉴참이고, 세상 사람들이 다 그렇게 알고 쓰는 줄 알았는데.

중3 때 단체 관람했던 〈북경의 55일〉을 오늘 다시 보았다. 찰턴 헤스턴만 멋있다. 50년대의 서부극을 본 미국 인디언의 심정이 이럴 것이다. 영화 관람 후 역사 선생이 역사를 왜곡하고 있다고 분통을 터뜨렸으나, 귀기울인 학생은 없었다. 선생은 절망했겠지.

닭을 친환경적으로 기르면 계란값은 1000원 이상이 된다고 한다. 소비자들은 요구하는 수준이 높은데, 그만큼의 비용은 지불하려 하지 않는다.

관계 당국은 그 사이에서 요구 수준과 비용이 맞아떨어지는 것처럼 보이도록 눈속임 비슷한 것을 해야 한다.

뉴스를 읽다보면 댓글이 어쩔 수 없이 눈에 들어온다. 짱개 망해라, 일본 폭싹 가라앉아라 같은 댓글을 여기저기서 읽게 된다. 중국이나 일본이 망해서 우리에게 좋을 일이 뭐가 있을까. 설사 좋을 일이 있다 한들 남이 망하기를 바란다는 게 옳은 일인가.

어제 8월 26일은 기용 아폴리네르의 출생일이다. 아폴리네르는 한국에 관심이 많았고, 한국이 일본에 병탄된 것을 매우 애석해하기도 했다. 그의 시에는 한국 시조를 차용한 시도 있다.

@septuor1 2017년 8월 27일 오전 12:47

기용이 아니라 '기욤' — 기욤은 영어의 윌리엄에 해당한다.

@septuor1 2017년 8월 27일 오전 10:42

〈왕좌의 게임〉에서 스타크의 두 자매가 서로 죽이려는 형국인데, 베일리쉬가 두 자매를 다 죽이고 자기가 북부의 왕이 되려는 건지도 모르겠다. 그래서 곧 책략가의 최후를 보게 될지도.

@septuor1 2017년 8월 27일 오전 10:57

도종환 장관이 하야시 요시마사 일본 문부 과학 대신에게 윤동주 평전을 선물했다는데, 아마도 송우혜 선생이 쓴 평전일 것이다. 문인에 대한 평전으로는 가장 훌륭한 평전이다.

@septuor1 2017년 8월 27일 오후 1:38

이 사진 뭔지 잘 모르시겠죠. 자세히 보면 하얀 꽃이 보입니다. 나무 사이에서 씀바귀가 내 키보다 더 높이 자라 꽃을 피웠습니다.

@septuor1 2017년 8월 28일 오전 6:24

노키즈 존에 관한 글을 읽다가 과천 고깃집 된장국 사건을 전한 글까지 읽게 되었다. 논란과는 관계없이, 애한테 뜨거운 된장국을 끼얹었다는 것은, 사실이 아닐 것이라고 생각하지만, 명백한 범죄 행위다.

음악인 조동진씨가 별세했다. 조동진씨의 가사에는 한 편도 허투루 쓴 것이 없다. 그의 시에는 진정한 의미의 '전'이 있다. 감정의 반전은 스토리의 반전보다 더 심각한 어떤 것이 있음을 그 가사가 보여준다. 그의 죽음을 애도한다.

우리 동네 정육점이 '正肉店'이라는 간판을 달고 '바른 고기 파는 집'이라는 설명도 붙였다. 정육점은 원래 精肉店이라고 쓴다. 그런데 그 간판을 보고 있으니, 왜 精자를 쓰는지 문득 의문이 든다. 순결하다는 뜻일까 싱싱하다는 뜻일까.

정유(精油)는 원유에서 에센스를 추출하는 작업이라서 精에 실질적 의미가 있다. 정미(精米)는 벼의 껍질을 버리고 알만 추출하는 작업이기에 精이 어울리는데 이때 精은 좀 비유적이다. 정육(精肉)에 오게 되면 그 비유적 의미가 매우 큰 것 같다.

황현산

@septuor1 2017년 9월 12일 오후 11:10

개나 고양이의 죽음이 다른 죽음보다 더 슬
픈 것은 개나 고양이가 말을 할 수 없기 때
문이고, 그래서 작별 인사 같은 것을 할 수
없기 때문이다.

💬 4　　🔁 1,268　　♡ 1,030

@septuor1 2017년 9월 3일 오후 5:42

〈왕좌의 게임〉 7시즌이 끝났다. 새끼손가락의 몰락. 나는 산사가 내 트윗을 슬쩍 엿보았던 것이 틀림없다고 생각한다.

> 황현산 @septuor1 왕좌의 게임에서 스타크의 두 자매가 서로 죽이려는 형국인데, 베일리쉬가 두 자매를 다 죽이고 자기가 북부의 왕이 되려는 건지도 모르겠다. 그래서 곧 책략가의 최후를 보게 될지도.

@septuor1 2017년 9월 3일 오후 8:04

〈왕좌의 게임〉은 스토리가 매우 복잡하지만, '진정한 러브스토리'에 해당하는 것은 존 스노우와 와이들링 여자 이글리크의 비참한 로맨스, 책벌레 샘 웰 탈리와 또 하나의 와이들링 여자 길리의 기이한 목가밖에는 없는 것 같다.

@septuor1 2017년 9월 4일

한국에 이런 폭포도 있구나. 그러나 상시로 물이 떨어지는 것은 아니라니 안타깝다. http://v.media.daum.net/v/20170904215600795?d=y

@septuor1 2017년 9월 5일 오전 8:44

부산 피투성이 여중생 사건의 가해자들을 경찰이 곧바로 귀가시켰다 한다. 사회가 청소년 범죄를 너무 가볍게 보는 것은 아닌지 모르겠다. 청소년은 아직 철이 없기 때문에 반성의 기회를 주는 것이 옳지만, 철이 없기 때문에 그 범죄의 피해는 더 클 수 있다.

@septuor1 2017년 9월 5일 오전 8:45

반성의 기회가 책임감 회피의 기회가 된다면 매우 우려스러운 일이다.

@septuor1 2017년 9월 5일 오전 9:23

아직도 〈왕좌의 게임〉 시즌 7의 잔상이 남아 있다. 이제는 별여놓은 이야기들의 수습 단계에 들어갔는데, 수습이 너무 갑작스러울 것도 염려된다. 지금까지만 해도 몬스터 엑스 마키나가 너무 많았는데.

@septuor1 2017년 9월 6일 오전 2:10

시대와 불화했던 사람이 다 시대를 앞서갔던 것은 아니다.

@septuor1 2017년 9월 6일 오전 8:17

사법 당국이 마광수 교수를 구속한 것은 과도하고 미개한 법집행이었다. 법은 표현의 자유를 보호하기 위해 존재해야 한다. 게다가 당국의 이 처사는 문단에서 그의 일련의 글들을 정당하게 비판할 수 있는 기회를 봉쇄해버렸다. 마교수의 죽음을 애도한다.

@septuor1 2017년 9월 7일 오전 4:41

옛날 노래 〈빈대떡 신사〉가 라디오 방송에 나왔다. 요릿집에서 무전취식하다 주인에게 매를 맞는 사내를 조롱하는 노래. 사내도 사내지만 사회적 지탄을 더 받아야 할 사람은 오히려 주인이 아닐까. 이런 폭력 조장의 노래를 여전히 방송에서 내보내는 무신경이 놀랍다.

@septuor1 2017년 9월 7일 오후 12:19

정릉에 핀 쑥부쟁이. 옛날에 가난의 상징처럼 생각하던 꽃이었지만 잘 가꿔놓으니 예쁘다.

@septuor1 2017년 9월 7일 오후 11:38

참 집값이 무엇인지.

@septuor1 2017년 9월 9일 오후 2:08

번역의 가장 중요한 기능은 모국어로도 그 텍스트가 존재하게 하는 것이다.

최영미 시인의 호텔 홍보대사 제안, 호텔이 받아들이면 좋고 안 받아들이면 그만인 사안 아닌가. 갑질이라는 말이 나오는데, 빈민에 속하는 최영미씨가 호텔에 언제 갑인 적이 있었던가.

어떤 사람의 행동이나 생각이 이해되지 않는다고 해서 그 사람을 비난할 일은 아니다. 다른 사람을 불편하게 하는 것이 아니라면.

"우리는 현실을 직시해야 한다"고 나는 내 책에 쓸 권리가 있다. 그러나 좀 허황되어 보이는 한 개인에게 "현실을 직시해야 한다"고 말할 권리는 내게 없다.

미국 영화 〈로건〉을 보았다. 전투병으로 쓰려고 특수 능력을 가진 아이들을 생산했는데 전투 성능이 더 좋은 인간 기계가 생산되자, 당국은 이 아이들을 폐기하려 하고 아이들은 연구소를 탈출해 저항한다는 이야기다. 인간의 조건을 바꾸려는 시도는 늘 불행하다.

내가 영화 이야기를 하고 코멘트를 붙였더니, 영화 스토리는 바뀔 수 있으니 그런 논리를 뒷받침하지는 않는다는 댓글이 있다. 내 코멘트는 논리가 아니라 깨달음(실은 그 깨달음에 대한 재확인)이고, 이 깨달음은 스토리가 어떻게 바뀌든 변하지 않을 것이다.

말했다, 설명했다, 주장했다…… 같은 말을 언어학에서 전달사라고 한다. 요즘에 이런 전달사를 아무렇게나 입에 씹히는 대로 붙이는 기사들이 많다.

글쓰기의 능력이 없어서도 그렇고 마음을 비워놓지 못해서도 그렇다.

@septuor1 2017년 9월 12일 오후 1:28
포천 작업실 건물 한 귀퉁이에 꽃씨가 떨어져 아무리 작은 포기도 꽃을 피웠다.

@septuor1 2017년 9월 12일 오후 11:10
개나 고양이의 죽음이 다른 죽음보다 더 슬픈 것은 개나 고양이가 말을 할 수 없기 때문이고, 그래서 작별 인사 같은 것을 할 수 없기 때문이다.

@septuor1 2017년 9월 13일 오전 8:51
금년에는 꽃들도 제정신이 아닌 것 같다. 자귀나무가 아직도 꽃 피어 있는가 하면, 백당나무와 일본목련이 새로 꽃봉오리를 짓기 시작한다. 코스모스 국화 피는 걸 보고, 소수 의견에 속하지 않으려고 애쓰는 듯.

@septuor1 2017년 9월 14일 오후 4:27
이거 오랜만에 보네! 하실 분 많겠다. 아내의 도자기 제작 도구 중에 오늘 보니 각도기도 들어 있다.

@septuor1 2017년 9월 14일 오후 4:36

분도기 세대가 있고 각도기 세대가 있는데, 실은 나도 분도기 세대다.

@septuor1 2017년 9월 14일 오후 8:39

240번 버스 논란. 무슨 사고가 일어나면 분노에 가득차서 먼저 희생양부터 찾으려 하는 이 사회적인 버릇도 문제다. 버스기사가 억울하다는 기사가 뜨자마자 또 최초의 전달자를 감방에 보내야 한다고 분노를 가득 물고 난리들을 치고 있다.

@septuor1 2017년 9월 16일 오전 6:24

남의 계정을 훔쳐본다는 게 무슨 소린지 모르겠다.

@septuor1 2017년 9월 16일 오전 8:29

제주미술관.

@septuor1 2017년 9월 16일 오전 8:31

제주미술관.

@septuor1 2017년 9월 16일 오전 8:43

제주도에 알뜨르 비행장과 지금 제주 공항이 된 정뜨르 비행장이 있다. 알
뜨르는 아랫들이라고 들었다. 정뜨르는? 내 고향 말 같으면, 정은 덩, 덩은
어덩 즉 언덕이니, 언덕 있는 들, 또는 언덕 위의 들이라고 짐작할 텐데, 제
주는 내 고향이 아니다.

@septuor1 2017년 9월 17일 오후 12:25

여동생 친구 남편이 의처증 환자다. 버스 운전기사가 운전을 잘하더라고만
해도 너 그놈하고 붙었지 하면서 밥상 뒤엎고 낮에 택배기사가 왔다만 가도
냉장고 때려 부수고, 이런 정도다. 의심이 많은 것이 아니라 머릿속이 온통
섹스로 가득차 있다고 해야겠다.

@septuor1 2017년 9월 18일 오후 2:47

책이 절판되어 복사해서 보던 책들을 PDF 파일
로 저장해두기 위해 북스캐너를 구입했다. 스캐
너가 종이를 낱장으로만 넣을 수 있어 또 재단기
를 하나 샀다. 그런데 이렇게 어마어마한 것이 올
줄은 몰랐다.

@septuor1 2017년 9월 18일 오후 10:44

목욕탕에서 일하는 허리 굽은 노인이 거울을 깨끗이 닦아놓고 흐뭇해서 바라본다. "주인집 빨래를 해도 내 발꿈치 희어지는 재미로 한다"는 말이 있다. 인간은 어디서나 자기를 실현할 기회를 찾지만 존중되어야 할 그 열망이 자주 착취되기도 한다.

@septuor1 2017년 9월 20일 오전 6:39

이총리가 악필이라고 한다. 보통 악필은 못 쓴 글씨보다 읽기 어려운 글씨를 말한다. 최인호 작가도 악필이었지만 자세히 보면 못 쓴 글씨는 아니었다. 못 쓰고 읽기 쉬운 글씨보다 악필인 경우가 더 나을 수도. 손글씨는 자기를 위해서만 쓰는 시대는 더욱.

@septuor1 2017년 9월 20일 오전 7:08

못 써도 고결하고 아름다운 글씨가 있고 잘 쓴 것 같은데도 무언가 마뜩지 않은 글씨가 있다. 나는 내 글씨를 좋아하지 않는다. 그때그때 기분에 따라 글씨가 달라지는 것도 마음에 들지 않는다. 컴 세상이 오지 않았으면 나는 글을 쓰지 않았을지 모른다.

@septuor1 2017년 9월 23일 오전 6:42

원고 두 꼭지를 마감하다보니 일주일이 다 갔다. 오늘이 금요일이거니 했더니 토요일이다. 다음주는 쉬어도 된다. 스트레스 없는 것이 세상을 잘 사는 것인데.

@septuor1 2017년 9월 23일 오전 11:02

클라우제비츠의 『전쟁론』이나 마키아벨리의 『군주론』을 들먹이며 순진함에서 오는 실수가 치명적인 결과에 이른다고 말하면 이 시점에서 매우 똑똑한 것처럼 들린다. 그런데 이 정부가 순진하지 않다는 것을 이 정부 자신이 모를까, 트럼프가 모를까, 김정은이 모를까.

황현산

@septuor1 2017년 10월 16일 오전 9:01

우리가 초등학교에 다닐 때 유행하던 노래
가 〈이별의 부산 정거장〉이었다. 늙어 초등
반창회를 하는데 노래방에서 합창한 노래
도 〈이별의 부산 정거장〉이었다.

💬 2   🔁 18   ♡ 39

@septuor1 2017년 10월 13일 오전 7:50
한국은 남한산성 때나 지금이나 달라진 것이 없다. 임란 때 일본은 근세로 나가고 있었다. 명청 교체기에 중국은 중세 근세 교체기였다. 한국은 여전히 지정학 타령이나 하고 있다.

@septuor1 2017년 10월 13일 오후 4:06
중세는 세계가 몇 가지 요소로 영구 불변하게 구성되어 있다고 생각했다. 당연히 종교적이다. 중세에서 근세가 될 때 그 저항은 대단했다. 그러나 고집 부린다고 세상이 그대로 있을 것인가.

@septuor1 2017년 10월 14일 오전 8:19
남한산성 이후 달라진 것이 있다면 민주 의식의 성장이다. 사실은 이게 강대국이 된 것보다 더 큰 소득이다.

@septuor1 2017년 10월 16일 오전 9:01
우리가 초등학교에 다닐 때 유행하던 노래가 〈이별의 부산 정거장〉이었다. 늙어 초등 반창회를 하는데 노래방에서 합창한 노래도 〈이별의 부산 정거장〉이었다.

@septuor1 2017년 10월 19일 오전 7:19
그 사람은 정말 수필집 한 권도 읽은 적이 없는 것 같다.

@septuor1 2017년 10월 25일 오전 6:38
학교 교육에서 후진국은 기존 이론을 외우고 선진국은 현장 실습을 통해 이론을 만들어낸다는 말이 있다. 그런데 선진국은 그래서 선진국이 된 게 아니라 선진국이어서 그럴 수 있는 것이다.

@septuor1 2017년 10월 27일 오전 7:07
연극 〈Make up to Wake up 2〉는 '사막별 오로라'에서 만들어 상연하는 작품이다. 배우만큼 외모에 억압을 받는 직업도 없다. 연극은 그에 대한 토론과 탄핵.

@septuor1 2017년 10월 31일 오후 12:15
글 잘 쓰는 박선영 기자의 산문집. 박기자의 재능도 독창성도 가차없는 사실주의에 있다.

황현산

@septuor1 2017년 11월 23일 오전 11:27

예술이 지향하는 이상 가운데 하나는 아름
다우면서 쓸모없는 것이 되는 것이다. 그
런데 오해하지 말 것은 이 쓸모없다는 것
은 "지금은 쓸모가 없다"는 말이다. 그것의
쓸모를 찾아내는 것이 문화의 발전이기도
하다.

♡ 5　　↻ 836　　♡ 1,042

@septuor1 2017년 11월 4일 오전 8:59

작고한 박남수(박은수) 교수가 1956년에 번역 출간한『악의 꽃』, 오랫동안 보이지 않아 찾고 있었는데, 포천 작업실 서가에서 발견되었다. 착실하게 두꺼운 봉투에 넣어두기까지 했구나!

@septuor1 2017년 11월 11일 오전 9:44

학생들에게 나라를 위해 그 한몸 바치라고 가르칠 것이 아니라 민주 시민이 되라고 가르쳐야 한다. 남재준이 쏟아놓은 일련의 말을 듣다보니.

@septuor1 2017년 11월 14일 오전 10:28

온 국민이 일치단결하여 주어진 목표를 향해 일로매진한다는 생각은 유신 시대의 시국관이다. 정치, 경제, 산업뿐만 아니라 학문, 문화, 예술도 그 영향을 입었다. 국정원의 정치 개입이나 정권의 언론 장악이 충분히 악으로 인식되지 않는 것은 여전히 그 생각이 남아 있기 때문이다.

@septuor1 2017년 11월 16일 오전 10:27

일부 언론이 박정희 동상 건립 문제를 놓고 사회적 논란을 일으키려고 애쓰는 것 같다. 박정희는 한마디로 대형 동상 시대의 인물이다. 다시 말해서 대형 동상으로 사람들을 압도하여, 독재자를 나라의 국부로, 민족의 영웅으로 둔갑시키던 시대의 인물이다.

@septuor1 2017년 11월 16일 오전 11:19

살아 있는 것 같은 책들이 자주 출판된다.『사무치게 낯선 곳에서 너를 만났다』저자 이주영이 글도 쓰고 그림도 그렸다. 낯선 곳에서 자기를 확인하려는 용기가 아마 우리를 구원할 것이다.

@septuor1 2017년 11월 17일 오전 9:17

아들 친구가 쓴 책이다. 내가 전혀 모르는 세계의 이야긴데, 우리 가족에게 가장 필요했고 지금도 필요한 책이라고 저자가 말했다.

@septuor1 2017년 11월 17일 오전 11:21

오른손 검지를 좀 심하게 베서 다섯 바늘을 꿰매고 붕대를 감았다. 상상력이 부족하면 제가 당해봐야 한다. 수족이 불편한 사람들의 처지를 이제야 알겠다.

@septuor1 2017년 11월 17일 오후 11:34

아내가 〈안녕 고흐〉를 보고 왔다. 영화 좋은데, 화면이 움직일 때마다 고흐의 강한 붓자국이 빛을 뿜으며 꿈틀거려 눈이 아팠단다. 나이든 분들은 참고하시길.

@septuor1 2017년 11월 18일 오후 12:03

'안녕 고흐'가 아니라 '러빙 빈센트'인가.

@septuor1 2017년 11월 19일 오후 12:28

매사를 과학적으로 사고하고 과학적으로 말하라고 모든 사람에게 과학 교육을 한다. 지진을 보고 하늘의 경고 따위의 말을 하는 것을 혹세무민이라고 한다. 혹세무민하는 사람을 책임 있는 자리에 앉혀서는 안 된다.

@septuor1 2017년 11월 22일 오후 3:07

내 고향 말에 '새수가리 없다'는 표현이 있다. 어떻게 된 말인지 늘 궁금했다. 아마도 새수가리는 소갈머리를 뜻할 것이다. 그러니 새수가리 없다는 '속없다' 곧 '생각에 줏대가 없다'는 말일 것이다. 별게 다 생각나서.

@septuor1 2017년 11월 23일 오전 11:27

예술이 지향하는 이상 가운데 하나는 아름다우면서 쓸모없는 것이 되는 것이다. 그런데 오해하지 말 것은 이 쓸모없다는 것은 '지금은 쓸모가 없다'는 말이다. 그것의 쓸모를 찾아내는 것이 문화의 발전이기도 하다.

@septuor1 2017년 11월 25일 오전 10:26

아내는 홈 쇼핑에서 자기가 이미 구매한 상품의 광고를 보기도 한다. 신상품을 구입한 직후 매우 행복하지만 구입하기 직전만큼 행복하지는 않은 것 같다.

@septuor1 2017년 11월 27일 오전 11:06

제 신상에 변화가 있습니다. 트위터에 사적인 글을 쓰기는 어려울 것 같습니다. 당분간 계정은 묶어두겠지만 트친님들의 글은 들어와서 자주 읽겠습니다. 그동안 감사합니다.

황현산

@septuor1 2018년 3월 3일 오전 10:20

───────────

일산 김이듬 북 카페, 부산 백년어서원, 목
포 행복이가득한집, 제주 요조 북 카페에서
무료 강연이나 낭독회를 하기로 혼자 맘먹
고 있었다. 문예위 이사장을 하느라고, 또
투병을 하느라고 그날이 아득해졌다. "아득
하면 되리라"는 말도 있다만.

───────────

@septuor1 2018년 2월 22일 오전 10:02

문예위원장직을 사임하였습니다. 병실에 누워 있으니 마음이 착잡하지만, 다시 힘을 내서 병을 다스리겠습니다. 격려를 보내주신 여러분께 감사 인사 드립니다.

@septuor1 2018년 3월 3일 오전 10:20

일산 김이듬 북 카페, 부산 백년어서원, 목포 행복이가득한집, 제주 요조 북 카페에서 무료 강연이나 낭독회를 하기로 혼자 맘먹고 있었다. 문예위 이사 장을 하느라고, 또 투병을 하느라고 그날이 아득해졌다. 아득하면 되리라 는 말도 있다만.

@septuor1 2018년 3월 5일 오전 11:54

오늘 병원에서 일단 퇴원했다. 2주 후에 또 2박 3일 입원해서 독한 주사를 맞아야 한다. 이러기를 넉 달간. 마음과 몸이 견뎌낼 수 있기를 바란다.

@septuor1 2018년 3월 7일 오후 11:34

보들레르의『악의 꽃』초간본(1857)이다. 이 책은 원래 저의 스승 강성욱 교 수의 장서 가운데 하나였으나 선생님이 돌아가신 후 사모님이 제게 물려주 셨다. 나는 적절한 시기에 학교 도서관에 기증하기로 맘먹었는데 이제 그 적절한 시기가 온 것 같다.

@septuor1 2018년 3월 13일 오후 12:02

몇몇 작가의 작품을 교과서에 넣었다 삭제하는 조치는 비극적이면서도 희 극적이다. 우리에게 근대 문학의 유산이 적어서도 그렇지만, 생존 작가의 작품을 교과서에 싣는 것 자체에 무리가 있다. 적어도 사후 10년은 기다려서 평가가 안정되고 인물 검증이 끝난 다음에 실어도 늦지 않다.

@septuor1 2018년 3월 14일 오전 9:15
프랑스 같은 나라는 문학 교과서가 따로 없다. 대신 명작에 해당하거나 고전의 반열에 들어가는 작품들을 개별적으로 교과서판으로 발행한다. 문학교사는 그 가운데 적절한 작품을 골라 교재로 사용한다. 학교에서 수업 대상이 되거나 연구 대상이 되는 작품은 대개 작가 사후 50년을 기준으로 삼는다.

@septuor1 2018년 3월 27일 오전 9:50
서가의 종이 뭉치를 정리하다보니 이런 게 끼어 있다. 글을 쓸 때 문서 편집기와 원고지를 같이 쓰던 80년대 말, 손수 뽑은 원고지에 쓴 글. 내용은 보들레르의 산문문시 「그림 그리고 싶은 마음」의 번역이다. 내가 산문시 번역에 착수한 지 오래됐구나.

@septuor1 2018년 3월 27일 오전 9:51
사문문시가 아니라 산문시.

@septuor1 2018년 4월 3일 오전 10:16
잡코리아와 알바몬이 취준생을 대상으로 한 조사에서 미래에 없어질 직업에 첫번째로 번역가를 꼽았다고 한다. 이런 생각은 번역에 대한 무지에서 비롯하겠지만, 영혼 없는 번역들이 이런 생각을 부추기기도 했을 것이다.

@septuor1 2018년 4월 11일 오후 4:34

'한국어에는 구두점이 필요 없다' 같은 미개한 소리를 또 어떤 칼럼에서 읽었다…… 서양에도 옛날에는 구두점이 없었다. 낭송용 글보다 독서용 글이 우세하면서 구두점이 생겨났다. 하긴 초가삼간 짓는 정도의 글쓰기라면 어느 나라 말이건 구두점이 무슨 필요가 있겠는가.

@septuor1 2018년 5월 5일 오전 2:05

뜬금없이 장기판과 장기말을 샀다. 인터넷을 뒤지다가 플라스틱이 아닌 나무로 깎은 장기말을 본 것이다. 장기를 두게 될 시간은 끝내 오지 않겠지만.

@septuor1 2018년 5월 5일 오후 12:34

오늘 보들레르의『악의 꽃』을 모두 번역하고 1차 교정도 끝냈다.『악의 꽃』은 원래 127편, 제3판을 준비하며 쓴 시 12편, 처벌시 6편, 이런저런 시 17편을 합해 모두 162편이다. 이제 주석을 붙여야 한다. 1년쯤 걸릴 것이다.

@septuor1 2018년 5월 9일 오후 5:23

아침에 장기판과 장기알 파는 곳에서 전화가 왔다. 더이상 목재 장기알은 생산되지 않는단다. 그러니 플라스틱 장기알을 대신 보내주어도 괜찮느냐고 묻는다. 그러라고 말하고 생각해보니—내가 지금 무얼 하고 있는가.

@septuor1 2018년 5월 16일 오전 8:36

결국 나무로 된 장기알을 구입했다.

@septuor1 2018년 5월 27일 오후 12:03

홍준표, 유승민, 아베, 미국 주류 언론, 이것들이 이번에 트럼프한테 물먹은 것들이다.

@septuor1 2018년 5월 27일 오후 12:05

한국 방송에는 코미디언들이 잠시 군인이 되어 온갖 바보 노릇을 다 하는 프로그램이 많다. 한국 군대 그 자체가 코미디라는 강력한 증거가 아닐 수 없다.

@septuor1 2018년 5월 31일 오전 6:56

『말도로르의 노래』를 출판하기 위한 모든 일을 다 끝냈다. 『현대시학』에 연재하다가 중단했던 번역을 끝냈고, 그 번역을 수정했으며, 책 뒤에 붙여야 할 해설도 썼다. 이 책의 쓸 만한 한국어 번역본이 이제야 나온다는 것이 놀랍기도 하고 슬프기도 하다.

@septuor1 2018년 6월 17일 오후 7:01

대만에서 발간된『어린 왕자』.

@septuor1 2018년 6월 25일 오전 1:01

제가 번역한『말도로르의 노래』가 드디어 출간되었습니다.

@septuor1 2018년 6월 25일 오후 6:53

『밤이 선생이다』『우물에서 하늘 보기』이후 제가 쓴 글들을 모은 책입니다.

🐦 2014-2018
황현산의 트위터
내가 모르는 것이 참 많다
ⓒ황현산 2019

1판 1쇄 발행 2019년 8월 8일
1판 6쇄 발행 2021년 8월 8일

지은이 황현산
펴낸이 김민정
편집 김필균 유성원 이희연 이효영
디자인 한혜진 신선아
마케팅 정민호 김도윤
홍보 김희숙 함유지 김현지 이소정 이미희 박지원
제작 강신은 김동욱 임현식
제작처 더블비(인쇄) 신안문화사(제본)
펴낸곳 난다
출판등록 2016년 8월 25일 제406-2016-000108호
주소 10881 경기도 파주시 회동길 210
전자우편 nandatoogo@gmail.com **트위터** @blackinana **인스타그램** @nandaisart
문의전화 031-955-8865(편집) 031-955-2696(마케팅) 031-955-8855(팩스)

ISBN 979-11-88862-48-1 03810